元曲選

四部備要

集部

中華書局據明刻本校刊

桐鄉陸費逵總勘
杭縣高時顯
杭縣吳汝霖輯校
杭縣丁輔之監造

元曲選序

若下里人臧晉叔撰

世稱宋詞元曲夫詞在唐李白陳後主皆已優爲之何必稱宋惟曲自元始有南北各十七宮調而北西廂諸雜劇亡慮數百種南則幽閨琵琶二記已耳或謂元取士有塡詞科若今括帖然取給風簷寸晷之下故一時名士雖馬致遠喬孟符輩至第四折往往彊弩之末矣或又謂主司所定題目外止曲名及韻耳其賓白則演劇時伶人自爲之故多鄙俚蹈襲之語或又謂西廂亦五雜劇皆出詞人手裁不可增減一字故爲諸曲之冠此皆予所不辯獨怪今之爲曲者南與北聲調雖異而過宮下韻一也自高則誠琵琶首爲不尋宮數調之說以掩覆其短今遂籍口謂曲嚴於北而疎於南豈不謬乎大抵元曲妙在不工而工其精者採之樂府而粗者雜以方言至鄭若庸玉玦始用類書爲之而張伯起之徒轉相祖述爲紅拂等記則濫觴極矣曲白不欲多唯雜劇以四折寫傳奇故事其白有累千言者觀西廂二十一折則白少可見尤不欲多駢偶如琵琶黃門諸篇業且厭之而屠長卿曇花白終折無一曲梁伯龍浣紗梅禹金玉盒白終本無一散語其謬彌甚湯義仍紫釵四記中閒北曲駸駸乎涉其藩矣獨音韻少諧不無鐵綽板唱大江東去之病南曲絕無才情若出

兩手何也何元朗評施君美幽閨遠出琵琶上而王元美目爲好奇之過夫幽閨大半已雜贋本不知元朗能辨此否元美千秋士也予嘗於酒次論及琵琶梁州序念奴嬌序二曲不類永嘉口吻當是後人竄入元美尙津津稱許不置又惡知所謂幽閨者哉予家藏雜劇多秘本頃過黃從劉延伯借得二百種云錄之御戲監與今坊本不同因爲參伍校訂摘其佳者若干以甲乙釐成十集藏之名山而傳之通邑大都必有賞音如元朗氏者若曰妄加筆削自附元人功臣則吾豈敢

萬曆旃蒙單閼之歲春上巳日書于西湖僧舍

元曲選序

今南曲盛行於世無不人人自謂作者而不知其去元人遠也元以曲取士設十有二科而關漢卿輩爭挾長技自見至躬踐排場面傅粉墨以爲我家生活偶倡優而不辭者或西晉竹林諸賢託杯酒自放之意予不敢知所論詩變而詞詞變而曲其源本出于一而變益下工益難何也詞本詩而亦取材於詩大都妙在奪胎而止矣曲本詞而不盡取材焉如六經語子史語二藏語稗官野乘語無所不供其採掇而要歸斷章取義雅俗兼收串合無痕乃悅人耳此則情詞穩稱之難宇內貴賤妍媸幽明離合之故奚啻千百其狀而塡詞者必須人習其方言事肖其本色境無旁溢語無外假此則關目緊湊之難北曲有十七宮調而南止九宮已少其半至于一曲中有突增數十句者一句中有襯貼數十字者尤南所絕無而北多以是見才自非精審於字之陰陽韻之平仄鮮不劣調而況以吳儂強效傖父喉吻焉得不至河漢此則音律諧叶之難總之曲有名家有行家名家者出入樂府文彩爛然在淹通閎博之士皆優爲之行家者隨所粧演無不摹擬曲盡宛若身當其處而幾忘其事之烏有能使人快者掀髯憤者扼腕悲者掩泣羨者色飛是惟優孟衣冠然後可與於此故稱曲上乘首曰當行不然元何必以十二科限天下士而天下

士亦何必各占一科以應之豈非兼才之難得而行家之不易工哉予嘗見王元美藝苑卮言之論曲有曰北曲字多而聲調緩其筋在弦南曲字少而聲調繁其力在板夫北之被絃索猶南之合簫管摧藏掩抑頗足動人而音亦嫋嫋與之俱流反使歌者不能自主是曲之別調非其正也若板以節曲則南北皆有力焉如謂北筋在弦亦謂南力在管可乎惜哉元美之未知曲也繇斯以評新安汪伯玉高唐洛川四南曲非不藻麗矣然純作綺語其失也靡山陰徐文長禰衡玉通四北曲非不伉儷矣然雜出鄉語其失也鄙豫章湯義仍庶幾近之而識乏通方之見學罕協律之功所下句字往往乖謬其失也疎他雖窮極才情而面目愈離按拍者既無繞梁遏雲之奇顧曲者復無輟味忘倦之好此乃元人所唾棄而戻家畜之者也予故選雜劇百種以盡元曲之妙且使今之爲南者知有所取則云爾

萬曆丙辰春上巳日下若里人臧晉叔書

元曲選目錄

甲集上
漢宮秋　金錢記
陳州糶米　鴛鴦被
賺蒯通
甲集下
玉鏡臺　殺狗勸夫
合汗衫　謝天香
爭報恩
乙集上
張天師　救風塵
東堂老　燕青博魚
瀟湘雨
乙集下
曲江池　楚昭公
來生債　薛仁貴
牆頭馬上
丙集上

梧桐雨　老生兒
硃砂擔　虎頭牌
合同文字
丙集下
凍蘇秦　兒女團圓
玉壺春　鐵拐李
小尉遲
丁集上
風光好　秋胡戲妻
神奴兒　薦福碑
謝金吾
丁集下
岳陽樓　蝴蝶夢
伍員吹簫　勘頭巾
黑旋風
戊集上
倩女離魂　陳摶高臥
馬陵道　救孝子

黃粱夢

戊集下

揚州夢　　王粲登樓

昊天塔　　魯齋郎

漁樵記

元曲選目錄

己集上
青衫淚　麗春堂
舉案齊眉　後庭花
范張雞黍
己集下
兩世姻緣　趙禮讓肥
酷寒亭　桃花女
竹葉舟
庚集上
忍字記　紅梨花
金安壽　灰闌記
兇家債主
庚集下
㑳梅香　單鞭奪槊
城南柳　誶范叔
梧桐葉
辛集上

東坡夢　金線池
留鞋記　氣英布
隔江鬬智
辛集下
劉行首　度柳翠
誤入桃源　魔合羅
盆兒鬼
壬集上
對玉梳　百花亭
竹塢聽琴　抱粧盒
趙氏孤兒
壬集下
竇娥冤　李逵負荊
蕭淑蘭　連環計
羅李郎
癸集上
看錢奴　還牢末
柳毅傳書　貨郎旦

望江亭
癸集下
任風子　碧桃花
張生煑海　生金閣
馮玉蘭

天台陶九成論曲

唐有傳奇宋有戲曲金有院本雜劇而元因之然院本雜劇釐而爲二矣院本則五人一曰副淨古謂之參軍一曰副末古謂之蒼鶻鶻能擊衆禽末可打副淨故也一曰引戲一曰末泥一曰孤裝又謂之五花爨弄或云宋徽宗見爨國人來朝其衣裝鞵履巾裹傅粉墨舉動可笑使優人效之以爲戲又有𧮪叚亦院本之意但差簡耳取其如火𧮪易明而易滅也其間副淨有道念有筋斗有科汎教坊色長魏武劉三人最著魏長於念誦武長於筋斗劉長於科汎至今樂人皆宗之院本名目多不具載然金章宗時有董解元所編西廂記世代未遠尙罕解者況今雜劇中曲調之冗乎因取諸曲名分調類編以備好事稽古者之一覽云

黃鍾宮三十三章

醉花陰　喜遷鶯

出隊子　刮地風

四門子　節節高節一作接

者刺古　興龍引龍一作隆

願成雙　拋毬樂一作綵樓春

塞鴈兒　紅錦袍一作紅衲襖

晝夜樂
人月圓
傾杯序
文如錦
九條龍
古神仗兒
古水仙子
古寨兒令寨一作賽
降黃龍滾
金殿樂三重
三煞
二煞
柳葉兒與仙呂出入
賀聖朝與中呂商調出入
山坡羊一作蘇武持節與中呂出入
掛金索以下二章與商調出入
侍香金童
女冠子一作雙鳳翅與大石出入
尾聲
隨尾南呂通用
隨煞仙呂雙調越調大石通用

正宮五十四章

端正好與仙呂不同
滾繡毬
倘秀才
呆骨朵一作靈壽杖
叨叨令
笑和尚一作笑歌賞
黃梅雨
芙蓉花
錦庭芳
黑漆弩一作學士吟又作鸚鵡曲
月照庭
最高樓

甘草子　　靈壽哥
番馬舞西風　　攤破滿庭芳
三錯煞　　二錯煞
賽鴻秋以下三章與仙呂中呂出入　　滿庭芳
醉太平　　貨郎兒以下五章與仙呂出入
怕春歸　　六幺遍一作柳稍青
金殿喜重重　　四換頭
伴讀書以下二十二章與中呂出入　　窮河西
菩薩蠻　　脫布衫
紅繡鞋一作朱履曲　　小梁州
上小樓　　普天樂
白鶴子　　快活三
朝天子一作謁金門　　四邊靜
喜春來一作陽春曲　　剔銀燈
蔓菁菜　　鮑老兒
柳青娘　　道和和一作合
十二月　　堯民歌
蠻姑兒　　雙鴛鴦

耍孩兒本般涉調與中呂雙調出入　轉調貨郎兒與南呂出入
隨煞尾　啄木兒煞與中呂出入
煞尾與中呂南呂大石出入　收尾與南呂雙調越調出入

仙呂宮六十一章

點絳唇　八聲甘州
混江龍　油葫蘆
天下樂　那吒令
鵲踏枝　金盞兒一作醉金盞
醉扶歸　一半兒
翠裙腰　綠紗窗
憶帝京　春歸犯
瑞鶴仙　醉鴈兒
大安樂　穿窗月
憶王孫　玉花秋
錦橙梅　太常引
柳外樓　雙鴈子子一作兒
端正好與正宮不同楔子多用之　祅神急與雙調不同
上京馬上一作尙與商調不同　低過金盞兒

六幺遍以下四章與正宮中呂出入
醉太平
賽鴻秋
滿庭芳
怕春歸以下三章與正宮出入
貨郎兒
金殿喜重重
六幺序以下二章與中呂出入
六幺令
村裏迓古以下十二章與商調出入
元和令
上馬嬌
遊四門
勝葫蘆
賞花時
後庭花
柳葉兒
青哥兒
鳳鸞吟
鴈兒
四季花
寄生草以下四章與雙調出入
清江引
醉中天
得勝樂得一作德
三番玉樓人與越調出入
好觀音以下三章與大石出入
歸塞北一作望江南
青杏兒兒一作子
賺煞
後庭花煞
賺尾與南呂出入
隨煞與黃鍾雙調大石出入

中呂宮七十三章

粉蝶兒　醉春風與雙調不同
叫聲　石榴花
迎仙客　醉高歌
古鮑老　酥棗兒
齊天樂　紅衫兒
鴛鴦兒　喬捉蛇
鵲打兎　賣花聲一作昇平樂
鬬鵪鶉與越調不同　紅芍藥與中呂不同
貨郎兒犯　古調石榴花
鮑老三臺滚　三轉小梁州
攤破喜春來　哨遍以下五章本般涉調
牆頭花　麻婆子一作臉兒紅
急曲子一作促板令　瑤臺月
賀聖朝與黃鍾商調出入　山坡羊與黃鍾出入
滿庭芳以下三章與正宮仙呂出入　賽鴻秋
醉太平　耍孩兒一作魔合羅與正宮雙調出入
紅繡鞋以下廿三章與正宮出入　上小樓
小梁州　脫布衫

普天樂　快活三
四邊靜　朝天子
剔銀燈　蔓菁菜
鮑老兒　十二月
堯民歌　柳青娘
道和　喜春來
伴讀書　白鶴子
雙鴛鴦　蠻姑兒
菩薩蠻　窮河西
四換頭　六幺遍以下三章與仙呂出入
六幺序　六幺令
乾荷葉一作翠盤秋與南呂出入　水仙子以下五章與雙調出入
亂柳葉　鎮江迴
風流體　播海令
古竹馬以下二章與越調出入　鬼三台台一作臺
尾聲以下二章本般涉調　煞
賣花聲煞　啄木兒煞與正宮出入
隔尾與南呂出入　淨瓶兒煞與大石出入

煞尾與正宮南呂大石出入

南呂宮三十九章

一枝花一作占春魁　梁州第七
罵玉郎一作瑤華令　感皇恩
採茶歌一作楚江秋　牧羊關
賀新郎　哭皇天一作玄鶴鳴
烏夜啼　四塊玉
神仗兒　絮蝦蟆一作草池春又作鬬蝦蟆
楚天秋　鵪鶉兒
蝦蟆序　醉鄉春
紅芍藥與中呂不同　菩薩梁州
攤破採茶歌　三煞
二煞　幺煞
轉調貨郎兒與正宮出入　乾荷葉與中呂出入
側磚兒以下七章與反調出入　竹枝歌
金字經一作閱金經　一機錦
梧桐樹　水仙子一作凌波仙又湘妃怨又馮夷曲
玉嬌枝嬌一作交　黃鍾尾

神仗兒煞　隔尾隨煞
隔尾黃鍾煞　隨尾與黃鍾出入
隔尾與中呂出入　收尾與正宮雙調越調出入
煞尾與正宮中呂大石出入

雙調一百三十三章

新水令　五供養
駐馬聽　步步嬌一作潘妃曲
喬木查一作銀漢浮槎　喬牌兒
攪箏琶　掛玉鉤一作掛搭沽
落梅風一作壽陽曲　甜水令一作滴滴金
川撥棹　折桂令即秋風第一枝又天香引又蟾宮曲
七兄弟　梅花酒
收江南收一作喜　醉春風與中呂不同
江兒水　沽美酒一作瓊林宴
太平令　對玉環
錦上花　碧玉簫
豆葉黃　慶東原原一作園
風入松　撥不斷一作續斷弦

青玉案
殿前歡 一作小婦孩兒又作鳳將雛
殿前喜
搗練子 一作胡搗練
夜行船
快活年
胡十八
一錠銀
早鄉詞
石竹子
天仙子
山石榴
相公愛 一作駙馬還朝
阿納忽 納一作那
不拜門 不一作小
大拜門
慢金盞 一作金盞子
也不囉 一作野落索
忽都白 忽一作古
倘兀歹 倘一作唐
慶宣和
十棒鼓
醉娘子 一作醉也摩挲
月兒彎
真個醉
動相思
朝元樂
海天晴
好精神
鳳引雛
豆葉兒
荊湘怨 一作漢汪秋
行香子
掛打燈
蝶戀花
山丹花

雕刺鵠　棗鄉詞
珍珠馬　太清歌
太平歌　祆神急與仙呂不同
阿忽令　慶豐年
天仙令　新時令
小陽關　秋蓮曲
華嚴讚　神曲纏
大德樂　楚天遙
秋江送　枳郎兒
皂旗兒　沉醉東風
月上海棠　掛玉鈎序一作掛搭序
魚遊春水　小喜人心
大喜人心　一緺兒麻
金娥神曲　三犯白苧歌
万花方三臺　河西六娘子
驟雨打新荷　間金四塊玉
減字木蘭花　高過金盞兒
河西水仙子　農樂歌兼破鴈兒落

沙子兒攤破清江引　三煞
二煞　四邊靜以下三章與正宮中呂出入
朝天子　耍孩兒
青哥兒與仙呂商調出入　寄生草以下四章與仙呂出入
小將軍　得勝樂
清江引　亂柳葉以下四章與中呂出入
風流體　鎮江迴
播海令　側磚兒一作荆山玉以下七章與南呂出入
竹枝歌　玉嬌枝
金字經　一機錦
梧桐樹　水仙子
鴈兒落以下六章與商調出入　得勝令一作凱歌迴又作陣陣贏
春閨怨　牡丹春
大德歌　玉胞肚
水調煞　轉調煞
鴛鴦煞　離亭宴煞
離亭宴帶歇指煞　隨煞與黃鍾仙呂越調大石出入
收尾與正宮南呂越調出入

商調五十章

集賢賓　逍遙樂
八寶粧　梧葉兒一作知秋令
金菊香　醋葫蘆
水紅花　賢聖吉
望遠行　滿堂春
秦樓月　桃花浪
涼亭樂　浪來里
滿堂紅　上京馬與仙呂不同
芭蕉延壽　魚遊春水
高過浪來里　應天長以下五章本商角調
黃鶯兒　垂絲釣
蓋天旗　踏莎行
賀聖朝與黃鍾中呂出入　掛金索以下二章與黃鍾出入
侍香金童　小梁州與正宮中呂出入
青哥兒與仙呂雙調出入　村裏迓古以下十一章與仙呂出入
元和令　上馬嬌
遊四門　勝葫蘆

後庭花　柳葉兒
賞花時　雙鴈兒
鳳鸞吟　四季花
春閨怨以下五章與雙調出入　鴈兒落一作平沙落鴈
得勝令　大德歌
玉胞肚　酒旗兒與越調出入
尾聲本商角調　高平煞
浪來里煞　高平隨調煞

越調三十八章

鬬鵪鶉與中呂不同　耍三台台一作臺
紫花兒序　小桃紅
調笑令一作含笑花　天淨紗
禿廝兒一作耍廝兒又作小沙門　金蕉葉
聖藥王　麻郎兒
絡絲娘　綿搭絮
拙魯速　東原樂
凭欄人　青山口
黃薔薇　慶元貞

踏陣馬　雪裏梅
寨兒令一作柳營曲　眉兒彎
送遠行　鄆州春
梅花引　看花迴
南鄉子　糖多令
雪中梅　小絡絲娘
醉中天以下二章與仙呂出入　三番玉樓人
鬼三台一作三臺印與中呂出入　古竹馬與南呂出入
酒旗兒與商調出入　尾聲
隨煞與黃鍾仙呂雙調大石出入　收尾與正宮南呂雙調出入

大石調三十五章

六國朝　念奴嬌
催拍子　喜梧桐
初問口一作卜金錢　喜秋風
怨別離　淨瓶兒
玉翼蟬　常相會
催花樂一作擂鼓體　百字令
憨郭郎一作蒙童兒　還京樂

荼蘼香　驀山溪
鷓鴣天　燈月交輝
鴈過南樓　初生月兒
林裏雞近　陽關三疊
天上謠以下三章本小石調　惱殺人
伊州遍　女冠子與黄鍾出入
好觀音以下三章與仙呂出入　青杏兒本小石調
歸塞北　尾聲本小石調
觀音煞　帶賺煞
玉翼蟬煞　淨瓶兒煞與中呂出入
隨煞與黄鍾仙呂雙調越調出入

燕南芝庵論曲

古云絲不如竹竹不如肉以其近之也又云取來歌裏唱勝向笛中吹

詞山曲海千生萬熟三千小令四十大曲

成文章曰樂府有尾聲曰套數時行小令曰葉兒套數當有樂府氣味樂府不可似套數

古善唱者五人秦青薛譚韓秦娥沈古之李存符帝王知音者五

人唐玄宗後唐莊宗南唐後主宋徽宗金章宗
近世所謂大曲蘇小小蝶戀花鄧千江望海潮蘇東坡念奴嬌辛
稼軒摸魚兒晏叔原鷓鴣天柳耆卿雨霖鈴吳彥高春草碧朱淑
真生查子蔡伯堅石州慢張子野天仙子
三教所尙道家唱情釋家唱性儒家唱理
凡唱曲有地所東平唱木蘭花慢大名唱摸魚兒南京唱生查子
彰德唱木斛沙陜西唱陽關三疊黑漆弩
凡聲音各應律呂分六宮十一調仙呂宮宜清新綿邈南呂宮
宜感歎傷悲中呂宮宜高下閃賺黃鍾宮宜富貴纏綿正宮宜惆
悵雄壯道宮宜飄逸清幽大石調宜風流醞藉小石調宜旖旎嫵
媚高平調宜條物滉漾般涉調宜拾掇坑塹歇指調宜急併虛歇
商角調宜悲傷婉轉雙調宜健捷激裊商調宜悽愴怨慕角調宜
嗚咽悠揚宮調宜典雅沉重越調宜陶寫冷笑
凡唱所忌子弟不唱作家歌浪子不唱及時曲男不唱豔詞女不
唱雄曲南人不唱北人不歌
凡歌之格調有抑揚頓挫有頂疊垛換有縈紆牽結有敦拖嗚咽
有推題九轉有搖欠遏透
凡歌之節奏有停聲有待拍有偷吹有拽棒有字真有句篤有依

腔有貼調

凡歌一聲聲有四節曰起末曰過度曰揾簪曰攧落

凡歌一句句有聲韻一聲平一聲背一聲圓聲要圓熟腔要徹滿

凡一曲中各有其聲曰變聲曰敦聲曰抗聲曰啀聲曰困聲

凡歌有三過聲曰偷氣曰取氣曰換氣曰歇氣曰就氣又愛者有一口氣

凡歌聲變件有三臺有破子有遍子有攧落有實催有全篇有尾聲有賺煞有隨煞有隔煞有羯煞有本調煞有拐子煞有三煞有十煞

凡調有子母有姑舅兄弟有字多聲少有聲少字多所謂一串驪珠也如仙呂點絳唇大石調青杏子世稱爲殺唱劊子

有愛唱者有學唱者有能唱者有會唱者有高不揭低不咽有排字兒打截兒放揹兒唱意兒明揹兒暗揹兒長揹兒短揹兒碎揹兒

凡人聲音不等各有所長有川嗓有堂聲皆合破簫管大抵唱得雄壯者失之村沙唱得蘊拽者失之乜斜唱得輕巧者失之寒賤唱得本分者失之老實唱得用意者失之穿鑿唱得打掐者失之本調

凡唱節病有困的灰的涎的叫的大的有樂官聲撒錢聲拽鋸聲猫叫聲不入耳不着人不徹腔不合調工夫少遍數少步力少官場少字樣訛文理差無叢林無傳授嗓拗劣調落架漏氣

凡唱聲病散散焦焦乾乾冽冽啞啞嗄嗄尖尖低低雌雌雄雄短短憨憨濁濁赸赸格嗓囊鼻搖頭歪口合眼張口撮脣撇口昂頭咳嗽

凡添字病如則他兀那是他家俺子道我不見兀的不呢一條了脣撒了一片了團圞了破孩了茄子了之類是也

高安周挺齋論曲

凡作樂府切忌有傷於音律如女真風流體等樂章皆以女真人音聲歌之雖字有差訛不傷音律不爲害也大抵先要明腔後要識譜審其音而爲之庶不忝於先輩至如詞中字多難唱處橫放傑出皆是才人拴縛不住之氣自非老於文學者即爲劣調矣

凡經史語樂府語天下通語可入雜劇如俗語蠻語謔語嗑語市語譏誚語各處鄉語書生語构肆語張打油語皆不可入如雙聲疊韻語不可專意作之然亦不可無此體總之造語必儁用字必熟太文則迂不文則俗文而不文俗而不俗要聳觀又聳聽格調高音律好襯字無平仄穩

凡樂府最忌者有四一曰語病如達不着主母機或對曰燒公鴨舉坐大笑是也二曰語澁謂句生硬而平仄不叶是也三曰語粗謂無細膩儁美之詞是也四曰語嫩謂詞句太弱且庸腐又不切當專務鄙猥小家全無大氣象是也

凡用事要明事隱使隱事明使

凡作樂府要知某調某句某是務頭可施儁語於其上其餘宜自立一家言不可多用全語

凡對偶如逢雙必對自然之理也又扇面對如調笑令第四句對第六句第五句對第七句駐馬聽起四句是也又重疊對如鬼三臺第一句對第二句第四句對第五句第一第二第三句對第四第五第六句是也又救尾對如紅繡鞋第四第五第六句爲三對寨兒令第九第十第十一句爲三對是也

有六字三韻詞家以爲難如西廂麻郎兒幺云忽聽一聲猛驚太平令云自古相女配夫是也

吳興趙子昂論曲

良家子弟所扮雜劇謂之行家生活娼優所扮謂之戾家把戲蓋以雜劇出於鴻儒碩士騷人墨客所作皆良家也彼娼優豈能辦此故關漢卿以爲非是他當行本事我家生活他不過爲奴隸之

役供笑獻勤以奉我輩耳子弟所扮是我一家風月雖復戲言甚合於理

院本中有娼夫之詞名曰綠巾詞雖有絶佳者不得並稱樂府如黄番綽鏡新磨雷海青輩皆古名娼止以樂名呼之亘世無字今趙明鏡訛傳趙文敬張酷貧訛傳張國賓皆非也

丹丘先生論曲

雜劇有正末副末狚狐靚鴇猱捷譏引戲九色之名正末者當場男子能指事者也俗謂之末泥副末執磕瓜以扑靚即古所謂蒼鶻是也當場之妓曰狚狚猶之雌者也其性好淫今俗訛爲旦狐當場粧官者是也今俗訛爲孤靚傳粉墨獻笑供謟者也粉白黛綠古稱靚粧故謂之粧靚色今俗訛爲淨妓女之老者曰鴇鴇似鴈而大無後趾虎文喜淫而無厭諸鳥求之即就世呼獨豹者是也凡妓女總稱曰猱猱亦猨屬喜食虎肝腦虎見而愛之輒負於背猱乃取蝨遺虎首虎即死取其肝腦食焉以喻少年愛色者亦如遇猱然不至喪身不止也捷譏古謂之滑稽雜劇中取其便捷譏謔故云引戲即院本中之狚也

构肆中戲房出入之所謂之鬼門道言其所扮者皆已往昔人出入於此故云鬼門愚俗無知以置鼓於門改爲鼓門道後又訛而

爲古皆非也蘇東坡詩有云搬演古人事出入鬼門道

諸曲調中句字不拘可以增損者一十四章正宮則端正好貨郎兒煞尾仙呂則混江龍後庭花青哥兒南呂則草池春鵪鶉兒黃鍾尾中呂則道和雙調則新水令折桂令川撥棹梅花酒是也

曲名同音律不同者一十六章黃鍾雙調皆有水仙子黃鍾越調皆有寨兒令仙呂正宮皆有端正好仙呂雙調皆有袄神急仙呂商調皆有上京馬中呂越調皆有鬬鵪鶉中呂南呂皆有紅芍藥中呂雙調皆有醉春風是也

涵虛子論曲

戲曲至隋始盛在隋謂之康衢戲唐謂之梨園樂宋謂之華林戲元謂之昇平樂

雜劇有十二科一曰神仙道化二曰林泉丘壑三曰披袍秉笏四曰忠臣烈士五曰孝義廉節六曰叱姦罵讒七曰逐臣孤子八曰鏺刀趕棒九曰風花雪月十曰悲歡離合十一曰煙花粉黛十二曰神頭鬼面

古今羣英樂府各有其目馬東籬如朝陽鳴鳳張小山如瑤天笙鶴白仁甫如鵬摶九霄李壽卿如洞天春曉喬孟符如神鰲鼓浪費唐臣如三峽波濤宮大用如西風鵰鶚王實甫如花間美人張

鳴善如彩鳳刷羽關漢卿如瓊筵醉客鄭德輝如九天珠玉白無咎如太華孤峯貫酸齋如天馬脫羈鄧玉賓如幽谷芳蘭滕玉霄如碧漢閑雲鮮于去矜如奎璧騰輝商政叔如朝霞散彩范子安如竹裏鳴泉徐甜齋如桂林秋月楊淡齋如碧海珊瑚李致遠如玉匣昆吾鄭廷玉如佩玉鳴鑾劉庭信如摩雲老鶻吳西逸如空谷流泉秦竹村如孤雲野鶴馬九皋如松陰鳴鶴石子章如清風爽籟朱庭玉如百卉爭芳庾吉甫如奇峯散綺楊立齋如風煙花柳楊西菴如花柳芳妍胡紫山如秋潭孤月張雲莊如玉樹臨風元遺山如窮崖孤松高文秀如金瓶牡丹阿魯威如鶴唳青霄呂止菴如晴霞結綺荊幹臣如珠簾鸚鵡薩天錫如天風環珮薛昂夫如雪窗翠竹顧均澤如雪中喬木周德清如玉笛橫秋不忽麻如閑雲出岫杜善夫如鳳池春色鍾繼先如騰空寶氣王仲文如劍氣騰空李文蔚如雪壓蒼松楊顯之如瑤臺夜月顧仲清如鵬鶚沖霄趙文寶如藍田美玉趙明遠如太華晴雲李子中如清廟朱瑟李取進如壯士舞劍吳昌齡如庭草交翠武漢臣如遠山疊翠李直夫如梅邊月影馬昂夫如秋蘭獨茂梁進之如花裏啼鶯紀君祥如雪裏梅花于伯淵如翠柳黃鸝王廷秀如月印寒潭姚守中如秋月揚輝金志甫如西山爽氣沈和甫如翠屏孔雀睢景

臣如鳳管秋聲周仲彬如平原孤隼吳仁卿如山間明月秦簡夫如峭壁孤松石君寶如羅浮梅雪趙公輔如空山清嘯孫仲章如秋風鐵笛岳伯川如雲林樵響趙子祥如馬嘶芳草李好古如孤松掛月陳存甫如湘江雪竹鮑吉甫如老蛟泣珠戴善甫如荷花映水張時起如鴈陣驚寒趙天錫如秋水芙蓉尙仲賢如山花獻笑王伯成如紅鴛戲波王子一如長鯨飲海王文昌如滄海明珠谷子敬如崐山片玉藍楚芳如秋風桂子陳克明如九畹芳蘭李唐賓如孤鶴鳴皐穆仲義如洛神凌波湯舜民如錦屏春風賈仲名如錦帷瓊筵楊景言如雨中之花蘇復之如雲林文豹楊彥華如春風飛花楊文奎如匡廬疊翠夏均政如南山秋色唐以初如仙女散花前九十八人已經題目此外一百五人並稱傑作未可以優劣論也其姓名列如左董解元盧疎齋鮮于伯機馬海粟趙子昂李溉之曾褐夫班彥功童童學士孛羅御史郝新齋陳敘實劉時中徐子方馬彥良闞志學孫子羽曹以齋王繼學康進之張子益陳子厚孫叔順呂元禮李茂之亢文苑曹子真左山孟漢卿徐容齋嚴忠齋董君瑞任則明呂濟民查德卿武林隱王元鼎里西瑛衛立中李伯瞻趙顯宏劉通齋杲元啓唐毅夫孫周卿高則誠李愛山宋方壺姚牧庵景元啓曾瑞卿李伯瑜吳克齋李德載

王和卿杜遵禮程景初趙彥暉王敬甫鄧學可沙正卿趙明道王仲誠夢簡李邦基呂天用睢玄明王仲元高安道張子友侯正卿史九敬先李寬甫彭伯成李行道趙君祥汪澤民陸顯之孔文卿秋君厚張壽卿費君祥陳定甫劉唐卿阿里耀卿王愛山奧敦周卿諸察善長范冰壺施君美黃德潤沈珙之劉聰張九廖弘道陳彥實吳中立錢子雲高敬臣曹明善張子堅王日華王舉之陳德和丘士元

元曲論

音律宮調

五音

宮屬土性圓爲君其色黃在天符土星於人曰信分旺四季

商屬金性方爲臣其色白在天符金星於人曰義應秋之節

角屬木性直爲民其色青在天符木星於人曰仁應春之節

徵屬火性明爲事其色赤在天符火星於人曰禮應夏之節

羽屬水性潤爲物其色黑在天符水星於人曰智應冬之節

六律

太簇　姑洗　蕤賓

夷則　無射　黃鍾

六呂

大呂　應鍾　南呂

林鍾　仲呂　夾鍾

六宮

仙呂宮　南呂宮　黃鍾宮

中呂宮　正宮　道宮

十一調

大石調　小石調　高平調
般涉調　宮調　商調
角調　越調　雙調
商角調　歇指調

元羣英所撰雜劇共五百四十九本蓋雜劇者太平之勝事非太平則不出今以耳聞目擊者收錄譜中天下才子非一人管見不能備知望後之賞音者增入焉以下俱見涵虛子

馬致遠共十三本
漢宮秋　任風子
薦福碑　岳陽樓第三折花李郎折紅字李二
青衫泪　黃粱夢
陳摶高臥　誤入桃源源一作園
酒德頌　齋後鍾
歲寒亭　戚夫人
踏雪尋梅

王實甫共二十二本
西廂記五本　芙蓉亭
麗春堂　破窰記二本

多月亭　販茶船二本
明達賣子　陸績懷橘
七步成章　麗春園二本
于公高門二本　進梅諫二本
雙題怨
關漢卿共六十本
救風塵　玉鏡臺
謝天香　望江亭一作切鱠旦
蝴蝶夢　竇娥寃
金線池　緋衣夢
對玉梳一云對玉釧　哭魏徵
裴度還帶　哭存孝
復落娼　黃花峪一云萬花堂
哭香囊　三負心
鬼團圓　進西施
春衫記　立宣帝
拜月亭　劉夫人
鷓鴣天　汴河寃

勘龍衣	雙鴛車
宣華妃	三撇嵌
牽龍舟	瘸馬記
救啞子	哭昭君
雙赴夢	酹江月
調風月	江梅怨
認先皇	三嚇赦
鬧邢州	狄梁公
柳絲亭	王皇后
玉簪記	破窰記二本
錢大尹一作鬼報錢大尹	救周勃
姻緣簿	銅瓦記
鑿壁偷光	綠珠墜樓
管寧割席	敬德歸唐
織錦迴文	孫康映雪
高鳳漂麥	陳母教子
擔水澆花旦二本	降生趙太祖
金銀交鈔三告狀	單刀會

白仁甫共十七本

梧桐雨　牆頭馬上

流紅葉　錢塘夢

銀箏怨　崔護謁漿二本

祝英臺　斬白蛇

幸月宮　東牆記

高祖歸莊　蕭翼賺蘭亭

燈月鳳凰船　絕纓會

閻師道趕江二本

喬孟符共八本

金錢記　楊州夢

兩世姻緣　黃金臺

認玉釵　勘風情

節婦碑　荊公遣妾

費唐臣共三本

斬鄧通　貶黃州

韋賢籯金

宮大用共六本

范張雞黍　托公書
釣魚臺　汲黯開倉
越王嘗膽　御賞鳳凰樓
尙仲賢共十本
柳毅傳　單鞭奪槊一作三奪槊
張生煑海　崔護謁漿
秉燭旦　王魁負桂英
越娘背燈　歸去來兮
諸葛論功
庾吉甫共十六本
薦馬周　凌波夢
蘭昌宮　青陵臺
華淸宮　霓裳怨
蘂珠宮　罵上元
麗春園二本　買臣負薪
雞鳴度關　周處三害
琵琶怨　江月錦帆舟
裴航遇雲英

高文秀共三十五本

誶范叔　黑旋風雙獻功一云雙獻頭

謁魯肅　打瓦勸

鬬雞會　論杜康

問啞禪　並頭蓮

打呂胥　鎖水母

牡丹園　潘安擲果

廉頗負荊　趙堯辭金

張敞畫眉　班超投筆二本

霸王舉鼎　子胥走樊城

門神訴冤　風月害夫人二本

趙元遇上皇　養子不及父

敷演劉要和　黑旋風喬教學

麗春園二本　窮秀才雙棄瓢

劉先主襄陽會　豹子秀才不當差

豹子令史乾請俸　謊秀才

黑旋風借屍還魂　窮風月

鄭德輝共二十本

㑳梅香一作翰林風月　倩女離魂
王粲登樓　細柳營二本
紫雲娘　秦樓月
採蓮舟　哭晏嬰
伊尹扶湯　無鹽破壞
月夜聞箏　梨園樂府
周公攝政　太后摔印
指鹿道馬　三戰呂布二本
玉樹後庭花　哭孫子
李文蔚共十本
燕青博魚　圯橋進履
金水題紅怨　燕青射鴈
魚鴈傳情　謝玄破苻堅
漢武帝哭李夫人　蔡蕭宗醉寫石州慢
盧亭亭擔水澆花旦
侯正卿一本
燕子樓
史九敬先一本

莊周夢
孟漢卿一本
魔合羅
戴善夫共五本
風光好　紫雲亭
翫江樓　紅衣怪
伯瑜泣杖
張時起共三本
別虞姬　鞦韆怨
昭君出塞
李寬甫一本
問牛喘
彭伯城一本
京娘怨
趙公輔四本
倩女離魂二本　東山高臥二本
李行道一本
灰欄記

趙君祥一本
春夜梨花雨
費君祥一本
菊花會
紀君祥共八本
趙氏孤兒　韓退之
松陰夢　錯勘贓二本
販茶船二本　驢皮記
趙天錫共二本
何郎傅粉　金釵翦燭
梁進之共四本
于公高門二本　進梅諫二本
汪澤民一本
楊顯之共十本
糊突包待制
瀟湘夜雨　酷寒亭旦末二本
師婆旦　黑旋風喬斷案
劉泉進瓜　小劉屠

蒲魯忽劉屠大拜門
陳定甫一本
兩無功
李壽卿共十一本
伍員吹簫　斬韓信
歎骷髏　臨岐柳
鑑湖亭　祭瀼水
復奪受禪臺二本　辜負呂無雙
遠波亭　船子和尚秋蓮夢
王伯成共二本有天寶遺事行於世
貶夜郎　張騫浮槎
孫仲辛共三本
張鼎勘頭巾　白頭吟
遺留文書
趙明遠共二本
韓湘子　范蠡歸湖
劉唐卿一本
麻地傍印

李子中共二本

韓壽偷香　崔子弑齊君

武漢臣共十二本

老生兒　生金閣一云提頭鬼

玉壺春一云玉堂春　魯義姑

錯勘贜二本　天子班

關山怨　三戰呂布二本

韓信築壇　掛甲朝天

王仲文共十一本

救孝子一作不認屍　五丈原

錦香亭　石守信二本

王孫賈　諸葛祭風

董宣強項　張良辭朝

韓信乞食　王祥臥冰

陸顯之一本

宋上皇碎冬凌

李取進共三本

欒巴噀酒　復奪受禪臺

窮解子破雨傘
于伯淵共六本
小秦王　武三思
珍珠旗　斬呂布
鬼風月　餓劉友
岳伯川共二本
鐵拐李　夢斷楊貴妃
康進之共二本
李逵負荊　黑旋風老收心
王廷秀共四本
細柳營　焚典坑儒
鹽客雙告狀　石頭和尚草庵歌
石子章共二本
竹塢聽琴　竹窗雨
趙子祥共三本
石守信二本　崔和擔生
范子安共三本
竹葉舟　曲江池

杜甫遊春
李好古共四本
張生煮海二本　　鎮凶宅
巨靈神劈華山
曾瑞卿一本
留鞋記一作才子佳人誤元宵
狄君厚一本
火燒介子推
張壽卿一本
紅梨花
孔文卿共二本
東窗事犯二本
姚守中共三本
逢萌掛冠　　扯詔立中宗
郝廉留錢
李直夫共十三本
虎頭牌　　水渰藍橋
孝諫鄭莊公　　反闘娘子勸丈夫

伯道棄子　火燒祆廟
夕陽樓　占斷風光
念奴教樂　錯立身二本
壞盡風光　風月郎君怕媳婦
吳昌齡共十五本
張天師一作辰勾月　東坡夢
西天取經六本　賞黃花一作黃花峪
搜胡洞　眼睛記
抱石投江　狄青博馬
夜月走昭君　貨郎末尼
石君寶共十本
曲江池　秋胡戲妻
哭周瑜　雪香亭
紫雲亭　歲寒三友
柳眉兒金錢記　士女秋香怨
呂太后醢彭越　窮解子紅綃傘
金志甫共八本
西湖夢　追韓信

蔡琰還漢　東窗事犯二本

韓太師　鼎鑊諫

抱子設朝

陳存甫一作孝甫共二本

誤入長安　錦堂風月

睢景臣共三本

屈原投江　千里投人

牡丹記

周仲彬共五本

蘇武持節　孫武教女兵二本

杜韋娘　戲諫唐莊宗

吳仁卿共三本

子房貨劍　手卷記

火燒正陽門

顧仲清共二本

火燒紀信　陵母伏劍

沈和甫共六本

樂昌分鏡　燕山逢故人

朱蛇記　郭興阿楊
歡喜冤家　瀟湘八景
鮑吉甫共八本
史魚尸諫一作衞靈公　曹娥泣江
宋弘不諂　班超投筆
哭秦少遊　比干剖腹
楊震畏金　爲富不仁
趙文寶共六本
孫武教女兵二本　姜肱共被
糜竺收資　七德舞
執笏諫
孫子羽一本
月夜紫鸞簫
秦簡夫四本
東堂老一作破家子弟　趙禮讓肥
翦髮待賓　玉溪館
張鳴善共二本
烟花鬼　夜月瑤琴怨

鄭廷玉共二十一本

忍字記　楚昭公一作疎者下船

寃家債主　智勘後庭花

雙教化　王公綽

打李涣　送寒衣

金鳳釵　鳳凰兒

復勘贓　四馬投唐一作駟馬奔陣

貶楊州　欒城驛

哭韓信　漁父辭劍

孫恪遇猿　劉斌料到底

風月七真堂　因禍致福

貧兒乍富

范冰壺一本

鸘鷞裘第二折施君美三折黃德潤四折沈珙之

柯丹丘共十二本

私奔相如　九合諸侯

豫章三害　勘妬婦

瑤天松鶴　白日飛昇

獨步太羅　　肅清瀚海
辯三教　　烟花判
客窗夜話　　楊娭復落娼
王子一共四本
誤入桃源一作劉阮天台　　海棠風
楚岫雲　　花間四友一作鶯燕蜂蝶
劉東生共二本
嬌紅記二本　　月下老世間配偶
谷子敬共三本
城南柳　　枕中記
雪恨鬧陰司
楊舜民共二本
嬌紅記　　風月瑞仙亭
楊景言共二本
風月海亭　　史教坊斷生死夫妻
賈仲名一本
金安壽
楊文奎共四本

兒女團圓
玉盒記
王魁不負心
封陟遇上元
羅貫中一本
龍虎風雲會
李致遠一本
還牢末
楊景賢一本
劉行首
張國瑤一本
羅李郎一作大鬧相國寺
無名氏共一百五本
馬陵道
氣英布
賺蒯通
凍蘇秦
連環計
謝金吾一云私下三關
朱砂擔一作朱砂記
貨郎旦
陳琳抱粧盒
殺狗勸夫
桃花女一云智賺桃花女
盆兒鬼
鴛鴦被
昊天塔一作孟良盜骨

舉案齊眉　神奴兒一作大鬧開封府
飛刀對箭一作跨海東征　存孝打虎
醉寫赤壁賦　敬德不伏老
病打獨角牛　劉弘嫁婢
醉走黃鶴樓　霍光鬼諫
拂塵子　夢天台
望思臺　邢臺記
燕山夢　博望燒屯
彩扇題詩　火燒阿房宮
蘇秦還鄉　豫讓吞炭
田單火牛　托妻寄子
袁覺托笆　收心猿意馬
趙宗讓肥　月夜杜鵑啼
秋夜雲窗夢　留鞋記
張千贊殺妻　智賺三件寶
罟罟旦　滴水浮漚記
敬德撾怨鼓　四國旦
張順水裏報怨　京娘盜果

任貴五顆頭　繼母大賢
紙扇記　還牢旦
一丈青鬧元宵　智賺鬼擘口
錢神論　搥碎黃鶴樓
章臺柳　馮驩焚券
蟠桃會　包待制雙勘丁
詐遊雲夢　斬陳餘
盧仝七碗茶　千里獨行
賢孝牌　夜月荊娘墓
卓文君駕車　昇仙會
白蓮池　復奪衣襖車
打毬會　刀劈史鴉霞
楊香跨虎　打陳平
田真泣樹　祭三王
策立陰皇后　螺螄末尼
魯元公主　聖姑姑
黃魯直打到底　三賢婦
明皇村院會佳期　搬運太湖石

雙鬬醫　任千四顆頭
化胡成佛　風流娘子兩相宜
桂花精　柳成錯背妻
雪裏報冤　黃花寨
蔡順分椹　佳人寫恨
水簾寨　銷金帳
陶侃拿蘇峻　風雪待制
望香亭　才子留情
郭桓盜官糧　哀哀怨怨後庭花
危太僕衣錦還鄉
趙明鏡共三本以下四人俱係娼夫不得與名士並列
啞觀音　錯立身
武王伐紂
張酷貧共三本
合汗衫　薛仁貴
高祖還鄉
紅字李二共三本
板脊兒　病揚雄

武松打虎

花李郎共二本

相府院一云勘亭　　釘一釘

元知音善歌之士三十六人

盧綱咸陽人其音屬宮而雜商如神虎之嘯風雄而且壯又若腰鼓百面以破蒼蠅蟋蟀之鳴萬無一敵

李良辰塗陽人其音屬角如蒼龍之吟秋水予初入關寓昌化閒於軍中其時三軍喧轟萬騎雜遝歌聲一發壯士莫不傾耳默然無聲信當時之傑也

蔣康之金陵人其音屬宮如玉磬之擊明堂溫潤可愛癸未春渡南康夜泊彭蠡之南其夜將半江風吞波山月銜岫四無人語水聲淙淙康之扣船而歌江水澄澄江月明之詞湖上之民啓戶出聽者雜遝於岸少焉滿江如有長歎之聲自此名譽益遠矣

李通宛平人其音屬羽如玉笙之吹璠管清而且潤名冠薊北

華士良杭州人知臨洮府　　李伯舉鎮江人

王子敬臨清人　　九敬之色目人

樸頭王杭州匠人　　張仲文揚州人

甘平仲鎮江人　　秦梧葉陝西人

吳友執汴梁人　史九皋杭州人

劉彥達通州人　王善甫宛平人

傅秉文永平人　李時敬通州人

俞允中宛平人　湯執平沛縣人

張仲實塗陽人　李弘遠塗陽人

劉庭簡塗陽人　梅景初宛平人

李秉質塗陽人　馮彥臯台州人

郝璉宛平人一名郝國器　李彥中汴梁人

俞景中宛平人　靳士名宛平醫人

賀從善杭州醫人　蔣原佐宜興人

胡惟中濟寧人　王均佐遵化人

楊景輝鳳陽人　徐士傑杭州人

凡唱最忌做作如咂唇搖頭彈指頓足之態高低輕重添減太過字面此皆市井狂放輩輕薄淫蕩之聲徒能亂人耳目所貴者若遊雲之飛太虛上下無礙悠悠揚揚出其自然使人聽之可以消釋煩悶和悅性情通暢血氣斯爲天地正音故曰一聲唱到融神處毛骨蕭然六月寒

沉黑江明妃青塚恨
倣趙千里筆

破幽夢孤鴈漢宮秋
珍倣宋版印

破幽夢孤鴈漢宮秋雜劇

元 馬致遠撰

明吳興臧晉叔校

楔子

〔冲末扮番王引部落上詩云〕氈帳秋風迷宿草穹廬夜月聽悲笳控弦百萬爲君長款塞稱藩屬漢家某乃呼韓耶單于是也久居朔漠獨霸北方以射獵爲生攻伐爲事文王曾避俺東徙魏絳曾怕俺講和獯鬻玁狁逐代易名單于可汗隨時稱號當秦漢交兵之時中原有事俺國强盛有控弦甲士百萬俺祖公公冒頓單于圍漢高帝于白登七日用婁敬之謀兩國講和以公主嫁俺國中至惠帝呂后以來每代必循故事以宗女歸俺番家宣帝之世我衆兄弟爭立不定國勢稍弱今衆部落立我爲呼韓耶單于實是漢朝外甥我有甲士十萬南移近塞稱藩漢室昨曾遣使進貢欲請公主未知漢帝肯尋盟約否今日天高氣爽衆頭目每向沙堤射獵一番多少是好正是番家無產業弓矢是生涯〔下〕〔淨扮毛延壽上詩云〕爲人鵰心鴈爪做事欺大壓小全憑諂佞姦貪一生受用不了某非別人毛延壽的便是見在漢朝駕下爲中大夫之職因我百般巧詐一味諂諛哄的皇帝老頭兒十分歡喜言聽計從朝裏朝外那一個不敬我那一個不怕我我又學的一個法兒只是教皇帝少見儒臣多昵女色我這寵幸纔得牢固道尤未了聖駕早上〔正末扮漢元帝引內官宮女上詩云〕嗣傳十葉繼炎劉獨掌乾坤四百州邊塞久盟和議策從今高枕已無憂某漢元帝是也俺祖高皇帝奮布衣起豐沛滅秦屠項掙下這等基業傳到朕躬已是十代自朕嗣位以來四海晏然八方寧靜非朕躬有德皆賴衆文武扶持自先帝晏駕之後宮女盡放出宮去了今後宮寂寞如

何是好〔毛延壽云〕陛下田舍翁多收十斛麥尙欲易婦況陛下貴爲天子富有四海合無遣官徧行天下選擇室女不分王侯宰相軍民人家但要十五以上二十以下者容貌端正盡選將來以充後宮有何不可〔駕云〕卿說的是就加卿爲選擇使齎領詔書一通徧行天下刷選將選中者各圖形一軸送來朕按圖臨幸待卿成功回時別有區處〔唱〕

〔仙呂賞花時〕四海平安絶士馬五穀豐登沒戰伐寡人待刷室女選宮娃你避不的驅馳困乏看那一個合屬俺帝王家〔下〕

〔音釋〕 穹區容切 塞音賽 單音廛 獯音薰 鬻音育 玁音險 狁音允 可音克 冒音墨 頓音突 昵音匿 伐扶加切 娃音蛙 乏扶加切

第一折

〔毛延壽上詩云〕大塊黃金任意撾血海王條全不怕生前只要有錢財死後那管人唾罵某毛延壽領着大漢皇帝聖旨徧行天下刷選室女已選勾九十九名各家儘肯餽送所得金銀却也不少昨日來到成都秭歸縣選得一人乃是王長者之女名喚王嬙字昭君生得光彩射人十分豔麗真乃天下絶色爭奈他本是庄農人家無大錢財我問他要百兩黃金選爲第一他一則說家道貧窮二則倚着他容貌出衆全然不肯我本待退了他〔做忖科云〕不要倒好了他眉頭一縱計上心來只把美人圖點上些破綻到京師必定發入冷宮教他受苦一世正是恨小非君子無毒不丈夫〔下〕〔正旦扮王嬙引二宮女上詩云〕一日承宣入上陽十年未得見君王良宵寂寂誰來伴惟有琵琶引興長妾身王嬙小字昭君成都秭歸人也父親王長者平生務農爲業母親生妾時夢月光入懷復墜于地後來生下妾身年長一十八歲蒙恩選充後宮不想使臣毛延壽問妾身索要金銀

不會與他將妾影圖點破不曾得見君王現今退居永巷妾身在家頗通絲竹彈得幾曲琵琶當此夜深孤悶之時我試理一曲消遣咱〔做彈科〕〔駕引內官提燈上云〕某漢元帝自從刷選室女入宮多有不曾寵幸煞是怨望咱今日萬幾稍暇不免巡宮走一遭看那個有緣的得遇朕躬也呵〔唱〕

〔仙呂點絳唇〕車碾殘花玉人月下吹簫罷未遇宮娃是幾度添白髮

〔混江龍〕料必他珠簾不掛望昭陽一步一天涯疑了些無風竹影恨了些有月窗紗他每見絃管聲中巡玉輦恰便似斗牛星畔盼浮槎〔旦做彈科〕〔駕云〕是那裏彈的琵琶響〔內官云〕是〔正末唱〕是誰人偷彈一曲寫出嗟呀〔內官云〕快報去接駕〔駕云〕不要〔唱〕莫便要忙傳聖旨報與他家我則怕乍蒙恩把不定心兒怕驚起宮槐宿鳥庭樹栖鴉

〔云〕小黃門你看是那一宮的宮女彈琵琶傳旨去教他來接駕不要驚諕着他〔內官報科云〕兀那彈琵琶的是那位娘娘聖駕到來急忙迎接者〔旦趨接科〕〔駕唱〕

〔油葫蘆〕恕無罪吾當親問咱這裏屬那位下休怪我不曾來往乍行蹤我特來塡還你這淚揾濕鮫綃帕溫和你露冷透凌波襪天生下這艷姿合是我寵幸他今宵畫燭銀臺下剝地管喜信爆燈花

〔云〕小黃門你看那紗籠內燭光越亮了你與我挑起來看咱〔唱〕

〔天下樂〕和他也弄着精神射絳紗卿家你覷咱則他那瘦岩岩影

兒可喜殺〔旦云〕妾身早知陛下駕臨只合遠接接駕不早妾該萬死〔駕唱〕迎頭兒稱妾身滿口兒呼陛下必不是尋常百姓家

〔云〕看了他容貌端正是好女子也呵〔唱〕

〔醉中天〕將兩葉賽宮樣眉兒畫把一個宜梳裹臉兒搽額角香鈿貼翠花一笑有傾城價若是越勾踐姑蘇臺上見他那西施半籌也不納更敢早十年敗國亡家

〔云〕你這等模樣出衆誰家女子〔旦云〕妾姓王名嬙字昭君成都秭歸縣人父親王長者祖父以來務農爲業閭閻百姓不知帝王家禮度〔駕唱〕

〔金盞兒〕我看你眉掃黛鬢堆鴉腰弄柳臉舒霞那昭陽到處難安插誰問你一犁兩壩做生涯也是你君恩留枕簟天教雨露潤桑麻既不沙俺江山千萬里直尋到茅舍兩三家

〔云〕看卿這等體態如何不得近幸〔旦云〕妾父王長者當初選時使臣毛延壽索要金銀妾家貧寒無湊故將妾眼下點成破綻因此發入冷宮〔駕云〕小黃門你取那影圖來看〔黃門取圖看科〕

〔駕唱〕

〔醉扶歸〕我則問那待詔別無話却怎麼這顏色不加搽點得這一寸秋波玉有瑕端的是卿眇目他雙瞎便宜的八百姻嬌比並他也未必強如俺娘娘帶破賺丹青畫

〔云〕小黃門傳旨說與金吾衛便拏毛延壽斬首報來〔旦云〕陛下妾父母在成都見隸民籍望陛

下恩典寬免量與些恩榮咱〔駕云〕這個煞容易〔唱〕

〔金盞兒〕你便晨挑菜夜看瓜春種穀夏澆麻情取棘針門粉壁上除了差法你向正陽門改嫁的倒榮華俺官職頗高如村社長這宅院剛大似縣官衙謝天地可憐窮女婿再誰敢欺負俺丈人家

〔云〕近前來聽寡人肯封你做明妃者〔旦云〕量妾身怎生消受的陛下恩寵〔做謝恩科〕〔駕唱〕

〔賺煞〕且盡此宵情休問明朝話〔旦云〕陛下明朝早早駕臨妾這裏候駕〔駕唱〕到明日多管是醉臥在昭陽御榻〔旦云〕妾身賤微雖蒙恩寵怎敢望與陛下同榻〔駕唱〕休煩惱吾當且是耍鬬卿來便當真假恰纔家輦路兒熟滑怎下的真個長門再不踏明夜裏西宮閣下你是必悄聲兒接駕我則怕六宮人攀倒撥琵琶〔下〕

〔旦云〕駕回了也左右且掩上宮門我睡些去〔下〕

〔音釋〕 秭音子　碾奴典切　髮方雅切　輦連上聲　槎音茶　踏當加切　襪忘罵切　爆音報　殺雙鮓切　納囊亞切　插抽鮓切　簟音店　瞎香賈切　法方雅切　榻湯打切　滑呼佳切

第二折

〔番王引部落上云〕某呼韓單于昨遣使臣款漢請嫁公主與俺漢皇帝以公主尚幼爲辭我心中好不自在想漢家宮中無邊宮女就與俺一個打甚不緊直將使臣趕回我欲待起兵南侵又恐怕失了數年和好且看事勢如何別做道理〔毛延壽上云〕某毛延壽只因刷選宮女索要金銀將王

昭君美人圖點破送入冷宮不想皇帝親幸問出端的要將我加刑我得空逃走了無處投奔左右是左右將着這一軸美人圖獻與單于王着他按圖索要不怕漢朝不與他走了數日來到這裏遠遠的望見人馬浩大敢是穹廬也（做問科云）頭目你啓報單于王知道說漢朝大臣來投見哩（卒報科）（番王云）着他過來（見科云）你是甚麼人（毛延壽云）某是漢朝中大夫毛延壽有我漢朝西宮閤下美人王昭君生得絕色前者大王遣使求公主時那昭君情願請行漢主捨不的不肯放來某再三苦諫說豈可重女色失兩國之好漢主倒要殺我某因此帶了這美人圖獻與大王可遣使按圖索要必然得了也這就是圖樣（進上看科）（番王云）世間那有如此女人若得他做閼氏我願足矣如今就差一番官率領部從寫書與漢天子求索王昭君與俺和親若不肯與不日南侵江山難保就一壁廂引控甲士隨地打獵延入塞內偵候動靜多少是好（下）（旦引宮女上云）妾身王嬙自前日蒙恩臨幸不覺又旬月主上昵愛過甚久不設朝聞的升殿去了我且向妝臺邊梳妝一會收拾齊整只怕駕來好伏侍（做對鏡科）（駕上云）自從西宮閤下得見了王昭君使朕如痴似醉久不臨朝今日方才升殿等不的散了只索再到西宮看一看去（唱）

〔南呂一枝花〕四時雨露勻萬里江山秀忠臣皆有用高枕已無憂守着那皓齒星眸爭忍的虛白晝近新來染得些證候一半兒為國憂民一半兒愁花病酒

〔梁州第七〕我雖是見宰相似文王施禮一頭地離明妃早宋玉悲秋怎禁他帶天香着莫定龍衣袖他諸餘可愛所事兒相投消磨人幽悶陪伴我閑游偏宜向梨花月底登樓芙蓉燭下藏鬮體態是二

十年挑剔就的温柔姻緣是五百載該撥下的配偶臉兒有一千般說不盡的風流寡人乞求他左右他比那落伽山觀自在無楊柳見一面得長壽情繫人心早晚休則除是雨歇雲收

（做望見科云）且不要驚着他待朕悄地看咱（唱）

〔隔尾〕恁的般長門前抱怨的宮娥舊怎知我西宮下偏心兒夢境熟愛他晚妝罷描不成畫不就尙對菱花自羞（做到旦背後看科）（唱）我來到這粧臺背後元來廣寒殿嫦娥在這月明裏有

（旦做見接駕科）（外扮尚書丑扮常侍上詩云）調和鼎鼐理陰陽秉軸持鈞政事堂只會中書陪伴食何曾一日為君王某尚書令五鹿充宗是也這個是內常侍石顯今日朝罷有番國遣使來索王嬙和番不免奏駕來到西宮閣下只索進去（做見科云）奏的我主得知如今北番呼韓單于差一使臣前來說毛延壽將美人圖獻與他索要昭君娘娘和番以息刀兵不然他大勢南侵江山不可保矣（駕云）我養軍千日用軍一時空有滿朝文武那一個與我退的番兵都是些畏刀避箭的恁不去出力怎生教娘娘和番（唱）

〔牧羊關〕興廢從來有干戈不肯休可不食君祿命懸君口太平時賣你宰相功勞有事處把俺佳人遞流你們乾請了皇家俸着甚的分破帝王憂那壁廂鎖樹的怕彎着手這壁廂攀欄的怕攧破了頭

（尚書云）他外國說陛下寵暱王嬙朝綱盡廢壞了國家若不與他興兵弔伐臣想紂王只為寵妲己國破身亡是其鑒也（駕唱）

〔賀新郎〕俺又不曾徹青霄高蓋起摘星樓不說他伊尹扶湯則說那武王伐紂有一朝身到黃泉後若和他留侯留侯廝遘你可也羞那不羞您臥重裀食列鼎乘肥馬衣輕裘您須見舞春風嫩柳宮腰瘦怎下的教他環珮影搖青塚月琵琶聲斷黑江秋〔尚書云〕陛下咱這裏兵甲不利又無猛將與他相持倘或疎失如之奈何望陛下割恩與他以救一國生靈之命〔駕唱〕

〔鬭蝦蟆〕當日個誰展英雄手能梟項羽頭把江山屬俺炎劉全虧韓元帥九里山前戰鬭十大功勞成就恁也丹墀裏頭枉被金章紫綬恁也朱門裏頭都寵着歌衫舞袖恐怕邊關透漏央及家人奔驟似箭穿着鴈口沒個人敢咳嗽吾當僝僽他也他也他也紅妝年幼無人搭救昭君共你每有甚麼殺父母冤讎休休少不的滿朝中都做了毛延壽我呵空掌着文武三千隊中原四百州只待要割鴻溝陡恁的千軍易得一將難求

〔常侍云〕見今番使朝外等宣〔駕云〕罷罷罷教番使臨朝來〔番使入見科云〕呼韓耶單于差臣南來奏大漢皇帝北國與南朝自來結親和好曾兩次差人求公主不與今有毛延壽將一美人圖獻與俺單于特差臣來單索昭君為閼氏以息兩國刀兵陛下若不從俺有百萬雄兵刻日南侵以決勝負伏望聖鑒不錯〔駕云〕且教使臣館驛中安歇去〔番使下〕〔駕云〕您衆文武商量有策獻來可退番兵免教昭君和番大抵是欺娘娘軟善若當時呂后在日一言之出誰敢違拗若如此久

已後也不用文武只憑佳人平定天下便了〔唱〕

〔哭皇天〕你有甚事疾忙奏俺無那鼎鑊邊滾熱油我道您文臣安社稷武將定戈矛您只會文武班頭山呼萬歲舞蹈揚塵道那聲誠惶頓首如今陽關路上昭君出塞當日未央宮裏女主垂旒文武每我不信你敢差排呂太后枉以後龍爭虎鬪都是俺鸞交鳳友

〔旦云〕妾既蒙陛下厚恩當効一死以報陛下妾情願和番得息刀兵亦可留名青史但妾與陛下闈房之情怎生抛捨也〔駕云〕我可知捨不的卿哩〔尚書云〕陛下割恩斷愛以社稷爲念早早發送娘娘去罷〔駕唱〕

〔烏夜啼〕今日嫁單于宰相休生受早則俺漢明妃有國難投宅那裏黃雲不出青山岫投至兩處凝眸盼得一鴈横秋單注着寡人今歲攬閑愁王嬙這運添憔瘦翠羽冠香羅綬都做了錦蒙頭煖帽珠絡縫貂裘

〔云〕卿等今日先送明妃到驛中交付番使待明日朕親出灞陵橋送餞一盃去〔尚書云〕只怕使不的惹外夷恥笑〔駕云〕卿等所言我都依着我的意思如何不依好歹去送一送我一會家只恨毛延壽那廝〔唱〕

〔三煞〕我則恨那忘恩咬主賊禽獸怎生不畫在凌烟閣上頭紫臺行都是俺手裏的衆公侯有那椿兒不共卿謀那件兒不依卿奏爭忍教第一夜夢迤逗從今後不見長安望北斗生扭做織女牽牛

(尙書云)不是臣等強逼娘娘和番奈番使定名索取況自古以來多有因女色敗國者(駕唱)

(二煞)雖然似昭君般成敗都皆有誰似這做天子的官差不自由情知他怎收那膘滿的紫驊騮往常時翠轎香兜兀自倦朱簾揭繡上下處要成就誰承望月自空明水自流恨思悠悠

(旦云)妾身這一去雖爲國家大計爭奈捨不的陛下(駕唱)

(黃鍾尾)怕娘娘覺饑時吃一塊淡淡鹽燒肉害渴時喝一杓兒酪和粥我索折一枝斷腸柳餞一盃送路酒眼見得趕程途趁宿頭痛傷心重回首則怕他望不見鳳閣龍樓今夜且則向灞陵橋畔宿(下)

(音釋)閼音烟　氏音支　偵音稱　鸝音鳩　伽音茄　熟裳由切　鼐音奈　攧與跌同
妲音達　遘音垢　僝鋤山切　僽音驟　拗音要　鑊音和　岫音袖　餞音賤　行音杭　迤音移　逗音豆　膘音標　肉柔去聲　酪音澇　粥音肘　宿羞上聲

第三折

(番使擁旦上奏胡樂科旦云)妾身王昭君自從選入宮中被毛延壽將美人圖點破送入冷宮甫能得蒙恩幸又被他獻與番王形像今擁兵來索待不去又怕江山有失沒奈何將妾身出塞和番這一去胡地風霜怎生消受也自古道紅顏勝人多薄命莫怨春風當自嗟(駕引文武內官上云)今日灞橋餞送明妃却早來到也(唱)

(雙調新水令)錦貂裘生改盡漢宮妝我則索看昭君畫圖模樣舊恩金勒短新恨玉鞭長本是對金殿鴛鴦分飛翼怎承望

〔云〕您文武百官計議怎生退了番兵免明妃和番者〔唱〕

〔駐馬聽〕宰相每商量大國使還朝多賜賞早是俺夫妻悒怏小家兒出外也搖裝尙兀自渭城衰柳助淒涼共那灞橋流水添惆悵偏您不斷腸想娘娘那一天愁都撮在琵琶上

〔做下馬科〕〔與旦打悲科〕〔駕云〕左右慢慢唱者我與明妃餞一盃酒〔唱〕

〔步步嬌〕您將那一曲陽關休輕放俺咫尺如天樣慢慢的捧玉觴朕本意待尊前捱些時光且休問劣了宮商您則與我半句兒俄延着唱

〔番使云〕請娘娘早行天色晚了也〔駕唱〕

〔落梅風〕可憐俺別離重你好是歸去的忙寡人心先到他李陵臺上回頭兒却纔魂夢裏想便休題貴人多忘

〔旦云〕妾這一去再何時得見陛下把我漢家衣服都留下者〔詩云〕正是今日漢宮人明朝胡地妾忍着主衣裳爲人作春色〔留衣服科〕〔駕唱〕

〔殿前歡〕則甚麼留下舞衣裳被西風吹散舊時香我委實怕宮車再過青苔巷猛到椒房那一會想菱花鏡裏妝風流相兒的又橫心上看今日昭君出塞幾時似蘇武還鄉

〔番使云〕請娘娘行罷臣等來多時了也〔駕云〕罷罷罷明妃你這一去休怨朕躬也〔做別科駕云〕我那裏是大漢皇帝〔唱〕

〔鴈兒落〕我做了別虞姬楚霸王全不見守玉關征西將那裏取保親的李左車送女客的蕭丞相

〔尚書云〕陛下不必掛念〔駕唱〕

〔得勝令〕他去也不沙架海紫金梁枉養着那邊庭上鐵衣郎您也要左右人扶侍俺可甚糟糠妻下堂您但提起刀鎗却早小鹿兒心頭撞今日央及煞娘娘怎做的男兒當自強

〔尚書云〕陛下咱回朝去罷〔駕唱〕

〔川撥棹〕怕不待放絲韁咱可甚鞭敲金鐙響你管燮理陰陽掌握朝綱治國安邦展土開疆假若俺高皇差你個梅香背井離鄉臥雪眠霜若是他不戀恁春風畫堂我便官封你一字王

〔尚書云〕陛下不必苦死留他着他去了罷〔駕唱〕

〔七弟兄〕說甚麼大王不當戀王嬙兀良怎禁他臨去也回頭望那堪這散風雪旌節影悠揚動關山鼓角聲悲壯

〔梅花酒〕呀俺向着這迥野悲涼草已添黃色早迎霜犬褪得毛蒼人搠起纓鎗馬負着行裝車運着餱糧打獵起圍場他他他傷心辭漢主我我我攜手上河梁他部從入窮荒我鑾輿返咸陽返咸陽過宮牆過宮牆遶迴廊遶迴廊近椒房近椒房月昏黃月昏黃夜生涼夜生涼泣寒螿泣寒螿綠紗窗綠紗窗不思量

〔收江南〕呀不思量除是鐵心腸鐵心腸也愁淚滴千行美人圖今夜掛昭陽我那裏供養便是我高燒銀燭照紅妝〔尚書云〕陛下回鑾罷娘娘去遠了也〔駕唱〕

〔鴛鴦煞〕我煞大臣行說一個推辭謊又則怕筆尖兒那火編修講不見他花朵兒精神怎趁那草地裏風光唱道竚立多時徘徊半晌猛聽的塞鴈南翔呀呀的聲嘹喨却原來滿目牛羊是兀那載離恨的氈車半坡裏响〔下〕

〔番王引部落擁昭君上云〕今日漢朝不棄舊盟將王昭君與俺番家和親我將昭君封為寧胡閼氏坐我正宮兩國息兵多少是好衆將士傳下號令大衆起行望北而去〔做行科〕〔旦問云〕這裏甚地面了〔番使云〕這是黑龍江番漢交界去處南邊屬漢家北邊屬我番國〔旦云〕大王借一盃酒望南澆奠辭了漢家長行去罷〔做奠酒科云〕漢朝皇帝妾身今生已矣尚待來生也〔做跳江科〕〔番王驚救不及歎科云〕嗨可惜可惜昭君不肯入番投江而死罷罷罷就葬在此江邊號為青塚者我想來人也死了枉與漢朝結下這般讎隙都是毛延壽那廝撥弄出來的把都兒將毛延壽拿下解送漢朝處治我依舊與漢朝結和永為甥舅却不是好〔詩云〕則為他丹青畫誤了昭君背漢主暗地私奔將美人圖又來哄我要索取出塞和親豈知道投江而死空落的一見消魂似這等姦邪逆賊留着他終是禍根不如送他去漢朝哈喇依還的甥舅禮兩國長存〔下〕

〔音釋〕忘去聲　燮音屑　搠音朔　餱音侯　螿音漿　推退平聲　嘹音僚　喨音亮

第四折

〔駕引內官上云〕自家漢元帝自從明妃和番寡人一百日不曾設朝今當此夜景蕭索好生煩惱且將這美人圖掛起少解悶懷也呵〔唱〕

〔中呂粉蝶兒〕寶殿涼生夜迢迢六宮人靜對銀臺一點寒燈枕席間臨寢處越顯的吾身薄倖萬里龍廷知他宿誰家一靈真性

〔云〕小黃門你看罏香盡了再添上些香〔唱〕

〔醉春風〕燒盡御罏香再添黃串餅想娘娘似竹林寺不見半分形則留下這個影影未死之時在生之日我可也一般恭敬

〔云〕一時困倦我且睡些兒〔唱〕

〔叫聲〕高唐夢苦難成那裏也愛卿愛卿却怎生無些靈聖偏不許楚襄王枕上雨雲情

〔做睡科〕〔旦上云〕妾身王嬙和番到北地私自逃回兀的不是我主人陛下妾身來了也〔番兵上云〕恰纔我打了個盹王昭君就偷走回去了我急急趕來進的漢宮兀的不是昭君〔做拏旦下〕〔駕醒科云〕恰纔見明妃回來這些兒如何就不見了〔唱〕

〔剔銀燈〕恰纔這搭兒單于王使命呼喚俺那昭君名姓偏寡人喚娘娘不肯燈前應却原來是畫上的丹青猛聽得仙音院鳳管鳴更說甚簫韶九成

〔蔓青菜〕白日裏無承應教寡人不曾一覺到天明做的個團圓夢境〔鴈叫科唱〕却原來鴈叫長門兩三聲怎知道更有箇人孤另

〔鴈叫科〕〔唱〕

〔白鶴子〕多管是春秋高觔力短莫不是食水少骨毛輕待去後愁江南網羅寬待向前怕塞北雕弓硬

〔么篇〕傷感似替昭君思漢主哀怨似作薤露哭田横凄愴似和半夜楚歌聲悲切似唱三疊陽關令

〔鴈叫科〕〔云〕則被那潑毛團叫的悽楚人也〔唱〕

〔上小樓〕早是我神思不寧又添個寃家纏定他叫得慢一會兒緊一聲兒和盡寒更不爭你打盤旋這搭裏同聲相應可不差訛了四時節令

〔么篇〕你却待尋子卿覓李陵對着銀臺叫醒咱家對影生情則俺那遠鄉的漢明妃雖然得命不見你個潑毛團也耳根清淨

〔鴈叫科〕〔云〕這鴈兒呵〔唱〕

〔滿庭芳〕又不是心中愛聽大古似林風瑟瑟嵓溜泠泠我只見山長水遠天如鏡又生怕誤了你途程見被你冷落了瀟湘暮景更打動我邊塞離情還說甚過留聲那堪更瑤堦夜永嫌殺月兒明

〔黄門云〕陛下省煩惱龍體爲重〔駕云〕不由我不煩惱也〔唱〕

〔十二月〕休道是咱家動情你宰相每也生憎不比那雕梁燕語不比那錦樹鶯鳴漢昭君離鄉背井知他在何處愁聽

〔鴈叫科〕〔唱〕

〔堯民歌〕呀呀的飛過蓼花汀孤鴈兒不離了鳳凰城畫簷間鐵馬响丁丁寶殿中御榻冷清清寒也波更蕭蕭落葉聲燭暗長門靜〔隨煞〕一聲兒遶漢宮一聲兒寄渭城暗添人白髮成衰病直恁的吾家可也勸不省

〔尚書上云〕今日早朝散後有番國差使命綁送毛延壽來說因毛延壽叛國敗盟致此禍釁今昭君已死情願兩國講和伏候聖旨〔駕云〕既如此便將毛延壽斬首祭獻明妃着光祿寺大排筵席犒賞來使回去〔詩云〕葉落深宮鴈叫時夢回孤枕夜相思雖然青塚人何在還爲蛾眉斬畫師

〔音釋〕 吔敦上聲 覺音叫 薤音械 和去聲 訛音娥 聽平聲 嵓音巖 泠音凌 永于景切 丁音爭 釁欣去聲 犒音靠

題目 沉黑江明妃青塚恨

正名 破幽夢孤鴈漢宮秋

破幽夢孤鴈漢宮秋雜劇

韓飛卿醉趕柳眉兒

李太白匹配金錢記
珍倣宋版印

李太白匹配金錢記雜劇

元　喬孟符撰

明吳興臧晉叔校

第一折

〔冲末扮王府尹領張千上〕〔詩云〕束髮隨朝三十年官居京兆有威權可憐清操如秋水不受人間枉法錢老夫姓王名輔字公弼祖貫在京人氏自中甲第以來累蒙擢用隨朝數載因老夫廉能清正口無惡言心無妄慮常孜孜於忠孝不數數於功名謝聖恩可憐所除長安府尹之職不幸夫人早亡止有一女小字柳眉兒年長一十八歲未曾許聘聖人賜俺開元通寶金錢五十文永爲家寶老夫將金錢與女孩兒隨身懸帶教他避邪驅惡今奉聖人的命明日三月初三但是在京城裏外官員市戶軍民百姓人家或妻或妾或女都要赴九龍池賞楊家一捻紅那九龍池週圍摔紅繩爲界紅繩裏是文武官員家妻妾女孩兒紅繩外是軍民百姓家妻妾女孩兒係是聖語非同小可老夫叫將女孩兒出來分付他明日去九龍池賞楊家一捻紅孩兒那裏〔旦同梅香上云〕妾身是王府尹的女兒小字柳眉正在綉房中做女工父親呼喚不知有甚事〔梅香云〕老相公在前廳呼喚哩〔旦云〕喒見父親去來〔見科云〕父親叫你女孩兒有何分付〔王府尹云〕孩兒叫你出來不爲別事明日是三月三日但是官員市戶軍民百姓妻妾女孩兒都要到九龍池上賞楊家一捻紅我叫你來收拾細車兒須索前去〔旦云〕父親我是未出嫁的女孩兒怎生去的〔王府尹云〕孩兒此事非同小可乃是聖人的特旨並不敢隱一人你須索走一遭去〔旦云〕女孩兒從幼未曾出着閨門我又不知路徑教我怎生去的〔王府尹云〕孩兒此事容易明日駕起一輛細車兒着梅香

相伴叫兩個老成伴當伏侍你去（旦云）既然如此卽當領命（同梅香下）（王府尹云）張千另着兩個老成些的伴當同小姐九龍池上賞楊家一捻紅疾去早來者（同下）（外扮賀知章引從人上云）小官姓賀名知章字季真四明人也幼與李太白韓飛卿爲友自別之後小官任至禮部侍郎兼集賢院學士之職今因小弟韓飛卿攛過卷子未曾除授此人則是貪戀酒色無如奈何今日小官在於私宅聊備蔬酌與飛卿拂塵此人酒至半酣不知何往小官問家人每說道他九龍池上去了此人帶酒也若到九龍池上見了那貴家妻妾美女必然惹事左右將馬來小官直至九龍池上尋韓飛卿走一遭去（下）（正末扮韓飛卿上云）小生姓韓名翃字飛卿乃洛陽人也學成滿腹文章攛過卷子未審功名若何小生有幾個同志的故友李太白賀知章此二人乃天下之大儒也皆在朝爲翰林院官職小生自到京師每日與知章學士則是樽酒論文今日正與學士飲酒之間聽的九龍池上不論官員市戶軍民百姓人家妻女都賞楊家一捻紅小生逃了席往九龍池上賞翫走一遭去想俺這秀才每至一官半職非同容易也呵（唱）

（仙呂點絳唇）則我這書劍生涯幾年窗下學班馬吾豈匏瓜指望待一舉登科甲

（混江龍）博得個名揚天下纔能勾宴瓊林飲御酒插宮花（帶云）如今有一等人他也是秀才（唱）恰便似珷玞石待價斗筲器矜誇現如今洞庭湖撐翻了范蠡船東陵門鋤荒了邵平瓜想當日楚屈原假惺惺醉倒步兵廚晉謝安黑嘍嘍眈睡在葫蘆架（帶云）似這等秀才呵（唱）沒福消軒車駟馬大纛高牙

〔云〕可早來到九龍池是好景致也你看那佳人才子翠擁紅遮歌舞吹彈是好受用也呵〔唱〕

〔油葫蘆〕我則見翠擁紅遮似錦繡榻六宮人壯併殺誰不知開元宮裏好奢華眼見的翠盤香冷霓裳罷可又早紅牙聲歇在梧桐下投至得華清宮初出池花萼樓扶上馬則他那殢風流天寶君王駕簇擁着個嬌滴滴海棠花

〔天下樂〕不甫能鳳舞鸞飛也那出翠華則這喧也波譁端的是景物佳更和那蕩春風禁城百萬家似神仙下碧霄聽簫韶隔綵霞人都道蓬萊山則是假

〔云〕我來到九龍池上被那風吹的我酒上面來且去這池上週圍看咱〔唱〕

〔那吒令〕俺則見香車載楚娃各剌剌雕輪碾落花王孫乘駿馬撲騰騰金鞭裊落花遊人指酒家虛飄飄青旗颺落花寬綽綽翠亭邊蹴踘場笑呷呷粉牆外鞦韆架香馥馥麝蘭薰羅綺交加

〔鵲踏枝〕鬧炒炒嫩綠草聒鳴蛙輕絲絲淡黃柳帶棲鴉碧茸茸杜若芳洲煖溶溶流水人家子規聲好教人恨他只待送春歸幾樹鉛華

〔旦同梅香上云〕妾身領父親嚴命今日是三月三日着梅香引俺到九龍池上玩賞楊家一捻紅來到此間是好景致也呵〔正末見旦科云〕一個好女子也生得十分大有顏色使小生魂不附體〔唱〕

〔寄生草〕他是一片生香玉他是一枝解語花則見他整雲鬟掩映在荼蘼架蕩湘裙微顯出凌波襪露春纖笑撚香羅帕那姐姐怕不待厖兒俊俏可人憎知他那眉兒淡了教誰畫

〔旦云〕你看那邊一個好秀才也〔正末云〕你看此女非凡真乃九天仙女也〔唱〕

〔金盞兒〕這嬌娃是誰家尋包彈覓破綻敢則無纖掐似軸美人圖畫畫出來怎如他這嬌娘恰便似嫦娥離月殿神女出巫峽〔帶云〕韓飛卿也〔唱〕我雖不能勾朝雲和暮雨也強似流水兀的泛桃花

〔旦云〕我見了這秀才不由我不動心也〔正末云〕小生看了此女子容貌乃天上人間第一的俊俏再無其比〔唱〕

〔後庭花〕你看那指纖長鋪玉甲髻嵯峨堆紺髮可便似舞困三眠柳端的是這春風恰破瓜我見他簇雙鴉將眼梢兒斜抹美姿姿可喜煞

〔醉扶歸〕兀的不粧點殺錦繡香風榻風流殺花月小窗紗且休說共枕同衾覷當咱若得來說幾句兒多情話則您那嬌臉兒咱根前一時半霎便死也甘心罷

〔云〕這小姐與小生四目相視頗有春心之意怎得個信息相通可也好也哦我想從來這花間四友鶯燕蜂蝶與人做美我試央及你這四友記者小生姓韓名翊字飛卿煩你與小生在那嬌娘根前道個上覆咱〔唱〕

〔金盞兒〕紫燕兒晝簷外謾嘈雜黃鶯兒柳梢上日呱吼蜜蜂兒只恁的你可也無閒暇蝴蝶兒少罪我把你廝央咱黃鶯兒怕你尋友處迷了伴侶紫燕兒怕你啣泥處老了生涯蝴蝶兒我怕你怯春寒花內宿蜜蜂兒又則怕遲了你日暮樹邊衙

〔旦云〕有心與那秀才說一句話爭奈有梅香在此〔梅香云〕姐姐天色晚了也咱回去罷若遲了則怕老相公見怪〔旦云〕梅香老相公教我來便回去得遲也不妨事我見了那秀才不由人心中牽掛待要與他些甚東西爲信物身邊諸事皆無只有開元通寶金錢五十文與他爲表記〔梅香云〕姐姐我和你回去罷〔旦云〕梅香俺略再玩一會去〔梅香云〕姐姐你怎生眼不轉睛看那秀才則甚〔旦云〕我是個閨門中的女孩兒豈有此事梅香咱回去來〔遺錢科〕〔正末云〕你看那小姐到有顧盼小生之意被那梅香逼着去了好生可憐人也〔唱〕

〔醉中天〕他送春情便把金釵插傳芳信款把繡鞋踏這搭兒恰便似阻隔着雲山天一涯則見他猛探身漾在車兒下〔帶云〕我欲待低頭拾去來〔唱〕我則怕人瞧見做風流話欛〔做拾帕科〕我這裏推拾手帕〔帶云〕我道是甚麼原來是幾文金錢〔唱〕這姐姐也不是尋常百姓家

〔旦云〕我心間萬般哀苦事盡在回頭一望中梅香俺回去來〔下〕〔正末云〕小娘子去了也方纔說道心間萬般哀苦事盡在回頭一望中又與我這五十文金錢爲信物我也不顧生死不問那裏趕將去〔下〕〔賀知章上云〕左右兀那前頭走的不是韓飛卿〔從人云〕可知是哩〔叫科云〕韓秀才相公叫你哩〔正末云〕相公叫我怎的〔賀知章云〕韓飛卿你是何道理你輕呵輕君子重呵重

小人我和你正飲酒中間你逃席來了這九龍池上不是耍處這裏都是官宦人家小姐你又有三分酒也則怕酒後疎狂惹下事玷辱斯文跟我回家吃酒去來〔正末云〕哥哥休道是酒便是玉液瓊漿我咽不下小生有些緊要的勾當〔走科〕〔賀知章扯云〕你走那裏去有甚麼勾當〔正末云〕哥哥不知小生逃席至於九龍池上見一小姐生的如嫦娥離洛浦仙子下瑤堦我和他眉眼傳情臨行說道心間萬般哀苦事盡在回頭一望中〔賀知章云〕兄弟這的是口頭之言不可深信〔正末云〕他又與小弟一信物我如今故此趕將去〔賀知章云〕是甚的信物你休瞞我〔正末唱〕

〔賺煞尾〕這信物斷送了客多愁這信物欲買春無價〔賀知章云〕我是猜咱〔正末云〕哥哥試猜〔賀知章云〕敢是羅帕籐箱玉納子〔正末唱〕也不是那羅帕籐箱玉納〔賀知章云〕既不是可是甚的信物〔正末云〕哥哥小弟實不相瞞是五十文開元通寶金錢〔賀知章云〕這金錢小可人家怎能勾有必然是官宦人家纔有那小姐爲甚的與你來〔正末唱〕這一場沒誠實的姻緣天賜下〔賀知章云〕這開元通寶非同小可你要仔細〔正末唱〕則他坐車兒傍掛着勢劍銅鍘〔賀知章云〕兄弟你看天色晚了也〔正末唱〕你道是抹殘霞淡烟籠瀲灩汀沙落日平林噪晚鴉〔賀知章云〕兄弟你帶酒也你若要趕他必然是宰相人家女子不是耍處〔正末唱〕遮莫是王侯世家直趕到香閨繡闥〔賀知章云〕我也不知情是人間何物有這等事〔正末唱〕我只待要倩宮鶯銜出上陽花〔下〕

〔賀知章云〕兄弟去了也想飛卿學成滿腹文章不肯求進仕途不中此一去恐有疎虞小官引着左右不問那裏趕將去〔詩云〕能爲君子儒莫爲小人儒酷貪酒和色枉讀聖人書〔下〕

〔音釋〕數音朔　捻音聶　翃音橫　匏音袍　甲江雅切　碔音武　砆音孚　箚中稍蠡音里　𧃻音毒　楊湯打切　噩音鄂　𦆽音膩　颺音樣　綽超上聲　踘音菊　香假切　馥房夫切　茸音戎　鉛音延　纖西尖切　撚尼蹇切　厖音忙　綻雖訕切　搯强雅切　峽奚佳切　紺甘去聲　髮方雅切　抹音罵　殺雙鮓切　霎雙鮓切　雜音咱　呱音姑　吼莊洒切　插抽鮓切　踏當加切　欛把去聲　納囊亞切

鏾音茶　鸂音溪　鶒音尺　倩青去聲

第二折

〔張千上云〕自家張千是也從幼在這裏伏侍王府尹的昨日相公在官家飲酒去了着我在後花園中等候這早晚敢待來也〔正末慌上云〕小生韓飛卿因在九龍池上翫賞楊家一捻紅陡遇一小姐眉眼傳情實有顧盼小生之意又留下五十文金錢以作表記誰想那不做美的梅香將那小姐催逼將去也我待要趕時不想撞着哥哥賀知章纏住說話不知小姐往那裏去了俺只索沿路兒尋將來也呵〔唱〕

〔正宮端正好〕武陵溪可兀的韓王殿韓王殿將着這五十文金錢若金錢買的俺姻眷抵多少家流出桃花片

〔滾繡毬〕俺兩個廝顧戀相離的不甚遠轉過這粉牆東哎喲可早則波玉人兒不見恰便似隔蓬萊弱水三千空着這流相思畫橋水鎖春愁楊柳烟對着的都是些嘴骨都乳鶯嬌燕我這裏問春風桃李無言空着我烘烘醉眼迷芳草〔帶云〕若尋不見小姐呵〔唱〕好着我惱亂

春心恨杜鵑無計留連
〔云〕我恰纔見小姐入角門兒裏去了我與你尋將去〔張千云〕這廝是甚麼人怎敢走入這裏來
〔正末云〕這裏是那裏你就敢阻住的我那〔唱〕
〔倘秀才〕莫不是醉撞入深宅也那大院莫不是夢迷入瑤臺也那
閬苑〔張千云〕你看這廝走的慌慌張張的你是甚麼人〔正末唱〕則我尋不見天台漢
劉阮〔張千云〕這廝好大膽也直來到這裏豈不曉得侯門深似海哩〔正末唱〕你道是侯
門深似海我正是色膽大如天問哥哥這裏到太學中近遠
〔張千云〕這廝是個秀才你快出去則怕老相公來〔王府尹上云〕老夫王府尹筵席已散回我那
私宅中去〔張千慌科云〕兀那秀才你躲在一邊老相公回來了也〔正末云〕似此怎了也〔唱〕
〔滾繡毬〕你着我怎動轉怎脫免空着我靜巉巉的綠愁紅怨〔張千
云〕那秀才你好大膽也老相公若見了你可不肯輕輕的放了你也〔正末唱〕則被你送了
我也花裏神仙〔王府尹云〕左右攏開頭踏慢慢的行〔正末唱〕則見他氣昂昂梟
玉鞭〔王府尹云〕左右接了馬者〔正末唱〕醉醺醺下駿駝〔帶云〕韓飛卿也〔唱〕這一
場尋仙子可敢是非不善暢好是受驚怕悞入桃源〔王府尹做見科云〕這
廝是甚麼人〔正末唱〕我是個詩壇酒社文章士不比那狗黨狐朋惡少年
可着我急急煎煎
〔王府尹云〕兀那廝休說我這宰相府大院深宅便是那小家兒也有個門禁這廝直走到我這後
花園中來老夫在這亭子上坐着張千准備大棒子者〔正末唱〕

〔醉太平〕誰不知官人每有權則俺這窮秀才難言〔王府尹云〕你不見我擺列着手下人〔正末唱〕你擺列着玉簪珠履客三千〔王府尹云〕你便飛也飛不出去〔正末唱〕我如今飛不上九天我不合擅入你這梨花院大古來布衣走上金鑾殿可甚麼笙歌引至畫堂前也是我時乖命蹇〔王府尹云〕兀那廝你那裏人氏姓甚名誰有甚麼父母妻子兄弟親眷你細細的從實供來〔正末唱〕

〔呆骨朵〕小生便無爺娘無兄弟無親眷〔王府尹云〕你做甚麼生涯活計〔正末唱〕生涯是斷簡殘篇〔王府尹云〕你那裏人氏〔正末唱〕小生本貫河南〔王府尹云〕住在那裏〔正末唱〕寄居在帝輦〔王府尹云〕你既然是秀才曾科舉來麼〔正末唱〕曾向貢院中攛了卷金榜上將名顯〔王府尹云〕你既然攛了卷子可怎生不曾除授帶酒踏踐大臣衙舍其罪非輕〔正末唱〕我怎敢踏踐這金谷園〔王府尹云〕我且問你因何進入府堂中來〔正末唱〕我今日錯迷入那個玉洞天〔王府尹云〕這廝說也說不過黑夜入人家非姦即盜必定是個賊〔正末云〕老相公是何言語秀才家怎做的賊〔王府尹云〕既然你不做賊你潛入我後花園中〔正末云〕老相公聽小生說有幾個做賊的古人〔王府尹云〕你看這廝說先前那幾個做賊的你說老夫試聽咱〔正末唱〕

〔滾繡毬〕那裏有刺了臂的王仲宣黥了額的司馬遷那裏有警跡人賈生子建那裏有老而不死為盜的顏淵〔王府尹云〕再有那幾個古人做賊的來〔正末唱〕有一個直不疑同舍郎有一個畢吏部在酒甕邊有

一個晉韓壽偷香在賈充宅院有一個匡衡將隣家牆壁鑿穿那裏有偷瓜盜粟韓元帥那裏有鑽穴踰牆閔子騫小生委實的負屈銜寃

（王府尹云）這廝帶酒了也據他欺我太甚擅入園中非姦即盜難以恕饒張千與我吊將起來等他酒醒呵慢慢的問他也未遲哩（做吊科）（賀知章上云）小官賀知章我趕兄弟韓飛卿有人說道見一個秀才帶酒入這角門裏去了這府堂乃是王府尹的後園門我試往那裏看咱（見科）苦也苦也可怎生將兄弟吊在那裏我索過去救兄弟張千報復去道有賀知章學士在於門首（張千報科云）理會的有賀知章學士在於門首（王府尹云）道有請（張千云）有請（做見科）（王府尹云）早知學士到來則合遠接接待不及勿令見罪（賀知章云）老相公恕罪小官數日不曾相訪今日特來拜問勿得見責（王府尹云）知章學士此一往何來（正末云）哥哥救您兄弟咱（賀知章云）老相公這秀才爲何吊在此處（王府尹云）學士不知這秀才好生無禮擅入老夫後花園中非姦即盜我見他有酒也將他吊在這裏等他酒醒了呵我到底不饒了他哩（賀知章云）老相公認得此人來麼（王府尹云）老夫不認的（賀知章云）聖人也多會與老相公說則此人便是攛過卷子韓飛卿（王府尹云）誰是韓飛卿（賀知章云）則此人便是韓飛卿（王府尹云）則他便是韓飛卿張千快放他下來（做放下科）（王府尹云）老夫久聞先生高才雄筆文華富麗錦繡珠璣今日得見尊顏實乃老夫之萬幸也（正末云）老相公小生適間多飲了幾盃酒誤入潭府園中萬望老相公恕罪（王府尹云）老夫適間不認得先生多有衝瀆望勿見責（正末云）此乃小生之過惶恐惶恐（王府尹云）哎好一個有道理的人也知章學士老夫有句話可是敢說麼（賀知章

云〕老相公有話但說不妨〔王府尹云〕學士聞知此人雖然應過舉未蒙除授老夫有心待請他在家安歇不敢說做門館則是早晚與老夫討論經典未知飛卿允與不允知章學士替老夫問他一聲看飛卿意下如何〔賀知章云〕老相公所言之事不必去問此人比衆不同腹隱司馬之才心似禰衡之傲內心剛烈外貌欠恭今歲攛過卷子早晚除授怎肯與人做門館老相公請勿開言〔王府尹云〕學士或允或不允只在飛卿根前說一聲可也好也〔賀知章云〕好波小官說則說則怕他不肯飛卿我有一句話與你說知〔正末云〕哥哥於禮所當者言之〔賀知章云〕我說你允不允可干我事老相公說來我料兄弟你也不肯老相公着兄弟在他府中做個門館先生未知兄弟意下如何〔正末云〕恁兄弟原隨鞭鐙〔賀知章云〕好也我道他不肯兄弟你攛過卷子早晚聽命便除授官職可怎生與人家做門館那〔正末云〕您兄弟會算命來說我命裏也無那官分只有分做門館先生〔唱〕

〔賀知章云〕老相公飛卿兄弟不肯做門館小官磨了半截舌頭纔得依允〔王府尹云〕多謝了學士先生房中用的物件老夫盡皆准備〔正末云〕小生不用別物〔唱〕

〔倘秀才〕謝你個賀知章舉賢的這薦賢便是這韓飛卿榮遷也那驟遷你着我在桃源洞收拾些學課錢着宋玉爲師範巫娥女做生員小生也樂然

〔叨叨令〕也不用龍蛇影動端溪硯我則待燕鶯期稱于飛願誰待要頑涎醉倒瓊林宴我則怕鴛鴦不鎖黃金殿則被你稱了心也麽哥則被你稱了心也麽哥煞強似占鰲頭穩步瀛州選

〔王府尹云〕張千打掃書房就着先生安歇〔賀知章云〕老相公着兄弟且到店肆中收拾行李明日早到府中來〔王府尹云〕也說的是〔正末云〕老相公小生收拾行李明日早來〔賀知章云〕飛卿好大膽却怎生做這等勾當你帶酒直走到他府中不是我呵久後怎見你那同堂故友　〔正末云〕哥哥不妨事你那裏知道〔唱〕

〔煞尾〕我本是個花一攢錦一簇芙蓉亭有情有意雙飛燕却做了山一帶水一派竹林寺無影無形的並蒂蓮愁如絲淚似泉心忙殺眼望穿只願的花有重開月再圓山也有相逢石也有穿須覓鸞膠續斷絃對撫瑤琴寫幽怨閑傍粧臺整鬢蟬同品鸞簫並玉肩學畫娥眉點麝烟幾時得春日尋芳鬬草軒夏籐簟紗厨枕臂眠秋乞巧穿針會玉仙冬賞雪觀梅到玳筵指淡月踈星銀漢邊說海誓山盟曲檻前唾手也似前程結姻眷綰角兒夫妻稱心願藕絲兒將咱腸肚牽石碑不將咱肺腑鐫筭條兒也似長安美少年不能勾花朵兒似春風玉人面干賺的相如走偌遠空着我趕上文君則落的這一聲喘〔下〕

〔賀知章云〕老相公小官多有深擾異日必當酬答飛卿兄弟明日早來老相公當以重待無相輕也〔下〕〔王府尹云〕張千便與我打掃書舍明日那韓先生來時着此人在書房中安下早晚茶飯衣食好生管待老夫要與此人講論經史〔詩云〕肯學之人如禾稻不學之人如蒿草懶學之人不足稱勤學之人國之寶〔下〕

〔音釋〕陡音斗　宅池齋切　閬音浪　阮音遠　巉初銜切　䮝音免　輦連上聲　夤音寅
騡音擎　壁音彼　翿音牽　璣音肌　禰寧已切　涎徐煎切　鐫茲宣切　賺音湛

喘穿上聲

第三折

〔淨扮王正上丑扮馬求上〕〔淨云〕自家王府尹的孩兒叫做王正這個馬推官的孩兒叫做馬求一月前我父親領一個門館先生姓韓字飛卿在家我今年十五歲也則我六歲上讀書到如今九歲光陰念了一本百家姓顛倒爛熟的俺父親說我心㸃哩〔丑云〕自家馬求今年十四歲也我上學讀了八年光景一本蒙求還有五板不會記得今日送我在你家讀書你家這門館先生自從我在學堂中一個月不曾教我一句書終日只是長吁短氣的不知爲何〔淨云〕蹺蹊自從師父到我家書堂裏教書也不作詩寫字鎮日在我家後廳啼哭口裏念道小姐小姐不知怎生〔丑云〕便是這等我與師父做了幾句口號〔淨云〕你念與我聽〔丑云〕我念你聽這個先生實不中九經三史幾曾通自從到你書房內字又不寫書懶攻日日要了束脩禮我看他獨言獨語似魔風每日看着你家後廳哭他敢要入你姐姐黑窟籠〔淨云〕你做的不好等我做一首長篇〔丑云〕你做你做也要念與我聽〔淨云〕你聽上古天子重英豪好把文章教爾曹〔丑云〕這是舊的不好〔淨云〕如今就是新的了因喒年少失教訓請個門館就家學當日請到書房裏四書經典並不教每日看着後廳哭口題小姐女多嬌他是無饑無飽吃酒肉嘻着賊臉前後瞧若還看見我家柳眉姐哭得他眼淚似尿澆〔丑云〕師父敢待來也喒家去罷〔同下〕〔正末上云〕小生自到老相公府堂中安下一月有餘難得老相公待小生非輕茶飯管待甚厚終不稱其心願不能勾得見小姐一面小生有甚

心情看書寫字朝夕只是想念小姐幾時得見也呵〔唱〕

〔中呂粉蝶兒〕心緒悠悠不明白這場迤逗迤逗的遲和疾命掩黃坵休道是接連枝諧比翼甚時得天緣輻輳但能勾及早承頭害則害甘心兒爲他僝僽

〔醉春風〕這些時遣興不成詩每日間消愁只對酒夢魂中無處覓行雲俺那人這宅院裏敢有有卽漸的病患將成飲食少進剗的似水泄般不漏

〔云〕小生想念但合眼便見小姐我這一會身子有些困倦我且歇息咱〔做睡科〕〔旦上云〕妾身柳眉兒聞知的那個秀才在俺家書房中我看他去〔做見科云〕秀才間别無恙〔正末云〕好女子也呵〔唱〕

〔迎仙客〕穩稱身玉壓腰高梳髻玉搔頭則見他背東風佯不瞅美也飽看取襪如鉤受用了那腰似柳〔旦笑科〕〔正末唱〕我見他欲語含羞則見他半掩着泥金袖

〔旦云〕我回去也〔下〕〔正末醒科云〕我恰纔夢寐之中看見小姐覺來可怎生不見了也〔唱〕

〔白鶴子〕這搭兒裏厮撞着俺兩個便意相投我見他恰行過這牡丹亭又轉過芍藥圃薔薇後

〔幺篇〕風月心何日遂雲雨意幾時休怪的是這花梢上乳鶯啼恨的是這簷馬兒東風驟

（帶云）小姐我這等想你知他心裏可是如何（唱）

（普天樂）悶倚遍這翠屏山香爐在泥金獸粧鏡裏青鸞腸斷銀筝上寶鴈橫秋斗帳掩篆烟濃深被擁紅雲皺雨打梨花黃昏後不信到他不念這個儒流題詩呵閑吟在綠窗回詩呵羞臨粉牆待月呵獨坐南樓

（云）我手占一卦看今日得見小姐麼（做禱祝科）（云）至靈至聖至誠感應聖人作易幽贊神明包羅萬象道合乾坤與天地合其德日月合其明四時合其序鬼神合其吉凶謹請袁天罡先生李淳風先生卦內先賢先聖拋卦童子擲卦仙郎八八六十四卦內占一卦三百八十四爻內占一爻來意至誠無不感應單單拆拆拆占得天地否卦否者閉塞也其事不通內有發生之意先凶後吉金錢你在這裏知他小姐在那裏也（唱）

（紅繡鞋）錢也我自道你有姻緣成就錢也誰承望你無倒斷阻隔綢繆錢也我不曾將那十萬貫腰纏着上揚州我還不了那風流債乾買下些個斷腸愁錢也則俺這眼中人何處有

（王府尹上云）老夫王府尹自從韓飛卿秀才在我家中安下一月老夫事忙不曾與此人攀話今日早間聖人見喜賜與老夫十瓶御酒老夫不敢自用將着酒餚到書房中與韓飛卿樽酒論文可早來到也張千報復去說老夫在於門首（張千報科云）老爺來看相公哩（正末云）老相公來了也不中我將這金錢且藏在書冊中（藏科）道有請（見科云）老相公小生多蒙厚意在此府上深擾（王府尹云）先生老夫這幾日家事忙不曾探望先生勿罪勿罪（正末云）小生不敢（王府尹

云）今日早間聖人見喜賜與老夫十瓶御酒不敢自用將來與先生同飲一杯張千將酒來飛卿
滿飲此杯（正末云）小生有何德能着老相公這等重意管待也（唱）
〔石榴花〕這的是葡萄新釀出涼州（王府尹云）先生滿飲此杯（正末唱）他那
裏滿捧着紫金甌（王府尹云）飛卿此酒勝甘露醍醐（正末唱）端的濃如春色酒
如油（王府尹云）飛卿今日拚了沉醉方歸（正末唱）小生我則怕你醉後又迷入
畫閣重樓（王府尹云）此酒香味各別（正末唱）端的是錦封未拆香先透方知
道汝陽王口角涎流那裏有翰林風月三千首（王府尹云）想古人云掃愁箒
釣詩鉤信不虛也（正末唱）枉了也這掃愁箒釣詩鉤
〔鬬鵪鶉〕掃愁箒掃不了我鬱悶情懷釣詩鉤鈎不了我這風流的
症候（王府尹云）飛卿省可裏推辭且飲一杯咱（正末唱）小生也不敢推辭（王府尹云）
先生好共歹再飲一杯（正末唱）我則索勉強勉強的到口（王府尹云）此酒能消心
間鬱悶解散客旅春愁（正末唱）怕不待酒醉春風散客愁（帶云）你怎知我這愁呵
（唱）似長江淹淹的不斷流（王府尹云）先生不飲酒敢思鄉麼（正末唱）小生也
不爲思鄉（王府尹云）既不爲思鄉你莫不害酒麼（正末唱）小生也非干的這病
酒
（王府尹云）先生一向清減了是老夫家中物用不中麼（正末云）非也（唱）
〔上小樓〕看了他這簾垂玉鈎更那香添金獸（王府尹云）敢酒食餚饌不應
口麼（正末唱）每日家滿卓杯盤諸般餚饌百味珍羞（王府尹云）先生爲何清

減了也(正末唱)知他是怎生來寬掩過春衫羅袖正不知爲何的恁般
消瘦(王府尹云)據先生有經綸濟世之才補完天地之手應過舉早晚除授何故深思遠慮如此(正
末唱)
(幺篇)我怕沒經天緯地才拿雲握霧手穩情取步入蟾宮跳過龍
門占了鰲頭(王府尹云)先生既有如此般手段爲何憂形於色(正末唱)我愁的是花
發東牆月暗西廂雲迷楚岫(背科云)我若見小姐一面呵(唱)便不做那狀
元郎我可也不曾眉皺
(王府尹云)先生數日作甚麼功課(正末云)小生常習周易(王府尹云)先生既看周易必然有
甚心得去處老夫隨喜觀看咱(做取書看吊金錢科云)書中吊下金錢來了也(正末做慌科)(
王府尹云)將這錢我看咱這開元通寶金錢是我的怎生得到這秀才手裏來好奇怪也我試問
這個秀才咱先生這開元通寶金錢是聖人賜我的來怎生得到你手裏你試說咱(正末唱)
(滿庭芳)好着我便趨前退後這的是俺先人遺念(王府尹云)誰遺
與你來(正末唱)是俺那祖上傳留(王府尹云)這開元通寶金錢是聖人賜與我的有誰
人能勾(正末唱)他道是開元通寶誰能勾奉皇宣賜與公侯都只爲掉
罨子鸞交鳳友到做了個脫稍兒燕侶鶯儔(王府尹云)可怎生這金錢落在
你手裏其中必有暗昧也(正末唱)相公你便休窮究(王府尹云)兀那秀才你從實的說
(正末唱)說着呵出乖弄醜(王府尹云)你不說此事乾罷了那(正末唱)題起來風

兩替花愁

（王府尹云）這金錢正是我的我把與女孩兒帶着怎生能勾到這廝根前必然是俺那妮子與這廝來張千喚出小姐來（正末做跪科）（王府尹云）好也可早招了也（旦上云）父親喚你孩兒有何事（王府尹云）兀那潑賤人你做的好勾當這金錢我與你懸帶着來怎生到這廝手裏（旦云）您孩兒在九龍池上掉了來（王府尹云）噤聲俺家三世無犯法之男五世無再婚之女你是閨中女子不習那針指女工倒去學那辱門敗戶你豈不聞女子無事不出閨門夜行以燭無燭則止行不動塵笑不露齒席不正不坐割不正不食不啓偏門不有私語在家習禮法學針指若嫁與人和六親孝父母使宗族稱羨隣里矜誇聖人云男子生而願為之有室女子生而願為之有家父母之心人皆有之你不待父母之命媒妁之言鑽穴相窺踰垣相從國人皆賤之你不學上古烈女却做下這等勾當小賤人唗你羞也不羞（詩云）當日個襄王紡[illegible]思賢才趙貞女包土築墳臺我則道你是個三貞九烈閨中女唗原來你是個辱門敗戶小奴胎兀那小賤人還不回繡房中去（旦下）（指末科云）好秀才也你謙謙君子看的好周易韓飛卿老夫待你非薄你在我家中住了個月之期吃用衣食都是老夫的你却這般報答我你是個讀書人檢書冊與聖人對面便好道君子不重則不威枉了你窮九經三史諸子百家不學上古賢人囊螢積雪鑿壁偷光則學亂作胡為這等無上下無廉恥我道你為何撞入後花園中元來正懷着此事（詩云）你本是尋芳誤見女嬋娟推向花園拾翠鈿將這開元通寶傳心事你可是麼一春常費買花錢張千與我將這廝高高吊將起來我慢慢的問他（做吊科）（賀知章上云）小官賀知章為因韓飛卿攛過卷子此人文章不在李太白之下聖人的命則今日便宜入朝自有加官賜賞張千報復去道有賀知章學士在於門首（報

科〕〔王府尹云〕道有請〔見科〕〔王府尹云〕學士此來有何事〔賀知章云〕今日聖人見了韓飛卿卷子說此人文章不在李太白之下宣他入朝加官去哩〔王府尹云〕住住學士不知這廝欺吾太甚有罪在身難以恕饒〔賀知章云〕老相公這是聖語非同小可不得遲慢〔王府尹云〕既是聖人的命且饒他罪過張千放他下來〔賀知章云〕老相公飛卿他是君子儒有何罪將他吊起來〔王府尹做打耳喑科〕〔賀知章云〕小官盡知此事都在小官身上飛卿兄弟你可早兩遭兒也聖人宣你便須入朝〔正末云〕不妨事〔唱〕

〔耍孩兒〕幾曾見偷香庭院裏拏了韓壽擲果的雲陽內斬首香車私走的卓文君就昇仙橋上剮做骷髏哎險也漢相如滌器臨邛市秦弄玉吹簫跨鳳樓動不動君王行奏本是些風花雪月都做了笞杖徒流

〔賀知章云〕我與你成合秦晉之緣何如〔正末云〕我若得官呵〔唱〕

〔煞尾〕准備着迎親慶喜筵安排着攔門慶賀酒〔帶云〕我折桂枝回來呵〔唱〕我來折你這曉風春日觀音柳道不的錯分付了風流畫眉的手〔下〕

〔王府尹云〕韓飛卿去了也本待成親來交他來應舉去恐此人功名心懶墮等他爲了官纔招爲婿學士這椿事全在你身上〔賀知章云〕相公放心小姐這親事都在小官身上老相公不必遲慢便結彩樓選日成親〔詩云〕也不須媒證結婚姻指日佳人就此親〔王府尹詩云〕莫言一世儒冠誤方顯文章可立身〔同下〕

〔音釋〕坌滂悶切　學奚交切　迤音移　逗音豆　輳倉救切　僝鋤山切　僽音驟　剗音產　啾音揪　綢音紬　繆麻彪切　釀泥降切　醍音提　醐音胡　揾音杳　岫音袖　罨音掩　妮音泥　妁音酌　窈音杳　窕音調　擲音直　骷音枯　髏音婁

滌音笛　行音杭　笞音痴

第四折

〔沖末李太白上詩云〕長安市上酒爲狂沉香亭畔作文章供奉翰林名學士萬古千年姓字香老夫姓李雙名太白生時母夢長庚星入懷因以名之天寶初年召見金鑾殿論當世之事天子賜食親手調羹初號竹溪六逸後爲飲中八仙小官有一同堂故友乃是韓飛卿此人文章不在小官之下自到京師攛過卷子在知章學士府第安下此人在於九龍池上帶酒惹下是非知章盡知詳細對小官分訴的明白在聖人根前奏過就奉聖命着小官與他加官賜賞二來就着小官與他成此一門親事小官不敢久停久住同賀知章走一遭去來〔詩云〕聖天子選用賢良文章士盡赴科場韓飛卿狀元及第我與他成秦晉花燭洞房〔下〕〔王府尹同旦兒梅香上云〕歡來不似今朝喜來那逢今日老夫王府尹是也誰想韓飛卿得了頭名狀元我着知章學士保親爲媒招狀元爲婿今日結起彩樓准備鼓樂那新狀元敢待來也〔正末同賀知章上賀云〕兄弟也一舉狀元及第可賀可賀〔正末云〕哥哥我韓飛卿誰想有今日也呵〔唱〕

〔雙調新水令〕步蟾宮平地上青霄脚平登禹門一躍簪花宮帽側挽轡玉驄驕可知道金榜名標誰請受五花誥

〔云〕哥哥兀那樓上爲甚麼動着樂聲〔賀知章云〕這個是彩樓要招女婿的〔正末云〕張千說與

那樓上的人去（唱）

（沉醉東風）也不索頻頻的樓前動樂誰和恁臺上吹簫（賀知章云）貴公子家女孩兒拋繡毬哩（正末唱）紫絲鞭手內擎繡毬兒身邊落（云）哥哥敢不是繡毬兒（賀知章云）兄弟不是繡毬是甚麼（正末唱）我覷的亂下風雹（賀知章云）飛卿這拋繡毬兒的是王府尹的女孩兒（正末唱）寄與他多情女豔嬌你着他別尋一個前程倒好

（賀知章云）兄弟也你當初為他這小姐怎生般狂蕩今日我與保親你怎生這般古撇（正末唱）

（喬牌兒）你個賀知章狂落保（賀知章云）兄弟元來性格不一哩（正末唱）不是這韓飛卿性格拗（賀知章云）小姐為你也曾恥辱來（正末唱）想着那俏人兒曾受爺操暴（賀知章云）你知他為你受苦你怎生不肯成親（正末唱）休將漢相如錯送了

（賀知章云）你當初為這門親事將性命也不顧今日老相公肯了你還不去參拜丈人哩（正末云）哥哥恁兄弟平生不折腰於人（唱）

（水仙子）他待生折開碧桃花下鳳鸞交火燒了俺白玉樓頭翡翠巢（賀知章云）他今日倒賠緣房招你為婿（正末唱）他見我春風得意長安道因此上迎頭兒將女婿招（賀知章云）你休無禮他是你太山丈人你是他門下女婿他敢打你哩（正末唱）一恁他官人每棒有千條（梅香上云）學士飛卿既然不肯成親呵放他馬頭過去罷（正末唱）小姐你便權休怪（梅香云）當日個不得第呵怎生般模樣剛

則做了官便別了姐姐不肯時也由得你〔正末唱〕梅香你便且莫焦〔賀知章云〕兄弟也一門好親事成就了罷〔正末云〕小官欲要不成這門親事則怕破了丈人體面〔唱〕今日可便輪到我粧幺

〔李太白上云〕小官李太白是也奉聖人的命着新狀元韓飛卿則今日去王府尹家爲婿可早來到也接了馬者〔張千云〕牢墜鐙〔見科〕〔李太白云〕韓飛卿聽聖人的命着你與王府尹女孩兒柳眉兒爲婿休得推辭望闕謝了恩者〔正末云〕小官並不敢推辭與王府尹爲婿〔李太白云〕狀元過去拜你丈人〔正末云〕既是聖人的命成了這門親事丈人受你女婿幾拜則被你弔殺我也丈人〔王府尹云〕則被你傲殺我也女婿〔賀知章云〕兄弟你說平生不折腰於人今日早一遭兒也〔李太白云〕就請小姐出來行禮成了親事等我好回聖人話去〔梅香擁旦上行禮交杯科〕〔正末云〕兀的不歡喜殺我也〔唱〕

〔雁兒落〕今日個畫堂中設酒餚花燭下同諠笑高擎着合卺杯齊動着合歡樂

〔得勝令〕呀若不是前世宿緣招焉能勾玉杵會藍橋〔旦云〕將酒來妾身與狀元同奉父親一杯〔正末同旦跪科〕〔賀知章云〕兄弟你恰纔說平生不折腰於人可早兩遭兒也〔正末唱〕哎你個賀學士休譏誚我如今爲新人當拜倒〔王府尹云〕喒也回奉狀元一杯〔做把盞科〕〔正末唱〕你也恃不得官高動不動將咱弔我也賭不得心高早兩遭兒折了腰

〔李太白云〕韓飛卿你夫妻二人望闕跪着聽聖人的命因你對策稱旨加授翰林學士別賜黃金

五十斤與夫人柳眉兒添粧〔詩云〕則爲你十年辛苦困寒窗一舉成名天下揚金錢自可成姻眷玉杵無煩問渺茫京兆堂中添貴客翰林院裏擢仙郎嵩呼萬歲齊天喜拜舞丹墀謝聖皇〔正末同旦謝恩科〕〔唱〕

〔沽美酒〕你道我韓飛卿意氣豪柳夫人緣分巧誰承望恩賜黃金偏不少越顯得風流京兆將眉黛好重描

〔太平令〕這都是五十文開元通寶成就了美夫妻三月桃夭從今後一生榮耀雙雙的齊眉到老想草茅遇遭這聖朝呀知甚日把隆恩補報

〔音釋〕

孌音𤈦　躍音耀　樂音耀　落音澇　罨巴毛切　撇音鱉　格皆上聲　玅音要　操平聲　翡肥去聲　巢鋤昭切　鄧音謹　黛音代

題目　韓飛卿醉趕柳眉兒

正名　李太白匹配金錢記

李太白匹配金錢記雜劇

范天章政府差官
倣陳闕筆

包待制陳州糶米
珍倣宋版印

包待制陳州糶米雜劇

元　　撰

明吳興臧晉叔校

楔子

〔沖末扮范學士領祗候上詩云〕博覽羣書貫九經鳳凰池上顯崢嶸殿前曾獻昇平策獨占鰲頭第一名老夫姓范名仲淹字希文祖貫汾州人氏自幼習儒精通經史一舉進士及第隨朝數十載謝聖恩可憐官拜戶部尚書加授天章閣大學士之職今有陳州官員申上文書來說陳州亢旱三年六料不收黎民苦楚幾至相食是老夫入朝奏過奉聖人的命着老夫到中書省召集公卿商議差兩員清廉的官直至陳州開倉糶米欽定五兩白銀一石細米老夫早間已曾遣人將衆公卿都請過了令人你在門外覷者看有那一位老爺下馬便來報咱知道〔祗候云〕理會的〔外扮韓魏公上云〕老夫姓韓名琦字稚圭乃相州人也自嘉祐中某方二十一歲舉進士及第當有太史官奏曰日下五色雲現是以朝廷將老夫重任官拜平章政事加封魏國公今日早朝而回正在私宅中少坐有范學士令人來請不知有甚事須索走一遭去可早來到也令人報復去道有韓魏公在于門首〔祗候做報科云〕報的相公得知有韓魏公來了也〔范學士云〕道有請〔見科〕〔范學士云〕老丞相請坐〔韓魏公云〕學士請老夫來有何公事〔范學士云〕老丞相等衆大人來了時有事商量令人門首再覷者〔祗候云〕理會的〔外扮呂夷簡上云〕老夫姓呂名夷簡自登甲第以來累蒙遷用謝聖恩可憐官拜中書同平章事之職今早有范天章學士令人來請不知有甚事須索走一遭去可早來到也令人報復去道有呂夷簡下馬也〔祗候報科云〕報的相公得知有呂平章來了

也〔范學士云〕道有請〔見科〕〔呂夷簡云〕呀老丞相先在此了學士今日請小官來有何事商議〔范學士云〕老丞相請坐待衆大人來全了呵有事計議〔淨扮劉衙內上詩云〕花花太歲爲第一浪子喪門世無對聞着名兒腦也疼則我是有權有勢劉衙內小官劉衙內是也我是那權豪勢要之家累代簪纓之子打死人不要償命如同房簷上揭一箇瓦我正在私宅中閑坐有范天章學士令人來請不知有甚事須索走一遭去說話中間可早來到也令人報復去說小官來了也〔祗候報科云〕報的相公得知有劉衙內在于門首〔范學士云〕道有請〔見科〕〔劉衙內云〕衆老丞相都在此學士喚俺衆官人每來有何事商議〔范學士云〕衙內請坐小官請衆位大人別無甚事今有陳州官員申將文書來說陳州亢旱不收黎民苦楚老夫入朝奏過奉聖人的命着差兩員清廉的官直至陳州開倉糶米欽定五兩白銀一石細米老夫請衆大人來商議可着誰人去陳州爲倉官糶米者〔韓魏公云〕學士此乃國家緊急濟民之事須選那清忠廉幹之人方纔去的〔呂夷簡云〕老丞相道的極是〔范學士云〕衙內你可如何主意〔劉衙內云〕衆大人在上據小官舉兩箇最是清忠廉幹的人就是小官家中兩個孩兒一個是女婿楊金吾一個是小衙內劉得中着他兩個去並無疎失大人意下如何〔范學士云〕老丞相衙內保舉他兩個孩兒一個是小衙內一個是女婿楊金吾到陳州糶米去老夫不曾見衙內那兩個孩兒就煩你喚將那兩個來老夫試看咱〔劉衙內云〕令人與我喚將兩個孩兒來者〔祗候云〕理會的兩個舍人安在〔淨扮小衙內丑扮楊金吾上〕〔小衙內詩云〕湛湛青天則俺識三十六丈零七尺踏着梯子打一看原來是塊青白石俺是劉衙內的孩兒叫做劉得中這個是我妹夫楊金吾俺兩個全仗俺父親的虎威拿粗挾細揣歪捏怪幫閑鑽懶放刁撒潑那一個不知我的名兒見了人家的好玩器好古董不論金銀寶貝但是值錢

的我和俺父親的性兒一般就白拿白要白搶白奪若不與我呵就踢就打就撏毛一交別番倒剁
上幾脚揀着好東西揣着就跑隨他在那衙門內與詞告狀我若怕他我就是癩蝦蟆養的今有父
親呼喚不知有甚事須索走一遭去(楊金吾云)哥哥今日父親呼喚要着俺兩個那裏辦事去嘗
請就做下了可早來到也令人報復去道有我劉大公子同妹夫楊金吾下馬也(祗候報科云)報
的相公得知有二位舍人來了也(范學士云)着他過來(祗候云)着過去(小衙內同楊金吾做
見科云)父親喚我二人來有何事(劉衙內云)您兩個來了也把體面見衆大人去咱(范學士
云)衙內這兩個便是你的孩兒老夫看了這兩個模樣動靜敢不中去麼(劉衙內云)衆大人和學
士聽我說難道我的孩兒我不知道小官保舉的這兩個孩兒清忠廉幹可以糶米去的(韓魏公
云)學士這兩個定去不的(劉衙內云)老丞相豈不聞知子莫若父他兩個去的(呂夷簡云)此
事只憑天章學士主張(劉衙內云)學士小官就立下一紙保狀保我這兩個孩兒糶米去若有差
遲連着小官坐罪便了(范學士云)既然衙內保舉您二人望闕跪者聽聖人的命因爲陳州亢旱
不收黎民苦楚差您二人去陳州開倉糶米欽定五兩白銀一石細米則要你奉公守法束杖理民
今日是吉日良辰便索長行望闕謝了天恩者(小衙內同楊金吾做拜科云)多謝了衆位大老爺
擡舉我這一去氷清玉潔幹事回還管着你們喝采也(做出門科)(劉衙內背云)孩兒也您近前
來論咱的官位可也勾了止有家財略略少些如今你兩個到陳州去因公幹私將那學士定下的
官價五兩白銀一石細米私下改做十兩銀子一石米裏面再插上些泥土糠粃則還他個數兒罷
斗是八升的斗秤是加三的秤隨他有什麼議論到學士根前現放着我哩你兩個放心的去(小
衙內云)父親我兩個知道你何須說我還比你乖哩則一件假似那陳州百姓每不伏我呵我可

怎麼整治他〔劉衙內云〕孩兒你也說的是我再和學士說去〔做見學士科云〕學士則一件兩個孩兒陳州糶米去那裏百姓刁頑假若不伏我這兩個孩兒却怎生整治他〔范學士云〕衙內投至你說時老夫先在聖人根前奏過了也若陳州百姓刁頑呵有勅賜紫金鎚打死勿論令人快捧過來衙內兀的便是紫金鎚你將去交付那個孩兒着他小心在意者〔小衙內云〕則今日領着大人的言語便往陳州開倉跑一遭去來〔詩云〕議定五兩糶一石改做十兩落他些父親保舉無差謬則我兩人原是惡賦皮〔同楊金吾下〕〔劉衙內云〕學士兩個孩兒去了也〔范學士云〕劉衙內你兩個孩兒去了也〔唱〕

〔仙呂賞花時〕只為那連歲災荒料不收致使的一郡蒼生強半流因此上糶米去陳州你將着孩兒保奏不知他可也分得帝王憂

〔云〕令人將馬來老夫回聖人的話去也〔同劉下〕〔韓魏公云〕老丞相看這兩個到的陳州那裏是濟民必然害民去也異日若本州具奏將來老夫另有個主意〔呂夷簡云〕全仗老丞相為國救民〔韓魏公云〕范學士已入朝回聖人的話去了咱和你且歸私宅中去來〔詩云〕賑濟饑荒事不輕須憑廉幹救蒼生〔呂夷簡詩云〕他時若有風聞入我和你一一還當奏聖明〔同下〕

〔音釋〕汾音焚　琦音奇　擇慈鐵切　剌朵去聲　粃音妣

第一折

〔小衙內同楊金吾引左右捧紫金鎚上詩云〕我做衙內真個俏不依公道則愛鈔有朝事發丟下頭拚着帖個大膏藥小官劉衙內的孩兒小衙內同着這妹夫楊金吾兩個來到這陳州開倉糶米父親的言語着俺二人糶米本是五兩銀子一石改做十兩銀子一石斗裏插上泥土糠粃則還他

個數兒斗是八升小斗秤是加三大秤如若百姓們不服可也不怕放着有那欽賜的紫金鎚哩左右與我喚將斗子來者（左右云）本處斗子安在（二丑斗子上詩云）我做斗子十多羅覔些倉米養老婆也非成擔偷將去只在斛裏打雞窩俺兩個是本處倉裏的斗子上司見我們本分老實顆米也不愛所以積年只用俺兩個如今新除將兩個倉官來說道十分利害不知叫我們做甚麼須索見他走一遭去（做見科云）相公喚小人有何事（小衙內云）你是斗子我分付你現有欽定價是十兩銀子一石米這箇數內我們再尅落一毫不得的只除非把那斗秤私下換過了斗是八升的小斗秤是加三的大秤我若得多的你也得少的我和你四六家分（大斗子云）理會的正是這等大人也總成俺兩個斗子圖一個小富貴如今開了這倉看有甚麼人來（雜扮糶米百姓三人同上云）我每是這陳州的百姓因為我這裏亢旱了三年六料不收俺這百姓每好生的艱難幸的天恩特地差兩員官來這裏開倉賣米聽的上司說道欽定米價是五兩白銀糴一石細米如今又改做了十兩一石米裏又插上泥土糠粃出的是八升的小斗入的又是加三的大秤我們明知這個買賣難和他做只是除了倉米又沒處糴米教我們怎生餓得過沒奈何只得各家湊了此銀子且買些米去救命可早來到了也（大斗子云）你是那裏的百姓（百姓云）我每是這陳州百姓特來買米的（小衙內云）你兩個仔細看銀子別樣假的也還好看單要防那四堵牆休要着他哄了（二斗子云）兀那百姓你湊了多少銀子來糴米（百姓云）我眾人則湊得二十兩銀子（大斗子云）拿來上天平彈着少少少你這銀子則十四兩（百姓云）我這銀子還重着五錢哩（小衙內云）這百姓每刁潑拏那金鎚來打他娘（百姓云）老爺不要打我每再添上些便了（大斗子云）你趁早兒添上我要和官四六家分哩（百姓做添銀科云）又添上這六兩（二斗子云）這也

還少些兒將就他罷〔小衙內云〕既然銀子足了打與他米去〔二斗子云〕一斛兩斛三斛四斛〔小衙內云〕休要量滿了把斛放趄着打些雞窩兒與他〔大斗子云〕小人知道手裏趕着哩〔百姓云〕這米則有一石六斗內中又有泥土糠皮舂將來則勾一石多米罷罷罷也是俺這百姓的命該受這般磨滅正是醫的眼前瘡剜却心頭肉〔同下〕〔正末扮張撇古同孩兒小撇古上詩云〕窮民百補破衣裳污吏舂衫拂地長稼穡不知誰壞却可教風雨損農桑老漢陳州人氏姓張人見我性兒不好都喚我做張撇古我有個孩兒張仁爲因這陳州缺少米糧近日差的兩個倉官來傳聞欽定的價是五兩白銀一石細米着賑濟俺一郡百姓如今兩個倉官改做十兩銀子一石細米又使八升小斗加三大秤庄院裏攢零合整收拾的這幾兩銀子糴米走一遭去來〔小撇古云〕父親則一件你平日間是個性兒古撇的人倘若到的那買米處你休言語則便了也〔正末云〕這是朝廷救民的德意他假公濟私我怎肯和他干罷了也呵〔唱〕

〔仙呂點絳唇〕則這官吏知情外合裏應將窮民併點紙連名我可便直告到中書省

〔小撇古云〕父親喒遇着這等官府也說些甚麼〔正末唱〕

〔混江龍〕做的個上樑不正只待要損人利己惹人憎他若是將咱刁蹬休道我不敢掀騰柔軟莫過溪澗水到了不平地上也高聲他也故違了皇宣命都是些吃倉廒的鼠耗咂膿血的蒼蠅

〔云〕可早來到也〔做見斗子科〕〔大斗子云〕兀那老子你來糴米將銀子來我秤〔正末做遞銀子科云〕兀的不是銀子〔大斗子做秤銀子科云〕兀那老的你這銀子則八兩〔正末云〕十二兩

銀子則秤的八兩怎麼少偌多〔小懺古云〕哥我這銀子是十二兩來怎麼則秤八兩你也放些心平着〔二斗子云〕這廝放屁秤上現秤八兩我吃了你一塊兒那〔正末云〕嗨本是十二兩銀子怎生秤做八兩〔唱〕

〔油葫蘆〕則這攢典哥哥休強挺你可敢教我親自秤〔大斗子云〕這老的好無分曉你的銀子本少我怎好多秤了你的只頭上有天哩〔正末唱〕今世人那個不聰明我這裏轉一轉如上思鄉嶺我這裏步一步似入琉璃井〔大斗子云〕則這般秤八兩也還低哩〔正末唱〕秤銀子秤得高〔做量米科〕〔二斗子云〕我量與你米打個雞窩再掠了些〔小懺古云〕父親他那邊又掠了些米去了〔正末唱〕哎量米又量的不平元來是八升𣂏小斗兒加三秤只俺這銀子短二兩怎不和他爭〔大斗子云〕我這兩個開倉的官清耿耿不受民財乾剝剝則要生鈔與民做主哩〔正末云〕你這官人是甚麼官人〔二斗子云〕你不認的那兩個便是倉官〔正末唱〕

〔天下樂〕你比那開封府包龍圖少四星〔大斗子云〕兀那老子休要胡說他兩個是權豪勢要的人休要惹他〔正末唱〕賣弄你那官清法正行多要些也不到的擔罪名〔二斗子云〕這米還尖再掠了些者〔小懺古云〕父親他又掠了些去了〔正末唱〕這壁廂去了半斗那壁廂掠了幾升做的一個輕人來還自輕〔二斗子云〕你掙着口袋我量與你麼〔正末云〕你怎麼量米哩俺不是私自來糴米的〔大斗子云〕你不是私自來糴米我也是奉官差不是私自來糴米的〔正末唱〕

〔金盞兒〕你道你奉官行我道你奉私行俺看承的一合米關着八

九個人的命又不比山麋野鹿衆人爭你正是餓狼口裏奪脆骨乞兒碗底覓殘羹我能可折升不折斗你怎也圖利不圖名（大斗子云）這老子也無分曉你怎麽罵倉官我告訴他去來（大斗子做稟科）（小衙內云）你兩箇斗子有甚麽話說（大斗子云）告的相公得知一個老子來糶米他的銀子又少他倒罵相公哩（小衙內云）拏過那老子來（正末做見科）（小衙內云）你這個虎剌孩作死也你的銀子又少怎敢罵我（正末云）你這兩個害民的賊於民有損爲國無益（大斗子云）相公你看小人不說謊他是罵你來麽（小衙內云）這老匹夫無禮將紫金鎚來打那老匹夫（做打正末科）（小憋古做拴頭科云）父親精細者我說甚麽來我着你休言語你吃了這一金鎚父親眼見的無那活的人也（楊金吾云）打的還輕依着我性則一下打出腦漿來且着他包不成網兒（正末做漸醒科）（唱）

〔村裏迓鼓〕只見他金鎚落處恰便似轟雷着頂打的來滿身血迸教我呵怎生扎掙也不知打着的是脊梁是腦袋是肩井但覺的刺牙般酸剜心般痛剔骨般疼哎喲天那兀的不送了我也這條老命（云）我來買米如何打我（小衙內云）把你那性命則當根草打甚麽不緊是我打你來隨你那裏告我去（小憋古云）父親也似此怎了（正末唱）

〔元和令〕則俺個糶米的有甚罪名和你這糶米的也不乾淨（小衙內云）是我打你來沒事沒事由你在那裏告我（正末唱）現放着徒流笞杖做下嚴刑却不道家家門外千丈坑則他這得填平處且填平你可也被人推更不輕

〔楊金吾云〕俺兩個清似水白如麪在朝文武誰不稱讚我的〔正末唱〕

〔上馬嬌〕哎你個蘿蔔精頭上青〔小衙內云〕看起來我是野菜你怎麼罵我做蘿蔔精〔正末唱〕坐着個愛鈔的壽官廳麪糊盆裏專磨鏡〔楊金吾云〕俺兩個至一清廉有名的〔正末唱〕哎還道你清清賽玉壺冰

〔小衙內云〕怕不是皆因我二人至清滿朝中臣宰舉保將我來的〔正末唱〕

〔勝葫蘆〕都只待遙指空中鴈做羹那個肯爲朝廷〔楊金吾云〕你那老匹夫把朝廷來壓我哩我不怕我不怕〔正末唱〕有一日受法餐刀正典刑恁時節錢財使罄人亡家破方悔道不廉能

〔小衙內云〕我見了那窮漢似眼中疔肉中刺我要害他只當捏爛柿一般值個甚的〔正末云〕噤聲〔唱〕

〔後庭花〕你道窮民是眼內疔佳人是頦下癭〔帶云〕難道你家沒王法的〔唱〕便容你酒肉攤場吃誰許你金銀上秤秤〔云〕孩兒你也與我告去〔小撇古云〕父親你看他這般權勢只怕告他不得麼〔正末唱〕兒也你快去告不須驚〔小撇古云〕父親要告他指誰做證見〔正末唱〕只指着紫金鎚專爲照證〔小撇古云〕父親證見便有了却往那裏告他去〔正末唱〕投詞院直至省將冤屈叫幾聲訴出咱這實情怕沒有公與卿必然的要准行〔小撇古云〕若是不准再往那裏告他〔正末唱〕任從他賊醜生百般家着智能遍衙門告不成也還要上登聞將怨鼓鳴

〔青哥兒〕雖然是輸贏輸贏無定也須知報應報應分明難道紫金鎚就好活打殺人性命我便死在幽冥決不忘情待告神靈拏到堦庭取下招承償俺殘生苦恨纔平若不沙則我這雙兒鶻鴒也似眼中睛應不瞑

〔云〕孩兒眼見得我死了也你與我告去〔小撇古云〕您孩兒知道〔正末云〕這兩個害民的賊請了官家大俸大祿不曾與天子分憂倒來苦害俺這裏百姓天那〔唱〕

〔賺煞尾〕做官的要了錢便糊突不要錢方清正多似你這貪汙的枉把皇家祿請〔帶云〕你這害民的賊也想一想差你開倉糶米是為着何來〔唱〕兀的賑濟饑荒你也該自省怎倒將我一鎚兒打壞天靈〔小撇古云〕父親我幾時告去〔正末唱〕則今日便登程直到王京常言道廝殺無如父子兵揀一個清耿耿明朗朗官人每告整和那害民的賊徒折證〔小撇古云〕父親可是那一位大衙門告他去〔正末嘆云〕若要與我陳州百姓除了這害呵〔唱〕則除是包龍圖那個鐵面沒人情〔下〕

〔小撇古哭科云〕父親亡逝已過更待干罷我料着陳州近不的他我如今直至京師揀那大大的衙門裏告他去〔詩云〕盡說開倉為救荒反教老父一身亡此生不是空桑出不報冤讐不姓張〔下〕〔小衙內云〕斗子那老子要告俺去我算着就告到京師放着我老子在哩況那范學士是我老子的好朋友休說打死一個就打死十個也則當五雙俺兩個別無甚事都去狗腿灣王粉頭家裏喝酒去來一了說倉廒府庫抹着便富王粉頭家不誤主顧〔下〕

〔音釋〕趄且去聲 剜碗平聲 㒳音緊 蹬音鄧 厫音敖 呾音匝 搲音蛙 哦音呀
轟音薨 迸音柄 頦音孩 鶻紅姑切 鴒音零

第二折

〔范學士領祗候上云〕老夫范仲淹自從劉衙內保舉他兩個孩兒去陳州開倉糶米誰想那兩個到的陳州貪贓壞法飲酒非為奉聖人的命着老夫再差一員正直的去陳州結斷此一樁公事就勅賜勢劍金牌先斬後聞今日在此議事堂中與衆公卿聚議怎麼這早晚還不見來令人門首覷着若來時報復我知道〔祗候云〕理會的〔韓魏公上云〕老夫韓魏公今有范天章學士在於議事堂令人來請不知有甚事須索去走一遭可早來到這門首也〔祗候報云〕韓魏公到〔范學士云〕道有請〔韓魏公做見科〕〔范學士云〕老丞相來了也請坐〔呂夷簡上云〕老夫呂夷簡正在私宅閑坐有范學士在于議事堂令人來請須索去走一遭不覺早來到了也〔祗候報云〕呂平章到〔范學士云〕道有請〔呂夷簡見科云〕老丞相在此學士今日請老夫來有何事〔范學士云〕二位老丞相則因為前者陳州糶米一事劉衙內舉保他那兩個孩兒做倉官去如今在那裏貪贓壞法飲酒非為奉聖人的命教老夫在此聚會衆多臣宰舉一個正直的官員前去陳州結斷此事只等衆大人來全了時同舉一位咱〔韓魏公云〕想學士必已得人某等便當舉薦〔小㒳古上云〕自家小㒳古俺和父親同去糶米不想被兩個倉官將俺父親打死了俺父親臨死之時着我告包待制去見說是個白髭鬚的老兒我來到這大街上等着看有甚麼人來〔劉衙內上云〕小官劉衙內自從兩個孩兒去陳州糶米至今音信皆無早間有范學士着人來請我不知又是甚麼事須索走一遭去者〔小㒳古云〕這個白髭鬚的老兒敢是包待制我試迎着告咱〔做跪科〕〔劉衙內云〕兀那

小的你有甚麽冤枉的事我與你做主〔小撇古云〕我是陳州人氏俺爺兒兩個將著十二兩銀子糴米去被那倉官將俺父親則一金鎚打死了那裏無人敢近他爺爺敢是包待制麽與小的每做主咱〔劉衙內云〕兀那小的則我便是包待制你休去別處告我與你做主你且一壁有者〔小撇起科云〕理會的〔劉衙內背云〕嗨我那兩個小醜生敢做下來也令人報復去道有劉衙內在於門首〔祗候云〕劉衙內到〔劉衙內做見科〕〔范學士云〕衙內你保舉的兩個好清官也〔劉衙內云〕學士我那兩個孩兒果然是好清官實不敢欺〔范學士云〕衙內老夫打聽的你兩個孩兒到的陳州則是飲酒非爲不理正事貪贓壞法苦害百姓你知麽〔衙內云〕老丞相休聽人的言語我保舉的人並無這等勾當〔范學士云〕二位老丞相他還不信哩〔小撇古問祗候云〕哥哥恰纔那進去的敢是包待制爺爺麽〔祗候云〕則他是劉衙內你要問包待制還不曾來哩〔小撇古云〕天那我要告這劉衙內誰想正投在老虎口裏可不我死也〔正末扮包待制領張千上云〕老夫姓包名拯字希文本貫金斗郡四望鄉老兒村人氏官拜龍圖閣待制正授南衙開封府尹之職奉聖人的命上五南採訪已回須索到議事堂中見衆公卿走一遭去來〔張千云〕想老相公爲官多早晚陞廳多早晚退衙老相公試說一遍與您孩兒聽咱〔正末唱〕

〔正宮端正好〕自從那雲滾滾卯時初直至日淹淹的申牌後剛則是無倒斷簿領埋頭更被那紫襴袍拘束的我難擡手我把那爲官事都參透

〔滾繡毬〕待不要錢呵怕違了衆情待要錢呵又不是咱本謀只這月俸錢做咱每人情不彀〔張千云〕老相公平日是箇不避權豪勢要之人也〔正末唱〕

我和那權豪每結下些山海也似冤讐曾把個魯齋郎斬市曹曾把個葛監軍下獄囚賸吃了些衆人每毒咒(張千云)老相公如今雖然年老志氣還在哩(正末唱)到今日一筆都勾從今後不干己事休開口我則索會盡人間只點頭倒大來優游

(云)可早來到議事堂門首也張千接下馬者(小㦬古云)我問人來說這個便是包待制(做跪叫科云)寃屈也爺爺與孩兒每做主咱(正末云)兀那小的你那裏人氏有甚麼寃枉事你實說來老夫與你做主(小㦬古云)孩兒每陳州人氏嫡親的父子二人父親是張㦬古今有兩個官人在陳州開倉糶米欽定五兩銀子一石他改做十兩一石俺一家兒苦湊得十二兩銀子買米他則秤的八兩俺父親向前分辨去他着那紫金鎚一鎚打死孩兒要去聲寃告狀盡道他是權豪勢要之家人都近不的他俺父親臨死之時曾說道孩兒等我命終你直至京師尋着包待制爺爺那裏告去我投至的見了爺爺就是撥雲見日昏鏡重磨須與孩兒每做主咱(詩云)本待將衷情細數奈哽咽吞聲莫吐紫金鎚打死親爺委實是含寃受苦(正末云)你且一壁有者(小㦬古扯正末科云)爺爺不與孩兒做主誰做主咱(正末云)我知道了也(三科了)(正末云)令人報復去道有包待制在於門首(祗候報云)有包待制來了也(范學士云)好好包龍圖來了快有請(正末做見科)(韓魏公云)待制五南採訪初回鞍馬上勞神也(正末云)二位老丞相和學士殆事不易(劉衙內云)老府尹遠路風塵(正末云)衙內恕罪(衙內背云)這老子怎麼瞅我那一眼敢是見那個告狀的人來我則做不知道(正末云)老夫上五南採訪回來昨日見了聖人今日特特的拜見二位老丞相和學士來(范學士云)不知待制多大年紀爲官如今可多大年紀請慢慢的說一

遍某等敬聽〔正末云〕學士問老夫多大年紀爲官如今有多大年紀學士不嫌絮煩聽老夫慢慢的說來〔唱〕

〔倘秀才〕我從那及第時三十五六我如今做官到七十也那八九豈不聞人到中年萬事休我也曾觀唐漢看春秋都是俺爲官的上手

〔范學士云〕待制做許多年官也歷事多矣〔呂夷簡云〕待制爲官盡忠報國激濁揚清如今朝裏朝外權豪勢要之家聞待制大名誰不驚懼誠哉所謂古之直臣也〔正末云〕量老夫何足掛齒想前朝有幾個賢臣都皆屈死似老夫這等粗直終非保身之道〔范學士云〕請待制試說一遍咱〔正末唱〕

〔滾繡毬〕有一個楚屈原在江上死有一個關龍逢刀下休有一個紂比干曾將心剖有一個未央宮屈斬了韓侯〔呂夷簡云〕待制我想張良坐籌帷幄之中決勝千里之外輔佐高祖定了天下見韓信遭誅彭越被醢遂辭去侯爵願從赤松子遊真有先見之明也〔正末唱〕那張良呵若不是疾歸去〔韓魏公云〕那越國范蠡扁舟五湖却也不弱〔正末唱〕那范蠡呵若不是暗奔走這兩個都落不的完全屍首我是個漏網魚怎再敢吞鈎不如及早歸山去我則怕爲官不到頭枉了也干求

〔云〕二位老丞相和學士老夫年邁不能爲官到來日見了聖人就告致仕閑居也〔范學士云〕待制你差了也如今朝中似待制這等清正的能有幾人況年紀尚未衰邁正好爲官因何便告致仕

那〔正末云〕學士老夫自有說的事〔劉衙內云〕老府尹說的是年紀老了如今棄了官告致仕閑居倒快活也〔范學士云〕老相公有甚麼事要說老夫聽咱〔正末唱〕

〔呆骨朵〕老夫有件事向君王陳奏只說那權豪每是俺敵頭〔范學士云〕那權豪的老相公待要怎麼〔正末唱〕他便似打家的強賊俺便似看家的惡狗他待要些錢和物怎當的這狗兒緊追逐只願俺今日死明日亡慣的他千自在百自由

〔范學士云〕待制你且回私宅中去者老夫在此別有商議〔正末做辭科云〕二位老丞相和學士恕罪老夫告回也〔做出門科〕〔小懺古在門首跪叫科云〕爺爺與孩兒做主咱〔正末云〕我險些兒忘了這一件事兀那小的你先回去我隨後便來也〔小懺古謝科云〕既然今日見了包待制必然與我做主他教我先回去則今日不敢久停久住便索先上陳州等他去來〔詩云〕我今日得見龍圖告父親屈死無辜轉陳州等他來到也把紫金鎚打那囚徒〔下〕〔正末做回身再入科〕〔范學士云〕待制去了為何又回來也〔正末云〕老夫欲要回去聽的陳州一郡濫官污吏甚是害民不知老相公曾差甚麼能事官員陳州去也不曾〔韓魏公云〕學士先曾委了兩員官去了〔正末云〕可是那兩員官去來〔范學士云〕待制不知自你上五南採訪去了朝中一時乏人差着劉衙內的兒子劉得中女婿楊金吾到陳州糶米去好久不見來回話哩〔正末云〕見說陳州一郡官吏貪污黎民頑魯須再差一員去陳州考察官吏安撫黎民可不好也〔韓魏公云〕待制不知今日聚集俺多官正為此事〔范學士云〕奉聖人的命着老夫再差一員清正的官去陳州一來糶米二來就勘斷這樁事老夫想別人去可也幹不的事就煩待制一行意下如何〔正末云〕老夫去不的〔呂夷

簡云待制去不的可着誰去〔范學士云〕待制堅意不肯去劉衙內你讓待制這一遭他若不去你便去〔衙內云〕小官理會的老府尹到陳州走一遭去打甚麼不緊〔正末云〕既然衙內著老夫去我看衙內的面皮張千准備馬便往陳州走一遭去來〔劉衙內做驚科背云〕哎喲若是這老子去呵那兩個小的怎了也〔正末唱〕

〔脫布衫〕我從來不劣方頭恰便似火上澆油我偏和那有勢力的官人每卯酉謝大人向朝中保奏

〔劉衙內云〕我並不曾保奏你哩〔正末唱〕

〔小梁州〕我一點心懷社稷愁〔云〕張千將馬來〔張千云〕理會的〔正末唱〕則今日便上陳州既然心去意難留他每都穿連透我則怕關節兒枉生受

〔云〕二位老丞相和學士聽者老夫去則去倘有權豪勢要之徒難以處治着老夫怎麼〔范學士云〕待制再也不必過慮聖人的命勑賜與你勢劍金牌先斬後聞請待制受了勢劍金牌便往陳州去〔正末唱〕

〔幺篇〕謝聖人肯把黎民救這劍也到陳州怎肯干休敢着你吃一會家生人肉哎看那個無知禽獸我只待先斬了逆臣頭

〔劉衙內云〕老府尹若到陳州那兩個倉官可是我家裏小的看我分上看覷咱〔正末做看劍云〕我知道我這上頭看覷他〔做三科〕〔衙內云〕老府尹好沒面情我兩次三番與你陪話你看着這勢劍說這上頭看覷他你敢殺了我兩個小的論官職我也不怕你論家財我也受用似你〔正末

云〕我老夫怎比得你來〔唱〕

〔耍孩兒〕你積趲的金銀過北斗你指望待天長地久看你那於家爲國下場頭出言語不識娘羞我須是筆尖上掙闖來的千鍾祿你可甚劍鋒頭博換來的萬戶侯〔衙內云〕老府尹我也不怕你〔正末唱〕你那裏休誇口你雖是一人爲害我與那陳州百姓每分憂

〔劉衙內云〕老府尹你不知這倉官也不好做〔正末云〕倉官的弊病老夫盡知〔衙內云〕你知道時你說倉官的弊病咱〔正末唱〕

〔煞尾〕河涯邊趲運下些些糧倉廒中囤塌下些些籌只要肥了你私囊也不管民間瘦〔帶云〕我如今到那裏呵〔唱〕敢着他收了蒲藍罷了斗〔同張千下〕

〔劉衙內云〕列位老相公這樁事不好了這老子到那裏時將俺這兩個小的肯干罷了也〔韓魏公云〕衙內不妨事你只與學士計較老夫和呂丞相先回去也〔詩云〕衙內心中莫要慌天章學士慢商量〔呂夷簡詩云〕鳳凰飛上梧桐樹自有傍人道短長〔同下〕〔范學士云〕劉衙內你放心老夫就到聖人根前說過着你親身爲使命告一紙文書則赦活的不赦死的包你沒事便了〔衙內云〕既如此多謝了學士〔范學士云〕你跟着老夫見聖人走一遭去來〔詩云〕莫愁包待制先請赦書來〔劉衙內詩云〕全憑半張紙救我一家災〔同下〕

〔音釋〕賸音剩　瞅音揪　醢音海　蠡音里　逐音紬　辜音孤　勘堪去聲　肉柔去聲　闖音儻　囤音頓

第二折

（小衙內同楊金吾上）（小衙內詩云）日間不做虧心事半夜敲門不吃驚自家劉衙內孩兒俺二人自從到陳州開倉糶米依着父親改了價錢插上糠土尅落了許多錢鈔到家怎用得了這幾日只是吃酒耍子聽知聖人差包待制來了兄弟這老兒不好惹動不動先斬後聞這一來則怕我們露出馬脚來了我們如今去十里長亭接老包走一遭去（詩云）老包姓兒㑥𢲷他活的少若是不容咱我每則一跑（同下）（張千背劍上）（正末騎馬做聽科）（張千云）自家張千的便是我跟着這包待制大人上五南路採訪回來如今又與了勢劍金牌往陳州糶米去他在這後面我可在前面離的較遠你不知這個大人清廉正直不愛民財雖然錢物不要你可吃些東西也好他但是到的府州縣道下馬陞廳那官人里老安排的東西他看也不看一日三頓則吃那落解粥你便老了吃不得我是個後生家我兩隻脚伴着四個馬蹄子走馬走五十里我也跟着走五十里馬走一百里我也走一百里我這一頓落解粥走不到五里地面早肚裏饑了我如今先在前面到的那人家裏我則說我是跟包待制大人的如今往陳州糶米去我背着的是勢劍金牌先斬後聞你快些安排下馬飯我吃肥草雞兒茶渾酒兒我吃了那酒吃了那肉飽飽兒的了休說五十里我咬着牙直走二百里則有多哩嗨我也是個傻弟子孩兒又不會吃個怎麼兩片口裏劈溜撲刺的猛可裏包待制大人後面聽見可怎了也（正末云）張千你說甚麼哩（張千做怕科云）孩兒每不會說甚麼（正末云）是甚麼肥草雞兒（張千云）爺孩兒每不會說甚麼肥草雞兒我纔則走哩遇着個人我問他陳州有多少路他說道還早哩幾會說甚麼肥草雞兒（正末云）是甚麼茶渾酒兒（張千云）爺孩兒每不會說甚麼茶渾酒兒我走着哩見一個人問他陳州那裏去他說道線也似一條

直路你則故走孩兒每不會說甚麽茶渾酒兒〔正末云〕張千是我老了都差聽了也我老人家也吃不的茶飯則吃些稀粥湯兒如今在前頭有的儘你吃儘你用我與你那一件厭飫的東西〔張千云〕爺可是甚麽厭飫的東西〔正末云〕你試猜咱〔張千云〕爺說道前頭有的儘你吃儘你用又與我一件兒厭飫的東西敢是苦茶兒〔正末云〕不是〔張千云〕蘿蔔簡子兒〔正末云〕不是〔張千云〕哦敢是落解粥兒〔正末云〕也不是〔張千云〕爺都不是可是甚麽〔正末云〕你脊梁上背着的是甚麽〔張千云〕背着的是劍〔正末云〕我着你吃那一口劍〔張千怕科云〕爺孩兒則吃些落解粥兒倒好〔正末云〕張千如今那普天下有司官吏軍民百姓聽的老夫私行也有那歡喜的也有那煩惱的〔張千云〕爺不問孩兒也不敢說如今百姓每聽的包待制大人到陳州糶米去那個不頂禮都說俺有做主的來了這般歡喜可是爲何〔正末云〕張千也你那裏知道聽我說與你咱〔唱〕

〔南呂一枝花〕如今那當差的民戶喜也有那乾請俸的官人每怨急切裏稱不了包某的心百般的納不下帝王宣我如今暮景衰年鞍馬上實勞倦如今那普天下人盡言道一個包龍圖暗暗的私行諕得些官吏每兢兢打戰

〔梁州第七〕請俸祿五六的這萬貫殺人到三二十年隨京隨府隨州縣自從俺仁君治世老漢當權經了這幾番刷卷備細的究出根原都只是庄農每爭競桑田弟兄每分另家緣俺俺俺宋朝中大小官員他他他臢與你財主每追徵了些利錢您您您怎知道窮百姓

苦懨懨叫屈聲寃如今的離陳州不遠便有人將咱相凌賤你也則
詐眼兒不看見騎着馬揣着牌自向前休得要攞袖揎拳
〔云〕張千離陳州近也你騎着馬揣着牌先進城去不要作踐人家〔張千云〕理會的爺我騎着馬
去也〔正末云〕張千你轉來我再分付你我在後面如有人欺負我打我你也不要來勸緊記者
〔張千云〕理會的〔張千做去科〕〔正末云〕張千你轉來〔張千云〕爺有的就馬上說了罷〔正末
云〕我分付的緊記者〔張千云〕爺我先進城去也〔下〕〔搽旦王粉蓮趕驢上云〕自家王粉蓮的便
是在這南關裏狗腿灣兒住不會別的營生買賣全憑着賣笑求食俺這此處有上司差兩個開倉
糶米官人來一個是楊金吾一個是劉小衙內他兩個在俺家裏使錢我要一奉十好生撒鏝他是
權豪勢要一應閑雜人等再也不敢上門來俺家盡意的奉承他他的金銀錢鈔可也都使盡俺家
裏數日前將一箇紫金鎚當在俺家若是他沒錢取贖等我打些釵兒戒指兒可不受用恰纔幾個
姊妹請我吃了幾杯酒他兩個差人摔着個驢子來取我三不知我騎上那驢子忽然的叫了一聲
丟了箇撅子把我直跌下來傷了我這楊柳細好不疼哩又沒個人扶我自家掙得起來驢子又走
了我趕不上怎麼得人來替我拏一拏住也好那〔正末云〕這個婦人不像個良人家的婦女我如
今且替他籠住那頭口兒問他個詳細看是怎麼〔旦兒做見正末科云〕兀那個老兒你與我拏住
那驢兒者〔正末做拏住驢子科〕〔旦兒做謝科云〕多生受你老人家也〔正末云〕姐姐你是
那裏人家〔旦兒云〕正是個庄家老兒他還不認的我哩我在狗腿灣兒裏住〔正末云〕你家裏做
甚麼買賣〔旦兒云〕老兒你試猜咱〔正末云〕我是猜咱〔旦兒云〕你猜〔正末云〕莫不是油磨房
〔旦兒云〕不是〔正末云〕解典庫〔旦兒云〕不是〔正末云〕賣布絹段疋〔旦兒云〕也不是〔正末

云）都不是可是甚麼買賣（旦兒云）俺家裏賣皮鶻鶵兒老兒你在那裏住（正末云） 姐姐老漢止有一個婆婆早已亡過孩兒又沒隨處討些飯兒吃（旦兒云）老兒你跟我去我也用的你着你只在我家裏有的好酒好肉儘你吃哩（正末云）好波好波我跟將姐姐去那裏使喚老漢 （旦兒云） 好老兒你跟我家去我打扮你起來與你做一領硬掙掙的上蓋再與你做一頂新帽兒一條茶褐縧兒一對乾淨涼皮靴兒一張橈兒你坐着在門首與我家照管門戶好不自在哩（正末云）姐姐如今你根前可有什麼人走動姐姐你是說與老漢聽咱（旦兒云）老兒別的郎君子弟經商客旅都不打緊我有兩個人都是倉官又有權勢又有錢鈔他老子在京師現做着大大的官他在這裏糶米是十兩一石的好價錢斗又是八升的小斗秤是加三大秤儘有東西我並不曾要他的（正末云）姐姐不會要他錢也會要他些東西麼（旦兒云） 老兒他不會與我甚麼錢他則與了我個紫金鎚你若見了就諕殺你（正末云）老漢活偌大年紀幾曾看見什麼紫金鎚姐姐若與我見一見兒消災滅罪可也好麼（旦兒云） 老兒你若見了好消災滅罪你跟我家去來我與你看（正末云）我跟姐姐去（旦兒云）老兒你吃飯也不會（正末云）我不會吃飯哩（旦兒云）老兒你跟將我去來只在那前面他兩個安排酒席等我哩到的那裏酒肉儘你吃扶我上驢兒去 （正末做扶旦兒上驢子科）（正末背云） 普天下誰不知個包待制正授南衙開封府尹之職今日到這陳州倒與這婦人籠驢也可笑哩（唱）

〔牧羊關〕當日離豹尾班多時分今日在狗腿灣行近遠避甚的馬後驢前我則怕按察司迎着御史臺撞見本是個顯要龍圖職怎伴着烟月鬼狐纏可不先犯了個風流罪落的價葫蘆提罷俸錢

〔旦兒云〕老兒你跟將我去來我把那紫金鎚與你看者〔正末云〕好好我跟將姐姐去則與老漢紫金鎚看一看消災滅罪咱〔唱〕

〔隔尾〕聽說罷氣的我心頭顫好着我半晌家氣堵住口內言直將那倉庫裏皇糧痛作踐他便也不憐我須爲百姓每可憐似肥漢相博我着他只落的一聲兒喘〔同旦兒下〕

〔小衙內楊金吾領斗子上〕〔小衙內詩云〕兩眼梭梭跳必定悔氣到若有清官來一准屋梁吊俺兩個在此接待老包不知怎麼則是眼跳纔則喝了幾碗投腦酒壓一壓膽慢慢的等他〔正末同旦兒上正末云〕姐姐兀的不是接官廳我這裏等着姐姐〔旦兒云〕來到這接官廳老兒你扶下我這驢兒來你則在這裏等着我我如今到了裏面我將些酒肉來與你吃你則與我帶着這驢兒者〔做見小衙內楊金吾科〕〔小衙內笑科云〕姐姐你來了也〔楊金吾云〕我的乖你偌遠的到這裏來〔旦兒云〕該殺的短命你怎麼不來接我一路上把我掉下驢來險不跌殺了我那驢子又走了早是撞見個老兒與我籠着驢子嗨我爭些兒可忘了那老兒他還不曾吃飯先與他些酒肉吃咱〔楊金吾云〕兀那斗子與我拏些酒肉與那牽驢的老兒吃〔大斗子做拏酒肉與正末科云〕兀那牽驢的老兒你來與你些酒肉吃〔正末云〕說與你那倉官去這酒肉我不吃都與這驢子吃了〔大斗子做怒科云〕喂這個村老子好無禮〔做見小衙內科云〕官人恰纔拏將酒肉賞那牽驢的老兒那老兒一些不吃都請了這驢兒也〔小衙內云〕斗子你與我將那老兒吊在那槐樹上等我接了老包慢慢的打他〔大斗子云〕理會的〔做吊起正末科〕〔正末唱〕

〔哭皇天〕那劉衙內把孩兒薦范學士怎也就將勑命宣只今個賊

倉官享富貴全不管窮百姓受熬煎一刻的在青樓纏戀那廝每不依欽定私自加添盜糶了倉米乾沒了官錢都送與潑烟花潑烟花王粉蓮早被俺親身兒撞見可便肯將他來輕輕的放免〔烏夜啼〕爲頭兒先吃俺開荒劍則他那性命不在皇天劉衙內也可怎生着我行方便這公事體察完全不是流傳那怕你天章學士有賫緣就待乞天恩走上金鑾殿只我個包龍圖元鐵面也少不得着您名登紫禁身喪黄泉

〔張千云〕受人之託必當終人之事大人的分付着我先進城去尋那楊金吾劉衙內直到倉裏尋他尋不着一個如今大人也不知在那裏我且到這接官廳試看咱〔做看見小衙內楊金吾科云〕我正要尋他兩個原來都在這裏吃酒我過去諕他一諕吃他幾鍾酒討些草鞋錢兒〔見科云〕好也你還在這裏吃酒哩如今包待制爺要來拏你兩個有的話都在我肚裏〔小衙內云〕哥你怎生方便救我一救我打酒請你〔張千云〕你兩個真傻廝豈不曉得求鼈頭不如求鼈尾〔小衙內云〕哥說的是〔張千云〕你家的事我滿耳朵兒都打聽着你則放心我與你周旋便了包待制是坐的包待制我是立的包待制都在我身上〔正末云〕你好個立的包待制張千也〔唱〕

〔牧羊關〕這廝馬頭前無多說今日在驛亭中誇大言信人生不可無權哎則你個祗候王喬詐仙也那得仙〔張千負酒科云〕我若不救你兩個呵這酒就是我的命〔做見正末怕科云〕兀的不諕殺我也〔正末唱〕諕的來面色如金紙手脚似風顛老鼠終無膽獼猴怎坐禪

〔張千云〕您兩個傻廝到陳州來糶米本是欽定的五兩官價怎麼改做十兩那張憋古道了幾句怎麼就將他打死了又要買酒請張千吃又擅吊了牽驢子的老兒如今包待制私行從東門進城也你還不去迎接哩〔小衙內云〕怎了怎了既是包待制進了城喒兩個便迎接去來〔同楊金吾斗子下〕〔張千做解正末科〕〔旦兒云〕他兩個都走了也我也家去兀那老兒你將我那驢兒來〔張千罵旦兒科云〕賊弟子你死也還要老爺替你牽驢兒哩〔正末云〕㖞休言語姐姐我扶上你驢兒去〔正末做扶旦兒上驢科〕〔旦兒云〕老兒生受你你若忙便罷你若得那閑時到我家來看紫金鎚咱〔下〕〔正末云〕這害民賊好大膽也呵〔唱〕

〔黃鍾煞尾〕不憂君怨和民怨只愛花錢共酒錢今日個家破人亡立時見我將你這害民的賊鷹鸇一個個拏到前勢劍上性命捐莫怪咱不矜憐你只問王家的那潑賤也不該着我籠驢兒步行了偌地遠〔同張千下〕

〔音釋〕傻音耍 鈌音謂 攞羅上聲 揎音宣 鏝音慢 撅音掘 鵪音庵 鶉音淳 顫音戰 喘川上聲 剗音產 夤音寅 鸇音氈

第四折

〔淨扮州官同外郎上〕〔州官詩云〕我做個州官不歹斷事處搖搖擺擺只好吃兩件東西酒赍的團魚螃蟹小官姓蓼名花叨任陳州知州之職今日包待制大人陞廳坐衙外郎你與我將各項文卷打點停當等僉押者〔外郎云〕你與我這文卷教我打點停當我又不識字我那裏曉的〔州官云〕好打這廝你不識字可怎麼做外郎那〔外郎云〕你不知道我是僱將來的頂缸外郎〔州官云〕

唗快把公案打掃的乾淨大人敢待來也〔張千排衙上云〕喏在衙人馬平安〔正末上云〕老夫包拯因為陳州一郡濫官污吏損害黎民奉聖人的命着老夫考察官吏安撫黎民非輕易也呵〔唱〕

〔雙調新水令〕叩金鑾親奉帝王差到陳州與民除害威名連地震殺氣和霜來手執着勢劍金牌哎你個劉衙內且休怪

〔云〕張千將那劉得中一行人都與我拏將過來〔張千云〕理會的〔做拏劉衙內楊金吾并二斗子跪見科云〕當面〔正末云〕您知罪麼〔小衙內云〕俺不知罪〔正末云〕兀那廝欽定的米價是多少銀子糶一石來〔小衙內云〕父親說道欽定的價是十兩一石〔正末云〕欽定的價兀是五兩一石你私自改做十兩又使八升小斗加三大秤你怎做的不知罪那〔唱〕

〔駐馬聽〕你只要錢財全不顧百姓每貧窮一味的刻今遭杻械也是你五行福謝做了半生災只見他向前呵如上嚇魂臺往後呵似入東洋海投至的分屍在市街我着你一靈兒先飛在青霄外

〔云〕張千南關去拏將那王粉蓮就連着紫金鎚一齊解來〔張千云〕理會的〔做拏王粉蓮跪科云〕王粉蓮當面〔正末云〕兀那王粉蓮你認的我麼〔王粉蓮云〕我不認的你〔正末唱〕

〔雁兒落〕難道你王粉頭直恁騃偏不知包待制多謀策你道是接倉官有大錢怎麼的見府尹無嬌態

〔云〕兀那王粉蓮這金鎚是誰與你來〔王粉蓮云〕是楊金吾與我來〔正末云〕張千選大棒子將王粉蓮去衹決打三十者〔打科〕〔正末云〕打了搶出去〔搶出科〕〔王粉蓮下〕〔正末云〕張千將楊金吾採上前來〔做採楊金吾上科〕〔正末云〕這金鎚上有御書圖號你怎生與了王粉蓮〔楊

金吾云〕大人可憐見我不曾與他我則當的幾個燒餅兒吃哩〔正末云〕張千先拏出楊金吾去
在市曹中梟首報來〔張千云〕理會的〔正末唱〕
〔得勝令〕呀你只待錢眼裏狠差排今日個刀口上送屍骸你犯了
蕭何律難寬縱便自有蒯通謀怎救解你死也休捱則俺那勢劍如
風快你死也應該誰着你金鎚當酒來
〔張千拏楊金吾殺科〕〔正末云〕張千拏過那小憋古來〔張千云〕小憋古當面〔做拏小憋古跪
科〕〔正末云〕兀那廝他父親被那個打死了〔小憋古云〕是這小衙內把紫金鎚打死我父親
來〔正末云〕張千拏過劉得中來就着小憋古也將那金鎚將這廝打死者〔張千云〕理會的〔正末
唱〕
〔沽美酒〕小衙內做事歹小憋古且寧奈也是他自結下冤讐怎得
開非咱忒煞須償還你這親爺債
〔太平令〕從來個人命事關連天大怎容他殺生靈似虎如豺紫金
鎚依然還在也將來敲他腦袋登時間肉拆血灑受這般罪責呀纔
平定陳州一帶
〔小憋古做打衙內科〕〔正末云〕張千打死了麽〔張千云〕打死了也〔正末云〕張千與我拏下小
憋古者〔張千云〕理會的〔張千做拏小憋古科〕〔外扮劉衙內賫赦書慌上詩云〕心忙來路遠事
急出家門小官劉衙內是也我聖人根前說過告了一紙赦書則赦活的不赦死的星夜到陳州救
我兩個孩兒左右留人者有赦書在此則赦活的不赦死的〔正末云〕張千死了的是誰〔張千云〕

死了的是楊金吾小衙內〔正末云〕活的是誰〔張千云〕是小㩧古〔劉衙內云〕呸恰好赦別人也
〔正末云〕張千放了小㩧古者〔唱〕
〔殿前歡〕猛聽的叫赦書來不由我不臨風回首笑哈哈想他父子每倚勢挾權大到今日也運蹇時衰他指望着赦來時有處裁怎知道赦未來先殺壞這一番顛倒把別人貸也非是他人謀不善總見的個天理明白
〔云〕張千將劉衙內拏下者聽老夫下斷〔詞云〕爲陳州亢旱不收窮百姓四散飄流劉衙內原非令器楊金吾更是油頭奉勅旨陳州糶米改官價擅自徵收紫金鎚屈打良善聲冤處地慘天愁范學士豈容奸蠹奏君王不赦亡囚今日個從公勘問遣小㩧手報親讐方纔見無私王法留傳與萬古千秋
〔音釋〕刻揩上聲　杻音肘　械諧去聲　騃魚開切　蠹音妬　策釵上聲　煞音曬　拆釵上聲　責齋上聲　咍呼來切　貸音太　白巴埋切

題目　范天章政府差官
正名　包待制陳州糶米

包待制陳州糶米雜劇

金閶客解品鳳凰簫

玉清菴错送鴛鴦被
倣關仝筆
珍倣宋版印

玉清菴錯送鴛鴦被雜劇

元　撰

明吳興臧晉叔校

楔子

（沖末扮李府尹引從人上）（詩云）白髮刁騷兩鬢侵老來灰盡少年心等閑分食天家祿但得身安抵萬金老夫姓李雙名彥實官居府尹之職夫人劉氏早年亡逝已過所生一女小字玉英年長一十八歲未曾許聘他人如今被左司家朦朧劾奏官裏聽信讒言差金牌校尉拿我赴京問罪嗨朝廷上多少濫官汙吏一生享用榮華不盡只有老夫忠勤廉正替朝廷幹事的反倒受人彈論公道安在我想此一去莫說途路遙遠便是到得京師也還有許多費用爭奈囊底蕭條盤纏缺少無計所出已會着人至玉清菴請劉道姑去了這早晚敢待來也（丑扮道姑上云）道可道非常道名可名非常名貧道乃玉清菴劉道姑是也正在道堂中看經有李府尹相公着人相請不知有甚事須索走一遭去可早來到也不必報復我自過去（做見科）老相公呼喚貧姑有何事幹（李府尹云）劉道姑你來了也我如今有罪赴京聽勘爭奈缺少盤纏一徑請你來不問那裏替我借十個銀子與我做盤纏老夫在家等候你小心在意疾去早來（道姑云）有有有劉員外家廣放私債莫說十個二十個也有我就去（李府尹詩云）可憐我囊橐淒清專望你假貸登程（道姑詩云）劉員外金銀廣有只要扣日子還得至誠（同下）（淨扮劉員外上云）小生姓劉雙名彥明家中頗有錢財人皆員外稱之今日閑閑這解典庫看有甚麼人來（道姑上云）此間正是劉員外門首我自過去員外稽首（劉員外云）姑姑你來我家有何事（道姑云）我無事也不來有本處李府尹相公要

赴京去缺少盤纏問員外借十個銀子回來本利一併交還(劉員外云)他家下有誰(道姑云)他家別無親人止有一個小姐(劉員外云)既是這等我借與他十個銀子着他立一紙文書你就做保人着他那小姐也畫個字久後好還我債我與你銀子拿去(道姑云)我知道快將銀子來我回李府尹相公的話去(下)(劉員外云)我十個銀子都交付與道姑去了我無甚事城裏城外索錢去來(下)(李府尹上云)我着劉道姑借錢去這早晚怎生不見回話好焦死人也(道姑上云)我將着這銀子回老相公的話去(見科云)老相公我問劉員外借了十個銀子着你立一紙文書着小姐也畫一個字我就做保人(李府尹云)這等繡房中請出小姐來(道姑云)梅香後堂請出小姐來(梅香云)姐姐有請(正旦扮玉英上云)妾身是李府尹的女孩兒小字玉英年長一十八歲未曾許聘他人今有父親在前堂上呼喚不知甚事須索見來(見科云)父親呼喚您孩兒有何分付(李府尹云)喚你來別無甚事我今被左司家劾奏着我赴京聽勘爭奈缺少盤纏央劉道姑問劉員外借了十個銀子他要立一紙文書就是道姑做保人着你也畫一個字久以後好要你還錢(正旦云)父親我是個女孩兒家羞答答的那裏會畫字來(李府尹云)孩兒你依着我畫一個字者(道姑云)將筆來小姐你畫一個字(做畫字李府尹看科云)道姑文書上字都畫了你將的去(道姑云)有了文書我拿去也(下)(正旦云)父親你是必早些兒回來(李府尹云)孩兒你休煩惱我豈不要早些回來但今日之事我的生死尚且不保皆因我素性忠直無私朝中無一人肯向我的只除公道明白或者有個生還日子不然便當死扵長安終爲怨鬼(歎科云)孩兒你今年一十八歲也不小了終身之計你自家做個主意我也顧你不得(旦云)父親說那裏話(悲科)(唱)

〔仙呂端正好〕渭城歌陽關恨別離罷路踐紅塵可憐見女孩兒獨自個無人問父親也你是必頻頻的稍帶一紙平安信〔下〕

〔李府尹云〕孩兒回後房中去了也左右將馬來則今日赴京走一遭去〔詩云〕別淚不勝彈悲歌行路難浮雲能蔽日何處是長安〔下〕

〔音釋〕 勘坎去聲 橐音託 貸音態

第一折

〔劉員外上云〕自家劉員外的便是自從李府尹借了我十個銀子可早一年光景也本利都無聞知他有個小姐生的十分標致大有顏色料他父親也無錢還我我一心要娶他做渾家可不好我着人請劉道姑去了這早晚敢待來也〔道姑上云〕自家劉道姑的便是劉員外使人來請須索走一遭去〔見科云〕員外喚我有甚麼事〔劉員外云〕請你來別無他事自從李府尹借了我十個銀子今經一年光景不見回來算本利該二十個銀子還我你與我討去〔道姑云〕員外再等幾時待老相公回來還你這銀子〔劉員外云〕道姑你說話只當放〔道姑云〕放甚麼〔劉員外云〕放屁假若相公一年不來我等一年十年不來我等十年你好不曉事我不瞞你說你如今問他那小姐討那銀子去有便還我若無呵這裏也無人我雖然叫做員外這等年紀還沒渾家他若肯與我做個渾家一本一利都不要他還你若圓成了我呵重重的相謝你你可作成我一作成〔道姑云〕員外甚麼道理他少你錢則少你錢他是官宦人家小姐怎生與你為妻那〔劉員外云〕好姑姑我央及你替我圓成我唱喏〔道姑云〕你唱喏我跪〔劉員外云〕你跪我磕頭你作成我罷〔道姑云〕員外你討錢只討錢這椿事我不敢許你〔劉員外云〕我央及你不肯當時借銀子時是你來借你是保

人我如今拖到官中去那個出家人做保人上起刑法來我兒也直把你打掉那下半截來（道姑
云）那個要媳婦的這等放刁（劉員外云）姑姑你若作成我這樁親事重重相謝你好歹早些兒
來回話（下）（道姑云）你道波我是個出家人沒來由管這等事做甚麼我待不依他他旣然說出
來敢是做出來我將着這羞臉兒揣在懷裏直到李府尹宅中問這樁事走一遭去（詩云）是非只
爲多開口煩惱皆因强出頭我道姑若不依員外恐防日後記冤讎（下）（正旦引梅香上云）妾身
李府尹的女孩兒自從父親赴京之後可早一載有餘音信皆無妾身每日在繡房中做些女工生
活好是煩惱人也（梅香云）小姐老相公去了自有回來之日且省煩惱（正旦唱）
【仙呂點絳唇】自從俺父親往京師妾身獨自憂愁死掌把着許大
家私無一個人扶侍
【混江龍】躭閣了二十一二好前程不見俺稱心時每日家鬢鬢羞
整粉黛慵施熬永夜閑描那花樣子捱長日頻拈我這繡針兒每日
家重念想再尋思情脈脈意孜孜幾時得效琴瑟配雄雌成比翼接
連枝但得個俊男兒恁時節纔遂了我平生志免的俺夫妻每感恨
覷的他天地無私
（道姑上云）說話中間可早來到李相公家了也梅香報復去道有劉道姑在于門首（梅香報科
云）小姐有劉道姑在于門首（正旦云）道有請（梅香云）請進去（見科）（道姑云）小姐稽首（
正旦唱）
【油葫蘆】甚風兒吹你個姑姑來到此（道姑云）貧姑一徑的來望小姐（正旦云

〕姑姑請坐〔唱〕慌忙將禮數施〔道姑云〕小姐老相公去後你每日做甚麼功課〔正旦云〕我繡着一牀錦被哩〔唱〕自從我繡鴛鴦幾曾離了繡牀時我着這金線兒粧出鴛鴦字我着這綠絨兒分作鴛鴦翅你看那枝纏着花花纏着枝〔道姑云〕小姐這是甚麼主意〔正旦唱〕直等的俺成就了百歲姻緣事恁時節纔添上兩個眼睛兒

〔道姑云〕小姐費得功夫多了〔正旦唱〕

〔天下樂〕則這鴛鴦被是我夫妻也那信有之〔道姑云〕小姐你揀個好財主每好秀才每或招或嫁可不好那〔正旦云〕姑姑你說他怎的〔唱〕嗟也波咨可也甚意兒則爲我父離家因此上不曾理婚姻事說的人睡臥又不寧害的人涕噴又不止你着我不明白憔悴死

〔道姑云〕小姐我想你這年紀小小的趁如今與人家尋一個穿衣吃飯的纔是〔正旦做欲說又止科〕〔道姑云〕小姐這裏又無外人我和你自家閑講怕甚的來〔正旦云〕我怕不有這個心事爭奈無人肯成就俺想起這世間男子無妻是家無主婦人無夫是身無主也〔道姑云〕小姐可知道你這些時憔悴了也〔正旦唱〕

〔後庭花〕則我這瘦形骸削了四肢小腰身爭了半指寬掩過羅裙摺全鬆了我這摟帶兒〔帶云〕我父親呵〔唱〕他一去幾多時杳沒個音書來至撇得我冷清清淚似絲悶懨懨過日子學刺繡一首詩索對那兩句詞空展開花樣紙摺成個簡帖兒又不是請親鄰會酒巵只把

小梅香胡亂使

〔梅香云〕俺姐姐這些時每日憂愁睡臥不安弄得越清減了依着梅香尋一個風風流流俊俊俏俏的姐夫拖帶梅香可不好也〔道姑云〕說得有理說得有理小姐你自要做主意休得誤了青春

〔正旦唱〕

〔柳葉兒〕你着我和誰傳示只落得清減了臉上胭脂這姻緣知道落在何人氏我李玉英是閨中女你姑姑是個出家兒可不空費你這一片神思

〔道姑云〕小姐你恰纔不說來婦人無夫是身無主雖然老相公不在家難道十年不回守他十年二十年不回守他二十年可不等老了人〔正旦唱〕

〔青哥兒〕非是我推三推三阻四這事情應難應難造次雖然道男女婚姻貴及時我須是嬌滴滴美玉無疵又不比敗草殘枝怎好的害殺相思只待要尋個人兒便踰牆鑽穴也無辭這等胡行事

〔道姑云〕小姐這也不妨事只要尋的個人兒停當〔正旦云〕人兒那裏〔道姑云〕這個人就是當初老相公借銀子的劉員外他是名門舊族現有百萬家財何等不好〔正旦唱〕

〔寄生草〕你道他是名門子又道富不貲〔道姑云〕你老相公借他十個銀子如今該本利二十個須要還他哩〔正旦云〕待我父親回來還他干我甚事〔唱〕他有錢財只做得錢財使〔道姑云〕他道老相公借銀子的文書你也畫得有字來〔正旦唱〕論婚姻須不曾畫個婚姻字〔道姑云〕當日借銀子原寫着我是保人他要拖我到官中告去我是出

家人怎麽好做借銀子的保人可不連累我倒替你吃官司〔正旦唱〕便吃官司我也拚得
替你官司死總饒他銅山百座鄧通家怎動的我琴心一曲臨邛氏
〔道姑云〕小姐若真個打起官司來出乖露醜一發不好〔正旦歎科云〕只是我家不合借他銀子
怎麽累的你那劉員外今年多大年紀了〔道姑云〕員外今年二十三歲有多少人家與他說親只
是沒個十分中意的因此上還不曾有娘子〔正旦云〕人物如何〔道姑云〕天生的一表非俗匹配
得你過〔正旦云〕這等我可則依着姑姑便了〔道姑云〕既是小姐肯從今晚夜間你到我菴中我
請將劉員外來成了這樁親事休道十個銀子便是一百個銀子也不說起了〔正旦云〕姑姑你將
我這鴛鴦被兒去被兒到處便是我一世的前程你先去我自到你菴中來也〔做付繡被科〕〔道
姑云〕小姐你早些兒來休要失信〔梅香云〕我梅香今夜跟小姐去和劉員外成其夫婦連梅香
也得個出頭日子〔正旦云〕梅香這等事怎麽帶的你去〔唱〕

〔賺煞〕則你那脩道的玉清菴索強如題筆的金山寺羅幃裏新婚
燕爾舒展開鴛鴦錦被兒可着我羞答答說甚言詞這些時素質冰
姿也是我不合先接了東君第一枝道與那多情的秀士偷傳心事
到天明是必休撇了這個女孩兒〔同梅香下〕

〔道姑云〕我則道小姐不肯不想當真許了這親事我將這牀被兒到劉員外家報個喜信走一遭
去來〔下〕〔劉員外上云〕我着劉道姑將着那文書李府尹家小姐處說親去了這早晚敢待來也
〔道姑上見科云〕員外且喜且喜小姐說今夜晚間約定在玉清菴中與你赴期教我先將的鴛鴦
被來了也〔劉員外云〕果然是真多謝了姑姑今夜晚間若成就了這親事我重重的相謝你咱〔一

詩云〕險把心機都使碎今宵博得鴛鴦被〔道姑笑科詩云〕正是無緣對面不相逢有緣千里能相會〔同下〕

〔音釋〕躭音擔　黛音代　慵音蟲　拈尼兼切　翅蚩去聲　摺音哲　疵音慈　貲音茲
邛音窮

第二折

〔道姑引小姑上云〕我約定劉員外今夜晚間來我菴中與小姐完成這事不想有施主家請我做齋待不去呵恐怕誤了道糧徒弟我分付你那鴛鴦被兒是李府尹家小姐的今日晚間來和劉員外在此赴期則怕小姐先來若敲門時便放他進來我往施主家點照去也〔下〕〔丑扮小姑云〕師父去了也天色已晚不知李家小姐幾時過來我且關上這門者正是閉門不管窗前月分付梅花自主張〔下〕〔劉員外上云〕事不關心關心者亂天色晚了也李小姐約定玉清菴裏赴期須索走一遭去〔雜扮巡更卒上云〕自家是巡夜的這早晚更深夜靜見一個人走將去那廝必定是賊拿到巡鋪裏弔起來天明送到官司中去請賞〔做拿科〕〔劉員外云〕怎生是了天也你看我那命波〔下〕〔外扮張瑞卿上詩云〕嵩岳近天都連山入斷蕪欲投人處宿隔水問樵夫小生姓張名瑞卿祖居姑蘇人氏今上京取應到此洛陽天色已晚尋個宵宿處說道前面有一菴是玉清菴可去覓一宵宿來日早行有何不可我喚門咱門裏有人麼〔小姑上云〕我開開這門劉員外你來了也〔張瑞卿云〕好是奇怪這菴中必定有私情的事則除是這般我來了姑姑休要點燈〔小姑云〕我且不點燈等小姐來時我自有個道理這早晚敢待來也〔同下〕〔正旦上云〕妾身李玉英今夜約定劉員外在玉清菴赴期我是個女孩兒羞答答的怎生去那〔唱〕

〔正宮端正好〕不由我意張狂心驚乍誰曾向街巷行踏夜深也緊避在房簷下方信道色膽有天來大

〔滾繡毬〕兀的甚勢沙甚禮法索甚麼問天來買卦莫不我與那劉員外合做渾家他爲咱我爲他好着我放心不下辦着個志誠心着俺這夫婦每歡洽可怎生黑洞洞卓面上絕了燈火雲黯黯碧天邊閉了月華倒省的人多少諠譁

〔云〕可早來到菴門首也我是喚咱姑姑開門〔小姑云〕小姐來了也我開開這門小姐你也早些兒來波着我遙遙的等着你早則不是臘月凍下我脚來〔正旦云〕小姑姑員外在那裏〔小姑云〕在房裏等着你哩我與你將鴛鴦被兒都鋪停當了則等你來成就親呵你休忘了我者〔正旦云〕定不敢忘〔小姑云〕我今日成就了你兩個久後你也與我尋一個好老公〔正旦唱〕

〔脫布衫〕不索你堦直下緊緊答答門兒外唱叫呀呀我問你羅幃裏書生有麽哎你草庵中道童休謊

〔小姑云〕員外在此等了好一會也我又不哄你你也行動些波〔正旦唱〕

〔小梁州〕就把姑姑央及煞可憐我這沒照覷的嬌娃早謊的來手兒脚兒軟剌答怎擡踏好着我便心似熱油煠

〔小姑云〕小姐你休慌我們都是知心知腹一路的人〔正旦唱〕

〔幺篇〕我和他乍相逢難說知心話只索羞答答手抵着門牙〔小姑云〕你行動些員外在此等哩〔正旦唱〕你將我省可裏推我可也其實怕就着

這鐘聲纔罷却不道無事早還家

(小姑云)我先報復去員外小姐來了也你接待去咱(張瑞卿云)真個是小姐來了也早知小姐來到只合遠接接待不着勿令見罪小姐請坐(做背科云)既然小姐來了則除是這般(回云)難得小姐真心也(正旦云)你久後則休負了心者(張瑞卿云)若是小生負了心呵小姑頭上生來碗大疔瘡干我甚麼腿事(正旦唱)

〔伴讀書〕我釵墜了無心插眉淡了教誰畫則我這軟怯怯的柔腸好教我撇不下汗浸浸揾溼香羅帕(云)則怕有人來麼(張瑞卿云)小姐這早晚深夜時候無甚麼人單只是小生在這裏(正旦唱)我正歡娛忘了把門扎可擦的似有人來迓

(張瑞卿云)小姐你休慌再無人來不妨事(正旦唱)

〔笑和尚〕元來是琣璫璫畫簷前敲鐵馬元來是赤力力草堂中風吹畫元來是忒楞楞騰宿鳥串荼蘼架元來是各支支聲戛琅玕竹元來是明晃晃月射小窗紗早諕的我戰欽欽把不住心頭怕

(張瑞卿云)小生久以后若是得了官呵金冠霞帔駟馬高車你便是夫人縣君也(正旦云)你則休負了心者(唱)

〔倘秀才〕他大字兒將咱鎮壓我恰纔小膽的爭些兒諕殺哎你個撒滞殢的先生也那假若是有人見若是有人拿登時間事發

(張瑞卿云)小姐天色將明了也你回去罷此恩此情異日必當重報(正旦唱)

〔滾繡毬〕劉解元你且住咱我可是問你嘏〔張瑞卿云〕小生不姓劉叫做張瑞卿〔正旦怒科〕〔唱〕你在我跟前無那半星兒實話〔張瑞卿云〕小生不敢虛言〔正旦唱〕你看我恰便似浪蘂浮花〔張瑞卿云〕小姐小生實是張瑞卿〔正旦唱〕他題的名姓兒別語話兒差空着我擔個沒來由牽掛這不識羞的漢子你是誰家〔張瑞卿云〕小姐我也不辱抹你我若得了官呵你便是夫人縣君也〔正旦唱〕我和你初相逢君子今番罷從此後我將這菴觀門兒再不踏兀的不羞殺人那

〔云〕敢問那壁秀才那裏人氏姓甚名誰因何至此〔張瑞卿云〕小姐咱兩個今日既然成其夫婦還有甚麼話說小生姑蘇人氏姓張名瑞卿爲因上朝取應路從此洛陽經過天色昏晚到此菴中覓一宵宿謝天地可憐見幸遇小姐成就這門親事小姐你可是誰家女子通個來歷使小生日後好來迎娶〔正旦云〕妾身是這本處李府尹的孩兒小字玉英當年我父親被人劾奏赴京聽勘借了劉員外十個銀子如今本利該二十個劉員外來索討這銀子有這菴中劉道姑是保人爲因我無錢還他劉員外要去官中告這劉道姑追拷這銀子我想來干他甚事倒要帶累他吃官司那劉道姑又說員外一心要我爲妻因此上約他在這玉清菴赴期我今夜到此等候不想遇着秀才成了這場親事既然我隨順了你難道又去嫁他我只專心一意等候着你便了〔張瑞卿云〕元來是這等小姐小生也不會娶妻哩若到帝都闕下但得一官半職不敢忘了小姐的恩念夫人縣君准是你的小生如今取應去也小姐你有甚麼信物與我一件權爲定禮〔正旦云〕你也說的是秀才你曉得這鴛鴦被兒麼是我親手繡的繡着兩個交頸鴛鴦兒你如今收了去久後見這鴛鴦被呵

便是俺夫妻每團圓也〔張瑞卿云〕多謝小姐小生收拾了這被兒天色漸明你且回去小生便索登程也小姐則要你堅心守志者〔正旦云〕秀才你則休負了心得官不得官早些兒回來〔張瑞卿云〕小姐放心小生之心惟天可表〔正旦唱〕

〔黃鍾尾〕從今後丹墀策試千言罷彩筆題成五色霞一舉鰲頭占科甲秉笏當胸立朝下烏帽官花數枝插御宴瓊林醉到家除授爲官賜勑札夫人縣君合與咱那時我坐香車你乘馬咱兩個穩穩安安兀的不快活殺〔下〕

〔張瑞卿云〕張瑞卿也你是睡裏夢裏誰想到這菴中成了此一樁親事又得了這鴛鴦被兒若是小生得了官呵必然完就這段姻緣也不辜負了他十分美意我如今不敢久停久住上朝取應走一遭去來〔詩云〕宿契前生注姻緣今日招合成鶯燕侶匹配鳳鸞交〔下〕〔小姑上云〕誰想小姐與劉員外約在菴中說了一夜話撇得我孤眠獨自不由我也不動心我如今等不得師父回來自做個主意只在菴前菴後尋一個精壯男子漢去來〔詩云〕劉員外做事胡爲李小姐私自偷期我想來尋個和尚也和他做對夫妻〔下〕〔劉員外上云〕甚麼悔氣做這等勾當被那巡夜歹弟子孩兒把我拿到巡鋪裏一場好事不曾成的倒弔了一夜我着人去喚劉道姑去了可怎生這早晚還不見來〔道姑上云〕昨夜晚間劉員外和李小姐成了親事今日使人請我可早來到也我自家過去〔見科云〕員外你喜也帽兒光光今日做個新郎帽兒窄窄今日做個嬌客可要與貧姑換上蓋換道服〔劉員外云〕放你娘的臭屁我幾曾見他來〔道姑云〕你怎的吃食諱食你不會見是我見來〔劉員外云〕可不屈殺人誰曾湯着他〔道姑云〕你當面立着擡起頭張開口吐出舌頭來你說

不會可怎麽濕濕的〔劉員外云〕把我口當他的屁眼〔道姑云〕我昨夜晚間我去人家點照去了我着徒弟等着你怎麽不會來〔劉員外云〕我走到半路被那巡更的歹弟子孩兒把我攔住道我是犯夜的拏我巡鋪裏去整整弔了一夜我委實不曾去〔道姑云〕你不曾去這菴中和小姐成了親事的可是誰來員外我昨日分付徒弟說道等員外來時領你負姑房裏坐着只等小姐來時兩個成了夫婦你不去可是那個造物低的來搶了去〔劉員外云〕姑姑既然昨夜李小姐來與別人成了親事左右是個破罐子了你如今去將小姐接到我家裏來一發永遠做夫妻你若是圓成了我這件事我依舊重重相謝你你疾去早來〔詩云〕展轉自尋思定要娶嬌姿〔道姑詩云〕只怕遇着巡更卒打的屁支支〔同下〕

〔音釋〕蕪音無　踏當加切　洽奚佳切　黯衣減切　答音打　諕音夏　煞與殺同　娃音蛙　煠音渣　插抽鮓切　揾温去聲　扎莊買切　楞盧登切　戞音甲　壓羊架切　撒殺買切　殢音膩　發方雅切　唬音呀　蹅之沙切　那囊查切　甲江雅切　札莊買切　殺雙鮓切　窄齋上聲　客音楷

第三折

〔劉員外拿棍子同正旦上云〕這婦人好歹也那一日我和你約定在玉清菴赴期我又不曾去不知那裏走將一個人來你和他成了親事我且問你比如你見我時節難道好歹也不問一聲見說名姓不是我你就不該隨順他了我一口食將到口邊被那個饞弟子孩兒搶去吃了這個也罷我如今取你到家中我又央及你你百般的不肯順我但見我說話便低了頭你看那不得人意的嘴臉我這等標致動靜你便隨順了我也不辱抹了你你真個不肯我如今拿你跪着看你肯也不肯

〔正旦跪做悲科云〕父親兀的不痛殺我也〔劉員外云〕他是個女兒家見我手裏拿着這粗棍子
先唬得怕了他怎肯隨順我罷丢了這棍子小姐起來我不打你我𨶹你耍哩〔正旦起科〕〔劉員
外云〕小姐我這嘴臉儘看的過你便隨順我也好你真個不肯依舊跪者〔旦跪科〕〔劉員外云〕
這個歪剌骨我千央及萬央及休說道是你便是那劉道姑他也肯了你還不答應我一句肯便肯
不肯便不肯定要討打吃〔正旦云〕我至死也不隨順你〔劉員外云〕好說好說罷倒是我跪着你
再與你磕頭我的親娘你答應我一聲哦真個不肯我跪他做甚麼則除是這等你且起來〔旦起
科〕〔劉員外云〕你既然不肯隨順我我開着這酒店你與我管酒有吃酒的來你鏇酒兒打菜兒
抹卓兒揩櫈兒伏侍吃酒的若伏侍的歡喜便罷伏侍的不歡喜我把你一條腿打做兩條腿我爲
甚麼打你專打你這不依本分䠥騙平人不近道理醜弟子孩兒〔下〕〔正旦云〕我本是官宦人家
小姐何等受用快活今日落在這裏受這般苦楚也呵〔唱〕
〔越調鬭鵪鶉〕往常我在畫閣蘭堂牙牀翠屏燭暗銀臺香焚寶鼎
百色衣冠諸般器皿乍離了普救寺鑽入這打酒亭你暢好是性狠
也夫人毒心也那鄭恆
〔紫花兒序〕今日遠鄉了君瑞逃走了紅娘單撇下個鶯鶯爲家私
少長無短我則得忍氣吞聲〔帶云〕這也是我父親不是〔唱〕分明那白紙上
教我畫着黑字兒是怎生倒留做他家憑證却將我宅院良人生扭
做酒店裏驅丁
〔云〕我在這酒店門首站着看有甚麼人來〔張瑞卿上〕〔詩云〕去日剛攜一束書歸來玉帶掛金

魚文章未必能如此多是家門積善餘小官張瑞卿自到京都闕下一舉狀元及第所除洛陽爲理我要打聽李小姐的消耗更改了衣服在此私行這是所酒店我去買一杯酒吃咱（入店科云）兀那賣酒的打二百長錢酒來（正旦云）有酒官人請坐你慢慢的吃官人你要酒時你喚一聲我在別閣子裏就送酒來（下）（張瑞卿云）偌大一個酒店不見個男子漢怎麽使着一個婦人賣酒我看這婦人生的千嬌百媚也不是個下賤的人我如今只推要酒喚將來問他咱賣酒的再打酒來（正旦上云）官人再要多少酒（張瑞卿云）酒也要吃動問小娘子敢不是賣酒的人（正旦云）官人怎生知道我可知不是賣酒的哩（張瑞卿云）我道小娘子中注模樣不是受貧的爲甚麽在這酒店中替他賣酒伏侍往來的人你慢慢的說一遍小生試聽咱（正旦唱）

〔小桃紅〕則俺祖宗積世有聲名三輩兒爲參政（張瑞卿云）哦元來是宦家你父親如今那裏去了（正旦唱）俺家君一生正直無邪佞惹人憎如今勾赴尚書省（張瑞卿云）你父親這一向也還做官麽（正旦唱）官封左丞告辭老病（張瑞卿云）如今你父親去幾時了（正旦唱）怎知他數載不回程

（張瑞卿云）小娘子你父親也差了當初則可着你嫁人因何教你賣酒那（正旦云）官人不嫌絮煩聽妾身再說一遍咱（唱）

〔調笑令〕說着呵怎聽那潑書生呀蓋世裏全無他不志誠（張瑞卿云）這秀才也有好的麽（正旦唱）如今這秀才家一個個害了傳槽病從今後女孩兒每休惹他這酸丁（張瑞卿云）元來小娘子也曾有夫主來（正旦唱）都是些之乎者也說合成我道來可是者麽娘七代先靈

〔張瑞卿云〕當初有三媒六證花紅羊酒娶小娘子來可怎生在這裏就不來覷你〔正旦唱〕

〔耍三台〕當初也無紅定無媒證〔張瑞卿云〕這等怎生成親來〔正旦唱〕做的來藏頭漏影知他是今世是前生總則我紅顏薄命真心兒待嫁劉彥明偶然間却遇張瑞卿〔張瑞卿背云〕奇怪道着小官的名諱此事必然暗昧我再問他〔回云〕當初可是誰作成你來〔正旦唱〕當初是那撮合山的姑姑〔張瑞卿云〕小娘子可是誰那〔正旦唱〕送了這望夫石的玉英

〔張瑞卿背云〕他說的正是我我如今一發問他咱小娘子當初成親那人姓甚名誰他如今可往那裏去了〔正旦唱〕

〔聖藥王〕去了俺那醜生撞着俺這短命〔張瑞卿云〕如今這酒店是甚麼人的〔正旦唱〕他是個放錢舉債的愛錢精〔張瑞卿云〕你可為甚麼到這裏〔正旦唱〕他使弊倖使氣性見無錢踏着陌兒行推我在這陷人坑

〔張瑞卿云〕小娘子他必然要圖謀你敢是不隨順他這般折倒你來麼〔正旦唱〕

〔麻郎兒〕動不動掂折我腿脡動不動打碎我天靈着去處依着便行教釃酒原隨鞭鐙

〔張瑞卿云〕小姐受他這般凌辱你便隨順他也罷了〔正旦唱〕

〔么篇〕我可也不曾半星也不動情則由他法外施行〔張瑞卿云〕你為何不隨順他〔正旦唱〕我便死呵是張家婦名怎肯踹劉家門徑

〔張瑞卿云〕哎你元來在這裏這般受苦小娘子你便是李府尹的女孩兒玉英麼〔正旦云〕則我

便是李府尹的女兒你怎麼認的我來〔張瑞卿云〕妹子你那時小也我一向出去遊學將近二十年不曾回家今日纔見得你妹子你可甚麼在這裏受那苦楚來〔正旦云〕哥哥不知當日父親赴京去缺少盤纏央玉清菴劉道姑問劉員外借了十個銀子那文書上着我也畫一個字兒我父親許久不回本利該還二十個銀子劉員外索討那道姑是保人因我無銀還他劉員外要去官中告這道姑追拷銀子那劉員外和道姑說要我為妻就將這二十個銀子做了財禮我只得約他在玉清菴赴期當夜晚間就去不曾遇着員外遇着一個秀才張瑞卿成其夫婦那張瑞卿上朝進取功名去了劉員外取我到家我想來一馬不背兩鞍雙輪豈輾四轍我至死也不隨順他因此上罰我在這酒店中賣酒哥哥你救你妹子咱〔張瑞卿云〕元來是這等你放心都在你哥哥身上你與我喚出劉員外來〔正旦云〕員外你來有我哥哥在這裏〔劉員外上云〕是誰喚我〔見科云〕如何受不過苦楚不怕他不隨順我我買歡喜團兒你吃〔正旦云〕我哥哥要見你〔劉員外云〕你哥哥在那裏〔正旦云〕則這個便是我哥哥〔劉員外云〕怪道你兩個廝像兩個鼻子一般般的〔張瑞卿云〕則這個便是劉員外我這妹子借了你家多少銀子〔劉員外云〕借了我十個銀子如今本利該還二十個銀子〔張瑞卿云〕二十個銀子打甚麼不緊都是我替妹子還你〔劉員外云〕大舅你知麼他父親許了我為妻來〔張瑞卿云〕既是這等准備羊酒花紅三日之後重來娶他纔是正理〔劉員外云〕若是這等你是我的大舅子哩這二十個銀子我也不要你還了下次小的每安排酒來請舅子吃三鍾〔張瑞卿云〕不必吃酒妹子且跟我回家去來〔正旦云〕慚愧誰想有今日也呵〔唱〕

〔收尾〕俺哥哥替還了原借銀十錠兩事家臨危自省第一來把俺

這親兄長好看成第二來將俺那俊男兒奈心等〔同下〕

〔劉員外云〕誰想是我大舅子他是個好人我到三日之後安排着牽羊擔酒直至他家問親去那時娶到家中難道還不隨順我哩〔詩云〕准備做夫妻宰狗殺田雞洞房花燭夜全憑大掛搥〔下〕

〔音釋〕鏇旋去聲　揩楷平聲　宅池齋切　掂低廉切　脡音挺　釃音篩　鞭尼蹇切　十

繩知切

第四折

〔張瑞卿同正旦上云〕誰想在酒店中認了妹子我問你咱妹子你端的少劉員外銀子也不少〔正旦唱〕

〔雙調新水令〕這洛陽城劉員外他是個有錢賊只要你還了時方纔死心塌地他促眉生巧計開口討便宜總饒你潑骨頑皮也少不得要還他本和利

〔張瑞卿云〕妹子俺父親借他銀子須待俺父親來還你不肯嫁他也由得你〔正旦唱〕

〔步步嬌〕只爲那舉債文書我畫的有親筆跡因此上被強勒爲妻室這真心兒誓不移情願萬打千敲受他磨到底今日留得個一身歸謝哥哥肯救我親生妹

〔張瑞卿云〕妹子你看些茶湯來我吃〔正旦云〕理會的〔下〕〔張瑞卿云〕我把這鴛鴦被兒鋪在牀上我推吃酒去他見這鴛鴦被自然知道了也〔做鋪被科〕〔正旦捧茶湯上云〕哥哥吃茶咱〔張瑞卿云〕妹子我如今吃酒去也投至我回來你將這被臥兒鋪陳下則怕我醉了呵要歇息你

記者〔下〕〔正旦云〕哥哥飲酒去了也投至得哥哥回來我與他鋪下這牀鋪咱〔做鋪牀科〕〔唱〕

〔鴈兒落〕則他這行裝特整齊書舍無俗氣瑤琴壁上懸寶劍牀頭立

〔得勝令〕呀我與你搭起綠羅衣鋪開紫藤席繡枕頭邊放香衾手內提索甚麼疑惑這是我繡來的鴛鴦被可不是蹺蹊誰承望這搭兒得見你

〔云〕好是奇怪這被兒原是我繡來的是我與張瑞卿來可怎生得到俺哥哥手裏待他來家時我試問他波〔張瑞卿做醉科上云〕我醉了也妹子在那裏〔正旦做扶末云〕哥哥有酒也吃甚麼茶飯〔張瑞卿云〕妹子甚麼茶飯都吃不得了我醉了也〔正旦唱〕

〔沽美酒〕則他這酸黃虀怎的吃麄米飯但充饑怕哥哥害渴時冰調些涼蜜水我玉英有句話兒敢題〔張瑞卿云〕妹子有話但說不妨〔正旦唱〕問的我陪着笑賣查梨

〔旦笑科〕〔張瑞卿云〕你說便說只管笑怎的〔正旦唱〕

〔太平令〕若問你哥哥休諱這鴛鴦被委是誰的〔張瑞卿云〕是我的妹子與我的〔正旦唱〕除妹子別無甚妹子除哥哥別無甚兄弟我玉英呵世做的所爲這裏便跪膝則鴛鴦被要知根搭底

〔張瑞卿云〕這被兒你問他怎的〔正旦云〕哥哥這被兒原是我的來〔張瑞卿云〕是便是你認的我麼〔正旦云〕我不認的你〔張瑞卿云〕則我便是張瑞卿〔正旦云〕則被你想殺我也枉叫了你

這三日哥哥〔張瑞卿云〕我還你十日姐姐我關上這門我與你陪話咱〔飲酒科〕〔正旦云〕張瑞卿我今日與你相會兀的不歡喜殺我也〔劉員外上云〕今日三日了我到李家問親事咱可怎生關着這門我踏開門來好也你兩個做的好勾當這個是我的老婆〔張瑞卿云〕這個是我的老婆〔劉員外云〕倒是你的老婆你冒認親兒强賴人妻我和你見官去來〔同下〕〔李府尹引張千上〕〔詩云〕三年待罪漢西京重許衣冠返洛城寄語侍臣休望幸早伸寃氣到長平老夫李彥實被左司家劾奏待罪三年幸得主上仁聖公道大明道左司奏劾不實已遠遠的貶竄去了着老夫仍爲河南府尹勅賜勢劍金牌一應貪官汚吏准許先斬後聞如今來到洛陽地面張千是甚麽人炒鬧與我拿將過來〔張千云〕理會的拏過來〔跪科〕〔劉員外云〕老爺可憐見與小人做主咱〔李府尹云〕兀的不是我女孩兒玉英〔正旦云〕兀的不是我父親〔李府尹云〕你怎生在這裏〔正旦云〕父親你去時問劉員外借了十個銀子本利該二十個銀子無的還他他强逼我爲妻父親與我做主咱〔李府尹云〕這個是誰〔正旦云〕父親去家之後您孩兒自許了親事與他爲妻〔張瑞卿云〕小官是張瑞卿新除本處縣尹〔劉員外云〕好也你兩個官官相爲我死也〔李府尹云〕有這等事張千取大棒了過來將劉員外先責四十再送有司問罪〔張千打科〕〔正旦唱〕

〔錦上花〕這厮倚恃錢財虛張聲勢硬保强媒把咱淩逼重則鞭笞輕則罵詈難道河有澄清人無得意

〔幺篇〕當時曾受虧今日也還席大小判條先決四十再發有司從公擬罪錢可通神法難縱你

〔李府尹云〕張瑞卿和老夫同到宅中今日是個吉日良辰與女孩兒永遠爲夫妻一面殺羊造酒

做個慶喜的筵席〔做到宅張瑞卿同正旦拜成禮科〕〔正旦唱〕

〔清江引〕想人生百年能有幾要博個開顏日父子共團圓夫婦重和會這便是出尋常天大的喜

〔李府尹詩云〕賊徒唬嚇結良緣號令沉枷在市廛欠錢索債雖常事倚富欺貧豈有天新婿今朝爲令尹老夫依舊得生旋殺羊造酒排筵宴夫榮妻貴喜團圓

〔音釋〕賊則平聲　塌音塔　跡將洗切　室傷以切　俗詞疽切　蓆星西切　惑音回　吃音恥　逼兵迷切　笞昌知切　詈音利　席星西切　日人智切　嚇音黑　唬音夏

題目　金闍客解品鳳凰簫

正名　玉清菴錯送鴛鴦被

玉清菴錯送鴛鴦被雜劇

蕭何害功臣韓信
倣盛子昭筆

隨何賺風魔蒯通
珍倣宋版印

隨何賺風魔蒯通雜劇

元　　撰

明吳興臧晉叔校

第一折

（沖末扮蕭丞相領祗候上）（蕭相詩云）秦府圖書世不收漢家刀筆我爲優請看約法三章在第一功臣是酇侯小官蕭何是也本貫豐沛人氏輔佐漢天子有功官拜丞相之職小官在朝只有件事放心不下俺漢家有三個大功臣第一是韓信第二是英布第三是彭越現今韓信封爲齊王英布封爲九江王彭越封爲大梁王爭奈韓信軍權太重雄兵數十萬戰將百餘員常言道太平本是將軍定不許將軍見太平那韓信元是小官舉薦的他登壇拜將五年之間蹙項興劉扶成大業小官看來此人不是等閑之輩恁的一個楚霸王尚然被他滅了況今軍權在手倘有歹心可不覷漢朝天下如同翻掌這非是我成也蕭何敗也蕭何做恁的反覆勾當但是小官舉薦之人日後有事必然要坐罪小官身上以此小官晝夜尋思則除是施些小計奏過天子先去了此人牙爪然後翦除了此人纔使的我永無身後之患前日武陽侯樊噲曾與我商量此事着小官展轉疑惑不定令人與我請將樊噲來者（祗候云）理會的樊將軍有請（淨扮樊噲上詩云）踏踏鴻門多勇烈能使項王坐上也吃跌賞我一斗好酒一肩肉喫的又醉又飽整整儱了半個月某樊噲的便是乃沛縣人也官拜武陽侯之職自立漢天下以來八方平靜四海安寧今日無甚事想起某家元是屠戶出身不可忘其本領正在我宅中演習我舊時手段殺狗兒耍子有丞相令人來請不知甚事須索走一遭去可早來到也令人報復去道有樊噲下馬也（祗候報科云）報的丞相爺得知有樊噲到

於門首〔蕭相云〕道有請〔祗候云〕請進去〔做見科〕〔樊噲云〕丞相呼喚我老樊有何公事〔蕭相云〕樊將軍今請你來不為別的只為那韓信一事當初是小官舉薦他來此人如今軍權太重誠恐日後生起歹心如之奈何我想許多功臣其中只有將軍是天子的至親必然有個休戚相關之意故請你來商議〔樊噲云〕丞相小將當日也曾說來韓信是淮陰一個餓夫想鴻門會上主公有難某立躂鴻門而入項王見我氣概威嚴賜我酒一斗生豚一肩被俺一啖而盡嚇得項王目瞪口呆動憚不得方纔保的主公無事回還後來築壇拜將想這個元帥准定該是我老樊的丞相可是你來〔蕭相笑云〕這也不然〔樊噲云〕平白的拜了那個餓夫為帥若拜了我呵那裏消的五年滅楚我擒項羽如嬰兒相似今日大事已定可也罷了那韓信手無縛雞之力只淮陰市上兩個少年要他在胯下鑽過去他便鑽過去了有甚麼本事在那裏這也何須老樊動手只差一兩個能幹的人喚他來可擦的一刀兩段便除了後來禍患豈不伶俐〔蕭相云〕小官未敢擅便令人請張良來者〔樊噲云〕那老子一發沒甚麼主張可也罷波着人請去〔正末扮張良上云〕小官姓張名良字子房乃韓國人也祖父以來五世為韓國之臣只為秦始皇無道滅了韓國某要為韓報讎因此從了漢王亡秦天下依舊立俺韓國不想項羽又將韓國滅了所以專意扶助漢王追殺項羽現今天下已定干戈寧息有蕭丞相着人相請不知為些甚事須索走一遭去想俺扶立漢朝天下非同容易也呵〔唱〕

〔仙呂點絳唇〕只為那焚典坑儒煩刑重賦因此上人心怒共逐秦鹿今日早扶立的這英明主

〔混江龍〕想我張良未遇也則是個預知秦世避人夫不甫能平定

了劉家天下纔得做大漢司徒我想今日封侯得這陳留邑索強如少年逃難下邳初我也曾劈劃着黃公略法醞釀着呂望韜書佐高皇南征北討隨諸將東蕩西除傍秋風將楚歌唱徹早吹散了垓下軍卒那重瞳有千般英勇怎出的這十面埋伏逼得他無顏敢再向東吳在烏江邊自刎也是天之數托賴着一人有慶因此上四海無虞

〔云〕可早來到了也令人報復去道有張子房下馬也〔祗候云〕理會的〔報科云〕報丞相爺得知有張子房來了也〔蕭相云〕道有請〔祗候云〕請進〔正末做見科云〕老丞相今日請小官來有何事計議〔蕭相云〕老司徒今請你來不為別的只為韓信一事當初是我舉薦他來此人如今軍權太重誠恐日後倘有歹心須連累我保奏之人將何自解故特請你來商議怎生除的此人纔免後患〔樊噲云〕我想韓信淮陰一餓夫他有什麼功勞甚些本事依着我的愚見只消差人賺將韓信到來哈喇了就是打什麼不緊〔正末云〕樊將軍你差矣韓信削平四海建立功勞天下不知其罪若便害了他莫非有失民望老丞相你也還要三思不可造次〔唱〕

〔油葫蘆〕想當日共起亡秦將天下取都是咱文共武〔帶云〕老丞相你尋思咱〔唱〕有那個敢和項王交馬決贏輸若是那韓淮陰不肯辭西楚只這漢高皇怕不悶死在巴蜀因此上我張良操一紙書你個蕭丞相曾三薦舉將元戎百萬壇臺築可不道君子斷其初

〔蕭相云〕老司徒想韓信有什麼功勞誅滅項羽皆托賴天子洪福眾將威風逼的他自刎於烏江

也〔正末云〕老丞相說那裏話若不是韓信呵〔唱〕

〔天下樂〕現如今百二山河壯帝居他則望還也波除倒將他劍下誅可不道舉枉錯直民不服老夫不是廝賣弄丞相你也須自朁付端的是誰推翻楚項羽

〔蕭相云〕小官雖不才食君之祿須要忠君之事如今韓信見掌三齊王印手下雄兵十餘萬戰將百餘員倘有疎失如之奈何〔樊噲云〕丞相說的是想他軍權太重若不除了他必有後患〔正末唱〕

〔那吒令〕你起初時要他便推輪捧轂後來時怕他慌封侯躡足到今時忌他便待將殺身也那滅族他立下十大功合請受萬鍾祿恁將他百樣粧誣

〔樊噲云〕韓信是一餓夫乎白地着他爲元帥他有什麼功勞那〔正末云〕他的功勞你豈不知他在九里山前只一陣逼得項羽自刎烏江這等大功不必說起我別舉一兩件兒與你聽者〔唱〕

〔鵲踏枝〕他他他擊陳餘有權術擒夏悅用機謀他可便堰住淮河夜斬龍且將魏豹智虜將齊王力取論功勞今古全無

〔蕭相云〕想項羽烏江自刎皆是五侯之力不干他事你怎麼獨獨的說是他的功勞〔正末云〕老丞相道九里山前大會垓難道你不見來〔唱〕

〔寄生草〕九里山按形勢八卦陣列士卒虧殺俺韓元帥自把先鋒做遣五侯趕到合休處賺重瞳走入陰陵路遮莫他烏騅能突數重

圍怎當的烏江那日無船渡

（云）罷罷罷韓信立下如此功勞尚然要將他殺了何況老夫我不如謝了天子納下這紫袍象簡隨赤松子學道而去可不好也（蕭相云）老司徒你差矣爲官的吃堂食飲御酒多少快活倒要棄官學道爲甚的來（正末唱）

〔金盞兒〕我從今見盈虛識乘除總不如隱山林棄鐘鼎倒可也無榮辱早拜辭了龍樓鳳閣只守着我這蝸廬我甘心兒追四皓回首也嘆三閭（蕭相云）老司徒你見我們排畫戟戶列椒圖可不好那（正末唱）誰待要你這門排雙畫戟戶列八椒圖

（樊噲云）丞相我說道不要請他他又不會主張這樁事畢竟怎了也（蕭相云）樊將軍且慢者等司徒回去了再做計較（正末云）老丞相勿罪老夫如今就向山中修行辦道去也（唱）

〔賺煞尾〕我如今跳出是非場抹下了這功勞簿只待要修仙辟穀倒是俺散袒逍遙一願足再休提玉帶金魚細躊躇究竟何如只俺可不誡前車與後車眼見的三齊王受屈因此上子房公歸去一任那太平天子百靈扶（下）

（樊噲云）丞相論小官說呵可便差人去則說天子要遊雲夢山特取韓信還朝權爲留守我料韓信乃貪利之人見詔書必然入朝那時奪了三齊王印信將他拏下殺了怕他有本事會飛上天去（蕭相云）此計甚妙我來日見了天子就差一使命詔取韓信回朝那時粧誣他一個謀反情由坐下十惡大罪將他殺了是我之願也（詩云）舉薦登壇立漢朝兵權太重恐難銷（樊噲詩云）定計

翦除無後患方信蕭何智量高〔同下〕

〔音釋〕酇音贊 噲音快 噇音床 蹬音橙 鹿音盧 邳音披 卒從蘇切 伏房夫切 刎文上聲 蜀繩汝切 築音主 服房夫切 窨音蔭 轂音古 躡音聶 足臧取切 族從蘇切 祿音路 術繩朱切 謀音模 且音疽 辱如去聲 轂音古 屈丘雨切

第二折

〔外扮韓信領卒子上詩云〕一自登壇領大兵與劉滅項顯威名當初不解提牌職誰助高皇定太平某姓韓名信淮陰下湘人也初投項王麾下為提牌執戟郎後蒙蕭何舉薦漢王築起高臺拜某為帥與劉破楚立下十大功勞如今天子要遊雲夢山取某還朝權為留守某手下蒯文通廣有機謀不免請他來商議此事令人請將蒯文通來者〔卒子云〕蒯文通元帥有請 〔正末扮蒯文通上云〕某姓蒯名徹字文通今在韓元帥門下為辯士元帥相請不知有甚事須索走一遭去令人報復去道有蒯文通來了也〔卒子云〕報的元帥得知有蒯文通來了也〔韓信云〕着他過來 〔卒子云〕着過去〔見科正末云〕元帥呼喚蒯徹為着何事〔韓信云〕蒯徹請你來不為別事有蕭何遣使來傳下詔書一道說聖人要遊雲夢山宣某入朝留守請你來商議還是去的好不去的好 〔正末云〕元帥不可去記當日亡秦之後楚漢爭鋒專為雌雄未定元帥威名無敵滅楚與劉立起漢朝社稷加元帥三齊王之職見今軍權在手古人有云勇略震主者身危功蓋天下者不賞正此之謂也元帥這一去必受其禍願元帥思之〔唱〕

〔中呂粉蝶兒〕當初你假鎮三齊他拜真王也非實意不甫能定江

山拱手垂衣投至得國無爭家無訟端的是非同容易今日個萬國來儀見你握兵權便生疑忌

〔醉春風〕沒來由平淨了楚干戈扶持了漢社稷 〔韓信云〕想某費了多少力氣方纔滅的那西楚霸王扶助聖人平定天下聖人豈有負了我的我便走一遭去怕做什麽 〔正末唱〕常言道太平不用舊將軍可怎生參不透這個理理 〔云〕元帥我想你立下這等大功勞今日被他疑忌則不如納下朝章趁一帶青山逍遥散誕可不好也 〔唱〕你便不能卸職休官也須要思前算後做一個保身長計

〔韓信云〕蒯徹想某南征北討東蕩西除立下十大功勞料的聖人怎好便負了我也 〔正末云〕元帥不可去若去呵必受其禍 〔韓信云〕蒯徹你差矣俺想聖人平日解衣衣我推食食我這許多好意難道今日便負了我必無此理 〔正末云〕元帥若依我呵萬無一失 〔唱〕

〔上小樓〕你去後多凶少吉乾這般盡忠竭力 〔帶云〕豈不聞古人有云 〔唱〕威而不猛高而不危滿而不溢你休性執勸不的還待要爭名奪利 〔帶云〕若不依蒯徹之言呵 〔唱〕 管送的你死無葬身之地

〔云〕元帥我勸你只不如學那范蠡張良早棄官而去倒落的個遠害全身也 〔韓信云〕蒯徹你差矣想爲官的前呼後擁衣輕乘肥有多少榮耀平白地可倒脩行辦道餐松啖柏草履麻縧受這等苦來 〔正末做笑科云〕元帥你道這兩個人埋名隱跡卻是爲何 〔唱〕

〔么篇〕那一個霸越的有計策一個興漢的好事續他爲甚麽遠着紅塵守着青山挨着黃虀也只是養道德趓是非別無主意 〔帶云〕我

今日勸你也不爲別來〔唱〕我則怕你禍臨頭急難湧退

〔韓信云〕蒯徹我此去料無甚事你但放心者〔正末云〕元帥不是我蒯徹阻當你千萬不可去若不聽蒯徹之言我家有老母即日須當拜辭元帥回家侍養母親去也〔韓信云〕蒯徹你放心我見了聖人不久也就回來你怎便要辭了我去〔正末云〕既然如此你主意要去令人與我將的那紙錢水飯過來〔卒子云〕理會的〔卒子拏紙錢水飯當面前祭科〕〔正末唱〕

〔快活三〕我爲甚的澆一椀漿飯水燒一陌紙錢灰則爲咱行軍數載不相離曾與你刎頸爲交契

〔韓信云〕蒯文通你敢風了你怎生將紙錢水飯在我根前燒潑可是爲何〔正末唱〕

〔朝天子〕我說知就裏想蒯徹也無他意趁着你在日澆奠理當宜若死了空迎祭〔云〕元帥你比那兩個人如何〔韓信云〕可是那兩個人〔正末唱〕我想那雍齒合誅丁公無罪漢蕭何忒下的救他出井底倒將他斬訖那的也須放着傍州例

〔韓信云〕蒯徹你且回去某只明日領了數百個軍卒入朝見聖人去來〔正末云〕元帥你若到其間休說我蒯文通不勸你來〔唱〕

〔耍孩兒〕今日箇蕭何反間施謀智黑洞洞不知一個的實若將軍一脚到京畿但踏着消息兒你可也便身虧他安排着香餌把鰲魚釣准備着窩弓將虎豹射咱人泰極多生否〔韓信云〕聖人要遊雲夢山去宣某爲留守哩〔正末唱〕再休想吉祥如意多管是你惡限臨逼

〔韓信云〕蒯徹你但放心者我見了聖人自有主意也〔正末唱〕

〔煞尾〕我如今我如今難勸你難勸你再休想驅兵領將元戎職少不的做個背井離鄉橫死鬼〔下〕

〔韓信云〕蒯徹去了也想某驅兵領將臥雪眠霜立起這等江山料着無事隨從的人跟着我星夜臨朝見聖人走一遭去來〔下〕

〔音釋〕 稷將洗切 卸音瀉 吉巾以切 力郎帝切 溢銀計切 執張恥切 的音底 蠡音里 續將洗切 德當美切 日人智切 訖巾以切 實繩知切 纖音祁 射繩知切 否滂米切 逼兵迷切 職張恥切

第三折

〔蕭相領祗候上云〕小官蕭何自從與樊噲商議那韓信之事不想差一使去果然賺的韓信回朝將他斬了只是他手下有一蒯徹聞知他屢勸韓信不要滅楚與俺家三分天下近日又勸韓信不要入朝好生無禮本待拿將此人一併殺壞爭奈他已自風魔了未審虛實如何早間奏知聖人差一使臣智賺此人去想來蒯徹是個辯士別人也去不的則除是隨何從來機謀智量朝中無比到那裏若是真風魔便罷若不是風魔必然賺得將來小官自有個區處令人與我請將隨何來者〔一祗候云〕理會的隨大夫安在丞相爺有請〔外扮隨何上詩云〕曾爲君王使九江立教英布早歸降漢朝若問能言士只有隨何一個更無雙小官隨何是也有蕭丞相來請不知爲着甚事須索走一遭去可早來到也令人報復去道有隨何在於門首〔祗候云〕報的丞相爺得知有隨何來了也〔蕭相云〕道有請〔祗候云〕請進〔見科〕〔隨何云〕丞相今日喚小官來有何事幹〔蕭相云〕隨大

夫請你來不爲別事今有韓信已被某家着人賺的來將他斬了他手下有一辯士乃蒯文通此人與韓信最是契交必須一併殺壞方纔翦草除根但聞的此人已自風魔了未審虛實則除是你走一遭去若賺得此人來聖人自有加官賜賞（隨何云）丞相有命小官不敢推辭只今日便往齊國走一遭去也（詩云）丞相神謀不可當賺他韓信也身亡（蕭相詩云）雖然蒯徹多機變且看隨何做一場（同下）（俫兒上云）喒每看風子耍子去來（正末粧風子上云）着我做女壻去來俺家裏等着做筵席哩（唱）

〔越調鬬鵪鶉〕每日點火般調和使孟婆說合擬着蠶姑姑爲媒待教狠媽媽嫁我休笑我面色腌臢形容兒猥縮木鞋子踏做粉澀鐵單袴倒做墨褟我將這瓦腿繃牢拴磁頭巾再裹

〔紫花序兒〕穿上這沙魚皮襖子繫着這白象牙縧兒提着這繐甸子包合俺丈人是土地姑夫是閻羅姐姐是月裏嫦娥俺爺是顯道神俺娘是個木伴哥（俫兒推正末跌科）（正末唱）這廝推我一個敦坐（俫兒云）你敢告我去麼（正末唱）告與俺那元始天尊（俫兒云）那箇是證見（正末唱）更和那熾盛光佛

（俫兒云）你看這箇真是風子（正末唱）

〔小桃紅〕哎你這些小兒每街上鬧鑊鐸則願的碾得娘沒一箇趕着我後巷前街打踅磨我也不是善婆婆我將懷中乾餅頻頻摸我與那相識每會合賓朋每同坐都是些羊弟兄狗哥哥（趕俫兒下）

〔云〕天色晚了也且回羊圈中歇息咱〔做到圈中作悲科〕〔云〕元帥也〔唱〕

〔金蕉葉〕則落你好似披麻救火蒯徹也不似那般人隨風倒舵事冗也辭身湧脫今日箇慌頓斷名韁利鎖

〔隨何上云〕小官隨何自到於此處尋着蒯文通小官跟隨數日觀此人形容相貌不是箇風的天色已晚了也見此人往羊圈中去了我是聽他說什麼來〔正末云〕碧天如水兀的天河裏星天河外星月色射天不免作歌一首〔歌云〕形骸土木心無奈就中消息誰能解忠言反作目前耍佯狂暫躲身邊害笑韓信爲元帥傷心枉立功勞大野獸盡時獵狗烹敵國破後謀臣壞覷咸陽天一帶乾象分明見興敗文星朗朗自高懸武星落落今何在〔隨何云〕我是識破此人咱〔見科云〕蒯文通可不道你風魔了也〔正末唱〕

〔鬼三台〕夜深也咱獨坐誰想道人瞧破呀早將我這佯狂敗脫〔隨何云〕蒯文通你有誑君之罪聖人宣你入朝你不合詐粧風魔也〔正末唱〕便死後待如何我捨不的蘭堂畫閣任從他利名相定奪我死呵一任入鼎鑊你你你休則管掀揚也波搬唆

〔隨何云〕奉蕭丞相的言語着我來請你入朝到來日便索和俺同行也〔正末唱〕

〔調笑令〕他他他做事兒太過誰免的沒風波呀常言道點點還來入舊窩俺想着大梁王破楚功勞大更和那九江王十分的驍果也全虧殺俺韓元帥智量多端的是那一個替你掃蕩盡干戈

〔禿廝兒〕我爲甚的呆鄧鄧把衣裳袒裸亂蓬蓬把鬢髮婆娑白日

裏叫吖吖信口自嘲歌到晚來向羊圈裏且存活消磨
〔聖藥王〕你待胡扯撮強領掇道俺蒯文通故意作風魔須不是我忒口多忒意多也只爲誰人立起這山河怎做一枕夢南柯
〔收尾〕想着他開疆展土將君王佐這的是收園結果當日個未央宮枉圖了他今日個漢蕭何又覷着我〔下〕
〔隨何云〕蒯文通去了也誰想此人假粧風魔被小官聊施計策早識破此人到來日小官不敢久停久住便索回丞相話去也〔詩云〕則因他曾與韓侯爲故友以此上暗遣隨何來辨剖那裏也惡人自有惡人磨這的是強中更遇強中手〔下〕
〔音釋〕合音何　縮思火切　褐音何　綳音崩　[illegible]音[illegible]　佛浮戈切　鐸東何切　趖徐靴切　脫音妥　韁音姜　誑光去聲　墮哥上聲　奪音多　鑊音和　裸羅上聲　活音和　撮磋上聲　掇音朵

第四折

〔蕭相同樊噲領祇候上〕〔蕭相云〕小官蕭何是也自從隨何去賺蒯文通不想此人是假粧的風魔聞知隨何同他來了只等此人來設下油鑊將此人烹了永除後患樊將軍俺漢朝大臣還有那幾位未來哩〔樊噲云〕丞相有平陽侯曹參安國侯王陵尚未見來〔蕭相云〕既然他二位未來令人與我請將曹參王陵來者〔祇候云〕理會的〔外扮曹參王陵上〕〔曹參詩云〕一心堅意只扶劉太平天子富春秋只因汗馬功勞大封做平陽萬戶侯小官曹參乃沛縣人也這位將軍是安國侯王陵與小官自幼同里後來同輔漢天子拜將封侯有蕭丞相將韓信賺來斬了今在相府聚俺眾

官商議其事令人報復去道有曹參王陵來了也〔祗候云〕報的丞相爺得知有曹參王陵在於門首〔蕭相云〕道有請〔見科〕〔曹參云〕丞相今日聚俺衆官爲着何事〔蕭相云〕列位大人不知那韓信已經賺的來將他斬了倘有辯士蒯文通在他麾下此人與韓信是一個人相好的若不取他來一併殺壞了久後必然爲患今差隨何賺的蒯文通到此這是翦草除根爲國家萬全之慮須不是老夫故意的要殘害忠良列位大人以爲何如〔衆云〕老丞相見的是〔蕭相云〕令人與我喚將隨何來者〔祗候云〕理會的〔隨何上云〕小官隨何是也自從見了蒯文通誰想此人是假風魔被我賺的他來了丞相呼喚須索走一遭去令人報復去道有隨何來了也〔祗候云〕報的丞相爺得知有隨何來了也〔蕭相云〕道有請〔祗候云〕請進〔見科〕〔隨何云〕丞相小官賺的蒯徹來了也〔蕭相云〕令人與我將蒯徹揣近前來〔祗候云〕理會的〔正末云〕小官蒯徹今日到來眼見的無那活的人也呵〔唱〕

〔雙調新水令〕我想那辭朝歸去漢張良早賺的個韓元帥一時身喪苦也波擎天白玉柱痛也波架海紫金梁那些個展土開疆生扭做歹勾當

〔云〕令人報復去道有蒯徹在於門首〔祗候報科云〕有蒯徹在於門首〔蕭相云〕着他過來〔祗候云〕着過去〔見科〕〔正末假意跳油鑊科〕〔蕭相云〕住住住蒯文通你爲何不言不語便往油鑊中跳去這等不怕死那〔樊噲云〕此人不可問他若問呵必然要下說詞也〔正末云〕自知蒯徹有罪豈望生乎〔蕭相云〕當初韓信是你教唆他來〔正末云〕是蒯徹教唆他來〔蕭相云〕現有漢天子在上你不肯輔佐倒去順那韓信〔正末云〕丞相你豈不知桀犬吠堯堯非不仁犬固吠非其

主也當那一日我蒯徹則知有韓信不知有什麼漢天子吾受韓信衣食豈不要知恩報恩乎（蕭相云）想韓信纔定三齊便請做假王以鎮之這明明有反叛之意理當斬首（正末云）嗨丞相說那裏話我想漢天子所以得天下是靠着誰來運籌決策多賴張良戰勝攻取多賴俺韓元帥如今閑的閑了斬的斬了豈不理當（唱）

〔駐馬聽〕那張良治國安邦扶的漢主登基霸主亡韓信他驅兵領將直會的真龍出世假龍藏殺得個滿身鮮血臥沙場纏博的這一方金印來收掌你你你今日也理當怕不做鳳凰飛在梧桐上

（蕭相云）想當初主公起兵漢中多虧了衆位功臣也不專靠那韓信一人之大（正末云）我想楚漢爭鋒鴻溝為界那時節俺韓元帥投楚則楚勝投漢則漢勝天下之勢決于一人我因此屢屢勸韓元帥留下項王決個鼎足三分之計怎當他不信忠言致令身遭白刃屈死了蓋世英雄豈不可惜丞相只你當初也曾保舉他來成也是你敗也是你我蒯徹做不得反面的人惟有一死可報韓元帥于地下（做跳科）（蕭相云）令人且與我擋住者（樊噲云）蒯文通韓信說是你攛掇他來你正是個通同謀反的人當得認罪（蕭相云）樊將軍你說的是想他在韓信手下為辯士正是他心腹之人律法有云一人造反九族全誅何況他是通同謀反的今日便將他油鍋烹了也不為枉（正末云）丞相我想漢王在南鄭之時雄兵驍將莫知其數然沒一個能敵項王者後來得了韓信築起三丈高臺拜他為帥殺得項王不渡烏江自刎而死如今天下太平更要韓信做什麼斬便斬了不為妨害且韓信負着十罪丞相可也得知麼（樊噲云）你說屈殺了韓信可又有十罪休說十罪則一樁罪過也就該死無葬身之地（蕭相云）蒯文通既是韓信有十罪你對着這衆臣宰根前

試說一遍咱〔正末云〕一不合明修棧道暗度陳倉二不合擊殺章邯等三秦王取了關中之地三不合涉西河虜魏王豹四不合渡井陘殺陳餘幷趙王歇五不合擒夏悅斬張仝六不合襲破齊歷下軍擊走田橫七不合夜堰淮河斬周蘭龍且二大將八不合廣武山小會垓九不合九里山十面埋伏十不合追項王陰陵道上逼他烏江自刎這的便是韓信十罪〔蕭相數介云〕此十件乃是韓信之功怎麼倒是罪來〔正末云〕丞相韓信不只十罪更有三愚〔蕭相云〕又有那三愚〔正末云〕韓信收燕趙破三齊有精兵四十萬恁時不反如今乃反是一愚也漢王駕出城皋韓信在脩武統大將二百餘員雄兵八十萬恁時不反如今乃反是二愚也韓信九里山前大會垓兵權百萬皆歸掌握恁時不反如今乃反是三愚也韓信負着十罪又有此三愚豈不自取其禍今日油烹蒯徹正所謂兔死狐悲芝焚蕙嘆請丞相自思之〔蕭相同衆悲科〕〔樊噲云〕這一會兒連我也傷感起來了〔正末唱〕

〔喬牌兒〕衆公卿多感傷諸文武盡悲愴連那漢蕭何淚滴在羅袍上你正是死了也空念想

〔掛玉鈎〕想起那韓元帥葫蘆提斬在法場將功勞簿都做招伏狀恰便似啞婦傾杯反受殃枉了這五年間把烟塵蕩纔博的個三齊王又不得終身享哎誰知你這宰相廳前倒做了鬧市雲陽

〔曹參云〕嗨丞相想韓信立下如此功勞也不當就將他殺壞了也〔蕭相云〕可知道韓信是屈死了的但死者不能復生我如今便要救他事已無及如之奈何〔正末做笑科唱〕

〔鴈兒落〕笑殺我蒯文通舌辯強怎出的你蕭丞相機謀廣要誅的

便着刀下誅要向的便把心兒向
〔得勝令〕呀暢好是沒算計的漢賢良左使着這一片狠心腸早知道屈死了韓元帥何不還留他楚霸王圖什麽風光待氣昂昂端坐在中軍帳只不如守着農庄倒也穩拍拍常為田舍郎
〔蕭相云〕既然韓信死了也眾位將軍到來日跟着小官入朝同見聖人備說因由將韓信墓頂上封還原爵就與蒯文通加官賜賞〔正末唱〕
〔沽美酒〕兀的不是狡兔死走狗烹高鳥盡勁弓藏也枉了你薦舉他來這一場把當日個築臺拜將到今日又待要築墳堂
〔太平令〕便做有春秋祭饗也濟不得他九泉下魂魄淒涼倒不如早將我油烹火葬好和他死生廝傍我可也不慌不忙還含笑的就亡呀這便算做你加官賜賞
〔外扮黃門引校尉捧冠帶黃金上云〕小官黃門是也因蕭何暗地設計斬了韓信又要將蒯徹烹入九鼎油鑊聖人已知着小官赦免蒯徹之罪可早來到也令人報復去有聖旨來了也〔祇候云〕報的丞相爺得知有黃門官來了也〔蕭相云〕道有請〔進見科〕〔黃門云〕您眾位將軍俱望闕跪者聽聖人的命〔詔云〕朕提三尺起豐沛不五年間盡取諸侯王追殺項羽奄有天下此非一人之能皆韓信之力也朕以謬聽人言將為叛逆遂令未央鐘室冤血尚存朕實愍焉茲特還其封爵令有司立墓祭祀蒯徹本以口舌從事與武涉同時為主其心吠堯何罪甘赴鼎鑊視死如飴誠壯士也可免其死仍授京兆一官黃金千兩嗚呼生而有功死猶圖報言如可用罪且不遺庶見我國家

賞罰之公無替朕命故勑〔正末同衆謝恩科〕〔唱〕

〔鴛鴦煞〕若是漢天子早把書明降韓元帥免受人誣罔可不的帶礪河山盟言無恙我蒯徹也粧什麼風魔使什麼伎倆〔還冠帶科唱〕這冠帶呵添不得我榮光〔還黃金科唱〕這金呵鑄不得他黃金像只要你個蕭丞相自去思量怎生的屈殺了什大功臣被萬民講

〔蕭相云〕蒯文通這冠帶黃金是聖人賜你的你怎生還了我道不得個違宣抗勑麼〔詞云〕只爲那韓元帥辛苦功高滅西楚扶立劉朝首賜與三齊玉印專征伐白鉞黃旄蕭丞相盡忠報主防後患設計潜消假巡遊召還留守雲陽市屈陷餐刀今日個備陳冤枉悔罪了漢國臣僚聖天子亦爲心動堪憐憫鳥盡弓弢想當初築臺拜將忍教他死後無聊墓頂上封還原爵更春秋祭祀東郊連蒯徹加官賜賞總之是一體酬勞顯見得皇恩不濫同瞻仰天日非遥

〔音釋〕棧音綻　邯音寒　陘音形　僵音姜　愍音閔　飴音移　恙音樣　倆音兩　弢音叨

題目　蕭何害功臣韓信

正名　隨何賺風魔蒯通

隨何賺風魔蒯通雜劇

王府尹水墨宴

珍倣宋版印

温太真玉鏡臺雜劇

元大都關漢卿撰

明吳興臧晉叔校

第一折

〔老旦扮夫人引梅香上詩云〕花有重開時人無再少日生女不生男門戶憑誰立老身姓温夫主姓劉早年辭世別無兒男止生得一個女兒小字倩英年長一十八歲未曾許聘他人夫主在日教孩兒讀書老身如今待教他寫字撫琴只是無個好明師我有個姪兒温嶠見任翰林學士今將老身子母擻取來京舊宅居住說道要來拜望老身梅香門首覷者只等學士來時報復我知道〔梅香云〕理會的〔正末扮温嶠上云〕小官姓温名嶠字太真官拜翰林學士小官別無親眷止有個姑娘年老寡居近日取來京師居住連日公衙事冗不曾拜候今日稍閑須索拜候一遭我想方今賢臣登用際遇聖主覷的富貴容易自古及今那得志與不得志的多有不齊我先將這得志的說一遍則箇〔唱〕

〔仙呂點絳唇〕車騎成行詣門稽顙來咨訪無非那今古興亡端的是語出人皆仰

〔混江龍〕也只為平生名望博得個望塵遮拜路途傍出則高牙大纛入則峻宇雕牆萬里雷霆驅號令一天星斗煥文章威儀赫奕徒御軒昂喜時節鵷鸞並進怒時節虎豹潛藏生前不懼獬豸冠死來圖畫麒麟像何止是析圭儋爵都只待拜將封王

〔云〕却說那不得志的也有一等〔唱〕
〔油葫蘆〕還有那苦志書生才學廣一年年守選場早熬的蕭蕭白髮滿頭霜幾時得出爲破虜三軍將入爲治國頭廳相只願的聖主興世運昌把黃金結作漫天網收俊傑攬賢良
〔天下樂〕當日個誰家得鳳凰翱也波翔在那天子堂爭知他朝爲田舍郎傅說呵在版築處生伊尹呵從稼穡中長他兩個也不是出胞胎便顯揚
〔云〕雖然如此那得志不得志的都也由命不由人非可勉强〔唱〕
〔那吒令〕他每都恃着口強便儀秦呵怎敢比量都恃着力強便賁育呵怎敢賭當元來都恃着命強便孔孟呵也沒做主張這一個是王者師這一個是蒼生望到底捱不徹雪案螢窗
〔鵲踏枝〕只落的意彷徨走四方昨日燕陳明日齊梁若不是聚生徒來聽講怎留得這詩書萬古傳芳
〔云〕我今日也非敢擅自誇獎端的不在古人之下〔唱〕
〔寄生草〕我正行功名運我正在富貴鄉俺家聲先世無誹謗俺書香今世無虛誑俺功名奕世無謙讓遮莫是帽簷相接御樓前靴踪不離金堦上
〔幺篇〕不枉了開着金屋空着畫堂酒醒夢覺無情况好天良夜成

疎曠臨風對月空惆悵怎能彀可情人消受錦幄鳳凰衾把愁懷都打撇在玉枕鴛鴦帳

〔云〕一頭說話早來到姑娘門首梅香報復去說温嶠特來問候〔梅香報科云〕報的妳妳得知有温嶠在于門首〔夫人云〕老身恰纔說罷學士真個來了道有請〔梅香云〕請進〔正末做見科〕〔夫人云〕學士王事勤勞取個坐兒來教學士穩便一面將酒來與學士遞一杯〔梅香云〕酒在此〔夫人云〕學士滿飲一杯〔正末接飲科〕〔夫人云〕梅香繡房中叫小姐來拜見學士咱〔梅香云〕小姐有請〔旦扮倩英上云〕妾身倩英正在房中習針指梅香說母親在前廳呼喚不知有甚事須索走一遭去〔做見科云〕母親叫孩兒有甚事〔夫人云〕孩兒喚你來無別事只爲温家哥哥在此你須拜見〔旦云〕理會的〔夫人云〕且住者休拜梅香前廳上將老相公坐的栲栳圈銀交椅來請學士坐着小姐拜見〔正末云〕老相公的交椅姪兒如何敢坐〔夫人云〕學士休謙恭敬不如從命〔正末云〕謹依尊命〔夫人云〕小姐把體面拜哥哥者〔旦做拜科〕〔正末做欠身科〕〔夫人云〕妹妹拜哥哥豈有欠身之理〔正末云〕禮無不答焉可坐受〔夫人云〕好一箇有道理的人也〔正末背云〕是好一個女子也呵〔唱〕

〔六幺序〕兀的不消人魂魄綽人眼光說神仙那的是天堂則見脂粉馨香環珮丁當藕絲嫩新織仙裳但風流都在他身上添分毫便不停當見他的不動情你便者休強則除是鐵石兒郎也索惱斷柔腸

〔幺篇〕我這裏端詳他那模樣花比腮龐花不成粧玉比肌肪玉不

生光宋玉襄王想像高唐止不過魂夢悠揚朝朝暮暮陽臺上害的
他病在膏肓若還來此相親傍怕不就形消骨化命喪身亡
(夫人云)梅香將酒來小姐與哥哥把盞(旦奉酒科)(云)哥哥滿飲一杯(做遞酒科)(正末唱)
(醉扶歸)雖是副輕臺盞無斤兩則他這手纖細怎擎將久立着神
仙也不當你待把我做真個的哥哥講我欲說話別無甚伎倆把一
盞酒淹一半在堦基上
(夫人云)老身欲教小姐寫字彈琴爭奈無個明師學士肯看老身薄面教你妹子彈琴寫字(正
末云)姑娘在上據你姪兒所學怎生教的小姐(夫人云)學士休謙梅香取曆日來教學士選個
好日子教小姐彈琴寫字(正末云)温嶠今日出來時有別勾當也曾選日子來日是個好日辰(
唱)
(金盞兒)來日不空亡沒相妨天生壬申癸酉全家旺不比那長星
赤口要隄防大綱來陰陽偏有准擇日要端詳豈不聞成開皆大吉
閉破莫商量
(夫人云)既如此就是明日要勞動學士者(正末云)謹依尊命明日温嶠自來但温嶠無學怎生
教的小姐(夫人云)學士休得推辭只看你下世姑夫的面皮教訓女孩兒則箇(正末唱)
(醉中天)白日短無時晌兼夜教正更長便誤了翰林院編修有甚
忙我待做師爲學長拚的個十分應當再無推讓早收拾幽靜書房
(夫人云)梅香伏侍小姐辭別了哥哥回繡房去(旦云)理會的(拜科下)(夫人云)多謝學士幸

不違阻是必明日早來〔正末云〕敢不惟命〔唱〕

〔賺煞尾〕恰纔立一朵海棠嬌捧一盞梨花釀把我雙送入愁鄉醉鄉我這裏下得堦基無箇頓放畫堂中別是風光恰纔則掛垂楊一抹斜陽改變了黯黯陰雲蔽上蒼眼見得人倚綠窗又則怕燈昏羅帳天那休添上畫檐間疎雨滴愁腸〔下〕

〔夫人云〕學士去了也梅香便收拾萬卷堂來日是吉日良辰請學士來教你小姐彈琴寫字收拾的停當時可來回我話〔詩云〕只因愛女要多才收拾書堂待教來〔梅香詩云〕從來男女不親授也不是我把引賊過門胡亂猜〔同下〕

〔音釋〕 倩淺去聲 行音杭 稽音豈 顙桑上聲 纛音毒 遚初救切 儋都藍切 翺音教 長音掌 賁音奔 誹音非 誑去聲 離去聲 栲音考 栳音老 綽超上聲 馨音興 強音絳 尨音忙 肪音方 肓音荒 倆音兩 晌音賞 推退平聲 醲泥降切 黯衣減切 檐與簷同

第二折

〔老夫人上云〕昨日選定今日是吉日良辰梅香門首覷者則怕學士來時報我知道〔梅香云〕理會的〔正末上云〕姑娘選定今日好日辰不曾衙門裏去肯分的姑娘又來請便不來請我也索去可早來到門首梅香報復去道溫嶠來了也〔梅香報科云〕溫學士來了〔夫人云〕道有請〔梅香云〕請進〔正末做見科〕〔夫人云〕今日學士怎生來的恁早〔正末云〕爲領尊命教小姐琴書就不曾到衙門去〔夫人云〕因爲老身薄面誤了學士公事老身知感不盡梅香快請小姐出來拜學

士者〔梅香云〕小姐有請〔旦上云〕妾身正在繡房中聽的母親呼喚須索見去〔做見科〕〔夫人云〕倩英你拜哥哥今日為始便是你師父了也〔旦做拜科〕〔正末背云〕小姐比昨日打扮的又別真神仙中人也〔唱〕

〔南呂一枝花〕藕絲翡翠裙玉膩蝤蠐頸妲己空破國西子枉傾城天上飛瓊散下風流病若是寢正濃夢乍醒且休問斜月殘燈直睡到東窗日影

〔云〕將琴過來教小姐操一曲咱〔旦學操琴科〕〔正末唱〕

〔梁州第七〕兀的不可喜煞羅幃繡幕風流煞金屋銀屏這七條絃興亡禍福都相應端的個聖賢可對神鬼堪驚俗懷頓爽塵慮皆清一弄兒指法泠泠早合着古操新聲金徽彈流水潺湲冰絃打餘音齊整玉纖點逸韻輕盈聰明怎生得口訣手未到心先應海棠色蕙蘭性想天地全將秀結成一團兒智巧心靈

〔夫人云〕再操一遍則怕還有不是處教學士聽有不是處再教〔正末唱〕

〔牧羊關〕縱然道肌如雪腕似冰雖是一段玉却是幾樣磨成指頭是三節兒瓊瑤指甲似十顆水晶穩坐的有那穩坐堪人敬但舉動有那舉動可人憎他兀自未搵起金衫袖我又早先聽的玉釧鳴

〔夫人云〕小姐彈琴不打緊須裝香來請哥哥在相公抱角牀上坐着小姐拜哥哥一日為師終身為父學士教小姐寫字者〔旦寫字科〕〔正末云〕瀲平着筆直着小姐不是這等〔正末起把筆捻

旦手科〕〔旦云〕是何道理妹子根前捻手捻腕〔正末云〕小生豈有他意〔夫人云〕小鬼頭但得哥哥捻手捻腕你早十分有福也〔旦云〕男女七歲不可同席〔夫人笑科云〕哥哥根前調書帶兒

〔正末唱〕

〔隔尾〕你便溫柔起手裏須當硬我呆想望迎頭兒撇會清恰纔輕搭着春葱儘僥倖〔帶云〕似這等酥蜜般搶白〔唱〕遮莫你罵我盡情我斷不敢回你半聲也強如編修院裏和書生每廝強挺

〔云〕小姐不是了也腕平着筆直着〔旦怒云〕哥哥你又來也〔正末唱〕

〔四塊玉〕兀的紫霜毫燒甚香斑竹管有何幸倒能勾柔荑般指尖擎只你那纖纖的手腕兒須索平正我不曾將你玉笋湯他又早星眼睜好罵我這潑頑皮沒氣性

〔夫人云〕小姐辭了哥哥回繡房去〔旦拜科下〕〔正末云〕溫嶠更衣去咱〔做行科云〕見小姐下的堦基往這裏去了我只見小姐中注模樣不曾見小姐脚兒大小沙土上印下小姐脚蹤兒早是我來的早若來的遲呵一陣風吹了這脚跡兒去怎能勾見小姐生的十全也呵〔唱〕

〔牧羊關〕婦人每鞋襪裏多藏着病灰土兒沒面情除底外四週圍並無餘剩幾般兒窄窄狹狹幾般兒周周正正幾時迤逗的獨強性勾引的把人憎幾時得使性氣由他跐惡心煩自在蹬

〔帶云〕小姐去了也幾時得見着小官撇不下呵〔唱〕

〔賀新郎〕你便是醉中茶一啜嘌然醒都爲他皓齒明眸不由我使

心作倖待尋條妙計無蹤影老姑娘手把着頭稍自領索什麼囑付
叮嚀似取水垂轆轤用酒打猩猩到這裏惜甚廉恥敢傾人命休休
休做一頭海來深不本分使一場天來大昧前程
〔隔尾〕他藉粧梳顏色花難並宜環珮腰肢柳笑輕一對不倒踏窄
小金蓮尚古自剩想天公是怎生這世情教他獨占人間第一等
〔正末回科〕〔夫人云〕學士穩便老身有句話想小姐年長一十八歲不曾許聘他人翰林院有一
般學士煩哥哥保一門親事〔正末背云〕小官暗想來只得如此若不倸的呵不濟事〔做向夫人
云〕姑娘翰林院有個學士才學文章不在姪兒之下〔夫人云〕似你這般才學少有那學士多大
年紀怎生模樣哥哥你說一徧〔正末唱〕
〔紅芍藥〕年紀和温嶠不多爭和温嶠一樣身形據文學比温嶠更
聰明温嶠怎及他豪英保親的堪信憑搭配的兩下裏相應不隄防
對面說才能遠不出門庭
〔菩薩梁州〕古人親事把閨門禮正但得人心至誠也不須禮物豐
盈點燈喫飯兩分明緱山無夢碧瑤笙玉臺有主菱花鏡更有場大
厮併月夜高燒絳蠟燈只愁那煩擾非輕
〔云〕温嶠與那學士說成擇定日子同來〔夫人云〕多勞學士用心〔正末做出門笑科云〕温嶠你
早則人生三事皆全了也〔虛下將砌末上科〕〔做見夫人科云〕告的姑娘得知適纔姪兒徑去與
那學士說了今日是吉日良辰將這玉鏡臺權爲定物別使官媒人來通信央您姪兒替那學士謝

了親者〔唱〕

〔煞尾〕俺待麝蘭腮粉香臂鴛鴦頸由你水銀漬朱砂斑翡翠青到春來小重樓策杖登曲闌邊把臂行閑尋芳悶選勝到夏來追涼院近水庭碧紗廚綠窗淨針穿珠扇撲螢到秋來入蘭堂開畫屏看銀河牛女星伴添香拜月亭到冬來風加嚴雪乍晴摘疎梅浸古瓶歡尋常樂餘剩那時節趁心性由他嬌癡盡他怒憎善也偏宜惡也相稱朝至暮不轉我這眼睛孜孜覷定端的寒忘熱饑忘飽凍忘冷〔下〕

〔官媒上詩云〕析薪如何匪斧弗克娶妻如何匪媒弗得自家是個官媒溫學士着我去老夫人家說知選吉日良辰娶小姐過門可早來到也無人報復我自過去〔做見科云〕老夫人磕頭〔夫人云〕媒婆何來〔官媒云〕奉學士言語着我見老夫人選日辰娶小姐過門〔夫人云〕是那個學士〔官媒云〕是溫學士〔夫人云〕他是保親的〔官媒云〕他不是保親的則他是女壻〔夫人云〕何爲定物〔官媒云〕玉鏡臺便是定禮〔夫人云〕有這等事我把這玉鏡臺摔碎了罷〔官媒云〕住住這玉鏡臺不打緊是聖人御賜之物不爭你摔碎了做的個大不敬爲罪非小〔夫人云〕嗨吃他瞞過了我也梅香便說與小姐知道收拾停當選定吉日送小姐過門去罷〔下〕

〔音釋〕翡肥去聲　膩寧計切　蝤音由　蠐音齊　姐當加切　瓊渠盈切　袊音凌　潺鋤山切　湲音袁　揎音宣　釧川去聲　捻音聶　掿音鬧　荑音啼　剩音盛　迤音移　逗音豆　跐音此　蹬音登　啜樞說切　轆音鹿　轤音盧　窨齋上聲　緱音鉤　漬音恣　螢音盈　摔音酒

第三折

〔正末引贊禮鼓樂上〕〔贊禮唱科詩云〕一枝花插滿庭芳燭影搖紅晝錦堂滴滴金杯雙勸酒聲聲慢唱賀新郎請新人出廳行禮〔梅香同官媒擁旦上〕〔正末唱〕

〔中呂粉蝶兒〕怕不動的鼓樂聲齊若是女孩兒不諧魚水我自拖拽這一場出醜揚疾安排下佯小心粧大膽丹方一味他若是皺着雙眉我則索牙牀前告他一會

〔云〕媒婆你遮我一遮我試看咱〔官媒云〕我遮着你看〔正末做看科〕〔旦云〕這老子好是無禮也〔正末唱〕

〔紅繡鞋〕則見他無發付氤氳惡氣急節裏不能勾步步相隨我那五言詩作上天梯首榜上標了名姓當殿下脫了白衣今夜管洞房中抓了面皮

〔云〕媒人待咱大了膽過去來〔唱〕

〔迎仙客〕到這裏論甚使數問甚官媒緊逐定一團兒休廝離和他守何親等甚喜一發的走到跟底大家吃一會沒滋味

〔旦云〕兀那老子若近前來我抓了你那臉教他外邊去媒婆你來我和你說這老子當初來時節俺母親教小姐拜哥哥他會受我的禮來〔官媒云〕學士小姐說起初時他曾拜你做哥哥你受過他禮來〔正末云〕我那裏受他禮來你與小姐說去〔官媒云〕小姐學士說那裏受你禮來〔旦云〕在俺先父銀栲栳圈交椅上坐着受我的禮來〔官媒云〕小姐說學士在他老相公栲栳圈銀交椅

上受他禮來〔正末唱〕
〔醉高歌〕我見他姿姿媚媚容儀我幾曾穩穩安安坐地向傍邊踢開一把銀交椅我則是靠着箇栲栳圈站立
〔旦云〕媒婆你來他又受我的禮來〔官媒云〕學士小姐說你又受他的禮來〔正末云〕我那裏又受他禮來〔官媒云〕小姐學士說他那裏又受你的禮來〔旦云〕這老子俺母親着我彈琴寫字他坐在俺先父抱角牀上我拜他為師來〔官媒云〕學士小姐說學彈琴寫字拜你為師你在老相公抱角牀上受他禮來〔正末唱〕
〔醉春風〕我坐着窄窄半邊牀受了他怯怯兩拜禮我這裏磕頭禮拜却回席剗地須還了你你便得些些歡娛便談些些好話却有那般福氣
〔旦云〕媒婆你說與他去我在正堂中做卧房教他再休想到我根前若是他來時節我抓了他那老臉皮看他好做得人〔官媒云〕學士小姐說來他在正堂中做卧房教你休想到他根前若是你來時節他抓了你老臉皮教你做人不得〔正末唱〕
〔紅繡鞋〕正堂裏夫人寢睡小官在書房中依舊孤恓遮莫待盡世兒不能勾到他這羅幃人都道劉家女被溫嶠娶為妻落得個虛名兒則是美
〔云〕將酒來我與小姐把盞咱〔正末把酒科〕〔旦云〕我不吃〔官媒云〕小姐接酒〔正末唱〕
〔普天樂〕初相見玉堂中常想在天宮內則索向空閑偷覷怎生敢

整頓觀窺得如今伏侍他情願待爲奴婢廚房中水陸烹炮珍羞味
箱櫃內無限錦繡珠翠但能勾與你插戴些首飾執料些飲食則這
的我早福共天齊
〔旦做遞酒科云〕我不吃〔正末唱〕
〔滿庭芳〕量這些直個甚的忒斟得金盃瀲灩因此上把宮錦淋漓
大人家展汚了何須計只要你温夫人略肯心回便遞到一兩盃香
醪在地澆到百十箇公服朝衣今夜裏我早知他來意酒淹得袖濕
幾時花壓帽檐低
〔官媒云〕這小姐則管不就親做的個違宣抗敕哩〔正末云〕媒婆休說這般話〔唱〕
〔上小樓〕休題着違宣抗敕越逗的他煩天惱地你則說遲了燕爾
過了新婚誤了時刻你說領着省事掌着軍權居着高位又道會親
處倚官挾勢
〔云〕我則索哀告你箇媒婆做個方便者〔做跪科〕〔官媒云〕學士你爲何在老身跟前下禮〔正
末唱〕
〔幺篇〕我求寵頭不如告寵尾爲甚我今日媒人跟前做小伏低教
他款慢裏勸諫的俺夫妻和會兀的是羅幃中用人之際
〔官媒云〕天色明了也學士你先往衙門中去我自夫人跟前回話去也〔正末云〕夫人你的心事
我已知道了你聽我說〔唱〕

〔耍孩兒〕你少年心想念着風流配我老則老爭多的幾歲不知我心中常印着個不相宜索將你百縱千隨你便不歡欣我則滿面兒相陪笑你便要打罵我也渾身兒都是喜我把你看承的看承的家宅土地本命神祇

〔四煞〕論長安富貴家怕青春子弟稀有多少千金嬌艷爲妻室這廝每黃昏鸞鳳成雙宿清曉鴛鴦各自飛那裏有半點兒真實意把你似糞堆般看待泥土般抛擲

〔三煞〕你攢着眉熬夜闌側着耳聽馬嘶悶心欲睡何曾睡燈昏錦帳郎何在香燼金爐人未歸漸漸的成憔悴還不到一年半載他可早兩婦三妻

〔二煞〕今日咱守定伊休道近前使喚丫鬟輩便有瑤池仙子無心覷月殿嫦娥懶去窺俺可也別無意你道因甚的千般懼怕也只爲差了這一分年紀

〔煞尾〕我都得知都得知你休執迷休執迷你若別尋的個年少輕狂壻恐不似我這般十分敬重你(同下)

〔音釋〕疾精妻切 氳於君切 抓莊瓜切 立音利 席星西切 空去聲 炮音袍 飾傷以切 食繩知切 瀲離店切 灩音艷 灤音鑾 勑音恥 刻康美切 的音底 祇音其 室傷以切 擲征移切

第四折

〔外扮王府尹引祗從上詩云〕龍樓鳳閣九重城新築沙堤宰相行我貴我榮君莫羨十年前是一書生老夫王府尹是也今有溫學士親事一節老夫奏過官裏特設一宴叫做水墨宴又叫做鴛鴦會專請學士同夫人赴席筵宴中間則教他兩口兒和會等學士夫人到時自有主意這早晚敢待來也〔正末同旦上云〕今日府尹相公設宴請客不知何意須索走一遭去也呵〔唱〕

〔雙調新水令〕則爲鳳鸞失配累了蒼鶻今日個玳筵開專要把鴛鴦完聚我前面騎的是五花驄他背後坐的是七香車人都道這村裏妻夫直恁般似水如魚兩口兒不肯離了一步

〔駐馬聽〕想當日沽酒當罏捹了個三不歸青春卓氏女今日膝行肘步招了個百般嫌皓首漢相如偏不肯好頭好面到成都憋的我沒牙沒口題橋柱誰跟前敢告訴兀的是自招自攬風流苦

〔云〕可早來到也左右報復去道溫學士和夫人來了也〔祗從報科云〕溫學士和夫人到於門首〔府尹云〕道有請〔見科府尹云〕小官奉聖人的命設此水墨宴請學士夫人吟詩作賦有詩的學士金鍾飲酒夫人插金鳳釵搽官定粉無詩的學士瓦盆裏飲水夫人頭戴草花墨烏面皮〔旦云〕學士你聽者大人說你若有詩便吃酒無詩便吃冷水你用心着〔正末唱〕

〔喬牌兒〕自從不應舉何嘗對兩字句昨日會賓朋飲到遙天暮今日酒渴的我沒是處

〔掛玉鈎〕恨不的巴到咽喉嚥下去井墜着朱砂玉與咱更壓瘴氣

涼心經解臟毒夫人呵他自有通仙術至如腫了面皮瘡生眉目也索醮筆揮毫咒水書符

(府尹云)若無詩呵學士罰水夫人頭戴草花墨爲面皮(正末唱)

〔川撥棹〕這官人待須與休恁般相逼促你道是傅粉塗朱妖艷粧梳貌賽過神仙洛浦怎好把墨來烏

(旦云)學士着意吟詩無詩的吃水墨爲面皮甚麽模樣(正末云)休叫學士你叫我丈夫(旦云)無計所奈則索喚丈夫丈夫須要着意者(正末唱)

〔豆葉黃〕你在黑閣落裏欺你男兒今日呵可不道指斥鑾輿也有禁住你限時降了你乖處兩個月方纔喚了我個丈夫雖不曾徹膽歡娛湯着皮膚剛聽的這一聲嬌似鶯雛早着我渾身麻木

(旦云)丈夫你知道麽倘或罰水爲墨搽面教我怎了(正末唱)

〔喬牌兒〕如今便面上筆落處也則是浮抹不生住咱自有新合來澡豆香芬馥到家銀盆中洗面去

(旦云)丈夫着意吟詩(正末唱)

〔掛玉鈎〕我從小裏文章不大古年老也還有甚詞賦則道我沉醉黃公舊酒罏怎知我也有粧幺處見他害恐懼我倒身無措且等他急個多時慢慢的再做支吾

(府尹云)學士請吟詩者(正末云)小官就吟(旦云)丈夫你要着意者(正末云)夫人放心(唱)

〔水仙子〕須聞得溫嶠不塵俗明知道詩書飽滿腹那裏是白頭把你青春誤就嫌的我無地縫鑽入去少甚麼年少兒夫這一個眼灌的白鄧鄧那一個臉抹的黑突突空恁般綠鬢何如

〔旦云〕學士吟詩波休似吃涼水的〔正末云〕夫人我吟的詩好呵你肯隨順我麼〔旦云〕你若吟得詩好我插金釵飲御酒我便依隨你〔正末云〕夫人你請放心者〔唱〕

〔甜水令〕我如今舉起霜毫舒開繭紙題成詩句待費我甚工夫冷眼偷看這盆涼水何須憂慮只當做醒酒之物

〔折桂令〕想着我氣捲江湖學貫珠璣又不是年近桑榆怎把金馬玉堂錦心繡口都覷的似有如無則被你欺負得我千足萬足因此上我也還他佯醉佯愚〔旦云〕丈夫着意吟詩倘罰水墨烏面皮教我怎了〔正末唱〕他如今做了三謁茅廬勉強承伏軟兀剌走向前來惡支煞倒褪回去

〔正末吟詩科云〕不分君恩重能憐玉鏡臺花從仙禁出酒自御廚來設席勞京尹題詩屬上才遂令魚共水由此得和諧〔府尹云〕溫學士不枉了高才大手吟得好詩賜金鍾飲酒夫人插鳳頭釵搽官定粉〔旦喜科云〕學士這多虧了你也〔正末云〕夫人我溫嶠何如〔府尹云〕夫人你肯依隨學士麼〔旦云〕妾身願隨學士〔府尹云〕既然夫人一心依隨學士老夫即當奏過官裏再准備一個慶喜的筵席〔正末唱〕

〔鴈兒落〕你常好是吃贏不吃輸虧的我能說又能做你只要應承了這一首詩倒被我勒掯的情和睦

〔得勝令〕呀兀的不是一字一金珠煞強似當日嚇蠻書你着寶釵簪雲髻我着金杯飲醁醑山呼共謝得當今主嬌姝早則不嫌我老丈夫

〔府尹云〕人間喜事無過夫婦會合就今日殺羊造酒安排慶喜筵席送學士夫人還宅去〔詩云〕金尊銀燭啓華筵一派笙歌徹九天若非恩賜鴛鴦會焉能夫婦兩團圓〔正末拜謝科〕〔唱〕

〔鴛鴦煞〕從今後姻緣注定姻緣簿相思還徹相思苦賸道連理歡濃于飛願足可憐你窈窕巫娥不負了多情宋玉則這琴曲詩篇吟和處風流句須不是我故意虧圖成就了那朝雲和暮雨

〔音釋〕

鷛紅姑切　憋音鱉　攬音覽　玉于句切　毒東盧切　術繩朱切　目音暮　蘸知濫切　促音取　降奚江切　朮音暮　馥房夫切　俗詞疽切　腹音府　突東盧切　物音務　足臧取切　伏房夫切　褪吞去聲　做租去聲　揹肯去聲　睦音暮　醁音路　醑音胥　姝音朱　賸音盛

題目　王府尹水墨宴

正名　溫太真玉鏡臺

溫太真玉鏡臺雜劇

孫蟲兒挺身認罪

楊氏女殺狗勸夫
倣馬麟筆
珍倣宋版印

楊氏女殺狗勸夫雜劇

元　撰

明吳興臧晉叔校

楔子

（沖末扮孫大同旦楊氏梅香保兒上云）小生姓孫名榮字孝先祖居南京人氏在土街背後居住渾家楊氏還有一個小兄弟叫做孫蟲兒雖然是我的親手足爭奈我眼裏偏生見不得他今日是小生的生辰之日大嫂你與我臥羊宰猪做下筵席別的親眷可都阻了則有我那兩個至交柳隆卿胡子轉去請他來陪我吃一杯兒壽酒大嫂你門首覷者他兩個這早晚敢待來也（旦云）員外也你把共乳同胞親兄弟孫二不禮却信着這兩個光棍搬壞了俺一家兒也（二淨扮柳隆卿胡子轉上）（柳詩云）不做營生則調嘴拐騙東西若流水除了孫大這糟頭再沒第二個人家肯做美小子柳隆卿這個兄弟叫做胡子轉今日是孫員外的生日俺兩個無錢去問槽房裏賒得半瓶酒兒又不滿俺着上些水到那裏則推拜將酒瓶踢倒了若員外教俺買酒去俺就去賒了來算下的酒錢少不的是員外還他俺兩個落得吃他的酒使他的錢（胡云）哥說的是我只依你便了（柳見旦科云）嫂嫂哥哥有麼俺兄弟兩個將一瓶兒酒來與哥哥上壽哩（旦云）下次小的每接了兩個小叔羊者（孫大云）大嫂兄弟每無錢那裏得這羊酒來請他裏面坐（柳胡見科云）恭喜哥哥華誕俺兩個無什麼禮物將敬只一瓶兒淡酒與哥哥一滴添壽一歲哥哥休怪（孫大云）兄弟滴水難消休道是兄弟將酒來你則這般空來也是你兄弟的情分將酒來我與兄弟開懷暢飲一場（做拜踢倒酒餅科柳云）呀剛只得這一餅兒酒又踢翻了如何是好（胡云）待兄弟再去買

來〔孫大云〕不要去買我家裏有的是好酒大嫂將酒來〔柳云〕既然哥哥有酒我們借花獻佛與哥哥上壽咱〔送酒科〕〔旦云〕這兩個來了怎的不見小叔叔來〔正末扮孫二上云〕小生孫華小字蟲兒的便是自小父母早亡我向住在哥哥嫂嫂家裏俺嫂嫂大賢會則有俺哥哥孫大信着兩個逆子的言語趕我在城南破瓦窰中居止俺哥哥見俺不是打便是罵今日是俺哥哥生日俺蟲兒無什麽物件將去與哥哥祝壽只去拜哥哥嫂嫂兩拜也不失人間的道理可早來到門首也〔見旦科云〕嫂嫂〔旦云〕小叔叔你來了也兩個光棍來了一日怎不見你來〔正末入見科〕〔柳胡云〕孫二來了也接了羊者〔孫大云〕孫二你與我做生日你將的羊酒來〔正末云〕你知兄弟貧寒度日那裏得這羊酒來只是拜哥哥嫂嫂兩拜也見兄弟的意思〔孫大云〕我少你那兩拜哩你拜了我我就飽了我就醉了我也領你的戲情你那裏是與我做生日明明是趕嘴來〔打正末科〕〔正末云〕兄弟不會敢說甚麽你打我怎的〔孫大云〕我不打你別的我打你個遊手好閑不務生理的弟子孩兒〔正末云〕哥哥你打您兄弟可也上有天哩〔唱〕

〔仙呂賞花時〕知他是誰好遊閑誰不良誰起風波誰要強瞞不過鄰里衆街坊〔孫大云〕你是我的兄弟你敢粧幺放黨不伏我打哩〔正末唱〕俺哥哥道我粧幺放黨平白地揣與個罪名當

〔幺篇〕這的是自有傍人說短長銅斗個家私你獨自掌咱須是一父母又不是兩爺娘〔云〕蟲兒打街上過來衆人都道孫大郎與孫二似一個印合脫下來的〔柳胡云〕這廝胡說你和俺哥哥一個印合兒裏脫下來的怎麽你這般窮好嘴臉〔正末唱〕怕不一般的俺模樣哥哥比兄弟多一片家狠心腸〔下〕

（孫大云）你兩個兄弟少罪（柳胡做醉科云）俺兩個定害哥哥改日再謝（下）（旦云）員外明日是清明節令俺收拾下祭禮請小叔叔一同上墳去咱（同孫大下）

（音釋）分去聲　思去聲

第一折

（柳胡上詩云）昨日慶生辰今朝請上墳隨他好兄弟爭似眼前人今日孫員外請咱兩個上墳須索去走一遭（做與孫大遇見科）（孫大云）你兩個兄弟來了也（做擺祭禮科）（柳胡云）你的祖宗就是我的祖宗我們一齊拜（做同拜科）（孫大云）咱祭過了祖宗也兩個兄弟把盞破盤（飲酒科）（旦云）我員外好是執迷也將親兄弟教他另住受着饑寒今日上墳也不等他一等被這兩個光棍搬弄連祖宗在地下也是不安的兀的不又吃醉了也我這裏看波可怎生不見孫二來

（正末上云）小生孫蟲兒將着這一分紙一缾兒酒今日是一百五日清明節令上墳去咱可早來到墳前也（放下酒科云）俺燒一陌紙與祖宗願你都好處托生去咱古人有云生事之以禮死葬之以禮祭之以禮我孫蟲兒貧難備不得什麼祭禮只是這一缾兒酒兀的不窮殺孫蟲兒也（唱）

（仙呂點絳唇）從亡化了雙親便思營運尋資本怎得分文落可便刮土兒收拾盡

（混江龍）莫不是姓孫的無分却將這精銀響鈔與了別人教兄弟有家難奔無處棲身把我趕在破瓦窰中捱凍餒教人道披着蒲席說家門也不是我特故的把哥哥來恨他他他不思忖一爺娘骨肉却和我做日月參辰

〔旦云〕小叔叔你上墳哩〔正末云〕嫂嫂少罪〔旦云〕你哥哥上墳在這裏等了你多時不見你來先自祭祀了也你怎生來的這等遲〔正末云〕嫂嫂自從前日與哥哥做生日來不知甚的意思打了我這一頓我因此不敢見哥哥去又害怕打哩〔旦云〕小叔叔不妨事等着你哩你過去吃幾鍾酒身上寒冷哩〔正末云〕這等我過去〔做見科〕〔孫大云〕這個村廝又來了〔正末唱〕

〔油葫蘆〕他罵道孫二窮廝煞是村便待要趕出門則着我自敦自遜自傷神現如今爹爹妳妳都亡盡但願得哥哥嫂嫂休嗔忿爲甚麽單罵着我你敢是錯怨了人〔孫大云〕我和你有什麽情分你來見我〔正末唱〕既是哥哥與兄弟無情分却怎生等我上新墳

〔孫大云〕我正等你來打哩〔正末唱〕

〔天下樂〕哎俺親的元來則是親〔云〕嫂嫂我不過去也則怕哥哥打我〔唱〕我爲甚麽抽也波身却倒褪其實當不過那百般的心性狠誰想他赤的金白的銀但得俺哥哥歡喜呵便是十萬分

〔孫大云〕你來這裏做甚麽〔正末云〕你兄弟上墳來〔孫大云〕俺家墳裏有你這等人我和你甚麽親你來上墳〔正末唱〕

〔那吒令〕哥哥道是不親我須是姓孫哥哥道是不親孫蟲兒上墳哥哥道是不親這兩個是甚人〔孫大云〕這兩個是我死生交的兄弟也比你〔正末唱〕哥哥你自忖量你自評論您直恁般愛富嫌貧

〔孫大云〕你這一萬年不得長進的人〔柳胡云〕哥哥這等人不長進則待饑處着嘴懶處着身不

撚了他去待做甚麼〔孫大云〕小的每撚這廝出去兄弟每把盞則管吃酒不要採他〔正末云〕你看他兩個賊子幫着俺哥哥吃酒好不快活也〔唱〕

〔鵲踏枝〕他兩個把盞兒吞直吃的醉醺醺〔孫大云〕兄弟好酒也〔柳胡云〕好酒您兄弟都吃醉了也〔正末唱〕吃的來東倒西歪盡盤將軍〔柳胡做使酒科云〕孫二我盡盤將軍是吃你的沒廉恥窮叫化弟子孩兒今日俺家員外上墳特特請我兩個來這所在只有我坐處可有你站處要你管我〔正末云〕這裏正是你家的〔唱〕今日個到墳堂中來廝認是你什麼娘祖代宗親

〔柳胡云〕這潑賴無禮你那裏是罵俺哥哥你看孫二見俺這裏吃酒他罵你吃你娘祖代宗親哩〔孫大云〕誰罵我來〔柳胡云〕是孫二罵你來〔孫大怒科云〕孫二你好也俺祖代宗親是你什麼哩〔做打正末科〕〔正末云〕你休信他每說話兄弟怎敢罵哥哥來〔唱〕

〔寄生草〕哥哥我又不是庶出逃生子須是你同胞共乳親俺哥哥出門來賓客相隨趁俺哥哥還家來侍女忙扶進你兄弟破窰中忍冷耽愁悶俺哥哥富家山野有人瞅你兄弟貧居鬧市無人問

〔孫大云〕我酒醉了也有我兩個兄弟扶的我家去你這窮廝還敢無禮你墳上來拷折你兩膁骨到我家裏來我打你二百棍〔柳胡云〕何如這所在那裏有你來〔正末唱〕

〔金盞兒〕我墳前去那場恨還家去怒生嗔只待要各支支拷二百粗荊棍咬牙根做出那惡精神我待墳前去要敲折我兩膁骨還家去又要打斷我脊梁觔天那我正是成人不自在自在不成人

〔云〕哥哥將兄弟不認信着兩個賊子打了我這一頓我不敢到墳上添土去我則往墳外拜一拜罷祖宗少怪孫蟲兒無甚只燒的一陌兒紙一餅兒酒祭奠祖宗咱〔做拜科唱〕

〔後庭花〕這村醪酒剛半盆紙錢兒值幾文不是我將父母相拖逗也是你歹孩兒窮孝順〔孫大云〕兄弟每慢慢的把盞者將羊背子來做按酒快活喫〔柳胡云〕快些碎羊背子來吃來吃〔正末唱〕他那廂吃的醉醺醺我這裏嘴盧都喑喑的納悶哎孫蟲兒來上墳幾番家桃李春他那廂笑呷呷倒玉樽我這裏哭啼啼誰動問

〔青歌兒〕天那你于人有那般那般慈憫偏生我是這般這般時運俺哥哥白馬紅纓衫色新俺哥哥眼內無珍看的我做各姓他人動不動棍棒臨身直着我有口難分進退無門只落的袖稍兒偷揾住俺這悲悲切切淚紛紛這的是誰生分

〔柳葉兒〕難道我孫蟲兒與他來不親不近見一陣旋風兒繞定荒墳來時節旋的慢去時節旋的緊為甚麼小的兒多貧困大的兒有金銀爹爹妳妳阿你可怎生來做的個一視同仁

〔孫大云〕兄弟你去看孫二墳外做什麼哩〔柳胡云〕哥哥俺兩個看去來〔做看科云〕哥哥孫二在墳外絞七個紙人兒埋在土裏咒你早死了這家私都是他的〔孫大怒科云〕這廝無禮〔做打科云〕我今日吃的酒淹衫袖濕花壓帽簷低隨你隨你只休上我門來〔旦云〕員外醉了也〔柳胡扶科旦隨下〕〔正末云〕俺哥哥去了也我到墳上辭別了俺爺娘還歸我那破瓦窰中去哥哥

你信着兩個幫閑的賊打我這幾頓哥哥由你打我我則是好心腸待你〔唱〕

〔賺煞〕你便罵我一千場便拷我三十頓我則索狠喫幞頭心兒自忍若不是死了俺娘親和父親這家私和你疋半停分豹子的孟嘗君暢好是食客填門可怎生把親兄弟如同陌路人哥哥你有金有銀閃的我無投倈無逩則向這破窰中和月待黃昏〔下〕

〔音釋〕拾繩知切　別邦耶切　褪吞去聲　長音掌　瞅音揪　惡音襖　喑音音　旋去聲　阿何哥切　倈梨靴切

第二折

〔孫大同柳胡上云〕昨日上墳處多吃了幾鍾酒不自在兩個兄弟咱今日往謝家樓上再置酒席與我酘一酘去來〔做上樓科〕〔柳胡云〕哥哥咱三人結義做兄弟似劉關張一般只願同日死不願同日生兄弟有難哥哥救哥哥有難兄弟救做一個死生文書〔孫大云〕兩個兄弟說的是〔做飲醉下樓柳胡扶孫大睡倒科〕〔柳胡云〕這是街上不是你的牀鋪怎麼就睡倒了哥哥你聽得禁鐘響哩你還家去來〔孫大做不醒科〕〔柳胡云〕這等好睡再叫也叫不醒可又遇着個不知趣的天下起大雪來我每身上寒冷陪他到幾時回去如今起更一會了巡軍這早晚敢出來也他是個富漢便拏住他只使得些錢罷了怕甚的咱兩個是個窮漢若拿住呵可不乾打死了不如撇下他還家去來〔做摸科云〕呀哥哥靴靿裏有五錠鈔哩常言道見物不取失之千里這明明是天賜我兩個橫財不取了他的倒把別人取了去〔做取科云〕便凍殺了你也不干我事〔下〕〔正末上云〕好大雪也孫蟲兒往街上題筆覓幾文錢去來如今天色已晚我還窰中去咱〔唱〕

〔正宮端正好〕黑黯黯凍雲垂疏剌剌寒風起徧長空六出花飛不停閑雪兒緊風兒急這場冷着我無存濟

〔滚繡毬〕有那等富漢每他道是壓瘴氣下的是國家祥瑞怎知俺窮漢每少食無衣我則見滿天裏飛磨旗半空裏下砲石俺須是死無個葬身之地只落的抱雙肩緊把頭低我如今冒他大雪窰中去抵多少袖得春風馬上歸凍的我脚步兒難移

〔云〕嗨那富漢每下着雪他倒歡喜却不知俺窮漢每好苦楚也〔唱〕

〔倘秀才〕有等人道宜掃雪烹茶在讀書舍裏又道是宜羊羔爛醉在銷金帳底不知他陶學士風流可也勝如党太尉誰說起寒江上一簑歸那漁翁的凍餒

〔云〕好大雪也我想古來貧儒也多有受苦的〔唱〕

〔滚繡毬〕似這雪呵教買臣懶負薪似這雪呵教韓信怎乞食似這雪呵鄭孔目怎生迭配晉孫康難點檢書集似這雪呵韓退之藍關外馬不前孟浩然霸陵橋驢怎騎似這雪呵教凍蘇秦走投無計王子猷也索訪戴空回似這雪呵漢袁安高眠竟日柴門閉呂蒙正撥盡寒爐一夜灰教窮漢每不死何爲

〔云〕這雪下的越緊了也我待往大街上去呵風大雪緊身上無衣難行我打這背巷裏去也略避些風雪〔做絆倒科〕〔云〕這街上倘着的是什麼物件又不是個包袱元來是一個醉漢兀那君子你

也少飲些怕做什麼我欲待要去這廝又一把拏住我右腿怎麼好待我低頭試看咱〔驚科云〕呀却元來是我哥哥酒醉了你臥倒在這裏眼見的和這兩個賊弟子的孩兒一處吃酒來他兩個去了將你撇在這裏好朋友也〔詩云〕君子結交不爲財小人結交專爲嘴如今撇你雪堆中還只信他無後悔〔唱〕

〔呆骨朶〕見哥哥迎着風冒着雪倒在當街睡我只怕鐘聲盡被那巡夜的凌逼雖然是背巷裏悄促促沒個行人只怕雪地裏冷冰冰凍壞了你爲甚麽這頭巾上泥來汙〔云〕哥哥你上墳處也曾說來〔唱〕却不道花壓帽簷低滿身上雪漸消〔云〕哥哥你可又說來〔唱〕這的是酒淹衫袖濕

〔云〕這兩個好無禮也你那一生穿的吃的都是俺孫員外的今日哥哥吃的醉了你丟了他結下得這兩個好兄弟也〔唱〕

〔倘秀才〕自古道膠漆的雷陳也不似你這般合意雞黍的范張也不似你這般爲嘴你兩個若沒俺哥哥怕不餓殺你這兩個攝捧着喫的醉如泥却撇他在這裏

〔云〕你這兩個賊子每日幫着俺哥哥吃酒做好漢哩〔唱〕

〔滚繡毬〕你粧了幺落了錢你吃了酒噇了食〔帶云〕好也呵〔唱〕哥哥也是他養軍千日俺孫員外不枉了結義這等精賊你便十分的覷當他他可有一分兒知重你這的是使錢的伶俐哥哥也在上墳處

數遍家曾題兀的般滿身風雪蹬跧臥可不道一部笙歌出入隨抵多少水盡也鵝飛〔云〕我待扶起俺哥哥來他又是打我若不扶起來凍死俺哥哥怎好罷我也怕不的打我則背俺哥哥家去〔做背科云〕可早來到也〔叫門旦同梅香上〕〔開見科云〕小叔叔你與哥哥商和了也這誰勸你來〔旦扶孫大睡科云〕你怎生背將你哥哥來〔正末云〕嫂嫂我還窰中去在這土街背後經過絆了我一交我道是什麼却是哥哥倒在大雪裏睡着兩個賊子撇下去了孫二想着共乳同胞的兄弟情分恐怕街上凍死了我只得背將家來嫂嫂哥哥睡着了也嫂嫂安置我回去也〔旦云〕生受你身上寒冷吃些酒飯還家去〔正末云〕嫂嫂則怕哥哥覺來又打我〔旦云〕你放心你哥哥直睡到紅日三竿還未起哩〔正末云〕嫂嫂假如哥哥覺來怎生好那〔旦云〕他覺來我自支持他包你沒事〔正末云〕哥哥性子不好要打着你如何〔旦云〕我也不是個善的怕他怎麼保兒快將麵來與小叔叔吃〔正末做吃麵科〕〔唱〕

〔貨郎兒〕他道俺哥哥十分家沉醉且吃些兒熱湯熱水俺哥哥直睡到紅日三竿未起可怎生近新來偏恁覺來疾〔孫大做醒科云〕好睡也〔正末唱〕他酪子裏紐回胭頸沒揣的轉過身體〔云〕嫂嫂俺哥哥覺來了也〔旦云〕小叔叔由他不要害怕〔正末唱〕

〔脫布衫〕我坐則坐戰兢兢的〔孫大做起科云〕是甚麼人吃我麵哩〔正末唱〕他醉則醉氣丕丕的我這裏低着頭沉吟了半晌他那裏不轉睛瞅了我一會

〔太平令〕吃的是親嫂嫂的酒食更過如呂太后的筵席〔云〕嫂嫂哥哥覺來了也你說一句兒〔旦云〕我且不說看他怎的〔正末唱〕嫂嫂俺哥哥覺來你支持我也不是個善的謊的我一個臉描不的畫不的一雙筯拿不的放不的一口麪吐不的嚥不的我便有萬口舌頭教我說個甚的

〔孫大云〕兀那吃麪的是誰〔旦云〕是孫二叔叔你大雪裏凍倒在街上那兩個賊子撇下你去了不是叔叔背將來那裏有你這性命哩〔孫大云〕我記得靴靿裏剩下五錠鈔來我看咱呀怎麼不見了孫二你那裏是背我明明要乘醉偷我這鈔來〔正末云〕哥哥大雪裏睡着孫二恐怕凍壞了你背將家來我不知哥哥有鈔怎麼偷得〔旦云〕多敢是那兩個賊子拿去了〔孫大云〕大嫂你胡說我這兩個兄弟都是有仁有義的他怎生拿的去斷然是這孫二窮廝也〔正末唱〕

〔伴讀書〕白茫茫雪迷了人蹤跡昏慘慘雪閉了天和地寒森森凍的我還窨內滴溜溜絆我個合撲地黑嘍嘍是誰人帶酒醺醺醉我我我定睛的覷個真實

〔笑和尚〕謊的我悠悠的魂魄飛不尋思當街上正是哥哥睡直背的到家來不得口好氣息倒喫頓潑拳搥哥哥也你瞞天地昧神祇

〔做拜天科云〕今日打兄弟明日罵兄弟〔唱〕這的也是孫蟲兒罪

〔孫大云〕這窮廝你要拜死我哩〔打科云〕小的每將孫二拏到簷下大雪裏跪着〔梅香做批末跪科〕〔正末云〕哥哥你好下的凍殺你兄弟也

〔叨叨令〕則被這吸里忽剌的朔風兒那裏好篤簌簌避又被這失

留屑歷的雪片兒偏向我密濛濛墜將這領希留合刺的布衫兒扯得來亂紛紛碎將這雙乞量曲律的肐膝兒罰他去直僵僵跪兀的不凍殺人也麼哥兀的不凍殺人也麼哥越惹他必丟疋搭的罵兒這一場撲騰騰氣

(旦云)小叔叔你也忒老實員外着你跪你就跪難道着你死你就死了不成(正末起科云)嫂嫂你救我這命咱(旦云)保兒將鍾熱酒來與小叔叔盪寒(正末吃酒科云)嫂嫂若不是你這鍾熱酒呵險些兒凍殺我也(唱)

(耍孩兒)我怎生來不稱俺哥哥意嫂嫂也我不曾犯十惡五逆這一個家緣兒都被你收拾我挂口兒並不曾咕題現如今他強咱弱將咱打可不道人善人欺天不欺也是我自買到他憔悴天那我本是聲寃叫屈他聽的又道我說是談非

(二煞)我衷腸除告天奈天高又不知只落的搥胸跌足空流淚我過一冬兩三層單布權遮冷捱一日十二個時辰常忍饑哥哥行並不敢半句兒求於濟他見我早揎拳攞袖努目撐眉

(三煞)你欺負呵則欺負咱你於濟呵曾於濟誰你懷揣着鴉青料鈔尋相識並沒半升粗米施饘粥單有一注閑錢補笊籬我黑說到明明說到黑也說不盡我那苦楚也訴不盡我這傷悲

(四煞)你不是我呵你明日怎覷人你不是我呵你今朝做醉鬼被

閒人剝了你新衣袂洞房中把嫂嫂閒愁殺巡鋪裏把哥哥高吊起凍的你剛存這一口兒氣怎不尋那兩個無徒說話只管把你兄弟禁持

〔五煞〕你迸着臉噉喝的我我好心兒搭救着你背將來煖處和衣睡我指望行些孝順圖些些賞他剗的不見了東西倒要我陪早看我身兒上穿着甚的將一條舊褡褳扯做了旗角將一領破布衫攤做了鋪遲

〔六煞〕你向身上剝了我衣就口裏奪了我食惡哏哏全不顧親兄弟我便噇了你這一鍾酒當下霑些些醉我便吃了你那半碗麵早登時掙的肥〔旦云〕小叔叔你休怪你哥哥不曉事看我些些面皮罷〔正末唱〕我也則是嫂嫂行閑聒七我不是買來的奴婢又不是結下的相知〔云〕嫂嫂少罪我孫蟲兒回家去也〔唱〕

〔煞尾〕你無過是胸腰上撞我幾頭脖項上打我幾捶忍下的就將我凍剝剝跪在簷前地嫂嫂也這須是我壓背他來家可也落得的〔下〕

〔柳胡上云〕咱昨日將孫員外撇在街上偷了他五錠鈔如今到他家裏看他去他若有些些說話咱每自會隨機答應這是他家門首〔做叫門旦開科〕〔柳胡二云〕嫂嫂哥哥在家麽〔旦云〕昨日你二人吃的酒醉了你將哥哥丟在雪裏不是孫二背將回來可不凍死了也〔柳胡二云〕嫂嫂難道我兩

個丟下哥哥是這等人狗也不值昨日哥哥醉了是我兩個背到門前恰好遇見孫二嫂嫂這不敢欺我兩個也是醉人背了這許多路背的一些力氣都沒了其實交與孫二着他好好的接將回來嫂嫂你只向那孫二他在背後說你哩〔孫大云〕我道兄弟每不是這等人咱今日往李家樓上吃酒去來〔柳胡云〕嫂嫂你看今日哥哥醉了可是我兩個背回來〔同下〕〔旦云〕俺員外只信那兩個光棍將他兄弟朝打暮罵百般的勸不省我如今不免出一智量勸員外咱〔詩云〕只爲同氣連枝不可傷做出區區巧智量從古妻賢夫省事免使傍人說短長〔下〕

〔音釋〕 酘音竇 難去聲 鞫音要 橫去聲 黯衣減切 剌音辣 急巾以切 石繩知切 食繩知切 集精妻切 逼兵迷切 污烏去聲 濕傷以切 噇音床 日人智切 賊則平聲 當去聲 躦音鑾 跧之灣切 疾精妻切 的音底 瞅楚九切 席星西切 跡將洗切 實繩知切 息喪擠切 衹音其 稱去聲 逆銀計切 呫店 平聲 行音杭 揎音宣 攞羅上聲 識傷以切 饘音氈 黑亨美切 迸方孟切 噷音蔭 哏狠平聲 七倉洗切

第三折

〔旦上云〕俺員外今日又吃酒去了也有王婆婆許下我一個狗兒哩我取去來王婆婆在家麼〔老旦扮王婆上云〕誰叫門哩〔做開門見科云〕元來是孫大嫂難得貴人踏賤地到俺家裏有甚事幹〔旦云〕婆婆我無事也不來你許下這狗兒我特來取那〔王婆云〕大嫂有你將的去〔做與狗科〕〔旦詩云〕有一事關心已久如今待借他下手〔王婆笑科詩云〕雖然爲隣舍情多不家貧也不賣狗〔下〕〔旦做回家科云〕我將這個狗兒把頭尾去了穿上人衣帽丟在我家後門首我將

前門關了員外必然打從後門來等他見了看說甚麼我自有個主意這早晚員外敢待來也〔孫大同柳胡上〕〔柳胡云〕今日哥哥吃的醉了也俺兩個送哥哥去來〔孫大云〕不須兄弟相送我今日不當十分醉我自家去兄弟少罪明日來早些〔柳胡云〕哥哥俺不送了也〔下〕〔孫大云〕兩個兄弟他還家去了這早晚大嫂敢關了前門也我徑往後門去咱〔做絆倒科云〕是甚麼物件絆我這一交待我看波〔做看科云〕呀是一個人敢是家中使喚的保兒這廝每少吃些酒麼這裏睡倒〔做推科云〕起來可怎生不動那〔將手抹科云〕抹我兩手都是這廝吐下的有些朦朧月兒我試看咱〔做看驚科云〕怎生是兩手鮮血是誰殺下一個人在這裏〔做叫門科云〕大嫂開門〔旦開孫大做慌科〕〔旦云〕員外你慌怎麼〔孫大云〕大嫂我吃酒回來到後門前不知是誰殺下一個人大嫂我是好人家的孩兒到來日地方鄰里送我到官我怎生吃的過這刑法我不如尋個自縊死罷〔旦云〕員外你不要慌則咱兩口兒知道你有那兩個兄弟平日吃的穿的都是你的與你結做死生交對天盟誓兄弟有難哥哥救哥哥有難兄弟救今日你有難正用的着他如今悄悄的教兩個兄弟將死屍背出丟在別處可不好那〔孫大云〕大嫂你說的是大嫂咱兩個去來〔做行科云〕這是柳隆卿家裏〔做叩門科云〕兄弟在家麼〔柳上云〕這早晚誰叫門哩〔孫大云〕是你哥哥孫大郎〔柳云〕是哥哥待我開門〔做開門科云〕哥哥請家裏來教拙婦烹莞豆搗蒜與哥哥吃一鍾〔孫大云〕不勞你哥哥事忙有人欺負着我來〔柳云〕誰欺負哥哥來你兄弟捨一腔兒熱血和他兩個上一交〔孫大云〕人便有個人你哥哥特來投央你只要你休違阻我〔柳云〕哥哥你但道的你兄弟便依〔孫大云〕兄弟咱今日吃罷酒你兩個還家去了你哥哥打後門裏去不知是誰殺下一個人你哥哥特來央你背一背遠處去等我埋了他罷〔柳背云〕別的事也小可你殺了

人教我去背我替你死（回云）哥哥你放心小可事兄弟見哥哥來慌了不曾穿的裹衣哥哥你門前略等一等你兄弟穿了便去（孫大云）你便出來（柳云）便出來（做入科云）我將門來關了哥哥你聽兄弟有四句詩念與你聽（詩云）你倒生的乖其如我不駭你將人殺死怎教兄弟埋（下）（孫大云）柳隆卿不肯去了我再叫胡子轉兄弟咱（做叫門科）（胡上云）誰叫門哩（孫大云）是你哥哥孫大郎（胡云）哥哥您兄弟有四句詩還是先念了開門是開了門念詩你聽（孫大云）你哥哥事忙沒工夫聽詩你開門罷（胡云）既是這等待我一頭開門一頭念詩你聽咱（詩云）何事急來奔更深親扣門別件都依得剛除背死人（做開門科云）哥哥請進來坐哥哥你曉得我窮夜又深了莫說酒茶也是難的（孫大云）兄弟我那要吃你的我央你一件事來只休似你哥哥柳隆卿（胡云）哥哥我又不是他一父母生的各人自要做人你有什麼事要用着兄弟水裏水裏去火裏火裏去（孫大云）兄弟不知你哥哥後角門頭是誰殺下一個人你哥哥央你背到別處去將他埋了者（胡云）休道是哥哥殺死一個便殺了十個怕沒銀子使要我替你償命哥哥我問你那柳隆卿怎麼說來（孫大云）便是他不肯因此來尋你（胡云）哥哥放心我不是柳隆卿那廝無行止失口信今日哥哥有難兄弟不救不為兄弟了也（孫大云）兄弟你說的是只要快些兒者（胡云）哥哥不妨休道是一個便十個你兄弟也背出去了我家有個沒連布袋我取去將死人裝在裏頭有人問我胡子轉你那裏去我說道與孫員外送草去可不好那（孫大云）好早些兒取布袋出來（胡做入關門科云）你殺了人教我背去（詩云）孫大做事全沒禮後門殺下枉死鬼你今怕死不償命死活來朝不由你（下）（孫大云）兩個兄弟都不肯去罷罷罷我只是縊死了也（旦云）員外你不要慌這兩個賊子他不肯背去我想來有你親兄弟孫二央他背出去怕怎的（孫大云）大嫂

我與兄弟似參辰日月將他不是打便是罵不曾得了我一口兒好氣今日我有難卻央他莫說他一定不肯便肯時我也沒這臉見兄弟去（旦云）員外你放心咱兩口兒去來（下）（正末上云）昨日蟲兒好意背的哥哥到家俺哥哥打了兄弟一頓哥哥你全不想咱是共乳同胞的弟兄哎（詩云）不想共乳同胞一體分煨乾就濕母艱辛好衣好食別人用全沒相憐半點親（唱）

【南呂一枝花】稀刺刺草戶扃破殺殺磚窰靜俺這裏春光元不到人跡罕曾經萬籟無聲是甚麼響息颼驚咱醒透着些影依微何處燈（做聽科）卻原來是伴獨坐皓月澄澄攬孤眠西風冷冷

【梁州第七】我如今窮范丹無錢怎了便教他賽陳摶也有夢難成積漸的害得咱憂成病一遞裏暗昏昏眼前花發一遞裏古魯魯肚裏雷鳴這孫蟲兒一身忍餓教孫大郎萬代留名我和你本一個父養娘生又不是蜾蠃螟蛉怎麼無半年欺負了我五場十場我每日家嗟歎了千聲萬聲那一夜不哭到二更三更（孫大同旦上云）大嫂你去叫門我有甚臉兒見兄弟那（旦云）你不叫我叫門咱（叫科云）孫二開門來（正末唱）是誰人叫門那聲（旦云）快些（正末唱）這聲音不似個男兒應（旦云）孫二你開門咱是你嫂嫂叫門哩（正末唱）元來我嫂嫂門前等他是個婦人家無燭從來不夜行我出門去審問個分明

（云）嫂嫂更深半夜你一個婦人家這早晚天道也不是你來的時候（旦云）不妨我是你親嫂嫂怕做什麼（正末云）我孫蟲兒呵（唱）

〔隔尾〕我常時有命如無命怎好又廝羅惹無情做有情〔云〕不爭我開門去教嫂嫂入來這禮上就不是了教俺哥哥知道又是打〔旦云〕孫二快開門你哥哥有事着我叫你來〔正末唱〕俺哥哥便今日有事呵到明日旋折證嫂嫂你這搭兒莫不錯行〔旦云〕我不是錯行哩〔正末唱〕前者得過承是我那滴水簷前受了的冷

〔旦云〕不則我來和你哥哥在此〔正末云〕既是哥哥同來何不早說〔做開門跪科云〕哥哥休打你兄弟者〔孫大云〕兄弟你起來〔正末云〕你夜晚間有什麼事和嫂嫂來〔旦云〕小叔叔咱後門前不知是誰殺下一個人我如今叫你背將別處去埋了者〔正末云〕嫂嫂你的話只怕不准果有這等事我哥哥怎不說一句來〔旦云〕員外你說與兄弟怕什麼〔孫大云〕大嫂我說呵恐怕兄弟變了臉〔旦云〕你兄弟不是那等人〔孫大云〕兄弟你哥哥昨日吃酒回來至後門前不知是誰殺了一個人也曾叫那柳隆卿胡子轉兩個賊子去他都不肯來背兄弟也你想着與我是共乳同胞的情分你不救我時教誰救〔正末云〕哥哥這人命的事你是好人家的孩兒怎麼到的官府中問理去那兩個逆子你養育了他吃的穿的那一些兒不是你的你今日有難不肯救你却教我來背好也囉咱兩個見官去來〔旦云〕小叔叔你看我些面皮咱〔孫大云〕這都是你哥哥的不是了也兄弟你息怒咱〔正末唱〕

〔罵玉郎〕你懷中倚恃着財豐盛動不動和人爭不登登按不住殺人性若是被告發被擒拏怕不要償命

〔孫大云〕我幾曾殺人來是好寃屈也〔正末唱〕

〔感皇恩〕你還道負屈高聲你所事無成見兄弟心頭刺眼中疔吃酒時只和那兩個賊徒背人時來尋我這窮丁（帶云）好也囉（唱）割捨的搥肐膊拽衫袖到公庭（旦云）小叔叔放了你哥哥休要如此（正末唱）

〔採茶歌〕嫂嫂呵可不你知情哥哥呵可不你當刑（云）哥哥嫂嫂你兩口兒怕麼（孫大云）可知怕哩（正末云）要饒麼（孫大云）可知要饒哩（正末云）哥哥嫂嫂休驚莫怕我逗你耍哩（唱）我替你把死屍骸送出汴梁城隨他拖到官中加拷打我也拚的把殺人公事獨招承（做同走到家科）（旦云）兀的不是死人（正末唱）

〔牧羊關〕恰便似醉漢當街上睡死狗兒般門外停（云）嫂嫂則怕天明了待我背他出去（做背科唱）我背則背手似撈鈴怎麼的口邊頭拔了七八根家狗毛臉兒上拿了三四個狗蠅這廝死時節定觸犯了刀砧殺醉時節敢透入在喂猪坑既不沙怎聞不的十分臭當不的他一陣腥（云）恐怕天明我須急急的背出去咱（做走科唱）

〔么篇〕這等人是狗相識這等人有什麼狗弟兄這等人狗年間發迹倈崢嶸這等人說的是狗氣狗聲這等人使的是狗心狗行有什麼狗肚腸般能報主有什麼狗衣飯潑前程是一個啜狗尾的喬男

女是一個拖狗皮的賊醜生

（云）可早到汴河堤上了也我將這個死屍埋在這幽僻去處我記下者久以後有個折證哥哥嫂嫂咱還家去來（到家科）（旦云）小叔叔辛苦了也將一個襖子來與小叔叔穿（孫大怒云）是領什麼襖子（旦云）是一領舊襖子（孫大云）將領新襖子來與兄弟穿（正末云）那兩個賊子來時只怕哥哥還信着他哩（唱）

（煞尾）那的是添茶添酒的枯乾井那的是塡帛塡金的沒底坑你覷當着這說謊精那虛脾那淺情那過後那光景胡支吾假奉承他壯廝趁他壯廝挺吃乚飯處白廝捱買酒處白廝逞做事處乾廝哄愛女處乾廝迎（孫大云）從今以後我再也不採那兩個賊子了（旦云）我記的古詩有云荆樹有花兄弟樂員外這個纔是（正末唱）嫂嫂你說甚的田氏三荆只怕跳出你七代先靈也將他來勸不省（同下）

（音釋）繼音記　扃居名切　籟音賴　蜾音果　臝羅上聲　過平聲　崢音橙　嶸音横　行去聲

第四折

（正末上云）今日俺哥哥教我管着解典庫我且閑坐咱（柳胡上云）孫員外這兩日不出門來不禮俺兩個定是爲那一夜不肯與他背人的緣故他自家殺了人倒怪我今日尋他去（叫云）孫員外你怎生不出門來（孫大上云）我怕你不敢出門那（柳胡云）你打死了人你躲到那裏去我和你見官去來（孫大云）不要叫怕地方聽見兄弟這事怎了也（正末云）你兩個幫閑的賊子好生

無禮我不救哥哥教誰救〔柳胡做扯科〕〔孫大云〕我送你些錢饒我罷〔正末云〕哥哥不干你事是我殺了人來我和這兩個賊折證咱〔柳胡云〕元來你兩個通同殺人來〔正末唱〕

〔中呂粉蝶兒〕沒半盞茶時求和到兩回三次你枉做個頂天立地的男兒教那廝越粧模越作勢盡場兒謅刺他道你怕見官司拏着個天來大殺人公事

〔醉春風〕你休把外人攀則將兄弟指我敢向雲陽市裏挺着脖子替哥哥死死俺哥哥將你恩上施恩你兩個待告呵便告畢竟的是那不是

〔柳云〕人命關天分甚麼首從我和你告官去來〔胡云〕隆卿哥只等他擡出三千兩銀子來便饒了他罷〔同下〕〔外扮孤領祇從上詩云〕正直公廉不愛財掌管西曹御史臺訟庭無事清如水單把負屈銜冤放入來小官姓王名脩然在這南衙開封府做個府尹方今大宋仁宗即位小官西延邊繞賞軍回來今日陞廳坐早衙祇候人那裏與我喝攛箱者〔一行人上跪科〕〔孤云〕那個是原告那個是被告爲什麼爭桑競土分家私不平你慢慢的說與我聽咱〔柳云〕相公小的是原告這個是孫員外他是個巨富的長者與小人兩個結義做兄弟一日酒醉回家去使酒撒潑殺了一個人叫小的替他背出去小的每畏法並不曾背所告是實〔孤云〕這廝可也無禮清平世界怎敢便殺人〔孫大云〕小人不敢因吃酒回家來見後門口不知是誰殺了一個人〔孤云〕你早招了也旣不是你殺人怎麼這屍首可可的在你後門〔正末云〕相公休信這賊子的說話〔唱〕

〔紅繡鞋〕那告狀人指陳實事都是些扶同揑合的虛詞現如今告

狀的全不似古賢師這般家閑雕刺他待放着暗刀兒在在在我根
前怎的使
〔柳胡云〕這就是孫員外的親兄弟他兩個合謀殺人哩〔孤云〕你怎生謀殺了人你與我從實招
來〔正末云〕相公聽小人說一遍咱〔唱〕
〔石榴花〕他兩個是汴梁城裏謊喬廝與孫員外甚宗支只待要與
心啜賺俺潑家私每日家哄的去花街酒肆品竹調絲被咱家說破
他行止因此上索垢尋疵他道俺哥哥公門蹤跡何曾至平空的揣
與這個罪名兒
〔柳云〕我每兩個都是飽學秀才倒說我要哄他家私還你到那汴梁城裏城外問去〔胡云〕這個
我也不和他爭只問他是什麼事發是那個動手打死了的〔孤云〕這敢是你哥哥殺了人來麼〔
正末云〕並不干俺哥哥事都是這兩個賊子妄告要詐錢哩〔唱〕
〔鬬鵪鶉〕他他他似這般鑽懶幫閑便是他封妻廕子他講不得毛
詩念不得孟子無非是温習下坑人狀本兒動不動搯人的顙子哎
這好歹鬬的書生好放刁的賊子
〔云〕你這兩個平日哄俺哥哥錢也儘勾了還有甚的不足意又來告這等謊狀〔唱〕
〔上小樓〕我說的丁一確二你說的巴三覽四使不着你癩骨頑皮
逞的精神說的強詞公廳上捱杖子胡攀亂指〔云〕到這裏只有個法字〔唱〕
哎使不的你咬文嚼字

〔孤云〕這廝無禮左右將大棒子與我打呀〔做打孫大正末揲身上科云〕這不干俺哥哥事小人情願與他對詞〔唱〕

〔幺篇〕活時節一處活死時節一處死咱兩個協羅廝鑽尾毛廝結打會官司一任你百樣兒伶牙俐齒怎知大人行會斷的正沒頭公事

〔孤云〕這樁事不打不招左右拏這大的下去好生打着〔孫大云〕小人是個知法度的怎敢殺人〔正末云〕不干俺哥哥事這件事都是小人做來〔孤云〕既是他認了左右拏小的下去打着者〔旦衝上云〕相公停嗔息怒暫罷虎狼之威這件事也不干孫大事也不干孫二事都是小媳婦兒做下來的〔孤云〕兀那婦人這件事你說的是呵我與你問個婦人有事罪坐夫男揀一個輕省的罪名兒與他若說的不是呵我就活活的敲死了也〔旦云〕相公從來人命關天關地豈可沒個屍親來告要這兩個光棍與他索命只因俺這孫家汴京居住長的孫大叫做孫榮次的孫二叫做孫華本是共乳同胞的親兄弟自小裏父母早亡這孫大恃强將孫二趕的在城南破瓦窰中居住每日着這兩個幫閑鑽懶攛的俺弟兄不和這兩個教孫大無般不作無般不為破壞了俺家私孫大但見兄弟便是打罵妾身每每勸他只是不省妾身會發下一個大願要得孫大與孫二兩個相和了時許燒十年夜香偶然這一晚燒香中間看見一隻犬打香卓根前過來妾身問知此犬是隔壁王婆家的妾身就他家裏與了五百個錢買將來到家將此犬剁了頭尾穿了人衣帽撇在後門首孫大帶酒還家來見了問妾身道後門口是誰殺了一個人你可知麽妾身回言不知道當夜教孫大喚柳隆卿胡子轉替背出去兩個百般推辭只不肯來我到窰中喚的孫二來教他背將出去埋

在汴河隄上怕相公不信現放着王婆是個證見〔詞云〕因孫大背親向踈將兄弟打罵如奴信兩個無端賊子終日去沽酒當壚把家私漸行消廢使妾身難以支吾因此上燒香禱告背地裏設下機謀纔得他心回意轉重和好復舊如初若不是喚王婆親爲證見誰知道楊氏女殺狗勸夫〔孤云〕這也難道〔旦云〕怕相公不信可着人去取來看現在河堤岸上埋着哩〔正末云〕怪道背出去時這般死狗臭〔唱〕

〔十二月〕這公事非同造次望相公台鑒尋思俺哥哥花枝般媳婦掌着那銅斗家資這便是情由終始有甚的過犯公私

〔孤云〕既如此左右與我到汴河隄上取那埋的死狗來者〔正末唱〕

〔堯民歌〕就官廳上拖出那狗皮兒這是俺嫂嫂暗把計謀施勸哥哥放開懷抱莫嗟咨那王婆須是俺的正名師相公阿你恩也波慈從來不受私早分解了這蹺蹊事

〔祗從取砌末上云〕稟爺取得這狗兒來了也〔孤云〕這兩個賊子好無禮也各打九十爲民當差孫榮主家不正將親兄弟另住本該杖四十因他妻楊氏大賢免杖楊氏與他旌表門閭孫華卽授本處縣令〔詞云〕幸當今天祐聖明君汴梁城出此兩賢人王翛然從公大斷案一家兒望闕謝皇恩〔正末等拜謝科唱〕

〔尾煞〕俺如今剔下了這骨和觔割掉了這肉共脂則着他背狗皮號令在長街市也等那一輩兒狗黨狐朋做樣子

〔音釋〕調平聲　從去聲　翛音消　謀音模　重平聲　造音糙

題目　孫蟲兒挺身認罪
正名　楊氏女殺狗勸夫

楊氏女殺狗勸夫雜劇

東嶽廟夫妻占玉珓

相國寺公孫合汗衫
倣劉宗古筆
珍倣宋版印

相國寺公孫合汗衫雜劇

元 張國賓撰

明吳興臧晉叔校

第一折

（正末扮張義同淨卜兒張孝友旦兒興兒上）（正末云）老夫姓張名義字文秀本貫南京人也嫡親的四口兒家屬婆婆趙氏孩兒張孝友媳婦兒李玉娥俺在這竹竿巷馬行街居住開着一座解典鋪有金獅子爲號人口順都喚我做金獅子張員外時遇冬初紛紛揚揚下着這一天大雪小大哥在這看街樓上安排果卓請俺兩口兒賞雪飲酒（卜兒云）員外似這般大雪真乃是國家祥瑞也（張孝友云）父親母親你看這雪景甚是可觀孩兒在看街樓上整備一杯請父親母親賞雪咱興兒將酒來（興兒云）酒在此（張孝友送酒科云）父親母親請滿飲一杯（正末云）是好大雪也呵（唱）

【仙呂點絳脣】密布彤雲亂飄瓊粉朔風緊一色如銀便有那孟浩然可便騎驢的穩

（張孝友云）似這般應時的瑞雪是好一個冬景也（正末唱）

【混江龍】正遇着初寒時分您言冬至我言春（張孝友云）父親這數九的天道怎做的春天也（正末唱）既不沙可怎生梨花片片柳絮紛紛梨花落砌成銀世界柳絮飛粧就玉乾坤俺這裏逢美景對良辰懸錦帳設華裀簇金盤羅列着紫駝新倒銀瓶滿泛着鵝黃嫩俺本是鳳城中黎

庶端的做龍袖裏驕民

（張孝友云）將酒來父親母親再飲一杯（正末云）俺在這看街樓上看那街市上往來的那人紛紛嚷嚷俺則慢慢的飲酒咱（丑扮店小二上詩云）買賣歸來汗未消上牀猶自想來朝為甚當家頭先白每日思量計萬條小可是個店小二我這店裏下着一個大漢房宿飯錢都少欠下不會與我如今大主人家怪我我喚他出來趕將他出去有何不可（做叫科云）兀那大漢你出來（淨邦老扮陳虎上云）哥也叫我做甚麼我知道少下你些房宿飯錢不曾還哩（店小二云）沒事也不叫你門前有個親眷尋你哩（邦老云）休鬬小人耍（店小二云）我不鬬你耍我開開這門（邦老云）是真個在那裏（店小二做推科云）你出去關上這門大風大雪裏凍殺餓殺不干我事（下）（邦老云）小二哥開門來我知道少下你房宿飯錢這等大風大雪好冷天道你把我推搶將出來可不凍殺我也（做叫科云）嗨小二哥你就下得把我搶出門來身上單寒肚中又饑餒怎麼打熬的過兀的那一座高樓必是一家好人家沒奈何我唱個蓮花落討些兒飯吃咱（做唱科）一年春盡一年春哩哩蓮花你看地轉天轉我倒也（做倒科）（正末云）小大哥你看那樓下面凍倒一個人好可憐也你扶上樓來救活他性命也是個陰騭（張孝友云）理會的我是看去果然凍倒一個大漢下次小的每與我扶上樓來者（興兒做扶科）（正末云）小大哥籠些火來與他烘（張孝友云）理會的（正末云）釃將那熱酒來與他吃些（張孝友云）兀那漢子你飲一杯兒熱酒咱（邦老做飲酒科云）是好熱酒也（正末云）着他再飲一杯（張孝友云）你再飲一杯（邦老云）好酒好酒我再吃一杯（正末云）兀那漢子你這一會兒比頭裏那凍倒的時分可是如何（邦老云）這一會覺甦醒了也（正末云）兀那漢子你那裏人氏姓甚名誰因什麼凍倒在這大雪裏你

說一遍老夫是聽咱〔邦老云〕孩兒是徐州安山縣人氏姓陳名虎出來做買賣染了一場凍天行的症候把盤纏都使用的無了少下店主人家房宿飯錢他把我趕將出來肯分的凍倒在你老人家門首若不是你老人家救了我性命那得個活的人也〔正末云〕好可憐人也呵〔唱〕

〔油葫蘆〕我見他百結衣衫不掛身直恁般家道窘我爲甚連珠兒熱酒教他飲了三巡〔云〕漢子自古以來則不你受貧〔孝友云〕父親可是那幾個古人受貧來〔正末唱〕想當初蘇秦未遇遭貧困有一日他那時來也可便腰掛黃金印噌人翻手是雨合手是雲那塵埃中埋沒殺多才俊〔帶云〕你看那人也則是時運未至〔唱〕他可敢一世裏不如人

〔云〕小大哥將一領綿團襖來〔張孝友做拏衣服科云〕綿團襖在此〔正末云〕漢子〔唱〕

〔天下樂〕我與你這一件衣服舊換做新〔云〕再將五兩銀子來〔張孝友取銀科云〕五兩銀子在此〔正末云〕這銀子呵〔唱〕我與你做盤也波纏速離了俺們〔邦老云〕救活了小人的性命又與小人許多銀子此恩將何以報〔正末云〕漢子這衣服和銀子一〔唱〕也則是一時間周急添你氣分〔邦老云〕多謝你老人家〔正末云〕漢子你着志者〔唱〕有一日馬頦下纓似火頭直上傘蓋似雲願哥哥你可便爲官早立身

〔云〕小大哥你扶他下樓去〔邦老云〕多虧了老人家救了我性命今生已過那生那世做驢做馬填還你的恩債也〔張孝友云〕一條好大漢我這家私裏外早晚索錢少個護臂我有心待認義他做個兄弟未知他意下如何我試問他咱兀那漢子你如今多大年紀〔邦老云〕我二十五歲〔張

孝友云）我長你五歲我可三十歲也我有心認義你做個兄弟你意下如何（邦老云）休看小人吃的則看小人穿的休覷小人耍（張孝友云）我不覷你耍（邦老云）休道做兄弟便那籠驢把馬願隨鞭鐙（邦老做拜科）（張孝友云）你休拜張孝友你好粗心也不會與父親母親商量怎好就認義這個兄弟兄弟我不曾與父親母親商量若是肯呵是你萬千之喜若是不肯呵我便多齎發與你些盤纏你則在樓下等一等（做見正末科云）父親母親您孩兒有一樁事不曾稟問父親母親未敢擅便（正末云）孩兒有甚麼話說（張孝友云）恰纔凍倒的那個人您孩兒想來家私裏外早晚索錢少一個護臂我待要認義他做個兄弟未知父母意下如何（正末云）恰纔那個人姓陳名個虎字生的有些惡相則不如多齎發他盤纏着他回去了罷（張孝友云）父親不妨事您孩兒眼裏偏識這等好人（正末云）既是你心裏要認他呵着他上樓來（張孝友云）謝了父親母親者（做見邦老科云）兄弟父親母親都肯了也你上樓見父親母親去咱（邦老做見科）（正末云）兀那漢子我這小大哥要認你做個兄弟你意下如何（邦老云）籠驢把馬願隨鞭鐙（正末云）你看他一問一箇肯（張孝友云）兄弟拜了父親母親咱（邦老做拜科）（張孝友云）父親母親叫媳婦兒與兄弟相見如何（正末云）孩兒這敢不中麼（張孝友云）父親不妨事我眼裏偏識這等好人（正末云）隨你隨你（張孝友云）大嫂與兄弟相見咱兄弟與你嫂嫂廝見（邦老做拜旦兒科云）嫂嫂我唱喏哩（旦兒云）丕那眼腦恰像個賊也似的（邦老背云）一個好婦人也（正末云）小大哥着他換衣服去（張孝友云）你且換衣服去（邦老下）（外扮趙興孫帶枷鎖同解子上）（趙興孫云）自家趙興孫是徐州安山縣人氏因做買賣到這長街市上見一個年紀小的打那年紀老的我向前諫勸他堅意不從被我推過那年紀小的來則打的一拳不恆就打殺了當被做公的拏

我到官本該償命多虧了那六案孔目救了我的性命改做誤傷人命脊杖了六十迭配沙門島去時遇冬天下着這等大雪身上單寒肚中饑餒解子哥這一家必然是個財主人家我如今叫化些兒殘湯剩飯吃了可慢慢的行我來到這樓直下爹爹妳妳叫化些兒波（正末云）小大哥你看那樓下面一個披枷帶鎖的人也可憐的與他些飯兒吃麽（張孝友云）理會的待我下樓看去咱（做下樓見趙興孫云）兀那後生你那裏人氏姓甚名誰因甚麽這等披枷帶鎖（趙興孫云）孩兒徐州安山縣人氏姓趙名興孫因做買賣到長街市上有一個年紀小的打那年紀老的我一時間路見不平將那年紀小的來只一拳打殺了被官司問做誤傷人命脊杖了六十迭配沙門島去時遇雪天身上無衣肚中無食特來問爹爹妳妳討些殘湯剩飯咱（張孝友云）原來爲這般你且等着（見正末云）父親孩兒問來了這一箇是打殺了人發配去的（正末云）哦他是個犯罪的人也不知官府門中屈陷了多多少少我那裏不是積福處小大哥你且着他上樓來等我問他（張孝友喚科云）兀那囚徒你上樓來（解子跟趙興孫見科）（正末云）我問你那裏人氏姓甚名誰因甚這般披枷帶鎖的你說與我聽咱（趙興孫云）孩兒徐州安山縣人氏姓趙名興孫因做買賣到長街市上有一個年紀小的打那年紀老的我一時間路見不平將那年紀小的則一拳打殺了被官司問做誤傷人命脊杖了六十迭配沙門島去時遇雪天身上無衣肚裏無食特來討些殘湯剩飯咱（正末云）嗨俺婆婆也姓趙五百年前安知不是一家小大哥將十兩銀子一領綿團襖來張孝友云）銀子綿襖都在此（卜兒云）兀那漢子老爹與你十兩銀子綿團襖一件我無什麽與你只這一隻金釵做盤纏去（趙興孫云）多謝老爹妳妳小人斗膽敢問老爹妳妳一個名姓也等小人日後結草銜環做個報答（正末云）漢子俺叫做金獅子張員外妳妳趙氏小大哥張孝友還

有一個媳婦兒是李玉娥你牢記者〔趙興孫云〕老爹是金獅子張員外妳妳趙氏小大哥張孝友大嫂李玉娥小人印板兒似記在心上小人到前面死了呵那生那世做驢做馬填還這債若不死呵但得片雲遮頂此恩必當重報也〔做拜下樓科〕〔邦老沖上云〕呸我兩箇眼裏見不的這等窮的你是甚麼人〔趙興孫云〕小人是趙興孫〔邦老云〕你認的我麼〔趙興孫云〕你是誰〔邦老云〕則我是二員外〔趙興孫做叫科云〕二員外〔邦老云〕住住住你不要叫你拏的是甚麼東西〔趙興孫云〕老爹與了我十兩銀子一領綿團襖妳妳又是一隻金釵着我做盤纏的〔邦老云〕父親母親好小手兒也則與的你這些東西你將過來我如今去對父親母親說還要多多的齎發你些盤纏你則在這樓下等着〔邦老見正末科云〕父親樓下這個披枷帶鎖的可惜與了他偌多東西不如與您孩兒做本錢可不好也〔正末云〕婆婆你覷波陳虎我這家私早則由了你那〔邦老云〕看了那廝嘴臉一世不能勾發跡那眉下無眼觔口頭有餓紋到前面不是凍死便是餓死的人也

〔正末云〕噤聲〔唱〕

〔後庭花〕你道他眉下無眼觔你道他兀那口邊廂有餓紋可不道馬向那羣中覷陳虎唻我則理會得人居在貧內親〔邦老云〕可惜偌多錢與了這廝他那裏是個掌財的〔正末唱〕你將他來惡搶問他如今身遭着危困你將他惡語噴他將你來死記恨恩共讎您兩個人是和非俺二處分怎劈手裏便奪了他銀

〔云〕嗨陳虎我恰纔與了他些錢鈔你劈手裏奪將來知道的便是你奪了有那不知道的只說那張員外與了人些錢鈔又着劈手的奪將去〔唱〕

〔青哥兒〕陳虎唻顯的我言而言而無信〔帶云〕張孝友〔唱〕你也忒眼內眼內無珍〔帶云〕恰纔兩箇人呵〔唱〕他如今迭配遭囚鎖纏着身不得風雲困在埃塵你道他一世兒爲人半世兒孤貧氣忍聲吞何日酬恩則你也曾舉目無親失魄亡魂遶戶踅門鼓舌揚唇唱一年家春盡一年家春陳虎唻你也會這般窮時分

〔云〕陳虎你將那東西還與他去〔張孝友云〕兄弟你怎麼這等將來我送與他去〔見趙興孫科云〕這東西爲什麼不將的去〔趙興孫云〕恰纔那個二員外奪過盤纏去了也〔張孝友云〕漢子他不是二員外他姓陳名虎也是雪堆兒裏凍倒了的我救了他我認他做了個兄弟你休怪咱盤纏都在這裏你將的去〔趙興孫做謝科云〕陳虎你也是雪堆兒裏凍倒的將我銀兩衣服劈手奪將去了我有恩的是張員外一家兒有讎的是陳虎那廝我前街裏撞見一無話說後巷裏撞見一雙手揪住衣領去那嘴縫鼻凹裏則一拳哎喲掙的我這棒瘡疼了陳虎唻咱兩個則休要軸頭兒廝抹着〔同解子下〕〔正末云〕婆婆陳虎那廝恰纔我說了他幾句那廝有些怪我我着幾句言語安伏他咱陳虎孩兒我恰纔說了你幾句你可休怪老夫我若不說你幾句呵着那人怎生出的咱家這門陳虎孩兒你記的那怨親不怨踈麼〔邦老云〕您孩兒則是幹家的心腸可惜了這錢鈔與那窮弟子孩兒〔正末唱〕

〔賺煞尾〕豈不聞一飯莫忘懷睚眦休成忿這廝他記小過忘人大恩這廝他脅底下插柴不自穩那裏也敬老憐貧他怒嗔嗔劈手裏奪了他銀〔帶云〕不爭你奪將來了呵〔唱〕顯的我也慘他也羞陳虎唻你也

狠〔云〕陳虎孩兒自古以來有兩個賢人你學一個休學一個〔邦老云〕父親您孩兒學那一個〔正末唱〕你則學那靈輒般報恩〔邦老云〕不學那一個〔正末唱〕休學那龐涓般雪恨休休休我勸您這得時人可便休笑恰纔那失時人〔下〕

〔張孝友云〕兄弟父親恰纔說了幾句你休怪也〔邦老云〕父親說的是哥哥我索錢去咱〔詩云〕

員外有金銀認我做親人我心還不足則恨趙與孫〔下〕

〔音釋〕彤音同　騭音質　甦音蘇　窘君上聲　挨音哀　頦音孩　齎音虀　唻離靴切

踅徐靴切　凹汪卦切　睚羊戒切　眦音債

第二折

〔張孝友同興兒上云〕歡喜未盡煩惱到來自從認了個兄弟我心間甚是歡喜不想我這渾家腹懷有孕別的女人懷胎十個月分娩我這大嫂十八箇月不分娩我好生煩惱兄弟索錢去了我且在這解典庫中悶坐咱〔邦老上云〕行不更名坐不改姓自家陳虎的便是這裏也無人我平昔間做些不恰好的勾當我那鄉村裏老的每便道陳虎你也轉動咱我便道老的每我這一去不得一拳兒好買賣不回來不得一個花朵兒也似好老婆也不回來不想到的這裏染一場凍天行病症把盤纏都使的無了少下店主人家房宿飯錢把我推搶出來肯分的凍倒在這一家兒門前救活了我性命又認義我做兄弟一家兒好人家都在俺的手裏那一應金銀糧食也還不打緊一心兒只看上我那嫂嫂我如今索錢回來了見俺哥哥去下次小的每哥哥在那裏〔興兒云〕在解典庫裏〔見科云〕哥哥我索錢回來了也〔張孝友云〕兄弟你吃飯未曾〔邦老云〕我不會吃飯哩〔張孝友云〕你自吃飯去我心中有些悶倦〔邦老出門云〕且住者陳虎也你索尋思咱莫非看出什

麼破綻來往常我哥哥見我歡天喜地今日見我有些煩惱陳虎你是個聰明的人必然見我早晚吃穿衣飯定害他了因此上恩多怨深我如今趁着這個機會辭了俺哥哥別處尋一拳兒買賣可不好（做見張孝友云）哥哥也省的恩多怨深我家中稍將書信來教我回家去只今日就辭別了哥哥還俺徐州去也（張孝友云）兄弟敢怕下次小的每有什麼的說你來（邦老云）誰敢說我（張孝友云）既然無人說你你怎生要回家去（邦老云）哥哥君子不羞當面每日您兄弟索錢回來哥哥見我歡喜今日見我煩惱則怕您兄弟錢財上不明白不如回去了罷（張孝友云）兄弟你不知道我心上的事這裏無別人我與你說別的女人懷身十月滿足分娩您嫂嫂懷了十八個月不見分娩因此上煩惱（邦老云）原來爲這個哥哥早對您兄弟說這早晚嫂嫂分娩了多時也（張孝友云）你怎麼說（邦老云）我那徐州東嶽廟至靈至聖有個玉杯珓兒擲個上上大吉便是小廝兒擲個中平便是個女兒擲個不合神道便是鬼胎我那裏又好做買賣一倍增十倍利錢（張孝友云）既是這等我和你兩個擲杯珓兒去來（邦老云）我和你去不濟事還得懷身的親自去擲杯珓兒便靈感也（張孝友云）喒與父親說知去（邦老云）住住住則除你知我知嫂嫂知第四個人知道就不靈了（張孝友云）你也說的是多收拾些金珠財寶一來擲杯珓二來就做買賣走一遭去（同下）（興兒上云）妳妳陳虎拐的小大哥嫂嫂兩口兒去了也（卜兒上云）你可不早說我是叫老的咱（卜兒做叫科云）老的老的（正末上云）婆婆做甚麼（卜兒云）陳虎搬調的張孝友兩口兒走了也（正末云）婆婆我當初說什麼來喒趕孩兒每去者（做趕科）（唱）

〔越調鬬鵪鶉〕氣的來有眼如盲有口似啞您兩個綠鬢朱顏也合問您這蒼髯皓髮不爭你背母抛爺直閃的我形孤也那影寡婆婆

他可便那裏怕人笑怕人罵只待要急煎煎挾橐攜囊穩拍拍乘舟騙馬

〔紫花兒序〕生刺刺弄的來人離財散眼睜睜看着這水遠山長痛煞煞間隔了海角天涯（哭科云）天那怎麼有這一場詫事兒也則被你憂愁殺我也（卜兒云）張孝友孩兒挐了媳婦兒帶了許多本錢敢出去做買賣麼（正末唱）元來他將着些價高的行貨（帶云）錢鈔可打甚麼不緊（唱）天那怎引着那個年小的渾家倘或間有些兒爭差兒也將您這一雙老爹娘可便看個甚麼暢好是心麄膽大不爭你背井離鄉誰替俺送酒供茶

（卜兒云）老的俺和你索便趕他去（正末行科云）喒來到這黃河岸邊許多的那船隻喒往那裏尋他去喒則這裏跪者若是張孝友孩兒一日不下船來喒跪他一日兩日不下船來跪兩日着那千人萬人罵也罵殺他（張孝友同旦兒上云）兀的不是父親母親（卜兒云）兩個孩兒那裏去痛殺我也（正末云）哎喲張孝友孩兒則被你苦殺我也（唱）

〔小桃紅〕可兀的好兒好女都做眼前花倒不如不養他來罷（張孝友云）父親母親休慌您孩兒擲杯珓兒便回來（正末唱）這打珓兒信着誰人話無事也待離家你爹娘年紀多高大怎不想承歡膝下剗的去問天買卦（旦兒云）公公婆婆俺擲了杯珓兒便回來哩（正末唱）噤聲更和着箇媳婦兒不賢達

（云）婆婆你與我問孩兒每他要到那裏去擲什麼杯珓兒（卜兒見旦云）媳婦兒你兩口如今要到那一處去擲杯珓來（旦兒云）母親不知因為我懷胎十八個月不分娩陳虎對張孝友說他那

徐州東嶽廟至靈感有箇玉杯珓兒擲箇上上大吉便是個小廝兒擲個中平便是個女兒擲個不合神道便是鬼胎因此上要擲杯珓兒去〔卜兒云〕是真個我對員外說去〔見正末云〕員外我則道他兩口兒爲什麽跟將陳虎去如今媳婦兒身邊的喜事陳虎與張孝友孩兒說道他那裏徐州東嶽廟至靈感有個玉杯珓兒若是擲箇上上大吉便是小廝兒擲個中平便是女兒若是擲個不合神道便是鬼胎爲這般要去擲杯珓兒哩〔正末云〕噤聲〔唱〕

〔鬼三台〕我這裏聽言罷這的是則好謊莊家哎兒也你個聰明人怎便聽他謊詐那一個無子嗣缺根芽粧了些高馱細馬和着金紙銀錢將火化更有那孝子賢孫兒女每打早難道神不容顏天龍鑒察

〔張孝友云〕父親陰陽不可不信〔正末唱〕

〔紫花序兒〕且休說陰陽的這造化許來大個東嶽神明〔云〕媳婦兒靠後〔唱〕他管你什麽肚皮裏娃娃我則理會的種穀得穀種麻的去收麻喒是個積善之家天網恢恢不漏掐這言語有傷風化〔張孝友云〕陳虎說東嶽神至靈感擲杯珓兒便回來也〔正末唱〕你休聽那廝說短論長那般的俐齒伶牙

〔張孝友云〕父親您孩兒好共歹走一遭去父親不着您孩兒去呵我就着這壓衣服的刀子覓個死處〔卜兒云〕孩兒怎下的閃了俺也〔做悲科〕〔正末云〕既然孩兒每要去常言道心去意難留留下結冤讎婆婆你問孩兒有甚麽着肉穿的衣服將一件來〔見旦科云〕媳婦兒張孝友孩兒有

什麼着肉穿的衣服將一件來〔旦兒云〕婆婆行李都去了只這的是張孝友一領汗衫兒〔卜兒云〕老的行李都去了只有這一領汗衫兒〔正末云〕這個汗衫兒婆婆你從那脊縫兒停停的拆開者〔卜兒云〕有隨身帶着的刀兒我與你拆開了也〔正末云〕孩兒你兩口兒將着一半兒俺兩口兒留下這一半兒孩兒你道我為甚麼來則怕您兩口兒一年半載不回來呵思想俺時見這半個衫兒便是見俺兩口兒一般俺兩口兒有些頭疼額熱思想你時見這半個衫兒便是見您兩口兒一般孩兒你將你的手來〔張孝友云〕兀的不是手〔做咬科〕〔張孝友云〕哎喲父親你咬我這一口我不疼〔正末云〕你道是疼麼〔張孝友云〕你咬我一口我怎的不疼〔正末云〕我咬你這一口兒你害疼呵想着俺兩口兒從那水撲花兒裏擡舉的你成人長大你今日生各支的撇了俺去呵你道你疼俺兩口兒更疼哩〔卜兒云〕老的俺則收着這汗衫兒便是見孩兒一般〔正末唱〕

〔調笑令〕將衫兒拆下就着這血糊刷哎兒也可不道世上則有蓮子花我如今別無什麼弟兄并房下倘或間俺命掩黃沙則將這衫兒半壁匣蓋上搭哎兒也便當的你哭啼啼拽布拖麻

〔邦老云〕你覷着兀的不火起了也早些開船去〔張孝友云〕俺趁着船快走快走〔同旦兒邦老下〕〔正末云〕孩兒去了也哎喲兀的不苦痛殺我也〔唱〕

〔絡絲娘〕好家私水底納瓜親子父在拳中的這搭沙寺門前金剛相廝打哎婆婆也我便是佛囉也理會不下

〔云〕婆婆你看是誰家火起〔內叫科云〕張員外家火起了也〔卜兒云〕老的也似此怎了〔正末云〕婆婆你看好大火也〔唱〕

〔么篇〕我則聽的張員外家遺漏火發哎喲天那諕得我立掙癡呆了這半霎待去來呵長街上列着兵馬哎婆婆也我可是怕也那不怕

〔卜兒云〕老的眼見一家兒燒的光光兒了也教俺怎生過活咱〔正末唱〕

〔耍三臺〕我則見必律律狂風颯將這燄騰騰火兒刮攛一街鐵茅水瓮列兩行鉤鐮和這麻搭〔內叫科云〕街坊隣舍將爲頭兒失火的拏下者〔正末唱〕則聽得巡院家高聲的叫吖吖叫道將那爲頭兒失火的拏下天那將我這銅斗兒般大院深宅苦也囉苦也囉可怎生燒的來剩不下些根椽片瓦

〔青山口〕我則見這家那家鬭交雜街坊每救火那我則見連天的大廈大廈聲刺刺被巡軍橫拽塌家私家私且莫誇算來算來都是假難鎮難壓空急空巴總是天折罰他也波他不睬咱咱也波咱可憐他只看張家往日豪華如今在那搭多不到半合兒把我來傒倖殺

〔卜兒云〕老的俺許來大家緣家計盡皆沒了苦痛殺俺也〔正末云〕火燒了家緣家計都不打緊我那張孝友兒也〔哭科〕〔唱〕

〔收尾〕我直從那水撲花兒擡舉的偌來大您將俺這兩口兒生各支的撇下空指着臥牛城內富人家〔卜兒云〕嚕如今往那裏去好〔正末云〕哎婆

婆也我和你如今往那裏去只有個沿街兒叫化學着那一聲兒哩〔卜兒云〕老的是那一聲〔正末云〕婆婆也你豈不會聽見那叫化的叫我學與你聽那一個捨財的爹爹媽媽哦〔唱〕少不的悲田院裏學那一聲叫爹媽〔同下〕

〔音釋〕挽音免　狡音教　擲音直　橐音託　拍鋪買切　剌音辣　詫倉詐切　行音杭　剗音產　達當加切　察抽鮓切　掐強雅切　刷雙寡切　搭音打　掿音鬧　發方雅切　霎雙鮓切　颯殺買切　刮音寡　鐮音廉　吖音鴉　宅池齋切　雜音咱　那音拿　塌湯打切　壓羊架切　罰扶加切　瞅音秋　殺雙鮓切

第二折

〔邦老上云〕人無橫財不富馬無野草不肥我陳虎只因看上了李玉娥將他丈夫攛在黃河裏淹死了那李玉娥要守了三年孝滿方肯隨順我我怎麼有的這般慢性我道莫說三年便三日也等不到他道你便等不得三年也須等我分娩了好隨順你難道我就着這般一個大肚子你也還想別的勾當哩誰知天從人願到的我家不上三日就添了一個滿抱兒小廝早已過了一十八歲那小廝好一身本事更強似我只是我偏生見那小廝不得常是一頓打就打一個小死只要打死了他方纔稱心卻是為何常言道翦草除根萌芽不發那小廝少不的打死在我手裏大嫂將些錢鈔來與我我與弟兄每吃酒去來〔下〕〔旦兒上云〕自家李玉娥過日月好疾也自從這賊漢將俺員外推在河裏今經十八年光景我根前添了一箇孩兒長成一十八歲依了那賊漢的姓叫做陳豹每日山中打大蟲去怎這早晚還不回家來吃飯哩〔小末同俫兒上〕〔小末詩云〕每日山中打虎歸窩弓藥箭緊身隨男兒志氣三千丈不取封侯誓不灰自家陳豹年長一十八歲膂力過人十八

般武藝無有不拈無有不會每日在于山中下窩弓藥箭打大蟲耍子今日正在那裏演習些武藝忽然看見山坡前走將一個牛也似的大蟲我拈弓在手搭箭當弦咲的一聲射去正中大蟲我待要拏那大蟲去不知那裏走將幾個小廝來倒說是他每打死的大蟲咄我且問你你怎生打殺那大蟲來（倈兒云）我一隻手揝住頭一隻手揝住尾當腰裏則一口咬死的你倒省氣力要混賴我的行貨我告訴你家去陳媽媽（旦兒云）是誰門首叫我開開這門你做什麽（倈兒云）媽媽我辛辛苦苦打殺的一個大蟲只這一張皮也值好幾兩銀子怎麽你家兒子要賴我的（旦兒云）小哥你將的去罷（倈兒云）我兒也不看你娘面上我不道的饒了你哩（下）（旦兒云）陳豹你家來你跪着教你休惹事你又惹事你倚着我打你等你好記的（小末云）母親打則打休閃了手（旦兒云）且住者倘或間打的孩兒頭疼額熱誰與他父親報讎陳豹我不打你且饒你這一遭兒（小末云）母親打了倒好母親若不打呵說與父親這一頓打又打一個小死（旦兒云）我也不打你也不對你父親說（小末云）不與父親說謝了母親也（旦兒云）孩兒你學成十八般武藝爲何不去進取功名（小末云）您孩兒欲待應武舉去爭奈無盤纏上路（旦兒云）既然你要應舉去來我與你些碎銀兩一對金鳳釵做盤纏（小末云）今日是個吉日良辰辭別了母親便索長行也（做拜科）（旦兒云）陳豹你記者若到京師尋問馬行街竹竿巷金獅子張員外老兩口兒尋見呵你帶將來（小末云）母親他家和喒是甚麽親眷（旦兒云）孩兒你休問他他家和喒是老親（小末云）您孩兒經板兒記在心頭母親孩兒出門去也（旦兒云）陳豹你回來（小末云）母親有甚麽話說（旦兒云）你若見那老兩口兒你便帶將來（小末云）您孩兒記的我出的這門來（旦兒云）陳豹你回來（小末云）母親有的話一發說了罷（旦兒云）我與你這塊絹帛兒你見了那老兩口兒只與

他這絹帛兒他便認的喒是老親〔小末云〕理會的〔旦兒云〕孩兒去了也眼觀旌節旗耳聽好消息〔下〕〔外扮長老上詩云〕近寺人家不重僧遠來和尚好看經莫道出家便受戒那箇猫兒不吃腥小僧相國寺住持長老今有陳相公做這無遮大會一應人等都要捨貧散齋小僧已都准備下了這早晚相公敢待來也〔小末領雜當上云〕下官陳豹到於都下演武場中比射只我三箭皆中紅心中了武狀元授了下官本處提察使自從母親分付我尋道馬行街竹竿巷金獅子張員外那兩口老的那裏尋去如今在相國寺中散齋濟貧數日前我與長老錢鈔與下官安排齋供須索拈香走一遭去可早來到了也〔見長老科云〕老和尚多生受你〔長老云〕相公請用些齋食〔小末云〕下官不必吃齋只等貧難的人來時老和尚與我散齋者〔正末同卜兒薄藍上云〕叫化咱叫化咱可憐見俺許來大家私被一場天火燒的光光蕩蕩如今無靠無依沒奈何長街市上有那等捨貧的財主波救濟俺老兩口兒佛囉〔唱〕

〔中呂粉蝶兒〕我遶着他後巷前街叫化些剩湯和這殘菜我受盡了些雪壓波風篩猛想起十年前兀那鵶飛不過的田宅甚麼是月值年災可便的眼睜睜一時消壞

〔卜兒云〕老的也可怎生無一個捨貧的〔正末唱〕

〔醉春風〕那捨貧的波衆檀樾救苦的波觀自在肯與我做場兒功德散分兒齋可怎生再沒個將俺來睬睬〔卜兒云〕老的也兀那水牀上熱熱的蒸餅我要吃一箇兒〔正末云〕婆婆你道什麼哩〔卜兒云〕我纔見那水牀上熱熱的蒸餅我要吃一個兒〔正末云〕婆婆你道那水牀上熱熱的蒸餅你要吃一個兒不只是你要吃赤緊的喒手裏無錢

呵可着甚的去買那〔唱〕佛囉但得那半片兒羊皮一頭兒藁薦哎婆婆俫

我便是得生他天界

〔云〕婆婆〔卜兒云〕老的你叫我怎麼的〔正末云〕我叫了這一日街我可乏了也你替我叫此兒〔卜兒云〕你着誰叫街〔正末云〕我着你叫街〔卜兒云〕你着我叫街倒不識羞我好歹也是財主人家女兒着我如今叫街我也曾吃好的穿好的我也曾車兒上來轎兒上去誰不知我是金獅子張員外的渾家如今可着我叫街我不叫〔正末云〕你道什麼哩〔卜兒云〕我不叫〔正末云〕你道你是好人家兒好人家女也曾那車兒上來轎兒上去那裏會叫那街偏我不是金獅子張員外我是胎胞兒裏叫化來赤緊的嗜手裏無錢那我要你叫〔卜兒云〕我不叫我不叫〔正末云〕我要你叫要你叫〔卜兒云〕我不叫我不叫〔正末云〕你也不叫我也不叫餓他娘那老弟子〔卜兒做悲科〕〔正末云〕婆婆你也說的是你是那好人家兒好人家女你那裏會叫那街罷罷罷我與你叫〔卜兒云〕你是叫咱〔正末云〕哎喲可憐見俺被天火燒了家緣家計無靠無挨長街市上有那等捨貧的叫化些兒波〔唱〕

〔快活三〕哎喲則那風吹的我這頭怎擡雪打的我這眼難開則被這一場家天火破了家財俺少年兒今何在

〔卜兒云〕嗨爭奈俺兩口兒年紀老了也〔正末唱〕

〔朝天子〕哎喲可則俺兩口兒都老邁肯分的便正該天那天那也是俺注定的合受這饑寒債我如今無鋪無蓋教我冷難挨肯分的雪又緊風偏大到晚來可便不敢番身拳成做一塊天那天那則俺

兩口兒受冰雪堂地獄災我這裏跪在大街望着那發心的爺娘每拜（卜兒云）老的這般風又大雪又緊俺如今身上無衣肚裏無食眼見的不是凍死便是餓死也（正末唱）

（四邊靜）哎喲正值着這冬寒天色破瓦窰中又無些米柴眼見的凍死屍骸料沒個人瞅睬誰肯着半掀兒家土埋老業人眼見的便撇在這荒郊外

（雜當上云）兀的那老兩口兒比及你在這裏叫化相國寺裏散齋哩你那裏求一齋去不好那（正末云）多謝哥哥元來相國寺裏散齋婆婆去來去來（卜兒云）老的也俺往那裏叫化去（正末唱）

（普天樂）聽言罷不覺笑咍咍我這裏剛行剛驀把我這身軀強整將我這脚步兒忙擡（云）官人叫化些兒波（雜當云）無齋了也（正末唱）哎可道哩餓紋在口角頭食神在天涯外不似俺這兩口兒公婆每便窮的來煞直恁般運拙也那時乖（云）官人也（唱）但的他殘湯半碗充實我這五臟（帶云）不濟事不濟事（唱）哎婆婆也喒去來波可則索與他日轉千街

（雜當云）你來早一步兒可好齋都散完了也（正末云）官人可憐見叫化些兒波（雜當云）無了齋也（小末云）爲甚麽大呼小叫的（雜當云）門首有兩個老的討齋來的遲無了齋也（小末云）

老和尚有下官的那一分齋與了那兩口兒老的吃罷〔雜當云〕理會的兀那老的你來的遲無有齋了這個是相公的一分齋與你這老兩口兒你吃了你過去謝一謝那相公去〔正末云〕多謝了婆婆你吃些兒我也吃些兒留着這兩個饅頭喒到破瓦窰中吃婆婆你送這碗兒去〔卜兒云〕我送這碗兒去〔正末云〕就謝一謝那官人〔卜兒云〕我知道〔見小末做拜科云〕積福的官人今世裏爲官受祿到那生那世還做官人〔做認小末科〕〔小末云〕這老的怎生看我〔卜兒云〕官人官上加官祿上進祿輩輩都做官人〔出門科〕這官人好和那張孝友孩兒厮似也仔細打看全是我那孩兒我對那老的說去着他打這弟子孩兒〔見末云〕老的也喜歡咱〔正末云〕什麽那婆婆〔卜兒云〕你笑一個〔正末云〕我笑什麽〔卜兒云〕你笑〔正末云〕哦我笑〔做笑科〕〔卜兒云〕你大笑〔正末做大笑科〕〔卜兒云〕你也是個傻老弟子孩兒如今喒那張孝友孩兒有了也〔正末云〕在那裏〔卜兒云〕原來散齋的那官人正是張孝友孩兒〔正末云〕婆婆真個是〔卜兒云〕我的孩兒如何不認的我這眼不喚做眼喚做琉璃葫蘆兒則是明朗朗的〔正末云〕是真個我過去打這弟子孩兒婆婆可是也不是〔卜兒云〕我這眼則是琉璃葫蘆兒〔正末云〕我則記着你那琉璃葫蘆兒〔卜兒云〕則是個明朗朗的〔正末見小末云〕生忿忤逆的賊也〔小末云〕長老他喚你哩〔長老云〕相公他喚你哩〔正末唱〕

〔上小樓〕甚風兒便吹他到來也有日重還鄉界則俺這煩煩惱惱哭哭啼啼想殺我兒也怨怨哀哀到如今可也便歡歡愛愛瀟瀟灑灑無妨無礙〔小末云〕兀那老的你說甚麽那〔正末云〕生忿忤逆的賊也〔唱〕哎怎把這雙老爹娘做外人看待

〔卜兒云〕老的他正是我的兒〔小末云〕兀那老的你說什麼我的兒我且問你你那兒可姓什麼那〔正末云〕我的兒姓張叫做張孝友〔小末云〕兀的你孩兒姓張是張孝友我姓陳是陳豹你怎生說我是你的兒〔卜兒云〕呀他改了姓也〔小末云〕你的孩兒去時多大年紀〔正末云〕他去時三十歲也去了十八年如今該四十八歲〔小末云〕你的孩兒去時三十歲去了十八年如今該四十八歲這等說將起來你那孩兒去時節我還不曾出世哩〔正末云〕婆婆不是了也〔卜兒云〕我道不是了麼〔正末云〕可不道你這眼是琉璃葫蘆兒〔卜兒云〕則纔寺門前擠破了也〔小末云〕兀那老的你那孩兒怎生與下官面貌相似你試說與我聽咱〔正末云〕官人聽我說波〔唱〕

〔幺篇〕您兩個恰便似一箇印盒印盒裏脫將下來您兩個都一般容顏一般模樣一般箇身材哎我好呆也合該十分寧奈〔云〕相公恕老漢年紀老了〔唱〕我老漢可便眼昏花錯認了你個相公休怪

〔正末做跪拜請罪科〕〔小末云〕兀那老的拜將下去我背後恰便似有人推起我來一般莫不這老的他福分倒大似我我不怪你你回去〔正末云〕多謝了官人〔小末云〕你且回來〔正末云〕官人莫非還怪着老漢麼〔小末云〕我說道不怪怎麼還怪着你我見你那衣服破碎與你這塊絹帛兒補了你那衣服你將的去〔正末云〕多謝了官人這個官人又不打我又不罵我又與我這塊絹帛兒着我補衣服我是看咱〔哭科云〕我道是甚麼來原來是我那孩兒臨去時留下的那半壁汗衫兒哎這有甚麼難見處眼見的是那婆子恰纔過來謝那官人篤速速的掉了我如今問他若是有呵便是那官人的若是沒呵我可不到的饒了他哩婆婆俺那孩兒的呢〔卜兒云〕孩兒的什麼〔正末云〕孩兒臨去時留下的那半壁汗衫兒在那裏〔卜兒云〕我恰纔忘了你又題將起來我爲

那汗衫兒呵則怕掉了我牢牢的揣在我這懷裏〔做取科云〕兀的不是我孩兒的〔正末云〕我這裏也有半壁兒〔卜兒云〕你那裏得來〔正末云〕嗒是比着可不正是我那孩兒的汗衫兒那〔做悲科云〕哎喲眼見的無了我那孩兒也兀的不苦痛殺也我〔唱〕

〔脫布衫〕我這裏便覷絕時雨淚盈腮不由我不感嘆傷懷則被你拋閃殺您這爹爹和您妳妳婆婆也去來波問俺那少年兒是在也不在

〔見小末云〕官人這半壁汗衫兒不打緊上面干連着兩個人的性命哩〔小末云〕你看這老的波怎生干連着兩個人性命你是說一遍我是聽咱〔正末唱〕

〔小梁州〕想當初他一領家這衫兒是我折開不倈問相公這一半兒那裏每可便將來〔小末云〕你為甚麼這等窮暴了來〔正末唱〕想着俺那二十年前有家財〔小末云〕你姓甚名誰〔正末唱〕則我是張員外〔小末云〕哦張員外你在那裏居住〔正末唱〕我家住住在馬行街

〔小末云〕你家曾為什麼事來〔正末唱〕

〔么篇〕只為那當年認了個不良賊送的俺一家兒橫禍非災〔小末云〕你那孩兒那裏去了〔正末唱〕俺孩兒聽了他胡言亂道巧差排便待離家鄉做些兒買賣〔小末云〕他曾有書信來麼〔正末云〕俺孩兒去了十八年也〔唱〕只一去不回來

〔小末云〕兀那老兩口兒你莫不是金獅子張員外麼〔正末云〕則我便是金獅子張員外婆婆趙

氏官人曾認的個陳虎麽〔小末云〕誰將俺父親名姓叫〔正末云〕你還認的個李玉娥麽〔小末云〕這是我母親的胎諱你怎生知道〔正末云〕喒都是老親哩〔卜兒云〕老的我想起來了也這廝正是媳婦兒懷着十八個月不分娩生這個弟子孩兒那〔小末云〕既是老親你老兩口兒跟我去來〔正末云〕婆婆他要帶將俺去哩喒去不去〔卜兒云〕休去〔正末云〕爲甚麽〔卜兒云〕說道一路上有强人哩〔正末云〕有甚麽强人敢問官人要帶我去時着我在那裏相等〔小末云〕我與你些碎銀到徐州安山縣金沙院相等你老兩口兒小心在意者〔正末唱〕

〔耍孩兒〕你將這衫兒半壁親稍帶只說是馬行街公婆每都老憊官人呵這言語休着您爺知〔小末云〕怎生休着他知道〔正末唱〕則去那娘親上分付明白則要你一言說透千年事俺也不怕十謁朱門九不開那賊漢當天敗婆婆這也是災消福長苦盡甘來

〔云〕婆婆我和你去來去來〔唱〕

〔煞尾〕我再不去佛囉佛囉將我這頭去磕天那天那將我這手去摑我但能勾媳婦兒覷着喒這沒主意的公婆拜我今日先認了那個孫兒大古來喋〔同卜兒下〕

〔小末云〕老和尚多累了下官則今日收拾行程還家中去來〔詩云〕親承母親命稍帶汗衫來誰知相國寺即是望鄉臺〔下〕

〔音釋〕攦欒平聲　膂音旅　咊音床　咄敦入聲　揝簪上聲　宅池齋切　樾音月　邁音賣　獄于句切　色篩上聲　掀音軒　哈海平聲　驀音賣　煞音晒　實繩知切

傻商鮓切　忤音悟　擠濟上聲　呆音諧　倈雜靴切　賊地齋切　戇音敢　自巳埋切　磕音可　擱乖上聲

第四折

（邦老同旦兒上）（邦老云）自家陳虎的便是我這一日吃酒多了那小廝不知被母親唆使他那裏去至今還不回來莫不是去做賊那（旦兒云）他應武舉去了也（邦老云）既是應武舉去了不得官教他不要來見我今日有些事幹我要到竇弓峪裏尋個人去大嫂你看着家者（下）（旦兒云）這賊漢去了我到門首覷着看有甚麽人來（小末上云）下官陳豹自相國寺見了那兩口兒老的我稍帶將來了下官先到家中見母親走一遭去可早來到咱家門首也（做見拜科云）母親您孩兒一舉中了武狀元現授本處提察使（旦兒云）孩兒得了官兀的不喜歡殺我也孩兒那馬行街張家兩口兒老的你見來麽（小末云）那兩口兒老的孩兒尋見了隨後便來也母親他和咱是甚麽親眷（旦兒云）孩兒你休問他他和咱是老親（小末云）便是老親也有近的也有遠的母親怎葫蘆提只說老親不說一個明白與孩兒知道（旦兒云）孩兒我說則說你休煩惱（小末云）我不煩惱（旦兒云）孩兒你不知兀那陳虎不是你的父親咱也不是這裏人元是南京馬行街竹竿巷人氏金獅子張員外家媳婦十八年前陳虎將你父親張孝友推在黃河裏淹死了你是我帶將來生下的那兩口兒老的則他便是金獅子張員外（小末云）母親不說您孩兒怎知（做氣死科）（旦兒云）孩兒甦醒着不爭你死了誰與你父親報讎（小末醒科云）這賊漢原來不是我的親爺母親那賊漢那裏去了（旦兒云）他到竇弓峪裏尋個人去了（小末云）這賊漢合死他是一隻虎入竇弓峪裏去那得個活的人來（詩云）我聽說罷緊皺眉頭不覺的兩淚交流今

朝去窩弓峪裏拏賊漢報父寃讎〔下〕〔旦兒云〕孩兒拏陳虎去了我聽的說金沙院廣做道場超度亡魂我也到那裏去搭一分齋追薦我亡夫張孝友去來〔下〕〔趙興孫做巡檢上云〕自家趙興孫的便是自從那日張員外家齋發了我的盤纏迭配沙門島去幸得彼處上司道我是個路見不平拔刀相助的義士屢次着我捕盜有功加授巡檢之職因為這裏窩弓峪是個強盜出沒的淵藪撥與我五百名官兵把守這窩弓峪隘口盤詰奸細緝捕盜賊我想當日若無張員外救我可不死在沙門島路上多時了我有恩的是馬行街竹竿巷金獅子張員外院君趙氏小大哥張孝友大嫂李玉娥有讎的是陳虎似印板兒記在心上不曾忘着哩〔詩云〕感恩人救咱難苦有讎的是他陳虎知何日遂我心懷報恩讎留名萬古〔弓兵拏正末卜兒上云〕有兩口兒老的背着一個包兒在此窩弓峪經過小的每見他是面生可疑之人拏來盤詰者〔正末云〕大王饒命咱〔弓兵喝科云〕不是大王是巡檢老爺奉上司明文把守窩弓峪盤詰奸細的〔正末唱〕

〔雙調新水令〕您奪下的是輕裘肥馬他這不公錢俺如今受貧窮有如那范丹原憲〔趙興孫云〕你兩個老的那裏去也〔正末唱〕俺只問金沙院在那裏不想道窩弓峪經着您山前〔弓兵云〕有甚麼人事送些與老爺就放了你去〔正末唱〕可憐俺赤手空拳望將軍覷方便

〔趙興孫云〕兀那老的你那裏人氏姓甚名誰〔正末云〕老漢金獅子張員外婆婆趙氏〔趙興孫云〕誰是金獅子張員外〔正末云〕則老漢便是〔趙興孫云〕你認得我麼〔正末云〕你是誰〔趙興孫云〕我那裏不尋那裏不覓員外〔詩云〕我纔聽說罷笑欣欣連忙扶起大恩人你是那十八年前張員外則我便是披枷帶鎖的趙興孫左右扶着員外院君受趙興孫幾拜〔正末云〕將軍休

拜可折殺老漢兩口兒也〔趙興孫云〕員外怎生這般窮暴了來〔正末云〕將軍只被陳虎那廝送了俺一家兒也〔趙興孫云〕小大哥大嫂都那裏去了〔正末唱〕

〔小將軍〕休提起俺那小業寃他剔騰了我些好家緣〔趙興孫云〕員外偌大莊宅可還在麼〔正末唱〕典賣了莊田火燒了俺宅院〔趙興孫云〕嗨好可憐人也〔正末唱〕直閃的俺這兩口兒可也難過遣

〔趙興孫云〕員外你如今怎地做個營生養贍你那兩口兒來〔正末唱〕

〔清江引〕到晚來枕着的是多半個甎每日在長街上轉口叫爺娘佛〔趙興孫云〕也有肯捨貧的麼〔正末唱〕無人可憐見〔趙興孫云〕陳虎那廝好狠也〔正末唱〕陳虎唻我和你便有甚麼那箇殺父母的寃

〔趙興孫云〕看那廝也好模好樣的可怎生這等歹心〔正末唱〕

〔碧玉簫〕那廝模樣兒慈善賊漢軟如綿心腸兒機變賊膽大如天〔趙興孫云〕這元是小大哥認義他來〔正末唱〕俺孩兒信他言信他言搬上船〔趙興孫云〕小大哥去了多時也曾有書信寄回麼〔正末唱〕他去了十八年不能勾見〔趙興孫云〕員外你這幾年可在那裏過活〔正末唱〕哎喲天那只俺兩口兒叫化在這悲田院

〔趙興孫云〕誰想陳虎這般毒害員外那陳虎元是徐州人這窩弓峪正是徐州地方我務要拏住此賊雪恨報讐我先與你些碎銀兩做盤纏去只在金沙院裏等着我者〔同下〕〔張孝友扮僧人上詩云〕一生皆是命半點不由人自家張孝友的便是則從陳虎那廝推我在黃河裏多虧了打

漁船救了我性命今經十八年光景好過的疾也我如今在這金沙院捨俗出家這幾日有那捨錢的做好事徒弟與我動法器者〔正末同卜兒上云〕婆婆金沙院裏做好事哩咱與孩兒插一節去來〔見科〕〔正末云〕師父俺特來插一節兒〔張孝友云〕那裏走將兩口兒叫化的來倒好面善〔正末云〕俺怎生是叫化的〔張孝友云〕你不是叫化的是甚麼〔正末云〕俺是那沿門兒討冷飯吃的〔張孝友云〕左右一般〔正末云〕當初也是好人家來〔張孝友云〕兀那兩口兒老的你當初怎樣的好人家〔正末云〕師父你聽我說咱〔唱〕

〔沽美酒〕若說着俺祖先好家私似潑天〔張孝友云〕老的你敢說大話蓋着我哩〔正末唱〕俺正是披着蒲席說大言〔張孝友云〕老的你那家鄉何處本貫何方〔正末唱〕若說着俺家鄉可便不遠祖居是住在梁園

〔張孝友云〕你平日間做什麼營生買賣〔正末唱〕

〔太平令〕則我在那馬行街裏開着座門面師父也與你這花銀權當做些經錢〔張孝友云〕哦他也在馬行街住哩老的你可要看誦什麼經卷〔正末唱〕梁武懺多看幾卷〔張孝友云〕再呢〔正末唱〕消災呪勝讀幾遍告師父也可憐可憐我那命蹇〔張孝友云〕你追薦什麼人〔正末唱〕與俺個張孝友孩兒追薦

〔張孝友云〕你追薦誰〔正末云〕師父我追薦亡靈張孝友〔張孝友云〕這個正是我父親母親我再問咱你追薦什麼人〔正末云〕追薦亡靈張孝友〔張孝友云〕追薦什麼人〔正末云〕你將我那銀子來還我另尋一個有耳朶的和尚念經去〔張孝友云〕那個和尚沒耳朶這個正是我父親母

親〔拜科〕父親母親則我便是張孝友〔卜兒云〕哎喲有鬼也有鬼也〔正末唱〕

〔鴈兒落〕則你這惡芒神休厮纏我待超度你在這金沙院可憐我每日家思念你千萬遭咭題道有十餘遍

〔張孝友云〕父親母親您孩兒不是鬼是人〔正末唱〕

〔得勝令〕呀原來這和尚每都會通仙我活了七十歲不曾見則你屍首歸何處兒也你今日個陰魂在眼前〔云〕你若是人呵我叫你三聲你一聲高一聲你若是鬼呵我叫你三聲你一聲低似一聲〔張孝友云〕你叫我答應〔正末云〕張孝友兒也〔張孝友云〕哎〔正末云〕是人是人張孝友兒也〔張孝友云〕哎〔正末云〕是人是人張孝友兒也〔張孝友云〕偏生的堵了一口氣兒〔做低應科云〕哎〔正末云〕有鬼也〔張孝友云〕父親母親我不是鬼是人〔正末唱〕也是我心專作念的一靈兒須活現留得你生全免的我兩口兒長掛牽

〔張孝友云〕父親母親我是人〔正末云〕孩兒也你爲甚麼在這裏出家〔張孝友云〕父親母親不知自從離了家來被陳虎那厮推在黃河裏多虧了打魚船救了我性命因此上就在這裏捨俗出家〔正末云〕今日認着了孩兒兀的不歡喜殺我也〔旦兒上云〕來到此間正是金沙院了進院去追薦我亡夫張孝友咱〔見正末科云〕兀的不是公公婆婆〔正末云〕兀的不是李玉娥媳婦兒〔卜兒云〕哎喲媳婦兒也〔張孝友云〕阿彌陀佛這個是誰〔卜兒云〕這便是媳婦兒〔張孝友做認科云〕我那大嫂也〔卜兒云〕媳婦兒你這十八年在那裏來〔旦兒云〕婆婆被陳虎那賊拐帶將這裏來〔正末云〕你那孩兒回家了麼〔旦兒云〕他如今拏陳虎那賊去這早晚敢待來也〔邦

老上云〕我陳虎來到這窩弓峪裏怎麼那眼皮兒連不連的只是跳也不知是跳財是跳災你看後面慌張張趕上來的是什麼人〔小末上云〕兀那殺父親的賊休走〔邦老云〕你這小賊一向躲在那裏誰殺你父親來〔小末云〕你還要賴哩我父親張孝友不是你這賊推在水裏渰死了我不拏住你碎屍萬段怎報的我這讎恨〔打科〕〔邦老云〕我打他不過三十六計走爲上計只是跑只是跑〔小末云〕你這賊往那裏去〔趙興孫領弓兵冲上云〕兀的不是陳虎左右與我拏住者〔邦老云〕悔氣偏生又撞着那個披枷帶鎖的我死也〔小末見科云〕敢問大人貴姓〔趙興孫云〕小官姓趙名興孫現做本處巡檢把守窩弓峪隘口我有恩的是金獅子張員外有讎的是陳虎適纔張員外見過了約他在金沙院相會恰好拏住陳虎小官報恩報讎都在這一日哩〔小末云〕大人小官忝授這裏提察使就是張員外的親孫〔趙興孫云〕這等大人是趙興孫的上司也〔小末云〕且喜拏住陳虎我和你同到金沙院去來〔見旦兒云〕兀的不是母親〔旦兒云〕孩兒你拜了公公婆婆咱〔小末云〕公公婆婆請坐受孫兒幾拜〔正末云〕我今日又認着個孫兒兀的不歡喜殺我也〔旦兒云〕孩兒你拜了父親咱〔小末云〕母親誰是您孩兒的父親〔旦兒云〕就是這個師父〔小末云〕母親你好喬也丟了一個賊漢又認了一個禿廝那〔旦兒云〕孩兒這師父正是你父親張孝友〔小末云〕父親請坐受孩兒幾拜〔正末云〕孫兒那陳虎曾拏得着麼〔小末云〕幸得這裏一個巡檢趙興孫替孫兒拏着了現在外面〔正末云〕哦元來果然是趙興孫拏了也快請進來〔趙興孫見科云〕老員外老院君早見過了這一個師父一個大嫂是誰〔正末云〕這便是孩兒張孝友媳婦兒李玉娥〔趙興孫云〕正是我恩人請上受趙興孫幾拜〔正末云〕孫兒過來他替你拏得陳虎你須拜謝者〔小末做謝科〕〔趙興孫云〕不敢不敢大人是上司哩左右綁過陳虎那賊

來當大人面前殺了罷〔張孝友云〕不要殺他〔正末云〕爲甚麼不要殺他〔張孝友云〕我眼裏偏識這等好人〔趙興孫云〕天下喜事無過夫妻子母完聚就今日殺羊造酒做一個大大的筵席慶喜咱〔正末唱〕

〔殿前喜〕您道一家骨肉再團圓這快心兒不是淺便待要殺羊造酒大開筵多只是天見憐道我個張員外人家善也曾濟貧救苦捨了偌多錢今日個着他後人兒還貴顯

〔外扮府尹領祗從人上云〕老夫姓李名志字國用官拜府尹之職奉聖人的命勅賜勢劍金牌着老夫遍行天下專理衙冤負屈不平之事今有金獅子張員外被賊徒陳虎圖財陷害是老夫體察真實奏過聖人今日親身到此判斷這樁公案聞知都在金沙院裏可早來到也張義裝香來您一行望闕跪者聽老夫下斷〔詞云〕奉勅旨採訪風傳爲平民雪枉伸冤張員外合家歡樂李玉娥重整姻緣將陳虎碎屍萬段梟首級號令街前李府尹今朝判斷拜皇恩厚地高天

〔音釋〕唆音梭　峪于句切　藪音叟　隘羊戒切　詰溪入聲　贍傷佔切　儭攙去聲　呪音晝　蹇音藹　呫低廉切　梟希交切

題目　東嶽廟夫妻占玉玦

正名　相國寺公孫合汗衫

相國寺公孫合汗衫雜劇

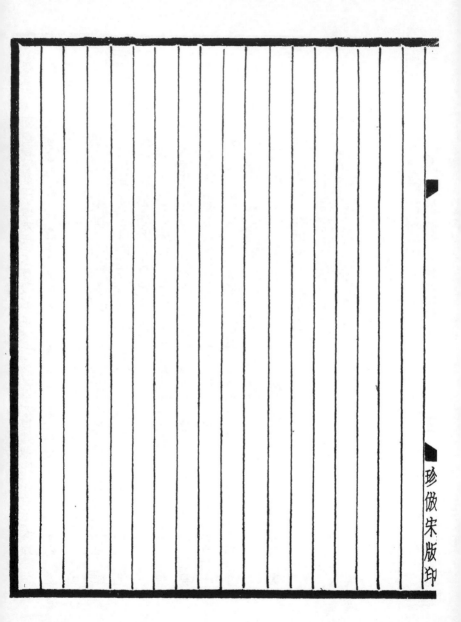

柳耆卿錯怨開封主
倣李晟筆

钱大尹智寵谢天香

錢大尹智寵謝天香雜劇

元大都關漢卿撰

明吳興臧晉叔校

楔子

〔冲末扮柳耆卿引正旦謝天香上〕〔柳詩云〕本圖平步上青雲直爲紅顏滯此身老天生我多才思風月場中肯讓人小生姓柳名永字耆卿乃錢塘郡人也平生以花酒爲念好上花臺做子弟不想游學到此處與上廳行首謝天香作伴小生想來今年春榜動選場開誤了一日又等三年則今日辭了大姐便索上京應舉去大姐小生在此多蒙管待小生若到京師闕下得了官呵那五花官誥駟馬香車你便是夫人縣君也〔正旦云〕耆卿衣服盤纏我都准備停當你休爲我誤了功名者〔淨張千上云〕小人張千在這開封府做着個樂探執事我管的是那僧尼道俗樂人迎新送舊都是小人該管如今新除來的大尹姓錢一應接官的都去了止有妓女每不曾去此處有箇行首是謝天香他便管着這班門戶人須索和他說一聲去來到門首也謝大姐在家麼〔旦見科云〕哥哥叫做甚麼〔張千云〕大姐來日新官到任准備參官去〔旦云〕哥哥這上任的是甚麼新官〔張千云〕是錢大尹〔旦云〕莫不是波廝錢大尹麼〔張千云〕你休胡說喚大人的名諱我去也謝大姐明日早來參官〔下〕〔柳云〕大姐你歡喜咱錢大尹是我同堂故友明日我同大姐到相公行分付着看覷你我也去的放心〔正旦唱〕

〔仙呂賞花時〕則這一曲翻成和淚篇最苦偏高離恨天雙淚落尊前山長水遠愁見理行軒

〔幺篇〕待得鸞膠續斷絃欲盼雕鞍難顧戀謝他新理任這官員常好是與民方便咱又得個一夜並頭蓮（同下）

第一折

〔外扮錢大尹引張千上詩云〕寒蛩秋夜忙催織戴勝春朝苦勸耕若道民情官不理須知蟲鳥爲何鳴老夫姓錢名可字可道錢塘人也自中甲第以來累蒙擢用頗有政聲今謝聖恩加老夫開封府尹之職老夫自幼修髯滿部軍民識與不識皆呼爲波廝錢大尹暗想老夫當時有一同堂小友姓柳名永字耆卿論此人學問不在老夫之下相離數載不知他得志也不曾使老夫懸懸在念今日升堂坐起早衙張千有該僉押的文書將來我發落〔張千云〕稟的老爺知道還有樂人每未曾參見哩〔錢大尹云〕前官手裏會有這例麼〔張千云〕舊有此例〔錢大尹云〕既是如此着他參見〔張千云〕參官樂人走動〔正旦同衆旦上云〕今日新官上任咱參見去來你每小心在意者〔衆旦云〕理會的〔正旦唱〕

〔仙呂點絳唇〕講論詩詞笑談街市學難似風裏颺絲一世常如此

〔混江龍〕我逐日家把您相試乞求的教您做人時但能勾終朝爲父也想着一日爲師但有箇敢接我這上廳行首案情願分付與你這粧演戲臺兒則爲四般兒誤了前程事都只爲聰明智慧因此上辛苦無辭

〔衆旦云〕姐姐你看籠兒中鸚哥念詩哩〔旦云〕這便是你我的比喻〔唱〕

〔油葫蘆〕你道是金籠內鸚哥能念詩這便是咱家的好比似原來

越聰明越不得出籠時能吹彈好比人每日常看伺慣歌謳好比人
每日常差使〔云〕我不怨別人〔衆旦云〕姐姐你怨誰〔旦云〕咱會彈唱的日日官身不會
彈唱的到得些自在〔唱〕
將那等不會彈不會唱的除了名字早知道則做箇啞猱兒
〔天下樂〕俺可也圖甚麽香名貫人耳想當也波時不三思越聰明
不能勾無外事賣弄的有伎倆賣弄的有艷姿則落的臨老來呼弟
子
〔張千云〕謝大姐你怎生這早晚纔來你只在這裏我報復去〔做報科云〕報的老爺得知有樂人
每來參見〔錢大尹云〕別的休進來則着那爲頭的一人來見〔張千云〕別的都回去則着謝大姐
過去哩〔衆旦下〕〔正旦見拜科云〕上廳行首謝天香謹參〔錢大尹云〕休要誤了官身〔旦云〕埋
會的〔做出門科云〕爺爺那官人好箇冷臉子也〔唱〕
〔金盞兒〕猛覷了那容姿不覺的下堦址下場頭少不的跟官長廳
前死往常覷品官宣使似小孩兒他則道官身休失誤啓口更無詞
立地剛一飯間心戰勾兩炊時
〔柳上云〕大姐參官去了我看大姐去來〔做見旦科云〕大姐你參了官也我過去見他〔正旦云〕
你休見罷這相公不比其他的〔柳云〕不妨事哥哥看待我比別人不同〔做見張千科云〕大哥報復
一聲杭州柳永特來參謁〔張千云〕這箇便是早辰間在謝大姐家的那先生你在這裏我報復去
〔做報科云〕衙門外有杭州柳永特來拜見〔錢大尹云〕他說是杭州柳永〔張千云〕是〔錢大尹

笑云〕老夫語未絕口不想賢弟果然至此使老夫不勝之喜道有請〔張千云〕請進〔柳見錢科云〕小弟遊學到此不意正值高遷一來拜賀兄長二來進取功名去也〔錢大尹云〕自別賢弟許久想慕顏範使老夫懸懸在念今日一會實老夫之幸也左右看酒來〔柳云〕兄弟去的急不必安排茶飯〔錢大尹云〕雖然如此許久不會何妨片時張千就設廳上看酒來管待學士〔柳云〕哥哥這是國家公堂不是您兄弟坐的去處〔錢大尹云〕賢弟差矣一來是老夫同堂故友二來賢弟是一代文章正可管待老夫欲待留賢弟在此盤桓數日便好道大丈夫當以功名為念因此不好留得賢弟請滿飲一杯〔把酒科〕〔柳云〕兄弟酒勾了也辭了哥哥便索長行〔錢大尹云〕賢弟不成管待只聽你他日得意另當稱賀賢弟恕不遠送了〔柳云〕哥哥不必送〔出見旦科云〕柳永你為甚麼來則為大姐怎就忘了我再過去〔正旦云〕耆卿你休去這相公不比其他的〔柳云〕不妨事哥哥待我較別哩〔做見張千科云〕張千再報一聲〔張千云〕你怎麼又來〔柳云〕你道杭州柳永再來拜見有說的話〔張千報科云〕杭州柳永又要見相公有說的話〔錢大尹云〕是是想必老夫在此為理有見不到處道有請〔張千云〕有請〔見科錢大尹云〕老夫在此為理多有見不到處我料賢弟必有嘉言善行教訓老夫咱〔柳云〕您兄弟別無他事則是好覷謝氏〔錢云〕耆卿敬重看待恕不遠送〔柳云〕多謝了哥哥〔柳見旦云〕大姐我說了也他說敬重看待〔正旦云〕耆卿你知道相公的意思麼〔柳云〕我不知道〔正旦唱〕

〔醉中天〕初相見呼你為學士謹厚不因而今遍回身囑付爾相公也冷眼兒頻偷視你覷他交椅上擡頦樣兒待的你不同前次他則是微分間將表字呼之

〔柳云〕怕你不放心我再過去〔正旦云〕耆卿你休過去〔柳云〕不妨事哥哥待我較別哩〔錢大尹云〕張千你近前來恰纔耆卿說道好覷謝氏必定是峨冠博帶一個名士大夫你與老夫說咱〔張千云〕稟的老爺知道就是早晨參官的謝天香〔錢大尹云〕哦是早間那箇謝氏耆卿你錯用了心也〔柳做見張千科云〕張大哥你再報一聲杭州柳永再有說話〔張千云〕你怎麼又來我不敢過去〔柳云〕不妨事再說一聲〔張千報科云〕杭州柳永有說的話〔錢大尹云〕着他過來〔柳進見科〕〔錢大尹云〕耆卿有何見諭〔柳云〕哥哥則是好覷謝氏〔錢大尹云〕我纔不說來敬重看待恕不遠送〔柳見旦云〕相公說敬重看待可是如何〔正旦唱〕

〔金盞兒〕你拿起筆作文詞衠才調無瑕玭這一場無分曉不裁思他道敬重看待自有幾樁兒看則看你那釣鰲八韻賦待則待你那折桂五言詩敬則敬你那十年辛苦志重則重你那一舉狀元時

〔柳云〕大姐你也忒心多怕你放不下我再過去〔正旦云〕耆卿休去〔柳云〕不妨事哥哥看待較別哩〔見張千科云〕張大哥你再過去說杭州柳永又來有說的話〔張千云〕你還不會去哩這遭敢不中麼〔柳云〕不妨事〔張千報科云〕杭州柳永又來有話說〔錢大尹云〕着他過來〔見科〕〔錢大尹云〕耆卿有何說話〔柳云〕哥哥好覷謝氏〔錢大尹做怒科云〕耆卿你種的桃花放砍的竹竿折〔柳云〕多謝了哥哥〔出見旦云〕我說了也〔正旦云〕相公說甚麼來〔柳云〕相公說種的桃花放砍的竹竿折〔正旦唱〕

〔醉扶歸〕你陡恁的無才思有甚省不的兩樁兒我道這相公不是漫詞你怎麼不解其中意他道是種桃花砍折竹枝則說你重色輕

君子

〔柳云〕怕你不放心待我再去與他說過〔正旦云〕耆卿你休去〔柳云〕不妨事哥哥待我較別哩〔見張千云〕張大哥你再說一聲杭州柳永又來有話說〔張千云〕那裏有個見不了的我不敢報〔柳云〕我自過去〔張千報科〕〔錢大尹云〕敢是杭州柳永〔張千云〕便是〔錢大尹云〕潑禽獸你則管着這一樁兒且過一壁〔柳云〕張千進去可怎生不見出來莫非他不肯通報我自過去〔進見科云〕哥哥〔錢大尹怒云〕敢是好覷謝氏張千擡過書案者耆卿是何相待君子不重則不威學則不固你何輕薄至此這裏是官府黃堂又不是秦樓楚館則管裏謝氏謝氏耆卿我是開封府尹又不是教坊司樂探平昔老夫待足下非輕可是爲何爲子有才也古人道德勝才爲君子才勝德爲小人今覷足下所爲可正是才有餘而德不足禮記云君子姦聲亂色不留聰明老子曰五色令人目盲五音令人耳聾大丈夫當先天下之憂而憂後天下之樂而樂便好道富貴不能淫貧賤不能移威武不能屈此之謂大丈夫也今子告別我則道有甚麼嘉言善行略無一語止爲一匪妓往復數次雖鄙夫有所恥況衣冠之士豈不媿顏耆卿比及你在花街裏留意且去你那功名上用心可不道三十而立當今王元之七歲能文今官居三品見爲翰林學士之職汝輩不自恥乎耆卿〔詩云〕則你那渾身多錦繡滿腹富文章不學王內翰只說謝天香張千你近前來〔做耳喑科云〕只恁的便了〔張千云〕理會的〔錢大尹云〕左右的擊鼓退堂我回私宅去也〔下〕〔柳見旦科〕〔正旦云〕我說甚麼來直逗的相公惱了〔柳云〕大姐放心我到帝都闕下若得一官半職錢可道你長保着做大尹休和喒軸頭兒廝抹着大姐我今便索長行也〔正旦云〕妾送你到城外那小酒務兒裏權與你餞行咱〔張千上云〕等我一等我張千也來送柳先生〔柳云〕多有起動了大

姐我臨行做了一首詞詞寄定風波是商角調留與大姐表意咱〔詞云〕自春來慘綠愁紅芳心事事可可日上花梢鶯喧柳帶猶壓香衾臥煖酥消膩雲髻終日懨懨倦梳裹無奈想薄情一去音書無箇早知恁麼悔當初不把雕鞍鎖向雞窗收拾蠻牋象管拘束教吟和鎮日相隨莫拋躲針線拈來共伊坐和我免使少年光陰虛過〔張抄科云〕我先回去也〔下〕〔正旦云〕耆卿你去也教我身如何是好〔柳云〕大姐放心小生不久便回〔正旦唱〕

〔賺煞〕我這府裏祗候幾曾閑差撥無銓次從今後無倒斷嗟呀怨咨我去這觸熱也似官人行將禮數使若是輕咳嗽便有官司我直到揭席時來到家時我又索攢下些工夫憶念爾是我那清歌皓齒是我那言談情思是我那淫浸舞困袖梢兒〔下〕

〔音釋〕 蛩音窮 颺音陽 慧音惠 伺音寺 猱音撓 三去聲 倆音兩 頦音孩 衠准 平聲 玼音此 陡音斗 逗音豆 膩泥去聲 拈音粘 浸音侵

第二折

〔錢大尹上云〕事不關心關心者亂老夫錢大尹昨日使張千斡事這早晚不見來回話左右門首覷着來時報復我知道〔張千上云〕自家張千是也奉俺老爺命着斡事回來如今見老爺去咱〔見科錢大尹云〕張千我分付你的事如何〔張千云〕奉老爺的命使我跟他兩箇到一箇小酒務兒裏餞別柳耆卿臨行做了一首詞詞寄定風波小人就記將來了〔錢大尹云〕你記的了〔張千云〕小人記的顛倒爛熟〔錢大尹云〕你念〔張千念云〕自春來慘綠愁紅芳心事事〔做不語科〕〔錢大尹云〕怎的〔張千云〕老爺孩兒忘了也〔錢大尹云〕卻不道記的顛倒爛熟那〔張千云〕孩

兒見了老爺懼怕忘了也〔錢大尹云〕有抄本麼〔張千云〕有抄本〔錢大尹云〕將來我看〔張千云〕早是我抄得來了〔做遞科〕〔錢接念科云〕自春來慘綠愁紅芳心事事可可日上花梢鶯喧柳帶猶壓香衾臥煖酥消膩雲嚲終日懨懨倦梳裹無奈想薄情一去音書無箇早知恁麼悔當初不把雕鞍鎖向雞窗收拾蠻牋象管拘束教吟和鎮日相隨莫拋躲針線拈來共伊坐和我免使年少光陰虛過嗨耆卿你好高才也似你這等才學在那五言詩八韻賦萬言策上留心有甚麼都堂不做那我試再看自春來慘綠愁紅芳心事事可可耆卿怪了老夫去了也老夫姓錢名可字可道這詞上說可可二字明明是譏諷老夫恰纔張千說記的顛倒爛熟他念到事事將可可二字則推忘了他若念出可可二字來便是誤犯俺大官諱字我扣廳責他四十這廝倒聰明着哩〔張千云〕也頗頗的〔錢大尹云〕我如今喚將謝天香來着他唱這定風波詞自春來慘綠愁紅芳心事事可可若唱出可可二字來呵便是誤犯俺這大官諱字我扣廳責他四十我若打了謝氏呵便是典刑過罪人也使耆卿再不好往他家去耆卿也俺爲朋友直如此用心我今升罷早衙在這後堂閑坐張千與我題名喚將謝天香來者〔張千云〕理會的〔做喚科云〕謝天香在家麼〔正旦上云〕是誰喚門哩〔做見張科云〕原來是張千哥哥叫我做甚麼〔張千云〕謝大姐老爺題名兒叫你官身哩

〔正旦唱〕

〔南呂一枝花〕往常時喚官身可早眉黛舒今日箇叫祗候喉嚨響原來是你這狠首領我則道是那箇面前桑恰纔陪着笑臉兒應昂怎覷我這查梨相只因他忒過當據妾身貌陋殘粧誰教他大尹行將咱過獎

〔梁州第七〕又不是謝天香其中關節這的是柳耆卿酒後疎狂這爺爺記恨無輕放怎當那横枝羅惹不許隄防想着俺用時不當不作周方兀的喚是麼牽腸想俺那去了的才郎休休休執迷心不許商量他他他本意待做些主張嗨嗨嗨誰承望惹下風霜這爺爺行思坐想則待一步兒直到頭廳相背地裏鎖着眉罵張敞豈知他殢雨殢雲俏智量剛理會得㜸理陰陽

〔張千云〕大姐你且休過去等我遮着你是看咱〔正旦看科云〕這爺爺好冷臉子也〔唱〕

〔隔尾〕我見他嚴容端坐挨着羅幌可甚麼和氣春風滿畫堂我最愁是劈先裏遞一聲唱這裏但有個女娘坐場可敢烘散我家私做的賞

〔張千云〕大姐你過去把體面者〔正旦見科云〕上廳行首謝天香謹參〔錢大尹云〕則你是柳耆卿心上的謝天香麼〔正旦唱〕

〔賀新郎〕呀想東坡一曲滿庭芳則道一個香靄雕盤可又早禍從天降當時嘲撥無攔當乞相公寬洪海量怎不的仔細參詳〔錢大尹云〕怎麼在我行打關節那〔正旦唱〕小人便關節煞怎生勾除籍不做娼棄賤得為良他則是一時間帶酒閑支謊量妾身本開封府堦下承應輩怎做的柳耆卿心上謝天香

〔錢大尹云〕張千將酒來我吃一盃教謝天香唱一曲調咱〔正旦云〕告宮調〔錢大尹云〕商角調

（正旦云）告曲子名（錢大尹云）定風波（正旦唱）自春來慘綠愁紅芳心事事（張咳嗽科）（正旦改云）已已（錢大尹云）聰明强毅謂之才正直中和謂之性老夫着他唱自春來慘綠愁紅芳心事事可可他若唱出可可二字來便是誤犯俺大官諱字我扣廳責他四十聽的張千咳嗽了一聲他把可可二字改爲已已哦這可字是歌戈韻已字是齊微韻兀那謝天香我跟前有古本你若是失了韻脚差了平仄亂了宮商扣廳責你四十則依着齊微韻唱的差了呵張千准備下大棒子者（正旦唱云）自春來慘綠愁紅芳心事事已已日上花梢鶯喧柳帶猶壓繡衾睡煖酥消膩雲髻終日厭厭倦梳洗無奈薄情一去音書無寄早知恁的悔當初不把雕鞍繫向雞窗收拾蠻牋象管拘束教吟味鎮日相隨莫拋棄針線拈來共伊對和你免使少年光陰虛費（錢大尹云）嗨可知柳耆卿愛他哩老夫見了呵不由的也動情張千你近前來你做個落花的媒人我好生賞你你對謝天香說大夫人不與你與你做個小夫人咱則今日樂籍裏除了名字與他包髻團衫油手巾張千你與他說（張千見正旦云）大姐老爺說大夫人不許你着你做箇小夫人樂案裏除了名字與你包髻團衫油手巾你意下如何（正旦唱）

〔牧羊關〕相公名譽傳天下妾身樂籍在教坊量妾身則是箇妓女排場相公是當代名儒妾身則好去待賓客供些優唱妾身是臨路金絲柳相公是架海紫金梁想你便意錯見心錯愛怎做的門廝敵戶廝當

（錢大尹云）張千着天香到我宅中去（正旦云）杭州柳耆卿早則絕念也（唱）

〔二煞〕則恁這秀才每活計似魚翻浪大人家前程似狗探湯則俺

這侍妾每近幃房止不過供手巾到他行能勾見些模樣着護衣須是相親傍止不過梳頭處俺胸前靠着脊梁幾時得兒女成雙〔云〕指望嫁杭州柳耆卿做個自在人如今怎了也〔唱〕

〔煞尾〕罷罷罷我正是閃了他悶棍着他棒我正是出了筟籃入了筐直着咱在羅網休摘離休指望便似一百尺的石門教我怎生撞便使盡些伎倆乾愁斷我肚腸覓不的箇脫殼金蟬這一箇謊〔下〕

〔錢大尹云〕張千送謝天香到私宅中去了也〔詩云〕我有心中事未敢分明說留待柳耆卿他自解關節〔下〕

〔音釋〕黛音代　疣音尤　殢音膩　燮音屑　惋胡誑切　喇之稍切　仄音側　行音杭　筟音蒲　解音械

第三折

〔正旦上云〕妾身謝天香自從進到錢大尹相公宅內又早三年光景將我那歌妓之心消磨盡了也〔唱〕

〔正宮端正好〕往常我在風塵爲歌妓止不過見了那幾箇筵席到家來須做箇自由鬼今日箇打我在無底磨牢籠內

〔滾繡毬〕到早起過洗面水到晚來又索鋪牀疊被我伏事的都入羅幃我恰纔舒鋪蓋似孤鬼少不的蹴踡寢睡整三年有名無實本是箇見交風月耆卿伴教我做遙受恩情大尹妻端的誰知

〔二旦扮姬妾上云〕俺二人是錢大尹家侍妾今日無甚事去望姓謝的姐姐走一遭去〔見旦科云〕姐姐俺二人竟來望姐姐〔正旦云〕二位姐姐請坐〔二旦云〕姐姐你在宅中三年相公曾親近你麽〔正旦唱〕

〔倘秀才〕俺若是曾宿睡呵則除是天知地知相公那鋪蓋兒知他是橫的竪的比我那初使喚如今越更稀想是我出身處本低微則怕展污了相公貴體

〔二旦云〕姐姐雖然如此你也自當親近些〔正旦唱〕

〔滾繡毬〕姐姐每肯教誨怕不是好意爭奈我官人行怎敢便話不投機〔二旦云〕姐姐你又無甚麽過失〔正旦唱〕你道是無過失學恁的姐姐每會也那不會我則是斟量着緊慢遲疾强何郎旖旎煞難搽粉狠張敞央及煞怎畫眉要識箇高低

〔二旦云〕敢問姐姐當日柳七官人樂章集姐姐收的好麽〔正旦唱〕

〔倘秀才〕便休題花七柳七若聽得這裏是那裏相公的耳朵裏風聞那舊是非休只管這幾句濫黄虀我也記得

〔二旦云〕姐姐可是那幾句兒說一遍兒我聽咱〔正旦唱〕

〔窮河西〕姐姐每誰敢道袖褪樂章集都則是斷送的我一身虧怕待學大曲子我從頭兒唱與你本記的人前會掛口兒從今後再休題

〔二旦云〕喒和你同去竹雲亭上賭戲咱〔正旦云〕姐姐每喒去波〔唱〕

〔滚繡毬〕想前日使象棋說下的則是箇手帕兒賭戲你將我那土東納藤箱子便不放空回近新來下雨的那一日你輸與我繡鞋兒一對掛口兒不曾題那裏爲些些賭賽絕了交契小小輸贏醜了面皮道我不精細

〔二旦云〕姐姐喒擲這色數兒俺輸了也姐姐可該你擲〔正旦拿色子科〕〔唱〕

〔倘秀才〕么四五骰着箇撮十二三二趁着箇夾七一面打箇色兒也當得么二三是鼠尾賭錢的不伶俐姐姐你可便再擲

〔二旦云〕等我再擲俺又輸了也可該你擲〔正旦唱〕

〔呆骨朵〕我將這色數兒輕放在骰盆內二三五又擲箇烏十不下錢打賽我可便贏了你兩回這上面分明見色數兒且休題姐姐我可便做椿兒三箇五你今日這般輸說甚的

〔錢大尹把拄杖暗上〕〔二旦驚下〕〔正旦唱〕

〔倘秀才〕你休要不君子便將鬧起我永世兒不和你廝極塌着那臭尸骸一壁穩坐的〔錢將拄杖放在旦右肩上〕〔正旦撥科〕〔唱〕兀的不閑着您〔錢將拄杖放在旦左肩上〕〔正旦撥科〕〔唱〕臭驢蹄〔錢又將拄杖放在旦右肩上〕〔正旦拿住回頭科〕〔唱〕兀的是誰

〔錢大尹云〕天香你罵誰哩〔正旦慌跪科〕〔唱〕

〔醉太平〕諕的我連忙的跪膝不由我淚雨似扒推可又早七留七力來到我跟底不言語立地我見他出留出律兩箇都迴避相公將必留不刺拄杖相調戲我不該必丟不搭口內失尊卑這的是天香犯罪

〔錢大尹云〕天香你怕麼〔正旦云〕可知怕哩〔錢大尹云〕你要饒麼〔正旦云〕可知要饒哩〔錢大尹云〕既然要饒或詩或詞作一首來我看我便饒了你〔正旦云〕請題目〔錢大尹云〕就把這骰盆中色子爲題〔正旦云〕詩有了〔詩云〕一把低微骨置君掌握中料應嫌點涴拋擲任東風〔錢大尹笑科云〕聖人道在心爲志發言爲詩情動於中而形於言言之不足故嗟嘆之嗟嘆之不足故歌詠之這四句詩中大意道我娶他做小夫人到我家中三年也不揪不問豈知我的意思天香我也和了四句詩我念你聽〔詩云〕爲伊通四六聊擎在手中色緣有深意誰謂馬牛風天香你在我家三年也你心中休煩惱我揀箇吉日良辰則在這兩日內立你做箇小夫人你心下如何〔正旦唱〕

〔二煞〕往常時不曾掛眼都無意今日回心有甚遲相公的言語更怕不中委付妾身教我轉轉猜疑相公又不是戲笑又不是沉醉又不是昏迷待道是顛狂睡囈兀的不青天這白日

〔云〕相公莫不是謬語〔錢大尹云〕我又不曾吃酒豈有謬語我只愛惜你那聰明才學可憐你那煩惱悲啼〔正旦唱〕

〔一煞〕相公你一言既出如何悔駟馬奔馳不可追妾身出入蘭堂

身居畫閣行有香車宿在羅幃相公整過了三年可便調理無箇消息不想道今朝錯愛我這匪妓也則是可憐見哭啼啼

〔錢大尹云〕天香後堂中換衣服去〔下〕〔正旦唱〕

〔煞尾〕則今番文㑳㑳的施才藝從來個撲簌簌沒氣力相公這一句言語可立碑我也不敢十分相信的許來大官員恁來大職位發出言詞忒口疾你不委心爲自家沒見識又不是花街中柳陌裏那一箇徹梢虛霧塌橋渾身我可也認的你〔下〕

〔音釋〕席星西切　躚纖平聲　踡音拳　實繩知切　的音底　失傷以切　疾精妻切　旖音倚　旎尼上聲　七倉洗切　得當美切　褪吞去聲　集精妻切　日人智切　十繩知切　擲征移切　骰音投　極更移切　膝喪擠切　推退平聲　涴音臥　嫪音異　息喪擠切　㑳粗叟切　簌音速　力音利　識傷以切

第四折

〔錢大尹引張千上云〕老夫錢大尹是也誰想柳耆卿一舉狀元及第誇官三日張千安排下筵席你去當街裏攔住新狀元柳耆卿道錢府尹請狀元他若不肯來時你只把馬帶着休放了過去好歹請他來若來時報的老夫知道〔下〕〔柳騎馬引祗候上〕〔詩云〕昔日齷齪不足誇今朝放蕩思無涯春風得意馬蹄疾一日看盡長安花小官柳永自與謝天香分別之後到於帝都闕下一舉狀元及第今借宰相頭踏誇官三日我聞知錢大尹娶了謝天香爲妻錢可道也你情知謝氏是我的心上人我看你怎麼相見左右的擺開頭踏慢慢的行將去〔張千上云〕狀元錢大尹相公有請〔一

柳云〕我不去〔張千扯馬云〕我好歹請狀元見俺相公去來〔同下〕〔錢大尹上云〕早間着張千請柳耆卿去了怎生不見來〔張千同柳上云〕狀元少待我報復去〔報科云〕請的狀元到了也〔錢大尹云〕道有請〔柳做見科〕〔錢大尹云〕賢弟崢嶸有日奮發有時兀的不壯哉將酒來今日與賢弟作賀〔把酒科云〕賢弟滿飲一盃〔柳云〕小官量窄吃不的〔錢大尹云〕賢弟平昔以花酒為念今日如何不飲〔柳云〕小官今非昔比官守所拘功名在念豈敢飲酒〔錢大尹云〕若是這般呵功名成就多時了你端的不飲酒敢有些怪我麼張千近前來〔做耳語科云〕只除恁的〔張千云〕理會的謝夫人相公前廳待客請夫人哩〔正旦云〕天香誰想有今日也呵〔唱〕

〔中呂粉蝶兒〕送的那水護衣為頭先使了熬麩漿細香澡豆熳的那温泔清手面輕揉打底乾南定粉把薔薇露和就破開那蘇合香油我嫌棘針梢燎的來油臭

〔醉春風〕那裏敢深蘸着指頭搽我則索輕將綿絮紐比俺那門前樂探等着官身我今日箇不醜醜雖不是宅院裏夫人也是那大人家姬妾強似那上廳的祗候

〔云〕相公前廳待客我且不過去我試望咱〔唱〕

〔石榴花〕我則道坐着的是那箇俊儒流我這裏猛窺視細凝眸原來是三年不肯往杭州閃的我落後有國難投莫不是將咱故意相迤逗特教的露醜呈羞你覷那衣服每各自施忠厚百般兒省不的甚緣由

〔鬭鵪鶉〕並無那私事公讐到與俺張筵置酒〔帶云〕我這一過去說些甚麼的是〔唱〕我則是佯不相瞅怎敢道特來問候〔見科〕〔錢大尹云〕天香與耆卿施禮咱〔正旦唱〕我這裏施罷禮官人行緊低首〔錢大尹云〕天香近前來些〔正旦唱〕誰敢道是離了左右我則索侍立傍邊我則索趨前褪後〔錢大尹云〕天香與耆卿把一盃酒者〔正旦云〕理會的〔唱〕

〔上小樓〕我待要題箇話頭又不知他可也甚些機彀倒不如只做朦朧爲着東君奉勸金甌他若帶酒是必休將咱僝僽〔柳云〕天香近前來些〔正旦唱〕這裏可便不比我做上廳行首〔錢大尹云〕天香把盞教狀元滿飲此盃〔遞酒科〕〔柳云〕我吃不的了也〔正旦唱〕

〔幺篇〕他那裏則是舉手我這裏忍着淚眸不敢道是厮問厮當厮來厮去厮摑厮揪我如今在這裏不自由〔柳云〕大姐你怎生清減了〔正旦唱〕你覷我皮裏抽肉你休問我可怎生骨岩岩臉兒黃瘦〔錢大尹云〕耆卿你怎生不吃酒〔柳云〕我吃不的了也〔錢大尹云〕罷罷罷話不說不知木不鑽不透冰不掿不寒膽不試不苦君子見幾而作不俟終日耆卿何故見之晚矣當日見足下留心於謝氏恣意於鳴珂躭耳目之玩惰功名之志是以老夫侃侃而言使足下怏怏而别一從賢弟去了老夫差人打聽道賢弟臨行留下一首定風波詞老夫着張千喚此謝氏張千把盞謝氏歌唱我着他唱那定風波詞我則道犯着老夫諱字不想他將韻脚改過老夫甚愛其才隨即樂案裏除了名字娶在我宅中爲姬妾老夫不避他人之是非蓋爲賢弟之交契若使他仍前迎新送舊賢弟可不

辱抹了高才大名老夫在此為理三年治百姓水米無交於天香秋毫不染我則待覇了你那臨路柳削斷他那出牆花合是該二人成配偶都因他一曲定風波則為他和曲填詞移宮換羽使老夫見賢思齊回嗔作喜教他冠金搖鳳效宮粧佩玉鳴鸞罷歌舞老夫受無妄之愆與足下了平生之願你不肯烟月久離金殿閣我則怕好花輸與富家郎因此上三年培養牡丹花專待你一舉首登龍虎榜賢弟你試尋思波歌妓女怎做的大臣姬妾我想你得志呵則怕品官不得娶娼女為妻以此上鎖鴛鴦巢翡翠結合歡諧琴瑟你則道鳳臺空鎖鏡我將那鸞膠續斷絃我怎肯分開比翼鳥着您再結並頭蓮老夫伴推做小夫人專待你箇有志氣的知心友老夫不必多言天香你面陳肝膽說兀的做甚〔詩云〕揀選下錦繡紅粧女付與你銀鞍白面郎柳耆卿休錯怨開封主這的是錢大尹智寵謝天香〔柳云〕嗨多謝老兄肯為小弟這等留心大姐我去之後你怎生到得相公府中試說一遍與我聽者〔正旦唱〕

〔哨遍〕一自才郎別後相公那簾幙裏香風透又無箇交錯觥籌又無箇賓客閑游飲盃酒坐衙緊換樂探仕勾喚的我難收救只得向公廳祗候不問我舞旋只着我歌謳將鳳凰杯注酒尊前遞把商角調填詞韻脚搜唱到慘綠愁紅事事可可一時禁口

〔耍孩兒〕相公諱字都全有我將別韻兒輕輕換偷卽時間樂案裏便除名揚言說要結綢繆三年甚事曾占着鋪蓋千日何曾靠着枕頭相公意難參透我本是沾泥飛絮倒做了不纜孤舟

〔二煞〕見妾身精神比杏桃相公如何共卯酉見天香顏色當春晝

觀花不比觀嬌態飲酒合當飲巨甌誰把清香嗅則是深閨在閫底又何曾插箇花頭

（錢大尹云）張千快收拾車馬送謝夫人到狀元宅上去（柳同旦拜謝科云）深感相公大恩（正旦唱）

（隨尾）這天香不想艷陽天氣開我則道無情干罷休誰想這牡丹花折入東君手今日箇分與章臺路傍柳

（音釋）齷音握 齪測角切 崢音橙 嶸音橫 窨齋上聲 澡音早 泔音甘 揉音柔 離知濫切 迤音移 瞅音揪 僝鋤山切 僽音驟 眸麻彪切 摑乖上聲 肉柔去聲 搳音鬧 侃看上聲 觥古橫切 旋去聲 綢音紬 繆波彪切

題目 柳耆卿錯怨開封主

正名 錢大尹智寵謝天香

錢大尹智寵謝天香雜劇

屈受罪千嬌赴法
倣吳仲圭筆

爭報恩三虎下山
珍倣宋版印

爭報恩三虎下山雜劇

元　撰

明吳興臧晉叔校

楔子

〔冲末扮宋江引僂儸上〕〔宋江詞云〕只因悞殺閻婆惜逃出鄆州城佔下了八百里梁山泊搭造起百十座水兵營忠義堂高搠杏黄旗一面上寫着替天行道宋公明聚義的三十六個英雄漢那一個不應天上惡魔星繡衲襖千重花豔茜紅巾萬縷霞生月擔的無非長刀大斧腰掛的盡是鵲畫鵰翎贏了時捨性命大道上趕官軍若輸呵蘆葦中潛身抹不着我影某宋江是也俺這梁山上離東平府不遠每月差個頭領下山打探事情去前者差大刀關勝下山去了個月程期不見回來第二個月差金鎗教手徐寧下山接應去也不見回來小僂儸便說與弓手花榮下山接應兩個兄弟去着他小心在意休違誤者〔詩云〕傳軍令豈不分明偏關勝違誤期程着花榮速離營寨下山去接應徐寧〔下〕〔外扮趙通判同正旦李千嬌搽旦王臘梅淨丁都管俫兒上〕〔趙通判云〕小官姓趙雙名士謙今爲濟州通判嫡親的六口兒家屬大夫人李千嬌第二個夫人王臘梅這個是丁都管是大夫人陪送過來的有一雙兒女是金郎玉姐小官要赴任去有那梁山一帶道路難行小官只得先去之任將家屬留在這權家店上安下待上任後另差人馬迎接一路上也好防護夫人你與衆家屬權寓在此不久我便差人來取你我如今收拾行裝先去也〔正旦云〕相公穩登前路等雨水晴時節可來取俺老小每也〔搽旦云〕相公你一路上小心謹慎早早的睡遲遲的起冷的休吃吃了冷的生冷病熱的休吃吃了熱的生熱病温的休吃吃了温的生温病茶也休吃飯也休

吃酒也休吃肉也休吃麪也休吃投至回家餓的你娘扁扁的（趙通判云）二夫人你須好生看覷一雙兒女丁都管你用心伏事兩個妳妳照顧行李則今日我就辭别了夫人上任去也（詩云）梁山路近苦難行家屬權時旅店停方信將軍不下馬也須各自奔前程（下）（正旦云）丁都管相公去了也你前後執料去我臥房裏收拾去咱（下）（丁都管云）下次小的每仔細火燭早早的收拾家私停當歇息了罷我丁都管元是大夫人帶過去的陪房我通判相公又有個二夫人與我有些不伶俐的勾當他如今叫我有甚話說且去問咱（見搽旦云）小妳妳叫我有甚事（搽旦云）相公去了也丁都管我嫁你相公許多年不知怎麽說我這兩個眼裏見不得他我見你這小的生的乾淨濟楚委的着人我有心要和你吃幾鍾梯氣酒兒你心下如何（丁都管云）小妳妳可憐見我正要吃幾鍾酒吃便吃則不要着大夫人知道和你多吃幾杯我若忘了你的恩就死了過路兒的我和你慢慢的吃酒呀恰似有個什麽人來（搽旦云）不妨事你靠着我坐左右這裏無有外人咱兩個慢慢的吃（關勝在古道云）賣狗肉賣狗肉這裏也無人某乃大刀關勝的便是奉宋江哥哥的將令每一個月差一個頭領下山打探事情那一個月肯分的差着我離了梁山來到這權家店支家口染了一場病險些兒丢了性命甫能將息我這病好也要回那梁山去爭奈手中無盤纏昨日晚間偷了人家一隻狗煮得熟熟的賣了三脚兒則剩下一脚兒我賣過這脚兒便回我那梁山去了來到這權家店只見一個男子搭着個婦人一坨兒坐着喝酒我過去賣這狗肉去（見科云）官人娘子買些香噴噴的狗肉吃可好（搽旦云）兀那廝甚麽官人娘子我是夫人他是我的伴當（關勝云）休鬭我耍那得個伴當和娘子一坨兒坐着吃酒（丁都管云）我坐不坐干你甚麽事（關勝怒科云）這廝好無禮也我打這廝（關勝做打丁都管做死科）（關勝云）不中我走了罷（

搽旦云〕打死人也〔店小二上云〕拏住拏住〔搽旦云〕好也你這廝白白的打死了我家伴當更待干罷我叫姐姐去姐姐你出來不知那裏走將一個大漢來打死了俺丁都管也〔正旦上云〕你叫我怎麼〔搽旦云〕姐姐一個賣狗肉的大漢打死了俺丁都管也〔正旦云〕在那裏待我看咱好一個壯士也兀那漢子你爲甚麼打死俺家的人〔關勝云〕那壁娘子息怒聽小人分辯恰纔我道官人娘子買些香噴噴的狗肉吃那廝便道我是伴當他是娘子你怎麼趕着我叫官人我便道那個伴當和娘子一坨兒坐着吃酒來那廝不由分說將我亂打被我可乂則一拳丕的打倒在地這也只是拳頭無眼過誤打死了人娘子怎生可憐見〔正旦云〕你姓甚名誰〔關勝云〕我不是歹人我是梁山上宋江哥哥手下第十一個頭領大刀關勝的便是〔正旦云〕你不是歹人正是賊的阿公哩〔背云〕這濟州是貼近梁山泊的我一向聞得宋江一夥只殺濫官汚吏並不殺孝子節婦以此天下馳名都叫他做呼保義宋公明不爭害他第十一個頭領那三十五個就肯干罷他那怕你是官是府興起兵來怕不把我一門兒誅盡殺絕不如做個計較放了他回去狹路相逢安知沒有報恩之處〔回云〕兀那漢子你多大年紀也〔關勝云〕小人二十五歲〔正旦云〕妾身比你却長一歲兀那漢子若不棄嫌我認義你做個兄弟你意下如何〔關勝云〕休道是做兄弟便籠驢把馬願隨鞭鐙〔正旦云〕兄弟我是李千嬌嫁的官人就是濟州通判趙士謙有一雙兒女金郎玉姐這個是俺相公的小夫人喚做王臘梅這廝是俺帶過來的陪房喚做丁都管他會這閑氣法但做了虧心的事他便使這閑氣法詐死了兄弟你放心自去有我在哩兄弟也無甚麼與你這一隻金鳳釵與你權做壓驚錢休嫌輕意〔關勝云〕多謝了姐姐兀的不諕殺你兄弟也〔正旦唱〕

〔仙呂賞花時〕好鬭打相爭俺這廝〔關勝云〕我不會重打他則一拳就打倒了〔

〔正旦唱〕但吃虧了些兒他可早推詐死〔關勝云〕倘若死了呵怎了也〔正旦唱〕遮莫他血泊內倘着橫屍〔關勝云〕他是官宦人家伴當姐姐便放了我去只怕他還要到官府裏告我哩〔正旦唱〕你安心波壯士俺可也便怎肯容的到官司〔下〕

〔店小二云〕呸元來是夫人的兄弟也要我費這一番力誤了我做豆腐的工夫我自去也〔下〕〔關勝云〕關勝你好險也若不是千嬌姐姐呵怎了兀那廝你聽者有讎的是丁都管和王臘梅有恩的是我那千嬌姐姐切切的記在心上〔詩云〕正是虎着痛箭難舒爪魚遭絲綱怎番身運去打殺無義漢時來金贈有恩人〔下〕〔搽旦云〕呸傻弟子孩兒他每都去了你還不起來做甚麼〔丁都管做起身科云〕倒一覺好睡也吃你打攪醒了我〔搽旦云〕咱這裏說話也不是自在處咱去稍房裏說話去來〔丁都管云〕小妳妳也說的是我和你再吃一杯兒咱〔同下〕

〔音釋〕重平聲　茜阡去聲　奔去聲　分去聲　坨音陀　長音掌　推退平聲　傻商鮓切

第一折

〔徐寧薄藍上云〕行不更名坐不改姓某宋江哥哥手下第十二個頭領金鎗教手徐寧是也俺宋江哥哥每一月差一個頭領下山去打探事情頭一個月差關勝下山去了個月程期不見上山宋江哥哥又差某徐寧接應關勝去到這權家店支家口得了一場凍天行的證候一臥不起在那店小二哥家安下房宿飯錢都欠了他的將我趕將出來白日裏在那街市上討飯吃夜晚來在那大人家稍房裏安下天色晚了也我掩上這門歇息咱〔做睡科〕〔丁都管同搽旦上〕〔丁都管云〕小妳妳這裏不是說話的所在俺去稍房裏說話小妳妳休大驚小怪的我有個口號兒赤赤赤〔搽旦云〕好丁都管你跟的我稍房裏去來赤赤赤〔徐寧云〕這個好似俺梁山上宋江哥哥的暗號

則怕着人來接應我〔正旦上云〕這早晚王臘梅還不到房裏歇息多喒又和丁都管鈎搭去了那

廝待瞞誰也呵〔唱〕

〔仙呂點絳唇〕我這裏着眼偷瞧教人恥笑〔搽旦做扯淨手按脖子科云〕佶長的身子則怕人看見你低着腰把那脚攝得輕着這等的差法也着人教你赤赤赤〔正旦唱〕忐覷那喬軀老屈脊低腰款那步輕攝脚

〔混江龍〕有一日官人知道將這一雙兒潑男女怎肯饒若知他暗行雲雨敢可也亂下風雹那瓦罐兒少不的井上破夜盆兒刷殺到頭臊粧體態弄妖嬈共伴當做知交將家長廝瞞着可正是閻王不在家着這夥業鬼由他鬧我今夜着他個火燒祆廟水淹斷了藍橋〔下〕

〔搽旦云〕來到了也推開這門者〔做驀過徐寧絆倒科云〕是甚麼絆我一脚丁都管你關了門等我點個燈來攞下這窗戶上紙來做個紙撚兒點着我試看咱有賊也拏住賊了喚俺姐姐去姐姐你快出來稍房裏拏住一個賊了〔丁都管云〕正是賊拏繩子來綁了〔正旦上云〕喚我做甚麼〔搽旦云〕姐姐俺稍房裏拏住一個攧脊梁不着的大漢正是個賊〔正旦云〕在那裏〔見科云〕是一個好大漢也丁都管你做什麼這等鬧〔丁都管云〕妳妳您孩兒拏住個賊了〔正旦唱〕

〔油葫蘆〕你晌午後先吃了人一頓拷怎又將他來扯拽着〔搽旦云〕妳妳你倒說的好他是個賊見了怎不拏住〔正旦唱〕哎你個賢婦也不索絮叨叨則這一條大官道又不是梁山泊則這一座小店兒又不是沙門島前

面可也下着客人後面是喒的老小〔丁都管云〕您孩兒前後執料去拏住這廝正是個賊〔搽旦云〕我現在稍房裏拏住他看他那賊鼻子賊耳躲賊臉賊骨頭可怎麼還不是賊哩〔正旦唱〕似傾下一布袋野雀般喳喳的叫大古裏是您人怨語聲高

〔丁都管云〕嗨拏住了賊倒說不干我事〔搽旦云〕我兩個來這裏收拾一推開門就拏住他怎麼不是賊〔丁都管云〕這廝正是賊〔正旦云〕且不問他是賊不是賊我只是問你兩個〔唱〕

〔天下樂〕您做事可甚人不知鬼不覺他把這房也波門房門可早關閉了你可便走將來輕將這門扇敲〔云〕你到這稍房兒裏去做甚麼〔搽旦云〕我在這裏拌草料喂馬來〔正旦唱〕這裏又無他那盛料盆又無那喂馬槽妹子也你可甚空房中來和草

〔搽旦云〕他在這裏正是賊〔正旦云〕你道他是賊知他誰是賊〔唱〕

〔村裏迓鼓〕他又不曾殺人放火他又不曾打家截道他這般伏低也那做小〔搽旦云〕姐姐常言道賊漢軟如綿休信他〔正旦唱〕他可便緊叉手連忙陪笑〔搽旦云〕他笑裏有刀哩正是賊〔正旦云〕你道他是賊呵〔唱〕他頭頂又不又不曾戴着紅茜巾白氈帽他手裏又不曾拿着麁檀棍長朴刀他身上又不穿着這香綿衲襖

〔搽旦云〕丁都管拏繩子來綁了送到官府中去來〔丁都管云〕拏繩子來綁得緊緊兒的休等他掙脫了去〔正旦云〕丁都管你只放了他者〔唱〕

〔元和令〕做甚道使繩子便綁縛妹子也到官司要發落〔云〕我心裏待

要救那壯士則除是這般兀那壯士你姓甚名誰〔徐寧云〕我不是歹人我是徐寧〔搽旦云〕哦徐寧
正是賊〔正旦云〕你敢是徐勝〔徐寧云〕呸我是徐勝是徐勝〔正旦唱〕你那裏沒來由則
把領頭稍哎和人尋唱叫則這徐寧徐勝兩個字相差較妹子你莫
耳朵背錯聽了
〔云〕你近前來我自認你咱〔唱〕
〔上馬嬌〕我這裏觀了相貌覷了眼腦不由我忿氣怎生消甚風兒
今夜吹來到也是天對付可教我和兄弟廝尋着
〔勝葫蘆〕兄弟我是你姑舅姐姐李千嬌你見我怎生來不肯屈驢
腰〔徐寧云〕那壁廂是姐姐哩受你兄弟兩拜咱〔搽旦云〕不中他是徐寧哩〔正旦唱〕喜得間
別來身快樂做甚買賣度的昏朝敢則是靠此〻賭官博
〔徐寧云〕您兄弟爭奈赤手空拳不會探望得姐姐休怪您兄弟也〔正旦唱〕
〔幺篇〕你道赤手空拳本利少怕見我面情薄往日家私甚過的好
敢則是十年五載四分五落直這般踢騰了此〻舊窩巢
〔徐寧云〕早則不曾衝撞着姐姐姐姐休怪受您兄弟兩拜咱〔做拜科〕〔正旦背云〕你那裏人氏
姓甚名誰〔徐寧云〕我是梁山泊宋江哥哥手下第十二個頭領金鎗教手徐寧你兄弟不是歹人
那〔正旦云〕元來和關勝一般都是梁山泊上好漢救人須救徹我有心救了關勝怎好不救他你
今年多大年紀也〔徐寧云〕我二十五歲〔正旦云〕你二十五歲我大你一歲我認義你做個兄弟
如何〔徐寧云〕休道是做兄弟便籠驢把馬願隨鞭鐙敢問姐姐那裏人氏姓甚名誰說與您兄弟

知道波〔正旦回云〕兄弟你怎麼忘了那我是你姑舅姐姐李千嬌你姐夫是濟州通判趙士謙一雙兒女金郎玉姐他是我相公的小夫人王臘梅這是俺家裏帶過來的陪房丁都管兄弟也你怎麼忘了妹子你和兄弟廝見咱〔搽旦云〕我不認得原來是你兄弟哩你休怪你休怪你姊妹兩個生得一般模樣的你看俺姐姐的鼻子和你的鼻子一般樣的〔正旦云〕丁都管你來拜你舅舅咱〔丁都管云〕不認得是舅舅早是我不曾衝撞着舅舅我着你老子放個囉頭〔同搽旦虛下〕〔正旦云〕兄弟也路途上廝見無甚麼與你這一雙金釵兒倒換些錢鈔做盤纏去〔徐寧云〕恰纔姐姐救了我的性命又認我做兄弟又與我一雙金釵兒做盤纏姐夫趙通判姐姐李千嬌兩個孩兒金郎玉姐便是印板兒也似印在我這心上則願得姐姐長命富貴若有些兒好歹我少不得報答姐姐之恩可不道路遙知馬力日久見人心〔正旦唱〕

〔賺煞尾〕我與你這金釵兒做盤纏你去那銀鋪裏自回倒休得嫌多道少你姐夫那做官處和兄弟廝撞着這齎發休想是薄你姐夫雖然他便權豪向親眷行怎肯粧幺你姐夫從來貧不憂愁富不驕你可憐見我耽煩受惱你可憐見我無依少靠兄弟也你若是得工夫頻探望兩三遭〔下〕

〔徐寧云〕徐寧你好險也恰纔不是千嬌姐姐那裏得這性命來我徐寧緊記着有恩的是千嬌姐姐有讎的是丁都管王臘梅〔詩云〕離了權家店還俺大蟲窩見他吳學究說與宋江哥償得黃金盛重將寶劍磨金贈千嬌姐劍斬潑嬌娥〔下〕〔搽旦同丁都管上〕〔搽旦云〕好造化也恰好兩處都吃不成酒只不如靠着壁上做些勾當也消遣了這場兒高與去來赤赤赤〔同下〕

〔音釋〕更音京 教平聲 那音挪 脚音皎 雹巴毛切 著池燒切 祆音軒 泊巴毛切

覺音皎 盛音呈 空去聲 和去聲 縛房包切 落音澇 愽巴毛切 薄巴毛切

第二折

〔正旦同倈兒上〕〔正旦云〕自從俺相公上任之後差夫馬到那權家店上迎取俺們到官在這後花園中居住好是幽靜也呵〔唱〕

〔中呂粉蝶兒〕我生長在大院深宅便燒個灰骨兒斷不了我這幽閑體態儘着他放蕩形骸我可也萬千事不折證則我這心兒裏忍耐遮莫他翻過天來則你那動人情四般兒不愛

〔醉春風〕我可也不殢酒不貪財我不爭氣不放歹那妮子閑言長語我只做耳邊風那裏也將他來睬睬且把那潑賤的休提便聰明的無益倒不如老實的常在

〔花榮慌上云〕休趕休趕一箇來一箇死兩箇來一雙亡〔跳牆科云〕我跳過這牆來原來是一所花園遠遠的一箇撮角亭子裏點着明燈蠟燭亭子下一塊太湖石我在這太湖石邊掩映着看是甚麼人來〔正旦云〕夜深也孩兒每都睡了也我燒香去咱我開了這門我掇過這香卓兒來天也李千嬌頭一炷香願天下太平第二炷香願通判相公與一雙孩兒身體安康第三炷香願天下好男子休遭羅網之災我燒罷香也我回卧房中去關上這門自歇息咱〔下〕〔花榮云〕嗨好一個賢達的女子也頭兩炷香可也不打緊第三炷香願天下好男子休遭羅網之災我是逃災避難之人他說這等吉利的話我就要上梁山去不知這娘子姓甚名誰哦則除是這般我如今在房門外走

的鞋底鳴脚步響料他必然出來〔做走科〕〔正旦上云〕這鞋底鳴脚步響必定是俺通判相公來
了〔唱〕
〔迎仙客〕你不守着那小妮子閑伴着這死屍骸夜深的向我房裏
我房裏更做甚麼來你只恁的好不風流只恁的不自在〔帶云〕我猜着
你也〔唱〕你則道我不肯將門開多管是你壁聽在這窗兒外
〔云〕相公你在我那門首鞋底鳴脚步響你則道我不開這門相公你則休趓了我我自開開這門
〔做開門科〕〔花榮做入門科〕〔正旦云〕可不說來相公你躲了我也到天明你可休尋我的不是
我依舊關上這門者〔做見科云〕兀的不諕殺我也〔花榮云〕娘子休驚莫怕我不是歹人〔正旦
云〕壯士要的金珠財寶你都將的去則留着我的性命咱〔花榮云〕娘子我不是歹人〔正旦唱〕
〔紅繡鞋〕諕的我戰欽欽繫不住我的裙帶慌張張兜不上我的羅
鞋身難蹔脚難那手難擡見一個偌來大一條漢直撞入我這臥房
來〔云〕壯士你從那裏來〔花榮云〕我越牆而來〔正旦唱〕可兀的是侯門深似海
〔云〕壯士饒命〔花榮云〕我不是歹人〔正旦云〕你既不是歹人你通名顯姓咱〔花榮云〕我是宋
江手下第十三個頭領弓手花榮我不是歹人〔正旦背云〕你不是歹人可是賊哩早梁山泊上好
漢遇着三個兒也〔花榮云〕那壁娘子也通一個姓名〔正旦云〕妾身李千嬌敢問壯士多大年紀
〔花榮云〕小可今年二十四歲〔正旦云〕不是我要便宜我長着你兩歲我有心認義你做個兄弟
不知你意下如何〔花榮云〕休說做兄弟便籠驢把馬願隨鞭鐙〔正旦云〕兄弟你牢記者妾身是
李千嬌夫主是濟州通判趙士謙一雙兒女是金郎玉姐還有俺相公的小夫人王臘梅伴當丁都

管他兩個數次尋我的不是則怕久後落在他勾中你則是早些來救我〔花榮云〕姐姐你放心李千嬌的姓名經板兒也似印在我這心上姐姐若無危難便罷了若有危有難我捨一腔熱血必來答救姐姐〔丁都管同搽旦上〕〔丁都管云〕二妳妳俺兩個去花園中亭子上吃幾杯酒去來〔做聽科云〕二妳妳你聽大妳妳房裏有人說話哩一定是姦夫俺叫出相公來〔搽旦云〕呀夫人房裏真個有人說話〔做喚科云〕相公相公〔趙通判上云〕二夫人你叫我做什麼〔搽旦云〕你向的好夫人他房裏藏着姦夫說話哩都像我肯做這等勾當〔趙通判云〕你過來待我聽去〔做聽科云〕是真個我踏開這門〔趙通判做踏門科〕〔花榮做一刀科云〕兀的不有人來不中走走走〔下〕〔趙通判云〕哎喲好也囉你背地裏有姦夫傷了我臂膊也我和你是兒女夫妻你這般做下的〔正旦云〕天那可怎生是好也〔搽旦云〕你做的好勾當相公怎麼歹看承你來你藏着姦夫將相公臂膊砍傷了相公你休要打他這個是十惡大罪律有明條拏着見官去來〔正旦云〕相公不要聽他沒甚麼姦夫來〔趙通判云〕這事我自家不好問二夫人你做狀頭拖他見官去〔正旦云〕天那兀的不害殺我也〔同下〕〔張千上排衙科云〕在衙人馬平安擡書案〔外扮孤上詩云〕農事已隨春雨辦科差猶比去年稀矮窗睡足遲遲日花落閑庭燕子飛小官姓鄭雙名公弼自中甲第以來屢蒙遷用現為濟州知府之職今日陞廳坐早衙張千喝攛箱擡放告牌出去〔張千云〕理會的〔趙通判上云〕小官趙通判衙門中告大夫人去來張千報復去道有趙通判來見相公〔張千云〕有趙通判來見相公〔孤云〕道有請〔張千云〕請進〔趙通判做見跪科云〕相公小官特來告狀〔孤云〕相公請起有何事〔通判起身科云〕小官有兩箇夫人不想大夫人有姦夫在房中說話小官踏開門姦夫將刀子傷了我臂膊相公與我做主咱〔孤云〕相公差矣你的大夫人是你兒女

夫妻豈有此理便好道家醜不可外揚相公自己斷了罷〔趙通判云〕相公不斷我別處告去〔孤云〕若別處去告又不如在本府告我問相公誰是原告〔趙通判云〕小夫人是原告〔孤云〕既如此相公請回着家中嫡親的人來首狀〔趙通判云〕多謝多謝小官就回家去着親人自來首狀也〔下〕〔孤云〕張千拏過那一行人來〔張千做拏正旦搽旦俫兒上見科云〕當面〔搽旦云〕大人我是濟州趙通判第二個夫人這個是他大夫人他房中藏着姦夫俺相公蹅開門來那姦夫拏着刀要殺俺相公不想殺不中在俺相公臂膊上砍了一刀現有傷痕告大人與俺相公做主咱〔孤云〕誰是李千嬌〔正旦云〕妾身便是李千嬌〔孤云〕噤聲那個和你排房那兀那大夫人你豈不知夫乃身之主你怎生結搆姦夫傷了親夫有乖風化其罪非輕當日是多早晚時候到於臥房中做出這事你從實說來免受打拷〔正旦唱〕

〔石榴花〕昨宵個月明如水浸樓臺〔孤云〕你在那臥房中做什麼來〔正旦唱〕妾身將這單枕倚翠屏挨〔孤云〕初更時候必是歹人從實的說來〔正旦唱〕只聽得那履聲款款步閑堦〔帶云〕其時我只道是通判相公〔唱〕妾身可便起來忙把這門開〔孤云〕開了門見甚麼人來〔正旦唱〕見一個碑亭般大漢將這門桯來驀〔孤云〕你見他可是怕人也不怕〔正旦唱〕諕的我魂飛在九霄雲外〔孤云〕他可說什麼來〔正旦唱〕他道是姐姐你便休驚怪〔孤云〕通判相公怎生便知道來〔正旦唱〕誰承望他將通判喚將來〔孤云〕他說是你結搆的歹人哩〔正旦唱〕

〔鬬鵪鶉〕俺又不曾弄月嘲風怎攬下這場愁山悶海〔孤云〕那賊漢怎

生般中注模樣〔正旦唱〕我則見燈影下英雄〔孤云〕他拏着些什麼〔正旦唱〕誰知
他手中有這器械〔孤云〕他姓甚名誰〔正旦云〕知他姓什麼那〔孤云〕你不說他名姓張
千揀大棒子來將他打着者〔正旦云〕等我想咱我想起來了也〔唱〕想起他弓手花榮是
說來〔孤云〕住住住弓手花榮正是梁山上强盜便與我拏住〔正旦云〕他走了也〔孤云〕我則問
你要〔正旦唱〕這公事怎剖劃〔孤云〕他走了更待干罷便與我畫影圖形拏捉將來〔正旦
唱〕他沿門兒畫影圖形直着我面皮上可也無顏的這落色
〔孤云〕俺這官府中則要你從實的取責不要你當廳抵賴你犯下十惡大罪須饒不得你那〔正
旦唱〕
〔上小樓〕你待教我從實取責我又不敢當廳抵賴恰待分說又道
咱家不伏燒埋〔孤云〕你不招呵俺這裏必不干罷〔正旦唱〕我但有那搠喉嚨抹
嗓子裙刀摟帶就在這受官廳自行殘害
〔搽旦云〕大人這賴肉頑皮不打不招拏那大棒子着實的打上一千下他纔招了也〔孤云〕張千
與我打着者〔張千做打科云〕快招快招〔正旦唱〕
〔幺篇〕他他他打的來如砍瓜似劈柴棒子着處血忽淋刺肉綻皮
開這般苦禁持惡搶白怎生寧奈〔孤云〕這婦人的罪犯情理太重也〔正旦唱〕只
索便一刀兩段倒大來迭快
〔搽旦云〕你招了罷不强似你這般吃打〔孤云〕張千打着者〔張千打科云〕招了者招了者〔正
旦做死科〕〔張千云〕相公打死了也〔孤云〕打死了也將一碗水來噴醒他〔張千做拏水噴科〕

〔搽旦云〕相公你則管打打死了他也不干我事〔正旦做醒科〕〔唱〕

〔快活三〕昏慘慘雲霧埋踈剌剌的風雨篩我一靈兒直到望鄉臺猛聽的招魂魄

〔朝天子〕我這裏便急待急待要掙闘這打拷實難捱忽然將淚眼猛閃開誰想道我這殘生在〔孤云〕張千將他一雙兒女推近前來叫醒他者〔張千云〕理會的〔做推倈兒科云〕你快叫〔倈兒云〕妳妳你甦醒着〔正旦唱〕喚我的原來是痴小嬰孩〔孤云〕採起那廝頭稍來者〔正旦唱〕他把我揪頭稍托下頦〔孤云〕張千打着那廝叫〔張千云〕理會的〔做打倈兒科云〕嗯你叫你叫〔倈兒叫科云〕妳妳妳妳〔做哭科〕〔正旦唱〕是誰人喳喳的叫妳妳一齊的舉哀兒也可不想便救我離了陰司界

〔孤云〕兀那李千嬌你不招便待干罷再打着者〔正旦云〕大人可憐見我是好人家女好人家婦我吃不過這打拷我招了罷相公是我李千嬌因姦殺丈夫來〔搽旦云〕如何你早招了也不吃這般打拷〔孤云〕既是招了張千上了長枷下在死囚牢裏去〔張千云〕理會的〔做上枷科云〕上了枷也〔搽旦云〕好麼只說獐過鹿過可不說麂過每日則揑舌頭說別人今日可是你還不羞死了哩毛毛毛〔正旦唱〕

〔耍孩兒〕罷罷罷我這裏聲冤叫屈誰瞅睬原來你小處官司利害衙門從古向南開怎禁那探爪兒官吏每貪財這裏又無那敢爲敢做的尚書省更有那無曲無私的御史臺我恰行出衙門外那婗子

舞旋旋摩拳擦掌叫吖吖拽巷囉街

〔搽旦云〕相公這一雙兒女我領將家去罷呸不識羞的狗骨頭這個是你的兒你的女惱了我㨪你那賊弟子孩兒〔正旦云〕這妮子說出來做出來呟兒也則被你痛殺我也〔唱〕

〔二煞〕我可也堪恨這個潑短命堪恨這個歹賤才我恨不的一枷稍打碎那廝天靈蓋他將我那一雙兒女拖將去苦被那祗候公人把我拽過來你後來要還我這膿血債倚仗着你那有官有勢忒欺負我無靠無挨

〔搽旦云〕你這一雙兒女就擡舉的成人長大也是個不成器的等到家我慢慢的結果他〔正旦唱〕

〔煞尾〕那妮子又不知三年乳哺恩那裏曉懷躭十月胎他將我這一雙業種陰圖害可正是拾得孩兒落的摔〔下〕

〔張千云〕牢裏收人〔搽旦云〕相公他大年去了我領着這兩個小的回家中去也〔下〕〔孤云〕張千將那婦人下在牢中到來日建起法場拏出來殺壞了他者〔詩云〕則爲那李千嬌私意傳情趙通判告到公庭已問實別無寃枉赴法場明正典刑〔同下〕

〔音釋〕宅池齋切　殢音膩　長音仗　難去聲　中去聲　首去聲　桯音刑　藹音賣　刖音擺　劃胡乖切　色篩上聲　責齋上聲　禁平聲　刺音辣　魄鋪買切　闖音𧶘　捱去聲　甦音蘇　頦音孩　旋去聲　種上聲　摔升擺切

第三折

（店小二賣稀粥上詩云）我賣稀粥真個稀誰不與我做相知由你連喝一百碗吃了依然肚裏饑自家是個賣稀粥的在這權家店支家口賣稀粥但是南來北往經商客旅做買做賣推車打擔趕不上城的都在我這裏買粥吃土地老子保祐則願的買賣和合百事大吉利增百倍今日清晨熬下這一盆稀粥看有甚麼人來買吃（關勝上云）有粥麼（店小二云）老叔有粥有粥（徐寧上云）有稀粥麼（店小二云）老叔有的是稀粥（花榮上云）有粥麼（店小二云）老叔有粥有粥（關勝舀粥科云）清天可表陸地方知整粥落地願我那千嬌姐姐早出羅網之災（徐寧云）一點粥落地願的俺千嬌姐姐早脫羅網之災（店小二云）喏報報報（衆云）怎的（店小二云）大家耍子（一店小二做一手拏一碗口裏一碗遞科）（徐寧云）哥哥怎生認的千嬌姐姐來（關勝云）你兩個兄弟不知前一月奉宋江哥哥的將令下的山來到權家店支家口不幸染了一場重病不甫能將息的身子較好要回梁山去爭奈手裏沒盤纏你兩個兄弟休笑我偷了人家一隻狗賣的熟了賣做盤纏到的這權家店只見一個男子漢一個婦人一坨兒坐着吃酒我便道官人娘子買些狗肉吃那廝便道他是娘子我是伴當我便道那個伴當和娘子一坨兒坐着吃酒那廝不由分說打將來着我接住手可乂則一拳打倒在地我欲待走被那王臘梅扯住請的夫人來兩個兄弟不知你說是誰原來是千嬌姐姐見我說了那項上事他就與了我一隻短金釵認我做兄弟我回到梁山上稟知宋江哥哥如今耳消耳息打聽的千嬌姐姐有難我在哥哥根前告了一個月假限收拾一包袱金珠財寶下山搭救他去因此上認的千嬌姐姐不知您兩個兄弟怎生認的他來（徐寧云）哥哥聽您兄弟說我怎生認的那千嬌姐姐前一月宋江哥哥差你下山去了個月期程不上山來宋江哥哥道徐寧你怎生不接應您關勝去以此又差某下山某到的那權家店支家口也得了一

場凍天行的證候在那店小二家安下房宿飯錢都欠少了他的他將我撚將出來白日裏在那街上討飯吃到晚來在那店家稍房裏安下哥也你說那稍房可是誰家（花榮云）是誰家（徐寧云）就是那千嬌姐姐做下處的這家您兄弟正歇息着則聽兩個人道赤赤赤我說是梁山泊上的暗號着人來接應我我開了門可是王臘梅丁都管他兩個拏住我說我是賊叫將千嬌姐姐來那姐姐放了我去又認我做兄弟又與我一隻金釵做盤纏我問其故他說恰纔那個是丁都管王臘梅他兩個有些不伶俐的勾當姐夫是趙通判姐姐是李千嬌一對兒女是金郎玉姐如今我打聽千嬌姐姐有難您兄弟問哥哥告了半個月假限背着些金珠財寶搭救他因此上您兄弟認的那千嬌姐姐來（花榮云）哥我的情節也差不遠當日宋江哥哥的將令因為您兩個違了期限不上山來又差我來接應哥您兄弟下的山來到那濟州府城外酒店裏多飲了幾杯酒入的城來被風刮起衣服露見我這遍綽子被那捕盜官軍看見兀的不是梁山上的好漢趕的我至急揣的一枝苫牆柳樹被我跳過牆去哥您道你兄弟跳在那裏正跳在俺千嬌姐姐花園裏我在那太湖石邊躲着天色晚了不想姐姐出來燒香頭裏兩炷香都不打緊第三炷香願普天下好男子休遭羅網之災哥您兄弟逃災趓難聽見姐姐說這等吉利之語我就要上梁山告與宋江哥哥知道爭奈不知姐姐姓字您兄弟在姐姐房門前鞋底鳴脚步響姐姐在房裏聽得則道是他的通判相公來開的房門您兄弟驀進門去燈燭直下見了您兄弟身材凜凜相貌堂堂教那姐姐可是怕也不怕我便道姐姐休驚莫怕則我是宋江手下第十三個頭領弓手花榮我正與姐姐所說向上事被那丁都管和王臘梅攛調着通判說姐姐房裏有姦夫您兄弟拏着遍綽子奔將出來不想那遍綽子抹破了姐夫臂膊如今把姐姐拖到官中三推六問屈打成招早晚押上法場去您兄弟在哥哥根前告

了一個月假限收拾了些金珠財寶捨一腔熱血答救千嬌姐姐〔關勝做拏刀科怒云〕我道千嬌姐姐為誰來原來是為你來便好道蒙人點水之恩尚有仰泉之報知恩不報非為人也〔詞云〕不怕宋江將咱怪今朝絕早離山寨救得那千嬌姐姐呵和你歡歡喜喜無妨礙若救不得呵則我這大桿刀劈碎鳥男女天靈蓋〔云〕你兩個兄弟慢來我先去也〔店小二扯科云〕老叔還稀粥錢去〔關勝云〕改日來與你〔下〕〔徐寧云〕兄弟你聽的關勝哥說麼他要大桿刀劈碎他天靈蓋兄弟徐寧也不是個善的則我這點鋼鎗可搭搠透他那三思臺兄弟你慢來我先去也〔店小二云〕老叔稀粥錢〔徐寧云〕有什麼稀粥錢〔下〕〔花榮云〕兩個哥為千嬌姐姐打甚麼不緊〔詞云〕關勝哥大桿刀劈碎天靈蓋徐寧哥點鋼鎗搠透三思臺休道銀山鐵甕囚牢裏便是虎窟龍潭我也要救出來〔店小二做扯住云〕老叔還我稀粥錢去〔花榮云〕我有緊要事要去你個弟子孩兒百忙裏討甚麼粥錢〔下〕〔店小二云〕哎喲你看我那造物清早晨纔開店走將三個人來吃粥他吃了粥我問他討粥錢一個錢不會與我粥又吃了連碗盞都打破了難道我造物這等低我如今也不賣粥了只賣豆腐去來〔下〕〔劊子拏正旦倈兒上〕〔劊子云〕上了板搭關了門戶打掃街道看時辰到了就好下手〔正旦云〕好冤屈也呵〔唱〕

〔越調鬭鵪鶉〕我可便項戴着沉枷身纏着重鎖鎖押損我身軀枷磨破我項窩乾着你六問三推生將我千刀萬剮〔劊子云〕行動些布下法場時辰將次到也〔正旦唱〕我只聽的一下鼓一下鑼撮枷稍的公吏搊搜打道子的巡軍每叶和

〔紫花兒序〕叫喳喳的大驚小怪撲碌碌的後擁前推惡狠狠的倒

拽橫拖我實心兒怕死我可也半步兒剛挪知麽兩下裏一齊都簇合可又早巳時交過坐馬的將官道踏開來看的將巷口攙奪

〔劊子做打科云〕喂快行動些〔正旦唱〕

〔小桃紅〕告哥哥休打謾評詼權等待些兒個負屈銜冤怎生過不存活這場煩惱天來大那妮子把孩兒每厮搡將女孩兒面皮摑破你常是下的手狠僂儸

〔劊子云〕你若不犯下罪可也不遭這等刑憲〔王臘梅上尋打倈兒科〕〔正旦唱〕

〔鬼三臺〕往常我清閑坐列鼎食重裀臥今日在法場上結末好事便多磨我犯了個殺丈夫的罪過兩下裏看的直這般多把個十字街擠的沒一線兒闊近了也鬧市雲陽遠的是蘭堂也那畫閣

〔關勝徐寧花榮冲上劫法場科云〕梁山泊好漢全夥在此〔劊子做見慌跑科〕〔王臘梅拖倈兒下〕〔花榮云〕那裏走〔關勝背旦科〕〔正旦倒科〕〔花榮云〕姐姐甦醒者〔徐寧云〕千嬌姐姐甦醒者〔正旦唱〕

〔金蕉葉〕我一靈兒悲風內喧喧聒聒我一靈兒怨雲裏招招磨磨

〔關勝云〕姐姐甦醒着〔正旦唱〕是誰人喚姐姐不離了耳躲〔花榮云〕千嬌姐姐甦醒着〔正旦唱〕是誰人將我這小名兒呫題着喚我

〔花榮云〕千嬌姐姐是您兄弟救你來〔正旦唱〕

〔調笑令〕是誰將我來救活原來是您三個呀閒別來兄弟每安樂

波你刀尖兒抹的他皮膚破到官司百般摧挫那妮子一尺水翻騰
做一丈波怎當他只留支刺信口開合
〔禿厮兒〕如今這殺丈夫的這般結果有姦夫的可怎生折磨兄弟
也我吃了那無情棒可也圖甚麼如今那做官的那裏是蕭何也波
真個
〔聖藥王〕我可也千不合萬不合一時間做事忒多羅沒來由結識
這個認義那個我正是識人多者是非多苦也囉平地起風波
〔花榮云〕姐姐當初是您兄弟不是了也〔關勝云〕兄弟如今救了姐姐可上梁山見我宋江哥哥
去來〔正旦唱〕
〔收尾〕則被他送我一場亡身禍今日個將功勞折過那一日臥房
裏撞着他〔帶云〕好兄弟也〔唱〕今日個法場上救了我〔同下〕
〔趙通判引丁都管王臘梅倈兒上〕〔趙通判云〕不好了被梁山泊强盜劫了法場也快走快走〔丁
搽旦云〕不知怎麼這一會兒心驚肉戰這一雙好小脚兒再走也走不動了丁都管你來扶着我
走赤赤赤〔徐寧花榮上〕〔花榮云〕這不是丁都管二夫人和趙通判一雙兒女都與我拏住休少
了一個都解上山去等宋江哥哥發落去來〔同下〕
〔音釋〕苫失廉切　三去聲　合音何　奪音多　詖音波　活音和　大音惰　摑乖上聲
末音磨　闊音顆　閣哥上聲　聒音果

第四折

〔關勝同正旦上〕〔關勝云〕某關勝是也我兄弟每直在法場上面救得千嬌姐姐脫了今日這場災難臥番羊窨下酒做一個慶喜的筵席姐姐有請〔正旦云〕誰想有今日也呵〔唱〕

〔雙調新水令〕俺只見颭西風這一面杏黃旗小僂儸更狠如虎狼公吏今日個宰肥羊斟糯酒須不是長休飯永別杯山寨崔嵬哎煞強如那一坨慘田地

〔關勝云〕將酒來姐姐滿飲一杯〔正旦云〕我不吃這酒〔關勝云〕姐姐你為甚麼不肯吃酒〔正旦云〕不見我一雙兒女教我怎麼吃的下〔唱〕

〔沉醉東風〕只俺這一雙小兒女如今那裏知他是死的還是活的

〔關勝云〕姐姐今日這酒是慶喜的酒專為姐姐置下的〔正旦唱〕則俺這眼兒邊一刻的愁心兒上着甚些喜你道這酒呵是為咱而置你便有玉液金波且莫題其實下俺這喉嚨不得

〔關勝云〕姐姐休憂俺着徐寧兄弟取你一雙兒女去了這早晚敢待來也〔徐寧引俫兒上云〕某徐寧引着這一雙兒女見姐姐去來〔做見科云〕姐姐你歡喜咱兀的不是你一雙兒女也〔關勝云〕姐姐你可吃一杯酒〔正旦云〕我不吃這酒〔關勝云〕姐姐為甚麼又不吃酒〔正旦云〕不見我的讎人我不吃酒〔唱〕

〔喬牌兒〕這杯酒也非是俺故意的推只為出不的俺心頭氣你若是拏的來那兩個潑奴婢我就甘心做醉死鬼

〔關勝云〕姐姐你放心有花榮兄弟拏住了丁都管王臘梅并趙通判這早晚敢待來也〔花榮拏

丁都管王臘梅同趙通判上〕〔花榮云〕某花榮拏着這雛人見姐姐去來〔做見科云〕姐姐你歡喜咱拏將你雛人來了也〔搽旦云〕姐姐我說你是個好人麼自從你下在牢裏我替你拜斗直到如今你饒了俺我買餅好肉鮓裝一卓素酒請你吃〔趙通判云〕夫人這都是他去首狀做下來的須不干我事〔丁都管云〕大奶奶一了是個好人〔正旦唱〕

〔鴈兒落〕我是粉鼻凹柳盜跖偏愛吃人心肺把這廝剮割的七事子判了個十分罪

〔得勝令〕呀我則要乘興兩三杯做一個家好筵席休准備別茶飯〔關勝云〕姐姐你要甚麼茶飯〔正旦唱〕我則待燒一塊人肉吃〔花榮云〕姐姐看了俺弟兄的面皮單饒了你姐夫一個罷〔正旦唱〕您兄弟每今日待勸我回心意自到官來當日我便與他沒面皮

〔花榮云〕姐姐您認了俺姐夫者〔正旦云〕我至死也不認他〔花榮云〕姐姐你真個不認他我將這兩個小的都丟在澗裏去〔正旦唱〕

〔側磚兒〕只見他揎拳捰袖生情發意將兩個小業種領窩來提我這裏急慌忙那身起大走到向他根底

〔竹枝歌〕好說話將孩兒放了只當不的他打甕墩盆喬樣勢我主意兒不認這負心賊您三人直嚇的俺兩個做夫妻蹺蹊這關節兒到來的疾

〔花榮云〕將小廝丟在澗裏去〔正旦云〕住住住休摔殺孩兒我認則便了也〔關勝云〕既姐姐認

了姐夫喒每見宋江哥去來〔同下〕〔宋江上云〕某宋江是也有關勝徐寧花榮三個兄弟問某告了一個月假限下山去搭救他的千嬌姐姐回來了今日忠義堂上分付這一樁公事去來〔關勝同衆上云〕喏報哥哥得知俺兄弟每拏住丁都管王臘梅將他綁在花標樹上碎屍萬段您一行人聽我下斷者〔詞云〕您結義在患難之先受苦楚有口難言鬧法場報恩答義救千嬌萬古流傳將賊婦攢箭射死丁都管梟首山前趙通判弃兒女發回鄉土四口兒寧家住夫婦團圓〔正旦趙通判倈兒拜謝科〕〔正旦唱〕

〔隨尾〕謝得你梁山泊上多忠義救了喒重生在世若不是您好弟兄再三央怎能勾我歹夫妻依舊美

〔音釋〕窨音陰　颭占上聲　別皮爺切　的音底　得當美切　凹音妖　跖張恥切　興去聲　席星西切　吃音恥　日繩知切　只張恥切　賊則平聲　疾精妻切

題目　屈受罪千嬌赴法

正名　爭報恩三虎下山

爭報恩三虎下山雜劇

長眉仙遣梅菊荷桃
倣郭熙筆

張天師斷風花雪月
珍倣宋版印

張天師斷風花雪月雜劇

元　吳昌齡撰
明吳興臧晉叔校

第一折

〔冲末扮陳太守領張千上〕〔陳太守詩云〕農事已隨春雨辦科差猶比去年稀小窗睡徹遲遲日花落閑庭燕子飛老夫姓陳雙名全忠餘進士及第隨朝數載謝聖恩可憐所除洛陽太守之職老夫有一姪兒乃是陳世英見在西洛居住數年不見聞知上朝取應須打此地經過必然來拜見老夫張千門首覷者若孩兒到來報復我知道〔張千云〕理會得〔正末扮陳世英上云〕小生西洛人氏姓陳雙名世英仗祖父餘庇頗能讀書雪案螢窗辛勤十載淹通諸史貫串百家今要上朝進取功名從此洛陽經過有我叔父在此爲理小生且進城去拜見了叔父便索長行可早來到也張千報復去道有陳世英求見〔張千云〕報得相公得知有陳世英在于門首〔陳太守云〕老夫語未懸口我那孩兒早到了也張千快着他過來〔張千云〕着秀才過去〔陳世英見科云〕叔父您孩兒多時不見尊顏請受您孩兒一拜咱〔做拜科〕〔陳太守云〕孩兒也遠路風塵免禮波孩兒我且問你此一來爲何〔陳世英云〕叔父您孩兒一來進取功名二來探望叔父〔陳太守云〕孩兒也試期尚遠且就在我書房中安下温習經書多住幾日去可不好那〔陳世英云〕您孩兒依着叔父住幾日去但恐早晚取擾不當穩便〔陳太守云〕自家骨肉說甚麼取擾孩兒也今日是八月十五日中秋令節俺和您後園中飲酒去來〔詩云〕早安排異品奇珍與姪兒權且拂塵值中秋正當翫月休辜負美景良辰〔同下〕〔陳世英重上云〕小生蒙叔父相留在此元來書房就在後園裏面花木清幽

頗堪居止今日是八月十五日中秋節令適纔叔父賜過酒宴已散了也你看金風淅淅玉露泠泠銀河耿耿浩月澄澄是好一片蟾光着小生對此佳景怎好便去就寢且待我作詩一首（詩云）碧漢無雲夜欲沉天香桂子色陰陰素娥應悔偷靈藥獨守瑤臺一片心吟罷這詩且進這書房門來我關上門焚上一炷香取出這張琴來試彈一曲自飲三杯悶酒咱（搽旦扮封姨同旦兒桃花仙上封姨云）妾身封十八姨的便是這是桃花仙子俺二人在這碧雲之上有桂花仙子與下方陳世英有私凡之心俺二人在此等候桂花仙子到來看個端的（桃花仙云）十八姨你看那香風過處兀的桂花仙子不來了也（正旦扮桂花仙上云）妾身乃月中桂花仙子今因八月十五日有這羅睺計都纏攪妾身多虧下方陳世英一曲瑤琴感動婁宿救了我月宮一難我和他有這宿緣仙契今日直至下方與陳世英報恩答義去也（封姨云）你若不棄嫌呵俺兩個伴着你同到下方走一遭去（正旦云）好波就此同往（桃花仙云）仙子喒去來喒去來（正旦云）是好月色也呵（唱）

〔仙呂點絳唇〕夜色溶溶桂花風動天香送萬里長空是誰把銀盤捧

（封姨云）俺趁着這月色行動些咱（正旦唱）

〔混江龍〕俺可便疾忙行動怕的是五雲樓畔日華東（桃花仙云）俺和您私離天宮之上早來到人間了（正旦唱）俺如今偷臨凡世私下天宮這其間風弄竹聲穿戶牖更那堪月移花影上簾籠（封姨云）仙子則俺三個在這月明之下又無甚跟隨的使數怎生是好（正旦唱）俺本是冰魂素魄不尋常要什麼

金童玉女相隨從〔衆云〕十八姨你只跟着我者〔唱〕又沒甚幽期密約止不
過明月清風
〔封姨云〕你看下方景致是比俺那仙界不同也〔正旦唱〕
〔油葫蘆〕俺和您回首瑤臺隔幾重早來到書院中怕甚麼人間天
上路難通〔云〕封家姨也則不俺思凡〔封姨云〕仙子可再有何人思凡哩〔正旦唱〕想當
日那天孫和董永曾把瓊梭弄〔桃花仙云〕可再有何人〔正旦唱〕想巫娥和
宋玉曾做陽臺夢〔封姨云〕姐姐你此一去報恩可是如何〔正旦唱〕他若肯早近
傍我也肯緊過從拚着個賺劉晨笑入桃源洞〔桃花仙云〕不知劉晨別後可
曾得再會來〔正旦唱〕到後來天台山下再相逢
〔桃花仙云〕仙子這也有何爲證〔正旦唱〕
〔天下樂〕却不道流出桃花片片紅〔桃花仙云〕這桃花是我家的故事你此去敢
被那生折下桂花來也〔正旦唱〕則你個嬌也波容可便將人廝調哄我則爲
報德酬恩要始終不索你不索你這個咭那個噥〔封姨云〕仙子我會敢說
甚麼〔正旦唱〕哎只你個十八姨口是風
〔云〕可早來到後園也二位且在這書房門首略等一等我自過去〔封姨云〕仙子請過去俺兩個
自有分曉〔正旦見陳世英科云〕秀才萬福〔陳世英驚科云〕啐怎麼燈直下看見一個如花似玉
的女人莫不是我眼花麼〔做揩眼科云〕待我仔細再看咱〔正旦唱〕
〔鵲踏枝〕則見他不惺憁假朦朧却待要拄眼睜睛覓跡尋蹤莫非

他錦陣花營不曾廝共險教咱風月無功

(陳世英云)這女人是從那裏來的必然是妖精鬼怪唗你說的是萬事全休說的不是你見我這牀頭寶劍麽我將你一劍揮之兩段(正旦唱)

(河西後庭花)我只道他喜孜孜開笑容怎麽的顫欽欽添怕恐不思量攜素手歸羅帳剗地要斬妖魔仗劍鋒似這這等怒叿叿好着我急難陪奉秀才也你敢是那厲上元的也姓封

(陳世英云)兀的不諕殺我也靠後(正旦云)秀才休驚莫怕我乃月中桂花仙子今因八月十五日有羅睺計都纏攪妾身多虧你這一曲瑤琴感動婁宿救了我月宮一難我和你有宿緣仙契一逕的報恩而來秀才留便留不留呵我自回去也(陳世英云)住住我那裏知道你原來是桂花仙子有如此般好意小生一時間錯怪了你便好道既來之則安之仙子請坐容小生遞一杯酒咱仙子滿飲此杯(正旦云)秀才請(陳世英云)仙子請(正旦飲酒科陳世英云)小生也飲一杯看着仙子千般體態萬種妖嬈不知小生福分生在那裏得遇今夜待與仙子飲箇盡醉方歸有何不可(正旦唱)

(一半兒)只見他高燒銀燭影搖紅滿注名香寶鼎中全不似初見時恁般喬面孔殷勤地捧金鍾元來是一半兒粧呆一半兒懂

(陳世英云)小生有一件事動問小娘子咱(正旦云)秀才有甚麽話說(陳世英云)小生學成滿腹文章欲待進取功名去我這一去可是得官也不得官(正旦唱)

(金盞兒)我本待鸞鳳配雌雄你只想鵬鶚起秋風怎知我月中丹

桂非凡種〔陳世英云〕念小生凡胎濁體怎敢和仙子陪奉你只說小生來年應舉果是如何〔正旦唱〕你問我來年春動有甚吉和凶則你那文章千卷富〔陳世英云〕便有了文章也要命運哩〔正旦唱〕怕不的命運一時通〔陳世英云〕若得如此小生早則喜也〔正旦唱〕秀才我道你來年登虎榜總不如今夜抱蟾宮〔陳世英云〕多承仙子厚意再飲幾杯怕做甚麼〔封姨云〕桃花仙子我和你過去相見咱〔做見科〕〔封姨云〕仙子天色明了也咱回去來〔陳世英云〕呀怎麼又有兩個小娘子來了也〔正旦云〕秀才勿怪這兩個都是我的姨姨妹妹〔陳世英云〕既是你姨姨妹妹容小生都也奉一杯兒酒咱〔正旦唱〕

〔醉扶歸〕俺和他一去蕋珠宮同戲百花叢報與你個二月春雷魚化龍飲了那三杯御酒珍珠甕四下裏旌旄簇擁准備着五花驄緩向天街鞚

〔醉中天〕六印掌元戎七縱顯英雄向八座裏氣昂昂列上公穩請受着九重天雨露恩和寵也不枉了十年間苦功到今朝享用是必休忘了我這報前程仙女淳風

〔云〕天色明了也咱回去來〔陳世英云〕仙子此一去可不知幾時還得相會也〔正旦云〕秀才你牢記者妾身此一相別直到來年八月十五日再與秀才相見〔陳世英云〕仙子你道定着小生也不進取功名去專等來年此夜在書房中拱候仙子是必休失信也〔正旦唱〕

〔賺煞尾〕你若有十分的至誠心我怕沒九轉丹相送〔陳世英云〕小生

來年八月十五日專候仙子來也〔正旦唱〕到來年又怕你八月中秋事冗〔陳世英云〕既蒙仙子相許小生怎敢負了此心但仙子雖同織女小生非比牽牛怎麼也要一年一會做這般老遠的期約也〔正旦唱〕那七夕會牛女佳期你可也休賣弄〔陳世英云〕仙子若果有心於小生便不到的來年怕甚麼那〔正旦唱〕我則怕六丁神告與天蓬〔陳世英云〕那六丁總是天上神位料仙子也不怕他〔正旦唱〕更怕的是五更鐘催別匆匆只落的四眼相看淚珠湧〔陳世英云〕仙子您直恁般慌速便再停止一會兒也好〔正旦唱〕兀的不三星在東〔陳世英云〕仙子此一去休忘了今宵歡會也〔正旦唱〕正照着俺二人情重一般瀟洒月明中〔同二旦下〕

〔陳世英云〕嗨誰想小生遇着月中桂花仙子歡會了一宵親記的臨別之時說道來年八月十五日再來與小生相會天那我幾時盼得來年這一日也〔詩云〕宿世姻緣定有因暫時歡會又離分且温經史書窗下專等來年月下人

〔音釋〕喉音後　賺音湛　咕音姑　噥音農　鬆音鬆　顫音戰　剗音產　吖火紅切　懂音董　鶚音鄂　鞚空去聲

第二折

〔陳太守引張千上云〕老夫陳太守留我姪兒世英在後園書房中本意要他温習經書去應科試不想染下一場疾病一卧不起服藥不效老夫欲待親自探望孩兒去爭奈衙門中適有一件要緊公事不得餘暇張千說與嬤嬤知道着他到書房中看覷小哥病體若何小心在意看了時來回我的話左右將馬來老夫衙門中辦事去也〔下〕〔陳世英抱病上云〕小生陳世英便好道三十三天離

恨天最高四百四病相思病最苦兀的不害殺小生也自從去歲八月十五日與月中桂花仙子在這書房中飲了幾杯酒去害的我一病不起朝則忘餐夜則廢寢看看致死但合眼便見那桂花仙子在前他說道今年八月十五日再來相會今日正是中秋節令我只得掙扎病軀到此後花園中等便怎麼這早晚還不見來仙子則被你想殺我也天也每番家小生要做些兒功課不曾拏起筆來可又早淹淹的晚了今日小生害些兒拙病他百般的不肯就晚且待我吟詩一首(詩云)金烏振翼上扶桑何故遲遲書景長可嘆書生情意迫老天偏不下斜陽呀這早晚還是午時也我共及你波我與你唱喏怎生不動我與你下跪又不動我與你下拜也不動釘子釘着你哩撥毛團是好無禮也小生不才殺者波也是國家白衣卿相你則道我不認得你哩想當初堯王時有十個日頭被后羿在崐崘山頂上射落九烏止留的你一個你曉來夜去催逼了多少好人你若是歡喜呵腆着你那紅馥馥的臉兒你若惱了呵雲生四野霧罩八方你則道我不認的你哩你聽者(詩云)無端三足爲團團光閃爍安得后羿弓射此一輪落便好道人有所願天必從之頭裏未會鬧時還是午時方纔鬧了他可早交酉時了罷罷罷熬定心腸且再耐着些兒仙子則被你想殺小生也(正旦扮嬤嬤上云) 老身是這陳太守家中嬤嬤爲因陳世英在書房中染病奉太守的言語着老身探望走一遭去我想這秀才每多有害着這等證候的也呵(唱)

[南宮一枝花]可不道既讀孔聖書那裏也必達周公禮你今日相思容易得豈不聞飽病可兀的最難醫他從來老老實實忒軟善忒温克近新來陡恁的他待學遇雲英乞玉的裴航賦洛神採珠的曹植

〔梁州第七〕翻笑着不風流閉門的顏叔假乖張拍案的封陟他不肯去筆尖上掙闔個名和利兀的不辱抹殺題橋的才思擲果的容儀直這般無廉鮮恥亂作胡爲三餐飯並不曾想喫五車書並不肯攻習他他他則待要美甘甘傍玉軟香溫是是是則待要悄促促在星前月底等等等則待要喜孜孜赴燕約鶯期奉相公省會教老身直到那書房內在左右看詳細只他這廢寢忘餐可也因甚的要一個明白消息

〔云〕無人報復我自過去〔陳世英云〕仙子你來了也〔正旦云〕是我〔陳世英云〕呸害得我眼花了兀的不羞殺小生也原來是嬤嬤你來此怎的〔正旦云〕哥哥你害的甚麼病你明白對我說知怕做甚麼〔陳世英云〕我害的是病〔正旦云〕怕不是病却是從那裏起的你對我說好回相公的話〔陳世英云〕你老人家沒正經則管裏絮絮叨叨的你也須知病體難耐煩說話〔正旦云〕哥哥你不對我說也罷只是你這病勢看看日沉日重誰救你來〔陳世英云〕嬤嬤實不相瞞自從去歲八月十五日有月中桂花仙子在我這書房中飲了幾杯酒歡會了一宵去了他說今年八月十五日再來相會我在此等候不見到來所以憂懷成病眼見的覷天遠入地近無那活的人也仙子則被你想殺我也〔正旦唱〕

〔牧羊關〕則見他懨懨的說就裏不由我冷笑微微你是個濁骨凡胎他須是冰肌的這玉體〔陳世英云〕仙子你好失信也〔正旦唱〕你敢要攀月桂諧連理可不似指畫餅待充饑常言道杳茫神鬼事哥哥也知他

在那裏〔云〕哥哥你敢不等那月中桂花仙子麽〔陳世英云〕我不等桂花仙子等誰〔正旦云〕只怕等着崔鶯鶯那〔陳世英云〕呸我等那崔鶯鶯怎的我只等着桂花仙子哩〔正旦唱〕

〔罵玉郎〕莫不是崔鶯鶯害了你這張君瑞只指望西廂下暗偷期把鏡中花生扭做蟾宮桂現如今你瘦岩岩病怎支他虛飄飄去不歸知甚日重歡會

〔陳世英云〕仙子則被你想殺小生也〔正旦唱〕

〔感皇恩〕怪不着你正是遙授夫妻你可甚步步相隨更做道秀才每忒上緊忒着迷你伴的是琴書度日怎想着那廣寒宮竊藥的仙姬專等待三更後纔斗轉恰星移

〔陳世英云〕我在這月明之下好歹要等那仙子來也〔正旦唱〕

〔採茶歌〕想的你意兒癡望的你眼兒疲只待五言詩作上天梯但得個一夕鸞鳳配成對那裏也還記十年身到鳳凰池

〔陳世英云〕老人家不曉事耳根邊只管聒絮可知我染病哩〔正旦唱〕

〔三煞〕我越勸着越粧出風風勢則說是病在心頭那個知怎麽耳邊傍不住相嘲戲百般的話不投機待着俺早些迴避我可道不關親躭干繫就也着冷眼兒來看你且看你直等的月色沉西

〔陳世英云〕嬷嬷我不耐煩哩你則回叔父話去可怎生不着個太醫來看我一看〔正旦唱〕

〔二煞〕你道叔父行怎不將醫藥來調治這的是心病還從心上醫便有那倉公扁鵲成何濟也無過草樹根皮怎比得玉天仙知心着意只要他今夜裏休貪睡重向書幃敘別離敢勝似百補參芪

〔云〕哥哥你保重將息我回老相公話去也〔陳世英云〕仙子這早晚還不見來兀的不害殺小生也〔正旦云〕哥哥你則聽我勸者〔唱〕

〔黃鍾尾〕我勸你好將息這不存不濟千金體再休想那無影無形百媚姿自去年到今日曾有甚爲盟記只管裏苦思憶直等得佛出世可不的乾着你這相思無盡極倒不如早收拾將一段雲雨幽期都付與高唐夢兒裏〔下〕

〔音釋〕嬤魔上聲　羿音異　腆他典切　馥音服　罩招去聲　爍書藥切　實繩知切　克康美切　的音底　植音滯　叔音暑　陟張恥切　吃音恥　習星西切　息喪擠切　嘲之捎切　繫音記　日人智切　憶銀計切　極更移切　拾繩知切

楔子

〔陳世英抱病張千扶上云〕天色明了也枉着我扶病等了這一夜仙子則被你傒落殺小生也覺的這病勢越越沉重張千你快去尋一個太醫來者〔張千云〕理會得出的這門來串長街驀短巷此間正是太醫在家麼〔淨扮太醫上云〕誰叫太醫太醫不在家〔張千云〕不在家可往那裏去了〔淨云〕太醫兵馬司裏去了〔張千云〕敢是去看病那〔淨云〕不是看病醫殺了人那裏坐牢哩〔張千云〕咄太守衙裏請去來〔淨云〕請我做甚麼〔張千云〕有個相公染病請你看一看〔淨云〕

你那病人不好幾日了(張千云)不好七日了(淨云)我太醫八日不會出汗哩(張千云)咄(淨云)老哥你着那患子來我看(張千云)他染病怎麼走得動(淨云)着他騎個驢兒來(張千云)他騎不得驢兒(淨云)哦只抓個杌兒擡將來(張千云)也擡不將來(淨云)這等一發教他好了來(張千云)好了又要你看什麼(淨云)既然他來不得倒擡了我去罷(淨做拿住張千把脈科云)一肝二膽(張千云)咄我沒病(淨云)你沒病我看着你這嘴臉有些黃甘甘的(張千云)不要歪廝纏衙裏久等着哩(淨云)老哥等我囑付家裏小的咱丁香奴(張千云)你家有什麼丁香奴(淨云)老哥不知但是我家的小的每都是生藥名(張千云)這個我不知道(淨叫云)丁香奴(內應科云)有(淨云)你丸藥來不曾(內云)我丸藥來(淨云)你丸了多少藥(內云)我丸了八囤半(淨云)老哥我那囤子是囤糧食的四五個人圍不過來這小的每貪耍一日喫了三頓飯則丸了八囤半(張千云)這也勾了(淨云)有誰討藥來(內云)有姑娘家討藥來(淨云)與了多少藥錢(內云)與了一兩藥錢(淨云)你與了他多少藥(內云)我與他七囤半(淨云)弟子孩兒親眷上門你怎麼不多與他些會說藥引子來麼(內云)不會說藥引子(淨云)快趕上去說與他要生薑兩船棗兒五擔水要十桶着他做一服兒吃(張千云)怎麼吃得這許多(淨云)再有誰討藥(內云)有史千戶家討藥來(淨云)與了多少藥錢(內云)與了五兩銀子(淨云)五兩銀子你與他多少藥(內云)我與了他兩丸藥(淨云)五兩銀子與了他兩丸藥我這藥是偷來的與他許多去(張千云)還少麼(淨云)你與他甚麼藥去(內云)我與一丸紅丸兒一丸黑丸兒(淨云)老哥你不知道與他紅丸兒則與紅丸兒黑丸兒則與他黑丸兒紅丸兒吃了是活藥黑丸兒吃了是死藥他都吃了着他死又死不得活又活不得(張千云)咄行動些草來到了也你在此站一站等我

報復去秀才太醫在門首〔陳世英云〕着他過來〔張千云〕着過去〔淨做見陳世英拏包袱打科〕

〔陳世英叫云〕哎喲〔張千云〕他是患子你怎麼打他〔淨云〕醫的醫的打着他還知疼痛哩〔淨做拿藥與陳世英吃科云〕你吃這藥〔陳世英云〕這藥不好我不吃〔淨云〕這般好藥你嫌不好你不吃我替你吃〔淨吃藥做戰倒科〕〔張千做慌科云〕可怎麼了〔做扶淨起身科〕〔淨做甦醒科云〕你這裏有紙筆麼〔張千云〕要他何用〔淨云〕趁我甦醒着傳與你這個方兒〔張千云〕陡油嘴花子快出去〔打下〕〔陳世英云〕太醫去了也我想那桂花仙子好生失信你當此一夜只說報恩而來今日弄的我一個身子七死八活仙子你那裏是報恩分明害殺小生也〔唱〕

〔仙呂賞花時〕強扶策懨懨病裏身空凝望盈盈月下人我和他曾把酒結情親早隔了一年時分兀的不愁殺我也桂華新〔下〕

〔音釋〕傒音奚　驀音陌　抓招上聲　杌音兀　囤音頓

第二折

〔陳太守領張千上云〕老夫陳全忠今日張真人回信州龍虎山修行去要來作別張千門首覷着若真人來時報復我知道〔張千云〕理會的〔外扮天師引道童上詩云〕鼎內丹砂變虎形匣中寶劍作龍聲法水洒來天地暗靈符書動鬼神驚貧道姓張雙名道玄祖傳道法戒籙精嚴三十七代輩輩流傳驅使遍三界神祇剿除盡八方鬼怪布袍輕拂須臾地動天驚草履平那頃刻星移斗轉雲遊天下普救衆生來到此洛陽幸遇陳太守十分的管顧貧道所贈衣糧無不精潔今回信州龍虎山去辭別太守便索長行早來到衙門首也左右報復去道有張道玄特來拜辭〔張千云〕報相公有張道玄特來拜辭哩〔陳太守云〕道有請〔張千云〕請進〔天師做見科云〕相公貧道回山中

修行去特來拜辭〔陳太守云〕真人管待不周幸恕老夫之罪〔天師云〕相公貧道在此多有攪擾
據貧道看來相公衙中莫不有染病之人麼〔陳太守云〕我有個姪兒是陳世英現染病哩〔天師
云〕在那裏〔陳太守云〕在後花園書房中安下〔天師云〕我是去看咱〔做望科云〕貧道已知道
了你姪兒陳世英是花月之妖攪纏成病待貧道結一壇場剿除妖怪相公意下如何〔陳太守云〕
若得如此多謝真人〔天師云〕道童將法衣來相公壇場之上不能攀話請回避者〔太守下〕〔天
師請神科云〕道香德香無爲香清淨自然香妙洞真香靈寶惠香朝三界香吾乃統攝玄門恢弘
至道呪司九主宣課威儀醮法列壇無不聽命恭惟玉清聖境元始天尊左輔右弼之星官武職文
班之聖衆雷公電母風伯雨師瑤宮寶殿天王紫府丹臺仙眷五福十神四司五帝日宮月宮神位
南斗北斗星君斗步五方星分九曜東華南極西靈北真十二之星辰四七之纏度三臺華蓋九天
帝君三界直符使者十方從駕威靈當境土地龍神諸處城隍社廟幽冥列聖遠近至真以此真香
普同供養伏以陰靈耀景環六合以開光素魄迎情犯十花而育物今者時遇中秋偶逢月蝕羅計
纏於黑道婁宿闖此顯威夢入蟾宮敵戰惡星而退度救玆月蝕元光再續於寥天半滅半明乍盈
乍闕忽嫦娥之感動思凡世而降臨私離瑤臺誤干天運泥仙凡而爲患錯躔舍以成災請命道流
立壇究治臣敢不啓奏玄空急揚雷令招接天庭奉行攝勘今年今月今日今時奉道弟子張道玄
仰憑聖力隨其萬處周流不誤一真清淨稽首拈香無極大道不可思議功德〔擊令牌科云〕一擊
天清二擊地靈三擊五雷速變真形天圓地方律令九章金牌響處萬鬼潛藏〔呪水科云〕水無
正行以呪爲靈在天爲雨露在地作源泉一噀如霜二噀如雪三噀之後百邪俱滅〔執劍科詩云〕
老君賜我驅邪劍離火煅成經百煉出匣紛紛霜雪寒入手輝輝星斗現先請東方青帝青神御符

背劍入吾水中後請南方赤帝赤神啣符背劍入吾水中又請西方白帝白神啣符背劍入吾水中
再請北方黑帝黑神啣符背劍入吾水中又請中方金帝金神啣符背劍入吾水中（詩云）吾持此
水非凡水九龍吐出静天地太乙池中千萬年吾今將來静妖氣謹請年值月值日值時值當日功
曹值日神將攪海大聖翻江大聖驅雷大聖撒雲大聖吾今用你壇前仗劍等待休錯吾一時半刻
吾奉太上老君急如律令攝（直符上云）小聖乃雷部下聽令直符使者是也真人呼喚小聖有
何法旨（天師云）有勞當日神將直日功曹直去花苑中勾將桂花仙子來者（直符云）得令桂花
仙子安在疾怎生無有桂花是有誰（內應科云）止有荷花（直符云）報知真人止有荷花　（天師
云）有勞當日神將直日功曹直至太華峯頭東林寺裏勾將荷花來者（直符勾荷花科云）　荷花
仙當面（天師云）兀那荷花你知罪麽（荷花云）我不知罪（天師云）你引誘嫦娥輒入五姓之家
纏攪良家子弟勾至壇前有何理說（荷花云）我這荷花（詩云）體出青泥不染埃也曾獨步上蓮
臺（天師云）噤聲（詩云）翠荷影裏鴛鴦戲太液池中並蒂栽你不知情誰知情（荷花云）有菊花
知情（天師云）小鬼頭可早攀下來也且一壁有者有勞當日神將直日功曹直至甘谷水傍淵明
宅畔勾將菊花仙來者（直符勾菊花上科云）菊花仙當面（天師云）兀那菊花你知罪麽　（菊花
云）我不知罪（天師云）你引誘嫦娥輒入五姓之家纏攪良家子弟勾至壇前有何理說（菊花云）
我這菊花（詩云）冷淡東籬傲古今西風誰識歲寒心　（天師云）　噤聲　（詩云）　東坡昔貶黃州
道吹落黃花滿地金你不知情誰知情　（菊花云）　有梅花知情　（天師云）　一壁有者有勞當日
神將直日功曹直至大庾嶺邊霸陵橋外勾將梅花仙來者　（直符勾梅花上科云）　梅花仙當面
（天師云）兀那梅花你知罪麽（梅花云）我妾身不知罪（天師云）你引誘嫦娥輒入五姓之家纏

攪良家子弟勾至壇前有何理說〔梅花云〕我這梅花〔詩云〕玉骨冰肌誰可匹傲雪欺霜奪第一
〔天師云〕噤聲〔詩云〕江南曾爲贈游人一枝漏泄春消息你不知情誰知情〔梅花云〕有桃花知
情〔天師云〕一壁有者有勞當日神將直日功曹直至度索山前玄都觀裏勾將桃花仙來者〔直
將勾桃花上科云〕桃花仙當面〔天師云〕兀那桃花你知罪麼〔桃花仙云〕我不知罪〔天師云〕
你引誘嫦娥輒入五姓之家纏攪良家子弟勾至壇前有何理說〔桃花仙云〕我這桃花〔詩云〕海
上千年一度開曾教仙子赴瑤臺〔天師云〕噤聲〔詩云〕劉阮當時成配偶暗隨流水出天台你不
知情誰知情〔桃花仙云〕有封十八姨雪天王知情〔天師云〕一壁有者有勞當日神將直日功曹
與我勾將封十八姨雪天王來者〔直符勾封姨雪天王上云〕封十八姨雪天王當面〔天師云〕兀
那封姨你知罪麼〔封姨云〕我不知罪〔天師云〕你引誘嫦娥輒入五姓之家纏攪良家子弟勾至
壇前有何理說〔封姨云〕真人我乃天地之正氣有甚麼罪來〔詩云〕我本無影無形乍颼颼萬里
浮陰一掃休〔天師云〕噤聲〔詩云〕顛狂柳絮隨風舞輕薄桃花逐水流雪天王近前你知罪麼
〔雪神云〕吾神不知罪〔天師云〕你引誘嫦娥輒入五姓之家纏攪良家子弟勾至壇前有何理說
〔雪神云〕此乃桂花仙子思凡做出這等勾當干吾神甚事〔詩云〕三冬寒氣最嚴凝曾伴如來大
道成〔天師云〕噤聲〔詩云〕謾誇積雪深千丈不及滹沱一片冰且一壁有者有勞當日神將直日
功曹直至望鵲臺西清虛府內勾將桂花仙子來者〔直符勾桂花仙上科云〕真人法旨快走動些
〔正旦唱〕
〔正宮端正好〕則被你催逼得我兩三番喝掇得我十餘次我不合
暗約通私怎當那驅邪院一夥天兵至狠惡的忒如此

〔桃花云〕桂花仙子只爲你思凡今日連累的我也〔正旦云〕你也來了〔唱〕

〔滾繡毬〕我只見桃花離了武陵〔荷花云〕爲你呵將我也好攝在此〔正旦唱〕荷花離了沼沚〔菊花云〕你今日連累着我却是爲何〔正旦唱〕哎菊花也你莫不是被西風斷送了一秋花事〔梅花云〕你怎麽連累着我來〔正旦唱〕哎梅也兀的不折倒盡你這玉骨冰姿〔雪神云〕小鬼頭你思凡干吾神甚事〔正旦唱〕你看那雪天王迸着一個冷臉兒〔封姨云〕只爲你連我也勾將來了〔正旦唱〕十八姨顯出那惡性子〔封姨云〕只被你累的我苦也〔正旦唱〕俺正是聞風而至你則待和桂花仙打一會官司今日個風花雪月相逢日抵多少龍虎風雲聚會時喒須索見天師

〔正旦見跪科〕〔直符云〕桂花仙當面〔天師云〕兀那桂花是你思凡來麽〔正旦云〕是我思凡來〔天師云〕這小鬼頭你可早招了也〔正旦唱〕

〔倘秀才〕我爲甚先吐了這招承的口詞常言道明人不做那暗事則俺這閉月羞花絕代姿到如今自做出自當之粧甚的謊子

〔天師云〕我想陳世英爲色事所迷在那病患之中不看見這個景象怎得痊可我如今將法力攝他魂魄前來與桂花仙子相見者疾〔陳世英冲上做見正旦科云〕仙子則被你想殺我也〔正旦唱〕

〔叫聲〕見放着正名師不是不是胡攀指誰教你隱藏下這個可喜的女孩兒

〔天師云〕疾〔陳世英下〕〔天師云〕封姨這一樁公事敢都是你搧的來麼〔封姨云〕這是桂花仙子思凡干我甚麼事〔正旦云〕噤聲〔唱〕

〔上小樓〕你休那裏便伶牙俐齒調三斡四說人好歹許人曖昧損人行止你可便道這個道那個做的不是都揣與這廣寒宮宵奔的卓氏〔天師云〕莫不是你桃花打合的他來麼〔桃花云〕桂花仙子你自思凡我可為甚的來卻牽連着我那〔正旦云〕偏你無過犯哩〔唱〕

〔石榴花〕當日個天台流水泛胭脂誰引逗的劉晨阮肇至於斯〔天師云〕荷花你可怎生不近前來折辯〔荷花云〕桂花仙子你認了罪罷〔正旦唱〕你可也要推辭那並頭蓮就是你過犯公私〔天師云〕菊花你近前與他質對者〔菊花云〕桂花仙子你思凡干俺甚事〔正旦唱〕想當日陶潛為你可便辭榮仕在東籬下滿飲金巵〔天師云〕梅花你也向前對詞來〔梅花云〕桂花仙子你何不早早認了罪也要累我做甚麼〔正旦云〕偏你無過犯那〔唱〕你道你梅花孤潔全終始我只問那孟浩然騎的瘦驢兒

〔鬬鵪鶉〕你逼得他大雪裏尋梅險將他逡巡間凍死〔梅花云〕論我瘦影疎枝亭亭獨立有那個狂蜂浪蝶敢近的我〔正旦唱〕偏是你瘦影疎枝不受那蜂媒蝶使哎這一場月色風聲非同造次你也合三思休只管說短論長賣弄殺花兒的這葉子

〔天師云〕封姨你近前與他折證〔封姨云〕兀那桂花仙子你聽者爲你思凡將吾神勾至壇前吾神春則吹花擺柳夏則驅暑生涼秋則飄枝墜葉冬則糝雪飛沙順四時不失其序與天地並奏其功我豈有塵凡之心做下這等淫邪之事〔詩云〕青蘋一點微微發萬樹千枝和根拔則你桂花何不早招承把我風雪無端連累殺〔正旦云〕偏你無那過犯來〔唱〕

〔滿庭芳〕你也合心中暗思你待把強言折證不辯個雄雌只你那風亭月館書名字可不是招伏下親筆情詞兀來你全無那風流情思也枉躭着一個風月的這名兒〔風神云〕我有什麼過犯在那哩〔正旦唱〕你道你便無譏刺常記得杜少陵吟下詩〔封姨云〕杜詩上怎麼你只管說真人在此我也不賴〔正旦唱〕可不道風雨夜來時

〔天師云〕雪天王你近前與他折證〔雪神云〕小鬼頭我有何公私過犯真人在此你說〔正旦云〕我說你那過犯你則休賴也〔唱〕

〔紅繡鞋〕你守得個映雪的孫康苦志你逼得個袁安在雪內橫屍賺得個王子猷山陰雪夜上船時〔雪神云〕也只爲老夫忒慈善些兒〔正旦唱〕你道你便忒性慢忒心慈你則問那藍關前韓退之

〔雪神云〕真人問誰要招〔天師云〕要你招〔雪神云〕吾神則知其功不知其罪〔天師云〕這老匹夫則知其功不知其罪你有甚麼功在那裏〔雪神云〕真人差矣吾乃天地正神豈比那桂花思凡做這等淫邪之事風神管的是春風夏雨吾神管的是秋霜冬雪調和鼎鼐燮理陰陽滋五穀潤百草壓障氣兆豐年於民有益爲國有功〔詩云〕我本親承帝旨把天門今朝被你勾攝壇前折辨真

若要誤犯天條招伏狀怎到的玉潔氷清白雪神（天師云）噤聲你道我管不得你天仙管得你麼（雪神云）管不得（天師云）地仙管得你麼（雪神云）管不得（天師云）貧道管得你麼（雪神云）你便是管得着哩（天師云）噤聲吾非濁骨本是仙胎祖公留下三件法寶信香一瓣雌雄劍二口降妖印一顆專管天上天下三界仙精鬼怪魍魎邪魔量你是一塊雪我管不得你怎管天上許多神將吾今宣召天上火地下火山頭火霹靂火爐中火將你圍在中間立化一池黄水老匹夫看你招也是不招（雪神做慌科云）眞人小神招伏則便了也（正旦唱）

〔快活三〕你今日雪消也下流澌花落也顯枯枝猛想起賈島破風詩和那掃雪的陶學士

〔鮑老兒〕風光好題成絶妙詞都則為月殿裏霓裳事端的這雪月風花四件兒是那個偏無瑕玼（桃花云）只被你連累殺我也（正旦云）是我帶累你來（唱）我可也從頭識破都將付與冷笑孜孜却不道一般兒根生土長開花結子帶葉連枝

（天師云）一行人休少了一個發往西池長眉仙定罪施行（斷云）忙差遣天丁帝揭展手將情詞寫徹桂花仙一念思凡衆神將都遭縲絏惡哏哏後擁前推雄赳赳横拖倒拽剪除他梅菊荷桃斷送了風花雪月（正旦云）謝眞人勘問成了也（唱）

〔煞尾〕謝眞人勘問我赴西池對會詞捹的個盡場兒訴出俺心間事都向那蟠桃會上聽仙旨（衆同下）

（陳太守上云）有勞眞人如此費心（天師云）相公勿罪陳世英的病證不日便當痊可貧道則今

日拜辭了相公回山中修煉去也〔下〕〔陳太守云〕真人去了也張千排着果卓直至十里長亭與真人送行走一遭去來〔詩云〕白雲日日鎖嵩山仙客乘風可更還羽蓋霓旌看不見唯餘法水在人間〔下〕

〔音釋〕蝕音食　躔音纏　噀音淩　滹音呼　沱音陀　躶羅上聲　斡烏括切　訐音揭
曖音艾　逗音豆　肇音兆　逡蛆荀切　糝桑感切　柰音奈　燮音屑　魍音罔
魎音兩　澌音斯　玼音此　縲累平聲　紲音薛　哏狠平聲　赳音九　勘坎去聲

第四折

〔長眉仙領仙童上詩云〕燦燦花光滿洞天瓊樓寶殿啓華筵蟠桃結果三千載共宴長生億萬年貧道乃是上界長眉大仙是也自太極初分修成正道掌管洞天九霄之上一切修真悟道之仙今朝玉帝回來觀見桂花仙子與梅菊荷桃一念思凡引誘陳世英成病昇犯天條有張真人遣將牒配前來吾親判斷仙童洞門前覷者若來時報復我知道〔仙童云〕理會得〔正旦同衆上〕〔直符云〕行動些〔正旦唱〕

〔雙調新水令〕今日個奉真人牒赴到蓬萊則聽得奏雲璈仙音一派想花月呵歡娛應有限風雪呵調燮幾曾乖惹下場橫禍飛災怎支吾這一解

〔直符云〕仙童報復去道有張真人牒文押將桂花仙子等在此〔仙童報科〕〔長眉仙云〕着他過來〔仙童云〕着過去〔衆做見科〕〔長眉仙云〕兀那桂花仙子你既爲上品之仙永享逍遙之福職居月殿遠隔人間你豈不聞道德爲仙家之本清閑乃開悟之門你何不遵守天條却去迷惑秀士

犯此思凡之罪押赴吾前有何理說〔正旦唱〕

〔折桂令〕這罪犯是我賤妾應該沒來由誤犯天條私下瑤臺却帶累花神干連風雪都也不伏燒埋俺本是廣寒宮冰魂素魄怎比那閻浮世濁骨凡胎〔長眉仙云〕敢是你捱不過那淒涼寂寞看上了陳秀才麼〔正旦唱〕俺可有甚難捱覷上喬才屈屈的將西沒東生錯認做了夜去的這明來

〔長眉仙云〕你既不思凡到那陳秀才書房裏去却是爲何〔正旦唱〕

〔鴈兒落〕想當日被計羅星纏作災多感的婁金宿將咱解這都是陳秀才能見憐因此上俺桂花仙思酬待

〔長眉仙云〕你既到書房中去那淫邪之事怕不是有的〔正旦唱〕

〔得勝令〕兀那座讀書齋須不是楚陽臺他救我元無意我見他有甚歹寃哉怎將俺這一火同禁害訴的明白望仙尊別處裁

〔長眉仙云〕張真人將這樁公事送到咱這裏判斷怎麼還饒的你直日功曹就與我驅到陰山左側待罪去來〔正旦云〕似此怎了也〔唱〕

〔川撥棹〕則聽的他鬧垓垓鬧垓垓加罪責怎生的全沒矜哀狠下差排貶咱到陰山口外活活的折罰煞

〔云〕大仙也可憐見就饒些兒波〔唱〕

〔七弟兄〕我可也左猜右猜端的是爲誰來現放着斫桂的吳剛巨

斧風般快只問他奔月的嫦娥曾否下粧臺更和那搗藥的兎兒那
日當何在
〔長眉仙云〕罪定了不必多說〔直符云〕仙旨已下行動些〔正旦唱〕
〔梅花酒〕呀我待掙閡怎掙閡也是我運拙時衰月值年災鬼使也
那神差〔長眉仙云〕我想陳秀才患病在牀若不將他魂魄勾攝前來看見這個境頭怎得有痊可
之日疾〔陳世英上〕小生陳世英兀的不是桂花仙子來了也〔正旦唱〕淹的呵下瑤階將
兩步做一步驀呀早轉過甚人來是是是有情人陳秀才他他他怎
容易到天臺敢敢敢爲着我舊情懷待待待折桂子索和諧怎怎怎
不教我添驚怪
〔陳世英云〕仙子誰想小生今日還得和你相會也〔正旦唱〕
〔喜江南〕兀的不是月明千里故人來抵多少洛陽花酒一時來你
呵休猜做春風來似不曾來〔正旦同陳世英走科唱〕咱兩個去來〔封姨雪神
喝科云〕小鬼頭那裏去〔正旦唱〕偏撞着這滿頭風雪却回來
〔陳世英下〕〔長眉仙云〕你一行人都跪下者聽我判斷〔詞云〕你原是廣寒宮娉婷仙桂不合共
陳世英暗成歡會雖然爲救月苦往報其恩反害他躭疾病十分憔悴誰着你離天宮犯法違條枉
使的風花雪盡遭連累豈不知張真人法律精嚴早仗劍都驅在五雷壇內一個個供下狀吐出真
情有誰敢揑虛詞半毫隱諱據招狀桂花仙本當重譴姑念他居月殿從無匹配便思凡下塵世亦
有可矜仍容許伴玉兎將功折罪一併的饒免了梅菊荷桃衆神將俱各遣還本位

〔音釋〕撽音敫 魄鋪買切 白巴埋切 垓音該 煞音晒 國齋上聲 驀音賣 娉聘平聲 婷音亭 掉音犇 譴音遣

題目 長眉仙遣梅菊荷桃

正名 張天師斷風花雪月

張天師斷風花雪月雜劇

安秀才花柳成花燭

趙盼兒風月救風塵
倣夏珪筆
珍倣宋版印

趙盼兒風月救風塵雜劇

元大都關漢卿撰
明吳興臧晉叔校

第一折

〔冲末扮周舍上〕〔詩云〕酒肉場中三十載花星整照二十年一生不識柴米價只少花錢共酒錢自家鄭州人氏周同知的孩兒周舍是也自小上花臺做子弟這汴梁城中有一歌者乃是宋引章他一心待嫁我我一心待妻他爭奈他媽兒不肯我今做買賣回來今日特到他家去一來去望媽兒二來就題這門親事多少是好〔正卜兒同外旦上云〕老身汴梁人氏自身姓李夫主姓宋早年亡化已過止有這箇女孩兒叫做宋引章俺孩兒拆白道字頂真續麻無般不曉無般不會有鄭州周舍與孩兒作伴多年一箇要娶一箇要嫁只是老身謊徹梢虛怎麼便肯引章那周舍親事不是我百般板障只怕你久後自家受苦〔外旦云〕妳妳不妨事我一心則待要嫁他〔卜兒云〕隨你隨你〔周舍上云〕咱家周舍來此正是他門首只索進去〔做見科〕〔外旦云〕周舍你來了也〔周舍云〕我一徑的來問親事母親如何〔外旦云〕母親許了親事也〔周舍云〕我見母親去〔卜兒做見科〕〔周舍云〕母親我一徑的來問這親事哩〔卜兒云〕今日好日辰我許了你則休欺負俺孩兒〔周舍云〕我並不敢欺負大姐母親把你那姊妹弟兄都請下者我便收拾來也〔卜兒云〕大姐你在家執料我去請那一輩兒老姊妹去來〔周舍詩云〕數載間費盡精神到今朝纔許成親〔外旦云〕這都是天緣注定〔卜兒云〕也還有不測風雲〔同下〕〔外扮安秀實上詩云〕劉蕡下第千年恨范丹守志一生貧料得蒼天如有意斷然不負讀書人小生姓安名秀實洛陽人氏自幼頗習

儒業學成滿腹文章只是一生不能忘情花酒到此汴梁有一歌者宋引章和小生作伴當初他要嫁我來如今却嫁了周舍他有個八拜交的姐姐是趙盼兒我去與他勸一勸有何不可趙大姐在家麼〔正旦扮趙盼兒上云〕妾身趙盼兒是也聽的有人叫門我開門看咱〔見科云〕我道是誰原來是妹夫你那裏來〔安秀實云〕我一徑的來相煩你當初姨姨引章要嫁我來如今却要嫁周舍我央及你勸他一勸〔正旦云〕當初這親事不許你來如今又要嫁別人端的姻緣事非同容易也呵〔唱〕

〔仙呂點絳唇〕妓女追陪覓錢一世臨收計怎做的百縱千隨知重喒風流媚

〔混江龍〕我想這姻緣匹配少一時一刻強難爲如何可意怎的相知怕不便脚搭着腦杓成事早怎知他手拍着胸脯悔後遲尋前程覓下稍恰便是黑海也似難尋覓料的來人心不問天理難欺

〔油葫蘆〕姻緣簿全憑我共你誰不待揀個稱意的他每都揀來揀去百千回待嫁一個老實的又怕盡世兒難成對待嫁一個聰俊的又怕半路裏輕抛棄遮莫向狗溺處藏遮莫向牛屎裏堆忽地便喫了一箇合撲地那時節睜着眼怨他誰

〔天下樂〕我想這先嫁的還不會過幾日早折的容也波儀瘦似鬼只教你難分說難告訴空淚垂我看了些些覓前程俏女娘見了些些鐵心腸男子輩便一生裏孤眠我也直甚頹

〔云〕妹夫我可也待嫁個客人有個比喻〔安秀實云〕喻將何比〔正旦唱〕

〔那吒令〕待粧個老實學三從四德爭奈是匪妓都三心二意端的是那裏是三梢末尾俺雖居在柳陌中花街內可是那件兒便宜

〔鵲踏枝〕俺不是賣查梨他可也逞刀錐一個個敗壞人倫喬做胡爲〔云〕但來兩三遭不問那廝要錢他便道這弟子敲鏝兒哩〔唱〕但見俺有些兒不伶俐便說是女娘家要哄騙東西

〔寄生草〕他每有人愛爲娼妓有人愛作次妻幹家的乾落得淘閑氣買虛的看取些羊羔利嫁人的早中了拖刀計他正是南頭做了北頭開東行不見西行例

〔云〕妹夫你且坐一坐我去勸他勸的省時你休歡喜勸不省時休煩惱〔安秀實云〕我不坐了且回家去等信罷大姐留心者〔下〕〔正旦做行科見外旦云〕妹子你那裏人情去〔外旦云〕我不人情去我待嫁人哩〔正旦云〕我正來與你保親〔外旦云〕你保誰〔正旦云〕我保安秀才〔外旦云〕我嫁了安秀才呵一對兒好打蓮花落〔正旦云〕你待嫁誰〔外旦云〕我嫁周舍〔正旦云〕你如今嫁人莫不還早哩〔外旦云〕有甚麼早不早今日也大姐明日也大姐出了一包兒膿我嫁了做一個張郎家婦李郎家妻立個婦名我做鬼也風流的〔正旦唱〕

〔村里迓鼓〕你也合三思而行再思可矣你如今年紀小哩我與你慢慢的別尋個姻配你可便宜只守着銅斗兒家緣家計也是你歹姐姐把衷腸話勸妹妹我怕你受不過男兒氣息

〔云〕妹子那做丈夫的做的子弟做子弟的做不的丈夫〔外旦云〕你說我聽咱〔正旦唱〕

〔元和令〕做丈夫的便做不的子弟那做子弟的他影兒裏會虛脾那做丈夫的忒老實〔外旦云〕那周舍穿着一架子衣服可也堪愛哩〔正旦唱〕那廝雖穿着幾件虼蜋皮人倫事曉得甚的

〔云〕妹子你爲甚麼就要嫁他〔外旦云〕則爲他知重您妹子因此要嫁他〔正旦云〕他怎麼知重你〔外旦云〕一年四季夏天我好的一覺响睡他替你妹子打着扇冬天替你妹子温的鋪蓋兒煖了着你妹子歇息但你妹子那裏人情去穿的那一套衣服戴的那一副頭面替你妹子提領系整釵鐶只爲他這等知重你妹子因此上一心要嫁他〔正旦云〕你原來爲這般呵〔唱〕

〔上馬嬌〕我聽的說就裏你原來爲這的倒引的我忍不住笑微微你道是暑月間扇子搧着你睡冬月間着炭火煨那愁他寒色透重衣

〔游四門〕喫飯處把匙頭挑了筋共皮出門去提領系整衣袂戴插頭面整梳篦衠一味是虛脾女娘每不省越着迷

〔勝葫蘆〕你道這子弟情腸甜似蜜但娶到他家裏多無半載週年相棄擲早努牙突嘴拳椎脚踢打的你哭啼啼

〔么篇〕恁時節船到江心補漏遲煩惱怨他誰事要前思免後悔我也勸你不得有朝一日准備着搭救你塊望夫石

〔云〕妹子久以後你受苦呵休來告我〔外旦云〕我便有那該死的罪我也不來央告你〔周舍上〕

云〕小的每把這禮物擺的好看些〔正旦云〕來的敢是周舍那廝不言語便罷他若但言着他吃我幾嘴好的〔周舍云〕那壁姨姨敢是趙盼兒麼〔正旦云〕然也〔周舍云〕請姨姨吃些茶飯波〔正旦云〕你請我家裏餓皮臉也揭了鍋兒底窨子裏秋月不曾見這等食〔周舍云〕央及姨姨保門親事〔正旦云〕你着我保誰〔周舍云〕保宋引章〔正旦云〕你着我保宋引章那些兒保他那針指油麪刺繡鋪房大裁小剪生兒長女〔周舍云〕這歪刺骨好歹嘴也我已成了事不索央你〔正旦云〕我去罷〔做出門科〕〔安秀實上云〕姨姨勸的引章如何〔正旦云〕不濟事了也〔安秀實云〕這等呵我上朝求官應舉去罷〔正旦云〕你且休去我有用你處哩〔安秀實云〕依着姨姨說我且在客店中安下看你怎麼發付我〔下〕〔正旦唱〕

〔賺煞〕這妮子是狐魅人女妖精纏郎君天魔祟則他那褌兒裏休猜做有腿吐下鮮紅血則當做蘇木水耳邊休採那等閑食那的是最容易剜眼睛嫌的則除是親近着他便歡喜〔帶云〕着他疾省呵〔唱〕哎你個雙郎子弟安排下金冠霞帔〔帶云〕一個夫人來到手兒裏了〔唱〕却則爲三千張茶引嫁了馮魁〔下〕

〔周舍云〕辭了母親着大姐上轎回喒鄭州去來〔詩云〕纔出娼家門便作良家婦〔外旦詩云〕只怕吃了良家虧還想娼家做〔同下〕

〔音釋〕賁音焚　杓繩昭切　覓忙閉切　的音底　溺尼叫切　日人智切　實繩知切　德當美切　息喪擠切　吃音乞　蜋音郎　系音戲　篦邦迷切　衠音肫　密忙閉切　踢音體　得當美切　石繩知切　窨音陰　魅音妹　祟音歲　食繩知切　剜碗平

聲 帔音備

第二折

〔周舍同外旦上云〕自家周舍是也我騎馬一世驢背上失了一脚我爲娶這婦人呵整整磨了半截舌頭纔成得事如今着這婦人上了轎我騎了馬離了汴京來到鄭州讓他轎子在頭裏走怕那一般的舍人說周舍娶了宋引章被人笑話則見那轎子一晃一晃的我向前打那擡轎的小厮道你這等欺我舉起鞭子就打問他道你走便走晃怎麽那小厮道不干我事妳妳在裏邊不知做甚麽我揭起轎簾一看則見他精赤條條的在裏面打筋斗來到家中我說你套一牀被我蓋我到房裏只見被子倒高似牀我便叫那婦人在那裏則聽的被子裏荅應道周舍我在被子裏面哩我道在被子裏面做甚麽他道我套綿子把我翻在裏頭了我掌起棍來恰待要打他道周舍打我不打緊休打了隔壁王婆婆我道好也把隣舍都翻在被裏面〔外旦云〕我那裏有這等事〔周舍云〕我也說不得這許多兀那賤人我手裏有打殺的無有買休賣休的且等我吃酒去回來慢慢的打你〔下〕〔外旦云〕不信好人言必有恓惶事當初趙家姐姐勸我不聽果然進的門來打了我五十殺威棒朝打暮罵怕不死在他手裏我這隔壁有個王貨郎他如今去汴梁做買賣我寫一封書稍將去着俺母親和趙家姐姐來救我若來遲了我無那活的人也天那只被你打殺我也〔下〕〔卜兒哭上云〕自家宋引章的母親便是有我女孩兒從嫁了周舍昨日王貨郎寄信來上寫着道從到他家進門打了五十殺威棒如今朝打暮罵看看至死可急急央趙家姐姐來救我我拿着書去與趙家姐姐說知怎生救他去引章孩兒則被你痛殺我也〔下〕〔正旦上云〕自家趙盼兒我想這門衣飯幾時是了也呵〔唱〕

〔商調集賢賓〕咱這幾年來待嫁人心事有聽的道誰揭債誰買休他每待強巴劫深宅大院怎知道摧折了舞榭歌樓一個個眼張狂似漏了網的游魚一個個嘴盧都似跌了彈的斑鳩御園中可不道是栽路柳好人家怎容這等娼優他每初時間有些實意臨老也沒回頭

〔逍遙樂〕那一個不因循成就那一個不頃刻前程那一個不等閑間罷手他每一做一個水上浮漚和爺娘結下不厮見的冤讎恰便似日月參辰和卯酉正中那男兒機彀他使那千般貞烈萬種恩情到如今一筆都勾

〔卜兒上云〕這是他門首我索過去〔做見科云〕大姐煩惱殺我也〔正旦云〕妳妳你爲甚麼這般啼哭〔卜兒云〕好教大姐知道引章不聽你勸嫁了周舍進門去打了五十殺威棒如今打的看看至死不久身亡姐姐怎生是好〔正旦云〕呀引章吃打了也〔唱〕

〔金菊香〕想當日他暗成公事只怕不相投我作念你的言詞今日都應口則你那去時恰便似去秋他本是薄倖的班頭還說道有恩愛結綢繆

〔醋葫蘆〕你鋪排着鴛衾和鳳幬指望效天長共地久驀入門知滋味便合休幾番家眼睜睜打乾淨待離了我這手〔帶云〕趙盼兒〔唱〕你做的個見死不救可不羞殺桃園中殺白馬宰烏牛

〔云〕既然是這般呵誰着你嫁他來〔卜兒云〕大姐周舍說誓來〔正旦唱〕

〔幺篇〕那一個不哆可可道橫死亡那一個不實不不拔了短籌則你這亞仙子母老實頭普天下愛女娘的子弟口〔帶云〕妳妳不則周舍說謊也〔唱〕那一個不指皇天各般說咒恰似秋風過耳早休休

〔卜兒云〕姐姐怎生搭救引章孩兒〔正旦云〕妳妳我有兩個壓被的銀子咱兩個拿着買休去來〔卜兒云〕他說來則有打死的無有買休賣休的〔正旦尋思科做與卜耳語科云〕則除是這般〔卜兒云〕可是中也不中〔正旦云〕不妨事將書來我看〔卜遞書科正旦念云〕引章拜上姐姐并妳妳當初不信好人之言果有恓惶之事進得他門便打我五十殺威棒如今朝打暮罵禁持不過你來的早還得見我來得遲呵不能勾見我面了只此拜上妹子也當初誰教你做這事來〔唱〕

〔幺篇〕想當初有憂呵同共憂有愁呵一處愁他道是殘生早晚喪荒坵做了個游街野巷村務酒你道是百年之後〔云〕妹子也你不道來這個也大姐那個也大姐出了一包膿不如嫁個張郎婦李郎妻〔唱〕立一個婦名兒做鬼也風流

〔云〕妳妳那寄書的人去了不曾〔卜兒云〕還不曾去哩〔正旦云〕我寫一封書寄與引章去〔做寫科〕〔唱〕

〔後庭花〕我將這情書親自修教他把天機休泄漏傳示與休莽戇收心的女拜上你渾身疼的歹事頭〔帶云〕引章我怎的勸你來〔唱〕你好沒來由遭他毒手無情的棍棒抽赤津津鮮血流逐朝家如暴囚怕不

將性命丟況家鄉隔鄭州有誰人相睬瞅空這般出盡醜

〔卜兒哭科云〕我那女孩兒那裏打熬得過大姐你可怎生的救他一救〔正旦云〕妳妳放心〔唱〕

〔柳葉兒〕則教你怎生消受我索合再做個機謀把這雲鬟蟬鬢粧梳就〔帶云〕還再穿上些錦繡衣服〔唱〕珊瑚鈎芙蓉扣扭捏的身子兒別樣嬌柔

〔雙鴈兒〕我着這粉臉兒搭救你女骷髏割捨的一不做二不休拚了個由他咒也波咒不是我說大口怎出得我這烟月手

〔卜兒云〕姐姐到那裏子細着〔哭科云〕孩兒則被你煩惱殺了我也〔正旦唱〕

〔浪裏來煞〕你收拾了心上憂你展放了眉間皺我直着花葉不損覓歸秋那廝愛女娘的心見的便似驢共狗賣弄他玲瓏剔透〔云〕我到那裏三言兩句肯寫休書萬事俱休若是不肯寫休書我將他掐一掐拈一拈摟一摟抱一抱着那廝通身酥遍體麻將他鼻凹兒抹上一塊砂糖着那廝㖇又㖇不着吃又吃不着賺得那廝寫了休書引章將的休書來淹的撇了我這裏出了門兒〔唱〕可不是一場風月我着那漢一時休〔下〕

〔音釋〕晃音謊　宅池齋切　漚音歐　驀音陌　喒參上聲　戇音狀　暴音僕　瞅音揪
骷音枯　髏音婁　凹汪卦切　㖇音忝　賺音湛

第三折

〔周舍同店小二上詩云〕萬事分已定浮生空自忙無非花共酒惱亂我心腸店小二我着你開着

這個客店我那裏希罕你那房錢養家不問官妓私科子只等有好的來你客店裏你便來叫我〔小二云〕我知道只是你脚頭亂一時間那裏尋你去〔周舍云〕你來粉房裏尋我〔小二云〕粉房裏沒有呵〔周舍云〕賭房裏來尋〔小二云〕賭房裏沒有呵〔周舍云〕牢房裏來尋〔下〕〔丑扮小閑挑籠上〕〔詩云〕釘靴雨傘爲活計偷寒送煖作營生不是閑人閑不得及至得了閑時又閑不成自家張小閑的便是平生做不的買賣止是與歌者姐姐每叫些人兩頭往來傳消寄信都是我這裏有個大姐趙盼兒着我收拾兩箱子衣服行李往鄭州去都收拾停當了請姐姐上馬〔正旦上云〕小閑我這等打扮可衝動得那廝麼〔小閑做倒科〕〔正旦云〕你做甚麼哩〔小閑云〕休道衝動那廝這一會兒連小閑也酥倒了〔正旦唱〕

〔正宮端正好〕則爲他滿懷愁心間悶做的個進退無門那婆娘家一湧性無思忖我可也強打入迷魂陣

〔滾繡毬〕我這裏微微的把氣噴輸個姓因怎不教那廝背槽抛糞更做道普天下無他這等郎君想着容易情忒獻勤幾番家待要不問第一來我則是可憐見無主娘親第二來是我慣曾爲旅偏憐客第三來也是我自己貪杯惜醉人到那裏呵也索費些精神

〔云〕說話之間早來到鄭州地方了小閑接了馬者且在柳陰下歇一歇咱〔小閑云〕我知道〔正旦云〕小閑咱閑口論閑話這好人家好舉止惡人家惡家法〔小閑云〕姐姐你說我聽〔正旦唱〕

〔倘秀才〕縣君的則是縣君妓人的則是妓人怕不扭揑着身子驀入他門怎禁他使數的到支分背地裏暗忍

〔滾繡毬〕那好人家將粉撲兒淺淡勻那裏像咱乾茨臘手搶着粉好人家將那篦梳兒慢慢地鋪鬆那裏像咱解了那襻胸帶下頦上勒一道深痕好人家知個遠近覷個向順衠一味良人家風韻那裏像咱們恰便似空房中鎖定個猢猻有那千般不實喬軀老有萬種虛囂歹議論斷不了風塵

〔小閑云〕這裏一個客店姐姐好住下罷〔正旦云〕叫店家來〔店小二見科〕〔正旦云〕小二哥你打掃一間乾淨房兒放下行李你與我請將周舍來說我在這裏久等多時也〔小二云〕我知道〔做行叫科云〕小哥在那裏〔周舍上云〕店小二有甚麼事〔小二云〕店裏有個好女子請你哩〔周舍云〕咱和你就去來〔做見科云〕是好一個科子也〔正旦云〕周舍你來了也〔唱〕

〔幺篇〕俺那妹子兒有見聞可有福分擡舉的個丈夫俊上添俊年紀兒恰正青春〔周舍云〕我那裏曾見你來我在客火裏你彈着一架箏我不與了你個褐色紬段兒〔正旦云〕小的你可見來〔小閑云〕不曾見他有甚麼褐色紬段兒〔周舍云〕哦早起杭州散了趕到陝西客火裏吃酒我不與了大姐一分飯來〔正旦云〕小的每你可見來〔小閑云〕我不曾見〔正旦唱〕你則是忒現新忒忘昏更做道你眼鈍那唱詞話的有兩句留文咱也曾武陵溪畔曾相識今日佯推不認人我爲你斷夢勞魂

〔周舍云〕我想起來了你敢是趙盼兒麼〔正旦云〕然也〔周舍云〕你是趙盼兒好好當初破親也是你來小二關了店門則打這小閑〔小閑云〕你休要打我俺姐姐將着錦繡衣服一房一臥來嫁你你倒打我〔正旦云〕周舍你坐下你聽我說你在南京時人說你周舍名字說的我耳滿鼻滿的

則是不會見你後得見你呵害的我不茶不飯只是思想着你聽的你娶了宋引章教我如何不惱周舍我待嫁你你却着我保親〔唱〕

〔倘秀才〕我當初倚大呵粧儇主婚怎知我嫉妬呵特故裏破親你這廝外相兒通疎就裏村你今日結婚姻咱就肯罷論

〔云〕我好意將着車輛鞍馬奩房來尋你你㓰地將我打罵小閑攔回車兒咱家去來〔周舍云〕早知姐姐來嫁我我怎肯打舅舅〔正旦云〕你真個不知道你既不知你休出店門只守着我坐下〔周舍云〕休說一兩日就是一兩年您兒也坐的將去〔外旦上云〕周舍兩三日不家去我尋到這店門首我試看咱原來是趙盼兒和周舍坐哩兀那老弟子不識羞直趕到這裏來周舍你再不要來家等你來時我拿一把刀子你拿一把刀子和你一遞一刀子截哩〔下〕〔周舍取棍科云〕我和你搶生吃哩不是妳妳在這裏我打殺你〔正旦唱〕

〔脫布衫〕我更是的不待饒人我爲甚不敢明聞肋底下插柴自穩怎見你便打他一頓

〔小梁州〕可不道一夜夫妻百夜恩你可便息怒停嗔你村時節背地裏使些村對着我合思忖那一個雙同叔打殺俏紅裙

〔幺篇〕則見他惡哏哏摸按着無情棍便有火性的不似你個郎君

〔云〕你拿着偌粗的棍棒倘或打殺他呵可怎了〔周舍云〕丈夫打殺老婆不該償命〔正旦云〕這等說誰敢嫁你〔背唱〕我假意兒瞞虛科兒噴着這廝有家難奔妹子也你試看咱風月救風塵

〔云〕周舍你好道兒你這裏坐着點的你媳婦來罵我這一場小閉攔回車兒咱回去來〔周舍云〕好妳妳請坐我不知道他來我若知道他來我就該死〔正旦云〕你真個不會使他來這妮子不賢惠打一棒快毬子你拾的宋引章我一發嫁你〔周舍云〕我到家裏就休了他〔背云〕且慢着那個婦人是我平日間打怕的若與了一紙休書那婦人就一道烟去了這婆娘他若是不嫁我呵可不弄的尖擔兩頭脫休的造次把這婆娘搖撼的實着〔向旦云〕妳妳您孩兒肚腸是驢馬的見識我今家去把媳婦休了呵妳妳你把肉弔窗兒放下來可不嫁我做的個尖擔兩頭脫妳妳你說下個誓着〔正旦云〕周舍你真個要我賭咒你若休了媳婦我不嫁你呵我着堂子裏馬踏殺燈草打折臁兒骨你逼的我賭這般重咒哩〔周舍云〕小二將酒來〔正旦云〕休買酒我車兒上有十瓶酒哩〔周舍云〕還要買羊〔正旦云〕休買羊我車上有個熟羊哩〔周舍云〕好好待我買紅去〔正旦云〕休買紅我箱子裏有一對大紅羅周舍你爭甚麼那你的便是我的我的就是你的〔唱〕

〔二煞〕則這緊的到頭終是緊親的原來只是親憑着我花朵兒身軀笋條兒年紀爲這錦片兒前程倒賠了幾錠兒花銀拚着個十米九糠問甚麼兩婦三妻受了些萬苦千辛我着人頭上氣忍不枉了一世做郎君

〔黃鍾尾〕你窮殺呵甘心守分捱貧困你富呵休笑我飽煖生淫慾議論咱心中覷個意順但休了你這眼下人不要你錢財使半文早是我走將來自上門家業家私待你六親肥馬輕裘待你一身倒貼了奩房和你爲眷姻〔云〕我若還嫁了你我不比那宋引章針指油麵刺繡鋪房大裁小剪

都不曉得一些兒的〔唱〕我將你寫了的休書正了本〔同下〕

〔音釋〕茨音慈　襻音盼　頦音孩　鼛音臯　慣呼關切　奩音廉　剗音產　哏狠平聲
迸本去聲　撼含上聲　臁音廉

第四折

〔外旦上云〕這些時周舍敢待來也〔周舍上見科〕〔外旦云〕周舍你要吃甚麼茶飯〔周舍做怒科云〕好也將紙筆來寫與你一紙休書你快走〔外旦接休書不走科云〕我有甚麼不是你休了我〔周舍云〕你還在這裏你快走〔外旦云〕你真個休了我你當初要我時怎麼樣說來你這負心漢害天災的你要去我偏不去〔周舍推出門科〕〔外旦云〕我出的這門來周舍你好癡也趙盼兒姐姐你好強也我將着這休書直至店中尋姐姐去來〔下〕〔周舍云〕這賤人去了我到店中娶那婦人去〔做到店科叫云〕店小二恰纔來的那婦人在那裏〔小二云〕你剛出門他也上馬去了〔周舍云〕倒着他道兒了將馬來我趕將他去〔小二云〕馬揣駒了〔周舍云〕鞁騾子〔小二云〕騾子漏蹄〔周舍云〕這等我步行趕將他去〔小二云〕我也趕他去〔同下〕〔旦同外旦上〕〔外旦云〕若不是姐姐我怎能勾出的這門也〔正旦云〕走走走〔唱〕

〔雙調新水令〕笑吟吟案板似寫着休書則俺這脫空的故人何處賣弄他能愛女有權術怎禁那得勝葫蘆說到有九千句

〔云〕引章你將那休書來與我看咱〔外旦付休書〕〔正旦換科云〕引章你再要嫁人時全憑這一張紙是個照證你收好者〔外旦接科〕〔周舍趕上喝云〕賤人那裏去宋引章你是我的老婆如何逃走〔外旦云〕周舍你與了我休書趕出我來了〔周舍云〕休書上手模印五個指頭那裏四個指

頭的是休書〔外旦展看周舍咬碎科〕〔外旦云〕姐姐周舍咬了我的休書也〔旦上救科〕〔周舍云〕你也是我的老婆〔正旦云〕我怎麼是你的老婆〔周舍云〕你吃了我的酒來〔正旦云〕我車上有十瓶好酒怎麼是你的〔周舍云〕你可受我的羊來〔正旦云〕我自有一隻熟羊怎麼是你的〔周舍云〕你受我的紅定來〔正旦云〕我自有大紅羅怎麼是你的〔唱〕

〔喬牌兒〕酒和羊車上物大紅羅自將去你一心淫濫無是處要將人自賴取

〔周舍云〕你曾說過誓嫁我來〔正旦唱〕

〔慶東原〕俺須是賣空虛憑着那說來的言咒誓為活路〔帶云〕怕你不信呵〔唱〕徧花街請到娼家女那一箇不對着明香寶燭那一箇不指着皇天后土那一箇不賭着鬼戮神誅若信這咒盟言早死的絕門戶

〔云〕引章妹子你跟將他去〔外旦怕科云〕姐姐跟了他去就是死〔正旦唱〕

〔落梅風〕則為你無思慮忒模糊〔周舍云〕休書已毀了你不跟我去待怎麼〔外旦怕科〕〔正旦云〕妹子休慌莫怕咬碎的是假休書〔唱〕我特故抄與你個休書題目我跟前見放着這親模〔周舍奪科〕〔正旦唱〕便有九頭牛也拽不出去

〔周扯二旦科云〕明有王法我和你告官去來〔同下〕〔外扮孤引張千上〕〔詩云〕聲名德化九重聞良夜家家不閉門雨後有人耕綠野月明無犬吠花村小官鄭州守李公弼是也今日升起早衙斷理些公事張千喝攛箱〔張千云〕理會的〔周舍同二旦下兒上〕〔周叫云〕冤屈也〔孤云〕告甚

麼事〔周舍云〕大人可憐見混賴我媳婦〔孤云〕誰混賴你的媳婦〔周舍云〕是趙盼兒設計混賴
我媳婦宋引章〔孤云〕那婦人怎麼說〔正旦云〕宋引章是有丈夫的被周舍強佔爲妻昨日又與
了休書怎麼是小婦人混賴他的〔唱〕

〔鴈兒落〕這廝心狠毒這廝家豪富衠一味虛肚腸不踏着實途路

〔得勝令〕宋引章有親夫他強占作家屬淫亂心情歹兇頑膽氣粗無徒到處裏胡爲做現放着休書望恩官明鑒取

〔安秀實上云〕適纔趙盼兒使人來說宋引章已有休書了你快告官去便好取他這裏是衙門首不免高叫道寃屈也〔孤云〕衙門外誰鬧拿過來〔張千拏入科云〕告人當面〔孤云〕你告誰來〔安秀實云〕我安秀實聘下宋引章被鄭州周舍強奪爲妻乞大人做主咱〔孤云〕誰是保親〔安秀實云〕是趙盼兒〔孤云〕趙盼兒你說宋引章原有丈夫是誰〔正旦云〕正是這安秀才〔唱〕

〔沽美酒〕他幼年間便習儒腹隱着九經書又是俺共里同村一處居接受了釵環財物明是個良人婦

〔孤云〕趙盼兒我問你這保親的委是你麼〔正旦云〕是小婦人〔唱〕

〔太平令〕現放着保親的堪爲憑據怎當他搶親的百計虧圖那裏是明婚正娶公然的傷風敗俗今日個訴與太府做主可憐見斷他夫妻完聚

〔孤云〕周舍那宋引章明明有丈夫的你怎生還賴是你的妻子若不看你父親面上送你有司問罪您一行人聽我下斷周舍杖六十與民一體當差宋引章仍歸安秀才爲妻趙盼兒等寧家住坐

〔詞云〕只爲老虔婆愛賄貪錢趙盼兒細說根原呆周舍不安本業安秀才夫婦團圓〔衆叩謝科〕

〔正旦唱〕

〔收尾〕對恩官一一說緣故分剖開貪夫怨女麪糊盆再休說死生交風月所重諧燕鶯侶

〔音釋〕鞁音備　術繩朱切　物音務　目音暮　攛粗酸切　屬繩朱切　做租去聲　俗詞疽切　呆音諧

題目　安秀才花柳成花燭

正名　趙盼兒風月救風塵

趙盼兒風月救風塵雜劇

西隣友立託孤文書
倣胡翼筆

東堂老勸破家子弟
珍倣宋版印

東堂老勸破家子弟雜劇

元 秦簡夫撰

明吳興臧晉叔校

楔子

〔冲末扮趙國器扶病引淨揚州奴旦兒翠哥上〕〔趙國器云〕老夫姓趙名國器祖貫東平府人氏因做商賈到此揚州東門裏牌樓巷居住嫡親的四口兒家屬渾家李氏不幸早年下世所生一子就喚做揚州奴娶的媳婦兒也姓李是李節使的女孩兒名喚翠哥自娶到老夫家中這孩兒裏言不出外言不入甚是賢達想老夫幼年間做商賈早起晚眠積儹成這個家業指望這孩兒久遠營運不想他成人已來與他娶妻之後只伴着那一夥狂朋怪友飲酒非爲吃穿衣飯不着家業老夫耳聞眼覩非止一端因而憂悶成疾晝夜無眠眼見的覷天遠入地近無那活的人也老夫一死之後這孩兒必敗我家枉惹後人談論我這東隣有一居士姓李名實字茂卿此人平昔與人寡合有古君子之風人皆呼爲東堂老子和老夫結交甚厚他小老夫兩歲我爲兄他爲弟結交三十載並無離間之語又有一件茂卿妻恰好與老夫同姓老夫妻與茂卿同姓所以親家往來勝如骨肉我如今請過他來將這托孤的事要他替我分憂未知肯否何如揚州奴那裏〔揚州奴應科云〕你喚我怎麽老人家你那病症則管裏叫人的小名兒各人也有幾歲年紀這般叫可不折了你〔趙國器云〕你去請將李家叔叔來我有說的話〔揚州奴云〕知道下次小的每隔壁請東堂老叔叔來〔趙國器云〕我着你去〔揚州奴云〕着我去則隔的一重壁直起動我走這遭兒〔趙國器云〕你怎生又使別人去〔揚州奴云〕我去我去你休鬧下次小的每鞁馬〔趙國器云〕只隔的箇壁兒怎要

騎馬去〔揚州奴云〕也着你做我的爹哩你偏不知我的性兒上茅廁去也騎馬哩〔趙國器云〕你看這廝〔揚州奴云〕我去我去又是我氣着你也出的這門來這裏也無人這個是我的父親他不曾說一句話我直挺的他脚稍天這隔壁東堂老叔叔他和我是各白世人他不曾見我便罷他見了我呵他叫我一聲揚州奴哎喲諕得我喪膽亡魂不知怎生的是這等怕他說話之間早到他家門首〔做咳嗽科〕叔叔在家麼〔正末扮東堂老上云〕門首是誰喚門〔揚州奴云〕是你孩兒揚州奴〔正末云〕你來怎麽〔揚州奴云〕父親着揚州奴請叔叔不知有甚事〔正末云〕你先去我就來了〔揚州奴云〕我也巴不得先去自在些兒〔下〕〔正末云〕老夫姓李名實字茂卿今年五十八歲本貫東平府人氏因做買賣流落在揚州東門裏牌樓巷居住老夫幼年也曾看幾行經書自號東堂居士如今老了人就叫我做東堂老子我西家趙國器比老夫長二歲元是同鄉又同流寓在此一向通家往來已經三十餘載近日趙兄染其疾病不知有甚事着揚州奴來請我恰好也要去探望他早已來到門首揚州奴你報與父親知道說我到了也〔揚州奴做報科云〕請的李家叔叔在門首哩〔趙國器云〕道有請〔正末做見科云〕老兄染病小弟連日窮忙有失探望勿罪勿罪〔趙國器云〕請坐〔正末云〕老兄病體如何〔趙國器云〕老夫這病則有添無有減眼見的無那活的人也〔正末云〕曾請良醫來醫治也不曾〔趙國器云〕嗨老夫不曾延醫居士與老夫最是契厚請猜我這病症咱〔正末云〕老兄着小弟猜這病症莫不是害風寒暑溼麽〔趙國器云〕不是〔正末云〕莫不是爲饑飽勞逸麽〔趙國器云〕也不是〔正末云〕莫不是爲此憂愁思慮麽〔趙國器云〕哎喲這纔叫做知心之友我這病正從憂愁思慮得來的〔正末云〕老兄差矣你負郭有田千頃城中有油磨坊解典庫有兒有婦是揚州點一點二的財主有甚麽不足索這般深思遠慮那〔趙國

器云〕嗨居士不知正爲不肖子揚州奴自成人已來與他娶妻之後他合着那夥狂朋怪友飲酒
非爲日後必然敗我家業因此上憂慼成病豈是良醫調治得的〔正末云〕老兄過慮豈不聞邵堯
夫戒子伯溫曰我欲教汝爲大賢未知天意肯從否父在觀其志父沒觀其行父母與子孫成家立
計是父母盡己之心久以後成人不成人是在于他父母怎管的他到底老兄這般焦心苦思也是
乾落得的〔趙國器云〕雖然如此莫說父子之情不能割捨老夫一生辛勤掙這銅斗兒家計等他
這般廢敗便死在九泉也不瞑目今日請居士來別無叮囑欲將托孤一事專靠在居士身上照顧
這不肖免至流落老夫啣環結草之報斷不敢忘〔正末起身科云〕老兄重托本不敢辭但一者老
兄壽算綿遠二者小弟才德俱薄又非服制之親揚州奴未必肯聽教訓三者老兄家緣饒富瓜田
不納履李下不整冠請老兄另托高賢小弟告回〔趙國器云〕揚州奴當住叔叔咱居士何故推托
如此豈不聞可以托六尺之孤可以寄百里之命老夫與居士通家往來三十餘年情同膠漆分若
陳雷今病勢如此命在須臾料居士素德雅望必能不負所請故敢托妻寄子居士你平日這許多
慷慨氣節都歸何處道不的個見義不爲無勇也〔做跪正末回跪科云〕呀老兄怎便下如此重禮
則是小弟承當不起老兄請起小弟依允便了〔趙國器云〕揚州奴擡過卓兒來者〔揚州奴云〕下
次小的每掇一張卓兒過來着〔趙國器云〕我使你你可使別人〔揚州奴云〕我掇我掇你這一夥
弟子孩兒們緊關裏叫個使一使都走得無一個這老兒若有些好歹都是我手下賣了的〔做掇
卓兒科云〕哎喲我長了三十歲幾曾掇卓兒偏生的偌大沉重〔做放卓科〕〔趙國器云〕將過紙
墨筆硯來〔揚州奴云〕紙墨筆硯在此〔趙國器做寫科云〕這張文書我已寫了我就畫個字揚州
奴你近前來這紙上你與我正點背畫個字者〔揚州奴云〕你着我正點背畫我又無罪過正不知

寫着甚麽來兩手搦得緊緊的怕我偷吃了〔做畫字科云〕字也畫了你敢待賣我麽〔正末云〕你父親則不待要賣了你待怎生〔趙國器云〕這張文書請居士收執者〔又跪〕〔正末收科〕〔趙國器云〕揚州奴請你叔叔坐下者就喚你媳婦出來〔揚州奴云〕叔叔現坐着哩大嫂你出來〔旦兒上科〕〔趙國器云〕揚州奴你和媳婦兒拜你叔父八拜〔揚州奴云〕着我拜又不是冬年節下拜甚麽〔正末云〕揚州奴我和你爭拜那〔揚州奴云〕叔叔休道着我拜八拜終日見叔叔拜有甚麽多了處〔旦兒云〕只依着父親拜叔叔咱〔揚州奴云〕閉了嘴沒你說話靠後喒拜喒拜〔做拜科云〕一拜權爲八拜〔起身做整衣科云〕叔叔家裏嬸子好麽〔正末怒云〕⿰口退〔揚州奴云〕這老子越狠了也〔正末云〕揚州奴你父親是甚麽病〔揚州奴云〕您孩兒不知道〔正末云〕噤聲你父親病及半年你剗地不知道你豈不知父病子當主之〔揚州奴云〕叔叔息怒父親的症候您孩兒待說不知來可怎麽不知待說知道來可也忖量不定只見他坐了睡睡了坐敢是欠活動些〔正末云〕揚州奴你父親立與我的文書上寫着的甚麽哩〔揚州奴云〕您孩兒不知〔正末云〕你既不知你可怎生正點背畫字來〔揚州奴云〕父親着您孩兒畫您孩兒不敢不畫〔正末云〕既是不知你兩口兒近前來聽我說與你想你父親生下你來長立成人娶妻之後你伴着狂朋怪友飲酒非爲不務家業憂而成病文書上寫着道揚州奴所行之事不曾稟問叔父李茂卿不許行假若不依叔父教訓打死勿論你父親許着俺打死你哩〔揚州奴做打悲科云〕父親你好下的也怎生着人打死我那〔趙國器云〕兒也也是我出于無奈〔正末云〕老兒免憂慮揚州奴斷然不敢了也〔唱〕

〔仙呂賞花時〕爲兒女擔憂鬢已絲爲家貲身亡心未死將這把業

骨頭常好是費神思既老兄托妻也那寄子〔帶云〕老兄免憂慮〔唱〕我着你終有箇稱心時〔下〕〔揚州奴做扶趙國器科云〕大嫂這一會兒父親面色不好扶着後堂中去父親你精細着〔趙國器云〕揚州奴你如今成人長大管領家私照覷家小省使儉用我眼見的無那活的人也〔詩云〕只為生兒性太庸日夜憂愁一命終若要趨庭承教訓則除夢裏再相逢〔同下〕

〔音釋〕 鞴音備 懣音悶 搦女卓切 剗音產

第一折

〔丑扮賣茶上詩云〕茶迎三島客湯送五湖賓不將可口味難近使錢人小可是賣茶的今日燒得這鏇鍋兒熱了看有甚麼人來〔淨扮柳隆卿胡子傳上〕〔柳隆卿詩云〕不養蠶桑不種田全憑馬扁度流年〔胡子傳詩云〕為甚侵晨奔到晚幾箇忙忙少我錢〔柳隆卿云〕自家柳隆卿兄弟胡子傳我兩個不會做甚麼營生買賣全憑這張嘴抹過日子在城有一個趙小哥揚州奴自從和俺兩個拜為兄弟他的勾當都憑我兩個他無我兩個茶也不吃飯也不吃俺兩個若不是他呵也都是餓死的〔胡子傳云〕哥則我老婆的褲子也是他的哥的網兒也是他的〔柳隆卿云〕哎喲壞了我的頭也〔胡子傳云〕哥我們兩個吃穿衣飯那一件兒不是他的我這幾日不曾見他就弄得我手裏都焦乾了哥喒茶房裏尋他去若尋見他酒也有肉也有吃不了的還包了家去與我渾家吃哩〔柳隆卿做見賣茶科云〕兄弟說得是賣茶的趙小哥曾來麼〔賣茶云〕趙小哥不曾來哩〔柳隆卿云〕你與我看着等他來時對俺兩個說俺兩個且不吃茶哩〔賣茶云〕理會的趙小哥早來了〔揚州奴上詩云〕四肢八脈剛帶俏五臟六腑卻無才村入骨頭挑不出俏從胎裏帶將來自家揚

州奴的便是人口順多喚我做趙小哥自從我父親亡化了過日月好疾也可早十年光景把那家緣過活金銀珠翠古董翫器田產物業孳畜牛羊油磨房解典庫丫鬟奴僕典盡賣絕都使得無了也我平日間使慣了的手吃慣了的口一二日不使得幾十箇銀子呵也過不去我結交了兩個兄弟一個是柳隆卿一個是胡子傳他兩個是我的心腹朋友我一句話還不曾說出來他早知道都是提着頭便知尾的着我怎麼不敬他我父親說的我到底不依但他兩個說的合着我的心趁着我的意恰便經也似聽他這兩日不見他平日裏則在那茶房裏廝等我如今到茶房裏問一聲去（做見科）（賣茶云）趙小哥你來了也有人在茶房裏坐着正等你來哩二位趙小哥來了也（胡子傳云）來了來了我和你一箇做好一個做歹你出去（柳隆卿云）兄弟你出去（胡子傳云）哥你出去（柳隆卿做見科云）哥你在那裏來俺等了你一早起了（揚州奴云）哥這兩日你也不來望我一望（柳隆卿云）胡子傳也在這裏（揚州奴云）我自過去（見科云）哥唱喏咱（胡子傳不採科）（柳隆卿云）小哥來了（胡子傳云）那個小哥（柳隆卿云）趙小哥（胡子傳云）他老子在那裏做官來他也是小哥詐官的該徒我根前歪充叫總甲來綁了這弟子孩兒（揚州奴云）好沒分曉敢是吃早酒來（柳隆卿云）俺等了一早起沒有吃飯哩（揚州奴云）不會吃飯哩你可不早說誰是你肚裏蚘虫與你一個銀子自家買飯吃去（做與砌末科）（胡子傳云）看茶與小哥吃你可這般嫩就當不得了（揚州奴云）哥不是我嫩還是你的臉皮忒老了些（柳隆卿云）這裏有一門親事俺要作成你（揚州奴云）哥感承你兩個的好意我如今不比往日把那家緣過活都做篩子喂驢漏豆了止則有這兩件兒衣服粧點着門面我強做人哩你作成別人去罷（胡子傳云）我說來麼你可不依我這死狗扶不上牆的（揚州奴云）哥不是扶不上我腰裏貨不硬掙哩（柳

隆卿云〕呸你說你無錢那一所房子是披着天王甲換不得錢的〔揚州奴云〕哎喲你那裏是我兄弟你就是我老子緊關裏誰肯提我這一句是阿我無錢使賣房子便有錢使哥則一件這房子我父親在時只番番瓦就使了一百錠如今誰肯出這般大價錢〔胡子傳云〕當要一千錠只要五百錠當要五百錠則要二百五十錠人都搶着買了〔揚州奴云〕說的是當要一千錠則要五百錠當要五百錠則要二百五十錠人都搶着買可不磨扇墜着手哩哥也則一件爭奈隔壁李家叔叔有些難說話成不得成不得〔胡子傳云〕李家叔叔不肯呵脅肢裏扎上一指頭便了〔揚州奴云〕是阿他不肯脅肢裏扎上一指頭便了如今便賣這房子也要個起功局立帳子的人〔柳隆卿云〕我便起功局〔胡子傳云〕我便立帳子〔揚州奴云〕哦你起功局你立帳子賣了房子我可在那裏住〔柳隆卿云〕我家裏有一個破驢棚〔揚州奴云〕你家裏有個破驢棚但得不漏澇下身子便也罷可把甚麼做飯吃〔胡子傳云〕我家裏有一個破沙鍋兩個破碗和兩雙折筯我都送與你儘勾了你的也〔揚州奴云〕好兄弟這房子當要一千錠則要五百錠當要五百錠則要二百五十錠人見價錢少就都搶着買李家叔叔不肯呵脅肢裏扎他一指頭便了你替我立帳子你替我起功局你家有間破驢棚你家有個破沙鍋你家有兩個破碗兩雙折筯我儘勾受用快活不着你兩個歹弟子孩兒也送不了我的命〔同下〕〔正末同卜兒小末尼上〕〔正末云〕老夫李茂卿的便是不想我老友直如此先見道我死之後不肖子必敗吾家今日果應其言戀酒迷花無數年光景家業一掃無遺便好道知子莫過父信有之也〔唱〕

〔仙呂點絳唇〕原是祖父的窠巢誰承望子孫不肖剔騰了想着這半世勤勞也枉做下千年調

〔混江龍〕我勸咱人便休生奸狡則恐怕命中無福也難消大古來前生注定誰許你今世貪饕那一個積趲的運窮呵君子拙那一個享用的家富也小兒驕〔帶云〕我想這錢財也非容易博來的〔唱〕做買賣恣虛囂開田地廣鋤鉋斷河泊截漁樵鑿山洞取煤燒則他那經營處恨不的佔盡了利名場全不想到頭時剛落得個邯鄲道都是些喧簷燕雀巢葦的這鷦鷯

〔旦兒云〕自家翠哥的便是自從公公亡化過了揚州奴將家緣家計都使得罄盡如今又要賣那一所房子哩我去告訴那東堂叔叔咱這便是他家了不免逕入〔做見科正末云〕媳婦兒你來做甚麼〔旦兒云〕自從公公亡化之後揚州奴將家緣家計都使盡了他如今又要賣那一所房子翠哥一逕的稟知叔叔來〔正末云〕我知道了也等那醜賊生來時我自有個主意〔揚州奴同二淨上〕〔柳隆卿云〕趙小哥上緊着幹遲便不濟也〔揚州奴云〕轉灣抹角可早來到李家門首哥則一件我如今過去便不敢提這賣房子這老兒可有些兜搭難說話慢慢的遠打週遭和他說你兩個且休過來〔做見唱喏科云〕叔叔嬸子拜揖〔見旦兒瞅科〕你來怎的敢是你要告我那〔正末云〕揚州奴你來怎的〔揚州奴云〕我媳婦來見叔叔我怕他年紀小失了體面〔正淨入見末施禮拜科〕〔正末怒科云〕這兩個是什麼人〔二淨云〕俺們都是讀半鑑書的秀才不比那潑光棍〔正末怒科云〕你來俺家有何事〔柳隆卿云〕好意與他唱喏倒惱起來好沒趣〔揚州奴云〕是您孩兒的相識朋友一個是柳隆卿一個是胡子傳〔正末云〕我認的什麼柳隆卿胡子傳引着他們來見我揚州奴〔唱〕

〔油葫蘆〕你和這狗黨狐朋兩個廝趂着〔云〕揚州奴你多大年紀也〔揚州奴云〕您孩兒三十歲了〔正末云〕噤聲〔唱〕又不是年紀小怎生來一椿椿好事不曾學〔帶云〕可也怪不的你來〔唱〕你正是那內無老父尊兄道卻又外無良友嚴師教〔云〕揚州奴你有的叫化也〔揚州奴云〕如何且相左手您孩兒便不到的哩〔正末唱〕你把家私來蕩散了將妻兒來凍餓倒我也還望你有個醉還醒迷還悟夢還覺剗地的可只與這等兩個做知交

〔揚州奴云〕這柳隆卿胡子傳是您孩兒的好朋友〔正末云〕揚州奴〔唱〕

〔天下樂〕哎兒也可道是人伴着賢良也那智轉高〔帶云〕揚州奴你只瞞了別人卻瞞不過老夫〔唱〕你曾出的胎也波胞你娘將你那綳藉包你娘將那酥蜜食養活得偌大小〔帶云〕你父親也只爲你不務家業憂病而死〔唱〕先氣得個娘命夭後併的你那爺死了好也囉好也囉你可什麼養子防備老

〔揚州奴云〕叔叔這兩個人你休看得他輕可都是讀半鑑書的〔正末云〕揚州奴你平日間所行的勾當我一椿椿的說你則休賴〔揚州奴云〕叔叔您孩兒平日間敬的可是那一等人不敬的可是那一等人叔叔你說與孩兒聽咱〔正末唱〕

〔那吒令〕你見一個新旦色下城呵〔帶云〕賊醜生你便道請波請波〔唱〕連忙的緊邀你見一個良人婦叩門呵〔帶云〕你便道疾波疾波〔唱〕你便隆階兒的接着你見一個好秀才上門呵〔帶云〕你便道家裏沒囉家裏沒囉〔唱〕你扯

身兒躲了你傲的是攀蟾折桂手你敬的是閉月羞花貌甚麼是那晏平仲善與人交

〔鵲踏枝〕你則待要愛纖腰可便似柔條不離了舞榭歌臺不倈更那月夕花朝想當日個按六幺舞霓裳未了猛回頭燭滅香消

〔云〕揚州奴你久以後有的叫化也〔揚州奴云〕如何且相右手您孩兒不到的叫化哩〔正末唱〕

〔寄生草〕我爲甚叮嚀勸叮嚀道你有禍根有禍苗你抛撇了這醜婦家中寶挑踢着美女家生哨哎兒也這的是你自作下窮漢家私暴只思量倚檀槽聽唱一曲桂枝香你少不的撇搖擡學打幾句蓮花落

〔六幺序〕那裏面藏圈套都是些綿中刺笑裏刀那一個出得他摑打搊揉止不過帳底鮫綃酒畔羊羔嬭人的玉軟香嬌半席地恰便似八百里梁山泊抵多少月黑風高那潑烟花專等你個腌材料快准備着五千船鹽引十萬擔茶挑

〔幺篇〕你把他門限兒踏着消息兒湯着那裏面又沒官僚又沒王條又沒公曹又沒因牢到的來金谷也那富饒早半合兒斷送了直教你無計能逃有路難超搜剔盡皮格也那翎毛渾身遍體星星開剝儘着他炙煿烹炮那虔婆一對剛牙爪遮莫你手輕脚疾敢可也立做了骨化形銷

〔云〕揚州奴你來怎的〔揚州奴云〕叔叔您孩兒無事也不敢來今日一徑的來告稟叔叔知道自從俺父親亡過十年光景只在家裏死丕丕的閑坐那錢物則有出去的無有進來的便好道坐吃山空立吃地陷又道是家有千貫不如日進分文您孩兒想來原是舊商賈人家如今待要合人做些買賣去爭奈乏本您孩兒想來家中並無甚值錢的物件止有這一所宅子還賣的五六百錠等我賣了做本錢您孩兒各扎邦便覓個合子錢兒〔正末云〕哦你將那油磨房解典庫金銀珠翠田產物業都將來典盡賣絕了止有這所棲身宅子又要賣你賣波我買〔揚州奴云〕既然叔叔要把這房子東廊西舍前堂後閣門窗戶闥上下也點看一看纔好定價〔正末云〕也不索看〔唱〕

〔一半兒〕問甚麼東廊西舍是舊椽檁〔揚州奴云〕前廳和後閣都是新翻瓦的〔正末唱〕問甚麼那後閣前堂都是新蓋造〔揚州奴云〕既然叔叔要呵你姪兒塡定價錢五百錠莫不忒多了些麼〔正末唱〕不是你歹叔叔嫌你索的來忒心價高〔揚州奴云〕叔叔這錢鈔幾時有〔正末云〕這許多錢鈔也一時辦不迭〔唱〕多半月少十朝〔揚州奴云〕叔叔這項貨緊則怕着人買將去了〔正末云〕你要五百錠我先將二百五十錠交付你〔唱〕我將這五百錠做一半兒賒來一半兒交

〔云〕小大哥你去取的來〔小末做取鈔科云〕父親二百五十錠在此〔正末付日揚州奴做奪科云〕拏來你那嘴臉是掌財的〔做遞與二淨科云〕哥你兩人拿着〔正末云〕你把這鈔使完了時再沒宅子好賣了你自去想咱〔揚州奴云〕是您孩兒商量做買賣各扎邦便覓合子錢〔背云〕哥這二百五十錠儘勾了先去買十隻大羊五果五菜響糖獅子我那丈母與他一張獨桌兒你們都是鴛鴦客把那桌子與我一字兒擺開着〔柳隆卿云〕隨你擺布〔正末做聽科云〕揚州奴你做甚

麼來〔揚州奴云〕沒您孩兒商議做買賣哩拏這鈔去置買各項貨物都要堆在卓子上做一字兒擺開着那過來過往的人見了稱讚道好一個大本錢的客人也有些光彩您孩兒這一遭做買賣各扎邦便覓一個合子錢哩〔正末云〕好兒你着志者〔揚州奴云〕嗨幾乎被那老子聽見了哥吃罷那頭湯天道暄熱都把那帽笠去了把那衣服鬆一鬆將那四下的弔窗都與我推開了〔正末云〕揚州奴你說甚的〔揚州奴云〕沒您孩兒商量做買賣到那榻房裏不要黑地裏交與他鈔黑地裏交鈔着人瞞過了常言道吃明不吃暗你把弔窗與我推開您孩兒商量做買賣各扎邦便覓一個合子錢〔正末云〕好兒也不枉了〔揚州奴云〕老兒去了也哥下了那分飯臨散也你把住那樓胡梯門你便執壺我便把盞再吃個上馬的鐘兒着我那大姐宜時景帶舞帶唱華嚴的那海會

〔正末云〕揚州奴你怎的說〔揚州奴云〕沒〔正末云〕你看這廝〔唱〕

〔賺煞〕你將這連天的宅憎嫌小負郭的田還不好一張紙從頭兒賣了不知久後棲身何處着只守着那奈風霜破頂的甎窰哎兒也心下自量度則你這夜夜朝朝可甚的買賣歸來汗未消出脫了些奇珍異寶花費了些精銀响鈔哎兒也怎生把鄧通錢剛博得一個乞化的許由瓢〔下〕

〔揚州奴云〕哥早些安排齊整着可來回我的話〔下〕

〔音釋〕蚘音回　饕音叨　鉋音袍　邯音寒　鄲音丹　着池燒切　學奚交切　覺音皎　綳逋耕切　倈郎爹切　悄音俏　落音澇　摑乖上聲　撾莊瓜切　揉與撓同　殢音膩　泊巴貌切　剝音鉋　躂湯打切　欂巴毛切　度多勞切

第二折

〔正末同卜兒小末尼上〕〔正末云〕自家李茂卿則從買了揚州奴的住宅付與他錢鈔他那裏去做甚麼買賣多喒又被那兩個光棍弄掉了敗子不得回頭有負故人相托如之奈何〔小末云〕父親您孩兒這幾時做買賣不遂其意也則是生來命拙哩〔正末云〕孩兒你說差了那做買賣的有一等人肯向前敢當賭湯風冒雪忍寒受冷有一等人怕風怯雨門也不出所以孔子門下三千弟子只子貢善能貨殖遂成大富怎做得由命不由人也〔唱〕

〔正宮端正好〕我則理會有錢的是咱能那無錢的非關命喒人也須要個幹運的這經營雖然道貧窮富貴生前定不倸喒可便穩坐的安然等

〔卜兒云〕老的你把那少年時掙人家的道路也說與孩兒知道咱〔正末唱〕

〔滾繡毬〕想着我幼年時血氣猛為蠅頭努力去爭哎喲使的我到今來一身殘病我去那虎狼窩不顧殘生我可也問甚的是夜甚的是明甚的是雨甚的是晴我只去利名場往來奔競那裏也有一日的安寧投至得十年五載我這般鬆寬的有也是我萬苦千辛積儹成往事堪驚

〔旦兒上云〕妾身翠哥自從揚州奴賣了房屋將着那錢鈔與那兩個幫閑的兄弟去月明樓上與宜時景飲酒歡會去了我不敢隱諱告李家叔叔去咱可早來到也小大哥報復去道有翠哥來見叔叔〔小末報科云〕父親有翠哥在門首〔正末云〕着他過來〔小末出云〕翠哥父親着你過去〔

旦兒做見科云叔叔嬸子萬福〔正末云〕孩兒也你來做甚麼那〔旦兒做悲科〕〔正末唱〕

〔倘秀才〕我見他道不出喉嚨中氣哽我見他揾不住可則撲簌簌腮邊也那淚傾〔旦兒云〕兀的不氣殺你孩兒也〔哭科〕〔正末唱〕你這般撧耳撓腮可又便怎生〔旦兒云〕叔叔揚州奴將那賣房屋的錢鈔與那兩個幫閑的兄弟去月明樓上與宜時景飲酒去了他若使的錢鈔無了呵連我也要賣哩叔叔如此怎了也〔正末唱〕我這裏聽仔細你那裏說叮嚀他他他可直恁般的不醒

〔旦兒云〕叔叔想亡過公公掙成錦片也似家緣家計指望與子孫永遠居住誰想被揚州奴破敗了也〔正末唱〕

〔滾繡毬〕休言家未破破家的人未生休言家未興興家的人未成古人言一星星顯證〔帶云〕那爲父母的〔唱〕恨不得兒共女輩輩崢嶸只要那家道與錢物增一年年越昌越盛〔帶云〕怎知道生下兒女呵〔唱〕偏生的天作對不稱人情他將那城中宅子庄前地都做了風裏楊花水上萍哎可惜也錦片的這前程

〔云〕小大哥喒領着數十條好漢徑到月明樓上打那醜賊生去來〔下〕〔揚州奴柳隆卿胡子傳上〕〔揚州奴云〕自家揚州奴端的好快活也俺今日自在的吃兩鍾兒直吃得盡醉方歸〔胡子傳云〕酒食都安排下了也〔揚州奴云〕俺都要盡醉方歸〔做把杯科〕〔正末沖上云〕揚州奴〔揚州奴做怕科云〕嗨把我這一席兒好酒來攪壞了哎喲叔叔您孩兒請夥計哩〔正末云〕揚州奴這個是你的買賣這個是你那各扎邦便覓個合子錢我問你〔唱〕

〔倘秀才〕你又不是拜掃冬年的節令又不是慶喜生辰的事情你沒來由置酒張筵波把他衆人來請〔柳隆卿云〕好殺風景也那〔正末唱〕你尊呵尊這廝什麼德行你重呵重這廝什麼才能哎兒也你怎生則尋着這等

〔柳隆卿云〕老的休這等那等的俺們都是看半鑑書的秀才〔正末云〕噤聲誰讀半鑑書來〔唱〕

〔滾繡毬〕你念的是賺殺人的天甲經〔胡子傳云〕我呢〔正末唱〕你是個纏殺人的布衫領〔帶云〕則你那一生的學問呵是那一聲兒哥往那裏去帶挈我也走一遭兒波〔唱〕你則道的個願隨鞭鐙你便闖一千席呵可也填不滿你這窮坑〔正末做打科〕〔揚州奴云〕您孩兒也倣兩個古人學那孟嘗君三千食客公孫弘東閣招賢哩〔正末云〕啐虧你不識羞〔唱〕那孟嘗君是個公子公孫弘是個名卿他兩個在朝中十分恭敬但門下都一刻羣英我幾曾見禁持妻子這等無徒輩〔正末做打科〕〔胡子傳云〕老的踹了脚也〔正末唱〕更和那不養爹娘的賊醜生〔柳隆卿云〕老的你可也閑淘氣哩〔正末唱〕氣殺我烈燄騰騰

〔云〕揚州奴我量你到得那裏你明日叫化也〔揚州奴云〕如何且相左手您孩兒也不到的哩〔正末唱〕

〔倘秀才〕你道有左慈術踢天弄井項羽力拔山也那舉鼎這廝們兩白日把泥毬兒換了眼睛你便有那降魔咒度人經也出不的這廝們鬼精

〔云〕揚州奴你不聽我的言語看你不久便叫化也〔揚州奴云〕如何且相右手您孩兒也不到的
哩〔正末唱〕
〔三煞〕你便似攬絕黑海那些饑寒的病也則是贏得青樓薄倖名
〔柳隆卿云〕我可呢〔正末唱〕你是那無字兒的空瓶〔胡子傳云〕我可呢〔正末唱〕你
是個脫皮兒裹劑〔柳隆卿云〕我兩個人物也不醜〔正末唱〕怕不道是外面兒
溫和則你那徹底兒嚴凝〔柳隆卿云〕你這老頭兒不要瑣碎你只是把眼兒撑着看我
這架子衣服如何〔正末唱〕我覷不的你褙寬也那褶下肚疊胸高鴨步鵝
行出門來呵怕不道桃花扇影你回窰去匆匆少不得風雪酷寒
亭
〔柳隆卿云〕什麼風雪酷寒亭我則理會得閑騎寶馬閑踢蹬哩〔正末唱〕
〔二煞〕你道是閑騎寶馬閑踢蹬〔帶云〕你兩個到得家中算一算帳你得了多少
我得了多少〔唱〕你只做得個旋撲蒼蠅旋放生〔揚州奴云〕叔叔您孩兒有那施
捨的心禮讓的意江湖的量慷慨的志也不低哩〔正末唱〕你有那施捨的心呵訕笑
得魯肅你有那慷慨的志呵降伏得劉毅你有那禮讓的意呵賽過
得鮑叔你有那江湖的量呵欺壓得陳登〔揚州奴云〕你孩兒平昔也會齎發與
人做偌多的好事哩〔正末唱〕你齎發呵與那個陷本的商賈你齎發呵與那
個受困的官員你齎發呵與那個薄落的書生兀的不揚名顯姓光
日月動朝廷

〔一煞〕不強似與虔婆子弟三十錠更和那幫懶鑽閑一百瓶你戀着那美景良辰賞心樂事會友邀賓走斝也那飛觥〔云〕揚州奴我問你這是誰的錢物〔揚州奴云〕是俺父親的錢物〔正末云〕誰應的使〔揚州奴云〕是您孩兒應的使〔正末唱〕這的是你爹行基業是你自己錢財須沒個別姓來爭可怎生不與你妻兒承領倒憑他胡子傳和那柳隆卿〔揚州奴云〕我安排一席酒着他請十個便十個請二十個便二十個不一時他把那一席的人都請將來叔叔你着我怎麼不敬他〔正末云〕噤聲〔唱〕

〔煞尾〕你有錢呵三千劍客由他們請〔帶云〕一會兒無錢呵〔唱〕哎早閃的我在十二瑤臺獨自行〔帶云〕揚州奴〔唱〕你有一日出落得家業精把解典處本利停房舍又無米糧又罄誰支持怎接應你那買賣上又不慣經手藝上可又不甚能掇不得重可也拈不得輕你把那搖搥來懸瓦罐來擊遶閭簷乞殘剩沙鍋底無柴煨不熱那冰破窰內無席蓋不了頂餓得你肚皮裏春雷也則是骨碌碌的鳴脊梁上寒風篤速速的冷急穰穰的樓頭數不徹那更〔帶云〕這早晚多早晚也〔唱〕凍剌剌窰中巴不到那明痛親眷敲門都沒個應好相識街頭也抹不着他影無食力的身軀怎的撐凍餓倒的屍骸去那大雪裏挺沒底的棺材誰共你爭半霎兒人扛你來土墊的平你死後街坊兀自惛乾與你爹娘立這個名我着那好言語勸你你不聽那廝們謊話兒

弄你且是娘的靈可知道你親爺氣成病連着我也激惱的這心頭怒轉增我若是拖到官中使盡情我不打死你無徒改了我的姓便有那人家謊後生都不似你這個腌臢潑短命則你那胎骨劣心性頑耳根又硬哎兒也我其實道不改教不成只着那正點背晝字紙兒你可慢慢的省〔下〕〔揚州奴云〕這席好酒弄的來敗與隨你們發放了罷我自回家去了〔二淨同揚州奴下〕

〔音釋〕 攙疽也切 闖丑陰切 劑音祭 䘯音稍 褶音習 肅音須 叔音收 斝音賈
觥古橫切 墊音店

第三折

〔揚州奴同旦兒攜薄籃上〕〔揚州奴云〕不成器的看樣也自家揚州奴的便是不信好人言果有悽惶事我信着柳隆卿胡子傳把那房廊屋舍家緣過活都弄得無了如今可在城南破瓦窰中居住吃了早起的無晚夕的每日家燒地眠炙地臥怎麼過那日月我苦呵理當我這渾家他不曾受用一日罷罷罷大嫂我也活不成了我解下這繩子來搭在這樹枝上你在那邊我在這邊俺兩個都吊殺了罷〔旦兒云〕揚州奴當日有錢時都是你受用我不曾受用了一些你吊殺便理當我着甚麼來由〔揚州奴云〕大嫂你也說的是我受用你不曾受用你在窰中等着我如今尋那兩個狗材去你便掃下些乾驢糞燒的䃴兒滾滾的等我尋些米來和你熬粥湯吃天也兀的不窮殺我也〔揚州奴旦兒下〕〔賣茶上云〕小可是個賣茶的今日早晨起來我光梳了頭淨洗了臉開了這茶房看有甚麼人來〔柳隆卿胡子傳上云〕柴又不貴米又不貴兩個傻廝正是一對自家柳隆卿

兄弟胡子傳俺兩個是至交至厚寸步兒不厮離的兄弟自從丟了這趙小哥再沒與頭今日且到茶房裏去閑坐一坐有造化再尋的一個主兒也好賣茶的有茶拏來俺兩個吃〔賣茶云〕有茶請裏面坐〔揚州奴上云〕自家揚州奴我往常但出門磕頭撞腦的都是我那朋友兄弟今日見我窮了見了我的都躲去了我如今茶房裏問一聲咱〔做見賣茶科云〕賣茶的支揖哩〔賣茶云〕那裏來這叫化的哇叫化的也來唱喏〔揚州奴云〕好了好了我正尋那兩個兄弟恰好的在這裏這一頭齋發可不喜也〔做見二淨唱喏科云〕哥唱喏來〔柳隆卿云〕趕出這叫化子去〔揚州奴云〕我不是叫化的我是趙小哥〔胡子傳云〕誰是趙小哥〔揚州奴云〕則我便是〔胡子傳云〕你是趙小哥我問你咱你怎麼這般窮了〔揚州奴云〕都是你這兩個歹弟子孩兒弄窮了我哩〔柳隆卿云〕小哥你肚裏饑麽〔揚州奴云〕可知我肚裏饑有甚麽東西與我吃些兒〔柳隆卿云〕小哥你少待片時我買些來與你吃好燒鵝好膀蹄我便去買將來〔柳隆卿下〕〔揚州奴云〕哥他那裏買東西去了這早晚還不見來〔胡子傳云〕小哥還得我去〔揚州奴云〕哥你不去也罷〔胡子傳云〕小哥你等不得他我先買些肉鮓酒來與你吃哥少坐我便來〔胡子傳出門科〕〔賣茶云〕你少我許多錢鈔往那裏去〔胡子傳云〕你不要大呼小叫的你出來我和你說〔賣茶云〕你有甚麽說〔胡子傳云〕你認得他麽則他是揚州奴〔賣茶云〕他就是揚州奴怎麽做出這等的模樣〔胡子傳云〕他是有錢的財主他怕當差假粧窮哩我兩個少你的錢鈔都對付在他身上你則問他要不干我兩個事我家去也〔揚州奴做捉虱子科〕〔賣茶云〕我算一算帳少下我茶錢五錢酒錢三兩飯錢一兩二錢打發唱的耿妙蓮五兩打雙陸輸的銀八錢共該十兩五錢〔揚州奴云〕哥你算甚麽帳〔賣茶云〕你推不知道恰纔柳隆卿胡子傳把那遠年近日欠下我的銀子都對付在你身上你還

我銀子來帳在這裏（揚州奴云）哥阿我揚州奴有錢呵肯粧做叫化的（賣茶云）你說你窮他說你怕當差假粧着哩（揚州奴云）原來他兩個把遠年近日少欠人家錢鈔的帳都對付在我身上着我賠還哥阿且休看我吃的你則看我穿的我那得一個錢來我寧可與你家擔水運漿掃田刮地做個傭工准還你罷（賣茶云）苦惱苦惱你當初也是做人的來你也曾照顧我來我便下的要你做傭工還舊帳我如今把那項銀子都不問你要饒了你可何如（揚州奴云）哥阿你若饒了我呵我可做驢做馬報答你（賣茶云）罷罷罷我饒了你你去罷（揚州奴云）謝了哥哥我出的這門來他兩個把我穩在這裏推買東西去了他兩個少下的錢鈔都對在我身上早則這哥哥饒了我不然我怎了也柳隆卿胡子傳我一世裏不曾見你兩個歹弟子孩兒（同下）（旦兒云）自家翠哥揚州奴到街市上投託相識去了這早晚不見來我在此且燒湯罐兒等着（揚州奴上云）這兩個好無禮也把我穩在茶房裏他兩個都走了乾餓了我一日我且回那破窰中去（做見科）（旦兒云）揚州奴你來了也（揚州奴云）大嫂你燒得鍋兒裏水滾了麽（旦兒云）我燒得熱熱的了將米來我煮（揚州奴云）你煮我兩隻腿我出門去不曾撞一個好朋友罷罷罷我只是死了罷（旦兒云）你動不動則要尋死想你伴着那柳隆卿胡子傳百般的受用快活我可着甚麽來由你如今走投沒路我和你去李家叔叔討口飯兒吃咱（揚州奴云）大嫂你說那裏話正是上門兒討打吃叔叔見了我輕呵便是罵重呵便是打你要去你自家去我是不敢去（旦兒云）揚州奴不妨事俺兩個到叔叔門首先打聽着若叔叔在家呵我便自家過去若叔叔不在呵我和你同進去見了嬸子必然與俺些盤纏也（揚州奴云）大嫂你也說得是到那裏叔叔若在家時你便自家過去見叔叔討碗飯吃你吃飽了就把剩下的包些兒出來我吃若無叔叔在家我便同你進去見了嬸子

休說那盤纏便是飽飯也吃他一頓天也兀的不窮殺我也〔同旦兒下〕〔卜兒上云〕老身李氏今日老的大清早出去看看日中了怎麽還不回來下次孩兒每安排下茶飯這早晚敢待來也〔揚州奴同旦兒上〕〔揚州奴云〕大嫂到門首了你先過去若有叔叔在家休說我在這裏若無呵你出來叫我一聲〔旦兒云〕我知道了我先過去〔做見卜兒科〕〔卜兒云〕下次小的每可怎麽放進這個叫化子來〔旦兒云〕嬸子我不是叫化的我是翠哥〔卜兒云〕呀你是翠哥兒也你怎麽這等模樣〔旦兒云〕嬸子我如今和揚州奴在城南破瓦窰中居住嬸子痛殺我也〔卜兒云〕揚州奴在那裏〔旦云〕揚州奴在門首哩〔卜兒云〕着他過來〔旦云〕我喚他去〔揚州奴做睡科〕〔旦兒叫科云〕他睡着了我喚他咱揚州奴揚州奴〔揚州奴做醒科云〕我打你這醜弟子天那攪了我一個好夢正好意思了呢〔旦兒云〕你夢見甚麽來〔揚州奴云〕我夢見月明樓上和那撇之秀兩個唱那阿孤令從頭兒唱起〔旦兒云〕你還記着這樣兒哩你過去見嬸子去〔揚州奴見卜兒哭云〕嬸子窮殺我也叔叔在家麽他來時要打我嬸子勸一勸兒〔卜兒云〕孩兒你敢不曾吃飯哩〔揚州奴云〕我那得那飯來吃〔卜兒云〕下次小的每先收拾麪來與孩兒吃孩兒我着你飽吃一頓你叔叔不在家你吃你吃〔揚州奴吃麪科〕〔正末上云〕誰家子弟駿馬雕鞍馬上人半醉坐下馬如飛拂兩袖春風蕩滿街塵土你看羅呸兀的不眯了老夫的眼也〔唱〕

〔中呂粉蝶兒〕誰家個年小無徒他生在無憂愁太平時務空生得貌堂堂一表非俗出來的撥琵琶打雙陸把家緣不顧那裏肯尋個大老名儒去學習些兒聖賢章句

〔醉春風〕全不想日月兩跳丸則這乾坤一夜雨我如今年老也逼

桑榆端的是朽木材何足數數則理會的詩書是覺世之師忠孝是立身之本這錢財是倘來之物

〔云〕早來到家也〔唱〕

〔叫聲〕恰纔個手扶拄杖走街衢一步一步驀入門桯去〔做見揚州奴怒科云〕誰吃麪哩〔揚州奴驚科云〕我死也〔正末唱〕我這裏猛擡頭剛窺覷他可也爲甚麼立欽欽恁的膽兒虛

〔旦兒云〕叔叔媳婦兒拜哩〔正末云〕靠後〔唱〕

〔剔銀燈〕我其實可便消不得你這嬌兒和幼女我其實可便顧不得你這窮親潑故這廝有那一千椿兒情難容處這廝若論着五刑發落可便罪不容誅〔帶云〕揚州奴你不說來〔唱〕我教你成個人物做個財主你却怎生背地裏閑言落可便長語

〔云〕你不道來我姓李你姓趙俺兩家是甚麼親那〔唱〕

〔蔓青菜〕你今日有甚臉落可便踏着我的門戶怎不守着那兩個潑無徒〔揚州奴怕走科〕〔正末云〕那裏走〔唱〕諕得他手兒脚兒戰篤速特古裏我根前你有甚麼怕怖則俺這小乞兒家羹湯少些薑醋

〔云〕還不放下則吃你那大食裏燒羊去〔揚州奴做怕科將筯敲碗科〕〔正末打科〕〔卜兒云〕老的也休打他〔揚州奴做出門科云〕嬸子打殺我也如今我要做買賣無本錢我各扎邦便覓合子錢〔卜兒云〕孩兒也我與你這一貫錢做本錢〔揚州奴云〕嬸子你放心我便做買賣去也〔虛下

再上云〕嬸子我拏這一貫錢去買了包兒炭來〔卜兒云〕孩兒你做甚麼買賣哩〔揚州奴云〕我賣炭哩〔卜兒云〕你賣炭可是何如〔揚州奴云〕我一貫本錢賣了一貫又賺了一貫還剩下兩包兒炭送與嬸子烘脚做上利哩〔卜兒云〕我家有你自拏回去受用罷〔揚州奴云〕嬸子我再別做買賣去也〔虛下再上叫云〕賣菜也青菜白菜赤根菜芫荽葫蘿蔔葱兒呵〔卜兒云〕孩兒也你又做甚麼買賣哩〔揚州奴云〕嬸子你和叔叔說一聲道我賣菜哩〔卜兒云〕孩兒也你則在這裏我和叔叔說去〔卜兒做見正末科云〕老的你歡喜咱揚州奴做買賣也賺得錢哩〔正末云〕我不信揚州奴做甚麼買賣來〔揚州奴云〕您孩兒頭裏賣炭如今賣菜〔正末云〕你賣炭呵人說你甚麼來〔揚州奴云〕有人說來揚州奴賣炭苦惱也他有錢時火焰也似起如今無錢弄塌了也〔正末云〕甚麼塌了〔揚州奴云〕炭塌了〔正末云〕你看這廝〔揚州奴云〕揚州奴賣菜也有人說來有錢時伴着柳隆卿今日無錢擔着那胡子傳〔正末云〕你這菜擔兒是人擔自擔〔揚州奴云〕叔叔你怎麼說這等話有偌大本錢敢托別人擔倘或他擔別處去了我那裏尋他去〔正末云〕你往前街去也往那後巷去〔揚州奴云〕我前街後巷都走〔正末云〕你擔着擔口裏可叫麼〔揚州奴云〕若不叫呵人家怎麼知道有賣菜的〔正末云〕可是你叫是那個叫〔揚州奴云〕我自叫〔正末云〕下次小的們都來聽揚州奴哥哥怎麼叫哩〔揚州奴云〕叔叔你要聽呵我前面走叔叔後面聽我便叫叔叔你把下次小的每趕了去這小廝每都是我手裏賣了的〔正末云〕你若不叫我就打死了你個無徒〔揚州奴云〕他那裏是着我叫明白是羞我我不叫他又打我不免將就的叫一聲青菜白菜赤根菜葫蘿蔔芫荽葱兒阿〔做打悲科云〕天那羞殺我也〔正末云〕好可憐人也呵〔唱〕

〔紅繡鞋〕你往常時在那鴛鴦帳底那般兒攜雲握雨哎兒也你往

常時在那玳瑁筵前可便噀玉噴珠你直吃得滿身花影倩人扶今日呵便擔着孛籃拽着衣服不害羞當街裏叫將過去

〔揚州奴云〕叔叔您孩兒往常不聽叔叔的教訓今日受窮纔知道這錢中使我省的了也〔正末云〕這話是誰說來〔揚州奴云〕您孩兒說來〔正末云〕哎喲兒也兀的不痛殺我也〔唱〕

〔滿庭芳〕你醒也波高陽哎酒徒擔着這兩籃兒白菜你可覓了他這幾貫的青蚨〔帶云〕揚州奴你今日覓了多少錢〔揚州奴云〕是一貫本錢賣了一日又覓了一貫〔正末唱〕你就着這五百錢買些雜麪你便還窰去那油鹽醬旋買也可是零沽〔揚州奴云〕甚麼肚腸又敢吃油鹽醬哩〔正末唱〕哎兒也就着這賣不了殘剩的菜蔬〔揚州奴云〕吃了就傷本錢着些涼水兒洒洒還要賣哩〔正末唱〕則你那五臟神也不到今日開屠〔云〕揚州奴你只買些燒羊吃波〔揚州奴云〕我不敢吃〔正末云〕你買些魚吃〔揚州奴云〕叔叔有多少本錢又敢買魚吃〔正末云〕你買些肉吃〔揚州奴云〕也都不敢買吃〔正末云〕你都不敢買吃你可吃些甚麼〔揚州奴云〕叔叔我買將那倉小米兒來又不敢舂恐怕折耗了只揀那賣不去的菜葉兒將來煠熟了又不要蘸鹽攤醬只吃一碗淡粥〔正末云〕婆婆我問揚州奴買些魚吃他道我不敢吃我道你買些肉吃他道我不敢吃我道你都不敢吃你吃些甚麼他道我吃淡粥我道你吃得淡粥麼他道我吃得〔唱〕婆婆呵這廝便早識的些前路想着他那破瓦窰中受苦〔帶云〕正是不受苦中苦難爲人上人〔唱〕哎兒也這的是你須下死工夫

〔揚州奴云〕叔叔您孩兒正是執迷人難勸今日臨危可自省也〔正末云〕這廝一世兒則說了這

一句話孩兒你且回去你若依着我呵不到三五日我着你做一個大大的財主〔唱〕

〔尾煞〕這業海是無邊無岸的愁那窮坑是不存不濟的苦這業海打一千個家阿撲逃不去那窮坑你便旋十萬個翻身急切裏也跳不出〔同卜兒下〕

〔揚州奴云〕大嫂俺回去來天那兀的不窮殺我也〔同旦下〕〔小末上云〕自家李小哥父親着我去請趙小哥坐席可早來到城南破窰不免叫他一聲趙小哥〔揚州奴同旦上見科云〕小大哥你來怎麽〔小末云〕小哥父親的言語着我來明日請坐席哩〔揚州奴云〕既然叔叔請吃酒俺兩口兒便來也〔小末云〕小哥是必早些兒來波〔下〕〔揚州奴云〕大嫂他那裏請俺吃酒明白羞我哩却是叔叔請不好不去到得那裏不要閑了你便與他掃田刮地我便擔水運漿天那兀的不窮殺我也〔同下〕

〔音釋〕傻音耍　眯米去聲　俗詞疽切　跳音條　物音務　驀音賣　桯音形　長音丈
蹅音渣　握音約　噀詢去聲　孛音蒲　服房夫切　阿烏戈切　出音杵

第四折

〔正末同卜兒小末尾上云〕今日是老夫賤降的日辰擺下酒席請衆街坊慶賀這所新宅子就順便慶賀小員外昨日着小大哥請的揚州奴去了不見來到衆街坊老的每敢待來也〔扮衆街坊上云〕俺們都是這揚州牌樓巷人昔日趙國器臨死將他兒子揚州奴托孤與東堂老子誰想揚州奴把家財盡都耗散現今這所好宅子也賣與東堂老子了今日正是東堂老子生日請我衆街坊相識吃酒却又喚那揚州奴兩口叫化弟子孩兒不知爲何俺們一來去慶賀生辰二來就慶賀

他這所新宅子須索走一遭去可早來到也小員外報復進去有俺衆街坊特來慶賀生辰哩〔小末做入報科云〕父親有衆街坊來與父親慶賀生辰哩〔正末云〕快有請〔小末云〕請進去〔衆街坊做見科云〕俺衆街坊一來與員外慶賀生辰二來就慶賀這所新宅子〔正末云〕多謝了衆街坊請坐下次小的每一壁廂安排酒餚只等揚州奴兩口兒到來便上席也〔揚州奴同旦兒上云〕自家揚州奴的便是這是李家叔叔門首俺們自進去〔同旦兒做見科〕〔揚州奴云〕叔叔您孩兒和媳婦來了不知有甚麼說話〔正末云〕你來了也〔唱〕

〔雙調新水令〕今日個畫堂春暖宴佳賓舞東風落紅成陣擺設的一般般殽饌美酬酢的一個個綺羅新〔揚州奴背科云〕嗨兀的不羞殺我也〔正末云〕揚州奴〔揚州奴做不應科〕〔正末唱〕我見他暗暗傷神無語淚偷揾

〔沉醉東風〕我着你做商賈身裏出身誰着你戀花柳人不成人我只待傾心吐膽教〔揚州奴背科云〕嗨對着這衆人則管花白我早知道不來也罷〔正末唱〕你可爲甚麼切齒嚼牙恨這是你自做的來有家難奔〔揚州奴做探手科云〕羞殺我也〔正末唱〕爲甚麼只古裏裸袖揎拳無事哏〔帶云〕孩兒也你那般慌怎麼〔唱〕我只着你受盡了的饑寒敢可也還正的本

〔云〕今日衆親眷在這裏老夫有一句話告知衆親眷每喒本貫是東平府人氏因做買賣到這揚州東門裏牌樓巷居住有西鄰趙國器是這揚州奴父親與老夫三十載通家之好當日趙國器染病使這揚州奴來請老夫到他家中我問他的病症從何而起他道只爲揚州奴這孩兒不肖必敗吾家憂愁思慮成的病證今日請你來特將揚州奴兩口兒托付與你照覷他這下半世我道李實

才德俱薄又非服制之親當不的這個重托那趙國器捱着病將我來跪一跪我只得應承了揚州奴當日你父親着你正點背畫的文書上面寫着甚麼〔揚州奴云〕您孩兒不會看見敢是死活的文書麼〔正末云〕孩兒也不是死活的文書你對着這衆親眷將這一張文書你則與我高高的讀者〔揚州奴云〕理會的這文書是俺父親親筆寫的那正點背畫的字也是俺畫的父親阿如今文書便有那寫文書的人在那裏也阿〔做悲科〕〔正末云〕你且不要哭只讀的這文書者〔揚州奴云〕是〔做讀文書科云〕今有揚州東關裏牌樓巷住人趙國器這是我父親的名字因為病重不起有男揚州奴不肖暗寄課銀五百錠在老友李茂卿處與男揚州奴困窮日使用莫不是我眼花麼等我再讀〔再讀文書科云〕老叔把來還我〔正末云〕把甚麼來〔揚州奴云〕把甚麼來白紙上寫着黑字兒哩〔正末云〕你父親寫便這等寫其實沒有甚麼銀子〔揚州奴云〕叔叔您孩兒也不敢望五百錠只把一兩錠拏出來等我摸一摸我依舊還了你〔正末云〕揚州奴你又來也想你父親死後你將那田業屋產待賣與別人我怎肯着別人買去我暗暗的着人轉買了總則是你這五百錠大銀子裏面幾年月日節次不等共使過多少你那油房磨房解典庫你待賣與別人我也着人暗暗的轉買了可也是那五百錠大銀子裏面幾年月日節次不等使了多少你那驢馬孳畜和大小奴婢也有走了的也有死了的當初你待賣與別人我也暗暗的着人轉買了也是這五百錠大銀子裏面我存下這一本帳目是你那房廊屋舍條凳椅卓琴棊書畫應用物件盡行在上我如今一一交割如有欠缺老夫盡行賠還你揚州奴聽者〔詩云〕你父親暗寄雪花銀展轉那移十數春今日却將原物出世間難得俺這忠誠人〔云〕揚州奴〔唱〕

〔鴈兒落〕豈不聞遠親呵不似我近隣我怎敢做的個有口偏無信

今日便一樁樁待送還你可也一件件都收盡

〔揚州奴做拜跪科云〕多謝了叔叔嬸子我怎麼得知有這今日也〔正末唱〕

〔水仙子〕你看宅前院後不沾塵〔揚州奴云〕這前堂後閣比在前越越修整的全別了也〔正末唱〕畫閣蘭堂一剗新〔揚州奴云〕叔叔這倉廒中不知是空虛的可是有米糧〔正末唱〕倉廒中米麥成房囤〔揚州奴云〕嗨這解典庫還依舊得開放麼〔正末唱〕解庫中有金共銀〔揚州奴云〕叔叔城外那幾所庄兒可還有哩〔正末唱〕庄兒頭孳畜成羣銅斗兒家門一所錦片也似庄田百頃〔帶云〕揚州奴翠哥〔唱〕你從今後再休得典賣與他人

〔云〕小大哥擡過卓來着揚州奴兩口兒把盞管待衆街坊親眷每〔揚州奴云〕多謝叔叔嬸子重恩若不是叔叔嬸嬸贖了呵恁孩兒只在瓦窰裏住一世哩大嫂將酒過來待我先奉了叔叔嬸子請滿飲這一杯〔衆街坊云〕趙小哥你兩口兒莫說把這盞酒便殺身也報不的這等大恩哩〔正末云〕孩兒我吃我吃〔揚州奴又奉酒科云〕請衆親眷每大家滿飲一杯〔衆云〕難得難得我們都吃〔揚州奴云〕我再奉叔叔嬸子一杯您孩兒今生無處報答大恩來生來世當做狗做馬賠還叔叔嬸子哩〔正末唱〕

〔喬牌兒〕我見他意慇懃捧玉樽只待要來世裏報咱恩這的是你爹爹暗寄下家緣分與我李家財元不損

〔柳隆卿胡子傳上云〕聞得趙小哥依然的富貴了也俺尋他去來〔做見科〕〔柳隆卿云〕趙小哥你就不認得俺了俺和你吃酒去來〔揚州奴云〕哥也我如今回了心再不敢惹你了你別去尋個

人罷〔柳隆卿云〕你說甚麼話你也回心俺們也回心如今幫你做人家哩〔正末云〕唗下次小的每與我撚這兩個光棍出去〔柳隆卿云〕趙小哥你也勸一勸波〔揚州奴云〕你快出去別處利市

〔正末唱〕

〔川撥棹〕衆親隣正歡娛語笑頻我則見兩個喬人引定個紅裙驀入堂門謊得俺那三魂掉了二魂哎兒也便做道你不慌呵我最緊

〔殿前歡〕俺孩兒甫能勾得成人你又待教他一年春盡一年春他去那麗春園納了那顆爭鋒印你休鬧波完體將軍你便說天花信口歎他如今有時運怎肯不惺惺再打入迷魂陣我勸你兩個風流子弟可也別尋一個合死的郎君

〔云〕揚州奴你聽者〔斷云〕銅斗兒家緣家計戀花柳盡行消費我勸你全然不採則信他兩個至契我受付托轉買到家待回頭交還本利這的是西隣友生不肖兒男結末了東堂老勸破家子弟

〔音釋〕搵溫去聲　揎音宣　哏狠平聲　剗音產　囤音帕　撚尼蹇切　歎嘖平聲

題目　西隣友立托孤文書

正名　東堂老勸破家子弟

東堂老勸破家子弟雜劇

梁山泊宋江將令

同樂院燕青博魚
倣李咸熙筆
珍倣宋版印

同樂院燕青博魚雜劇

元　李文蔚撰

明吳興臧晉叔校

楔子

〔冲末扮宋江同外扮吳學究領僂儸上〕〔宋江詩云〕幼小鄆城爲司吏因殺閻婆遭迭配宋江表字本公明人號順天呼保義某姓宋名江字公明綽號順天呼保義者是也曾爲濟州鄆城縣把筆司吏因帶酒殺了閻婆惜一脚踢翻燭臺延燒了官房被官軍拏某到官脊杖了六十迭配江州牢城軍營因打梁山經過遇着晁盖哥哥打開枷鎖救某上山就讓某第二把交椅坐了不幸哥哥晁盖三打祝家莊中箭身亡衆弟兄就推某爲首聚三十六大夥七十二小夥半垓來的小僂儸某喜的是兩個節令清明三月三重陽九月九目今正是九月重陽節令某放衆頭領下山三十日假限悞了一日笞四十悞了二日杖八十悞了三日處斬有燕青去了四十日至今未回悞了某十日假限常言道軍令無私怎好饒免小僂儸踏着山岡望者若燕青來時報復我知道〔僂儸云〕理會的

〔正末扮燕青上云〕嗨早悞了假限十日也〔唱〕

〔仙呂端正好〕則我這白氈帽半搶風則我這破搭膊落可的權遮雨誰曾住半霎兒程途〔云〕報復去道有燕青來了也〔僂儸云〕喏報的哥哥得知有燕青來了也〔宋江云〕着他過來〔僂儸云〕着過去〔正末做見科云〕哥哥喏〔唱〕我這裏便爆雷也似喏罷擡頭覷〔宋江怒科云〕燕青你來了也〔正末唱〕呀則見我保保保義哥哥怒

〔宋江云〕燕青你告了幾時假限也〔正末云〕哥哥與了您兄弟一個月假限〔宋江云〕你去了幾時〔正末云〕我去了四十日〔宋江云〕你悞了我幾日假限〔正末云〕悞了哥哥十日假限〔宋江云〕你知道我的軍令悞了我一日假限該咱處〔正末云〕笞四十〔宋江云〕悞了兩日呢〔正末云〕杖八十〔宋江云〕悞了三日呢〔正末云〕處斬〔宋江云〕你悞了幾日〔正末云〕我悞了哥哥十日假限〔宋江云〕你悞了十日假限更待干罷小僂儸與我將燕青推出去斬訖報來〔正末云〕衆弟兄每勸一勸兒波〔吳學究做跪下勸科云〕刀下留人哥哥息怒想燕青在於梁山泊上也多有功來怎生看俺衆兄弟之面饒過他這一次咱〔宋江云〕衆兄弟每請起論法呵饒不過看着衆兄弟每的面皮姑免他項上之罪脊杖六十者〔吳學究云〕燕青兄弟軍中事容不得情你且受杖者〔僂儸做打科云〕四十五十六十〔宋江云〕小僂儸將燕青搶出去自今日爲始再也不用他了也〔正末云〕哥哥打了您兄弟也罷可怎生不用就趕下山去〔僂儸做推出門科〕〔正末做沒眼科云〕您兄弟每可怎生不見您一箇那呀呀壞了我這眼也〔僂儸云〕可不早說報的哥哥得知燕青被打了六十感了一口氣壞了眼也〔宋江云〕學究兄弟可惜一個好漢小僂儸將燕青與我扶上山來者〔僂儸云〕理會的〔扶正末做見宋江科〕〔正末云〕哥哥壞了我這眼也〔宋江云〕兄弟也某一時間致怒打了你幾下不想壞了你這眼衆兄弟每看我面皮每人一隻短金釵與你下山去尋個良醫待醫治的好了你上山來依舊用着你也〔正末云〕索是謝了哥哥也〔唱〕

〔幺篇〕罷波我枉捨了火也似熱熱的一丹心早沒了我鏡也似朗朗的雙明目可着誰養贍我這七尺之軀想弟兄每虎據了山東路則撚了個不出力的燕青去〔下〕

〔宋江云〕燕青去了也等他醫得眼好了上山來某依舊用他亦未爲遲大小頭領聽某將令〔詩云〕衆小校聽咱分付今夜個該誰巡捕黑地裏悄語低言不要慫頭藏尾露遇官軍須當殺退若經商便將拏住但違了某家將令斬首級決無輕恕〔同下〕

〔音釋〕曾音層　霎音殺　爆音豹　目音暮　贍傷佔切　撚尼蹇切

第一折

〔冲末扮燕大搽旦扮王臘梅外扮燕二同上〕〔燕大詩云〕耕牛無宿料倉鼠有餘糧萬事分已定浮生空自忙小可汴梁人氏喚做燕和嫡親的三口兒家屬渾家王臘梅元不是我自小裏的兒女夫妻他是我後娶的兄弟是燕順生的鬚髮蓬鬆只因性子粗糙衆人起他一箇混名叫做捲毛虎不知我這兄弟爲着那一件來偏生兩個眼裏見不的我那嫂嫂〔燕二云〕怎麼我見不的那〔搽旦云〕燕大你這兄弟見我便是罵我便歹殺者波也是你哥哥的渾家怎麼這等輕薄〔燕二云〕哥哥俺是甚等樣人家着他辱門敗戶頂着屎頭巾走你還不知道〔燕大云〕兄弟也我怎生頂着屎頭巾走〔搽旦云〕你哥哥更是鏖糟頭〔燕二云〕你道我打不的你麼〔搽旦云〕燕大你看你兄弟打我哩〔燕大云〕兄弟也你休打你嫂嫂你打我波〔燕二云〕罷罷罷俺一搭裏也難住則今日辭別了哥哥我離了家中凍死餓死再也不上你門來了嫂嫂好生侍奉哥哥俺哥哥若有些好歹我不道的輕饒素放了你也〔搽旦云〕你要去自去你哥哥纔三歲兒哩〔燕二云〕我出的這門來燕順也離了家中可也耳根清淨則今日街市上投托幾箇相識朋友走一遭去來〔下〕〔燕大云〕我兄弟搬出去了大嫂你心中可快活了也〔搽旦云〕燕大你如今却要怎的〔燕大云〕大嫂明日是三月三清明節令多將着些錢鈔咱要同樂院吃酒去來〔詩云〕春天日正長爛熳百花香同樂

院裏吃酒去也等人稱讚我家裏有這好嬌娘〔搽旦云〕燕大去了也我雖然嫁了這燕大私下裏和這楊衙內有些不伶俐的勾當我着人尋他去了這早晚怎生還不見來且磕些瓜子兒等着他者〔淨扮楊衙內上詩云〕花花太歲我爲最浪子喪門世無對滿城百姓盡聞名喚做有權有勢楊衙內自家楊衙內的便是我和這燕大的渾家王臘梅有些不伶俐的勾當爭奈俺兩個則是不能勾稱心如今他使人來尋我不知有甚的說話須索走一遭去此間正是不好便過去我則在門首幺喝他裏頭自有人出來下次小的每將那馬與我拴的遠着〔搽旦見科云〕這是衙內的聲氣他來了也待我喚他衙內你進屋裏來〔楊衙內云〕家裏沒人麼〔搽旦云〕沒人在家你進來〔楊衙內入門科云〕姐姐想殺我也你喚我來有甚麼勾當〔搽旦云〕我雖然嫁了燕大我真心兒只在你身上明日是清明三月三俺兩口兒燒香去在同樂院裏吃酒我在那裏等你疾些兒去早些兒來〔楊衙內云〕你明日和燕大在同樂院吃酒去你先去便等我我先去便等你只不要哄我〔同下〕〔丑扮店小二上詩云〕百般買賣都會做及至做酒做了醋算來福氣不如人只是守着本分做豆腐自家店小二的便是俺這店裏下着個瞎大漢欠下房宿飯錢一些沒有被大主人家怪我今日喚他出來我自有個處置兀那沒眼的大漢店門首有你個鄉親喚你哩〔正末上云〕哥哥你喚我做甚麼那〔店小二云〕門口有你個親眷尋哩〔正末云〕哥也我那裏得那親眷來你休鬬我耍〔店小二云〕兀的不在店門首〔做推科云〕你出去我關上這門凍殺餓殺不干我事〔下〕〔正末云〕好大雪也哥哥開門波再住一夜兒去真箇不開門那這裏也無人自家燕青的便是自從壞了我這雙眼下的山來到這店肆中安下房宿飯錢都少下他的那小二哥被大主人家埋怨今日把我趕將出來便好道男兒不得便刺頭泥裏陷挘的長街市上盤街兒叫化去咱〔唱〕

〔大石調六國朝〕我揣巴些殘湯剩水打疊起浪酒閑茶我着些氣呵㬉我這凍拳頭再着些唾揩光我這冷鼻凹瘦的來我這身子兒沒個麻稭大兀的不消磨了我刺繡的青黛和這硃砂眼見得窮活路覓不出衣和飯怕不道酷寒亭把我來凍餓殺全不見那昏慘慘雲遮了銀漢則聽的淅零零雪糝瓊沙我我我待踮着個鞋底兒去揀那淺中行先綽的這棒頭來向深處插

〔帶云〕前街上討不得一些兒再往後巷裏去〔唱〕

〔喜秋風〕我與你便吖吖叫我與你便磨磨擦我為甚將這脚尖兒細細踏我怕只怕這路兒有些步步滑〔帶云〕似我這模樣像箇甚的〔唱〕將那前街後巷我便如盤卦剛纔個漸漸裏呵的我這手溫和可又早切切裏凍的我這脚麻辣

〔歸塞北〕天那您不肯道是相齎發專與俺這窮漢做寃家這雪呵他如柳絮不添我身上絮似梨花却變做了眼前花則我這拄杖凍難拏

〔帶云〕有那等人道兀的君子那東京城裏有的是買賣營生你尋些做可不好那我道哥也你豈知我無眼那他便道尋你那無眼營生做去哥也您那裏知道咱〔唱〕

〔鴈過南樓〕我是一個混海龍摧鱗去甲我是一隻爬山虎也囉奈削爪敲牙往常時我習武藝學兵法到如今半籌也不納則我這拏

雲手怕不待尋覓那等瞎生涯我能舞劍偏不能疙蹅蹅敲象板會輪鎗偏不會支楞楞撥琵琶着甚度年華

〔楊衙內攔馬領隨從上云〕好大雪也尋那王臘梅大姐去來〔做撞倒正末科〕〔正末做起籠住馬科云〕爺須瞎兒須不瞎〔楊衙內云〕這廝無禮他撞着我馬頭倒把說話傷着我哩〔正末唱〕

〔六國朝〕我不向梁山泊裏東路我則拖的你去開封府的南衙你做甚麼眼睜睜當翻了人〔帶云〕兒我與你去來〔唱〕我把手摩挲揪住馬〔楊衙內云〕放手這廝你好大膽也敢如此無禮〔正末唱〕又不是官街窄怎故意的把人欺壓你有甚娘忙公事莫不去雲陽將赴法我一隻手把銅環來緊搭那廝多應是兩隻脚把寶鐙來牢蹅〔楊衙內云〕我打這廝〔做打科〕〔正末唱〕哎喲那廝兩點也似馬鞭子丟不俫偏不的我風團般着這拄杖打

〔楊衙內云〕這廝手脚倒也來的我與他纏什麼我自尋那王臘梅姐姐去走走走〔下〕〔燕二冲上云〕弟兄每少罪改日還席也〔正末揪住燕二科云〕好呵清平世界浪蕩乾坤你怎麼當街裏打人〔燕二云〕呸你看我那命波兀那君子我是個步行的人打你的是個騎馬的〔正末云〕哥也我須無眼那〔燕二云〕住住住君子你這眼是從小裏壞了的可是半路裏壞了的〔正末云〕哥也我這眼是半路裏氣壞了的〔燕二云〕君子也你倒有緣我曾會神針法灸我醫好你這眼你意下如何〔正末云〕若得如此我感恩非淺〔燕二云〕你跟的我鋪兒裏來〔做行科云〕這裏便是我開開這門君子請穩便等你這血氣定了時我與你下針咱〔正末唱〕

〔憨貨郎〕莫不是千化身觀音菩薩救了我這雙無目沿街的叫化他道是妙手通靈聖心無假哥也多謝你箇良醫肯把金針下我又沒甚的米麥絲麻哥也你則可憐見我這窮漢瞎

〔燕二云〕待我取出這金針來君子坐正着我下針也我這針上至泥丸宮下至湧泉穴太陽穴不敢下針少陽穴下兩針咳嗽三裏下兩針我取出這藥來是聖餅子用菩薩水調的君子張開了口吃藥這一會兒針藥相投了也我起針波吸氣吸氣君子將你那手摩的熱着揉你那眼我着你復舊如初也〔正末唱〕

〔歸塞北〕他把我眼角兒纔針罷則我這瘡口兒未結痂早將我兩隻手揉開了這一對眼〔帶云〕是好手段也〔唱〕則當一枚針挑去了一重沙恰便似日月退殘霞

〔云〕是誰醫好我這眼來〔燕二云〕是我醫好了你的〔正末云〕哥也你請坐你是我重生的父母再養的爺娘請受您兄弟八拜咱〔正末做拜科〕〔燕二做扯科云〕且住我纔醫好了的眼不爭你拜下去這血脉望上行就也無效了〔正末云〕恁的呵等我跪一跪權當做八拜〔燕二云〕君子你那裏鄉貫姓甚名誰〔正末云〕哥您兄弟不是歹人〔燕二云〕誰道你是歹人哩〔正末云〕哥也則我是宋江手下第十五個頭領浪子燕青哥也您兄弟不是歹人〔燕二云〕你不是歹人是賊的阿公哩君子你多大年紀也〔正末云〕您兄弟二十五歲了〔燕二云〕我癡長你兩歲我認義你做箇兄弟你意下如何〔正末云〕哥哥不棄嫌呵情願與哥哥做個兄弟〔燕二云〕我聽的說宋江哥哥手下三十六個頭領多有本事你試說一遍咱〔正末云〕我在梁山上多曾與宋頭領出氣力來〔一

唱〕
〔初問口〕俺也曾那草坡前把濫官拏則俺那梁山泊上宋江須不比那幫源洞裏的方臘你將我這螻蟻殘生廝救拔我把哥哥那山海也似恩臨廝報答從今日拜辭了主人家綽着這過眼齊眉的棗子棍依舊到殺人放火蓼兒洼須認的俺狠那吒

〔云〕哥也您兄弟有句話可是敢問哥哥麼適纔那大雪裏打我的那廝是什麼人〔燕二云〕兄弟休要大驚小怪的則他便是楊衙內是個有權有勢的人打死人如同那房簷上揭一塊瓦相似你和他打了這一操他如今不來尋你就是你的造化了〔正末云〕哥也你說那裏話〔唱〕

〔尾聲〕你道是他打了我呵似房簷上揭瓦不信道我打了他呵就着我這脖項上披枷調動我這莽拳頭搧動我這長梢靶我向那前街後巷便去爪尋他〔帶云〕若見了他呵〔唱〕我一隻手揪住那廝黃頭髮一隻手把腰脚牢掐我可敢滴溜撲活攛那廝在馬直不〔下〕

〔燕二云〕兄弟去了也我也收拾些盤纏上梁山見宋江哥哥走一遭去來〔下〕

〔音釋〕鏖襖平聲 當去聲 稱去聲 分去聲 揩楷平聲 凹汪卦切 稭音皆 刺音七 黛音代 殺雙鮓切 糝三上聲 踮音店 插抽鮓切 擦七打切 踏當加切 滑呼佳切 辣那架切 齎將西切 發方雅切 甲江雅切 法方雅切 納囊亞切 楞盧登切 窄齋上聲 壓羊架切 掿音鬧 蹅音渣 倈梨靴切 灸音九 薩殺賈切 瞎香假切 揉音柔 痂音家 重平聲 長音掌 臘那架切 拔邦加切 荅音打 那音挪 吒音渣 靶音霸

㜷方雅切　搊強雅切

第二折

〔淨扮店小二上詩云〕隔壁三家醉開埕十里香可知多主顧稱咱活杜康自家是這同樂院前賣酒的我燒的這鏇鍋兒熱看有甚麼人來〔燕大同搽旦上〕〔燕大云〕自家燕大的便是渾家王臘梅今日是三月三清明節令那同樂院前遊春的王孫士女好不華盛我與大嫂也去賞玩一賞玩可早來到了也〔做見店小二科云〕賣酒的有乾淨閣子兒麽〔店小二云〕官人娘子請坐這間閣子乾淨〔燕大云〕大嫂俺在這間閣子裏坐賣酒的打二百錢酒來〔店小二云〕有有有酒在此〔搽旦云〕燕大這同樂院是好景致也酒便有了可沒些殽饌這寡酒如何吃的你出門去尋些時新的果品各色的鮮味來等我寬心的吃幾杯兒可不好那〔燕大云〕大嫂你說的是你則在這閣子裏坐我買案酒去也〔正末挑魚擔上云〕這裏也無人自家燕青的便是自從醫好了我這眼閒人借了些小本錢販買了些鮮魚時遇着三月三清明佳節到同樂院裏博魚去咱〔唱〕

〔仙呂點絳脣〕剛留的我這沒影孤身借人資本爲營運避不得艱辛則要這兩字衣食准

〔混江龍〕可憐咱十分貧窘恰纔那打魚人賒與俺這賣魚人憑着我六文家銅鏝博的是這三尺金鱗魚也你在荷葉盤中猶跌尾怎不想桃花浪裏一翻身我去那新紅盒子內拏着這常占勝不占輸只愁富不愁窮明丟丟的幾個頭錢問錢那我若是告一場嚮豁便是我半路裏落的這殷勤

〔叫科云〕博魚博魚〔燕大云〕一尾好鮮魚你這魚是賣的可是博的〔正末云〕這魚也博也賣〔燕大云〕這尾魚重多少斤兩要多少錢鈔你則實說咱〔正末唱〕

〔那吒令〕這魚呵重七斤八斤你若是博呵要五純六純着小人呵也覓一文半文〔帶云〕主人家有麼〔唱〕快與我抹下淺盆磨下刀刃你看我雪片也似批鱗

〔燕大云〕將頭錢來我和你博這尾魚咱〔正末云〕哥也你真個要博魚呵〔唱〕

〔金盞兒〕比及問五陵人先頂禮二郎神哥也你便博一千博我這肐膊也無些兒困我將那竹根的蠅拂子綽了這地皮塵〔云〕哥也老實的博〔燕大云〕我也只是博耍子有什麼老實不老實〔正末唱〕不要你蹲着腰虛土裏縱疊着指漫磚上墩則要你平着身往下撇不要你探着手可便往前分

〔燕大云〕你拏頭錢來我看咱〔正末云〕這箇是頭錢〔燕大云〕這錢昏字鏝不好〔正末云〕哥也這錢不昏你則睜眼兒看者〔唱〕

〔油葫蘆〕則這新染來的頭錢不甚昏可不算先道的准手心裏明明白白擺定一文文〔燕大做博科云〕我博了六箇鏝兒我贏了也〔正末唱〕呀呀呀我則見五箇鏝兒乞丢磕塔穩更和一箇字兒急留骨碌滾諕的我咬定下唇掐定指紋又被這個不防頭愛撇的鏨兒隱可是他便一博六渾純

〔燕大云〕我贏了也大嫂我贏的一尾好鮮魚你看〔搽旦云〕是一尾好鮮魚也〔正末跪科云〕哥也魚便與哥哥則可憐我這本錢是別人的可怎生借這尾魚出去贏了呵我就拏來還你〔燕大云〕大嫂你聽的他說麼他這尾魚是借的本錢他問俺借這魚去與人博若他贏了時就來還我也〔搽旦云〕燕大說那裏話快將這尾魚煎一半兒賣一半兒留着一半兒將的家去我要吃哩〔燕大云〕大嫂你則依着我將來借與他罷〔搽旦云〕這尾魚是你贏的又不是偷他的搶他的又不是白要他的好漢識好漢輸也輸了又來借我不還他不還他〔燕大云〕這魚我要還你爭奈俺大嫂不肯哩〔正末唱〕

〔醉中天〕這君子心兒順那妮子意兒嗔〔帶云〕我着幾句言語奬奉他咱嫂嫂〔唱〕你是那南海南觀音的第一尊〔搽旦云〕他糖食我說我是南海南觀音第一尊我比觀音則少個淨瓶兒饒你明說到夜夜說到明我不還你則是不還你〔正末唱〕怎將俺這小本經紀來指〔搽旦云〕燕大你依着我將這尾魚煎一半兒賣一半兒留一半兒將的家去〔正末云〕他待煎一半兒賣一半兒留一半兒將的家去〔唱〕可不道這姐姐今年個斷葷休將那精神來使盡〔帶云〕常言道十分惺惺使五分〔唱〕可不道留一分與您兒孫

〔燕大云〕大嫂將來還他艱難的人可憐見他無本錢也〔搽旦云〕我本待不還他來罷罷罷看你的面上還了他罷〔燕大云〕還你這尾魚你將的去〔正末云〕多謝了哥哥〔正末挑擔兒走科〕〔楊衙內冲上云〕我被那惡弟兄每抵死的留着吃酒可不辜負了王大姐這早晚等我許多時也〔做撞正末科云〕這個村弟子孩兒無禮怎麼敢撞着我咄你是什麼人〔正末云〕小人是個做買

賣的人〔楊衙內云〕你既是做買賣的將那擔子挑過一邊你怎生攔着這路〔做踢倒擔子科云〕怎麼見我來也不趓開〔正末唱〕

〔醉扶歸〕我粧一個喜臉兒將他來揾他將那惡性兒把咱哏〔楊衙內云〕把這兩箇筐子要做什麼左右與我踹碎了〔正末唱〕呀呀呀他把我個竹眼籠的毬樓磴折了四五根〔楊衙內云〕連這條匾擔也屈折了罷〔正末唱〕把我這一條黃桑擔生踏損〔楊衙內云〕那持魚的盆子也拏來摔碎了〔正末唱〕把我這一個設口樣囫圇的淺盆〔云〕這是借來的波爺饒了我罷〔唱〕可早是打一條通長壘

〔楊衙內云〕這廝敢這等無禮想是不會聞我的名兒且饒了你箇弟子孩兒快走我要同樂院裏尋那王臘梅去也〔正末見店小二科云〕小二哥我將這擔兒寄在這裏敢問適纔來的這是什麼人〔店小二云〕你還不懂的則他便是楊衙內〔正末云〕哦原來那大雪裏打我的正是這廝〔唱〕

〔後庭花〕難道我不親呵認是親既知恩不報恩調動我這三尺攔關臂努起一千條歹鬬觔誰着你惱了我惡魔神試嘗咱這精拳一頓我割捨的發會村怒吽吽使會狠便做道佛世尊這回家也怎地忍

〔金盞兒〕我這裏搶起折支巾拽起夜义裙〔楊衙內做見搽旦科云〕姐姐休怪我來遲了也〔正末做揪楊衙內科云〕哥也唱着喏去〔做打楊衙內科〕〔楊衙內打觔斗科〕〔正末唱〕拳着處早可撲的精磚上盹〔燕大云〕你打死他了也〔正末云〕哥你休怕者

〔唱〕看那廝眼朦朧正着昏我將這大拇指去那廝人中裏掐〔帶云〕主
人家有水將的些來〔唱〕新汲水那廝面皮上歕〔楊衙內做嘆氣科〕〔正末云〕哥也
他不死哩〔唱〕那廝熱拖拖的纔出氣〔楊衙內舒身科〕〔燕大云〕他早翻過身哩〔正末
云〕他怎麼肯死〔唱〕那廝他跌蹬蹬的恰還魂
〔楊衙內做嘴臉調旦科〕〔正末云〕待我再打這廝〔楊衙內做怕打哨子下〕〔燕大云〕我倒看不
出你這箇博魚的有恁般好手脚倒不如只打拳去我問你委實是那裏人氏姓甚名誰〔正末云〕
我三更不改名四更不改姓哥我實對你說我須不是歹人〔燕大云〕你不是歹人可是甚人〔正
末云〕則我是宋江手下第十五個頭領浪子燕青的便是〔燕大云〕壯士你姓燕我也姓燕你多
大年紀了〔正末云〕我今年二十五歲也〔燕大云〕不是我要便宜我可三十五歲你肯與我做個
兄弟麼〔正末云〕若不棄嫌呵願與哥哥做個兄弟〔燕大云〕好好好大嫂與兄弟廝見咱〔搽旦
云〕這幾年我不曾見你說有甚麼兄弟今日可可的就認的是你兄弟着我與他相見我怕見生
人羞答答的〔做見科〕〔正末拜科云〕嫂嫂恕生面少拜識〔搽旦云〕呸兩箇眼恰似賊一般的〔
燕大云〕大嫂你好歹嘴也〔正末云〕哥也你兄弟有一句話敢說麼〔燕大云〕兄弟你有甚麼話
你說〔正末云〕敢問哥哥這嫂嫂敢不和哥哥是兒女夫妻麼〔燕大云〕兄弟你好眼毒也你怎生
便認的出來〔正末唱〕
〔賺煞尾〕你看這影鬢上扭的出那棘針油面皮上刮的下那桃花
粉只這兩椿兒管做了你個哥哥的禍根穿着些素淡衣服越風韻
兀的不是天生成玉軟香溫我見他扭回身抖擻下精神則被他那

眼角眉尖斷送了春〔正末做打耳喑科云〕哥也可是這般〔燕大云〕我知道了也〔正末唱〕我恰纔舌貼着你那耳輪敢可也一言難盡哎哥也你是個好男兒休戴着這一頂屎頭巾〔下〕

〔燕大云〕大嫂天色將晚也俺和你回家去來〔同下〕

〔音釋〕鏝音漫　刃仁去聲　揹肯去聲　葷音昏　揾温去聲　哏狠平聲　蹬音鄧　豐音問　吽音烘　盹敦上聲　歕噴平聲　鑁音變

第三折

〔搽旦上云〕自家同樂院裏見了衙內又不會說的一句梯氣話回到家中我心裏則自想着今日是八月十五日中秋節令我纔和燕大燕青在前廳上飲酒翫月我將那酒冷一鍾熱一鍾冷一碗熱一碗灌的他兩個爛醉我如今打發他在房中都歇息去了可是爲何我心中不待與他吃酒我則想着衙內我藏下些好菜酒果品只等衙內到來我和他悄悄的自到後花園吃幾杯兒我已多時着人叫他去了這早晚敢待來也〔楊衙內上云〕自家楊衙內的便是自從王大姐相約我在同樂院裏着那個人打了我一頓我再也不會見他不知那廝是什麼人如今王大姐着人來尋我相約晚間在他家說話須索走一遭去〔做見搽旦科云〕大姐你可記的當日同樂院前那漢子是什麼人險些兒被他打死我也如今你家燕大在那裏〔搽旦云〕衙內燕大醉了我打發他在房中睡哩你進家裏來〔楊衙內云〕我單爲你着那廝打了這一頓你又叫我怎的〔搽旦云〕這也是你自家的悔氣着那廝打了我好不心疼哩我如今整備下好酒好食與你到後花園亭子上吃幾杯兒酒一來就與你陪話二來和你取一回快樂〔楊衙內云〕你那裏是我姐姐就是我的娘哩你只不

要耍我〔搽旦云〕我怎麽耍你我和你吃酒去來〔楊衙內云〕去去去〔同下〕〔正末拏席上云〕自從來到哥哥家中可早半年光景也時遇八月十五日中秋節令我和俺哥哥前廳上多飲了幾杯酒覺的身上煩熱我到那後花園亭子上乘涼去咱〔唱〕

〔中呂粉蝶兒〕鼓打初更是誰人推出這一輪明鏡原來是配金烏那兔魄東生這早晚玉繩高銀河淺恰正是夜闌人靜端的這月白風清我則見滴溜溜倒垂着斗柄

〔叫聲〕我恰纔便橫飲到兩三巡灌得我來酩酊酩酊猶未醒〔帶云〕怪道我這脚趔趄站不定呵〔唱〕原來那一盞盞都是甕頭清

〔帶云〕來到這月臺上將席子展開待我睡一覺咱〔唱〕

〔醉春風〕我鋪的這艾葉紋藤席淨掇過這桃花瓣石枕冷醉魂兒偏喜月波涼就這搭兒裏挺挺滿鼻凹清風拍胸膛爽氣落的這徹骨毛索性

〔帶云〕我是聽這上衙更鼓咱〔做打二鼓科〕〔唱〕

〔倘秀才〕鼓打到一更也那二更犬吠到三聲也那四聲〔搽旦同楊衙內上搽旦云〕衙內喒兩個往那黑地裏走休往月亮處着人瞧見要說短說長的喒兩個打着個暗號赤赤赤〔楊衙內搽旦做跳過正末身科〕〔正末唱〕我這裏呵欠罷翻身打個噷掙

〔搽旦云〕赤赤赤〔楊衙內云〕赤赤赤〔正末唱〕驀見個女娉婷引着個後生

〔搽旦又楊衙內行科云〕赤赤赤〔正末唱〕

〔叫聲〕眼見的八九分是姦情是誰家鬼精鬼精做出這喬行徑〔搽旦云〕穿的那衣服拖天掃地的一脚踹着不險些兒絆倒了攞起衣服來走走走赤赤赤〔楊衙內云〕赤赤赤〔正末唱〕怎知道黑影裏偏撞着俺這潑燕青

〔滾繡毬〕俺這裏將怪眼睜〔搽旦云〕把脚擡的輕着些兒不要走的響了着人聽見又捏舌也〔正末唱〕他那裏擡的脚步兒輕他若是但回身我在這背陰中掩映〔楊衙內扯搽旦科〕〔搽旦云〕折了你那手爪子走便走這麼扯扯拽拽的做什麼〔正末唱〕則見他廝扯拽悄地前行〔楊衙內云〕赤赤赤〔搽旦云〕赤赤赤〔正末唱〕那廝赤的喚了一聲那妮子赤的應了一聲早是這吃敲才膽硬〔搽旦云〕嗒來到這亭子上也推開這門進來了關上門打開吊窗把這芭蕉扇合着這酒把這梨花樣磁鉢遮着暗燈但有人來你就打吊窗裏跳出去怕做甚麼嗒兩箇自在吃幾鍾兒〔楊衙內云〕好好我和你吃的醉了方纔有興〔正末云〕這廝亭子上去了也〔唱〕我見他笑吟吟推入門桯比及我唾潤開窗紙偷睛覷他可也背靠定毬樓側耳聽〔搽旦云〕我這般赤心的待你只怕你忘了我好處我要你說箇誓來〔楊衙內云〕我若負了你的心呵燈草打折脚古楞現報在你眼裏〔正末唱〕他說什麼海誓也那山盟

〔搽旦云〕你再吃一鍾我也吃一鍾〔正末云〕這事不中喚俺哥哥去來〔做喚燕大科云〕哥哥你出來〔燕大上云〕兄弟深更半夜你喚我做什麼〔正末云〕哥哥俺嫂嫂有姦夫也〔燕大云〕兄弟您嫂嫂不是這般人有姦夫在那裏〔正末云〕在後花園中亭子上正在那裏吃酒哩嗒和你拏去來〔燕大云〕兄弟拏他做什麼他吃了酒好歹去也〔正末云〕我踏開這門咱〔正末做踏開門科〕

（燕大云）快拏住姦夫（楊衙內做慌科云）有人來了我打這吊窗裏跳出去走走走（下）（正末云）嗨這廝可走了也（燕大云）好走了倒是場乾淨你這賤人我且問你怎生與姦夫在這裏吃酒（搽旦云）姦夫在那裏姓張姓李姓趙姓王可是長也矮瘦也胖被你拏住了來天氣暄熱我來這裏歇涼那裏討的姦夫來常言道捉賊見贓捉姦見雙燕大你既要拏姦如今還我姦夫來便罷若沒姦夫怎把這樣好小事兒贓誣着我我是個拳頭上站的人胳膊上走的馬不帶頭巾男子漢丁丁當當響的老婆燕大我與你要見一個明白（正末唱）

【么篇】你這個養漢精假撇清你道是沒姦夫抵死來瞞定恰纔個誰推開這半破窗欞（搽旦云）我支開亮窗這裏趁風歇涼來（正末唱）誰揉的你這鬢角兒鬆（搽旦云）我恰纔呼猫是花枝兒抓着來（正末唱）誰揑的你這腮斗兒的青（搽旦云）我恰纔睡着了是鬼捋青來（正末唱）可也不須你折證見放着一個不語先生誰着這芭蕉葉紙扇翻合着酒誰着這梨花樣磁缽倒暗着燈這公事要辯個分明

（正末唱）哥也這等婦人要做什麼與我殺了者（燕大云）兄弟我便要殺他也沒的刀那（正末拔刀科云）兀的不是刀（燕大做殺搽旦科）（搽旦云）我那親哥哥如今天氣熱你便殺了我到那寒冬臘月裏害脚冷誰與你焐脚（燕大云）兄弟不爭我殺壞了他誰與我焐脚我委實下不的手（正末云）哥也你殺不的我替你殺（搽旦叫科云）有殺人賊也（楊衙內領隨從冲上云）這廝無故殺人令人與我拏住這兩個殺人的都下在死囚牢裏去者（隨從做拏住正末燕大科）（搽旦云）好也好也如今都綁下在死囚牢裏去了看你可有本事再來殺我（燕大云）兄弟也似此

可怎了〔正末云〕哥我恰纔不說來〔唱〕

〔煞尾〕則你個紙做的瓶兒怎拔乾的井蠟打的鍬兒怎撅就的坑你道他有體態有聰明知你的意會你的情有他時春自生沒他時坐不寧怎知他欠本分少至誠忒淫濫蘇小卿不值錢王桂英拏住了姦夫你又殺不成倒被他拖入囚牢死狗似撐也不是我病僧勸患僧有一日押向雲陽市上行只等的高叫開刀和那聲方纔道悔不當初你可便恁時節省〔同燕大下〕

〔楊衙內云〕大姐你方纔放心了把這兩箇放在牢中牢死了俺兩箇做了永遠夫妻可不快活也

〔搽旦云〕衙內只等結果了他咱就沒人管的着了憑着我這一片好心天也與俺這條兒糖吃

〔同下〕

〔音釋〕酩音茗 酊丁上聲 趔劣平聲 趄且上聲 甕翁去聲 辦音扮 索音嫂 噷音巽 掙爭去聲 驀音陌 娉批明切 攞羅去聲 鉢音撥 興去聲 桯音刑 聽平聲 焐烏去聲 鍬粗消切

第四折

〔燕二上云〕自家燕順便是自與燕青分別之後到於梁山泊上投見宋江哥哥就收留我做個頭領聽知的俺哥哥燕和落在那婦人彀中連兄弟燕青也着絆了我問宋江哥哥告了一箇月假限背着一包袱金珠寶貝救兩個兄弟走一遭去來〔詩云〕拜辭了宋江哥哥不辭憚碌碌波波為兄弟忘生捨死早救出地網天羅〔下〕〔楊衙內上云〕誰想燕大下在牢中他兩個劫了牢走了更待

干罷我領着衆弓兵不問那裏趕將去〔下〕〔正末拏枷燕大背衣服同上〕〔燕大云〕兄弟這早晚
往那裏去好〔正末云〕哥哥走走〔唱〕
〔雙調新水令〕正風清月朗碧天高〔帶云〕好怪那〔唱〕可怎生打獨磨
覓不着官道〔燕大云〕兄弟若有人追來時我可趓在那裏〔正末唱〕你去那大北坡
踉蹌走〔燕大云〕兄弟你呢〔正末唱〕喒則去那小道兒上隔斜抄行不到半
里其高則聽的腦背後喊聲鬧
〔燕大云〕兄弟背後有人追來了這早晚黑洞洞的可往那裏趓去〔正末云〕哥也我支分與你趓
那廝咱〔唱〕
〔沉醉東風〕你去這白草坡潛踪躡脚〔燕大云〕兄弟也你呢〔正末唱〕我在
這黃葉林屈脊低腰我曲躬躬的向地皮上伏立欽欽把松樹來靠
直挺挺按定枷稍我這裏聽沉了多時靜悄悄我則見火把和那燈
籠可都去了
〔云〕哥也你則在這裏我迎的那廝每去咱〔燕大云〕兄弟我則在這裏等着你也〔正末下〕〔楊
衙內同搽旦引弓兵上〕〔搽旦云〕衙內兀的不是燕大〔楊衙內云〕正是燕大拏繩子來綁了他
〔綁科云〕把這廝綁在這裏還有一個哩喒尋那個去來〔同搽旦下〕〔燕大云〕天那着誰人救我
也〔正末再上科〕〔燕大云〕兄弟被姦夫淫婦將我綁在這裏你救我咱〔正末唱〕
〔攪箏琶〕急的我心兒跳好一似熱油澆爲甚麽乾支剌吐着舌頭
呆不騰瞪着個眼腦鼻凹裏冷氣出咽喉內熱涎潮元來是一縷麻
縧誰把個活套頭將他拴住了〔帶云〕我若來的遲呵〔唱〕爭些兒一命難

逃〔燕大云〕兄弟我被那姦夫淫婦險些兒斷送了也〔正末云〕哥也喒和你趕那廝去來〔同下〕〔燕二云〕我趁着這月色微明連夜趲到汴梁救拔我那燕青兄弟去也〔正末上做撞見科〕〔喝云〕咄那裏來的是什麼人〔燕二云〕你說你是那個〔正末云〕則我梁山泊好漢燕青的便是〔燕二云〕兄弟我便是捲毛虎燕順〔燕大云〕喏報報報〔燕二云〕怎的〔燕大云〕元來是我兄弟燕二大家耍一會〔正末唱〕

〔喬木查〕俺撩開衣拽起脚剛轉過這林薄只聽的可磕擦閃出個人來到元來是俺哥哥廝撞着

〔云〕哥哥我問你黑夜裏到那裏去〔燕二云〕兄弟我如今也在梁山泊上做個頭領了聞知你和大哥被楊衙內拏下死囚牢裏只在早晚要殺壞你兩個因此上告了一個月假限特來救你〔正末唱〕

〔甜水令〕我則道你法灸神針周流湖海發賣醫藥元來你也要弄俺這家刀可怎生在曠野荒郊月黑時光風高天道獨自個背着衣包

〔燕二云〕我這包裹裏都是些金珠寶貝要將來上下使用救拔你兩個的〔正末唱〕

〔折桂令〕我有甚犯法違條只為那淫婦姦夫險送了你個共乳同胞你待要使用金銀打通關節救拔囚牢則俺燕青呵須不是鷹心

雁爪早跳出虎穴狼巢（燕二云）且喜兄弟今日逍遙無事了也（正末唱）你說甚
無事逍遙爭知我怒氣難消我若不殺的這兩個無徒也怎顯的我
半世英豪
（楊衙內同搽旦引弓兵上云）黑洞洞的不知那個死囚那裏躲了大姐我們且結果了那個紲的
去與你拔了這眼中的釘子哩（正末喝云）兀的不是姦夫淫婦你往那裏走（做拏住科）（衆弓
兵云）不好了我每走了罷將軍不下馬各自奔前程（下）（楊衙內云）我要拏他倒被他拏了我
也（搽旦云）元來是我兩個叔叔我道你是好人那（正末云）將這兩個賊男女都執縛定了押回
山寨見我宋江哥哥去來（唱）
〔離亭宴歇指煞〕半合兒歇息在牛王廟一直的走到梁山泊若見
俺公明太保還了俺這石榴色茜紅巾柳葉砌烏油甲荷葉樣烟氈
帽百煉鋼打就的長朴刀五色絨刺下的香綿襖（帶云）便是俺大哥也（
唱）一齊的去那皖子城中送老上稍裏不眠花下場頭少不得落一
會草
（宋江領僂儸冲上云）某乃宋江是也今有兄弟燕青着絆有燕順告假救他去了某如今親領一
枝軍馬接應燕青去來（做見科）（宋江云）燕青兄弟這樁事我遣神行太保戴宗打探明白早已
知道了小僂儸將這姦夫淫婦與我繩纏索綁拏上山去縛在花標樹上殺壞了者一面敲牛宰馬
殺羊造酒做一個慶喜的筵席（詞云）則俺三十六勇耀罡星一個個正直公平爲燕大主家不正
親兄弟趕離家庭楊衙內敗壞風俗共淫婦暗約偷情將二人分屍斷首梁山上號令施行這的是

與民除害不枉了浪子燕青

〔音釋〕彀音搆　踉音涼　蹌音鎗　脚音皎　剌音辣　瞪音呈　咽音烟　薄巴毛切　着池燒切　藥音耀　巢鋤昭切　泊巴毛切　茜阡去聲　皖喚上聲　罡音剛　離去聲

題目　梁山泊宋江將令
正名　同樂院燕青博魚

同樂院燕青博魚雜劇

淮河渡波浪石尤風
倣王摩詰筆

臨江驛瀟湘秋夜雨
珍倣宋版印

臨江驛瀟湘秋夜雨雜劇

元　楊顯之撰

明吳興臧晉叔校

楔子

〔末扮張天覺同正旦翠鸞領興兒上詩云〕一片心懸家國恨兩條眉鎖廟廊謀總爲浮雲能蔽日長安不見使人愁老夫姓張名商英字天覺叨中甲第以來累蒙擢用謝聖恩可憐官拜諫議大夫之職爲因高俅楊戩童貫蔡京苦害黎庶老夫秉性忠直累諫不從聖人着老夫江州歇馬我夫人不幸早年亡過止留下一箇女孩兒小字翠鸞長年一十八歲未曾許聘他人老夫自離了朝門一路辛苦到此淮河渡也限次緊急興兒與我喚將排岸司來者〔興兒云〕理會的〔淨扮排岸司上詩云〕腿上無毛嘴有髭星馳電走不違時沿河兩岸長巡哨以此加爲排岸司小官排岸司的便是驛亭中大人呼喚不知有甚事須索走一遭去老叔報復去道有排岸司來了也〔興兒報科〕〔張天覺云〕着他過來〔興兒云〕着過去〔做見科〕〔淨云〕大人喚排岸司有何分付〔張天覺云〕排岸司老夫奉聖人的命將着家小前往江州歇馬限次緊急你不預備下船隻可不誤了我的期限好打則今日我就要開船也〔淨云〕大人這淮河神靈比別處神靈不同祭禮要三牲金銀錢紙燒了神符若歡喜方可開船若不歡喜狂風亂起滾滾波翻那一個敢開請問大人不知可曾祭過神道不曾〔正旦云〕這等爹爹與他些錢鈔早些安排祭禮去〔張天覺云〕孩兒你不知老夫是國家正臣他是國家正神何必要什麼祭禮豈不聞非其鬼而祭之諂也〔詩云〕宋國非強楚清淮異汨羅全憑忠信在一任起風波排岸司快與我開了船者〔淨云〕船便開倘若有些不測只不要抱

怨我〔做開船科〕〔興兒云〕呀風浪起了怎麼好怎麼好水渰了船也救人救人〔張天覺下〕〔淨救正旦科云〕我救了這小姐也再救那大人去〔下〕〔正旦云〕翠鸞好險也爹爹好苦也這淮河裏翻了船多虧排岸司救了我的性命尚不知我的爹爹生死若何排岸司打撈去了單留妾身在此可怎了也〔外扮孛老上見正旦科云〕兀那女子你是何方人氏姓甚名誰你說與我聽咱〔正旦云〕妾身乃張天覺的女孩兒小字翠鸞長年一十八歲因爹爹往江州歇馬來到這淮河渡不聽排岸司言語不曾祭祀開到中流果然風浪陡作翻了船若不是排岸司救了我呵那得這性命來〔孛老云〕看這女子也不是受貧的人他乃官宦之家我陪你在此等一等若是你那做官的尚在我送你去還他便了〔正旦云〕怎麼等了許久那排岸司還不見來我身上一來禁不過這濕衣服二來天色漸晚爹爹又不知下落天阿兀的不害殺我也〔孛老云〕姐姐我是這淮河邊打漁的叫做崔文遠家裏離此不遠姐姐你若肯與我做個義女兒且在我家中住下等日後尋見你那做官的我着你子父每再得團圓你意下如何〔正旦云〕那壁老的若不棄嫌呵我情願與你做個女兒〔孛老云〕既是這等你就跟我家中去來〔正旦云〕這些時不知我那爹爹在那裏也呵〔唱〕

〔仙呂端正好〕我恰纔沉沒這急流中掙的到河灘上只看我這濕淥淥上下衣裳若不是漁翁肯把咱恩養〔帶云〕天那〔唱〕這潑性命休承望〔同下〕

〔音釋〕戩音剪　汨音密

第一折

〔張天覺領興兒上詩云〕船過淮河渡心忙去路催豈知風浪起攪下一天悲老夫張天覺是也不

聽排岸司之言到於中流翻了船隻我那翠鸞女孩兒不知去向我欲待親自去尋來限次又緊着老夫左右兩難如何是好如今沿途留下告示如有收留小女翠鸞者賞他花銀十兩待到了江州再遣人慢慢跟尋又作道理我那翠鸞孩兒則被你痛殺我也〔下〕〔孛老上云〕歡來不似今朝喜來那逢今日老漢崔文遠的便是自從探俺兄弟回來見一個女孩兒乃是張天覺大人的小姐他父親往江州歇馬去來到這淮河渡不信排岸司之言不曾祭獻神道便開了船到這半途中刮起大風湧起波浪將這船掀翻了今他父親不知所在這個女孩兒也是有緣我認他做了個義女他自到我家來倒也親熱一家無二每日前後照顧再不嫌貧棄賤也是老漢陰功所積今日不出去打漁在家中閑坐看有甚麼人來〔冲末扮崔甸士上詩云〕黃卷青燈一腐儒九經三史腹中居他年金榜題名後方信男兒要讀書小生姓崔名通字甸士祖居河南人氏幼習儒業頗看詩書受十年苦苦孜孜博一任歡歡喜喜小生如今上朝取應去到此淮河渡這裏有個崔文遠他是俺爹爹的親兄順便須探望他去這就是伯父門首待我叫一聲門裏有人麽〔孛老云〕是誰喚門我開了這門〔問科云〕是那個〔崔甸士云〕小姪是崔甸士因上朝取應去特來拜辭伯父〔孛老云〕孩兒請家裏來你父親安康麽〔崔甸士云〕托賴伯父安康哩〔孛老云〕你休便要去且在我家裏住幾日〔崔甸士云〕多謝伯父〔孛老云〕你曾娶妻來麽〔崔甸士云〕上告伯父古人有云先功名而後妻室小姪還不曾娶妻哩〔孛老云〕我想這崔甸士是箇有文才的久已後必然爲官我有心將翠鸞孩兒聘與他爲妻未知他意下如何待我喚他出來和我姪兒廝見我自有箇主意翠鸞孩兒你出來〔正旦上云〕妾身翠鸞的便是自從與父親相別並無音信多虧了這崔老的認我做義女兒他將我似親女一般看待我在這裏怕不打緊知我那爹爹在於何處也呵〔唱〕

〔仙呂點絳唇〕舉目生愁父親別後難根究這一片悠悠可也還留得殘生否

〔混江龍〕若不是漁翁搭救險些兒趁一江春水向東流我如今偷挨歲月爹爹呵知他在何處沉浮則我這一寸心懷千古恨兩條眉鎖十分憂多謝的那老父恩臨厚不將我似世人看待直做個親女收留

〔做見科云〕父親呼喚翠鸞有何分付〔孛老云〕孩兒我有箇姪兒喚做崔甸士他爲進取功名去路打我門首經過來拜別我你如今過去與他相見咱〔正旦云〕理會的〔孛老云〕姪兒不知我近新認了箇義女兒叫做翠鸞特特喚他出來與你相見一面你也好前後出入行走〔崔甸士云〕伯父請過妹子來小生與他相見咱〔孛老云〕翠鸞孩兒你過來把體面與哥哥相見者〔正旦做見科云〕哥哥萬福〔崔甸士云〕一箇好女子也〔正旦唱〕

〔油葫蘆〕則見他抄定攀蟾折桂手〔崔甸士云〕妹子恕生面少拜識〔正旦唱〕待趨前還褪後我則索慌忙施禮半含羞〔崔甸士云〕妹子小生有緣得此一見〔正旦唱〕則見他身兒俊俏龐兒秀〔崔甸士云〕妹子小生此後又不知何時重會哩〔正旦唱〕則見他性兒温潤情兒厚且休誇潘安貌欠十分子建才非八斗單只是白涼衫穩綴着鷺鷥扣上下無半點兒不風流〔崔甸士云〕妹子小生一來探望伯父二來便辭別應舉去也〔正旦唱〕

〔天下樂〕則願的早奪詞場第一籌文優福亦優宴瓊林是你男兒

得志秋標題的名姓又香打扮的體態又傷准備着插宮花飲御酒

〔孛老云〕老夫偌大年紀別無一人止有這箇女孩兒未曾招嫁我想姪兒聰明俊俏有心待將這女孩兒與我姪兒爲妻我試問他咱甸士你曾娶妻來麽〔崔甸士云〕小生並未娶妻伯父只管問我怎的〔孛老云〕老夫偌大年紀止有這箇女孩兒我見你堂堂人物聰慧風流久已後必然爲官我要招你爲壻久後送老漢入土也有些光彩甸士便好道淑女可配君子你心下如何〔崔甸士云〕謹依尊命多謝了伯父〔正旦云〕父親救得我性命勾了又要替我成就這親事怎的〔唱〕

〔醉中天〕纔救出淮河口又送上楚峯頭〔做背哭科云〕俺那父親呵〔唱〕生死茫茫未可求怎便待通媒媾〔孛老云〕我兒你怎麽不答應我一句兒姻緣姻緣事非偶然我也須不悞了你〔正旦唱〕雖然道姻緣不偶我可一言難就有多少雨泣雲愁

〔孛老云〕我兒這個是喜事怎麽倒哭起來快不要這等我看的那姪兒滿腹文章一定是做官的故此將你許配了他常言道女大不中留你見那家女孩兒養老在家裏的你只依着我就今日兩邊行一個禮承認了罷〔正旦唱〕

〔金盞兒〕元來他敬儒流意綢繆可甚麽是非只爲多開口倒道我女大不中留他分明親許出着我怎擡頭雖然俺心下有我須是臉兒羞

〔孛老扯旦末行禮科云〕則今日好日辰成合了這門親事姪兒你與我便上朝求官應舉去得一官半職回來改換家門則是休忘了我的恩念〔正旦云〕多謝父親則怕崔秀才此一去久後負了

人也〔崔甸士云〕小生若負了你呵天不蓋地不載日月不照臨〔正旦云〕秀才也你去則去頻頻的稍箇書信回來〔崔甸士云〕小生知道你放心者〔正旦唱〕

〔賺煞〕則他這胷臆捲江淮寶劍輝星斗是俺那父親匹配下鸞交鳳友想着你千里關山獨自個走則今宵有夢難投你若到至公樓占了鰲頭則怕你金榜無名誓不休莫便要心不應口早做了背親忘舊〔帶云〕崔秀才也〔唱〕休着我倚柴門凝望斷不歸舟〔下〕

〔崔甸士云〕則今日辭別了伯父便索長行也〔做拜別科〕〔孛老云〕姪兒則願你早早成名帶挈我翠鸞孩兒做個夫人縣君也〔詩云〕成就良姻頃刻間明春專望錦衣還〔崔甸士詩云〕嫦娥自是貪年少何怕蟾宮不許攀〔同下〕

〔音釋〕褪吞去聲　厖音忙　㑇音鄒　占去聲

第二折

〔淨扮試官領張千上詩云〕皆言桃李屬春官偏我門牆另一般何必文章出人上單要金銀滿秤盤小官姓趙名錢有一班好事的就與我起個表德喚做孫李今年輪着我家掌管主司考卷我清耿耿不受民錢乾剝剝只要生鈔目下有一舉子姓崔名通字甸士攛過卷子擬他第一只是我還未曾復試左右與我喚將崔秀才來者〔崔甸士上云〕小生崔通攛過卷子今場貢主呼喚須索走一遭去〔張千報科云〕報大人得知崔秀才到了也〔試官云〕着他過來〔張千云〕着過去〔做見科〕〔崔甸士云〕大人呼喚小生不知為何〔試官云〕你雖然攛過卷子未曾覆試你你識字麼〔崔甸士云〕我做秀才怎麼不識字大人那箇魚兒不會識水〔試官云〕那箇秀才祭丁處不會搶

饅頭吃我如今寫箇字你識東頭下筆西頭落是個甚麽字〔崔甸士云〕是個一字〔試官云〕好不枉了中頭名狀元識這等難字我再問你會聯詩麽〔崔甸士云〕聯得〔試官云〕河裏一隻船岸上八箇拽你聯將來〔崔甸士云〕若還斷了彈八個都吃跌〔試官云〕好好待我再試一首一箇大青碗盛的飯又滿〔崔甸士云〕相公吃一頓清晨飽到晚〔試官云〕好秀才好秀才看了他這等文章還做我的師父哩張千你問這秀才有婚無婚〔張千云〕相公問你有婚無婚〔崔甸士云〕有婚是怎生無婚是怎生〔張千云〕相公他問有婚是怎生無婚是怎生〔試官云〕若有婚着他秦川做知縣去若無婚我家中有一百八歲小姐與他爲妻〔張千云〕敢是一十八歲〔試官云〕是一十八歲〔張千云〕秀才俺相公說你若有婚着你秦川做知縣去若無婚有一小姐招你爲壻〔崔甸士云〕住者等我尋思波〔背云〕我伯父家那箇女子又不是親養的知他那裏討來的我要他做甚麽能可瞞昧神祇不可坐失機會〔回云〕小生實未娶妻〔試官云〕既然無妻我招你做女壻張千着梅香在那竈窩裏拖出小姐來〔張千云〕理會的〔搽旦上詩云〕今朝喜鵲噪定是姻緣到隨他走個乞兒來我也只是呵呵笑妾身是今場貢官的女孩兒父親呼喚須索見去〔做見科云〕父親喚你孩兒爲着何事〔試官云〕喚你來別無他事我與你招一箇女壻〔搽旦云〕招了幾箇〔試官云〕只招了一箇你看一看好女壻麽〔崔甸士云〕好媳婦〔試官云〕好丈人麽〔崔甸士云〕好丈人〔試官覷張千科云〕好丈母麽〔張千云〕不敢〔試官云〕崔甸士我今日除你秦川縣令和我女兒一同赴任去我有一箇小曲兒喚做醉太平我唱來與你送行者〔唱〕

〔醉太平〕只爲你人材是整齊將經史温習聯詩猜字盡都知因此上將女孩兒配你這幞頭呵除下來與你戴只〔做除幞頭科〕這羅襴呵

脫下來與你穿只〔做脫羅襴科〕弄的來身兒上精赤條條的〔云〕張千跟着我來〔唱〕我去那堂子裏把個澡洗〔下〕

〔崔甸士云〕小姐我與你則今日收拾了行程便索赴任走一遭去〔詩云〕拜辭他桃李門牆趲行程水遠山長〔搽旦詩云〕不須辦幞頭袍笏便好去幺喝擡箱〔同下〕〔正旦上云〕妾身翠鸞的便是自從崔老的認我做義女兒他有箇姪兒是崔甸士就將我與他姪兒爲妻他姪兒上朝取應去了可早三年光景說他得了秦川縣令他也不來取我如今奉崔老的言語着我收拾盤纏直至秦川尋崔甸士走一遭去他也少不的要看姪兒就隨後來看我〔歎科〕嗨我想這秀才們好是負心也呵〔唱〕

〔南呂一枝花〕不甫能蟾宮折桂枝金闕蒙宣賜則道是洞房花燭夜金榜可兀的掛名時我爲你撇弔了家私遠遠的尋途次恨不能五六里安箇堠子我看了些灑紅塵秋雨的這絲絲更和這透羅衣金風颼颼

〔梁州〕我則見舞旋旋飄空的這敗葉恰便似紅溜溜血染胭脂冷颼颼西風了却黃花事看了些林梢掩映山勢參差走的我口乾舌苦眼暈頭疵我可也把不住抹淚揉眵行不上軟弱腰肢我我我款款的兜定這鞋兒是是是慢慢的按下這笠兒呀呀呀我可便輕輕的拽起這裙兒我想起虧心的那廝你爲官消不得人伏侍你忙殺呵寫不得那半張紙我也須有箇日頭兒見你時好着我仔細尋思

〔云〕可早來到秦川縣了也我問人咱〔做向古門問科云〕敢問哥哥那裏是崔甸士的私宅〔內云〕則前面那個八字牆門便是〔正旦云〕哥哥我寄着這包袱兒在這裏我認了親眷呵便來取也〔內云〕放在這裏不妨事你自去〔正旦云〕門上有人麼你報復去道有夫人在於門首〔祗從云〕兀那娘子你敢差走了俺相公自有夫人哩〔正旦云〕你道什麼〔祗從云〕俺相公自有夫人哩〔正旦唱〕

〔牧羊關〕兀的是閑言語甚意思他怎肯道節外生枝我和他離別了三年我怎肯半星兒失志我則道他不肯棄糟糠婦他原來別尋了個女嬌姿只待要打滅了這窮妻子呀呀你暢好是負心的崔甸士

〔云〕哥哥你只與我通報一聲〔祗從報科云〕告的相公知道門首有夫人到了也〔搽旦云〕兀那廝你說什麼哩〔祗從云〕有相公的夫人在於門首〔搽旦云〕他是夫人我是使女〔崔甸士云〕這廝敢聽左了夫人你休出去只在這裏伺候待我看他去來〔正旦做見認科云〕崔甸士你好負心也怎生你得了官不着人來取我〔搽旦云〕好也囉你道你無媳婦可怎生又有這一個來我則罵你精驢禽獸兀的不氣殺我也〔做嘔氣科〕〔崔甸士云〕夫人息怒這個是我家買到的奴婢爲他偷了我家的銀壺臺盞他走了我一向尋他不着他今日自來投到豈不是飛蛾撲火自討死吃的左右拏將下去洗剝了與我打着者〔祗從做拏旦不伏科〕〔正旦唱〕

〔隔尾〕我則待婦隨夫唱和你調琴瑟誰知你再娶停婚先有個潑賤兒〔搽旦怒云〕你這天殺的他倒罵我哩〔崔甸士云〕左右還不扯下去打呀〔正旦唱〕倒將

我橫拖豎拽離階址〔帶云〕崔甸士〔唱〕你須記的那時親設下誓詞〔崔甸士云〕胡說我有什麽誓詞〔正旦唱〕你說道不虧心不虧心把天地來指

〔崔甸士云〕左右你道他真個是夫人那不與我拿翻不與我洗剝不與我着實打你須看我老爺的手段着你一個個充軍〔連做掐案祗從拿倒打科〕〔正旦唱〕

〔哭皇天〕則我這脊梁上如刀刺打得來青間紫颼颼的雨點下烘烘的疼半時怎當他無情無情的棍子打得來連皮徹骨夾腦通心肉飛筋斷血濺魂消直着我一疼來一疼來一箇死我只問你個虧心甸士怎揣與我這無名的罪兒

〔崔甸士云〕你要乞個罪名麽這個有左右將他臉上刺着逃奴二字解往沙門島去者〔祗從云〕理會的〔正旦唱〕

〔烏夜啼〕你這短命賊怎將我來胡雕刺迭配去別處官司世不曾見這等蹺蹊事哭的我氣噎聲絲訴不出一肚嗟咨想天公難道不悲慈只願得你嫡親伯父登時至兩下裏質對個如何是看你那能牙利齒說我甚過犯公私

〔崔甸士云〕左右便差箇能行快走的解子將這逃奴解到沙門島一路上則要死的不要活的便與我解將去〔正旦云〕崔甸士你好狠也〔唱〕

〔黃鍾煞〕休休休勸君莫把機謀使現現現東嶽新添一個速報司你你你負心人信有之喒喒喒薄命妾自不是快快快就今日逐離

此行行可憐見只獨自細細細心兒裏暗忖思苦苦苦業身軀怎動止管管管少不的在路上停屍（做悲科唱）哎喲天那但不知那塌兒裏把我來磨勒死（同解子下）

（搽旦云）相公莫非是你的前妻敢不中麼不如留他在家做個使用丫頭也省的人談論（崔甸士云）夫人不要多心我那裏有前妻來（搽旦云）他適纔說等你嫡親伯父來要和你面對這怎麼說（崔甸士云）是我有個親伯父叫做崔文遠這原是我伯父家丫頭賣與我的你看他模樣倒也看的過只是手脚不好要做賊我前日到處尋不着他今日自來尋我怎麼饒的他過如今這一去遇秋天陰雨棒瘡發呵他也無那活的人也喒和你後堂中飲酒去來（詩云）幸今朝捉住逃奴迭配去必死中途（搽旦詩云）他若果然是前時妻小倒不如你也去一搭裏當夫（同下）

〔音釋〕彈平聲　慼平聲　習星西切　只張恥切　堠音后　灑生止切　旋去聲　參柚森切　差音嗤　暈音韻　疵音慈　眵抽支切　洗音選　瑟生止切

第三折

（張天覺領興兒祗從上詩云）一去江州三見春斷腸回首淚沾巾凄涼唯有雲端月曾照當時離散人老夫張天覺自與我孩兒翠鸞在淮河渡翻船之後可早又三年光景也謝聖恩可憐道老夫廉能清正節操堅剛常懷報國之心並無於家之念加老夫天下提刑廉訪使勅賜勢劍金牌先斬後聞這聖意無非着老夫體察濫官汚吏審理不明詞訟老夫雖然衰邁豈敢憚勞但因想我翠鸞孩兒憂愁的鬢髮斑白兩眼昏花全然不比往日了我幾年間着人隨處尋問並沒消耗時遇秋大怎當那凄風冷雨過雁吟蟲眼前景物無一件不是牽愁觸悶的興兒兀的不天陰下雨了也行動

些〔詩云〕一自做朝臣區區受苦辛鄉園千里夢鞍馬十年塵親兒生失散祖業盡飄淪正值秋天暮偏令客思殷你看那灑灑瀟瀟雨更和這續續斷斷雲黃花金獸眼紅葉火龍鱗山勢嵯峨起江聲浩蕩聞家僮催前路一樣欲銷魂與兒前面到那裏也〔興兒云〕老爺前至臨江驛不遠了〔張天覺云〕若到臨江驛老夫權且駐下者正是長江風送客孤館雨留人〔同下〕〔正旦帶枷鎖同解子上云〕好大雨也〔詩云〕我本是香閨少女可憐見無人做主遭迭配背井離鄉正逢着淋漓驟雨哥哥你只管裏將我來棍棒臨身不住的拷打難道你的肚腸能這般硬再也沒那半點兒慈悲的〔做悲科〕天阿天阿我委實的銜冤負屈也呵〔唱〕

〔黃鍾醉花陰〕忽聽的摧林怪風鼓更那堪甕瀽盆傾驟雨躭疼痛捱程途風雨相催雨點兒何時住眼見的折挫殺女嬌姝我在這空野荒郊可着誰做主

〔解子云〕快行動些這雨越下的大了也〔正旦唱〕

〔喜遷鶯〕淋的我走投無路知他這沙門島是何處酆都長吁氣結成雲霧行行裏着車轍把腿陷住可又早閃了胯骨怎當這頭直上急簌簌雨打脚底下滑擦擦泥淤

〔正旦做跌倒科〕〔解子云〕你怎麼跌倒了來〔正旦云〕哥哥這裏滑〔解子云〕千人萬人走都不跌偏你走便跌倒了我如今走過去滑呵萬事罷論若不滑呵我將你兩條腿打做四條腿〔解子走跌倒科云〕快扶我起來兀那女子你往那邊兒走這裏有些滑〔正旦唱〕

〔出隊子〕好着我急難移步淋的來無是處我吃飯時曬乾了舊衣

服上路時又淋濕我這布裹肚吃交時掉下了一箇棗木梳
(解子云)你又怎的(正旦云)掉了我棗木梳兒也(解子云)掉了罷到前面別買箇梳子與你(正旦云)哥哥你尋一尋到前面你也要梳頭哩(解子云)你也是箇害殺人的(做脚踏科云)這箇想是了我就這水裏把泥洗去了如今有了梳子你快行動些(正旦唱)
(幺篇)我心中憂慮有三椿事我命卒(解子云)可是那三椿事你說我聽(正旦唱)這雲呵他可便遮天映日閉了郊墟這風呵恰便似走石吹沙拔了樹木這雨呵他似箭簳懸麻粧助我十分苦
(解子云)你走便走不走我打你也(正旦云)哥哥(唱)
(山坡羊)則願你停嗔息怒百凡照覷怎便精唇潑口罵到有三十句這路崎嶇水縈紆急的我戰欽欽不敢望前去況是棒瘡發怎支吾剛挪得半步(帶云)哥哥你便打殺我呵(唱)你可也沒甚福
(解子云)你休要多嘴多舌如今秋雨淋漓一日難走一日快與我行動些(正旦唱)
(刮地風)則見他努眼撐睛大叫呼不鄧鄧氣夯胸脯我濕淋淋只待要巴前路哎行不動我這打損的身軀(解子喝科云)還不走哩(正旦唱)我捱一步又一步何曾停住這壁廂那壁廂有似江湖則見那惡風波他將我緊當處問行人蹤跡消疎似這等白茫茫野水連天暮(帶云)哥哥也(唱)你着我女孩兒怎過去
(解子云)你又怎的(正旦云)哥哥這般水深泥濘我怎生走的過去望哥哥可憐見扶我一扶過

去〔解子云〕則被你定害殺我也我扶將你過去我問你你怎生是他家梅香你將他家金銀偷的那裏去了他如今着我害你的性命哩你可實對我說〔正旦唱〕我那裏是他家梅香偷了金銀走來〔唱〕

〔四門子〕告哥哥一一言分訴那官人是我的丈夫我可也說的是實又不是虛尋着他指望成眷屬他別娶了妻道我是奴我委實的銜寃負屈

〔解子云〕這等說起來是俺那做官的不是如今我也饒不得你快行動些〔正旦唱〕

〔古水仙子〕他他他忒很毒敢敢敢昧己瞞心將我圖你你你惡狠狠公隷監束我我我軟揣揣罪人的苦楚痛痛痛嫩皮膚上棍棒數冷冷冷鐵鎖在項上拴住可可可乾支剌送的人活地獄屈屈屈這煩惱待向誰行訴〔帶云〕哥哥〔唱〕來來來你是我的護身符

〔解子云〕天色晚了也快行動些尋一個宵宿的去處〔正旦唱〕

〔隨尾〕天與人心緊相助只我這啼痕向臉兒邊厢聚〔帶云〕天那天那〔唱〕眼見的淚點兒更多如他那秋夜雨〔同下〕

〔音釋〕蛩音窮　續詞疽切　瀽音蹇　捱去聲　姝音朱　骨音古　簌蘇上聲　淤音迂　服房夫切　卒音祖　木音暮　簳音趕　崎音欺　嶇音區　福音府　夯音享　濘音佞　屬繩朱切　屈丘雨切　毒東盧切　束音暑　數上聲　獄于句切　屈音矩

第四折

〔淨扮驛丞上詩云〕往來迎送不會停廩給行糧出驛丞管待欽差猶自可倒是親隨伴當沒人情小官臨江驛的驛丞昨日打將前路關子來道廉訪使大人在此經過不免打掃館驛乾淨大人敢待來也〔孛老上云〕老漢崔文遠的便是自從着我女兒翠鸞尋我那姪兒崔甸士去了音信皆無我親到秦川縣看我那女兒去天色晚了也又下着這般大雨我且在這館驛裏寄宿一夜明日早行〔驛丞見科云〕兀那老頭兒你做甚麼〔孛老云〕雨大的緊前路又沒去處這館驛中不問那裏胡亂借我宿一夜明日絕早便去〔驛丞云〕老頭兒你不知道如今接待廉訪大人休要大驚小怪的你去那廚房簷下歇宿去〔孛老云〕多謝了〔下〕〔張天覺引興兒祗從上云〕老夫張天覺來到這臨江驛也興兒你莫不身上着雨來麼〔興兒云〕老爺這般大雨身上衣服都濕透了也〔張天覺云〕既然是這等我且在館驛裏避雨咱〔驛丞接科云〕小的是臨江驛驛丞在此迎接請大人公館中安歇〔張天覺云〕興兒我一路上鞍馬勞頓我權且歇息休要着人大驚小怪的若驚覺老夫睡呵我只打你便與我分付去〔興兒云〕理會的兀那驛丞我分付你大人歇息不許着人大驚小怪若打醒了睡要打我哩分付你去〔驛丞云〕這個我知道〔解子同正旦上〕〔正旦云〕解子哥哥這一天雨都下在俺兩個身上也〔解子云〕這大雨若淋殺你呵我也倒省些氣力這沙門島好少路兒哩〔正旦云〕哥哥這風雨越大了也〔唱〕

〔正宮端正好〕雨如傾敢則是風如扇半空裏風雨相纏兩般兒不顧行人怨偏打着我頭和面

〔滾繡毬〕當日箇近水邊到岸前怎當那風高浪捲則俺這兩般兒景物淒然風刮的似箭穿雨下的似甕瀽看了這風雨呵委實的不

善也是我命兒裏惹罪招愆我只見雨淋淋寫出瀟湘景更和這雲淡淡粧成水墨天只落的雨淚漣漣

（解子云）你休煩惱我和你到臨江驛寄宿去來（做叫門科云）館驛子開門來（驛丞云）又是那一個我開開這門這弟子孩兒好大膽也廉訪使大人在這裏歇息你只在門外你若大驚小怪的我就打折你那腿我關上這門（解子云）可不是悔氣原來有廉訪使大人在這裏俺休要大驚小怪的我脫了這衣服我自家扭扭乾（做脫衣科云）呀袖兒裏還有個燒餅待我吃了罷（正旦云）哥哥你吃什麼哩（解子云）我吃燒餅哩（正旦云）哥哥你與我些兒吃波（解子云）我但是吃東西你便討吃也罷我與你些兒吃（正旦云）哥哥你多與我些兒吃波（解子云）一箇燒餅我與你些兒吃你嫌少沒的我都與你吃了罷（正旦唱）

〔伴讀書〕我這裏告解子且消遣我肚裏饑難分辯只他這風風雨雨強將程途來踐走的我觔舒力盡渾身戰一身疼痛十分倦我我我立盹行眠

〔笑和尚〕我我我捱一夜似一年我我我埋怨天我我我敢前生罰盡了凄涼願我我我哭乾了淚眼我我我叫破了喉咽來來來哥哥我怎把這燒餅來嚥

（做哭科云）哎呀天也我便在這裏不知我那爹爹在那裏也（張天覺云）翠鸞孩兒兀的不痛殺我也我恰纔合眼見我那孩兒在我面前一般正說當年之事不知是甚麼人驚覺着我這夢來皆因我日暮年高夢斷魂勞精神慘慘客館寥寥又值深秋天道景物蕭條江城夜永刁斗聲焦感人

淒切數種煎熬寒蛩唧唧塞鴈叨叨金風淅淅疎雨瀟瀟多被那無情風雨着老夫不能合眼我正是悶似湘江水涓涓不斷流又如秋夜雨一點一聲愁我恰纔分付興兒休要大驚小怪的這廝不小心驚覺老夫睡該打這廝也（興兒云）我分付他那驛丞了他不小心我打這廝去（做打驛丞科云）兀那廝我分付來休要大驚小怪的驚覺老爺睡倒要打我我只打你（驛丞云） 大叔休打你自睡去都是這門外的解子來我開開這門我打這廝去（做打解子科云）兀那解子我着你休大驚小怪的你怎生啼啼哭哭驚覺廉訪大人恰纔那伴當他便打我我只打你（解子云）都是這死囚（詞云）你大古裏是那孟姜女千里寒衣是那趙貞女羅裙包土便哭殺帝女娥皇也誰許你灑淚去滴成斑竹（正旦詞云）告哥哥不須氣撲我寃枉事誰行訴與從今後忍氣吞聲再不敢嚎咷痛哭爹爹也兀的不想殺我也（張天覺云）翠鸞孩兒只被你痛殺我也恰纔與我那孩兒數說當年淮河渡相別之事不知是甚麼人驚覺我這夢來（詞云）一者是心中不足二者是神思恍惚恰合眼父子相逢正數說當年間阻忽然的好夢驚迴是何處淒涼如許響玎璫鐵馬鳴金只疑是冷颼颼寒砧搗杵錯猜做空堦下蛩絮西窗遙想道長天外鴈歸南浦我沉吟罷仔細聽來原來是喚醒人狂風驟雨我對此景無箇情親怎不教痛心酸轉添淒楚孩兒也你如今在世爲人還是他身歸地府也不知富貴榮華也不知遭驅被擄白頭爺孤館裏思量天那我那青春女在何方受苦我分付興兒來你休要大驚小怪的可怎生又驚覺老夫（做打興兒科）（興兒云）老爺休打我都是那驛丞可惡（出見驛丞科云） 兀那驛丞我着你休大驚小怪的你怎生又驚覺老爺的睡來（詞云）我將你千叮萬囑你偏放人長號短哭如今老爺要打的我在這壁廂叫道阿呀我也打的你在那壁廂叫道老叔（驛丞云）都是這門外邊的解子我開開這門打那廝兀那解子我再三的

分付你休要大驚小怪的你又驚覺廉訪大人的睡來你這弟子孩兒〔詞云〕雖然是被風雨淋淋淥淥也不合故意的喃喃篤篤他伴當若打了我一鞭我也就拷斷你娘的脊骨〔解子詞云〕只聽的高聲大語開門看如狼似虎想必你不經出外早難道慣會爲旅你也去訪個因由要打我好生寃屈不爭那帶長枷橫鐵鎖愁心淚眼的臭婆娘驚醒了他這馳驛馬掛金牌先斬後聞的老宰輔比及俺忍着饑擔着冷討憎嫌受打拷只管裏棍棒臨身倒不如湯着風冒着雨離門樓趕店道別尋個人家宵宿〔正旦詞云〕隔門兒苦告哥哥聽妾身獨言肺腑但肯發慈悲肚腸就是我生身父母且休提一路上萬苦千辛只脚底水泡兒不知其數懸麻般驟雨淋漓急箭似狂風亂鼓定道是館驛裏好借安存誰想你惡哏哏將咱趕出便要去另覓個野店村庄黑洞洞知他何方甚所若不是逢豺虎送我殘生必然的埋葬在江魚之腹頃刻間便撞起響璫璫山寺曉鐘且容咱權避這淅零零瀟湘夜雨〔張天覺云〕天色明了也興兒你去門首看是甚麼人鬧這一夜與我拏將過來〔做拏解子正旦見旦認科云〕兀的不是我爹爹〔張天覺云〕兀的不是翠鸞孩兒這三年你在那裏來你爲什麼披枷帶鎖的〔正旦做哭科云〕爹爹不知自從孩兒離了爹爹有個崔老的救了我他認我做義女他有個姪兒是崔通就着他與你孩兒做了女壻他進取功名去做了秦川縣令因他不來取我有崔老的言語着我尋他去不想他別娶了妻房說我是逃奴將我迭配沙門島去一路上只要死的不要活的幸得今日遇着爹爹爹爹也怎生與你孩兒做主咱〔張天覺云〕快開了枷鎖者那廝這等無禮左右那裏速去秦川縣與我拏將崔通來〔正旦云〕爹爹他在秦川爲理若差人拏他也出不的孩兒這口氣須是我領着祇從人親自拏他走一遭去正是常將冷眼看螃蟹看你橫行得幾時〔同祇從下〕〔崔甸士上云〕小官崔通是也前日那一個女人本等是我伯父與

我配下的妻子被我生各支揣做逃奴解他沙門島去已會分付解子着他一路上只要死的不要活的怎麽去了好幾日也還不見來回話我那夫人只管將這樁事和我炒鬧不了〔做驚科云〕怎麽我這眼連跳又跳的想是夫人又來合氣了〔正旦領祗從上云〕可早來到秦川縣也左右打開門進去〔做見科云〕兀的不是崔通左右與我拏住者〔崔甸士云〕奇怪你每是那裏來的〔祗從云〕廉訪使大人勾你哩〔正旦云〕崔通今日我也有見你的時節麽左右與我剝去了冠帶好生鎖着〔崔甸士云〕小娘子可憐見可不道夫乃婦之天也〔正旦唱〕

〔快活三〕我揪將來似死狗牽兀的不夫乃婦之天任憑你心能機變口能言〔帶云〕去來〔唱〕到俺老相公行說方便

〔崔甸士云〕我早知道是廉訪使大人的小姐認他做夫人可不好也〔正旦云〕左右還有一個潑婦也與我去拿出來〔祗從拿搽旦上科〕〔搽旦云〕我也是官宦人家小姐怎把我做燒火的一般這等扯扯拽拽你豈不曉得婦人有事罪坐夫男這都是崔通做出來的干我甚事〔正旦怒云〕左右與我一併鎖了〔搽旦云〕且不要囉唣俺父親做官專好唱醉太平的小曲兒我也學的會唱小姐待我唱與你聽〔唱〕

〔醉太平〕我道你是聰明的卓氏我道你是俊俏西施怎肯便手零脚碎鑴金貲這都是崔通來妄指〔正旦云〕左右與我快鎖了者〔搽旦云〕阿喲我戴鳳冠霞帔的夫人是好鎖的待我來〔除鳳冠科唱〕解下了這金花八寶鳳冠兒〔脫霞帔科唱〕解下了這雲霞五彩帔肩兒都送與張家小姐粧臺次我甘心倒做了梅香聽使

〔正旦云〕左右都鎖押了帶他見俺爹爹去來〔下〕〔張天覺上云〕自從孩兒親拏崔通去了怎生許久還不見到〔正旦押崔甸士搽旦上科云〕爹爹我拏將那兩個賊醜生來了也〔張天覺云〕那廝敢這等無禮待老夫寫表申朝問他一個交結貢官停妻再娶縱容潑婦枉法成招大大的罪名一面竟將他兩個押赴通衢殺壞了者〔孛老慌上云〕不知什麼人大驚小怪的我試看咱〔做認科云〕兀的不是翠鸞孩兒你在那裏來〔正旦云〕呀父親我認崔通去他別娶了一個倒說我是逃奴將我迭配沙門島去肯分的遇着我爹爹如今要將他殺壞了也〔孛老勸科云〕小姐怎生看老漢的面上饒了他這性命小姐意下如何〔正旦唱〕

〔鮑老兒〕他是我今世讐家宿世裏冤恨不的生把頭來獻〔崔甸士云〕伯父你與我勸一勸波我如今情願休了那媳婦和小姐重做夫妻也〔孛老云〕小姐你只饒了他者〔正旦唱〕我和他有甚恩情相顧戀待不沙又怕背了這恩人面只落的嗔嗔忿忿傷心切齒怒氣衝天

〔正旦引孛老見張科云〕爹爹這個便是救我命的崔文遠看恩人面上連崔通也饒了他罷〔張天覺云〕那崔通怎好饒的〔孛老云〕老相公你小姐元是我崔文遠明婚正配許與姪兒崔通的如今情願休了那媳婦與小姐重做夫妻可不好也〔張天覺云〕孩兒你意下如何〔正旦云〕這是孩兒終身之事也曾想來若殺了崔通難道好教孩兒又招一個只是把他那婦人臉上也刺潑婦兩字打做梅香伏侍我便了〔張天覺云〕這也說的有理左右將那廝拏過來看崔文遠面上饒免死罪將恩人請至老夫家中養贍到老小姐還與崔通爲妻那婦人也看他父親趙禮部面上饒了刺字只打做梅香伏侍小姐〔搽旦哭云〕一般的父親一般的做官偏他這等威勢俺父親一些兒

救我不得我老實說梅香便做梅香也須是個通房要獨佔老公這個不許你的〔張天覺云〕左右將冠帶來還了崔通待他與小姐成親之後仍到秦川做官去者　〔正旦崔甸士俱冠帶搽旦扮梅香伏侍拜見科〕〔張天覺云〕我兒昔日在淮河渡分散之時誰想有今日也〔正旦唱〕

〔貨郎兒〕想着淮河渡翻船的這災變也是俺那時乖運蹇定道是一家大小喪黃泉排岸司救了咱性命崔老的與我配了姻緣今日呵誰承望父子和夫妻兩事兒全

〔崔甸士云〕天下喜事無過父子完聚夫婦團圓容小官殺羊造酒做個慶賀的筵席與岳父大人把一杯者〔做奉酒科〕〔正旦唱〕

〔醉太平〕不爭你虧心的解元又打着我薄命的嬋娟險些兒做樂昌鏡破不重圓乾受了這場罪譴爹爹呵另巍巍穩掌着森羅殿崔通呵喜孜孜還歸去秦川縣我翠鸞呵生刺刺硬踹入武陵源也都是蒼天可憐

〔尾煞〕從今後鳴琴鼓瑟開歡宴再休題冒雨湯風苦萬千抵多少待得鸞膠續斷絃把背飛鳥紐回成交頸鴛隔牆花攀將做並蒂蓮你若肯不負文君頭白篇我情願舉案齊眉共百年也非俺只記歡娛不記冤到底是女孩兒的心腸十分様軟

〔張天覺云〕當初失却渡淮船父子飄流限各天消息經年終杳杳肝腸無日不懸懸已知衰老應難會猶喜神明暗自憐漁父偶收爲義女崔生乍見結良緣從來好事多磨折偏遇姦謀惹罪愆苦

誓一心同蜀郡遠尋千里到秦川劍沉龍浦還重合鏡剖鸞臺復再圓秉燭今宵更相照相逢或恐夢魂前

〔音釋〕當去聲　盹敦上聲　咽音烟　塞音賽　竹音主　撲音普　哭音苦　足臧取切　惚音虎　囑音主　叔音暑　祿音路　篤音堵　輔音府　離去聲　宿須上聲　出音杵　腹音府　妄去聲　解上聲

題目　淮河渡波浪石尤風

正名　臨江驛瀟湘秋夜雨

臨江驛瀟湘秋夜雨雜劇

鄭元和風雪卑田院
倣陳仲美筆

李亞仙花酒曲江池
珍倣宋版印

李亞仙花酒曲江池雜劇

元　石君寶撰

明吳興臧晉叔校

楔子

〔外扮鄭府尹引末鄭元和張千上詩云〕幾年政績遠相聞採得民謠報使君雨後有人耕綠野月明無犬吠黃昏老夫姓鄭名公弼滎陽人也自登進士久著政聲官授洛陽府尹所生一子叫做鄭元和今年二十一歲了從幼兒教他讀書頗頗有些學問來年春榜動選場開須着元和孩兒取應去博的一舉及第也與老夫增多少光彩張千你可收拾琴劍書箱伏侍大相公去走一遭〔張千云〕理會得〔鄭府尹云〕孩兒如今是夏間天道你有甚氣概詩做一首來與我聽咱〔末云〕父親你孩兒詩有了〔詩云〕萬丈龍門則一跳青霄有路終須到去時荷葉小如錢回來必定蓮花落〔鄭府尹云〕前面兩句儘有些氣概後面兩句也還不見怎的孩兒自來功名之事前程萬里全要各人自去努力若但因循懶惰一年春盡一年春有甚麼程期在那裏孩兒此一去只願你着志者

〔末云〕父親放心則今日孩兒拜辭了父親便索長行也〔做拜別科唱〕

〔仙呂賞花時〕赴選皇都將俺學業酬正是男兒得志秋題金榜占鰲頭這萬言策須當應口直着那狀元名喧滿鳳凰樓〔同張千下〕

〔鄭府尹云〕孩兒去了也我眼觀旌旗捷耳聽好消息〔下〕

〔音釋〕落音澇

第一折

〔淨同外旦上云〕自家趙大戶的便是人見我有些錢鈔與我起個表德喚做趙牛觔這歌者是劉桃花與我作伴今日是春間天道我去那曲江池上安排小酌請我這姨姨李亞仙同賞春景大姐你自家請一請去〔外旦云〕我知道〔喚云〕亞仙姐姐趙官人在曲江池上請姐姐賞春哩〔正旦扮李亞仙引梅香上云〕妾身姓李小字亞仙是教坊樂籍有個結義的妹子是劉桃花今日在曲江池上安排席面請我賞翫時遇三月三日果然是好景致也呵〔唱〕

〔仙呂點絳唇〕朝來個雨過郊原早蕩出晴光一片東風軟萬卉爭妍山色青螺淺

〔混江龍〕東君堪羨買春光滿地撒榆錢你看那王孫蹴踘仕女鞦韆畫屧踏殘紅杏雨絳裙拂散綠楊煙我逐朝席上每日尊前可臨郊外乍到城邊據此景好着人無意相留戀〔帶云〕若依的我呵〔唱〕則合這好花休謝明月常圓

〔相見科〕〔正旦云〕妹夫我有何德能着你置酒張筵〔淨云〕姨姨無甚麼孝順只宰的一個小小羔兒請姨姨在曲江池上閑懷暢飲數盃有何不可〔正旦云〕妹夫你看些新鮮果品去〔淨云〕我知道我看果品去也〔下〕〔正旦云〕妹子我想你除了我呵便是個第一第二的行首你與那村廝兩個作伴與他說甚麼的是〔外旦云〕姐姐我瞎漢跳渠則是看前面便了〔正旦云〕這的怕不是那〔唱〕

〔油葫蘆〕則你那癆病損的身軀難過遣可怎生添上喘央及殺粉骷髏也吐不出野狐涎折倒的額顱破便似間道皮腰線折倒的胸

脯瘦便似減骨芭蕉扇（帶云）妹子（唱）如今那統鏝的郎漢又村謅綴的崔護又蹇他來到謝家庄幾會見桃花面酪子裏揣與些些柳青錢（云）妹子咱看花去來（做行科云）妹子你看那庄家每也賞寒食哩（唱）

〔天下樂〕兀的不三月清明豔麗天（帶云）妹子（唱）咱和你翩也波翩繞着這古墓前你看那香車寶馬迭萬千行行裏翫一會景致行行裏聽一會管絃（帶云）妹子你覷波（唱）早離了酒席兒偌近遠

（末做騎馬同張千上云）自家鄭元和離了父親來到都下舉場未開時遇春天明媚引着張千且去那曲江池上賞玩一遭可早來到也你看好景致（詩云）家家無火桃噴火處處無烟柳吐烟金勒馬嘶芳草地玉樓人醉杏花天張千你見這兩個婦人麼那一個分外生的嬌嬌媚媚可可喜喜添之太長減之太短不施脂粉天然態縱有丹青畫不成是好女子也呵（做墜鞭科張千拾云）相公墜了鞭子也（末云）真個是風風流流可可喜喜（又墜鞭張千拾云）相公又墜了鞭子也（末云）我知道好女子好女子（又墜鞭張千拾云）相公又墜了鞭子也（末云）我知道（正旦云）我看那生裹帽穿衫撒絲繫帶好個俊人物也（唱）

〔那吒令〕誰家個少年一時間撞見一時間撞見兩下裏顧戀兩下裏顧戀三番家墜鞭（帶云）妹子也他還是個子弟是個雛兒（唱）他管初逢着路柳絲他管乍見着牆花片多應被花柳牽纏

〔鵲踏枝〕牆花也甚芳鮮路柳也不飛綿忙殺遊蜂恨殺啼鵑沒亂殺鳴珂巷亞仙兜的又引起頑涎

〔末云〕張千這壁看了可到那壁看去來〔正旦唱〕

〔寄生草〕他將那花陰串我將這柳徑穿少年人乍識春風面春風面半掩桃花扇桃花扇輕拂垂楊線垂楊線怎繫錦鴛鴦錦鴛鴦不鎖黃金殿

〔云〕梅香你去請趙官兒來〔淨上云〕姨姨叫我做甚麽〔正旦云〕妹夫那裏有個野味兒請他來同席怕做什麽〔淨云〕在那裏〔做見科〕呀我道是誰元來是鄭舍〔末云〕趙牛觔我問你咱那兩個女子誰氏之家〔淨云〕那一個生的好些的是上廳行首李亞仙這一個是他妹子劉桃花就是做表我姨姨着我來請你哩你過去同吃幾杯兒酒〔末云〕怎好攪擾〔淨云〕姨姨我請將來了也〔末做見科〕〔正旦云〕敢問足下仙鄉何處甚姓何名〔末云〕小生姓鄭表德元和滎陽人氏因爲應試到此敢問小娘子高姓〔旦云〕妾身不幸落在平康喚做李亞仙的便是〔末云〕久聞芳名今得一覩實乃小生有緣也〔旦云〕梅香將酒來〔遞酒科云〕解元請滿飲此杯〔淨云〕姨姨這酒是我買的我也吃一鍾兒〔旦云〕呀可忘了妹夫也〔末云〕俺兩個曾結義兄弟哩〔正旦云〕這等那個是仁兄〔末云〕我是仁兄〔正旦云〕你是仁兄沙〔唱〕

〔醉中天〕莫不是衝倒臨川縣〔淨云〕我是愛弟〔正旦云〕你是愛弟沙〔唱〕莫不是買斷了麗春園〔淨云〕姨姨俺和劉大姐兩口兒不似牽牛郎織女那〔正旦唱〕你真個是牽牛上碧天枉踏踏這清虛殿我只問曲江裏水比那天台較遠今日和劉郎相見〔云〕妹子我索謝你〔外旦云〕姐姐謝我做什麽〔正旦唱〕不因你個小名兒沙他怎肯誤入桃源

〔末云〕牛觔你過去說我要往亞仙姐姐家使一把鈔可容許麽〔淨云〕姨姨恰纔元和秀才要來姨姨家使把鈔姨姨心下如何〔正旦云〕妹夫你說了就是則俺母親有些利害不當穩便〔唱〕

〔金盞兒〕他見兎兒鶻鷹鷂咽羊骨不嫌羶常則是肉吊窗放下遮他面動不動便抓錢只怕你腦門邊着痛箭脫膊上惹空拳那其間羞歸明月渡懶上載花船

〔末云〕那裏有這般利害的只是多與他些錢鈔便了〔正旦唱〕

〔青哥兒〕俺娘呵外相兒十分十分慈善就地裏百般百般機變那怕你堆積黃金到北斗邊他自有錦套兒騰掀甜唾兒粘連俏泛兒勾牽假意兒熬煎轆軸兒盤旋鋼鑽兒鑽研不消得追歡買笑幾多年早下翻了你個窮原憲

〔末云〕料得小生決不到此只要姐姐許小生做一程伴便當傾囊相贈有何慮哉〔正旦唱〕

〔賺煞〕往常我回雪態舞按柳腰肢遏雲聲歌盡桃花扇從今後席上尊前腼腆〔末云〕就將小生的馬送大姐回去請上馬〔做遞鞭科〕〔正旦唱〕更做道如今顛倒顛落的女娘每倒接了絲鞭〔末云〕小生多備些錢送與媽媽必然容允〔正旦唱〕 喒既然結姻緣又何須置酒張筵雖然那愛鈔的虔婆他可也難恕免爭奈我心堅石穿准備着從良棄賤我則索你個正腔錢省了你那買閑錢〔末梅香張千隨下〕

〔淨云〕你看鄭舍隨着姨姨去了也我和你明日將些酒禮與他作賀去來〔外旦同下〕

〔音釋〕卉音毀 屧音屑 行音杭 間去聲 鏝音慢 酩音茗 分去聲 颺音樣 咽坤

上聲 抓莊瓜切 掀音軒

第二折

〔鄭府尹上云〕老夫鄭公弼自從遣我元和孩兒上朝取應不覺又是兩年光景功名成否自有個大數這也不望他了只是一去許久怎麼書信也不捎一封兒來使老夫好生牽掛正是雖無千尺線兩地繫人心〔張千上云〕可早來到也老爺張千叩頭〔鄭府尹云〕我正在此想念張千我元和孩兒好麼〔張千云〕好教老爺得知大相公來到京師不曾進取功名共一個行首李亞仙作伴使的錢鈔一些些沒了被老鴇趕將出來與人家送殯唱挽歌十分狼狽連小的也沒處討飯吃一徑的來報知老爺可支些俸錢去取了大相公回來〔鄭府尹做怒科云〕嗨誰想元和孩兒在都下沒了錢與人家送殯唱挽歌兀的不辱沒殺老夫也張千將馬來老夫親自到那裏看那廝去〔下〕〔正旦引梅香上云〕想這虔婆好是不中見元和無了錢物就趕將出去我想的有人家虔婆利害也不似俺娘這般忒狠毒也呵〔唱〕

〔南呂一枝花〕俺娘眼上帶一對乖心內隱着十分狠臉上生那歹鬬毛手內有那握刀紋狠的來世上絕倫下死手無分寸眼又尖手又緊他拳起處又早着昏那郎君呵不帶傷必然內損

〔梁州第七〕俺娘呵則是個喫人腦的風流太歲剝人皮的娘子喪門油頭粉面敲人棍笑裏刀剮皮割肉綿裏針剔髓挑觔娘使盡虛心冷氣女着些帶耍連真總饒你便通天徹地的郎君也不彀三朝

五日遭瘟則俺那愛錢娘扮出個凶神賣笑女伴了些死人有情郎
便是那寃魂俺娘錢親鈔緊女心裏憎惡娘親近娘愛的女不順娘
愛的郎君個個村女愛的却無銀
〔卜兒上云〕自從我將鄭元和撚了出去我這女兒爲他呵在家茶不茶飯不飯又不肯覓錢如今鄭元和無了錢與人家送殯唱挽歌討飯吃今日有一家出殯料得他必然在那裏唱歌我如今叫女兒出來在看街樓上看出殯去他若是見了元和這等窮身潑命俺那女兒也死心塌地與我覓錢孩兒那裏〔正旦見科〕〔卜兒云〕孩兒我和你到看街樓上散悶去今日有個大人家出殯擺設明器好生齊整我和你看一看波〔正旦云〕我本懶的去爭奈我這虔婆絮聒殺人無計奈何須索跟他走一遭好波我跟妳妳去看看〔做走科〕〔末淨唱挽歌上〕
〔商調尚京馬〕也則俺一時間錯被鬼昏迷是瞻表子平生落得的那有見識的哥哥每知了就裏似這等切切悲悲從今後有金銀多儧下些買糧食
〔正旦云〕這虔婆則道我見元和窮身潑命必然不睬他他不說呵便罷他若說呵着他吃我幾嘴好的〔卜兒云〕孩兒你看那無錢的子弟在那裏迎喪送殯哩〔正旦唱〕
〔隔尾〕你道是無錢的子弟那裏迎喪殯〔云〕你兀自戲說哩〔唱〕這須是你愛錢的虔婆送了人〔卜兒云〕這亡化的不知是婆娘是漢子〔正旦唱〕那亡化的婆娘不須你問〔卜兒云〕不知他偌大了年紀了〔正旦唱〕多管是未及到五旬〔卜兒云〕爲甚的無個親眷那〔正旦唱〕你道爲甚的無個六親〔卜兒云〕不知害甚麼

病死了那〔正旦唱〕想則爲那苦尅瞞心鈔兒上緊
〔卜兒云〕兀的不就是那鄭元和是誰家死了人要鄭元和在那裏啼哭〔正旦唱〕
〔牧羊關〕常言道街死巷不樂〔卜兒云〕你只看他穿着那一套衣服〔正旦唱〕可
顯他身貧志不貧〔卜兒云〕他緊靠定那棺函兒哩〔正旦云〕誰不道他是鄭府尹的孩兒
〔唱〕他正是倚官挾勢的郎君〔卜兒云〕他與人搖鈴兒哩〔正旦唱〕他搖鈴子
當世當權〔卜兒云〕他與人家唱挽歌兒哩〔正旦唱〕唱挽歌也是他一遭一運
〔卜兒云〕他舉着影神樓兒哩〔正旦唱〕他面前稱大漢只待背後立高門送殯
呵須是仵作風流種唱挽呵也則歌吟詩賦人〔虛下〕
〔鄭府尹引張千上云〕張千那廝在那裏〔張千云〕則這杏花園裏便是〔做見淨科〕〔鄭府尹云〕
兀那廝什麼人〔張千云〕則這個便是幫着相公使錢的趙牛觔〔鄭府尹云〕張千與我打這廝去
〔做見末科〕〔鄭府尹云〕張千打這小畜生〔張千云〕他是大相公小的則是個泥鞋窄襪的公人
怎麼敢打〔鄭府尹做怒科云〕你不敢打取板子過來待我自家打〔做打科云〕辱子〔張千云〕休
說褥子破席頭也沒一塊〔做打死科〕〔鄭府尹云〕元和〔張千做摸鼻子科云〕哎呀死也死了怎
麼元和〔鄭府尹云〕張千我既打死這辱子你將他屍骸丟在千人坑裏我先回去也〔詩云〕本爲
求名遣入都豈知做出恁卑污這等辱門敗戶羞人甚倒也不若無兒一世孤〔下〕〔淨上報科云〕
李家姨姨鄭老相公在杏花園裏打死鄭舍了也〔旦慌去看科云〕呀元和你真個打死了那〔唱〕
〔罵玉郎〕打的你渾身鮮血糊塗盡我這裏覷了容貌他那裏減了
精神就着這車轍裏雨水天生近用手去滿滿的掬口兒中款款噙

面皮上輕輕嘆〔做叫科云〕元和請起波

〔感皇恩〕你死的來不着家墳撇的我那裏終身

請起波〔唱〕誰着你戀鶯花輕性命喪風塵〔末做醒科云〕哎喲醒便醒了怎麼捏的這等疼那〔正旦唱〕他道是元和醒也這的便子弟還魂〔正末做驚復倒科〕〔正旦云〕元和是我在此〔末做起科云〕姐姐你不怕傍人恥笑媽兒嗔怒俺家爺爺怪恨那〔正旦唱〕我也怎怕的傍人笑劣母嗔你爹恨

〔採茶歌〕我怕你死在逡巡拋在荊榛又則怕傍人奪了你個俊郎君〔末云〕你媽兒利害哩〔正旦云〕俺娘便利害呵〔唱〕我也則是一度愁來一度忍〔末云〕俺家爹爹打的我苦也〔正旦唱〕你爹打你呵誰教你唱一年春盡一年春

〔卜兒上云〕要我直提到這裏你這賤人還不快家去快家去〔正旦云〕俺娘拄着這條瘦亭亭拄杖也不是條拄杖那〔唱〕

〔黄鍾煞〕則是個悶番子弟粗桑棍〔云〕繫着這條舞旋旋的裙兒也不是裙兒〔唱〕則是個纏殺郎君濕布裩接郎君分外勤趕郎君何太狠常言道娘慈悲女孝順你不仁我生忿到家裏決撒噴你看我尋個自盡覓個自刎官司知決然問問一番拷一頓官人行怎親近令史每無投逩我着你哭啼啼帶着鎖披着枷恁時分〔云〕走到衙門前古堆邦坐的有人問媽媽你為甚麼來送了這孤寒的老身媽媽道這都是那生忿的小賤人送了我也〔唱〕我直着

你夢撒了撩丁倒折了本〔卜兒拖正旦下〕

〔末云〕那虔婆好狠也李亞仙好忍也我鄭元和好苦也適纔亞仙在此儘有顧盼小生之意爭奈被他虔婆逼勒去了單留小生一個又是打傷的人那裏討碗飯吃〔歎科詩云〕可堪老鴇太無恩撇下孤貧半死身仔細思量無活計不如仍還去唱一年春盡一年春〔下〕

〔音釋〕繫音計　鴇音保　贍傷佔切　的音底　旋去聲

第三折

〔正旦引梅香上云〕想俺這虔婆好是不中見元和有些鈔物都坑了他的趕將出去如今暮冬天道紛紛揚揚下着這般大雪元和知他在那裏忍冷也呵〔唱〕

〔中呂粉蝶兒〕月館風亭則爲這虔婆上梁不正這些時消踈了燕燕鶯鶯風月所得清白兩雲鄉無粘帶烟花寨耳根清淨人問道亞仙的今世今生則俺那鄭元和可甚麼了身達命

〔云〕梅香你與我尋鄭姐夫去〔梅香云〕冷化化的那裏尋去〔正旦云〕這妮子好不曉事〔唱〕

〔醉春風〕喒這裏温水浸瓊花尚兀自冰澌生玉鼎似這等揚風攪雪沒休時他倒大來冷冷你去那出殯處跟尋起喪處訪問下棺處打聽

〔梅香云〕我去尋便了〔末淨上梅見科云〕俺姐姐正望你哩喒家去來〔末做見科云〕姐姐好大雪兀的不凍殺我也〔正旦云〕梅香將酒來與他兩個吃〔末淨做寒吃酒科〕〔正旦云〕趙牛觔你且在這裏若那虔婆來時你咳嗽爲號〔淨云〕我知道〔正旦云〕元和好冷也〔唱〕

〔十二月〕徧乾坤冬寒暮景寰宇內糝玉篩瓊長街上陰風凜冽頭直上冷氣嚴凝〔帶云〕好淒涼人也〔唱〕又不曾虧負了蕭娘的性命雖同姓你又不同名

〔堯民歌〕你本是鄭元和也上酷寒亭俺娘那茅茨火熬煎殺紙湯餅捉的那錦鴛鴦苦死欲摶翎打的那比目魚切鱠尙嫌腥他便天生天生愛鈔精〔末云〕別人家不似這般利害那〔正旦唱〕爭甚虔婆每一個個傳槽病

〔卜兒上云〕梅香開門來〔梅香云〕姐姐妳妳來了怎生是好那〔淨做連嗽科〕〔正旦唱〕

〔滿庭芳〕哎怎不教你元和猛驚那裏是虔婆到也分明是子弟災星這一場唱叫無乾淨死去波好好先生〔卜兒做見科云〕呀那叫化頭你又來怎的〔淨再做咳嗽科〕〔卜兒云〕這個是趙牛觔我家須不是卑田院怎麼將這叫化的都收拾我家來了〔正旦唱〕罷波你實拿住風月所和姦罪名檢着這樂章集依法施行常搒着枷稍上長釘釘你只問臨川縣令可不道惺惺的自古惜惺惺

〔卜兒云〕你看他窮身潑命他又無錢你則管留他在家裏做什麼〔正旦云〕娘也勾了你的也〔唱〕

〔耍孩兒〕雖不曾把黃金堆到北斗杓兒柄也做的過家私疊等只爲你虛心假意會勞承賺的他囊橐如冰〔帶云〕他有錢呵〔唱〕一家兒簇

捧做胸前肉〔帶云〕他沒錢呵〔唱〕半合兒憎嫌做眼內釘早把倒宅計安排定只爲些蠅頭微利蹬脫了我錦片前程

〔卜兒云〕你看這等錦繡幃翡翠屏是留得叫化子睡的〔正旦唱〕

〔三煞〕賣弄甚錦繡幃翡翠屏則他這瓦罐兒早打破在你胭脂井他便能飛也飛不出千重網便會跳也跳不過萬丈坑鄭元和親身證〔卜兒云〕你這小賤人還不趕他出去要討打哩〔正旦唱〕你就將他趕離後院少不的我也哭倒長城

〔淨做咳嗽科〕〔卜兒云〕兀那趙牛觔你當初有錢在劉桃花家使須不曾我家使你不到劉家去叫化却到我家來好不識進退〔淨云〕這鄭舍也是我總承你家的不知亞仙姨姨吃了我幾席酒今日便分一杯兒與我吃也是個捨錢的妳妳怎麼這等做得出〔卜兒打趙下〕〔又打末〕〔正旦遮住科唱〕

〔二煞〕我和他埋時一處埋生時一處生任憑你惡义白賴尋爭競常揣個同歸青塚抛金縷更休想重上紅樓理玉箏非是我誇清正只爲他星前月下親曾設海誓山盟

〔卜兒云〕好波你個謝天香〔正旦唱〕

〔尾煞〕我比那謝天香名字真〔卜兒云〕他可做的柳耆卿麼〔正旦云〕你嗓磕他怎的〔唱〕他比那柳耆卿也不勍兩輕〔卜兒云〕這都是我大秤稱過的〔正旦唱〕折莫娘將定盤星生扭做加三硬〔卜兒云〕我這門戶人家穿的吃的那件不要錢使你

不與我覓錢你待怎麽〔正旦云〕我想元和將着許多錢鈔都用盡在我家致得今日狠狽欺天負人瞞心昧己神明也不保佑如今妳妳年已六十歲了情願將亞仙身邊所有計算還你勾過二十年衣食之用贖我亞仙之身與元和另尋房屋居住教他用心温習經書待到來年選場必稱其志〔卜兒云〕說那裏話你正青春年少伴着這個一千年一萬世不能勾發跡的窮乞兒我怎麽肯你只去賣笑求食做你那本等行業便了〔正旦云〕妳妳你不依我你聽者〔唱〕你待要我賣笑求食直將我來慢慢的等〔擁末下〕〔卜兒云〕你看這小賤人竟自擁着鄭元和去了天阿這叫化頭身子腤腤臢臢希臭的你還想和他作伴〔詩云〕公然不想覓銅錢只戀無端惡少年多敢愛他歌唱好雙雙攜手入卑田〔下〕

〔音釋〕澌音斯　糝三上聲　瓊渠盈切　茨音慈　撏詞僉切　釘去聲　杓音標　過平聲
重平聲　耆音其　嗓桑上聲　磕音可　食繩知切

第四折

〔鄭府尹引張千上云〕自從杏園裏打了孩兒一頓至今不知下落早間有人報道新縣令來見與我老夫同姓張千門首覷者若縣令來時報復我知道〔張千云〕理會的〔末扮冠帶引祗從上詩云〕獨對千言日未晡爲官洛邑見飛鳧當時不得佳人力險作窮途一餓夫小官鄭元和便是多虧李亞仙留我在家勸我苦志攻書遂得一舉成名今授洛陽縣令適間上過任了如今參見本府府尹去〔張千做報見科〕〔鄭府尹云〕你不是我孩兒鄭元和麽〔末云〕怎這等要便宜我那裏是你孩兒左右將馬來我自去也〔下〕〔鄭府尹云〕分明是鄭元和一般模樣他倒說不是這也有甚麽難見處張千取他遞的脚色來我看〔張千云〕脚色在此〔做看科〕〔鄭府尹笑云〕可知是我孩

兒鄭元和〔張千云〕我也道這縣官與大相公好生廝像〔鄭府尹云〕他道我在杏園裏打了他一頓父子恩情都已絕了故此不肯廝認我看他脚色上寫道妻李氏想就是那妓女了〔張千云〕那行首叫做李亞仙正是李氏〔鄭府尹云〕我想起來元和孩兒醒轉之後必定是那李亞仙收留回去勸他讀書成其功名是一個賢惠的了我如今去見那媳婦兒着他勸元和認我又何難哉張千將馬來隨我到新縣官私宅走一遭去〔下〕〔末同正旦引祗從梅香上云〕夫人小官已爲朽木死灰若非你拯救吹噓安能到此〔正旦云〕元和誰想有今日也呵〔唱〕

〔雙調新水令〕散春風和氣滿鳴珂燕鶯啼恰便似耳邊吹過往常我尊前歌婉轉席上舞婆娑這妙舞清歌都參透總識破

〔末云〕夫人喒今日夫妻完美須念往昔艱難喒待捨些鈔周濟貧人大乞兒一貫小乞兒五百文〔正旦云〕相公你主的是〔唱〕

〔沉醉東風〕俺也曾幾番家心中揣摩莫不是夢裏南柯當日要一文錢沒處求今日享千鍾粟還嫌薄知他來命福如何你則待普度慈悲念佛囉權做個收因種果

〔淨上云〕打聽得新任縣令捨錢我去討些錢使叫化碗飯吃〔做見科〕〔正旦云〕我道是誰元來是趙牛觔〔唱〕

〔鴈兒落〕俺如今有過活你兀自難存坐哎你個卑田院老教頭〔云〕你認的我麼〔淨云〕妳妳你是誰〔正旦唱〕我便是鳴珂巷陪錢貨〔淨云〕元來是李家姨姨〔正旦唱〕

〔得勝令〕你可認的那舊家計鄭元和〔末見科云〕夫人他是誰那〔正旦唱〕他是你同伴的老哥哥不爭你那地塌下搖鈴子對着這衙廳上教演他唱挽歌這般樣村呵你道是不快俺風塵過休波倚仗着門前桃李多

〔末云〕趙牛觔是我同受貧窮的人左右取五千錢來與他去〔淨跪叫云〕兀的不是捨錢的老爺妳妳呵〔下〕〔卜兒上云〕叫化咱叫化咱〔正旦云〕那門外又是甚麼人鬧炒我試看咱〔做見科唱〕

〔川撥棹〕堦垓下鬧鑊鐸鬧火火爲甚麼則見他髮似絲窩眼似膠鍋口似番河〔帶云〕我道是誰〔唱〕原來是攬肚蛆腸的老虔婆將瓦罐都打破

〔左右打科〕〔卜兒云〕你打破了我的瓦罐哩〔正旦唱〕

〔七弟兄〕你敢是恨我怨我甚存活想你來迎新送舊多胡做到今日窮身潑命怎收科舒着那手掌兒道乞化錢一個

〔云〕前日我算過二十年用度與你怎生便這般窮了來〔卜兒云〕則被一把天火燒了我家緣家計因此上折倒的窮了〔正旦唱〕

〔梅花酒〕元來是那場火使不着你僂儸顯不着你悲合早則了了世那婆婆那火倏的來忽的着燒地眠炙地臥眼睜睜怎奈何爲巴錢毒計多被天公生折磨

〔末云〕想起他趕我出門的時節本等不該認了但是許夫人贖身一件也還有母子情分如今另置一所小宅每季給他衣食之費養贍終身便了〔下兒云〕前日與了我二十年用度被一場火燒的光光蕩蕩倘或又是火發也不可保女兒我想來你也尚青春年少只是仍舊與我覓錢纔好〔左右喝科下〕〔鄭府尹上云〕早來到私宅門首張千你入去報與夫人知道說老夫來了也〔張千報科云〕稟夫人得知有老相公在於門首〔正旦慌接跪科云〕早知老相公到來只合遠接接待不及勿令見罪〔唱〕

〔收江南〕呀草堂中忽地貴人過急的我忙接待敢蹉跎〔鄭府尹云〕媳婦兒我當初在杏園裏打上孩兒一頓也只要他成人今日孩兒得了官就不肯認我媳婦兒你與我問他這個是何道理〔正旦唱〕你父子們有甚不相和倒着俺定奪管教你一家完美笑呵呵

〔云〕相公你爲何不肯認老相公那〔末云〕吾聞父子之親出自天性子雖不孝爲父者未嘗失其顧復之恩父雖不慈爲子者豈敢廢其晨昏之禮是以虎狼至惡不食其子亦性然也我元和當挽歌送殯之時被父親打死這本自取其辱有何讐恨但已失手豈無悔心也該着人照覷希圖再活縱然死了也該備些衣棺埋葬骸骨豈可委之荒野任憑暴露全無一點休戚相關之意〔歎科〕嗨何其忍也我想元和此身豈不是父親生的然父親殺之矣從今以後皆託天地之蔽佑仗夫人之餘生與父親有何干屬而欲相認乎恩已斷矣義已絶矣請夫人勿復再言〔正旦云〕相公你當初在杏園吃打時節妾本欲以死爲謝然而偷生至今者爲相公功名未就耳今幸得一舉登科榮宗耀祖妾亦叨享花誥爲夫人縣君而使天下皆稱鄭元和有背父之名犯逆天之罪無不歸咎于妾

使妾更何顏面可立人間不若就壓衣的裙刀尋個自盡處罷〔唱〕

〔鴛鴦煞〕從今後把並頭花蒂甘生刳同心摟帶挣教割這的是萬古綱常衆口評跋暢道罪逆滔天何時解脫〔做對末拜科云〕相公妾今日怎麼愛惜得一死人都道鄭元和死爲辱子也只由的李亞仙生爲逆子也只由的李亞仙〔唱〕都爲我潑賤烟花把你個名兒汚不由不奔井投河便封我到一品夫人也榮耀不的我

〔末慌奪刀科云〕夫人怎麼這等性急我看夫人面上認我父親罷〔鄭府尹云〕你看這廝波〔末同正旦拜科〕〔鄭府尹云〕且喜孩兒認了我也又得了一個賢惠的媳婦兒便當殺羊置酒做個慶賀的筵席〔詞云〕親莫親父子周全愛莫愛夫婦團圓鄭元和風流學士李亞仙絕代嬋娟曲池前偶逢情賞杏園後益顯心堅早遂了跳龍門桂枝高折空餘下蓮花落樂府流傳

〔音釋〕 晡音逋 拯音整 柯音哥 薄婆上聲 活音和 鑊音禾 鐸馱去聲 麼音魔 合音何 倏音叔 着池何切 奪音多 割哥上聲 跋音波 脫音妥 奔去聲

題目 鄭元和風雪卑田院

正名 李亞仙花酒曲江池

李亞仙花酒曲江池雜劇

伍子胥一戰入郢

楚昭王歸者下船

楚昭公疎者下船雜劇

元　鄭廷玉撰

明吳興臧晉叔校

第一折

〔沖末扮吳王領卒子上詩云〕太伯當年曾遜避至今子姓居吳地延陵何事慕高風幾使孤家不承繼某乃吳王闔廬名姬光者是也昔年征伐越國時獲得寶劍三口一曰魚腸二曰純鉤三曰湛盧某常佩之夫此劍者昔聞越國允常使歐冶子監製採五山之鐵精煉六合之金氣感得雨師灑塵雷師擊節蛟龍捧鑪天帝焚炭候天伺地陰陽同體久而成功帶之有威用之無敵真乃世之奇寶也一向在庫中收藏忽然湛盧失其所在聞知此劍飛入楚國被昭公收得某數次遣使多將金幣索取不肯付還更待干罷令人與我喚將孫武來者〔卒子云〕理會的孫武安在〔外扮孫武子上詩云〕新書著就十三篇篇篇兵法妙通玄君王不信親相試宮中賜出女三千某乃孫武是也本齊國人以兵法得見吳王教練女兵數千驅之水火莫敢逃避皆因某號令嚴威所致兵法有云約束不明申令不熟將之罪也既已明而不如法吏士之罪也法令熟行君命有所不受某如今現爲吳國大將主公呼喚須索走一遭去令人報復去道有孫武來了也〔卒子報科云〕軍師到〔做見科〕〔孫武云〕主公呼喚有何事商議〔吳王云〕且一壁有者令人與我喚將伍子胥伯嚭來者〔卒子云〕伍子胥安在〔外扮伍子胥淨扮伯嚭同上〕〔伍子胥詩云〕千里間關棄楚歸短簫閑向市中吹可憐不遂英雄志辜負當年舉鼎威某姓伍名員字子胥現爲吳相國這是伯嚭皆楚人也某因費無忌讒譖害我父兄不得已棄楚投吳思圖報復恰遇伯嚭也來投吳一者爲同是鄉里二

者又爲同是避讐以此舉薦於朝爲太宰之職今日主公呼喚不知有甚事須索走一遭去令人報
復去道有伍員伯嚭都來了也〔卒子報科云〕相國太宰到〔見科〕〔伍子胥云〕主公呼喚有何事
商議〔吳王云〕軍師請您衆將來不爲別事則爲湛盧寶劍飛入楚國某數次差人多將金幣索取
不肯付還今請軍師衆將商議有何計可以得此寶劍〔孫武云〕主公多聞這湛盧之劍乃越國歐
冶子所製斬鐵截石斷水吹毛真爲無價之寶這個不可不取〔伍子胥云〕主公在上今楚國有二
將乃是子期子常論子期廉而愛士頗知兵法奈有智而少勇子常怙勢而驕不惜軍士有勇而無
智皆不足爲慮況有奸臣費無忌當權必然暗行讒譖未必用他主公何不先差人下將戰書去然
後統兵征伐有何難哉〔伯嚭云〕若是楚昭公用那費無忌老頭兒對陣也不消伍相國費力只我
伯嚭身上包殺的他尿流屁滾〔吳王云〕相國言者當也我如今先差人下將戰書去着孫武爲軍
師相國爲先鋒統領四十萬雄兵與他交戰去則要您小心在意成功而回〔伍子胥云〕則今日辭
別了主公教場中點就四十萬雄兵一來爲楚昭王收了我家寶劍不還二來有費無忌害我父兄
之讐誓當報復管取馬到成功奏凱回來也〔詩云〕棄楚奔吳幾度秋可憐猶未雪寃讐今朝統領
雄兵去不斬奸臣誓不休〔同下〕〔吳王云〕軍師同相國太宰三人去了吾觀此一戰破楚必矣〔
詩云〕伍相國智勇無雙馬到處誰敢相當將郢城踹爲平地取湛盧重返吳邦〔下〕〔正末扮楚昭
公同外扮芊旋領卒子上〕〔正末云〕某乃楚昭公是也數年前正寢之間忽聞一聲響亮俄而素
光照室爽氣逼人驚起視之見一口寶劍墜於榻下遍問朝臣皆莫能測其來歷有司馬子期他言
隱士風胡子能辯此劍遂請視之風胡子曰此劍號爲湛盧聞越國允常使歐冶子鑄此寶劍後歸
于吳此劍乃五金之英太陽之精帶之有威用之無敵真希世奇寶某聞而大喜佩服在身未嘗輕

離誰想吳王闔廬屢屢遣使索取某不肯還他但吳國方强倘若再來相索可怎了也〔芊旋云〕哥哥您兄弟想來此劍元是吳國之寶他既來索取不如做個人情送還了他兩國和諧可不好那〔正末云〕兄弟你那裏知道此劍非同小可既到吾國也是天使其然豈可便與他去〔唱〕

〔仙呂點絳唇〕這劍呵冰刃霜寒玉華光燦孜孜看怎飛來坐榻之間委實的紫氣冲霄漢

〔芊旋云〕哥哥量此物强殺者波則是一口劍那裏取神光沖射牛斗之上聽那風胡子做甚麼〔正末唱〕

〔混江龍〕這劍真為奇幻世人休做等閑看我則見英英結秀湛湛生斑這劍本在東方平百越今日個飛來南國鎮荆蠻這劍按陰陽斡運順天地循環採銅出耶溪之水取錫在赤堇之山下雷雨消融塵滓有神鬼守護鑪間這劍他抱精靈多氣爽助神威真乃是免憂愁絕驚恐除危難現如今河清海晏國泰的這民安

〔使命上詩云〕人去似星馳江隔如天塹親捧一緘書來索千金劍小官乃吳國使命是也奉主公的命差往楚國下戰書走一遭去可早來到也小校報復去道有吳國使命在於門首〔卒子報科云〕喏報的大王得知有吳國使命求見〔正末云〕道有請〔使命做見科〕〔正末云〕使命此來有何公事〔使命云〕小官是吳國來的使命有書在此〔正末云〕將書來我看原來為這一口劍子與他果然下將戰書來似此可怎了也〔唱〕

〔油葫蘆〕久與吳國姬光阻面顏〔芊旋云〕哥哥既是他下將戰書來憑着俺這裏

兵多將廣馬壯人强量吳國姬光到的那裏就怕着他哩〔正末云〕我不怕姬光怕的是那一個人〔唱〕怕的那伍盟府天下罕〔芊旋云〕量子胥有何英雄哥哥直這般怕他〔正末唱〕他正是負才奇寶在人間我則道重脩訊問傳書簡原來他相期惡戰呈公案〔芊旋云〕雖然那子胥多有本事憑着俺這名山大川長江險阻那伍子胥怎便容易到的俺國來〔正末唱〕你休道是阻着大川隔着大山便有那波濤滾滾長江限假若是無敵手戰應難

〔芊旋云〕哥哥若當初依着您兄弟早早送還了這劍也不到今日事已至此不如會集衆官商議保舉一員名將領兵與伍子胥交戰可不好也〔正末唱〕

〔天下樂〕哎抵多少惡語傷人六月寒無也波端着俺把劍還到如今事已在前悔後晚現放着擇士宮拜將壇那裏有出羣材真楚産

〔云〕本待把這廝殺壞了古云兩國相持不斬來使你回去則說選日交兵便了〔使命云〕理會的出的這門來不敢久停久住回主公話走一遭去〔詩云〕楚昭公十分氣賭恰待要將咱釁鼓便不怕堂堂使臣也隄防伍家盟府〔下〕〔芊旋云〕使命去了也哥哥這戰書上怎麽寫着來〔正末云〕這戰書上寫着道孫武爲軍師伍子胥爲元帥伯嚭爲先鋒領兵四十萬與俺交戰爭奈俺國將老兵驕怎生是好也〔芊旋云〕哥哥豈不聞古云軍來將敵水來土堰俺這裏有司馬子期子常申包胥皆是南楚有名之將請將來與他商議有何不可〔正末云〕兄弟你那裏知道〔唱〕

〔那吒令〕我端坐在朝堂這間聚集着英才這班怎比的會臨潼那番〔芊旋云〕這伍子胥當初在臨潼會上怎生般英雄哥哥是說一遍您兄弟聽咱〔正末唱〕那

裏取這般忠義人英雄漢他舉鼎時多敢有神力相關（芊旋云）哥哥你兄弟想來秦國文有百里奚武有姬輦可怎生都不如那子胥倒讓他做個盟府

（正末唱）

〔鵲踏枝〕他他他謊的那秦姬輦怎敢遮攔百里奚只瞪眼偷看他向那鬭寶筵前頓劍搖環（芊旋云）鬧他當初在臨潼會救姬光之難到今日投吳伐楚可知道來（正末唱）便休題吳姬光擲碎了温涼玉盞他直着秦公子曲躬躬親送出潼關

（云）令人與我喚將申包胥來者（卒子云）申包胥安在（外扮申包胥上詩云）憤與伍員别時語他要覆楚我復楚回頭已隔數年餘前事今皆棄如土小官申包胥是也官封上卿之職方今春秋之世首稱强楚為中國盟主者久矣自伍子胥去後始覺本國微弱今日主公呼喚不知有甚事須索走一遭去令人報復去道有申包胥在於門首（卒子報科云）申包胥到（申包胥見科云）主公呼喚小官有何事商議（正末云）今有吳國下將戰書來拜孫武為軍師伍子胥為元帥伯嚭為先鋒領兵四十萬與俺决戰特請大夫計議何以應之（申包胥云）主公論本國止有司馬子期子常二員大將子期智高勇怯子常有勇而無智若吳國果用孫武為軍師子胥為元帥其鋒不可當也

（正末唱）

〔寄生草〕從來道要得千軍易偏求一將難閑時故把忠臣慢差時不聽忠臣諫危時却要忠臣幹誰當這借吳雪恨伍將軍我則索求那扶周攝政姬公旦

〔申包胥云〕主公若子胥領兵前來切不可與他交戰你則深溝高壘緊守城池等小官直至西秦
借他兵來那其間內外夾攻方能取勝〔正末云〕則怕秦昭公不肯借與喒兵怎生是好〔申包胥
云〕主公想秦楚舊爲親戚之邦必然肯借與喒兵不必疑慮〔正末唱〕
〔幺篇〕你須想着歸期急休言他去路艱止不過船臨古渡垂楊岸
路經險道邛郲坂小可如君騎羸馬連雲棧〔申包胥云〕小官既爲國解難怎
敢避的途路之苦〔正末唱〕你休辭山遙水遠路三千我專等你堅甲利刃
那兵十萬
〔云〕大夫你此一去何日可回〔申包胥云〕主公我去只消一箇月便回也〔正末唱〕
〔金盞兒〕你道是一個月借兵還三十日報平安但願你曉行晚宿
無辭憚休着我懸望的惡心煩你只看風傳金柝遠霜照鐵衣寒〔申
包胥云〕主公放心小官若見了秦昭公借的軍馬即便回也〔正末唱〕我可爲甚着賢人
投敵國也則怕那猛將過昭關
〔申包胥云〕那吳國孫武子深知兵法又加以子胥之勇俺國中無能勝之者小官去後只願主公
堅壁不戰以待秦兵休聽一時之言坐失萬全之策〔正末唱〕
〔醉扶歸〕你道是伍盟府能雄悍孫武子又非凡只要我高壘深溝
緊閉關專等待秦邦返我只怕你人疲意懶早淹的過了程期限
〔申包胥云〕小官則今日辭了主公便索長行也〔正末唱〕
〔賺煞〕你去後我夜憂到明明憂到晚若是那秦公子將卿傲慢你

則索將火性兒全然都放坦是必休便冒瀆容顏那其間借的些金鼓旗旛將你那洗塵酒開懷兒做了送路盞〔申包胥云〕主公我這一去若借得秦兵來時料那伍子胥恐怕前後受敵必解兵而歸矣〔正末云〕只要借得秦兵呵〔唱〕恁時節吳兵自還楚城無患生則怕你別時容易見時難〔唱〕〔申包胥云〕二公子您緊記者若伍子胥領兵來時休聽費無忌那短見就要與他家廝殺有誤大事我即日往秦邦借兵去也〔詩云〕千里暗征塵之秦借救軍〔芊旋詩云〕家貧顯孝子國難識忠臣〔同下〕

〔音釋〕員音雲　嚭音丕　怙音戶　芊音米　斡烏括切　塹僉去聲　緘鍼平聲　訊音信　釁欣去聲　輦連上聲　瞪音澄　攧音跌　差音乂　邛音窮　郲音來　棧士諫切

第二折

〔淨扮費無忌上詩云〕人有好的我偏害人有歹的我倒愛我的分毫不與人人的我會白廝賴小官費無忌是也現為楚國上大夫之職奉主公的將令着老夫為帥與吳國伍子胥拒敵我想來他的父兄尚然被我殺了這一箇逃走短命的弟子孩兒有甚本事我正要與他耍一耍怕他怎麼〔詩云〕老夫本領甚可誇子胥本是我讐家不愁巨斧當頭劈也只結的碗口一箇大瘡疤〔下〕〔伍子胥孫武伯嚭領卒子上〕〔伍子胥云〕某伍子胥領兵伐楚如今已到郢城大小三軍擺開陣勢遠遠的塵土起處楚家軍馬敢待來也〔正末同芊旋費無忌領卒子上〕〔正末云〕某乃楚昭公是也大小三軍將陣脚射住我與二公子在將臺之上看費無忌與伍子胥決戰去來〔唱〕

〔越調鬭鵪鶉〕他走樊城兀自紅顏過昭關早成皓首只道他暮景

蕭蕭依還的雄威赳赳他本爲楚國縈心權借這吳兵應手現如今太宰嚭敢突前孫武子爲合後只待要投鞭兒截斷長江探囊兒平吞了俺這夏口

〔紫花兒序〕他他他懷着那幾年的怨恨倚着這蓋世的才名來尋問俺往日的根由我只見征塵不散殺氣如浮颼颼四下裏寒風不住的吼大剛來也則是寃讎深厚落得這撲騰騰鼟鼓驚魂明晃晃劍戟侵眸

〔伍子胥云〕兀那來將莫非是費無忌麼〔費無忌云〕然也來將何人〔伍子胥云〕某乃伍子胥是也父兄之讐今日須報你可早早下馬來請死者〔費無忌云〕哇量你到的那裏且與你鬬三百合耍子〔做調陣子科〕〔正末唱〕

〔調笑令〕你每做的來不周結下了父兄讐抵多少不是寃家不聚頭今日在殺場上面爭馳驟費無忌你索擔憂他只待摘了你心肝標了你首可兀的便肯干休

〔伍子胥云〕出馬來出馬來〔戰科〕〔正末唱〕

〔小桃紅〕只見他旗門開處躍驊騮高叫道誰敢來和咱鬬早着俺千軍萬馬都驚走急難收兀的般威風不信人間有淹的呵拋下了戈矛氳的呵遮漫了宇宙莫不是劍氣上連牛

〔費無忌云〕你看這小畜生好無禮也全然不省的有個前輩後輩則你那伍奢老頭兒也還讓着

我哩〔伍子胥云〕我今日不拏你這老匹夫剉屍萬段誓不收軍〔戰科〕〔正末唱〕

〔金蕉葉〕那一個錦征袍窄窄的把獅蠻款兜這一個鳳翅盔律律的把紅纓亂丟那一個點鋼鎗支支的把黃幡狠揪這一個鐵胎弓率率的把雕翎穩扣

〔天淨紗〕俺只道他兩個都一般狀貌搊搜都一般武藝滑熟管殺的慘迷離神嚎鬼愁可元來半合兒不彀早一個先納了輸籌

〔云〕呀費無忌却輸了也〔唱〕

〔禿廝兒〕俺只見馬吼處和人倒縮鎗着處鮮血漂流可不是空戴南冠你個活楚囚兩下裏不相投休休

〔費無忌云〕我敵不過他只是逃命的好走走走〔伍子胥云〕你這老匹夫走那裏去〔追科〕〔正末唱〕

〔聖藥王〕你你你非敵手強賣口只待要戰爭酣處討迴頭他他他怎放走緊逼逐早殺的俺人亡馬倒積成丘恰便似落葉盡歸秋

〔伍子胥云〕早將那老匹夫拏倒了也大小三軍就此殺向前去休教走了楚王者〔下〕〔芊旋云〕哥哥俺家兵大敗了我保着你走了罷〔正末唱〕

〔收尾〕眼睜睜見死可也無人救索把這潑殘生告天保佑則被那借吳兵的伍相逞盡十分強〔芊旋云〕怎得這申包胥救兵到來可也好也〔正末唱〕遙望俺復楚國的包胥且耐着一時守〔同下〕

〔音釋〕趄音九　氳蘊平聲　熟商由切　縮收上聲　逐音紬

第三折

〔龍神領鬼力上詩云〕長江浩浩顯威靈風浪孤舟誰敢行直待險時纔救護方知暗裏有神明吾乃漢江龍神是也掌管着萬里長江有楚昭公弟兄妻子四口兒明日到此駕着漁船一隻過江逃難明日正是四耗九醜之日合起大風眼見得都該淹死了的吾神奉上帝勅令但有下水者救護至岸如今在此等候這早晚他敢待來也〔丑扮稍公上嘲歌云〕月落烏啼霜滿天江楓漁火對愁眠也弗只是我裏稍公稍婆兩箇倒有五男二女團圓一個尿出子六個弗得眠七個一齊尿出子艎板底下好撑船一撑撑到姑蘇城下寒山寺夜半鐘聲到客船自家是個稍公每日在這江邊捕魚爲生今日風平浪靜撑着這船慢慢的打魚去來〔正末同芊旋旦兒俫兒慌上〕〔正末云〕兄弟也走走走〔唱〕

〔中呂粉蝶兒〕則聽的兵起東吳可撲撲膽驚心懼早則不三戰殺入王都諕得我亂慌慌忙劫劫不成活路偏生的望眼模糊悄不見那西秦遠來相助

〔旦兒云〕大王後面吳兵追趕的至近你休顧俺子母每你和小叔叔則逃您的性命咱〔正末唱〕

〔醉春風〕則俺這妻子似瑟和琴弟兄如手共足〔芊旋云〕俺怎肯撇下了嫂嫂姪兒也〔正末唱〕俺一家四口兒盼程途俺端的苦苦幾能勾罷息干戈還歸宮闕撫安黎庶

〔芊旋云〕哥哥想俺申包胥與那伍子胥元是故友兩個曾打賭賽來一個要覆楚一個要復楚若

俺申包胥借得兵來必然退了吳兵重安楚國也〔正末唱〕

〔迎仙客〕一個報寃讐稱了子胥一個打賭賽去了包胥何處也濟困扶危重復楚慌速速的強逃生急煎煎的甘受苦〔內發喊科〕〔正末唱〕腦背後鬧炒炒的起軍卒〔芊旋云〕哥哥兀的不是追兵漸近了也前面又阻着大江江水泛漲無船可渡怎生是好〔正末唱〕眼前面翻滾滾野水無人渡〔芊旋云〕哥哥兀的江岸邊有一隻漁船我是喚他一聲咱兀那稍公你快將船撐過來我有的賞你〔稍公云〕來也來也〔芊旋云〕兀那稍公將你這船渡俺四口兒過江去到了岸上我還你的船錢可也不少〔稍公云〕客官則是船小渡不的〔正末唱〕

〔紅繡鞋〕不得已央及你個漁父〔稍公云〕肯載不肯載也則由的我〔正末唱〕似這般粧着勢待要何如我與你也是近疃隣庄共鄉閭〔稍公云〕怕不是鄉閭大家要看個風水實是船小載不起這幾個人〔正末唱〕你道是船兒小難裝載則要你量兒大救俺家屬早早的過長江無間阻〔芊旋云〕兀那稍公你認不得俺哥哥就是楚昭公被吳兵追趕至近你若肯渡將俺過去久後平定了楚國那其間將你官封三品賞賜千金不強似你在此捕魚爲活你是尋思咱〔稍公云〕你可不早說既是楚昭公我須是管下的百姓便是船小也只得載將過去上船上船〔芊旋云〕哥哥請上船去〔衆上船科〕〔稍公云〕仔細船兒小可都坐定了你看偌遠的江面幾時擺得到那岸邊纔放心也〔正末唱〕

〔石榴花〕俺只見雲濤雪浪接天隅這的是海闊洞庭湖〔稍公云〕我說

不載不載您强要上這船來還不開的半里早風起了你看潑天也似的大浪可不苦也〔正末唱〕
你看這大驚小怪潑村夫那裏便叫苦諕的俺魄散魂無〔稍公云〕風浪
越大了船兒又小渰上水來了也不着親的快請一個下水去纔救的一船人性命〔衆做悲科〕〔正
末唱〕他道是不關親者當身故俺四口兒那一個爲疎則被這一家
老小同奔赴〔帶云〕稍公你小心在意者〔唱〕到今日只仗的你做護身符
〔芊旋云〕哥哥這風浪越大了船隻較小不堪重載似此怎了也〔正末唱〕
〔鬬鵪鶉〕兄弟是同氣連枝妻子是多情伴侶〔芊旋云〕哥哥則保你的前程
休顧戀您兄弟罷〔正末唱〕眼睜睜弟覷着兄〔旦倈做悲科〕〔正末唱〕悲切切子隨
着母好教我穰穰勞勞意不舒〔稍公云〕不着一個下水呵再一會兒連船都沒了也
〔正末唱〕他道是霎時間都命卒〔芊旋云〕哥哥好覷當嫂嫂姪兒您兄弟拜别了哥哥
下水去也〔正末云〕兄弟不爭你下水呵〔唱〕着誰人買馬招軍重與俺揚威耀武
〔稍公云〕風狂浪猛看看的渰上水來了快着一個下水去〔正末唱〕
〔普天樂〕俺只見掩掩潑潑畫船兒歪囊囊突突稍公絮〔稍公云〕這風
把船掀過來渰上水了還不着個下水去敢多要死哩〔正末唱〕便直恁般險惡待不的
須臾〔旦兒悲科云〕兒也則被你痛殺我也〔正末唱〕兒悲啼爲母離娘痛哭拋兒
去哎你個掌命司的稍公可便休催促百忙裏割不斷他子母每腸
肚但保全了孩兒的身軀怎顧得夫人的性命〔芊旋云〕哥哥您兄弟下水去
也〔正末云〕兄弟你住者〔唱〕緊揪住俺這兄弟的衣服

〔芊旋云〕哥哥稍公道疎者下船您兄弟想來嫂嫂姪兒與哥哥正是着親的惟您兄弟是個疎慢些的理當下水〔正末扯芊旋科云〕兄弟喒兩個須親還有不親的哩〔旦兒云〕孩兒眼見的我顧不的你也大王這兄弟同胞共乳一體而分妾身乃是別姓不親理當下水〔正末云〕夫人你說的是〔唱〕

〔上小樓〕我着你名標萬古那裏也相隨百步你待要留了嬰孩替了親叔救了兒夫你道不共族稍似疎何妨的從新革故〔旦兒云〕大王我囑付你咱好生看顧我這孩兒我下水去也〔詩云〕半生空記百年恩苦爲波濤沒漢津眼看兒夫難共守生拋幼子若無親手足自今同一處姻緣到底屬何人幽魂定不隨風去飛上青山更化身〔一下〕〔龍神云〕鬼力將夫人救上岸者〔鬼力云〕理會的〔芊旋哭科云〕可惜了嫂嫂也〔正末唱〕久以後史書中又新添個節婦

〔稍公云〕船便輕了些爭奈風浪越越的大了再請一個下水去還有救哩〔芊旋云〕哥哥風浪越大可怎了也稍公道再請一個下水還有可救您兄弟則索辭別了哥哥下水去也〔正末云〕兄弟喒兩個須親還有不親的來〔俫兒云〕爹爹眼見的不親的是您孩兒也〔正末唱〕

〔么篇〕兒也喒兩個是親骨肉〔芊旋云〕哥哥留着姪兒休絕了俺楚家後代你則放了手您兄弟情願下水去〔正末唱〕兄弟也我和你是一父母〔俫兒云〕爹爹你則好看覷叔叔您孩兒辭別了下水去也〔正末云〕兒也你那叔父呵〔唱〕他和我着疼我和他着熱你比他還疎〔俫兒下水科云〕爹爹我下水去也〔詩云〕母親一命喪波瀾兒便投江也不難地下相逢說前事知他何日更探環〔龍神云〕鬼力與我將這小公子救了者〔鬼力云〕理會

的〔正末唱〕兒也但願你去水府往地獄好尋娘去〔芊旋云〕哥哥你着姪兒下船可怎忍也〔正末唱〕又何妨死的來不着墳墓

〔芊旋云〕可惜嫂嫂姪兒剛下水去這風浪就寧息了雖然安穩無事使我不勝傷感〔正末唱〕

〔滿庭芳〕哀哉子母如今希有從古應無又不是進膠舟那日昭王渡怎生的也共爲魚兒也你捨性命投江伴母妻也你可便守貞烈出嫁從夫似這等難相顧總只是皇天喪楚教你去龍領下探明珠

〔稍公云〕渡過江了攛下脚踏板請登岸〔做上岸科〕〔芊旋云〕解這金魚下來賞了稍公後面有人追來時若非本國之人你是必休渡他過江也〔稍公云〕理會的等您回來時我另打一隻大海船在此等候〔下〕〔正末云〕謝天地上的岸來兄弟也這兩條路您自往那一條路去〔芊旋云〕哥哥現今嫂嫂姪兒都無了也則有的您兄弟一人相隨可怎生又教我那一條路去不知哥哥主着何意〔正末云〕兄弟你那裏知道〔唱〕

〔耍孩兒〕本待要相隨相從相將去也則爲我膽兒自虛我只見前山掩映蒼蒼樹那其間必有埋伏小路行怕撞着孫都統大路走須防他伍子胥兄和弟誰防護可不是免魚鱉纔離江上逢豺虎又斷送山谷

〔芊旋云〕既然這等您兄弟則往這小路上抄出大路相會且辭別了哥哥去也哥哥受您兄弟一拜只願哥哥穩登前路無驚無恐〔正末唱〕

〔二煞〕兄弟也咱相逢時有限期別離了無限苦〔正末走科〕〔芊旋追上云〕

〕哥哥您兄弟再送哥哥幾步〔正末唱〕兩下裏欲去也頻回覷好教我痛煞煞提着膽向刀尖過倒不如悄促促低着頭在劍下誅兄弟也哭一聲行一步俺兄弟情氣吁成雲霧他子母恨淚滴滿江湖〔芊旋云〕哥哥但若打聽的救兵來時便當重還楚國再整江山休便挫折了志氣者〔正末唱〕

〔煞尾〕俺如今一程程逐去途一心心懷故土大都來是一興一敗天之數但不知肯分的秦兵幾時到得楚〔下〕

〔芊旋云〕哥哥去了也我往這小路兒去罷〔龍神引鬼力上云〕那賢婦孝子都救了吾神不敢久停久住回上帝話去來〔詩云〕漢水東連揚子江幾多舟楫此中亡凡事勸人休碌碌舉頭三尺有龍王〔下〕

〔音釋〕足疽上聲　漲音帳　卒祖平聲　疃土緩切　屋繩朱切　促音取　服房夫切　族從蘇切　獄于去聲　頷含去聲　伏房夫切　谷古平聲

第四折

〔外扮秦昭公領卒子上詩云〕輕分一旅出函關列國會無匹馬還自古秦中多紫氣爭教不想佔江山某乃秦昭公是也昔年我父穆公因與楚結親世為隣好近因吳國有一口寶劍飛入楚國那吳王屢次索劍楚王只不肯還以此惹動刀兵幾至滅國有楚大夫申包胥前來借兵求救某堅意不允不意包胥在驛亭中依牆而哭七晝夜不絕遂將郵亭哭倒我想此人真烈士也我如今要借兵與他未曾與百里奚商議令人與我喚將百里奚來者〔卒子云〕百里大夫安在〔外扮百里奚上詩云〕先事虞君後佐齊還因陪嫁入秦西曾向養牲家自賣人號羊皮百里奚老夫乃百里奚

是也有秦王呼喚須索走一遭去令人報復去道有百里奚來了也〔卒子報科云〕百里奚大夫到〔百里奚做見科云〕主公呼喚小官有甚事來〔秦昭公云〕大夫因爲申包胥借兵一事特請你來商議還是借的是不借的是〔百里奚云〕想伍子胥在於臨潼會上對着十七國諸侯比試文過小官武勝姬輦此段冤讐未曾相報今有申包胥來借兵我想子胥深入敵境兵老將驕可不戰而破所謂取威定霸在此一舉主公若不借兵與他可不自失了這個機會〔秦昭公云〕既然如此令人與我請將申包胥來者〔卒子云〕理會的〔申包胥上詩云〕千里而來借救兵秦王何事不相應可憐七日號幾絕血淚斑斑在驛亭小官申包胥到於秦國借兵爭奈秦王不允將小官羈留驛亭小官恐負前言楚國有失乃倚牆而哭七日七夜水漿不曾到口如今秦王呼喚須索見來若再不肯時節我拚的紐住秦王將頸血濺他衣服之上必然肯發救兵不負我復楚之誓令人報復去道有申包胥來了也〔卒子云〕喏報的大王得知有申包胥到於門首〔秦昭公云〕着他過來〔卒子云〕着過去〔申包胥做見科云〕俺楚王懸望大國救兵不啻饑渴大王怎生不念親好忍坐視乎〔秦昭公云〕大夫因你日夜號哭忠烈動人某今借與你十萬雄兵命姬輦爲帥即日救楚你意下如何〔申包胥云〕多謝了大王俺主公必當重報〔秦昭公云〕令人與我喚將姬輦來者〔卒子云〕姬輦安在〔淨扮姬輦上詩云〕千鈞力氣生來有單被子胥出盡醜直自當年舉鼎來至今閃了右邊手某乃姬輦是也官封大將軍之職主公呼喚不知有甚差遣令人報復去道是俺姬輦來了也〔卒子報科云〕姬輦到〔姬輦做見科云〕主公喚姬輦那廂使用〔申包胥云〕久聞元帥大名如雷貫耳今蒙大王憐愍敝國肯發救兵有勞元帥領兵前赴真乃小官萬幸〔姬輦云〕不敢不敢〔秦昭公云〕姬輦我今撥與你十萬雄兵同申包胥救楚去你可小心在意者〔姬輦云〕主公某想伍員

在臨潼會上拳打蒯聵脚踢卞莊文賽百里奚武過末將主公着他做了盟府又與他一口寶劍筵前舉鼎欺人太甚某今領十萬雄兵一來救楚二來就擒拏伍員雪我臨潼之恥（秦昭公云）只願你馬到功成奏凱而還某當與百里奚大夫迎勞函關之外你則小心着志者（詩云）出函關鳴笳疊鼓至郢都揚威耀武破伍員誓滅强吳助包胥重扶弱楚（同百里奚下）（申包胥云）元帥你早到楚國一日解俺一日之難不可遲延有失本望（姬輦云）卽日傳令大小三軍拔營而起直赴楚國救援去來（申包胥詩云）千里投人實是難甘心就死不空還（姬輦詩云）若非七日牆邊泣焉得雄兵便出關（同下）（正末領卒子上云）某楚昭公只爲一口湛盧劍不與吳國惹的伍子胥兵來伐楚好生危急今幸申包胥借得秦兵與子胥交戰誰想子胥爲有盟誓在前卽便收兵罷戰而去目今楚國重安皆申包胥之力也（唱）

（雙調新水令）包胥烈氣子胥知聽的道借軍來他可便引兵先退那借兵的如從天上下那收兵的那裏也凱歌回這兩個誰是誰非真乃是忠孝各完備

（云）令人與我請將申包胥來者（卒子云）申包胥安在（申包胥上云）小官申包胥借起秦兵與子胥交戰誰想子胥不忘舊交將城池地面復還與楚卽日班師還他本國去了今幸楚國無恙主公着人來請須索走一遭去令人報復去道有申包胥來了也（卒子云）申包胥到（正末云）快請過來（卒子云）請過去（申包胥做見科）（正末云）此一場大功多虧了大夫也（申包胥云）托賴主公洪福小官何功之有（正末唱）

（駐馬聽）伍員無敵入楚地鞭屍尙恨遲包胥有智借秦兵復國偏

能疾〔申包胥云〕子胥若不想舊交之情憑着他武藝量小官到的那裏〔正末唱〕雖然他會臨潼八面虎狼威怎如你倚蕭牆七日的英雄淚〔做悲科〕〔申包胥云〕主公爲何發起悲來〔正末唱〕我今日安居寶殿裏猛想起渡江時不覺心如碎

〔申包胥云〕主公吳兵已退楚國重安此乃如天之喜且省煩惱〔芊旋上云〕某芊旋自從江邊與哥哥別後一向避於隨地可早半年光景也聽的申包胥借起秦兵重扶楚國我如今回去見我哥哥咱令人報復去道有芊旋在於門首〔卒子云〕喏報的大王得知有二公子來了也〔正末云〕快有請〔卒子云〕請進去〔芊旋做見悲科〕〔正末云〕兄弟也你在那裏來〔芊旋云〕您兄弟自與哥哥相別之後流落隨國聽知哥哥復楚一徑的尋將來也〔正末唱〕

〔沉醉東風〕自間別伯夷叔齊我常只是坐想行悲〔芊旋云〕許久不見哥哥請受您兄弟幾拜〔正末唱〕既然爲兄弟情講甚賓朋禮想當年在小船中寸步難移〔芊旋打悲科云〕您兄弟豈望今日與哥哥相見也〔正末云〕令人安排酒果來與兄弟拂塵者〔唱〕今日相逢有限期我又恐怕是南柯夢裏

〔云〕兄弟你滿飲一杯〔芊旋云〕你兄弟吃不下這酒去〔正末云〕兄弟你爲甚麼吃酒不下〔芊旋云〕您兄弟心下則想着嫂嫂和姪兒哩〔正末云〕兄弟你嫂嫂有〔芊旋云〕既然有嫂嫂何不請將出來相見咱〔正末云〕令人請將夫人來者〔卒子云〕夫人有請〔二旦上云〕妾身乃楚昭公繼室夫人大王呼喚須索見去來〔做出見科〕〔正末云〕兄弟兀的不是您嫂嫂〔芊旋做認科云〕哥哥這個那裏是我那嫂嫂也〔正末云〕兄弟也可知不是你那嫂嫂哩〔唱〕

〔落梅風〕他身喪在波濤內名標在書傳裏死便死猶存生氣我今日正椒房怕沒有結髮的妻〔云〕兄弟也當初我棄了嫂嫂姪兒留得你在哥哥今日還有嫂嫂少不的生下姪兒若無了你呵〔唱〕那裏去再尋個同胞兄弟

〔旦兒領倈兒上云〕妾身自同孩兒下水之後謝天地可憐將俺母子救於岸上投到一箇人家喚做申屠氏見說是楚昭公的夫人將我十分供養不覺過了半年光景聽知俺大王已復楚國我如今引着孩兒認他去這便是宮門外了令人報復去道有大王的親眷在於門首〔卒子云〕喏報的大王得知有兩個親眷在門首求見哩〔正末云〕我有什麼親眷在那裏兄弟待我自看去咱〔唱〕

〔甜水令〕幸的個宜弟宜兄無災無難同歡同會我這裏那步出宮闈遠聽聲音近觀相貌端詳仔細〔旦兒云〕大王萬福〔正末做驚科〕〔唱〕呀原來是俺詠雎鳩窈窕元妃

〔云〕您母子每在何處來〔旦兒云〕妾身自與大王離別之後投於漢江料無生理不想水中金光閃爍冷氣逼人一位神聖將妾身救于岸上都是漫漫的蘆葦正在徬徨之際則見孩兒也從江中爬上岸來問其緣故原來爲着風浪越猛相繼下水也見一位神聖救了性命俺母子投到一個申屠氏家住了半年大王今日復立家邦那知俺母子每在漢江中受盡苦楚說兀的做甚〔詩云〕當年母子沒風濤爲保君王玉體安雖然幸得神明護只恐後人奪却故人歡〔正末唱〕

〔折桂令〕我則道你趁橫波一去無消息可正是堂上糟糠休猜做牆上泥皮想當日船小江深風高浪湧雲鎖天低若不是賢達婦三從四德若不是仁孝子百順千隨我則道夫婦分離父子乖違怎能

彀再得團圓還見這笑眼歡眉

(芊旋云)哥哥當日在漢江之上情願捨了嫂嫂姪兒留您兄弟豈知嫂嫂姪兒安然無事可見天道無親常與善人信不誣也(秦百里奚上云)某乃秦國百里奚是也奉主公的命要將金枝公主與楚昭王小公子爲婚遣某親送吉帖來此令人報復去道有秦國使命在於門首(卒子報科云)喏報的大王得知有秦國使命求見(正末云)快請進來(卒子云)請進(百里奚做見科)(正末云)前者多得秦王借兵救援使寡人復還楚國感恩非淺只因喪敗之後百事未理有失報謝今日重勞大夫遠涉敝地益增悼恐(百里奚云)救災恤鄰乃是常禮何足爲謝小官今此一來不爲別事乃奉主人之命有金枝公主願與大王小公子結婚遣小官親齎吉帖送上倘勿棄嫌實爲萬幸(正末云)寡人有何德能敢勞秦王如此錯愛也(唱)

(沽美酒)謝大王憐下國借猛將解重圍也只爲喪敗初還百無備尚未及酬恩報德非是俺怠時傒緩時棄

(太平令)自鬪寶臨潼赴會賜無祥公主來歸曾對天割襟爲記願世世無相違背這信誓在彼怎悔難得見今朝這日

(百里奚云)小官聞知大王避難漢江因風浪陡作將夫人小公子都送下水可怎生又得完聚做國僻遠不知其詳請大王試說一遍容小官洗耳拱聽(正末唱)

(錦上花)當日個避難臨江扁舟同濟陡遇風波稍子驚啼(云)他道是船小不能重載內中有疎者請一位下水方纔有救(唱)他道所未傾危剛爭半米疎者非親請其下水

〔幺篇〕夫人先拜辭稚子繼沉溺也只爲兄弟情深難忍拋離誰想

龍神暗中呵衛死者重生生者不愧

〔百里奚云〕有這等事可也難得〔正末唱〕

〔清江引〕可又得金枝公主成配匹豈不是天緣美永爲唇齒邦萬

古干戈息將着甚的般花紅酬謝你個秦百里

〔芊旋云〕今日俺一家團圓又得與秦國結親永爲唇齒眞乃天大的喜事就此殿庭之上擺設起

滿堂花遍地錦椎番牛宰下酒做個慶喜筵席款待百里奚大夫到明日仍遣申包胥入秦報謝者

〔正末唱〕

〔收尾〕殿庭中擺設下千金席列兩行鸞歌鳳吹不爭爲青鋒劍攬

惹了那場災還落的赤繩書接受了這重喜

〔音釋〕

蘸子鑑切　宰施去聲　贖音外　員音運　敵丁離切　疾精妻切　閃音陝　爍書

藥切　湍他欒切　德當美切　國音鬼　偎音威　日人智切　陡音斗　溺銀計切

匹鋪米切　息喪擠切　宰音陸　席星西切

題目　伍子胥一戰入郢

正名　楚昭公疎者下船

楚昭公疎者下船雜劇

靈照女點化丹霞師

龐居士誤放來生債
倣孔瑩筆
珍倣宋版印

龐居士誤放來生債雜劇

元　撰

明吳興臧晉叔校

楔子

〔沖末扮李孝先上詩云〕心頭一點痛起坐要人扶況是家貧窘門前聞索逋小生姓李雙名孝先祖居襄陽人氏自幼父母雙亡習儒不遂去而爲賈只因本錢欠少問本處龐居士借了兩箇銀子做買賣不幸本利傷折無錢還他小生前者往縣衙門首經過見衙門裏面綳扒吊拷追徵十數餘人小生向前問其緣故那公吏人道是欠少那財主錢物的人無的還他因此上拷打追徵小生聽罷似我無錢還龐居士若告將下來我那裏受的這苦楚小生得了這一口驚氣遂憂而成疾一臥不起在家中染病如今覷天遠入地近眼見得無那活的人也〔下〕〔正末扮龐居士領淨扮行錢上云〕老夫是這襄陽人也姓龐名蘊字道玄嫡親的四口兒家屬婆婆蕭氏女兒靈兆小廝兒鳳毛俺四口兒都好參禮這佛法僧三寶俺多曾遇着幾個善知識來馬祖師石頭和尚百杖禪師多曾印證俺這三口兒都不及我這女兒靈兆此女子性根大利見性明白俺祖宗以來所積家財萬貫有餘我有一故友乃是李孝先往年問我借了兩個銀子出外做買賣去本利該還四個了誰想他命運不利將那本錢都傷折了也我聽得道家中染病哩行錢將着李孝先那一紙文書再將着兩錠銀子喒探望孝先走一遭去〔行錢云〕理會的〔做走科云〕說話中間可早來到也孝先在家麼〔李孝先上云〕是誰在門首〔正末云〕是老夫〔李孝先驚科云〕呀是龐居士來了也請家裏坐〔見科云〕居士小生病體在身不能施禮〔正末云〕孝先病體若何〔李孝先云〕居士眼見得無那

活的人也〔正末云〕孝先曾請良醫調治也不曾〔李孝先云〕沒錢請良醫不起〔正末云〕孝先你所得的這病可是甚麼證候〔李孝先云〕居士你試猜我這病咱〔正末云〕你看波他的病可着我猜我依着他便了你不是風寒暑溼麼〔李孝先云〕不是〔正末云〕莫不是饑飽勞役麼〔李孝先云〕也不是〔正末云〕莫不是憂愁思慮麼〔李孝先做哭科云〕知我者是我心友也我這病正是憂愁思慮上得來的〔正末云〕呀孝先何憂之有〔李孝先云〕居士不知聽小生試說一遍往年間居士借了兩個銀子做買賣誰想本利傷折了來到家中無錢還居士因往縣衙門首經過見裏面吊拷繃扒的人小生問其緣故他道是欠少財主的財物無錢還他告到官中如此般打拷追徵小生聽罷感了一口驚氣居士也不是那等人假似也告到官中追徵我這銀兩小生是個讀書的人那裏受的那等拷打因此上遂憂而成疾如今漸漸的沉重了也〔正末背云〕我當初本做善事來誰想倒做了冤業我家中多有人欠少我銀兩錢物的文契倘若都似這李孝先可可不業上加業到家中我將這遠年近日欠少我錢鈔的文契我都燒了行錢是必提我一提兒行錢將李孝先那一紙文書來〔行錢做遞文書科〕〔回云〕孝先這個是你的手字麼〔李孝先云〕居士是小生的手字〔正末做扯科云〕我擺了這文書點個燈來燒了者本利該四錠銀子都不問你要行錢再將兩錠銀子來孝先這銀子我則這般與你做盤纏你心中這一會兒可如何〔李孝先云〕居士本利該四個銀子都不問小生要又與我兩錠銀子做盤纏我這會兒心中恰似無了病的人也〔正末云〕善哉善哉我則要冤冤相解〔李孝先云〕居士的銀子不問小生要又與我這兩個銀子小生今生今世報答不的居士到那生那世做驢做馬填還你這恩債居士你正是財上分明大丈夫也〔正末云〕孝先我既與了你呵要說這等言語做甚麼〔唱〕

〔仙呂賞花時〕誰不知道財上分明是這大丈夫從今後休着你那心下熬煎枉受苦你是必好將息這病身軀〔李孝先云〕元少居士的銀子又不問小生要又與我這兩個銀子此恩異日必當重報〔正末唱〕這銀子是我肯心兒願與〔李孝先云〕則是教小生難以克當也〔正末云〕既是我與你呵〔唱〕更論甚麼得之有可敢失之無〔下〕

〔李孝先云〕居士去了也慢慢的調治病體痊可了呵我自有個主意〔詩云〕曾聞一黃雀尚有報恩環人而不如鳥何顏立世間〔下〕

〔音釋〕賈音古　攞羅上聲

〔第一折〕

〔正末引老旦卜兒正旦靈兆俫鳳毛行錢上〕〔詩云〕斷絕貪嗔癡妄想堅持戒定慧圓明自從滅了無明火煉得身輕似鶴形你子母每近前來聽我說佛法也佛說大地衆生皆有佛性則爲這貪財好賄所以不能成佛作祖佛說貪財好賄之人似甚麼似小兒在那刀尖上食蜜貪其甜味豈防有截舌之患也呵〔唱〕

〔仙呂點絳脣〕塵世人倫我可也煞曾窮問長思忖他可便趨富嫌貧不想那富貴可是天之分

〔混江龍〕有等人精神發憤都待要習文演武立功勛演武的不數那南山射虎習文的堪歎這西狩獲麟獲麟的魯國豈知夫子聖射虎的霸陵誰問你個舊將軍屈沉殺一身英勇枉費盡半世辛勤對

面兒高車駟馬轉回頭可早衰草荒墳我待要拋家業樂閑身或是
琴一操酒三巡我爲甚一生瀟散不戀那一生錢大剛來這十年富
貴也只是十年運運去呵有如那風搖畫燭天散也的這浮雲
〔云〕行錢我昨日囑付你燒文書一事你早忘了也你將那好幾櫃文書都與我擡將出來將此草
把圍着點火來燒了者〔行錢云〕理會的〔做燒科〕〔卜兒云〕居士你爲何燒了這文書〔正末云〕
婆婆我自有個主意不必問他〔外扮曾信實上詩云〕中和正直領天臺此日親蒙聖勅差誰言空
闊無神道霹靂雷聲那裏來小聖乃上界增福神是也因朝玉帝回還看見下方煙焰直衝九霄撥
開雲頭乃是襄陽有一龐居士他將那遠年近歲借與人錢的文書盡燒燬了不知主何緣故小聖
按落雲頭化做一白衣秀士試探問咱居士在家麼〔行錢云〕先生你尋他有何事故俺居士在家
念佛哩〔曾云〕相煩你報復一聲道有一秀士特來相訪〔行錢做報科〕〔正末云〕既然有客至婆
婆你且回後堂中去〔卜兒同靈兆鳳毛下〕〔行錢出請曾做見科〕〔正末云〕量老夫不才有勞先
生屈高就下〔曾云〕小生久聞居士大名特來拜訪〔正末云〕不敢不敢請坐行錢看茶來敢問先
生仙鄉何處〔曾云〕小生乃西洛人也姓曾雙名信實偶因遊學至此恰纔見居士家門首灰火未
絕不知燒毀的是何物件〔正末云〕先生不知老夫有一朋友是李孝先那人好生家窘往歲問我
借了兩錠銀子出外做買賣去誰想他本利都傷折了無的還我他在家憂愁思慮成了疾病老夫
想來我家中多有人欠少我的錢鈔假若都似這李孝先呵我可不業上作業因此將那遠年近日
欠少我的錢物文書都燒毀了我則要寬寬相解也〔曾云〕呀居士這錢是人之膽財是富之苗君
子結交以德爲情小人結交以財爲友便好道〔詩云〕世間人喜是錢親成功立業顯家門假饒囊

底無錢使滿腹文章不濟貧〔正末云〕聞我佛言道是無常迅速生死事大如今世上人呵〔唱〕

〔油葫蘆〕不思量有限的光陰有限身委實他錢上緊如今那等有錢的追富不追貧〔會云〕若有那窮漢來投奔呵他肯齎發些兒麼〔正末唱〕 幾曾和那窮相識每日家相尋趁都只待共那富家郎逐日相親近〔帶云〕還有那等人呵〔唱〕 他無錢時記人的讎若是有錢時忘人的恩〔會云〕倘有那相識朋友來呵他也肯接待他麼〔正末唱〕 若有個舊賓朋一徑的將他來投逩〔云〕他本在家裏坐着却教人出來說沒囉沒囉〔唱〕 他可自三衙家不出那正堂門〔會云〕在家如此推故倘若長街市上撞見怎了也〔正末云〕或者一日在市廛中和那人打了個照面那人便道小生探望了數次不能得遇他本認的那人他只在馬上欠身便道我不認的你〔唱〕

〔天下樂〕他可也便見如同陌路人〔會云〕我想這等人何足道哉〔正末唱〕 也非是小生多議論則我這一片濟貧的心比他人心地真〔會云〕依居士的主見可是如何〔正末唱〕 我恨不的罄囊兒捨與人些錢恨不的刮土兒可便散與人些銀〔會云〕這許多錢債文書都燒毀了可惜了也〔正末云〕便好道萬般將不去惟有業隨身先生也〔唱〕 量這千百錠家舊文契有那的幾錠本〔會云〕居士差矣想今時人非錢不行有錢的穿的是異錦輕紗口食的是香甜美味無錢的身穿破衣口食淡飯〔詩云〕無錢君子受熬煎有錢村漢顯英賢父母弟兄皆不顧義斷恩疎只為錢〔正末云〕先生是知典故的人自古及今因這幾文錢上不則送了一個先生不嫌絮煩聽我在下

試說一遍與你聽者〔唱〕

〔那吒令〕有一個為富的似歐明涉津遇龍君海神有一個為富的似元載待賓做玄宗聖人有一個為富的似梁冀害民滅全家滿門我如今待覓一個隱淪待尋一個逃遁也只要免的他惡業隨身

〔會云〕居士差矣你家的富貴不是你祖上遺留的便是你自家掙起來的何苦又要逃遁他去這也太過了〔正末云〕先生還有一等無端的小人到那臘月三十日晚夕將那香燈花菓祭賽道是錢呵你到俺家裏來波那的都是邪氣〔唱〕

〔鵲踏枝〕誰待要祭那財神我則待送那魔君纏殺我也財物金銀我覷的似吊客喪門倒不如將他來與貧乏家施捨盡另做個種果收因

〔會云〕居士豈不聞聖人有云富與貴人之所欲貧與賤人之所惡難道居士另是一付肚腸與世人各別的你可會聞魯褒那錢神論麼〔正末云〕老夫不知願聞〔會云〕錢之為體具有陰陽親之如兄字曰孔方無德而尊無勢而熱排金門入紫闥危可使安死可使活貴可使賤生可使殺是故忿爭非錢而不勝幽滯非錢而不拔冤讎非錢而不解令聞非錢而不發洛中貴遊世間名士愛我家兄皆無窮止執我之手抱我終始凡今之人惟錢而已〔詩云〕金谷奢華富石崇為人傭作窘梁鴻從古文章磨滅盡至今猶說孔方兄〔正末唱〕

〔寄生草〕富極是招災本財多是惹禍因如今人恨不的那銀窟籠裏守定銀堆兒盹恨不的那錢眼孔裏鑄造下行錢印〔做合掌科云〕南

無阿彌陀佛〔唱〕爭如我向禪榻上便參破禪機悶近新來打拆了郭況
鑄錢爐這些時廝搿碎了魯褒的這錢神論
〔六幺序〕這錢呵無過是乾坤象鎔鑄的字體勻這錢呵何足云云
這錢呵使作的仁者無仁恩者無恩費千百纔買的居隣這錢呵動
佳人有意郎君俊糊突盡九烈三貞這錢呵將嫡親的昆仲絕了情
分這錢呵也買不的山坵零落養不的畫屋生春
〔幺篇〕誰待殷勤頻奈錢親錢聚如兄錢散如奔錢本無根錢命元
神到底來養身波也那喪身這錢呵兀的不送了多人當日個宣帝
為君疏傅為臣是漢朝大老元勛賜千金為具歸途餞青門外供帳
如雲〔曾云〕到後來可是如何〔正末唱〕他到家鄉都給散心無恪這故事在
兩賢遺傳千古流聞
〔曾云〕小生與居士共同一席話勝讀十年書想居士這等疎財仗義高才大德今日相別後會有
期〔正末云〕行錢去將一餅金來〔行錢云〕理會的〔正末云〕備一疋全副鞍轡的馬來〔行錢云〕
鞍馬也有了〔正末云〕先生這一餅金與先生做路費這一疋馬與先生代步咱〔曾云〕居士小生
本為仰德而來非為財物而至焉敢當居士如此厚禮這個斷然不好受得〔正末云〕請先生受了
者〔曾云〕我小生決然不敢受便受了也無用處過二十年之後小生與居士再會〔正末云〕一十
年之後有先生敢無在下了也〔曾云〕據着居士這等陰騭太重必然增福延壽也〔做別科云〕小
聖恰纔見此人積功累行施仁布德俺神靈如何無一個報應便好道善有善報惡有惡報不是不

報時辰未到〔詩云〕休將姦狡昧神祇禍福如同逐影隨善惡到頭終有報只爭來早與來遲〔下〕
〔正末云〕呀天色晚了也行錢跟我宅前院後燒香去來〔行錢云〕理會的〔正末云〕這個是我那油房裝香來南無阿彌陀佛這個是我那粉房裝香來〔行錢云〕香在此〔正末云〕南無阿彌陀佛這個是我那磨房〔淨扮磨博士上打羅唱科云〕牛兒你不走我就打下來了〔正末云〕行錢甚麼人這般唱歌咀曲的他心中必然快活你與我喚他出來我問他咱〔行錢云〕兀那羅和你出來爹喚你哩〔磨博士云〕來也來也誰喚羅和哩〔正末云〕孩兒也是我喚你哩〔磨博士云〕喚我做甚麼誤了我打羅也〔正末云〕你纔唱歌咀曲你心中必然快活你試說咱〔磨博士云〕爹你道我這般唱歌咀曲我那裏有什麼快活孩兒每受苦哩我一日我請着爹二分工錢我清早晨起來我又要揀麥揀了麥又要簸麥簸了麥又要淘麥淘了麥又要晒麥晒了麥又要磨麪磨了麪又要打羅打了羅又要洗麩洗了麩又要撒和頭口只怕睡着了誤了工程因此上我唱歌咀曲爹我那裏是快活你省的古墓裏搖鈴則是和哄我那死屍哩〔正末云〕嗨我可怎生知道不問你別事你這眼上兩根棒兒為甚麼支着〔磨博士云〕爹你道我為甚麼眼上支着這兩根棒兒我白日裏做了一日生活到晚來恐怕打盹睡着了誤了你家生活因此上支着這兩根棒兒你孩兒受苦哩〔正末云〕孩兒也我與你拏掉了可是如何〔磨博士云〕好鬆膝好鬆膝〔正末云〕自今日為始將這粉房油房磨房都與我關閉了者再休要開〔磨博士云〕爹你若是不開這磨房呵羅和別不會做買賣離了你家的門我不是凍死便是餓死的人爹可憐見孩兒每咱〔正末云〕孩兒我自有個主意行錢將一個銀子來孩兒也你見這個麼〔磨博士云〕這個喚做甚麼〔正末云〕孩兒也喚做銀子〔磨博士云〕則說銀子我可不曾見爹要他做甚麼〔正末云〕他也中吃也中穿〔磨博士做咬銀

子科云〕中穿中吃阿喲艮了牙也〔正末云〕孩兒那中吃中穿是教你將他鑿碎了買吃買穿一
磨博士云〕哦倒換過來買吃買穿爹你可為甚麼與孩兒每這個銀子〔正末云〕孩兒我與你這
個銀子不為別的你拿去白日裏做些買賣到晚來則着你落一覺好睡〔磨博士云〕爹你與我這
個銀子則要我落一覺兒好睡孩兒每知道了也〔正末唱〕
〔醉扶歸〕我為甚麼相憐憫與你這一錠家那雪花銀〔磨博士云〕爹你
可為甚麼與我這銀子〔正末唱〕我則報答你那脚打羅三年這足下恩〔磨博
士云〕爹我羅和請罪咱我昨日瞞着爹做一個賊偷了二升麥子去那長街市上算了一個卦那先
生說我今年今月今日今時可當發跡得些兒橫財不想爹叫我出來與了我這個銀子那先生也會
算哩〔正末唱〕那人也算的着輪到你那磨眼兒今日合交運〔磨博士云〕爹
你與我這個銀子去做甚麼生意好〔正末唱〕這銀子我與你做買賣權時做本〔磨
博士云〕多謝爹孩兒從今以後再也不打羅了〔正末唱〕哎孩兒呵我從今以後再
不要你似這般當粗坌
〔磨博士云〕則說銀子銀子誰會見他來這個原來是銀子〔正末唱〕
〔賺煞〕暗評跋忽笑哂則被這錢使作的喒如同一個罪人我待向
那萬丈洪波落可便一跳身轉回頭別是個乾坤歎濁民空趲下那
萬餘錠金銀却也買不得三陽也那洞裏春〔帶云〕這錢呵我當初要用你時
〔唱〕可便一分不肯〔帶云〕到今日我要捨錢時〔唱〕可便千金何靳〔云〕兀那世
間的人那貪財好賄苦海無邊回頭是岸何不早結善緣也〔唱〕則喒這百年人誰識百

年人〔同行錢下〕

〔磨博士云〕衆哥哥磨房裏一應家火都交付的全了我回家去也那老的與我這個銀子到家裏落一覺兒好睡則說銀子誰見來兀的不是銀子說話中間可早到家了也則這一間小房去時節草繩兒拴了去今日回來還拴着哩我解開這繩兒推開這門我入的這屋裏來關了這門我試看我這銀子咱兀的不是銀子只這一個土炕放在那裏好我如今揣在我這懷裏我揣的緊着誰知道我懷裏有銀子我聽上衙更鼓咱呀可早一更也龐居士老的說來則着我快活落一覺兒好睡我試睡咱〔做打鼾睡科叫云〕怎麼大街上有你走處沒我走處官街官道你走的我也走的你怎麼偏要挨肩擦膀的舒着手往我懷裏摸甚麼你待搶我的銀子那裏走這銀子是誰的銀子是龐居士老的與我的你拏我這銀子那裏去快還我的銀子來〔做搶跌倒科云〕呸可是個夢我試看我那銀子咱兀的不是銀子這銀子揣在懷裏夢見人來搶我的可放在那裏好我如今把這銀子放在竈窩裏我扒開這灰這竈成年古代不燒火埋上這銀子扒上些灰兒葢着誰知道竈窩裏有銀子我聽上衙更鼓咱呀可早二更了龐居士老的說來則着我快活的落一覺兒好睡〔做睡科叫云〕這等大風不要點燈弄火的我說着不聽你點那紙撚往那裏去還不吹滅了哩阿喲他往那裏去可怎生丟在草垜上哎罷了燒着了草垜也刮在房上連房也都燒着了街坊隣舍火夫總甲救火麻搭火鉤擡水桶救火搭上火鉤衆人着氣力拽〔做倒科云〕呸原來又是個夢看我那銀子咱〔做拿銀子看科云〕兀的不是銀子放在竈窩裏夢見火來燒我這銀子可放在那裏好我如今把這銀子放在水缸裏誰知道水缸裏有銀子揭起缸蓋〔做丟銀科云〕撲鼕休道無那賊便有那賊呵他怎知道水缸裏有這銀子我聽上衙更鼓咱呀三更了也龐居士老的說來則着我快活

落一覺兒好睡〔做睡科叫云〕阿天陰了可蓋醬缸把那曬的麥子搬入倉裏去罷了東南上雲布起來了我說麼下濛鬆雨兒了呀大雨了罷了罷了水發了山水下來了好大雨水淹將上來了呀大水衝了房子也好大雨水浮水浮水分水浮狗跑兒浮觀音浮躧水浮仰蛙兒浮〔做倒科云〕呸又是個夢看我那銀子咱兀的不是銀子放在水缸裏夢見水來淹我這銀子可放在那裏好我放在這門限兒底下把土兒埋了休道無那賊便有那賊呵他怎麼知道我門限兒底下埋着這銀子我聽上衙更鼓咱四更了也龐居士老的說來與我這個銀子則着我快活的落一覺兒好睡〔做睡科叫云〕阿來了來了偌多的人你拿那鍬鋤攧頭往那裏去俺家裏又不蓋房脫坯你都來做甚麼怎麼鈀我的門限說着也不聽你還鈀哩鈀出我的銀子來了里長總甲有賊也偷了我的銀子去了有賊有賊呀拏刀砍殺我也呀又拏槍來扎殺我也拏我的銀子那裏去〔做倒科云〕呸又是個夢我聽上衙這更鼓咱〔打五更做雞鳴科云〕呀天明了也好阿我恰好一夜不曾睡我試看我那銀子咱兀的不是銀子羅和也你索尋思咱這一個銀子放在水缸裏夢見水來淹我揣在懷裏夢見人搶我的埋在竈窩裏夢見火來燒我埋在門限兒底下夢見人來鈀我的拿刀來砍我槍來扎我一個銀子整整害了我一夜不曾得睡想龐居士老的家有千千萬萬大箱小櫃無數的銀子我想他來是有福的可便消受得起羅和我那命裏則有分簸麥揀麥淘麥打羅磨麪我可也消受不的這個銀子罷我拿着這個銀子出的門來拽上這門送還與龐居士老的去走一遭〔下〕

〔音釋〕慧音位　衆平聲　賄音毀　煞音殺　分去聲　數上聲　獲胡乖切　散上聲　推退平聲　褒音包　盹敦上聲　撏詞僉切　鷙音執　衹音其　簸音播　覺音叫　横去聲　坌滂悶切　哂身上聲

第二折

〔正末引卜兒靈兆鳳毛行錢上〕〔卜兒云〕居士想你昔日之間多行善事廣積陰功久後俺子母每也有個好處麼〔正末云〕婆婆你說的差了也便好道公脩公得婆脩婆得十人上山各自努力盛世難逢佛法難遇若是既逢既遇呵南無阿彌陀佛也要喒自省自悟也呵〔唱〕

〔中呂粉蝶兒〕若論着今日風俗正好宜太平簫鼓有一等寒儉的泛泛之徒他出來的不誠心無實行一個個強文假醋〔卜兒云〕如今有一等高巾傲帶表德相呼不知他那肚皮裏如何〔正末唱〕怕不他表德相呼你問波可甚的是那衣冠文物

〔卜兒云〕居士那稱才卿的可是怎生〔正末唱〕

〔醉春風〕他那等空傲慢的喚做才卿〔卜兒云〕那稱好古的可是如何〔正末唱〕那等假老成的喚做甚麼好古〔卜兒云〕據居士恤孤念寡敬老憐貧世之少有也〔正末唱〕憑着我踈財仗義有幾人如這城中試數數但見個老的呵我早則出力的扶持但見個病的呵我早則盡心兒調養但見個貧的呵我早則傾囊兒資助

〔卜兒云〕居士如今那高樓上吹彈歌舞飲酒權娛敢管待那士大夫哩〔正末云〕婆婆他肯管待那人也不枉了〔唱〕

〔紅繡鞋〕他幾曾道開東閣把那名儒來管顧他每可動不動便宴西樓和那妓女每歡娛〔云〕他則請人吃一盞茶呵却早算計也〔唱〕他將那茶托

子人情可便暗乘除常則是佯呆着回過臉推說話紐身軀（云）若有個窮相識來便捻着磕破他頭者波（唱）他每可幾曾做那五百錢東道主

（磨博士上云）自家羅和的便是可早到龐居士老的門首也不必報復我自過去（做見科）（正末云）孩兒也你慌做甚麼我則着你落一覺兒好睡也（磨博士云）我那裏睡來一夜恰好不曾扎眼整定害了我一夜（正末云）你怎生一夜不曾得睡（磨博士云）蒙與了我這個銀子到的家裏沒處放着我揣在懷裏夢見人來搶我的放在竈窩裏夢見火來燒我放在水缸裏夢見水來淹我放在門限兒底下夢見人拿着鍬鋤撅我的拏刀來砍我槍來扎我為這一個銀子整定害了我一夜不曾得睡我想來爹家裏論千論萬滿箱滿櫃無數的銀子可沒些兒事爹你便是有福的消受得他我羅和那命裏則有分簸麥揀麥淘麥晒麥打羅磨麪我那裏消受的這銀子爹你省的那脅肢骨裏敲髓麼（正末云）孩兒這是怎麼說（磨博士云）我那骨頭裏沒他的我送這銀子來還了你我不敢要（正末云）孩兒呵我與了你一個銀子攪了你一夜不曾得睡我家裏有兩三庫都是金銀寶貝都似了你呵如之奈何（唱）

（迎仙客）哎銀子也你饑不能與人家做飯食你冷不能與人便做衣服你這般沉點點冷冰冰衠則是一塊兒家福（云）銀子也你比及到我跟前呵（唱）知他消磨了那幾千年可則更換過了幾萬古他為甚不向你跟前停住（云）我與他這個銀子打攪的他一夜不曾得睡你無福消受送還與我（唱）哎這銀子呵原來分定也是前生注

（磨博士云）爹我則零支着使罷（正末云）行錢將一兩銀子來與羅和孩兒等你使的無了呵再

來取〔磨博士云〕爹孩兒也不敢多要只先支一錢銀子買一條匾擔我做大買賣去也〔正末云〕
做甚麼大買賣〔磨博士云〕我只去妓館家做閑的去也〔下〕〔正末云〕天色晚了也婆婆你先歇
息去我宅前院後燒香去來〔卜兒云〕理會的〔同靈兆鳳毛下〕〔正末做燒香走科云〕我來到這
粉房〔做念佛科〕我來到這油房〔做念佛科〕我來到這後槽門首〔內驢馬牛做聲科〕〔正末云〕
是甚麼人這般說話我試聽咱〔驢云〕馬哥你當初為甚麼來〔馬云〕我當初少龐居士十五兩銀
子無的還他我死之後變做馬填還他驢哥你可為甚麼來〔驢云〕我當初少龐居士的十兩銀子
無錢還他死後變做個驢兒與他拽磨牛哥你可為甚麼來〔牛云〕你不知道我在生之時借了龐
居士銀十兩本利該二十兩不曾還他我如今變一隻牛來填還他〔正末失驚科云〕嗨兀的不諕
殺我也我當初本做善事來誰想弄巧成拙兀的不都放做來生債也〔唱〕
〔醉高歌〕枉了我便一生苦鰥寡孤獨半世養貧寒困苦我則道是
誰人向這槽畔低低敘聽沉了着我慘慘的怕怖
〔滿庭芳〕呀却原來都是俺冤家倈債主我本待要除災種福我倒
做了一個緣木的這求魚〔云〕龐居士呵你是念佛的人〔唱〕這的可便抵多
少業在深牢獄不由我不展轉躊躇〔云〕龐居士我當初與你那銀子我也無甚歹
意來〔唱〕我則待要錢粧的你來如狠似虎哎誰承望今日折倒的做
馬波爲驢〔做念佛科唱〕我看了他這輪迴的路可則是陰司地府〔云〕當
初借了我銀子無的還我今日做驢馬衆生來填還我〔做念佛科唱〕哦方信道還報果無
虛

〔做叫科云〕婆婆靈兆鳳毛你子母每都來〔卜兒仝上云〕居士你這般慌叫怎麼〔正末云〕我恰纔前後燒香則聽的那牛馬做聲那牛便道我少居士二十兩銀子無的還他做牛來填還他那馬便道我少居士十五兩銀子無的還他做馬來填還他那驢便道我少居士十兩銀子無的還他做驢來填還他婆婆我當初本做善事誰承望弄巧成拙都做了來生債也〔卜兒云〕嗨誰想有這等果報〔正末云〕婆婆從今以後凡百的事你則依着我者行錢將那家私總曆文書都與我搬運將出來〔行錢云〕理會的都搬運將出來也〔正末云〕可補個燈來都燒了者我再也不放與人這錢鈔了〔卜兒云〕呀居士你燒了這家私總曆文書可是主何意來〔正末云〕婆婆你那裏知道〔唱〕

〔石榴花〕你道我燒毀了文契意何如豈不聞君子可便斷其初〔卜兒云〕哎居士嗜人自是有錢的好〔正末唱〕想着俺借錢時有甚惡心術怎知做今生債負來世追逋則願的祖師指示我向西方去早回頭拔出迷途〔云〕燒了者燒了者〔卜兒云〕居士你留着休要燒毀了〔正末唱〕則管裏便左來右去把我邀攔住這錢也他敢不是我那護身符

〔卜兒云〕居士你好歹休要燒了這文書〔正末唱〕

〔鬭鵪鶉〕豈不聞駟馬難追我今日個一言倈既出〔云〕婆婆元來你心與我心不同〔卜兒云〕我心怎生與你心不同〔正末唱〕我待將這家業消除你則待將火院火院來做主〔云〕燒了者燒了者〔卜兒云〕居士你且休要燒者〔正末唱〕你為甚麼唧唧噥噥百般的無是處〔云〕婆婆你是念佛的人〔唱〕我可問你甚的喚做樂有餘我但得個一世兒清閒便則是生平願足

〔卜兒云〕居士你且休燒了這文書聽我說咱俺兩口兒偌大年紀孩兒每都小哩他久已後長立成人也要些錢物使用你與我休便燒了也〔正末云〕你剗的還有這個心哩〔卜兒云〕居士我主的不差你只休燒毀了也〔正末云〕婆婆你堅意的不肯燒這文書行錢你去擡一櫃兒金子來擡一櫃兒珠子來擡一櫃兒銀子來〔行錢云〕理會得一櫃金子一櫃銀子一櫃珠子都有了也〔正末云〕婆婆靈兆鳳毛你見麼〔卜兒云〕居士我見了也你可主何意那〔正末唱〕

〔上小樓〕且休論咱這倉廒波務庫更和這家私也那無數應有的金銀財寶收拾將來放在一處則你這娘兒每廝瞅着廝守着休離了半步看你那無常時可便帶的他同去

〔卜兒云〕居士你尋思波俺女兒不會嫁小廝兒不會娶你投至的掙成這個家業非一日之故許多的錢物也是可惜的你留下些與後代兒孫受用可不好那〔正末云〕婆婆你着我做財主我做了財主又着鳳毛孩兒做財主鳳毛所生的孩兒又做財主咱家哩輩輩兒做了財主我問你這窮漢可着誰做〔唱〕

〔幺篇〕錢無那三輩兒家錢福無那兩輩兒家福你但看日中則昃月滿則虧這都是無往不復久以後到頭來另有個養身活路〔卜兒云〕你將錢債的文書都燒毀了還有甚養身活路在那裏〔正末做念佛科唱〕我待着你一家兒受佛門普度

〔云〕婆婆凡百的事你則依着我者咱家中奴僕使數的每人與他一紙兒從良文書再與他二十兩銀子着他各自還家侍奉他那父母去咱家中牛羊孳畜驢騾馬匹每一個畜生脖子裏掛一面

牌上寫着道龐居士釋放不許人收留去那鹿門山外有水草處任他生死喒家中有十隻大海船一百小船兒將喒家中金銀寶貝玉器玩好着那小船兒搬運在那大船上俺一家兒明日到東海沉舟去也〔卜兒云〕居士我依着你把牛羊孳畜盡釋放了但是家中人都與他從良文書則一樁兒你也依着我留下海船不要將那錢物載去沉了等我做些買賣可不好那〔正末唱〕

〔耍孩兒〕你待着我萬餘資本爲商賈儹利息衡州撞府或是乘船鼓棹渡江湖或是從鞍馬晝夜馳驅我乾做了撇妻男店舍裏一個飄零客拋家業塵埃中一個防送夫冷清清夢回兩地無情緒怎熬的程途迢遞更和那風雨瀟疎

〔卜兒云〕居士俺錦片也似家緣過活你都要沉於海內久後孩兒每成人呵將甚麼使用你則依着我留下這錢物者〔正末唱〕

〔二煞〕古人道鷦鷯巢深林無過占的一枝鼴鼠飲黃河無過裝的滿腹喒人這家有萬頃田也則是日食的三升兒粟博個甚睁着眼去那利面上剋了我的衣食閑着手去那算盤裏撥了我的歲數儹下些山岸也似堆金玉這壁廂凌逼着我家長那壁廂快活殺他妻孥

〔卜兒云〕居士你將這家私棄捨了呵也思量着久後孩兒每怎生過遣那〔正末唱〕

〔煞尾〕我去那酒色財氣行取一紙兒重招我去那生老病死行告一紙兒赦書豈不聞道兒孫自有兒孫福我其實便作不的這業當

不的這家受不的這苦〔同下〕

〔音釋〕俗詞疽切 行去聲 物音務 服房夫切 福音府 苫聲占切 獨東盧切 倈離靴切 獄于句切 術繩朱切 出音杵 足臧取切 瞅楚九切 復房夫切 鼴音衍 腹音府 粟須上聲 玉于句切 長音掌 行音杭

第三折

〔外扮龍神領水卒上詩云〕羲皇八卦定乾坤上帝還須輔弼臣雲雨風雷唯我用獨魁水底作龍神吾神先考所生七子銀脊廣勝龍銅脊沙龍鐵脊陀龍九尾赤龍撩牙火龍鎮世惡龍吾乃第一金脊德勝龍是也爲吾神毗沙門戰退九曜刀利山三箭成功奉天符牒玉帝勅命加吾神東海龍王之職今有襄陽一人乃是龐居士此人將應有家財都要沉在東洋大海吾神未得上帝勅令不敢收留巡海夜叉等龐居士來時將那船隻托住者〔正末領卜兒靈兆鳳毛行錢上云〕行錢將那家中金銀貫鈔奇珍異寶都搬運在大船上不曾〔行錢云〕爹都搬運在船上了也〔正末云〕婆婆靈兆鳳毛俺一家兒去那東海上沉舟去來〔詩云〕世人重金寶我愛刹那靜金多亂人心靜見真如性〔同行科〕〔正末唱〕

〔越調鬬鵪鶉〕我棄了這千百頃家良田便是把金枷來自解我沉了這萬餘錠家私便是把玉鎖來頓開玳瑁珊瑚硨磲琥珀你當初生處生今日個可便來處來〔帶云〕我若無你呵〔唱〕再不做那天北的這經商我也再不做那江南的賈客

〔紫花兒序〕我愁的是更籌漏箭我怕的是暮鼓晨鐘我倦的是這

紫陌黃埃大剛來光陰迅速怎教我不心意裁劃早早的安排待把我這一寸心田無罣礙大道的事着你世人不解則願的一帆西風送上我那三島蓬萊

〔云〕婆婆你看那海上的水水上的船船上的金銀寶貝有個比喻也〔卜兒云〕喻將何比〔正末唱〕

〔天淨沙〕有如那花正開風卸風衰有如那月初圓雲暗雲埋跳不出這塵寰世界我覷了委實癡騃〔帶云〕那船上的那裏是什麼金銀寶貝〔唱〕只當是裝一船家兀那橫禍非災

〔云〕婆婆早來到海岸了也〔卜兒云〕那船上裝的都是金銀寶貝居士你也好大量哩〔正末唱〕

〔鬼三台〕也非是我胸襟大將金寶和船載我只待跳出這塵寰得自在〔卜兒云〕居士你便老了兒女每正後生哩〔正末唱〕你道是白髮嘆吾儕我道是今番暢快哉趁着這風力軟水橫天地窄帆力穩影吞雪浪開這便是風送王勃赴洪都的命彩

〔卜兒云〕居士你看那海岸上看俺沉舟的人好不多也〔正末云〕兀那君子每我龐居士這個念頭比別人不同〔唱〕

〔紫花兒序〕我不比那越范蠡駕扁舟遊那五湖的這煙浪我不比那晉石崇送窮船葬萬頃波瀾我不比那漢張騫泛浮槎探九曜星台〔帶云〕你覷波〔唱〕我則見水接着天瀉混元一派我則見天連着水

可便無半點兒纖埃我爲甚喜笑盈腮待着他水晶宮裏龍王放一會兒解這一場我直撑殺他魚鱉和那蝦蟹覷了這萬丈風濤兀的不險似百尺樓臺

〔卜兒云〕居士這會兒風浪越急了你看那船越漂的高了也〔正末云〕我自有個主意行錢將那大海船底下鑿碗來大數十個窟籠他必然沉了也〔行錢云〕理會的〔做鑿科云〕爹這船底下都鑿了窟籠也〔正末云〕可怎生不沉這會兒風也息浪也平了可怎生是好也呵〔唱〕

〔凭欄人〕天際殘霞幾縷裁水映天心有如那霞襯彩恰纔個船隨着海岸開抵多少煙波風送客

〔云〕婆婆這船只是不沉也可怪哩〔唱〕

〔寨兒令〕我則見雪浪湧似山排可怎生又風恬水平雲霧靄難道是積羽沉舟這金銀呵反爲輕載心兒裏好疑猜

〔幺篇〕爲甚麼這番滾滾海藏裏不沉埋〔云〕這船怎生不沉婆婆我猜着了也〔唱〕他本是個虛飄飄世上的浮財我和你發虔心禱上蒼近岸口跪蒼苔〔云〕婆婆靈兆鳳毛都來拜者〔唱〕拜拜拜直拜到那月上的這海門開

〔外扮天使上云〕兀那東海龍王上帝勅令將龐居士應有家財都收入龍宮海藏者〔龍神云〕得令雷公電母風伯雨師作起波浪翻了那些海船將龐居士應有的家財都與我收了者〔水卒云〕理會的都收了也〔龍神云〕吾神索回玉帝的話去〔詩云〕領水卒分開波浪顯神通現出本象將

龐居士應有家財都收入龍宮海藏〔同水卒下〕〔正末唱〕
〔金蕉葉〕我則聽的霹靂響驚魂喪魄諕的我四口兒無顏落色我則見雲偶斗空中亂擺恰便似千百面征鼙亂凱
〔調笑令〕我可便自來幾曾該端的便幾曾該抵多少一夜西風透滿懷諕的那嬌兒和幼女愁無奈我向前來怎生遮寨我則見布彤雲黯黯遮了日色霎時間四野陰霾
〔禿廝兒〕赤歷歷那電光掣一天家火塊吸力力雷霆震半壁崩崖俺這裏輕身向前將這海岸踹〔卜兒扯科云〕居士靠後些〔正末云〕婆婆你怕甚麼〔唱〕你還躭着鬼魂胎哀哉
〔云〕好大風也〔唱〕
〔聖藥王〕吹的我頭怎擡刮的我眼倦開〔云〕龍王呵你這般煩惱怎麼〔唱〕又不比入山推出白雲來漸的呵風力衰忽的呵雲亂擺只要你沉了喒錦帆舟楫共資財做的個一去不回來
〔卜兒云〕居士你將錢物都沉在海裏了俺四口兒如今回去把甚麼做盤纏那〔正末云〕婆婆我瞞着你多哩我會一椿兒手藝〔卜兒云〕你會那一椿兒手藝〔正末云〕我會編笊籬鹿門山外有一園竹子着鳳毛孩兒斫將來我一日編十把笊籬着靈兆孩兒貨賣將來可不彀俺一家兒吃粥哩〔卜兒云〕這的是大缸裏打翻了油沿路兒拾芝麻也〔正末唱〕
〔收尾〕誰不知道龐居士誤放了來生債我則待顯名兒千年萬載

你便積趲下高北斗殺身的錢〔云〕婆婆靈兆鳳毛你回頭試看波〔唱〕可也塡不滿這東洋是非海〔同下〕

〔音釋〕剎音察　那音挪　解上聲　琲鋪買切　客音楷　埃音哀　劃胡乖切　罣音卦　解音械　帆去聲　當去聲　窄齋上聲　勃音婆　蠡音里　載音在　藏去聲　魄鋪買切　色篩上聲　彤音同　黯衣減切　霾音埋　載上聲

第四折

〔外扮丹霞禪師上詩云〕釋迦拈花露本心迦含微笑遇知音燈燈相續傳千古朗朗光明直至今貧僧乃襄陽雲岩寺長老法名丹霞自幼學成滿腹文章只爲進取功名路逢馬祖禪師問我秀才那裏去貧僧回言我選官去也祖師道秀才比及你選官呵我選佛還好的多哩我一聞其言心下朗然省悟因此金刀落髮捨俗出家先參馬祖後拜石頭和尙多得公案爭奈未能了達此處襄陽有一人是龐居士他有個女兒靈兆生的十分大有顏色每日在寺門首貨賣笊籬但是賣不了的貧僧都買下我有心無心買下三房子笊籬這早晚敢待來也〔靈兆上云〕妾身是靈兆女自從俺父親在海上沉舟回來搬到這鹿門山住俺父親會編笊籬一日與我十把笊籬將來長街市上貨賣這早晚無人買這笊籬俺父親的齋食如之奈何且到雲岩寺山門首賣去敢那和尙又要買笊籬也〔禪師做出門科云〕這早晚正是那女子來的時候也〔見靈兆科云〕小娘子問訊〔靈兆答科云〕萬福〔禪師云〕小娘子這笊籬敢又是賣不了的麼〔靈兆云〕師父是賣不了的〔禪師云〕我有心要買笊籬爭奈身邊無錢你肯跟的我方丈中去麼〔靈兆云〕師父你是個出家兒人怕做甚麼我跟你去　跟至方丈科〕〔禪師云〕我着兩句言語嘲撥他看他曉的麼〔做念云〕老和尙合

掌當胸小娘子自去分解〔靈兆背云〕這和尚無禮着言語嘲撥我他如今不言語便罷再言語呵我答他兩句〔禪師云〕他不聽的高着些念老和尚合掌當胸小娘子自去分解〔靈兆云〕你聽我道兩件事依的妾身便和你共同歡愛〔禪師云〕休道兩件事便十件貧僧也依出家人亦無罣礙〔靈兆云〕你着那經爲枕比丘取樂佛鋪地袈裟蒙蓋〔禪師云〕南無阿彌陀佛壞教門遺臭人間墮阿鼻老僧罪大〔靈兆云〕你參空禪仔細追求怎生見真佛昂然不拜〔禪師云〕得悟時拈起放下拜佛也有何躭待〔合掌做拜靈兆打禪師頭科云〕掌拍處六根清淨這笊籬打撈苦海〔禪師云〕方信道色卽是空果然的空卽是色〔靈兆下〕〔禪師云〕南無阿彌陀佛若不是吾師點化貧僧怎了也吾師一日不曾賣的一把笊籬父母倚門而望齋食如今貧僧將這一百文長錢放在路上待吾師拾的去有何不可〔詩云〕我恰纔凡心起微微動處被一片黑雲遮住若不是點化眞言險墮了阿鼻地獄〔下〕〔靈兆再上科云〕妾身自離了雲岩寺度脫了丹霞長老不曾賣得一把笊籬俺父母齋食怎生是好呀這道傍不知是甚麼人遺下這一百文長錢我待不將的去來只恐怕誤了父親齋食我待要將的去來怎好昧心貪利〔做沉吟科云〕我如今將這十把笊籬放在道傍怕那人來尋這錢呵將笊籬賣過一般世俗人休看的這笊籬小可也〔詩云〕翠竹枝枝選嫩條編成此物手中操常將濟世菩提念去那苦海波中用意撈〔下〕〔正末引卜兒鳳毛上〕〔詩云〕有兒不曾娶有女不曾嫁大家團圞頭說會無生話自從將我那家緣家計金銀寶貝都裝到東海內沉了來這鹿門山結一草庵修行辦道到大來悠哉也呵〔唱〕

〔雙調新水令〕誰似我靜中參透了這祖師禪我待向雪山頭養心脩煉當日那溶溶的天似水漫漫的海無邊一自沉了我那家緣我

將這成道記誦千偏
〔靈兆上云〕妾身靈兆將着這一百文長錢見父親走一遭去〔做見科〕〔正末云〕靈兆孩兒你回來了也〔靈兆云〕父親你孩兒回來了也〔正末云〕孩兒你賣笊籬可是如何〔靈兆云〕父親你孩兒因度脫了丹霞長老不曾賣的笊籬出那寺來道路傍邊不知甚麼人遺下一百文長錢我待要不將的來則恐怕誤了父親齋食你孩兒將那十把笊籬放在傍邊等那人來尋這錢時將這笊籬就是賣與他一般你孩兒主意的是麼〔正末云〕孩兒也你見的是〔外扮青衣童子上云〕居士上聖有請〔正末云〕你是那裏來的〔唱〕

〔沉醉東風〕誰更敢推辭腼腆我並不曾半霎兒俄延我從來富不驕端的個貧無怨〔青衣云〕不只我來兀的不又是一個來也〔正末做回頭科〕〔青衣云〕疾〔下〕〔正末云〕在那裏〔唱〕他把我賺回頭早海變桑田〔內動樂聲科〕〔正末云〕是好樂聲也〔唱〕我則聽的聒耳笙歌奏管絃那一派仙音得這韻遠

〔做看科云〕婆婆你看那金門玉戶碧瓦琉璃比塵世不同此處必是天宮也〔卜兒云〕居士你看這牌面上寫着字兒哩〔正末唱〕

〔鴈兒落〕兀的不明明的在這門額上顯分朗朗在這牌面上見牌面上青書篆着的是兜率宮門額上金字鐫着的是靈虛殿

〔得勝令〕這裏可敢別是一重天俺又不曾高駕五雲軒〔云〕婆婆世間則有紅蓮花白蓮花那得這青蓮花金蓮花〔唱〕這的是太液蓮如錦可則抵多少青山花欲燃〔云〕婆婆你見麼一個石洞門開着半壁兒掩着半壁兒你子母每敢先過去麼

〔卜兒同靈光鳳毛過洞門科〕〔卜兒云〕居士俺先過洞門來了也〔正末云〕婆婆你瞞着我多哩〔唱〕却不是你從前多與人行方便着硬處你早當先豈不聞心堅石也穿

〔外扮註祿神上云〕龐居士休驚莫怕〔正末云〕兀的不諕殺我也〔唱〕

〔喬牌兒〕諕的我意癡癡身倒偃把不住的腿脡顫我見他貌威嚴身壘浪霞光現〔註祿神云〕吾神奉勑令在此等候多時也〔正末唱〕他道是奉玉皇詔旨宣

〔云〕何方聖者是甚靈神通名顯姓咱〔註祿神云〕吾神上界註祿神是也〔正末云〕生前何人〔註祿神云〕生前是少你銀子的李孝先〔正末云〕誰是李孝先〔註祿神云〕吾神就是李孝先〔正末云〕可喜可喜得此美除也〔註祿神云〕你見吾神歡喜麽〔正末云〕可知歡喜哩〔註祿神云〕我着你大歡喜哩有你一個舊朋友你要見麽〔正末云〕我可知要見哩〔註祿神云〕疾〔外扮增福神上云〕龐居士你認的吾神麽〔正末云〕何方聖者甚處靈神通名顯姓咱〔增福神云〕吾神乃增福神是也〔正末云〕生前何人〔增福神云〕生前乃是二十年前勸你燒文書的曾信實

〔正末唱〕

〔殿前歡〕我可便記塵緣則爲那市廛中傒倖我二十年〔增福神云〕居士今日功成行滿證果朝元也〔正末唱〕不打入六道輪迴轉又待着俺平地昇天〔增福神云〕小聖有言在前道二十年以後當與居士相見〔正末唱〕記當初有句言到今日重相見今日呵可便稱了我平生願端的是抽胎換骨火內生

蓮

〔增福神云〕居士你非是凡人乃上界賓陀羅尊者是也龐婆你是上界執幡羅刹女鳳毛你是善才童子你一家兒都不如女孩兒靈兆乃是南海普陀落伽山七珍八寶寺號元通名自在觀音菩薩〔詩云〕則為你一念差受此塵緣再修行六十餘年龐居士你今日功成行滿合家兒證果朝元

〔正末唱〕

〔折桂令〕這的是龐居士四聖歸天出世超凡同共朝元則為我救困扶危疎財仗義都做了註福消愆今日個乘綵鳳十洲閬苑跨蒼鸞弱水三千我勸你人世官員莫戀浮錢只將那好事常行管教你一個個得道成仙

〔音釋〕阿何哥切　鼻音疲　賺音湛　鐫兹宣切　顫音戰

題目　靈兆女點化丹霞師

正名　龐居士誤放來生債

龐居士誤放來生債雜劇

徐茂公比射轅門
倣蘇漢臣筆

薛仁貴榮歸故里
珍倣宋版印

薛仁貴榮歸故里雜劇

元　張國賓撰

明吳興臧晉叔校

楔子

〔正末扮孛老同卜兒旦兒上〕〔正末云〕老漢是絳州龍門鎮大黃莊人氏姓薛人都叫我是薛大伯嫡親的四口兒家屬婆婆李氏我有一個孩兒是薛驢哥學名喚做仁貴媳婦兒柳氏俺本是莊農人家俺那孩兒薛驢哥不肯做這莊農的生活每日則是刺鎗弄棒習什麼武藝婆婆孩兒往那裏去了也〔卜兒云〕老的孩兒往街市上去了〔正末云〕等他來時着他見俺咱〔冲末扮薛仁貴上詩云〕馬掛征鞍將掛袍柳梢門外月兒高男兒要佩封侯印腰下長懸帶血刀自家薛仁貴是也年長二十二歲在這絳州龍門鎮大黃莊居住一雙父母在堂我不肯做莊農的生活每日則是刺鎗弄棒習演弓箭十八般武藝無有不拈無有不曉每日在這河津邊射雁耍子打聽的絳州出其黃榜招聚義軍好漢我有心待投義軍去如今回家稟過父親母親便索長行也來到門首〔做見科云〕父親母親您孩兒來家也〔正末云〕孩兒你那裏去來〔薛仁貴云〕父親母親不知如今絳州出其黃榜招聚義軍好漢您孩兒學成十八般武藝滿腹兵書您孩兒一心要投義軍去不知父親母親意下如何〔正末云〕孩兒也想着俺兩口兒眼睛一對臂膊一雙則看着你哩你若投軍去了俺兩口兒偌大年紀倘若有些好歹可着誰人侍養也〔卜兒云〕孩兒依着你父親言語不要投軍去罷〔薛仁貴云〕父親在上孩兒聞的古稱大孝須是立身揚名榮耀父母若但是晨昏奉養問安視膳乃人子末節不足為孝今當國家用人之際要得掃除夷虜肅靖邊疆憑着您孩兒學成

武藝智勇雙全若在兩陣之間怕不馬到成功但博得一官半職回來改換家門也與父母添些光彩不然只守着這茅簷草舍做個莊家豈不枉了一身本事〔卜兒云〕孩兒則要你着志者你去你去〔正末云〕罷罷罷既然你要去婆婆收拾些銀兩與孩兒做盤費兒也你一路上小心在意得官不得官只要你頻頻的稍個書信來休着俺兩口兒憂慮者〔薛仁貴拜科云〕則今日是個吉日良辰辭別了父親母親憑孩兒便索長行也〔正末唱〕

〔仙呂端正好〕你如今離了村莊別了鄉黨拜辭了年老爹娘〔薛仁貴云〕您孩兒此去定要赤心報國展土開疆博個封侯拜將而回父親放心者〔正末唱〕你待要忘生捨死在這沙場上則你那雄赳赳氣昂昂身凜凜貌堂堂知甚日得還鄉哎兒也休教您這兩口兒斜倚定門兒望〔同卜兒下〕

〔旦兒云〕大哥妾身在家情願替你侍養公婆你放心的自去妾身送你出這柴門外也〔薛仁貴云〕大嫂堂上無人你自回去侍奉公婆不必送我〔拜別科〕〔薛仁貴詩云〕我今日遠去投軍惟願你孝順雙親〔先下〕〔旦做悲科詩云〕雖然是芳年連理爲功名只得離分〔下〕

〔音釋〕拈奴兼切　赳音九

第一折

〔淨扮高麗王領卒子上詩云〕獨據遼東一小邦大唐休怪不歸降隨他百萬英雄將誰敢偷窺鴨綠江自家高麗國王是也俺國自箕子受封以來傳至孤家世守高麗雄稱遼左自俺高麗以東還有一十六國都與大唐年年進貢惟有俺這一國不順大唐可是爲何只因俺國陸有天山水有鴨綠極其險隘只消一人把守隨你大唐百萬軍馬不能飛越近來手下得一員大將姓葛名蘇文官

封摩利支他有萬夫不當之勇聞的大唐家死了秦瓊老了敬德無甚英雄猛將今撥與摩利支十萬軍馬直至鴨綠江白額坡前下寨打將戰書去單搦大唐名將出馬若殺的俺家過俺家情願隨着一十六國與大唐家年年進貢若殺俺家不過俺爲上邦他爲下邦要他反來進貢於俺有何不可摩利支那裏（丑扮摩利支上云）自家葛蘇文便是郎主呼喚須索見來（見科云）大王喚小將有何事幹（高麗王云）摩利支喚你來不爲別事孤家聞知大唐死了秦瓊老了敬德無甚英雄猛將今撥與你十萬雄兵直至鴨綠江白額坡前下寨打將戰書去單搦大唐名將出馬則要你得勝成功自有加官賜賞也（摩利支云）得令則今日領十萬人馬直至鴨綠江白額坡前單搦大唐名將出馬與某交戰大小三軍聽吾將令（詩云）奉主命統領雄兵白額坡扎寨屯營料唐家無人出馬包的個千戰千贏（下）（高麗王云）摩利支此一去必然成功也孤家不免點起傾國人馬隨後接應走一遭去來（下）（外扮徐茂功領卒子上詩云）少年錦帶紫貂裘鐵馬西風衰草秋憑仗手中三尺劍會看談笑覓封侯老夫姓徐名世勣字茂功祖貫曹州離狐縣人也輔佐大唐官拜軍師英國公之職因爲遼東摩利支索戰有總管張士貴領兵與他交鋒在於鴨綠江白額坡前張士貴大敗虧輸有一白袍將出馬三箭定了天山殺退遼兵班師回朝奉聖人的命着老夫在元帥府論功陞賞那張士貴還說是他的功勞有一小將薛仁貴又說他的功勞未審虛實已曾着人喚二將去了令人轅門首覷者若二將來時報復我知道（卒子云）理會的（淨扮張士貴上詩云）我做總管本姓張生來好吃條兒糖但聽一聲催戰鼓臉皮先似蠟渣黃某乃總管張士貴是也自領軍與摩利支交戰倒也不見得便輸與他那知正戰中間忽地飛出一把刀來驚的我這魂不在頭上就撥轉馬頭一攣兜跑了若不是白袍小將薛仁貴出馬那裏有我的性命來如今薛仁貴三箭定了

天山殺退了摩利支本都是他的功勞那個看見我則是賴了他的我已將這功勞報過聖人如今着徐茂功與杜如晦在元帥府論功陞賞須索走一遭去可早來到也令人報復去道有總管張士貴下馬也〔卒子報科云〕喏報的軍師得知有張士貴來了也〔徐茂功云〕着他過來〔張士貴做見科〕〔徐茂功云〕總管當日三箭定了天山是誰的功勞〔張士貴云〕軍師若不是我張士貴那高麗家怎便降伏這一場厮殺三箭定了天山退了摩利支都是我張士貴的功勞除了我老張還有那個〔徐茂功云〕敢不是你的功勞有人說是一個白袍小將薛仁貴哩〔張士貴云〕好說都是我的功勞那一日是我穿着白來〔徐茂功云〕我不信令人與我喚將薛仁貴來者〔卒子云〕薛仁貴安在〔薛仁貴上詩云〕將軍三箭定天山壯士長歌入漢關方知定遠多奇相不在區區筆硯間某薛仁貴自從拜別父母投了義軍跟隨着總管張士貴前往高麗國被某當住海口三箭定了天山殺退摩利支班師回朝今日在元帥府定奪功勞加官賜賞軍師呼喚須索走一遭去可早來到也令人報復去道有薛仁貴在於門首〔卒子報科云〕喏報的軍師得知有薛仁貴來了也〔徐茂功云〕着他過來〔薛仁貴做見科云〕軍師呼喚薛仁貴有何差遣〔徐茂功云〕當日三箭定了天山殺退摩利支是誰的功勞〔薛仁貴云〕當日三箭定了天山殺退摩利支都是我薛仁貴的功勞也則不這件一總過海平遼有五十四件大功都被張士貴賴了今日不是軍師問呵仁貴也不敢說軍師與仁貴做主咱〔徐茂功云〕張士貴你就要混賴他的功勞這個豈是小事好混賴的但不知當日誰監軍陣來〔薛仁貴云〕當日有杜如晦大人監陣來軍師不信只請將監軍來便知這個端的〔徐茂功云〕令人與我請將杜如晦監軍來者〔卒子云〕理會得〔正末扮杜如晦上云〕老夫姓杜名如晦字克明祖居京兆杜陵人也與房玄齡共管朝政謝聖恩可憐加老夫爲兵部尚書蔡

國公之職今因高麗國不尊朝命侵犯邊境聖人遣將出師東征問罪有一白袍小將乃是薛仁貴三箭定了天山將摩利支殺退這個功勞端非小可今有徐茂功在元帥府令人來請想必是定奪功勞一事俺看了摩利支那般英勇若不是薛仁貴誰人殺的他退也呵〔唱〕

〔仙呂點絳脣〕恰便似猛虎當途甚人敢拒有一個白袍卒奮勇前驅直殺的他無奔處

〔云〕却被那總管張士貴要混賴薛仁貴的功勞這是老夫在陣面上親目所覩怎生好混賴也〔唱〕

〔混江龍〕那廝每殺人可恕將別人功績強糊突貪着個一時爵賞使出這百計贓誣則問你九里山前都是誰的力比及凌烟閣上倒把恁來圖我待要叩金階款款的明開去着甚來論黃數黑也則是惡紫奪朱

〔云〕說話中間可早來到元帥府也令人報復去道有杜監軍來了也〔卒子報科云〕喏報的元帥得知杜監軍來了也〔徐茂功云〕道有請〔正末做見科云〕英公喚老夫有何事來〔徐茂功云〕無事也不敢相請當日三箭定了天山殺退摩利支這兩件功勞只有蔡公監着軍陣來必然看的明白如今張士貴認做他的薛仁貴又說是他的老夫一時難以遙斷請蔡公是說一遍咱〔正末云〕這都是薛仁貴的功勞也〔張士貴云〕衆位大人在上今日聚集文武官員在此這一場廝殺若不是我張士貴誰近的摩利支只三箭定了天山殺退了摩利支明明都是我的功勞如今可爲甚麼倒拿去賞了那薛仁貴〔正末云〕張士貴都是薛仁貴的功勞你怎生混賴他的〔薛仁貴云〕監軍

爺你做個明輔當日個過海平遼時我薛仁貴有五十四件大功都被張士貴賴了監軍爺可憐與仁貴做箇證見咱〔正末唱〕

〔油葫蘆〕當日個鴨綠江邊列陣圖〔張士貴云〕衆位大人在上你就說這一場三箭定了天山不是張士貴的却是誰的功勞來〔正末唱〕現對着這文共武〔徐茂功云〕三箭定了天山此功最大您二將爭競未知是誰的功勞也〔正末云〕這是老夫親目所見委實是薛仁貴的〔唱〕則他這定天山三箭若連珠〔張士貴云〕我是個總管的官堪上功勞簿那薛仁貴不過馬前小卒他怎麼上的功勞簿〔正末唱〕哎不索你個將軍爭競功勞簿抵多少鳳凰飛在梧桐樹〔張士貴云〕薛仁貴走到高麗地面就生了一身疥瘡每日則是撓痒幾曾廝殺來只他寸箭皆無他有甚麼功勞〔正末唱〕那薛仁貴有十大功你可也寸箭無你待做趙高妄指秦庭鹿怎不去學龍伯釣鰲魚〔張士貴云〕不是我張士貴誇口那個似我這等騎的劣馬拽的硬弓吃的冷飯嚼的憨葱若有好酒打上三鍾俺真個是鐵掙掙的好漢子哩〔正末唱〕

〔天下樂〕敢待賣弄你這英雄大丈夫誰也波如自曾付可甚的養由基善穿楊百步餘〔張士貴云〕那薛仁貴到的高麗地面則去撲螞蚱摸螃蟹掏蜓蚰幾會會甚麼廝殺來〔正末唱〕是誰人領着大軍是誰人統着帥府〔張士貴云〕你不要說嘴您都有甚麼功勞在那裏〔正末云〕則你道波〔唱〕那一箇無功勞的請俸祿〔張士貴云〕論着我文通三略武解六韜不如那一個〔正末云〕噤聲〔唱〕

〔那吒令〕論着你這文呵怎的如管仲和鮑叔〔張士貴云〕論我的武呢〔正

末唱〕論着你那武呵怎如的周瑜魯肅〔張士貴云〕論我的智量呢〔正末唱〕論着你智量呵怎如的臥龍也那鳳雛〔張士貴云〕論着我兵書戰策揣着一肚子我久後還要拜相封侯做大大的官哩〔正末唱〕遮莫似張子房辭朝待要歸山去再習些戰策兵書〔張士貴云〕我是個總管之職倒不如莊家的農夫做小卒兒出身的偏我這等類氣我怎麼肯伏

〔正末唱〕

〔鵲踏枝〕你道他是農夫做軍卒〔帶云〕想那諸葛亮呵〔唱〕偏不曾隱跡南陽樂意耕鋤〔張士貴云〕他後來却怎的〔正末唱〕命通也逢着帝主一年間三謁茅廬

〔張士貴云〕諸葛亮鋤田飽地劉先主織蓆編履那等的人題他做甚麼〔正末云〕自古忠臣良將都出寒門我再說一個與你聽者〔唱〕

〔寄生草〕想當日韓元帥乞食那漂母若不是蕭何舉薦元戎做則那漢王怎把重瞳蹙顯見的忠良多在寒門出〔張士貴云〕監軍大人依着我只將薛仁貴革了他軍趕回家去仍舊種田纔稱了我心也〔正末唱〕則你這築沙堤推倒了紫金梁怎如他漚麻坑扶立的擎天柱

〔薛仁貴云〕軍師在上監軍爺所見不差怎麼將我的功勞填在張總管名下枉了唐天子這般神聖也還上明不知下暗哩〔徐茂功云〕住住你兩個將軍休鬧蔡公若要定奪這功勞可也容易我如今推出紅心垜子上面安一文金錢離一百步遠放下垜子着他每人射三箭若射中金錢便將

三箭定天山的功勞填在他名下加官賞賜射不中金錢的停職罷俸打爲庶民〔正末云〕英公也說的是〔張士貴云〕你如今着我與薛仁貴射這金錢垜子敢問軍師大人射着的可是怎生射不着的可是怎生當初上凌烟閣的都不會會射這垜子薛仁貴你則平心着我的功勞你要賴了我的又着我射垜子你先射去〔正末云〕英公且看他兩個射箭便見虛實也〔唱〕

〔金盞兒〕你兩個較贏輸辨實虛〔徐茂功云〕只今日要見箇明白方好論功行賞也〔正末唱〕這的是功勞簿上無差誤〔徐茂功云〕射不着金錢的罷官卸職射着金錢的着他衣紫腰金哩〔正末唱〕射不着罷官也那卸職射着的玉帶上掛金魚〔徐茂功云〕射不着的打爲庶民射着的着他位列三公之上〔正末唱〕射不着的苫莊三頃地扶手一張鋤射着的穩情取門排十二戟戶列八椒圖

〔徐茂功云〕如今推出紅心垜子去您見那垜子上一文金錢麼每人射三箭比試咱〔薛仁貴云〕軍師說的是將弓箭來我射三箭〔做射箭着三科〕〔卒子報科云〕報的軍師得知薛仁貴三箭都中紅心垜子也〔徐茂功云〕好將軍射中金錢也張士貴可該你射三箭〔張士貴云〕他射了麼他的射法是和我一般的〔徐茂功云〕不必多說你射三箭者〔張士貴云〕我說當初上凌烟閣的都不會會射這垜子薛仁貴你則平心着我的功勞你要賴了我的又着我射垜子也罷我射我射推出垜子去〔卒子云〕看垜子哩〔張士貴云〕這垜子有多遠〔卒子云〕則有一百步遠〔張士貴云〕你再退七八十步來〔卒子云〕忒近了〔張士貴云〕你便再近了些我若射的着我就是你的兒子令人將弓箭來我做了三十年總管到不知道這張弓原來這般硬我發箭也着〔卒子云〕射不着〔張士貴云〕不是不着這垜子忒遠了等我再射〔做再射科云〕着〔卒子云〕射不着〔張士貴云〕

又不着這弓不是我的弓我那張弓力打三升半米我再射〔做再射云〕着〔卒子云〕又不着〔張士貴云〕何如我說射不着麽〔徐茂功云〕哦都射不着令人拏下張士貴者〔卒子云〕理會的〔做拿張士貴科〕〔徐茂功云〕奉聖人的命因爲二將爭功着老夫在此元帥府定奪原來張士貴混賴薛仁貴的功勞按軍令本當斬首姑免項上一刀打爲庶民百姓苫莊三頃地扶手一張鋤令人與我搶出去〔卒子云〕理會的〔張士貴云〕薛仁貴本等是個莊農倒着他做了官我本等是官倒着我做莊農軍師好葫蘆提也罷罷罷如今只有他的說話沒我的說話〔詩云〕我做總管忒心兇今朝罷職做莊農我也再不習他黃公三略法到的家裏則把豆腐酒兒呷三鍾〔下〕〔徐茂功云〕今日功罪已明老夫須回聖人的話來〔下〕〔薛仁貴云〕若不是監軍大人小將豈有今日此恩異時必當重報〔正末云〕不枉了好將軍也〔唱〕

〔賺煞尾〕也不負了你血染戰袍紅鐙藏着征靴綠那一枝方天戟超今越古看這賴功賊容顏如糞土出轅門豕竄狼逋怎如你喜都都後擁前呼那裏也一將功成萬骨枯〔薛仁貴云〕量小將有甚功勞感蒙監軍大人這般擡舉〔正末唱〕則爲你開疆展土拏雲握霧托賴着聖明天子百靈扶〔下〕

〔徐茂功上云〕薛仁貴爲你多有功勞三箭定了天山平了高麗國奉聖人的命加你爲天下兵馬大元帥望闕謝了恩者〔薛仁貴謝恩科云〕多謝軍師大人擡舉〔徐茂功云〕元帥聖人賜你御酒三杯令人將酒過來〔薛仁貴云〕軍師大人小將不會飲酒〔徐茂功云〕聖人的命誰敢推辭元帥滿飲此杯〔薛仁貴云〕既是聖人的命小將飲這酒者〔做飲酒科云〕哎喲我醉了也〔做睡科〕〔

徐茂功云〕元帥醉了睡着了也令人休大驚小怪的等元帥覺來時報復我知道老夫且回後廳去者〔下〕〔薛仁貴打夢科云〕薛仁貴也我離家十年光景一雙父母年高無人侍養我則今日私離了邊庭帶領數十騎輕弓短箭善馬熟人回家探望父母走一遭去〔詩云〕則爲我三箭成功定太平官加元帥鎮邊庭十年不作還鄉夢愁聽慈烏天外聲〔下〕

〔音釋〕降奚江切 麗平聲 額崖去聲 搦囊帶切 轡音配 兜斗平聲 卒從蘇切 突東盧切 奪音多 鹿音路 憨音酣 窨音蔭 蚱音齋 掏音叨 祿音路 叔音暑 肅須上聲 策釵上聲 鉋音袍 食繩知切 蹙音取 出音杵 漚謳去聲 實繩知切 卸音瀉 苫聲占切 呷音瞎 綠音慮 竄倉算切 握音杳

第二折

〔卜兒上云〕老身是薛驢哥的母親自從我那孩兒投義軍去了可早十年光景也音信皆無俺兩口兒年紀老了多虧殺媳婦兒侍奉喫了早起的沒那晚夕的燒地眠炙地臥眼巴巴不見孩兒回來不知有官也是無官哎喲薛驢哥兒也則被你思想殺我也〔做哭科〕〔薛仁貴上云〕某薛仁貴還家探望父母去可早來到也兀的不是我家裏開門來開門來〔卜兒云〕是誰喚門我開開這門〔做見科云〕官人你是誰〔薛仁貴云〕則我便是薛驢哥〔卜兒哭科云〕兒也則被你想殺我也待我喚你父親來〔做喚科云〕薛大伯薛大伯〔正末扮孛老拏拄杖上〕〔唱〕

〔商調集賢賓〕是誰人吖吖的叫一聲薛大伯〔卜兒云〕是我叫你來〔正末唱〕哦我則道又是那一個拖逗我的小喬才我行不動前合也那後偃我立不住東倒波西歪折倒的我來瘦懨懨身子尪羸憂愁的我

乾剝剝髭鬢斑白〔哭科〕〔唱〕則俺那投軍去的孩兒哎喲知他是安在哉我便是那鐵石人也感嘆傷懷你不能勾掌六卿元帥府〔哭科〕〔唱〕哎喲兒也你可只落的定一面遠鄉牌

〔薛仁貴云〕不知我那父親老的怎生般一個模樣哩〔正末唱〕

〔逍遙樂〕哎喲兒也自從您投軍出外我每日家少精也那無神失魂喪魄哎喲兒也知他那裏日炙風篩博功名苦盡甘來我也只指望你一箭成功把門戶改光顯俺祖宗先代我如今無親無眷無靠無捱〔哭科〕〔唱〕哎喲兒也每日家無米無柴

〔正末做見卜兒科云〕婆婆你喚我做什麼〔卜兒云〕老的也你動不動煩天惱地這般啼哭做什麼我恰纔喚你你可在那裏來〔正末云〕我在莊東裏吃做親的喜酒去來〔卜兒云〕老的也你往莊東裏吃喜酒去可是誰家的女兒招了誰家的小廝你說一遍咱〔正末云〕婆婆聽我說者〔唱〕

〔梧葉兒〕劉大公家菩薩女招那莊王二做了補代則俺這衆親眷插鐶釵〔卜兒云〕他家那女兒會拜你來麼〔正末云〕婆婆你可早題起我來也他先拜了公公婆婆伯伯叔叔嬸子伯娘到我根前恰待要拜則聽的道住者〔唱〕每拜我道您因一個甚來〔云〕則他家老的每倒不會言語那小後生每一齊的鬧將起來道你休拜那老的他則一個孩兒投軍去了十年未知死活你拜了他呵可着誰還咱家的禮則被他這一句呵〔唱〕道的我便淚盈腮哎喲驢哥兒也則被你可便地閃殺

您這爹爹和妳妳〔卜兒云〕老的也你歡喜咱薛驢哥來了也〔正末云〕在那裏〔卜兒云〕孩兒拜你父親來〔薛仁貴見正末拜科云〕父親您孩兒回家探望父母來也〔正末云〕生忿賊真個來了婆婆我打這廝咱〔卜兒勸科云〕孩兒纔來家怎生便打老的也息怒些兒波〔正末唱〕

〔後庭花〕割捨了一不做二不該〔做舉拄杖卜兒奪科〕〔正末云〕婆婆放手〔卜兒云〕老的也息怒〔三科〕〔正末唱〕我打這廝千自由百自在〔云〕驢哥你去了幾時也〔薛仁貴云〕您孩兒去了十年光景也〔正末唱〕你從那二十二上投軍去你怎生三十二歲上恰到來〔薛仁貴云〕父親您孩兒盡忠便不能盡孝也〔正末唱〕你那一日離莊宅登紫陌絳州城顯氣概龍門鎮施手策你道把家門卽便改誰承望又過了十數載

〔雙雁兒〕恰便似送曾哀趙蕢不回來哎喲兒也我則道父子每相間隔不想孩兒也儼然在做娘的動力衰做爹的髮鬢白〔薛仁貴云〕父親母親不知您孩兒不是明明白白的回家來我私自離了邊庭探望父母我便要去也〔正末云〕婆婆管待孩兒咱〔卜兒云〕老的也將甚麼管待孩兒那〔正末唱〕

〔醋葫蘆〕你將那酒去買雞快宰〔卜兒云〕老的也着些甚麼買那酒和雞來〔正末唱〕你與我店東頭折當了那一對舊麻鞋〔卜兒云〕便買些小酒食也醉不的他驢哥兒酒量大哩〔正末唱〕你道是薛驢哥酒量兒寬似海〔帶云〕婆婆有有〔唱〕牀底下還有那二升家的喬麥哎兒也知他是甚風兒足律律吹你

可兀的到家來

〔張士貴領卒子冲上云〕兀的不是薛仁貴聽聖人的命因爲你不理軍事私自還家聖人着我拏你回朝定罪左右與我將薛仁貴執縛定者〔薛仁貴慌哭科云〕似此怎了父親着誰人救我也〔正末唱〕

〔么篇〕則見他劄憿憿開聖旨早諕的來黃甘甘改了面色〔張士貴云〕令人兩邊擺着休着那老的上前來〔卜兒哭科〕〔正末云〕兒也〔唱〕則見他惡哏哏的公吏兩邊排則除是南海救苦難觀自在〔張士貴云〕打開那老的休着他劫奪了〔正末唱〕諕的我磕頭也那禮拜〔帶云〕大人〔唱〕你饒過俺孩兒一命不強似把萬僧齋

〔張士貴云〕令人快與我拏了去者〔薛仁貴云〕父親母親您孩兒顧不的你了也〔正末哭科〕〔唱〕

〔浪裏來煞〕把孩兒撲碌碌推出門〔張士貴云〕搶出去殺壞了罷〔正末唱〕眼睜睜的要殺壞空教我心勞意攘怎支劃〔張士貴云〕執縛定着休走這廝也〔正末唱〕我只見麻繩背綁教他難掙閫着誰來把孩兒耽待哎喲兒也喒要相逢則除是九重天將一紙赦書來〔正末同卜兒下〕

〔張士貴做推薛仁貴科云〕你休推睡裏夢裏〔下〕〔薛仁貴醒科云〕一覺好睡也嗨原來是南柯一夢諕殺我也我恰纔飲了三杯酒醉了偶然睡着一夢中直到家鄉見我一雙父母如此貧窮苦楚天那我何日能勾相見也〔做悲科〕〔徐茂功云〕老夫徐茂功不知薛仁貴在前廳上爲何煩惱

我須索問個緣故〔做見科云〕呀元帥爲何煩惱敢嫌官職小麼〔薛仁貴云〕軍師大人不嫌聒絮聽小將慢慢的說一遍咱〔詩云〕從小長在莊農內一生只知村酒味皇封御酒幾曾聞吃了三杯薰薰醉一靈真性到家鄉正和父母同歡會門首忽聽大叫呼傳宣總管張士貴道我私自離邊庭奉命差他來問罪將咱反綁至堦前一刀劈得天靈碎不覺驚回一夢醒却在帥府前廳睡遙望家鄉安在哉想起父母痛流淚告你個開疆展土老軍師可憐見背井離鄉薛仁貴〔徐茂功云〕原來是這般我與你奏知聖人着元帥衣錦還鄉就將俺女孩兒賜你爲妻一同見你父母去夫榮妻貴共享天恩可不好也〔薛仁貴云〕謝了軍師大人不敢久停久住將着黃金百兩御酒千瓶回家見父母走一遭去來〔徐茂功詩云〕只因你三枝箭定了天山勅賜與黃金印拜將登壇〔薛仁貴詩云〕當日個哭啼啼拋離父母今日個笑吟吟衣錦榮還〔下〕

〔音釋〕伯音擺　逗音豆　厓音汪　羸音雷　白巴埋切　魄鋪買切　宅池齋切　陌音賣　隔皆上聲　麥音賣　惱音炒　憋音鱉　色篩上聲　哏狠平聲　畫胡乖切　國音債　柯音哥　味回去聲

第三折

〔丑扮禾旦上唱〕

〔雙調〕〔豆葉黃〕那裏那裏酸棗兒林子兒西裏俺娘着你早來也早來家恐怕狼蟲咬你摘棗兒摘棗兒摘您娘那腦兒你道不曾摘棗兒口裏胡兒那裏來張羅張羅見一個狼窩跳過牆囉就您娘呵

〔云〕伴哥喒上墳去來你也行動些兒波〔正末扮伴哥上云〕你也等我一等兒波今日正是寒食好個節令也呵〔唱〕

〔中呂粉蝶兒〕正值着日暖風微一家家上墳準備準備些節下茶食菜饅頭瓢漏粉雞豚狗彘這的是甚所喬爲直吃的恁般沙勢

〔醉春風〕可不的失掉了鑞釵鉀歪斜着油鬏髻上墳的須有許多人也不似你你吃的個行不是行立不是立醉了還醉

〔禾旦云〕伴哥俺看田苗去來行動些兒〔正末云〕你見麼遠遠的不知甚麼人來了〔禾旦慌科云〕伴哥兀的不一簇人來了諕殺我也〔正末唱〕

〔十二月〕敢則是一簇簇踏青拾翠一攢攢傍隴尋畦俺只見一道兒紅塵蕩起〔薛仁貴躧馬兒領卒子上云〕某乃薛仁貴是也擺開頭踏慢慢的行〔正末唱〕元來的一騎馬閃電奔馳一從使都是渾身繡織一將軍怎倒着縞素裳衣

〔堯民歌〕呀莫不是半空中降下雪神祇〔薛仁貴云〕兀那莊家你住者〔正末唱〕他叫一聲雄吼若春雷〔薛仁貴云〕你休慌我要問你句話哩〔正末唱〕諕的我心兒膽兒急獐拘猪的自昏迷手兒脚兒滴羞篤速的似呆癡禁也波持身軀怎動移我可便不待酒佯粧醉

〔薛仁貴云〕兀那廝我問你咱〔正末唱〕

〔上小樓〕驀聽的人言馬嘶威風也那猛勢諕的我戰戰兢兢慌慌

張張只待要哭哭啼啼這一壁那一壁怎生逃避好着我磕撲的在馬前跪膝

（薛仁貴云）兀那廝我問着你您休推東主西的（正末云）小人也怎敢（唱）

〔滿庭芳〕怎敢道是推東主西我則怕言無關典話不投機（薛仁貴云）你可是士居也可是寄居當着甚麼差徭（正末唱）孩兒每在龍門鎮民戶當夫役（薛仁貴云）您成羣打夥在這裏做什麼哩（正末唱）今日正百五寒食上墳的都是同鄉共里吃酒用瓦鉢和這磁杯怕官人待要來斂科稅我去村頭行報知官人也你但道的我便依隨

（薛仁貴云）我問你東莊裏薛大伯家有個孩兒是薛驢哥你認得他麼（正末云）孩兒每認得他認的他（唱）

〔快活三〕俺兩個也曾麥場上拾穀穗也曾樹稍上摘青梨也曾倒騎牛背品腔笛也曾偷的那生瓜來連皮吃

（薛仁貴云）既然你和薛驢哥是相識朋友他從小裏習學甚麼藝業來（正末唱）

〔迓鼓兒〕他他他從小裏他他他不務老實便把那鎗兒棒兒強温習偏不肯拽欛扶犁常只是抛了農器演武藝就壓着那一班一輩與他副弓箭能射與他匹劣馬能騎更使着一條方天畫戟

（薛仁貴云）他那一雙父母如今有什麼人待養他你說一遍我是聽咱（正末云）他那老兩口兒年紀高大則有的這個孩兒可又投軍去了十年光景音信皆無做父母的在家少米無柴眼巴巴

不見回來好不苦也〔唱〕

〔鮑老兒〕不甫能待的孩兒成立起把爹娘不同個天和地也不知他在楚館秦樓貪戀着誰全不想養育的深恩義可憐見一雙父母年高力弱無靠無依那廝也少不的亡身短命投坑落塹是個不長進的東西

〔薛仁貴云〕兀那廝你也還認的那薛驢哥麼〔正末云〕孩兒每怎麼不認的他我若見了他呵去他那鼻凹裏直打上五十拳〔薛仁貴云〕兀那廝擡起你那頭來睜開你那眼則我不就是薛驢哥那〔正末云〕早是你孩兒每也不曾說甚麼哩〔薛仁貴云〕你也罵的我勾了也您不知我如今做了天下兵馬大元帥奉聖人的命着我衣錦還鄉家中見父母去也〔正末唱〕

〔耍孩兒〕則你那老爹娘受苦你身榮貴全改換了個雄軀壯體比那時將息的可便越豐肥長出些苦脣的髭鬚我纔咒罵了你幾句你權休怪也是我間別來的多年把你不認的〔薛仁貴云〕我不怪你恕下官不下馬也〔正末唱〕哎你看他馬兒上朁朁的勢早忘和俺掬鵰鳩爭攀古樹摸蝦蟆混入淤泥

〔薛仁貴云〕自我投義軍之後我一雙父母怎生般過活你再說一遍與我聽咱〔正末唱〕

〔一煞〕你娘可也過七旬你爹整八十又無個哥哥妹妹和兄弟你爹也曾苦禁破屋三冬冷您娘也曾撥盡寒爐一夜灰餓的他身軀軟肝腸碎甚的是肥羊也那白麪只捱的個淡飯黃虀

〔薛仁貴云〕俺父親母親也會思想我麽〔正末唱〕

〔煞尾〕他從黃昏哭到明早辰間哭到黑哭你個離鄉背井薛仁貴〔云〕則你那一雙父母朝暮倚着柴門望那驢哥兒知道幾時回來兀的不艱難殺了也〔唱〕可憐見你那年老的爹娘盼望殺你〔禾旦同下〕

〔薛仁貴云〕原來我一雙父母受如此般苦楚我不敢久停久住只索提回家中見父親母親去者〔詩云〕遼左回來荷主恩黃金百兩酒千尊歸家手奉雙親壽可比農莊勝幾分〔下〕

〔音釋〕摘齋上聲　彘音治　錍音批　鬏音狄　織張恥切　祇音其　吼呵苟切　璧音彼　膝喪擠切　役銀計切　穗音遂　笛丁梨切　吃音恥　習星西切　射繩知切　戟巾以切　塹僉去聲　凹汪卦切　的音底　淤音於　十繩知切　黑亨美切

第四折

〔杜如晦上云〕老夫杜如晦是也自從薛仁貴殺退遼兵三箭定了天山班師回朝加為兵馬大元帥將徐茂功的女孩兒賜與薛仁貴為夫人着他衣錦還鄉今奉聖人的命着老夫齎勅傳示徐茂功直至絳州龍門鎮與薛仁貴一家兒封官賜賞早將這勅書送與茂功去了老夫不敢久停久住須索回聖人話去也〔詩云〕則為那薛仁貴跨海征遼鴨綠江累建功勞賜黃金回家慶壽加封贈重取還朝〔下〕〔正末扮孛老同卜兒旦兒上云〕老漢薛太伯的便是婆婆孩兒投軍去了十年光景音信皆無不見回家怎生是了〔卜兒云〕都是你個老的來你放着他投軍去了你今日受艱難呵說甚麽老的也我昨夜做個夢夢見孩兒得了官不知可有這福分哩〔正末云〕婆婆夢是心頭想孩兒也你得官不得官你早些兒來家兀的不盼望殺我也呵〔唱〕

〔雙調新水令〕我為你個養家兒哭的眼睛花哎則從你去家來我可便放心不下兒也你若不是多時歸地府怎十載滯天涯甚的是出入通達好教我這煩惱甚時罷〔卜兒云〕老的他世不回來了也你煩惱怎麼〔正末云〕我且歇息咱〔卜兒云〕老的你且歇息我柴門首是看覷咱〔薛仁貴引小旦卒子上云〕我薛仁貴早來到家門首也左右與我接了馬者兀的門前不是母親也〔卜兒云〕那壁來的官人你是誰休諕老婆子也〔薛仁貴云〕母親認的您孩兒薛仁貴麼今日得了官來家也〔卜兒云〕可知是孩兒薛仁貴我報復您父親去老的也你歡喜咱孩兒得了官來家也〔正末云〕是真個婆婆俺出這柴門是看咱〔做見科云〕誰是薛仁貴〔薛仁貴云〕則我便是薛仁貴受您孩兒幾拜〔正末唱〕

〔殿前歡〕俺孩兒便得來家你看他參隨人馬甚頭踏〔薛仁貴云〕您孩兒不覺的去了十年光景也〔正末唱〕這十年光景成虛話可是真假疑怪這靈鵲兒噪晚衙喜蛛兒在簷前掛魂夢兒撇不下我數日前篤速速眼跳昨夜裏便急爆燈花〔薛仁貴云〕您孩兒三箭定了天山殺退摩利支加我為天下兵馬大元帥勅賜英國公的女孩兒招我為壻今日衣錦還鄉探望父母來小姐你拜我一雙父母咱〔小旦拜科云〕公公婆婆受媳婦兒八拜咱〔卜兒云〕哦你是英國公小姐兀的不折殺老身也〔大旦云〕俺今日父子夫婦團圓公婆大人請坐受媳婦兒拜賀者〔卜兒云〕孩兒也這十年光景多虧了媳婦兒侍奉俺老兩口兒也

〔正末唱〕

〔甜水令〕我經了些冉冉年華蕭蕭冬月炎炎的那長夏盼的我心切切眼巴巴這其間幹運供給執虀擁菜縫衣補衲多虧你這柳氏渾家

〔薛仁貴云〕大嫂這十年間多虧了你侍養我一雙父母小姐我和你拜謝柳氏咱〔小旦云〕姐姐多虧了你侍奉公婆受您妹子幾拜〔大旦云〕小姐也我則是個庶民百姓之女你乃是官宦人家的千金小姐請自穩便〔二旦同拜科〕〔正末云〕媳婦兒從今以後您兩個也不要分什麼前後也不要分什麼大小只做姊妹稱呼可不好也〔唱〕

〔折桂令〕定道是俺家門則有這媳婦兒賢達誰知你又被皇恩賜與嬌娃一個是勇烈之夫一個是糟糠之婦一個是宰相之家那一個知禮數好生謙洽這一個忒温良並沒參差您兩個堪羡堪誇無釁無瑕這一個村莊婦會舉案齊眉那一個官宦女似錦上添花

〔徐茂功引卒子上詩云〕昨朝辭鳳闕今日到龍門一家增喜氣千載頌皇恩老夫徐茂功因為薛仁貴征遼有功欽賜衣錦還鄉去了今奉聖人的命着小官齎詔前去龍門鎮將他一雙父母同妻柳氏皆加封贈重取回朝來到此間是他門首令人報復去道有徐茂功奉命至此也〔卒子云〕喏報的元帥得知有徐茂功奉聖人的命到於門首〔薛仁貴云〕快裝香來等我親自接待去〔做見科〕〔徐茂功云〕薛仁貴老夫奉聖人的命親齎丹詔至此與您一家兒封官賜賞〔薛仁貴云〕早知大人前來只合遠遠迎接幸恕薛仁貴之罪也〔正末卜兒旦兒換冠服科〕〔正末唱〕

〔喜江南〕呀怎知道今日呵得遇這榮華則俺個蒼顏皓首一莊家

也會緋袍象簡帶烏紗孩兒你可也喜咱不枉了從前教你學兵法

〔徐茂功云〕薛仁貴您一家兒望闕跪着聽聖人的命因為你有蓋世功勳加封平遼公食邑十萬戶你父母賞賜黃金百斤柳氏徐氏並封遼國夫人欽限三月重復還朝謝了恩者〔衆謝恩科〕〔徐茂功云〕我想當日摩利支在鴨綠江白額坡前扎下軍營單搦俺大唐家名將出馬是時俺大唐名將死的死了老的老了全得元帥三箭方能退得摩利支成此大功今日聖人加官賜賞亦不枉了也〔正末唱〕

〔沽美酒〕元來個大唐朝也名將乏俺孩兒肯奮發只他這一片忠心報國家和遼兵做場廝殺纔得那干戈罷

〔薛仁貴云〕父親您孩兒跨海征遼曾立下五十四件功勞爭些兒被總管張士貴白賴去了若非軍師大人定奪功罪您孩兒豈有今日〔衆謝徐茂功科〕〔徐茂功云〕這是奉聖人的命着老夫論功陞賞何足謝哉〔正末唱〕

〔太平令〕雖則是唐天子操持生殺怎當他張總管賣弄姦猾若不遇老軍師神明鑒察險把俺白袍將功勞勾抹今日個爵加賞加受這般樣顯達呀俺把你大恩人如何報答

〔徐茂功云〕元帥你一門榮貴欽取還朝是人生最喜的事就今日殺羊造酒做一個大筵席慶賀者〔詞云〕白袍將世上無雙平高麗威振邊疆扶持的乾坤清泰指磨的日月輝光一個薛大公靈椿不老一個薛大婆共樂萱堂一個宰相女甘心做小一個糟糠婦分外賢良降丹詔全家封贈改門閭榮耀非常若不是徐茂公轅門比射怎顯得薛仁貴衣錦還鄉

〔音釋〕 達當加切　踏當加切　爆音報　捥碗平聲　衲囊亞切　姊音子　洽奚佳切　釁欣去聲　瑕音霞　法方雅切　乏扶加切　發方雅切　殺雙鮓切　猾呼佳切　察抽鮓切　抹音罵　答音打　揩楷平聲

題目　徐茂公比射轅門
正名　薛仁貴榮歸故里

薛仁貴榮歸故里雜劇

李千金月下花前
倣李息齋筆

裴少俊牆頭馬上

珍倣宋版印

裴少俊牆頭馬上雜劇

元 白仁甫撰

明吳興臧晉叔校

第一折

〔冲末扮裴尙書引老旦扮夫人上詩云〕滿腹詩書七步才綺羅衫袖拂香埃今生坐享榮華福不是讀書那裏來老夫工部尙書裴行儉是也夫人柳氏孩兒少俊方今唐高宗卽位儀鳳三年自去年駕幸西御園見花木狼藉不堪遊賞奉命前往洛陽不問權豪勢要之家選揀奇花異卉和買花栽子趁時栽接爲老夫年高奏過官裏教孩兒少俊承宣馳驛代某前去自新正爲始得了六日宣限那的是老夫有福處少俊三歲能言五歲識字七歲草字如雲十歲吟詩應口才貌兩全京師人每呼爲少俊年當弱冠未曾娶妻不親酒色如今差他出去公幹萬無一失教張千伏侍舍人在一路上休教他胡行替俺買花栽子去來〔下〕〔外扮李總管上云〕老夫姓李雙名世傑乃李廣之後當今皇上之族嫡親三口兒夫人張氏有女孩兒小字千金年方一十八歲尤善女工深通文墨志量過人容顏出世老夫前任京兆留守因諷諫則天謫降洛陽總管老夫當初曾與裴尙書議結婚姻只爲宦路相左遂將此事都不提起了如今左司家勾喚我今日便行留下夫人與孩兒緊守閨門待我回來另議親事未爲遲也〔下〕〔正末扮裴舍人引張千上云〕小生是工部尙書舍人裴少俊自三歲能言五歲識字七歲草字如雲十歲吟詩應口才貌兩全京師人每呼爲少俊年當弱冠未曾娶妻惟親詩書不通女色承宣馳驛前來洛陽不問權豪勢要之家名園佳圃選揀奇花和買花栽子就用一車裝送來日起程今日乃三月初八日上巳節令洛陽王孫士女傾城翫賞張千喒

每也同你看去來〔下〕〔正旦扮李千金領梅香上云〕妾身李千金是也今日是三月上巳良辰佳節是好春景也呵〔梅香云〕小姐觀此春天真好景致也〔正旦云〕梅香你覷着圍屏上佳人才子士女王孫是好華麗也〔梅香云〕小姐佳人才子爲甚都上屏障非同容易也呵〔正旦唱〕

〔仙呂點絳唇〕往日夫妻夙緣仙契多才藝倩丹青寫入屏圍真乃是畫出個蓬萊意

〔梅香云〕小姐看這圍屏有個主意梅香猜着了也少一個女壻哩〔正旦唱〕

〔混江龍〕我若還招得個風流女壻怎肯教費工夫學畫遠山眉寧可教銀缸高照錦帳低垂菡萏花深鴛並宿梧桐枝隱鳳雙棲這千金良夜一刻春宵誰管我衾單枕獨數更長則這半牀錦褥枉呼做鴛鴦被〔梅香云〕等老相公回來呵尋一門親事可不好也〔正旦唱〕流落的男游別郡躭閣的女怨深閨

〔梅香云〕小姐這幾日越消瘦了〔正旦唱〕

〔油葫蘆〕我爲甚消瘦春風玉一圍又不曾染病疾迎新來寬褪了舊時衣〔梅香云〕夫人道小姐不快時少做女工勝服湯藥〔正旦唱〕害的來不疼不痛難醫治吃了些好茶好飯無滋味似舟中載倩女魂天邊盼織女期這些時困騰騰每日家貪春睡看時節針線強收拾

〔天下樂〕我可便提起東來忘了西〔梅香云〕昨日幾家來問親小姐不語怎麼〔正旦唱〕喒萱堂又覷着面皮至如個窮人家女孩兒到十六七或是

誰家來問親那家來做媒你教女孩兒羞答答說甚的

〔梅香云〕今日上巳王孫士女寶馬香車都去郊外翫賞去了咱兩個去後花園內看一看來〔正旦云〕梅香將着紙墨筆硯咱去來〔做行科〕〔正旦唱〕

〔那吒令〕本待要送春向池塘草萋我且來散心到荼蘼架底我待教寄身在蓬萊洞裏蹙金蓮紅繡鞋蕩湘裙鳴環珮轉過那曲檻之西

〔鵲踏枝〕怎肯道負花期惜芳菲粉悴胭憔他綠暗紅稀九十日春光如過隙怕春歸又早春歸

〔寄生草〕柳暗青烟密花殘紅雨飛這人人和柳渾相類花心吹得人心碎柳眉不轉蛾眉繫爲甚西園陡恁景狼籍正是東君不管人憔悴

〔么篇〕榆散青錢亂梅攢翠豆肥輕輕風趁蝴蝶隊霏霏雨過蜻蜓戲融融沙煖鴛鴦睡落紅踏踐馬蹄塵殘花醞釀蜂兒蜜

〔裴舍騎馬引張千上云〕方信道洛陽花錦之地休道城中有多少名園〔做點花本科云〕你覷這一所花園〔做見旦驚科云〕一所花園呀一個好姐姐〔正旦見末科云〕呀一個好秀才也〔唱〕

〔金盞兒〕兀那畫橋西猛聽的玉驄嘶便好道杏花一色紅千里和花掩映美容儀他把烏靴挑寶鐙玉帶束腰圍真乃是能騎高價馬會着及時衣

〔正末云〕你看他霧鬢雲鬟冰肌玉骨花開媚臉星轉雙眸只疑洞府神仙非是人間豔冶〔梅香云〕小姐你聽來〔正旦唱〕

〔後庭花〕休道是轉星眸上下窺恨不的倚香腮左右偎便錦被翻紅浪羅裙作地席〔梅香云〕小姐休看他倘有人看見〔正旦唱〕既待要暗偷期咱先有意愛別人可捨了自己

〔梅香云〕小姐你却顧盼他他可不顧盼你哩〔張千上云〕舍人休要惹事咱城外去看來〔做催科〕〔裴舍云〕四目相覷各有眷心從今已後這相思須害也〔張千做催打馬科云〕舍人去罷〔裴舍云〕如此佳麗美人料他識字寫個簡帖兒嘲撥他張千將紙筆來看他理會的麼〔做寫科云〕張千將這簡帖兒與那小姐去〔張千云〕舍人使張千去若有人撞見這頓打可不善也〔裴舍云〕我教你有人若問呵則說俺買花栽子不妨事若見那小姐說俺舍人教送與你〔張千云〕舍人我去〔裴舍云〕那小姐喜歡你便招手喚我我便來若是搶白你便擺手我便走〔張千云〕我知道〔做見旦科云〕小姐你這後花園裏有賣花栽子麼〔梅香云〕這裏花栽子誰要買〔張千云〕俺那舍人要買〔做招手裴舍望科云〕謝天地事已諧矣〔梅香做叫科云〕小姐那兩個人拿過一張兒紙來不知寫甚麼小姐看咱〔正旦做念詩科云〕只疑身在武陵遊流水桃花隔岸羞咫尺劉郎腸已斷為誰含笑倚牆頭梅香將紙筆來〔做寫科云〕梅香我央你咱你勿阻我將這一首詩送與那舍人〔梅香云〕小姐教我送這詩與誰去也詩中意怎生見那秀才道甚的則怕有人撞見怎了〔正旦云〕好姐姐你與我走一遭去〔梅香云〕你往常打我罵我今日為甚的央我着我寄與誰〔正旦唱〕

〔幺篇〕你道是情詞寄與誰我道來新詩權作媒我映麗日牆頭望他怎肯袖春風馬上歸怕的是外人知你便叫天叫地哎小梅香好不做美

〔梅香云〕這簡帖我送與老夫人去〔正旦云〕梅香我央及你要告老夫人呵可怎了〔梅香云〕你慌麽〔正旦云〕可知慌哩〔梅香云〕你怕麽〔正旦云〕可知怕哩〔梅香云〕我鬭你耍哩〔正旦云〕則被你諕殺我也〔梅香送裴舍科云〕俺小姐上覆舍人看這首詩咱〔裴舍看科詩云〕深閨拘束暫閑遊手撚青梅半掩羞莫負後園今夜約月移初上柳梢頭千金作這小姐有傾城之態出世之才可爲囊篋寶玩〔梅香云〕俺小姐道來今夜後園中赴期休得失信〔裴舍云〕張千俺打那裏過去〔張千云〕跳牆過去〔梅香轉向旦云〕小姐他待跳牆來也〔正旦唱〕

〔賺煞〕這一堵粉牆兒低這一帶花陰兒密與你個在客的劉郎說知雖無那流出胡麻香飯水比天台山到逕抄直莫疑遲等的那斗轉星移休教這印蒼苔的凌波襪兒濕將湖山困倚把角門兒虛閉這後花園權做武陵溪〔下〕

〔裴舍云〕慚愧這一場喜事非同小可只等的天晚便好赴約去也〔詩云〕偶然間兩相窺望引逗的春心狂蕩今夜裏早赴佳期成就了牆頭馬上〔下〕

〔音釋〕菡含去聲　萏音淡　疾精妻切　褪吞去聲　倩阡去聲　拾繩知切　七倉洗切　的音底　荼音徒　蘼音梅　隙音喜　密忙閉切　藉精妻切　蝶音爹　醞音韻　釀尼降切　蜜忙閉切　席星西切　嘲之稍切　撚奴典切　篋丘也切　直征移切

濕傷以切　逗音豆

第二折

〔夫人同老旦嬷嬷上云〕老身是李相公夫人相公左司家喚的去了不見回來今日老身東閣下探姈子回來身子有些不快天色晚也梅香繡房中道與小姐休教他出來嬷嬷收拾前後我歇息去也〔下〕〔裴舍上云〕我回到這館驛安下心中悶倦那裏有心去買花栽子巴不得天晚了也我如今與小姐赴期去來〔下〕〔正旦同梅香上云〕今日因去後園中看花牆頭見了那生四目相視各有此心將一個簡帖兒約今夜來赴期我回到繡房中梅香不知夫人睡去也不曾〔梅香云〕我去看來〔下〕〔正旦做睡梅香推科云〕小姐小姐〔正旦醒科云〕我正好做夢哩〔梅香云〕你夢見甚麼來〔正旦唱〕

〔南呂一枝花〕睡魔纏繳得慌別恨禁持得煞離魂隨夢去幾時得好事遂人來一見了多才口兒裏念心兒裏愛合是姻緣簿上該則爲畫眉的張敞風流擲果的潘郎稔色

〔梅香云〕今夜好歹來也則管裏作念的眼前活現〔正旦唱〕

〔梁州第七〕早是抱閑怨時乖運蹇又添這害相思月值年災〔帶云〕休道是我〔唱〕天若知道和天也害〔云〕梅香這早晚多早晚也〔梅香云〕是申牌時候了〔正旦唱〕幾時得月離海嶠纔則是日轉申牌〔梅香云〕小姐日頭下去了一天星月出來了〔正旦唱〕怕露驚宿鳥風弄庭槐看銀河斜映瑤階都不動纖細塵埃月也你本細如弓一半兒蟾蜍却休明如鏡照三千世界冷

如冰浸十二瑤臺禁罏瑞靄把剔團圞明月深深拜你方便我無礙

深拜你個嫦娥不妬色你敢且半霎兒霧鎖雲埋

（梅香云）這場事也非容易哩（正旦唱）

〔牧羊關〕待月簾微簌迎風戶半開你看這場風月規劃（梅香云）怎生規劃（正旦云）你與我接去（梅香云）怕他不來倒教我去接他（正旦唱）就着這風送花香雲籠月色（梅香云）小姐爲甚麼着我接他去（正旦唱）你道爲甚着你個丫嬛迎少俊我則怕似趙杲送曾哀（梅香云）這裏線也似一條直路怕他迷了道兒（正旦唱）你道方徑直如線我道侯門深似海

（梅香云）你兩個頭目自說話來（正旦唱）

〔罵玉郎〕相逢正是花溪側也須穿短巷過長街（梅香云）到那裏便喚你來（正旦唱）又不比秦樓夜讌金釵客這的擔着利害把你那小性格且寧奈

〔感皇恩〕喒這大院深宅幽砌閑堦不比操琴堂沽酒舍看書齋（梅香云）遲又不是疾又不是怎生可是（正旦唱）教你輕分翠竹款步蒼苔休驚起庭鴉喧隣犬吠怕院公來

（梅香云）小姐這來時可着多早晚也（正旦唱）

〔採茶歌〕把粉牆兒挨角門兒開等夫人燒罷夜香來月色朦朧天色晚鼓聲纔動角聲哀

〔梅香云〕我說與你夫人已睡了也一准不來了今夜嬷嬷又在前面守着庫房門哩到天色晚了
我點上燈就接姐夫去〔裴舍引張千上云〕張千休大驚小怪的你只在牆外等着〔做跳牆見科云〕
梅香我來了也〔梅香云〕我說去小姐姐夫來了也你兩個說話我門首看着〔裴舍云〕小生是個
寒儒小姐不棄小生殺身難報〔正旦云〕舍人則休負心〔唱〕
〔隔尾〕我推粘翠靨遮宮額怕綽起羅裙露繡鞋我忙忙扯的鴛鴦
被兒蓋翠冠兒懶摘畫屏兒緊挨是他撒滯殢把香羅帶兒解
〔嬷嬷上云〕這早晚小姐房裏有人說話在窗下聽咱呀果然有人我去覷破他〔梅香云〕小姐吹
滅了燈嬷嬷來也〔嬷嬷云〕吹滅了燈我聽的多時了也你待走那裏去〔裴舍同旦做跪科正旦
云〕是做下來也怎見父母妳妳可憐見你放我兩個私走了罷至死也不敢忘你〔嬷嬷云〕兀的
是不出嫁的閨女教人營勾了身軀可又隨着他去這漢子是誰家的〔裴舍云〕小生是客寄書生
乞容寬恕〔嬷嬷云〕俺這裏不是贏姦買俏去處〔正旦唱〕
〔紅芍藥〕他承宣馳驛奉官差來這裏和買花栽又不是瀛州方丈
接蓬萊遠上天台比畫眉郎多氣槩騾青驄踏斷章臺〔嬷嬷云〕都是這
梅香小奴才勾引來的〔正旦唱〕枉罵他偷寒送煖小奴才要這般當面搶白
〔嬷嬷云〕不是這奴胎是誰〔正旦唱〕
〔菩薩梁州〕是這牆頭擲果裙釵馬上搖鞭狂客說與你箇聰明的
妳妳送春情是這眼去眉來〔嬷嬷云〕好可羞也那不羞眼去眉來倒與真姦真盜一
般教官司問去〔正旦唱〕則這女娘家直恁性兒乖我待捨殘生還却鴛鴦

債也謀成不謀敗是今日且停嗔過後改怎做的姦盜拏獲〔嬷嬷云〕你看上這窮酸餓醋甚麼好〔正旦唱〕〔牧羊關〕龍虎也招了儒士神仙也聘與秀才何況咱是濁骨凡胎一箇劉向題倒西嶽靈祠一箇張生煑滾東洋大海卻待要宴瑤池七夕會便銀漢水兩分開委實這烏鵲橋邊女捨不的斗牛星畔客〔嬷嬷云〕家醜事不可外揚兀那漢子我將你拖到官中不道的饒了你哩〔裴舍云〕嬷嬷你要了我買花栽子的銀子教梅香喚將我來咱就和你見官去來〔正旦唱〕〔三煞〕不肯教一牀錦被權遮蓋可不道九里山前大會垓繡房裏血泊浸尸骸解下這摟帶裙刀爲你逼的我緊也便自傷殘害顛倒把你娘來賴〔梅香云〕你要他這秀才的銀子教我去喚將他來便見夫人也則實說〔嬷嬷云〕夫人也不信〔正旦唱〕你則是拾的孩兒落的摔你待致命圖財〔二煞〕我怎肯掩殘粉淚橫眉黛倚定門兒手托腮山長水遠幾時來且休說度歲經年只一夜冰消瓦解恁時節知他是和尚在鉢盂在他憑着滿腹文章七步才管情取日轉千堦〔嬷嬷云〕親的則是親若夫人變了心可不枉送我這老性命我如今和你商量隨你揀一件做第一件且教這秀才求官去再來取你不着嫁了別人第二件就今夜放你兩個走了等這秀才得了官那時依舊來認親〔正旦云〕嬷嬷只是走的好〔唱〕〔黃鍾尾〕他折一枝丹桂羣儒駭怎肯十謁朱門九不開〔嬷嬷云〕若以

後泄漏出此風聲枉壞了一世前程拆散了一雙佳配常言道一歲使長百歲奴我躭着利害放您則要一路上小心在意者〔正旦云〕母親年高怎生割捨〔嬷嬷云〕夫人處有我在此你自放心去罷〔正旦同裴謝科〕〔正旦唱〕不是我敢爲非敢作歹他也有風情有手策你也會圓成會分解我也肯過從肯躭待便鎖在空房嫁在鄉外你道父母年高老邁那裏有女孩兒共爺娘相守到頭白女孩兒是你十五歲寄居的堂上客〔同裴舍梅香下〕

〔嬷嬷云〕他每去也若夫人問時說個謊道不知怎生走了料夫人必然不敢聲揚等待他日後再來認親也未遲哩〔下〕

〔音釋〕妗巨禁切　煞音晒　色篩上聲　嶠喬去聲　蟾池髯切　蜍音除　霎音殺　簌音速　劃胡乖切　杲音稿　側齋上聲　客音楷　宅池齋切　醫於協切　額崖去聲　摘齋上聲　殢音膩　解上聲　白巴埋切　獲胡乖切　摟婁上聲　捽音洒　黛音代　策釵上聲　過平聲

第三折

〔裴尚書上云〕自從少俊去洛陽買花栽子回來今經七年老夫常是公差多在外少在裏且喜少俊頗有大志每日只在後花園中看書直等功名成就方纔娶妻今日是清明節令老夫待親自上墳去奈畏風寒教夫人和少俊替祭祖去咱〔下〕〔裴舍引院公上云〕自離洛陽同小姐到長安七年也得了一雙兒女小廝兒叫做端端女兒喚做重陽端端六歲重陽四歲只在後花園中隱藏不曾參見父母皆是院公伏侍連宅裏人也不知道今日清明節令父親畏風寒我與母親郊外墳塋

中祭奠去院公在意照顧怕老相公撞見〔院公云〕哥哥一歲使長百歲奴這宅中誰敢題起個李字若有一些差失如同那趙盾便有災難老漢就是靈輒扶輪王伯當與李密疊尸爲人須爲徹休道老相公不來便來呵老漢憑四方口調三寸舌也說將回去我這是蒯文通李左車哥哥你放心倚着我呵萬丈水不教泄漏了一點兒〔裴舍云〕若無疎失回家多多賞你〔下〕〔正旦引端端重陽上云〕自從跟了舍人來此呵早又七年光景得了一雙兒女過日月好疾也呵〔唱〕

〔雙調新水令〕數年一枕夢莊蝶過了些不明白好天良夜想父母關山途路遠魚鴈信音絕爲甚感嘆咨嗟甚日得離書舍

〔駐馬聽〕憑男子豪傑平步上萬里龍庭雙鳳闕妻兒真烈合該得五花官誥七香車也強如帶滿頭花向午門左右把狀元接也強如掛拖地紅兩頭來往交媒謝今日箇改換別成就了一天錦繡佳風月

〔云〕我掩上這門看有甚人來此〔院公持掃箒上云〕哥哥祭奠去了嫂嫂根前回復去咱〔見科云〕嫂嫂舍人祭奠去了院公特地說與嫂嫂得知〔正旦云〕院公可要在意者則怕老相公撞將來〔院公云〕老漢有句話敢說麼今日清明節有甚節令酒果把些與老漢吃飽了只在門首坐着看有甚的人來〔旦與酒肉吃科院公云〕夜來兩個小使長把牆頭上花都折壞了今日休教出來只教書房中耍則怕老相公撞見〔正旦唱〕

〔喬牌兒〕當攔的便去攔我把你個院公謝想昨日被棘針都把衣袂扯將孩兒指尖兒都搯破也

〔端端云〕妳妳我接爹爹去來〔正旦云〕還未來哩〔唱〕
〔幺篇〕便將毬棒兒撇不把膽瓶藉你哥哥這其間未是他來時節
怎抵死的要去接
〔院公云〕我門口去吃了一瓶酒一分節食覺一陣昏沉倚着湖山睡些兒咱〔端端打科〕〔院公
云〕諕殺人也小爺爺你要到房裏要去〔又睡科重陽打科〕〔院公云〕小妳妳女孩家這般劣〔又
睡科二人齊打介〕〔院公云〕我告你去也快書房裏去〔裴尚書引張千上云〕夫人共少俊祭奠
去了老夫心中悶倦後花園內走一遭去看孩兒做下的功課咱〔見院公云〕這老子睡着了〔做
打科院公做醒着掃箒打科云〕打你娘那小廝〔做見慌科尚書云〕這兩個小的是誰家〔端端云
〕是裴家〔尚書云〕是那個裴家〔重陽云〕是裴尚書家〔院公云〕誰道不是裴尚書家花園小弟
子還不去〔重陽云〕告我爹爹妳妳說去〔院公云〕你兩個採了花木還道告你爹爹妳妳去跳起
恁公公來也打你娘〔兩人走科院公云〕你兩個不投前面走便往後頭去〔二人見旦科云〕我兩
人接爹爹去見一老爹問是誰家的〔正旦云〕孩兒也我教你休出去兀的怎了〔尚書做意科云〕
這兩個小的不是尋常之家這老子其中有詐我且到堂上看來〔正旦唱〕
〔豆葉兒〕接不着你哥哥正撞見你爺爺魄散魂消腸慌腹熱手脚
顰狂去不迭相公把拄杖掂詳院公把掃箒支吾孩兒把衣袂撧者
〔尚書云〕噹房裏去來〔到書房正旦掩門科〕〔尚書云〕更有誰家個婦人〔院公云〕這婦人折了
俺花在這房內藏來〔正旦唱〕
〔掛玉鈎〕小業種把攏門掩上些些道不的跳天撅地十分劣被老相

公親向園中撞見者謊的我死臨侵地難分說〔尚書云〕拿的芙蓉亭上來

〔正旦唱〕氤氳的臉上羞撲撲的心頭怯喘似雷轟烈似風車

〔院公云〕這婦人折了兩朵兒花怕相公見躲在這裏合當饒過教家去〔正旦云〕相公可憐見妾身是少俊的妻室〔尚書云〕誰是媒人下了多少錢財誰主婚來〔旦做低頭科〕〔尚書云〕這兩個小的是誰家〔院公云〕相公不合煩惱合懽喜這的是不曾使一分財禮得這等花枝般媳婦兒一雙好兒女合做一個大筵席老漢買羊去大嫂請回書房裏去者〔尚書怒科云〕這婦人決是娼優酒肆之家〔正旦云〕妾是官宦人家不是下賤之人〔尚書云〕噤聲婦人家共人淫奔私情來往這非過逢赦不赦送與官司問去打下你下半截來〔正旦唱〕

〔沽美酒〕本是好人家女豔冶便待要興詞訟發文牒送到官司遭痛決人心非鐵逢赦不該赦

〔太平令〕隨漢走怎說三貞九烈勘姦情八棒十挾誰識他歌臺舞榭甚的是茶房酒舍相公便把賤妾拷折下截並不是風塵烟月

〔尚書云〕則打這老漢他知情〔張千云〕這個老子從來會勾大引小〔院公云〕相公七年前舍人哥哥買花栽子時都是這廝攛大引小着舍人刁將來的〔張千云〕老子攀下我來也〔尚書云〕是了敢這廝也知情〔正旦唱〕

〔川撥棹〕賽靈輒蒯文通李左車都不似季布喉舌王伯當尸疊做道向人處無過背說是和非須辯別

〔尚書云〕喚的夫人和少俊來者〔夫人裴舍上見科〕〔尚書云〕你與孩兒通同作弊亂我家法

〔夫人云〕老相公我可怎生知道〔尚書云〕這的是你後園中七年做下功課我送到官司依律施行者〔裴舍云〕少俊是卿相之子怎好爲一婦人受官司凌辱情願寫與休書便了告父親寬恕

〔正旦唱〕

〔七弟兄〕是那些〻劣懒痛傷嗟也時乖運蹇遭磨滅冰清玉潔肯隨邪怎生的拆開我連理同心結

〔尚書云〕我便似八烈周公俺夫人似三移孟母都因爲你個淫婦枉壞了我少俊前程辱没了我裴家上祖兀那婦人你聽者你既爲官宦人家如何與人私奔昔日無鹽採桑於村野齊王車過見了欲納爲后同車而無鹽曰不可稟知父母方可成婚不見父母卽是私奔呸你比無鹽敗壞風俗做的個男遊九郡女嫁三夫〔正旦云〕我則是裴少俊一個〔尚書怒云〕可不道女慕貞潔男效才良聘則爲妻奔則爲妾你還不歸家去〔正旦云〕這姻緣也是天賜的〔尚書云〕夫人將你頭上玉簪來你若天賜的姻緣問天買卦將玉簪向石上磨做了針兒一般細不折了便是天賜姻緣若折了便歸家去也〔正旦唱〕

〔梅花酒〕他毒腸狠切丈夫又軟揣些〻些相公又惡噷〻乖劣夫人又叫丫丫似蝎螫你不去望夫石上變化身築墳臺上立個碑碣待教我謾懒懒愁萬縷悶千疊心似醉意如呆眼似瞎手如癱輕拈掇慢拿捻

〔收江南〕呀玎叮璫掂做了兩三截有鸞膠難續玉簪折則他這夫妻兒女兩離別總是我業徹也強如參辰日月不交接

〔尚書云〕可知道玉簪折了也你還不肯歸家去再取一個銀壺瓶來將着遊絲兒繫住到金井內汲水不斷了便是夫妻瓶墜簪折便歸家去〔正旦云〕可怎了也〔唱〕

〔鴈兒落〕似陷人坑千丈穴勝滾浪千堆雪恰纔石頭上損玉簪又教我水底撈明月

〔德勝令〕冰絃斷便情絕銀瓶墜永離別把幾口兒分兩處〔尚書云〕隨你再嫁別人去〔正旦唱〕誰更待雙輪碾四轍戀酒色淫邪那犯七出的應拚捨享富貴豪奢這守三從的誰似妾

〔尚書云〕既然簪折瓶墜是天着你夫妻分離着這賊醜生與你一紙休書便着你歸家去少俊你只今日便與我收拾琴劍書箱上朝求官應舉去將這一兒一女收留在我家張千便與我趕離了門者〔下〕〔裴舍與旦休書科〕〔正旦云〕少俊端端重陽則被你痛殺我也〔唱〕

〔沉醉東風〕夢驚破情緣萬結路迢遙烟水千疊常言道有親娘有後爺無親娘無疼熱他要送我到官司逞盡豪傑多謝你把一雙幼女癡兒好覷者我待信拖拖去也

〔云〕端端重陽兒也你曉事些兒個我也不能勾見你了也〔唱〕

〔甜水令〕端端共重陽他須是你裴家枝葉孩兒也啼哭的似癡呆這須是我子母情腸廝牽廝惹兀的不痛殺人也

〔折桂令〕果然人生最苦是離別方信道花發風篩月滿雲遮誰更敢倒鳳顛鸞撩蜂剔蝎打草驚蛇壞了咱牆頭上傳情簡帖折開咱

柳陰中鶯燕蜂蝶兒也咨嗟女又攔截既瓶墜簪折喒義斷恩絶〔張千云〕娘子你去了罷老相公便着我回話哩〔正旦云〕少俊你也須送我歸家去來〔唱〕

〔鴛鴦煞〕休把似殘花敗柳寃仇結我與你生男長女塡還徹指望生則同衾死則共穴唱道題柱胸襟當罏的志節也是前世前緣今生今業少俊呵與你乾駕了會香車把這個沒氣性的文君送了也〔下〕

〔裴舍云〕父親你好下的也一時間將俺夫妻子父分離怎生是好張千與我收拾琴劍書箱我就上朝取應去一面瞞着父親悄悄送小姐回到家中料也不妨〔詩云〕正是石上磨玉簪欲成中央折井底引銀瓶欲上絲繩絶兩者可奈何似我今朝別果若有天緣終當做瓜葛〔下〕

〔音釋〕絶藏靴切　傑其耶切　闕區也切　烈郎夜切　接音姐　別邦耶切　月魚夜切　撾莊瓜切　撇偏也切　藉音謝　節音姐　迭音爹　掂店平聲　劣閭夜切　說書惹切　怯丘也切　轟音烘　牒音爹　決居也切　鐵湯也切　挾希耶切　妾音且　折繩遮切　截藏斜切　輒張蛇切　舌繩遮切　疊音爹　別邦也切　憋邦也切　滅迷夜切　結饑也切　切音且　瞰音去聲　蜇音者　碣其耶切　呆音爺　瘸巨靴切　捻尼夜切　徹昌惹切　繫音記　穴胡靴切　雪須也切　轍張蛇切　熱仁蔗切　葉音夜　帖湯也切　業音夜

第四折

〔正旦引梅香上云〕自從裴少俊將我休棄了回到洛陽父母雙亡遺下幾個使數和那宅舍庄田

依還的享用富貴不盡則是撇下一雙兒女又未知少俊應舉去得官也不曾好傷感人也〔唱〕

〔中呂粉蝶兒〕簾捲蝦鬚冷清清綠窗朱戶悶殺我獨自離居落可便想金枷思玉鎖風流的牢獄〔內做鳥鳴科〕〔唱〕誰叫你飛出巴蜀叫離人不如歸去

〔醉春風〕家萬里夢蝴蝶月三更聞杜宇則兀那牆頭馬上引起歡娛怎想有這場苦苦都則道百媚千嬌送的人四分五落兩頭三緒

〔裴舍上詩云〕親捧丹書下九重路人爭識五花驄想是全是文章力未必家門積善功小官裴少俊自從上朝取應一舉狀元及第就除洛陽縣尹之職來到這洛陽城我且換了衣服跟尋我那李千金小姐去問人來則這裏便是李總管家府門首兀的不是梅香小姐在家麼〔梅香見科云〕我則做不知我這裏有甚麼小姐這個漢子不達時務你這裏立地我家去也〔見旦科云〕你歡喜也姐夫在門首〔正旦云〕這妮子又胡說果然是他你看他穿着甚麼衣服哩〔梅香云〕他穿着秀才的衣服小姐真個我不說謊〔正旦云〕可怎生穿着秀才衣服〔唱〕

〔滿庭芳〕長安應舉羞歸故里懶覩鄉閭他那裏談天口噴珠玉一刻的者也之乎他那三昧手能修手模讀五車書會寫休書教齋長休題柱想他人有怨語兀的不笑殺漢相如

〔裴舍云〕梅香進去了就不出來我自過去〔做見旦科云〕小姐間別無恙今日還來尋你依舊和你相好重做夫妻〔正旦云〕裴少俊你是說甚麼話〔唱〕

〔普天樂〕你待結綢繆我怕遭刑獄我人心似鐵他官法如鑪你娘

並無那子母情你爺怎肯相憐顧問的個下惠先生無言語他道我
更不賢達敗壞風俗怎做家無二長男遊九郡女嫁三夫
〔裴舍云〕小姐我如今得了官也我父親致仕閑居我特來認你我就在此處爲縣尹〔正旦唱〕
〔迎仙客〕你封爲三品官列着八椒圖你父親告致仕却離了京兆
府吏部裏注定遷移戶部裏革罷了俸祿枉教他遙授着尚書則好
教管着那普天下姻緣簿
〔裴舍云〕我則今日就搬將行李來〔正旦云〕我這裏住不的〔唱〕
〔石榴花〕常言道好客不如無搶出去又何如我心中意氣怎消除
你是窨付負與何辜旣爲官怎臉上無羞辱〔裴舍云〕我與你是兒女夫妻怎
麼不認我〔正旦唱〕你道我不識親疎雖然是眼中沒的珍珠處也須知
略辯個賢愚
〔裴舍云〕這是我父親之命不干我事〔正旦唱〕
〔鬬鵪鶉〕一個是八烈周公一個是三移孟母我本是好人家孩兒
不是娼人家婦女也是行下春風望夏雨待要做眷屬枉壞了少俊
前程辱沒了你裴家上祖
〔裴舍云〕小姐你是個讀書聰明的人豈不聞子甚宜其妻父母不悅出子不宜其妻父母曰是善
事我則行夫婦之禮焉終身不衰〔正旦云〕裴少俊你是不知聽我說與你咱〔唱〕
〔上小樓〕恁母親從來狠毒恁父親偏生嫉妬治國忠直操守廉能

可怎生做事糊突幸得個鸞鳳交琴瑟諧夫妻和睦不似你裴尚書替兒嫌婦（尚書引夫人端端重陽上云）老夫裴尚書我問人來這便是李總管家府裏聽的少俊孩兒得了官授本處縣尹媳婦兒不肯認他我引着兩個孩兒同老夫人可早來到也左右報復去道裴尚書在於門首（祗候報科）（裴舍云）呀父親在門首我接去父親你孩兒得了官也授本處縣尹媳婦不肯相認道我當初休了他來（尚書云）孩兒在那裏（見旦科云）兒也誰知道你是李世傑的女兒我當初也曾議親來誰知道你暗合姻緣你可怎生不說你是李世傑的女兒我則道你是優人娼女我如今和夫人兩個孩兒牽羊擔酒一徑的來替你陪話可是我不是了左右將酒來你滿飲此一盃（正旦唱）

（幺篇）他把酒盞兒擎我便把認字兒許（夫人云）你看我的面皮我替你擡舉的兩個孩兒偌大也你認了俺者（端端重陽云）妳妳你認了俺者（正旦唱）赤緊的陶母熬煎曾參錯見太公跋扈一個兒一個女都一時啼哭（帶云）哎兒則被你想殺我也（唱）須是俺斷不了子母腸肚

（尚書云）哎你認了我罷（正旦云）你休了我我斷然不認（尚書云）你既不認引着孩兒回去（端端重陽悲云）妳妳你好狠也則被你痛殺我也你若不認要我兩個性命怎的我兩個死了罷（正旦云）我待不認來呵不干你兩個事罷罷罷我認了罷公公婆婆你受媳婦幾拜（尚書云）既是孩兒認了將酒來我與你慶喜你滿飲一盃者（正旦拜受科）（唱）

（十二月）這是你自來的媳婦今日參拜公姑索甚擎壺執盞又怕

是定計鋪謀猛見了玉簪銀瓶不由我不想起當初〔堯民歌〕呀只怕簪折瓶墜寫休書〔尚書云〕孩兒舊話休題〔正旦唱〕他那裏做小伏低勸芳醑將一盃滿飲醉糢糊〔裴舍云〕小姐須索歡喜咱〔正旦唱〕有甚心情笑歡娛躊也波躕賊兒膽底虛又怕似趕我歸家去

〔尚書云〕孩兒也您當初等我來問親可不好你可瞞着我私奔來宅內你又不說是李世傑女兒

〔正旦云〕父親自古及今則您孩兒私奔哩〔唱〕

〔耍孩兒〕告爹爹妳妳聽分訴不是我家醜事將今喻古只一個卓王孫氣量捲江湖卓文君美貌無如他一時竊聽求凰曲異日同乘駟馬車也是他前生福怎將我牆頭馬上偏輸却沽酒當壚〔煞尾〕今日個五花誥准應言七香車談笑取願普天下姻眷皆完聚荷着萬萬歲當今聖明主

〔尚書云〕今日夫妻團圓殺羊造酒做慶喜的筵席〔詩云〕從來女大不中留馬上牆頭亦好逑只要姻緣天配合何必區區結綵樓

〔音釋〕獄于句切 蜀繩朱切 玉于句切 俗詞疽切 祿音路 窨音蔭 辱如去聲 屬繩朱切 毒東盧切 突東盧切 睦音暮 跋音巴 哭音苦 謀音模 醑音胥 躊音紬 躕音廚 福音府 逑音求

題目 李千金月下花前

正名 裴少俊牆頭馬上

裴少俊牆頭馬上雜劇

上

陳玄禮拆散鸞凰侶
珍倣宋版印

下

唐明皇秋夜梧桐雨
珍倣宋版印

唐明皇秋夜梧桐雨雜劇

元　白仁甫撰
明吳興臧晉叔校

楔子

〔沖末扮張守珪引卒子上詩云〕坐擁貔貅鎮朔方每臨塞下受降王太平時世轅門靜自把雕弓數鴈行某姓張名守珪見任幽州節度使幼讀儒書兼通韜略爲藩鎮之名臣受心膂之重寄且喜近年以來邊烽息警軍士休閑昨日奚契丹部擅殺公主某差捉生使安祿山率兵征討不見來回話左右轅門前覷者等來時報復我知道〔卒云〕理會的〔淨扮安祿山上云〕自家安祿山是也積祖以來爲營州雜胡本姓康氏母阿史德爲突厥覡者禱于軋犖山戰鬭之神而生某生時有光照穹廬野獸皆鳴遂名爲軋犖山後母改嫁安延偃乃隨安姓改名安祿山開元年間延偃攜某歸國遂蒙聖恩分隸張守珪部下爲某通曉六蕃言語膂力過人現任捉生討擊使昨因奚契丹反叛差我征討自恃勇力深入不料衆寡不敵遂致喪師今日不免回見主帥別作道理早來到府門首也左右報復去道有捉生使安祿山來見〔卒報科〕〔張守珪云〕着他進來〔安祿山做見科〕〔張守珪云〕安祿山征討勝敗如何〔安祿山云〕賊衆我寡軍士畏怯遂至敗北〔張守珪云〕損軍失機明例不宥左右推出去斬首報來〔卒推出科〕〔安祿山大叫云〕主帥不欲滅奚契丹耶奈何殺壯士〔張守珪云〕放他回來〔安祿山回科〕〔張守珪云〕某也惜你驍勇但國有定法某不敢賣法市恩送你上京取聖斷如何〔安祿山云〕謝主帥不殺之恩〔押下〕〔張守珪云〕安祿山去了也〔詩云〕須知生殺有旗牌只爲軍中惜將才不然斬一胡兒首何用親煩聖斷來〔下〕〔正末扮唐玄

宗駕旦扮楊貴妃引高力士楊國忠宮娥上〕〔正末云〕寡人唐玄宗是也自高祖神堯皇帝起兵晉陽全仗我太宗皇帝滅了六十四處煙塵一十八家擅改年號立起大唐天下傳高宗中宗不幸有宮闈之變寡人以臨淄郡王領兵靖難大哥哥寧王讓位於寡人即位以來二十餘年喜的太平無事賴有賢相姚元之宋璟韓休張九齡同心致治寡人得遂安逸六宮嬪御雖多自武惠妃死後無當意者去年八月中秋夢遊月宮見嫦娥之貌人間少有昨壽邸楊妃絕類嫦娥已命為女道士既而取入宮中策為貴妃居太真院寡人自從太真入宮朝歌暮宴無有虛日高力士你快傳旨排宴梨園子弟奏樂寡人消遣咱〔高力士云〕理會的〔外扮張九齡押安祿山上〕〔詩云〕調和鼎鼐理陰陽位列鵷班坐省堂四海承平無一事朝朝曳履侍君王老夫張九齡是也南海人氏早登甲第荷聖恩直做到丞相之職近日邊帥張守珪解送失機蕃將一人名安祿山我見其身軀肥矮語言利便有許多異相若留此人必亂天下我今見聖人面奏此事早來到宮門前也〔入見科〕〔云〕臣張九齡見駕〔正末云〕卿來有何事〔張九齡云〕近日邊臣張守珪解送失機蕃將安祿山例該斬首未敢擅便押來請旨〔正末云〕你引那蕃將來我看〔張九齡引安祿山見科云〕這就是失機蕃將安祿山〔正末云〕一員好將官也你武藝如何〔安祿山云〕臣左右開弓一十八般武藝無有不會能通六蕃言語〔正末云〕你這等肥胖此胡腹中何所有〔安祿山云〕惟有赤心耳〔正末云〕丞相不可殺此人留他做箇白衣將領〔張九齡云〕陛下此人有異相留他必有後患〔正末云〕卿勿以王夷甫識石勒留着怕做甚麼兀那左右放了他者〔做放科〕〔安祿山起謝云〕謝主公不殺之恩〔做跳舞科〕〔正末云〕這是甚麼〔安祿山云〕這是胡旋舞〔旦云〕陛下這人又肥矮又會舞旋留着解悶倒好〔正末云〕貴妃就與你做義子你領去〔旦云〕多謝聖恩〔同安祿山下〕〔張九

齡云〕國舅此人有異相他日必亂唐室衣冠受禍不小老夫老矣國舅恐或見之奈何〔楊國忠云〕待下官明日再奏務要屏除爲妙〔正末云〕不知後宮中爲什麽這般喧笑左右可去看來回話〔宮娥云〕是貴妃娘娘與安祿山做洗兒會哩〔正末云〕既做洗兒會取金錢百文賜他做賀禮就與我宣祿山來封他官職〔宮娥拿金錢下〕〔安祿山上見駕科云〕謝陛下賞賜宣臣那廂使用〔正末云〕宣卿來不爲別卿既爲貴妃之子卽是朕之子白衣不好出入宮掖就加你爲平章政事者〔安祿山云〕謝了聖恩〔楊國忠云〕陛下不可不可安祿山乃失律邊將例當處斬陛下免其死足矣今給事宮庭已爲非宜有何功勳加爲平章政事況胡人狼子野心不可留居左右望陛下聖鑒〔張九齡云〕楊國忠之言陛下不可不聽〔正末云〕你可也說的是安祿山且加你爲漁陽節度使統領蕃漢兵馬鎭守邊庭早立軍功不次陞擢〔安祿山云〕感謝聖恩〔正末云〕卿休要怨寡人這是國家典制非輕可也呵〔唱〕

〔仙呂端正好〕則爲你不曾建甚奇功便教你做元輔滿朝中都指斥鑾輿眼見的平章政事難停住寡人待定奪些別官祿

〔幺篇〕且着你做節度漁陽去破強寇永鎭幽都休得待國家危急纔防護常先事設權謀收猛將保皇圖分鐵券賜丹書怎肯便辜負了你這功勞簿〔同下〕

〔安祿山云〕聖人回宮去了也我出的宮門來叵奈楊國忠這廝好生無禮在聖人前奏准着我做漁陽節度使明陞暗貶別的都罷只是我與貴妃有些私事一旦遠離怎生放的下心罷罷罷我這一去到的漁陽練兵秣馬別作箇道理正是畫虎不成君莫笑安排牙爪好驚人〔下〕

〔音釋〕貔音疲　貅音休　覡音檄　軋音鴨　犖音落　璟音景　嬪音貧　鼐音奈　銼坐

平聲　掖音亦　祿音路　謨音模　券音勸　辜音姑　叵音頗

第一折

〔旦扮貴妃引宮娥上云〕妾身楊氏弘農人也父親楊玄琰爲蜀州司戶開元二十二年蒙恩選爲壽王妃開元二十八年八月十五日乃主上聖節妾身朝賀聖上見妾貌類嫦娥令高力士傳旨度爲女道士住內太真宮賜號太真天寶四年冊封爲貴妃半后服用寵幸殊甚將我哥哥楊國忠加爲丞相姊妹三人封做夫人一門榮顯極矣近日邊庭送一蕃將來名安祿山此人猾黠能奉承人意又能胡旋舞聖人賜與妾爲義子出入宮掖不期我哥哥楊國忠看出破綻奏准天子封他爲漁陽節度使送上邊庭妾心中懷想不能再見好是煩惱人也今日是七月七夕牛女相會人間乞巧令節已曾分付宮娥排設乞巧筵在長生殿妾身乞巧一番宮娥乞巧筵設定不曾〔宮娥云〕已完備多時了〔旦云〕咱乞巧則箇〔正末引宮娥挑燈拿砌末上云〕寡人今日朝回無事一心只想着貴妃已令在長生殿設宴慶賞七夕內使引駕去來〔唱〕

〔仙呂八聲甘州〕朝綱倦整寡人待痛飲昭陽爛醉華清却是吾當有幸一箇太真妃傾國傾城珊瑚枕上兩意足翡翠簾前百媚生夜同寢晝同行恰似鸞鳳和鳴

〔帶云〕寡人自從得了楊妃真所謂朝朝寒食夜夜元宵也〔唱〕

〔混江龍〕晚來乘興一襟爽氣酒初醒鬆開了龍袍羅扣偏斜了鳳帶紅鞓侍女齊扶碧玉輦宮娥雙挑絳紗燈順風聽一派簫韶令〔內

作吹打喧笑科〕〔正末云〕是那裏這等喧笑〔宮娥云〕是太真娘娘在長生殿乞巧排宴哩〔正末云〕衆宮娥不要走的響待寡人自看去〔唱〕

多咱是胭嬌簇擁粉黛施呈

〔油葫蘆〕報接駕的宮娥且慢行親自聽上瑤堦那步近前檻悄悄蹙蹙款把紗牕映撲撲簌簌風颭珠簾影我恰待行打個噷揜怪玉籠中鸚鵡知人性不住的語偏明

〔內作鸚鵡叫云〕萬歲來了接駕〔旦驚云〕聖上來了〔做接駕科〕〔正末唱〕

〔天下樂〕則見展翅忙呼萬歲聲驚的那娉婷將鑾駕迎一箇暈龐兒畫不就描不成行的一步步嬌生的一件件撐一聲聲似柳外鶯

〔云〕卿在此做甚麼〔旦云〕今逢七夕妾身設瓜果之會問天孫乞巧哩〔正末看科云〕排設的是好也〔唱〕

〔醉中天〕龍麝焚金鼎花蕚插銀缾小小金盆種五生供養着鵲橋會丹青檯把一箇米來大蜘蛛兒抱定攙奪盡六宮寵幸更待怎生般智巧心靈

〔正末與旦砌末科云〕這金釵一對鈿盒一枚賜與卿者〔旦接科云〕謝了聖恩也〔正末唱〕

〔金盞兒〕我着絳紗蒙翠盤盛兩般禮物堪人敬趁着這新秋節令賜卿卿七寶金釵盟厚意百花鈿盒表深情這金釵兒教你高聳聳頭上頂這鈿盒兒把你另巍巍手中擎

〔旦云〕陛下這秋光可人妾待與聖駕亭下閒步一番〔正末做同行科〕〔唱〕

〔憶王孫〕瑤堦月色晃疎櫺銀燭秋光冷畫屏消遣此時此夜景和月步閒庭苔浸的凌波羅襪冷

〔云〕這秋景與四時不同〔旦云〕怎見的與四時不同〔正末云〕你聽我說〔唱〕

〔勝葫蘆〕露下天高夜氣清風掠得羽衣輕香惹丁東環佩聲碧天澄淨銀河光瑩只疑是身在玉蓬瀛

〔旦云〕今夕牛郎織女相會之期一年只是得見一遭怎生便又分離也〔正末唱〕

〔金盞兒〕他此夕把雲路鳳車乘銀漢鵲橋平不甫能今夜成歡慶枕邊忽聽曉雞鳴却早離愁情脈脈別淚雨泠泠五更長嘆息則是一夜短恩情

〔旦云〕他是天宮星宿經年不見不知也會相憶否〔正末云〕他可怎生不想來〔唱〕

〔醉扶歸〕暗想那織女分牛郎命雖不老是長生他阻隔銀河信知冥經年度歲成孤另你試向天宮打聽他決害了些相思病

〔旦云〕妾身得侍陛下寵幸極矣但恐容貌日衰不得似織女長久也〔正末唱〕

〔後庭花〕偏不是上列着星宿名下臨着塵世生把天上姻緣重將人間恩愛輕各辨着真誠天心必應量他每何足稱

〔旦云〕妾想牛郎織女年年相見天長地久只是如此世人怎得似他情長也〔正末唱〕

〔金盞兒〕咱日日醉霞觥夜夜宿銀屛他一年一日見把佳期等若論着多多爲勝咱也合嬴我爲君王猶妄想你做皇后尚嫌輕杳可

道斗牛星畔客回首問前程

(旦云)妾蒙主上恩寵無比但恐春老花殘主上恩移寵衰使妾有龍陽泣魚之悲班姬題扇之怨奈何(正末云)妃子你說那裏話(旦云)陛下請示私約以堅終始(正末云)咱和你去那處說話去(做行科)(唱)

(醉中天)我把你半軃的肩兒凭他把箇百媚臉兒擎正是金闕西廂叩玉扃悄悄迴廊靜靠着這招綵鳳舞青鸞金井梧桐樹影雖無人竊聽也索悄聲兒海誓山盟

(云)妃子朕與卿盡今生偕老百年以後世世永為夫婦神明鑒護者(旦云)誰是盟證(正末唱)

(賺煞尾)長如一雙鈿盒盛休似兩股金釵另願世世姻緣注定在天呵做鴛鴦常比並在地呵做連理枝生月澄澄銀漢無聲說盡千秋萬古情咱各辦着志誠你道誰為顯証有今夜度天河相見女牛星(同下)

(音釋)琰炎上聲　黠音匣　鞓音汀　輦連上聲　挑上聲　黛音代　颭占上聲　翳音異　掙音爭　暈音韻　蹬爭去聲　攙初銜切　盛平聲　鈿田去聲　櫺音凌　瑩盈去聲　觥古橫切　軃音朵　扃居名切

第二折

(安祿山引衆將上云)某安祿山是也自到漁陽操練蕃漢人馬精兵見有四十萬戰將千員如今明皇年已昏眊楊國忠李林甫播弄朝政我今只以討賊為名起兵到長安搶了貴妃奪了唐朝天

下纔是我平生願足左右軍馬齊備了麽（衆將云）都齊備了（安祿山云）着軍政司先發檄一道說某奉密旨討楊國忠等隨後令史思明領兵三萬先取潼關直抵京師我大事如反掌耳（衆將云）得令（安祿山云）今日天晚明日起兵（詩云）統精兵直指潼關料唐家無計遮攔單要搶貴妃一個非專爲錦繡江山（同下）（正末引高力士鄭觀音抱琵琶寧王吹笛花奴打羯鼓黃翻綽執板捧旦上）（正末云）今日新秋天氣寡人朝回無事妃子學得霓裳羽衣舞同往御園中沉香亭下閑耍一番早來到也你看這秋來風物好是動人也呵（唱）

（中呂粉蝶兒）天淡雲閑列長空數行征鴈御園中夏景初殘柳添黃荷減翠秋蓮脫瓣坐近幽闌噴清香玉簪花綻

（帶云）早到御園中也雖是小宴倒也整齊（唱）

（叫聲）共妃子喜開顏等閑等閑御園中列餚饌酒注嫩鵝黃茶點鷓鴣班

（醉春風）酒光泛紫金鍾茶香浮碧玉盞沉香亭畔晚涼多把一搭兒親自揀揀粉黛濃粧管絃齊列綺羅相間

（外扮使臣上詩云）長安回望繡成堆山頂千門次第開一騎紅塵妃子笑無人知是荔枝來小官四川道差來使臣因貴妃娘娘好啖鮮荔枝遵奉詔旨特來進鮮早到朝門外了宮官通報一聲說四川使臣來進荔枝（做報科）（正末云）引他進來（使臣見駕科云）四川道使臣進貢荔枝（正末看科云）妃子你好食此果朕特令他及時進來（旦云）是好荔枝也（正末唱）

（迎仙客）香噴噴味正甘嬌滴滴色初綻只疑是九重天謫來人世

閒取時難得後慳可惜不近長安因此上教驛使把紅塵踐
(旦云)這荔枝顏色嬌嫩端的可愛也(正末唱)
(紅繡鞋)不則向金盤中好看便宜將玉手擘餐端的個絳紗籠罩水晶寒爲甚教寡人醒醉眼妃子暈嬌顏物稀也人見罕
(高力士云)請娘娘登盤演一回霓裳之舞(正末云)依卿奏者(正旦做舞)(衆樂攛掇科)(正末唱)
(快活三)囑付你仙音院莫怠慢道與你教坊司要迭辦把箇太真妃扶在翠盤閒快結束宜粧扮
(鮑老兒)雙撮得泥金衫袖挽把月殿裏霓裳按鄭觀音琵琶准備彈早搭上鮫綃襻賢王玉笛花奴羯鼓韻美聲繁壽寧錦瑟梅妃玉簫嘹喨循環
(古鮑老)屹刺刺撒開紫檀黃翻綽向前手拈板低低的叫聲玉環太真妃笑時花近眼紅牙筯趁五音擊着梧桐按嫩枝柯猶未乾更帶着瑤琴音泛卿呵你則索出幾點瓊珠汗
(旦舞科)(正末唱)
(紅芍藥)腰鼓聲乾羅襪弓彎玉佩丁東響珊珊即漸裏舞軃雲鬟施呈你蜂腰細燕體翻作兩袖香風拂散(帶云)卿倦也飲一盃酒者(唱)寡人親捧盃玉露甘寒你可也莫得留殘拚着個醉醺醺直吃到夜靜

更闌

〔旦飲酒科〕〔淨扮李林甫上云〕小官李林甫是也見爲左丞相之職今早飛報將來說安祿山反叛軍馬浩大不敢抵敵只得見駕〔做見駕科〕〔正末云〕丞相有何事這等慌促〔李林甫云〕邊關飛報安祿山造反大勢軍馬殺將來了陛下承平日久人不知兵怎生是好〔正末云〕你慌做甚麼〔唱〕

〔剔銀燈〕止不過奏說邊庭上造反也合看空便覷遲疾緊慢等不的俺筵上笙歌散可不氣丕丕冒突天顏那些些個齊管仲鄭子產敢待做假忠孝龍逢比干

〔李林甫云〕陛下如今賊兵已破潼關哥舒翰失守逃回目下就到長安了京城空虛決不能守怎生是好〔正末唱〕

〔蔓菁菜〕險些些兒慌殺你箇周公旦〔李林甫云〕陛下只因女寵盛讒夫昌惹起這刀兵來了〔正末唱〕你道我因歌舞壞江山你常好是占姦早難道羽扇綸巾笑談閒破強虜三十萬

〔云〕既賊兵壓境你衆官計議選將統兵出征便了〔李林甫云〕如今京營兵不滿萬將官衰老如哥舒翰名將尚且支持不住那一箇是去得的〔正末唱〕

〔滿庭芳〕你文武兩班空列些些烏靴象簡金紫羅襴內中沒箇英雄漢掃蕩塵寰慣縱的箇無徒祿山沒揣的撞過潼關先敗了哥舒翰疑怪昨宵向晚不見烽火報平安

〔云〕卿等有何計策可退賊兵〔李林甫云〕安祿山部下蕃漢兵馬四十餘萬皆是一以當百怎與他拒敵莫若陛下幸蜀以避其鋒待天下兵至再作計較〔正末云〕依卿所奏便傳旨收拾六宮嬪御諸王百官明日早起幸蜀去來〔旦作悲科云〕妾身怎生是好也〔正末唱〕

〔普天樂〕恨無窮愁無限爭奈倉卒之際避不得驀嶺登山鑾駕遷成都盼更那堪滻水西飛鴈一聲聲送上雕鞍傷心故園西風渭水落日長安

〔旦云〕陛下怎受的途路之苦〔正末云〕寡人也沒奈何哩〔唱〕

〔啄木兒尾〕端詳了你上馬嬌怎支吾蜀道難替你愁那嵯峨峻嶺連雲棧自來驅馳可慣幾程兒捱得過劍門關〔同下〕

〔音釋〕眊毛去聲　擗音扮　啖音淡　罩嘲去聲　襻音盼　揭音結　疾精妻切　十繩知切　卒粗上聲　驀音陌　滻音產　嵯音磋　峨音蛾　棧音綻

第三折

〔外扮陳玄禮上詩云〕世受君恩統禁軍天顏喜怒得先聞太平武備皆無用誰料狂胡起戰塵某右龍武將軍陳玄禮是也昨因逆胡安祿山倡亂潼關失守昨日宰臣會議大駕暫幸蜀川以避其鋒令早飛報說賊兵離京城不遠聖主令某統領禁軍護鑾駕軍馬點就多時專候大駕起行〔正末引旦及楊國忠高力士并太子扈駕郭子儀李光弼上〕〔正末云〕寡人眼不識人致令狂胡作亂事出急迫只得西行避兵好傷感人也呵〔唱〕

〔雙調新水令〕五方旗招颭日邊霞冷清清半張鑾駕鞭倦裊鐙慵

踏回首京華一步步放不下

〔帶云〕寡人深居九重怎知閭閻貧苦也〔唱〕

〔駐馬聽〕隱隱天涯剩水殘山五六搭蕭蕭林下壞垣破屋兩三家秦川遠樹霧昏花灞橋衰柳風瀟灑煞不如碧牕紗晨光閃爍鴛鴦瓦

〔衆扮父老上云〕聖上鄉里百姓叩頭〔正末云〕父老有何話說〔衆云〕宮闕陛下家居陵寢陛下祖墓今捨此欲何之〔正末云〕寡人不得已暫避兵耳〔衆云〕陛下既不肯留臣等願率子弟從殿下東破賊取長安若殿下與至尊皆入蜀使中原百姓誰爲之主〔正末云〕父老說的是左右宣我兒近前來者〔太子做見科〕〔正末云〕衆父老說中原無主留你東還統兵殺賊就令郭子儀李光弼爲元帥後軍分撥三千人跟你同去你聽我說〔唱〕

〔沉醉東風〕父老每忠言聽納教小儲君專任征伐你也合分取些社稷憂怎肯教別人把江山霸將這顆傳國寶你行留下〔太子云〕兒子只統兵殺賊豈敢便登天位〔正末唱〕勦除了賊徒救了國家更避甚稱孤道寡

〔太子云〕既爲國家重事兒子領詔旨率領郭子儀李光弼回去也〔做辭駕科〕〔衆軍不行科〕〔正末唱〕

〔慶東原〕前軍疾行動因甚不進發〔衆軍納喊科〕一行人覷了皆驚怕嗔忿忿停鞭立馬惡噷噷披袍貫甲明颩颩掣劍離匣齊臻臻鴈行班排密匝匝魚鱗似亞

〔陳玄禮云〕衆軍士說國有姦邪以致乘輿播遷君側之禍不除不能歛戢衆志〔正末云〕這是怎麼說〔唱〕

〔步步嬌〕寡人呵萬里烟塵你也合嗟訝就勢兒把吾當謊國家又不曾虧你半掐因甚軍心有爭差問卿咱爲甚不說半句兒知心話

〔陳玄禮云〕楊國忠專權誤國今又與吐蕃使者交通似有反情請誅之以謝天下〔正末唱〕

〔沉醉東風〕據着楊國忠合該萬剮闘的個祿山賊亂了中華是非寡人股肱難棄捨更兼與妃子骨肉相牽掛斷遣盡枉展汚了五條刑法把他剝了官職貶做窮民也是陳殺允不允陳玄禮將軍鑒察

〔衆軍怒喊科〕〔陳玄禮云〕陛下軍心已變臣不能禁止如之奈何〔正末云〕隨你罷〔衆殺楊國忠科〕〔正末唱〕

〔鴈兒落〕數層鎗密匝匝一聲喊山摧塌元來是陳將軍號令明把楊國忠施行罷

〔衆軍仗劍擁上科〕〔正末唱〕

〔撥不斷〕語喧譁鬧交雜六軍不進屯戈甲把箇馬嵬坡簇合沙又待做甚麼謊的我戰欽欽遍體寒毛乍吃緊的軍隨印轉將令威嚴兵權在手主弱臣強卿呵則你道波寡人是怕也那不怕

〔云〕楊國忠已殺了您衆軍不進却爲甚的〔陳玄禮云〕國忠謀反貴妃不宜供奉願陛下割恩正法〔正末唱〕

〔攪箏琶〕高力士道與陳玄禮休沒高下豈可教妃子受刑罰他見請受着皇后中宮兼踏着寡人御榻他又無罪過頗賢達須不似周褒姒舉火取笑紂妲己敲脛覷人早間把他個哥哥壞了總便有萬千不是看寡人也合饒過他一地胡拿

〔高力士云〕貴妃誠無罪然將士已殺國忠貴妃在陛下左右豈敢自安願陛下審思之將士安則陛下安矣〔正末唱〕

〔風入松〕止不過鳳簫羯鼓間琵琶忽刺刺板撒紅牙假若更添箇幺花十八那些兒是敗國亡家可知道陳後主遭着殺伐皆因唱後庭花

〔旦云〕妾死不足惜但主上之恩不曾報得數年恩愛教妾怎生割捨〔正末云〕妃子不濟事了大軍心變寡人自不能保〔唱〕

〔胡十八〕似恁地對咱多應來變了卦見俺留戀着他龍泉三尺手中拿便不將他刺殺也將他嚇殺更問甚陛下大古是知重俺帝王家

〔陳玄禮云〕願陛下早割恩正法〔旦云〕陛下怎生救妾身一救〔正末云〕寡人怎生是好〔唱〕

〔落梅風〕眼兒前不甫能栽起合歡樹恨不得手掌裏奇擎着解語花盡今生翠鸞同跨怎生般愛他看待他忍下的教橫拖在馬嵬坡下

〔陳玄禮云〕祿山反逆皆因楊氏兄妹若不正法以謝天下禍變何時得消望陛下乞與楊氏使六軍馬踏其尸方得憑信〔正末云〕他如何受的高力士引妃子去佛堂中令其自盡然後教軍士驗看〔高力士云〕有白練在此〔正末唱〕

〔殿前歡〕他是朵嬌滴滴海棠花怎做得鬧荒荒亡國禍根芽再不將曲彎彎遠山眉兒畫亂鬆鬆雲鬢堆鴉怎下的磣磕磕馬蹄兒臉上踏則將細裊裊咽喉掐早把條長攙攙素白練安排下他那裏一身受死我痛煞煞獨力難加

〔高力士云〕娘娘去罷悞了軍行〔旦回望科云〕陛下好下的也〔正末云〕卿休怨寡人〔唱〕

〔沽美酒〕沒亂殺怎救拔沒奈何怎留他把死限俄延了多半霎生各支勒殺陳玄禮鬧交加

〔高力士引旦下〕〔正末唱〕

〔太平令〕怎的教酪子裏題名單罵腦背後着武士金瓜教幾箇鹵莽的宮娥監押休將那軟款的娘娘驚諕你呀見他問咱可憐見唐朝天下

〔高力士持旦衣上云〕娘娘已賜死了六軍進來看視〔陳玄禮率衆馬踐科〕〔正末做哭科云〕妃子閃殺寡人也呵〔唱〕

〔三煞〕不想你馬嵬坡下今朝化沒指望長生殿裏當時話

〔太清歌〕恨無情捲地狂風刮可怎生偏吹落我御苑名花想他魂

斷天涯作幾縷兒綵霞天那一箇漢明妃遠把單于嫁止不過泣西風淚濕胡笳幾曾見六軍廝踐踏將一箇尸首臥黃沙

〔正末做拿汗巾哭科云〕妃子不知那裏去了止留下這箇汗巾兒好傷感人也〔唱〕

〔二煞〕誰收了錦纏聯窄面吳綾襪空感嘆這淚斑爛擁項鮫綃帕

〔川撥棹〕痛憐他不能勾水銀灌玉匣又沒甚綵爁宮娃拽布拖麻奠酒澆茶只索淺土兒權時葬下又不及選山陵將墓打

〔鴛鴦煞〕黃埃散漫悲風颯碧雲黯淡斜陽下一程程水綠山青一步步劍嶺巴峽唱道感嘆情多悽惶淚灑早得升遐休休卻是今生罷這箇不得已的官家哭上逍遙玉驄馬〔同下〕

〔音釋〕慵音蟲　踏當加切　搭音打　垣音丸　洒商鮓切　爍燒上聲　納囊亞切　伐扶加切　發方雅噉　噉音去聲　颭音磋　掣音徹　匣奚佳切　諕音夏　掐強雅切　法方雅切　殺雙鮓切　察抽鮓切　匝咱上聲　塌湯打切　雜音咱　甲江雅切　罰扶加切　榻湯打切　達當加切　八巴上聲　磣參上聲　拔邦佳切　霎雙鮓切　酪音著　押羊架切　刮音寡　襪忘罵切　爁音濫　娃音蛙　颯殺賈切　黯衣減切　峽奚佳切

第四折

〔高力士上云〕自家高力士是也自幼供奉內宮蒙主上擡舉加為六宮提督太監往年主上悅楊氏容貌命某取入宮中寵愛無比封為貴妃賜號太真後來逆胡稱兵為誅楊國忠為名逼的主上

幸蜀行至中途六軍不進右龍武將軍陳玄禮奏過殺了國忠禍連貴妃主上無可奈何只得從之縊死馬嵬驛中今日賊平無事主上還國太子做了皇帝主上養老退居西宮晝夜只是想貴妃娘娘今日教某掛起真容朝夕哭奠不免收拾停當在此伺候咱〔正末上云〕寡人自幸蜀還京太子破了逆賊即了帝位寡人退居西宮養老每日只是思量妃子教畫工畫了一軸真容供養着每日相對越增煩惱也呵〔做哭科〕〔唱〕

〔正宮端正好〕自從幸西川還京兆甚的是月夜花朝這半年來白髮添多少怎打疊愁容貌

〔么篇〕瘦岩岩不避羣臣笑玉叉兒將畫軸高挑荔枝花果香檀卓目覷了傷懷抱

〔做看真容科〕〔唱〕

〔滾繡毬〕險些把我氣冲倒身謾靠把太真妃放聲高叫叫不應雨淚嚎咷這待詔手段高畫的來沒半星兒差錯雖然是快染能描畫不出沉香亭畔迴鸞舞花萼樓前上馬嬌一段兒妖嬈

〔倘秀才〕妃子呵常記得千秋節華清宮宴樂七夕會長生殿乞巧誓願學連理枝比翼鳥誰想你乘綵鳳返丹霄命夭

〔帶云〕寡人越看越添傷感怎生是好〔唱〕

〔呆骨朵〕寡人有心待蓋一座楊妃廟爭奈無權柄謝位辭朝則俺這孤辰限難熬更打着離恨天最高在生時同衾枕不能勾死後也

同棺槨誰承望馬嵬坡塵土中可惜把一朶海棠花零落了
〔帶云〕一會兒身子困乏且下這亭子去閒行一會咱〔唱〕
〔白鶴子〕那身離殿宇信步下亭臯見楊柳裊翠藍絲芙蓉拆胭脂蕚
〔么〕見芙蓉懷媚臉遇楊柳憶纖腰依舊的兩般兒點綴上陽宮他管一露兒瀟灑長安道
〔么〕常記得碧梧桐陰下立紅牙筯手中敲他笑整縷金衣舞按霓裳樂
〔么〕到如今翠盤中荒草滿芳樹下暗香消空對井梧陰不見傾城貌
〔做歎科云〕寡人也怕閒行不如回去來〔唱〕
〔倘秀才〕本待閒散心追歡取樂倒惹的感舊恨天荒地老快快歸來鳳幃悄甚法兒捱今宵懊惱
〔帶云〕回到這寢殿中一弄兒助人愁也〔唱〕
〔芙蓉花〕淡氤氳串烟裊昏慘刺銀燈照玉漏迢迢纔是初更報暗覷清霄盼夢裏他來到却不道口是心苗不住的頻頻叫
〔帶云〕不覺一陣昏迷上來寡人試睡些兒〔唱〕
〔伴讀書〕一會家心焦燥四壁廂秋蟲鬧忽見掀簾西風惡遙觀滿

地陰雲罩俺這裏披衣悶把幃屏靠業眠難交
〔笑和尚〕原來是滴溜溜遶閑階敗葉飄疎剌剌刷落葉被西風掃忽魯魯風閃得銀燈爆廝琅琅鳴殿鐸撲簌簌動朱箔吉丁當玉馬兒向檐間鬧

〔做睡科唱〕

〔倘秀才〕悶打頦和衣臥倒軟兀剌方纔睡着〔旦上云〕妾身貴妃是也今日殿中設宴宮娥請主上赴席咱〔正末唱〕忽見青衣走來報道太真妃將寡人邀宴樂

〔正末見旦科云〕妃子你在那裏來〔旦云〕今日長生殿排宴請主上赴席〔正末云〕分付梨園子弟齊備着〔旦下〕〔正末做驚醒科云〕呀元來是一夢分明夢見妃子却又不見了〔唱〕

〔雙鴛鴦〕斜嚲翠鸞翹渾一似出浴的舊風標暎着雲屏一半兒嬌好夢將成還驚覺半襟情淚濕鮫綃

〔蠻姑兒〕懊惱窨約驚我來的又不是樓頭過鴈砌下寒蛩簷前玉馬架上金雞是兀那窗兒外梧桐上雨瀟瀟一聲聲灑殘葉一點點滴寒梢會把愁人定虐

〔滚繡毬〕這雨呵又不是救旱苗潤枯草洒開花蕚誰望道秋雨如膏向青翠條碧玉梢碎聲兒𠜾剝增百十倍歇和芭蕉子管裏珠連玉散飄千顆平白地瀽甕番盆下一宵惹的人心焦

〔叨叨令〕一會價緊呵似玉盤中萬顆珍珠落一會價響呵似玳筵前幾簇笙歌鬧一會價清呵似翠岩頭一派寒泉瀑一會價猛呵似繡旗下數面征鼙操兀的不惱殺人也麼哥兀的不惱殺人也麼哥則被他諸般兒雨聲相聒噪

〔倘秀才〕這雨一陣陣打梧桐葉凋一點點滴人心碎了枉着金井銀牀緊圍遶只好把潑枝葉做柴燒鋸倒〔帶云〕當初妃子舞翠盤時在此樹下寡人與妃子盟誓時亦對此樹今日夢境相尋又被他驚覺了〔唱〕

〔滚繡毬〕長生殿那一宵轉迴廊說誓約不合對梧桐並肩斜靠儘言詞絮絮叨叨沉香亭那一朝按霓裳舞六幺紅牙筯擊成腔調亂宮商鬧鬧炒炒是兀那當時歡會栽排下今日凄涼廝輳着暗地量度

〔高力士云〕主上這諸樣草木皆有雨聲豈獨梧桐〔正末云〕你那裏知道我說與你聽者〔唱〕

〔三煞〕潤濛濛楊柳雨凄凄院宇侵簾幕細絲絲梅子雨粧點江干滿樓閣杏花雨紅濕闌干梨花雨玉容寂寞荷花雨翠蓋翩翻豆花雨綠葉瀟條都不似你驚魂破夢助恨添愁徹夜連宵莫不是水仙弄嬌蘸楊柳洒風飄

〔二煞〕味味似噴泉瑞獸臨雙沼刷刷似食葉春蠶散滿箔亂灑瓊

堦水傳宮漏飛上雕簷酒滴新槽直下的更殘漏斷枕冷衾寒燭滅香消可知道夏天不覺把高鳳麥來漂〔黃鍾煞〕順西風低把紗窗哨送寒氣頻將繡戶敲莫不是天故將人愁悶攪度鈴聲響棧道似花奴羯鼓調如伯牙水仙操洗黃花潤籬落漬蒼苔倒牆角渲湖山漱石竅浸枯荷溢池沼沾殘蝶粉漸消灑流螢燄不着綠窗前促織叫聲相近鴈影高催鄰砧處處搗助新涼分外早斟量來這一宵雨和人緊厮熬伴銅壺點點敲雨更多淚不少雨濕寒梢淚染龍袍不肯相饒共隔着一樹梧桐直滴到曉

〔音釋〕嚎音豪 咷音逃 錯音草 樂音澇 鏾姑卯切 那音挪 驀音傲 樂姚去聲 氤音因 氳於君切 懆音竈 掀音軒 惡音襖 爆音報 鐸多勞切 箔巴毛切 着池燒切 翹音喬 覺音皎 窨音蔭 約音杳 蛩音窮 虐音要 刈音彼 剝音飽 瀽音蹇 落音澇 瀑音抱 叨音刀 炒平聲 輳倉救切 度多勞切 幕音冒 閣高上聲 寞音冒 蘸知濫切 㫤音床 漂音飄 哨雙罩切 漬音恣 角音皎 渲疎選切 漱音嗽 竅巧去聲

題目　安祿山反叛兵戈舉
　　　陳玄禮拆散鸞凰侶

正名　楊貴妃曉日荔枝香
　　　唐明皇秋夜梧桐雨

唐明皇秋夜梧桐雨雜劇

指絕地苦勸糟糠婦

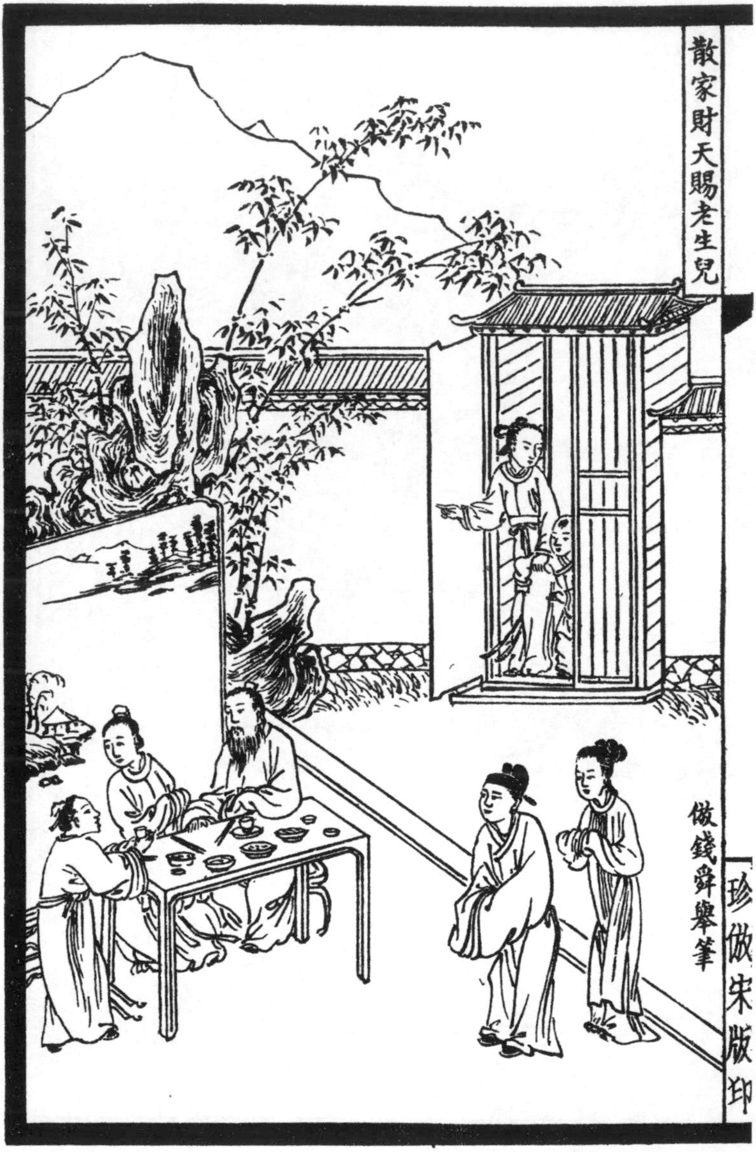
散家財天賜老生兒
倣錢舜舉筆
珍倣宋版印

散家財天賜老生兒雜劇

元　武漢臣撰

明吳興臧晉叔校

楔子

〔正末扮劉從善同淨卜兒丑張郎旦兒冲末引孫搽旦小梅上〕〔正末云〕老夫東平府人氏姓劉名從善年六十歲婆婆李氏年五十八歲女孩兒引張年二十七歲女壻張郎年三十歲老夫有一兄弟是劉從道所生一子小名引孫〔嘆科云〕這孫兒好是命毒也我那兄弟早年間亡化過了有兄弟媳婦兒甯氏是蔡州人爲這妯娌兩箇不和我那兄弟媳婦兒要領着孩兒到他那爺娘家裏守服去了一來倚仗着他爺娘家二來與人家縫破補綻洗衣刮裳覓的些東西來與這孩兒做學課錢隨後不想兄弟媳婦兒可也亡化過了單留下這孩兒那老爺老娘家親眷每說道你那孩兒則管在這裏住怎麼東平府不有你的伯父誰不知道個劉員外你不到那裏尋去怎麼那裏衆親眷每與了孩兒些盤纏這孩兒背着他那母親的骨殖來到東平府尋見老夫老夫用了些小錢物和兄弟一搭裏葬埋了孩兒如今二十五歲也嗨我這婆婆想着和他那娘兩個不和見了這孩兒也輕呵便是罵重呵便是打可這般見不的我箇姪兒〔卜兒云〕我那裏見不的他來〔正末云〕不要鬧我則是那麼道休着街坊人家笑話引孫你是個精細的人何消我一一盡言眼見的我家裏難住庄兒頭有兩間草房綽掃一間教幾箇村童養贍你那身子去罷〔卜兒云〕那兩間草房要留着圈驢哩不要動俺的〔正末云〕你養活着那驢子做甚麼〔卜兒云〕那驢子我養活着他與我耕田耙壠與我碾麥子拽磨馱糧食馱草還與我騎坐可不要養活着哩這廝則與他一間〔正末

云〕你聽波一間也罷張郎將二百兩鈔來與引孫〔張郎云〕理會的〔卜兒云〕我欠他的來不與他二百兩我則與他一百兩〔正末云〕依着你則與他一百兩罷〔張郎云〕是將一百兩鈔來他又不識數兒我落下他二十貫引孫你那窮弟子孩兒一世不能勾長俊的與你噇膿搗血將去〔正末云〕引孫與你這一百兩鈔你少使儉用些孩兒也你着志者〔引孫做接鈔出門科云〕謝了伯父伯娘姐姐姐夫出的這門來我那伯伯與我二百兩鈔我那伯娘當住則與我一百兩鈔着我那姐夫張郎與我他從來有些搯尖落鈔我數一數六十兩七十兩八十兩則八十兩鈔我再回去與伯父說咱〔做見正末科〕〔卜兒云〕你敢不要麽若不要便拏來還我罷〔引孫云〕我要問伯父與引孫多少鈔來〔正末云〕與你一百兩鈔〔引孫云〕這裏則八十兩〔正末云〕張郎我着你與引孫一百兩鈔你怎生則與他八十兩那二十兩使了你的〔張郎云〕父親是一百兩〔引孫云〕姐夫兀的鈔你數〔張郎云〕將來我數七十兩八十兩〔做袖裏摔科云〕兀的不是鈔是你掉下二十兩了〔引孫云〕是你袖兒裏摔出來的伯伯伯娘引孫凍餓殺再也不到你門上來了姐姐姐夫引孫多多定害出的這門來引孫也我那伯伯看着我父親面上肯看覷我我那伯娘眼裏見不的我見了我不是打便是罵則向他女壻張郎他强殺者波則姓張我便歹殺者波我姓劉是劉家的子孫阿引孫也怨人怎麽則嘆我的命運〔詩云〕仰面空長嘆低首淚雙垂富貴他人聚今日個貧寒親子離〔下〕〔正末云〕引孫去了也老夫待將我這家私停停的分開與我這女兒和這姪兒老夫心中暗想俺這男子漢到八八六十四婦人七七四十九乃是盡數老夫止有四年的限也不想小梅這妮子年二十歲婆婆爲他精細着他近身扶侍老夫如今腹懷有孕未知是箇女兒小廝兒則怕久後爲這幾文業錢着孩兒日後生了別心就今日我着幾句言語壓伏這孩兒每咱張郎〔卜

兒云〕去了姪兒如今想要尋着女壻哩〔正末云〕你知道我說什麼〔卜兒云〕你待說什麼〔正末云〕張郎你是我家女壻只今十年滿了也俺兩口兒偌大年紀房下別無所出孩兒你怎忍撇俺去了今日爲始則在我家裏住〔卜兒云〕孩兒謝了父親者〔正末云〕你看他便歡喜也張郎將俺那遠年近歲欠少我錢鈔的文書都與我搬運將出來算一算是多少〔張郎云〕兀的不是文書我都搬出來了〔正末云〕小梅點個燈來〔小梅云〕兀的是燈〔正末云〕都與我燒毀了者〔張郎做搶科〕〔正末云〕呀呀呀不怕燒了手去那火裏搶這文書那孩兒也這錢直恁般中使〔卜兒云〕老的也想着你幼年時南頭裏販貴北頭裏販賤乘船騙馬渡江泛海做買做賣掙鬭下許來大家私放錢舉債與人家錢鈔的文書怎的也不通箇商量就一把火都燒毀了〔正末云〕量這些文書打甚麼不緊想喒的家私不有十萬貫那〔卜兒云〕十萬貫則有多哩〔正末云〕從今爲始將這十萬貫家私姐夫姐姐兩口兒分取一半將這一半與婆婆收者〔卜兒云〕兩個孩兒謝了你父親者〔張郎云〕謝了父親〔正末云〕你看他便歡喜也婆婆將這一半家私且收留起東平府裏那個不說劉員外那老子空有錢呵割捨不的他是箇看錢奴婆婆將這一半家私和那一輩老相識朋友每也閑快活幾年咱〔卜兒云〕老的你說的是說的是〔正末云〕婆婆我待要庄兒頭住幾日去咱〔卜兒云〕便着下次小的每鞁馬送老的往庄兒上去家中一應大小事務你休管有我哩你則管放心的去〔正末云〕婆婆我有句話敢說麼〔卜兒云〕老的也你有甚麼話但說不妨〔正末云〕我則專等婆婆報個喜信婆婆小梅這妮子有箇比喻你可知道麼〔卜兒云〕你說你說有個甚的比喻〔正末云〕婆婆小梅這妮子他似那借甕兒釀酒〔卜兒云〕如何是借甕兒釀酒〔正末云〕別人家的甕兒借將的來家做酒只等酒熟了時可把那甕兒送還與他本主去婆婆這

妮子如今不腹懷有孕也明日小梅或兒或女得一箇則是你的那其間將這妮子要呵不要呵或是典或是賣也只由的你〔卜兒云〕你也說的是〔正末云〕婆婆〔卜兒云〕老的你又怎麼〔正末云〕婆婆小梅這妮子從來有些些奴唇婢舌的怕不惱着婆婆看老夫的面應當打時節則罵幾句罷〔卜兒云〕只古裏聒絮我知道了也〔正末云〕婆婆小梅這妮子老夫恰纔不道來有甚的惱着你應罵時節你也則自處分咱〔卜兒云〕老的你則放心的去我說知道了也〔正末云〕婆婆〔卜兒云〕老的莫不又是小梅麼〔正末云〕婆婆你覷你覷〔卜兒云〕老的你恰纔將遠年近歲欠少嗗錢債的文書都燒毁了你可主着何意〔正末云〕婆婆你不知道老夫心下自有個主意也呵〔唱〕

〔仙呂賞花時〕我爲甚將二百錠徵人的文契燒也只要將我這六十載無兒寃業消〔帶云〕婆婆我可似箇什麼那〔唱〕我似那老樹上今日個長出些些笋根苗〔帶云〕婆婆小梅這妮子呵〔唱〕你心中可便不錯〔云〕婆婆小梅這妮子他可似什麼那如同那生菜兒一般他只要新水兒灑者波婆婆〔唱〕你是必休將兀那熱湯澆〔下〕

〔卜兒云〕我知道了也孩兒每看頭口兒送你父親庄兒上去來〔同下〕

〔音釋〕 妯音逐 娌音里 贍傷欠切 碾女翦切 噇音床 擣音禱 招音恰 掉音吊 摔音洒 撾莊瓜切 閾齋上聲 鞁音備 釀仰去聲 錯音草

第一折

〔張郎同旦兒上云〕歡喜未盡煩惱到來自家張郎的便是這箇是我渾家引張我當日與這劉員

外家做女壻可是爲何都則爲這老的他有那潑天也似家私寸男尺女皆無所以上與他家做女壻我滿意的則是圖他這家私不想老的近日間着這小梅近身扶侍如今這小梅腹懷有孕我想來若是得個女兒也則分的他一半兒家私若是得一箇小廝兒我兩隻手交付與他那家私我不乾生受了一場（旦兒云）張郎你這幾日眉頭不展可是爲何（張郎云）大嫂你不知我老實說我當日與你家做女壻爲你父親無兒久以後這家緣家計都是我的如今老的將這小梅姨姨收在身邊如今腹懷有孕若是得一個女兒則分的他一半兒家私若得個小廝兒我雙手兒都交付與他我不乾生受了我因此上煩惱（旦兒云）張郎比及你有心呵我也有心多時了我先將小梅所算了何如（張郎云）你那裏是我的媳婦你是我的親娘你可怎麽說（旦兒云）俺先與妳妳說則說小梅配絨線去懷空走了也（張郎云）此計大妙（旦兒云）我就和你將妳妳說去來妳妳（卜兒上云）孩兒你喚我做什麽（旦兒云）妳妳小梅又不會打他又不會罵他今早配絨線去懷空走了也（卜兒云）嗨你兩個也省的俺老的偌大年紀見有這些兒望頭歡喜不盡在庄兒上專等報喜哩怎麽有這般的事莫不是你兩個做下來的那（旦兒云）小梅今日絕早自家走了干我們兩個甚的事（卜兒云）既然小梅走了小的每輛起車兒來你兩個跟着我直到庄兒上報知老的去來（同下）（正末領丑興兒上云）老夫自從到於庄兒上住則專等婆婆報一個喜信我想人生在世凡事不可過分到這年紀上身多有還報則我那幼年間做經商買賣早起晚眠吃辛受苦也不知瞞心昧己使心用倖做下了許多寃業到底來是如何也呵（唱）

〔仙呂點絳唇〕將本求財在家出外諸般兒快攤併也似錢來到底個還不徹寃家債

〔云〕那一日婆婆人情去了小梅這妮子忽的走到面前道爹爹小梅有句話可是敢說麼老夫便道有什麼話你說波他道小梅有半年身孕老夫便道小鬼頭休胡說婆婆聽的呵枉打死你他道您孩兒不敢說謊老夫道是真個麼他道是真箇我便教人請穩婆去〔唱〕

〔混江龍〕請來憑脈〔云〕一投的憑罷那脈也婆婆道老的你索與我換上蓋咱老夫便道你與我說了我與你他便道老兒你賀喜者〔唱〕他道小梅行必定是個廝兒胎不由我不頻頻的加額落可便暗暗的傷懷但得一個生忿子拽布披麻扶靈柩索強似那孝順女羅裙包土築墳臺往常我瞞心昧己信口胡開把神佛毀謗將僧道搶白因此上折乏的兒孫缺少現如今我筋力全衰人說着便去人喚着忙來看經要滅罪捨鈔要消災我急煎煎去把那穩婆和老娘尋恨不得曲躬躬將他土塊的這甎頭來拜〔帶云〕我想兒孫的福分非同小可也〔唱〕使不着人強馬壯端的是鬼使神差

〔云〕與兒昨日使你城裏去來聽的我那一輩兒老相識朋友每說我些什麼來〔興兒云〕爹我昨日城裏買油去見一輩老的每說來若得個女兒便罷得一個小廝兒呵他每待將你騎着頭口着草棍打着你遊街還待着你做一箇大大的慶喜筵席哩〔正末云〕與兒你休說謊〔興兒云〕孩兒不敢說謊〔正末云〕哎那老的每則不說出來他敢是做出來也〔唱〕

〔油葫蘆〕有那等守護賢良老秀才他說的來狠利害〔云〕他每都道是劉從善那老子空有錢則恁般割捨不的使若是個女兒呵罷論若是個小廝兒呵恥辱那老子一場

〔唱〕他待將這老頭兒監押去遊街〔帶云〕小梅你若真個得個兒呵〔唱〕我情願謝神天便把那香花賽請親隣便把猪羊宰遮莫他將蹇衛迎草棍揑但得他不罵我做絕戶的劉員外只我也情願溼肉伴乾柴〔天下樂〕我可便得一個殘疾的小廝兒來問甚麼興也波衰總是那天數該〔云〕天那倘是我小梅這妮子分娩了你覷這早晚多早晚也莫不是小廝兒生得毒麼〔唱〕則他那時辰兒問甚麼好共歹我但得把他搖車兒上縛便把我去墓子裏面埋我便做一箇鬼魂兒可便也快哉

〔云〕興兒〔興兒云〕爹你叫我怎麼〔正末云〕你門首覷者看有什麼人來〔卜兒同旦兒張郎上云〕可早來到也興兒你報與老爹知道說我來看他哩〔興兒云〕爹有妳妳在門首哩〔正末云〕婆婆來了也興兒殺下羊者請請請〔興兒云〕您孩兒知道妳妳爹有請哩〔卜兒云〕孩兒您在門首我先過去見了老的你着我說什麼〔做見科云〕老的你在這庄兒上好將息倒大來耳根清靜也〔正末云〕婆婆請坐喜波喜波得了個小廝兒麼〔卜兒云〕是好個小廝兒〔正末云〕婆婆那小梅當真得了個甚麼〔卜兒云〕我說便說你則休煩惱〔正末云〕你說我不煩惱〔卜兒云〕自從老的往庄兒上來了俺一家兒看着老的面皮上都儘讓小梅又不曾打他又不曾罵他今日大清早起來推配絨線去懷空走了也〔正末云〕走了也你便謊殺老夫也好謊波你說與喒同喜咱〔卜兒云〕我不說謊怕你不信呵姐姐也在門首哩〔正末云〕姐姐也來了請過姐姐來〔興兒云〕姐姐爹有請〔旦兒云〕張郎你且在門首我先過去〔做見科〕〔正末云〕姐姐喜波喜波得了個兒弟麼是必擡舉你那兒弟兒咱〔旦兒云〕父親甚麼兒弟〔正末云〕小梅得了的他打什麼不緊我

則是覰着姐姐哩〔旦兒云〕小梅又不曾打他又不曾罵他跟着人逃走去了〔正末云〕他走了您娘兒每一家兒說便說怕做甚麼我知道這是我婆婆的見識引張到那裏見你爹時節則說道是走了他若說道是得了個小廝兒呵那老子偌大年紀則怕把那老子歡喜殺了這個是婆婆使的見識〔卜兒云〕小梅委實是走了也〔正末云〕姐姐你敢說謊哩量他打甚麼不緊我則覰着姐姐姐夫哩〔旦兒云〕父親不信呵有張郎在門首〔正末云〕女婿也來了您娘兒兩箇我根前說謊與兒快請過姐夫來〔與兒云〕姐夫爹請你哩〔張郎做見正末云〕父親好將息倒宜出外〔正末云〕姐夫喜波喜波你郎舅每廝守着好擡舉照覰咱〔張郎云〕甚麼郎舅子那〔正末云一小梅得了的〔張郎云〕甚麼小梅又不曾打他又不曾罵他懷空害慌跟着人走了〔正末云〕噤聲他怎麼走了〔卜兒云〕說道走了就走了那個哄你走了一箇小妮子打甚麼不緊〔正末唱〕

〔那吒令〕哎你是個主家的〔云〕偌大年紀虧你不害那臉羞〔卜兒云〕我又不曾放屁我怎麼臉羞〔正末唱〕你與心兒妬色你是個做女的〔云〕不學此三從四德俺一家兒簇捧着你為甚麼來〔唱〕你縱心兒的放乖更着你個為壻的〔云〕萬貫家緣都在你手裏你在那錢眼裏面坐的兀自不足哩〔唱〕你貪心兒愛財〔做哭云〕痛殺老夫也〔卜兒笑科云〕呸我又不曾捻殺他又不曾掐殺他他惶恐自害羞走了你張開着口哭此甚麼〔正末唱〕怎着我空指望空寧耐落得這苦盡甘來

〔鵲踏枝〕你可便道他歪不思量我年邁〔卜兒云〕說道走了個隻身的小妮子打甚麼不緊則管裏絮絮聒聒的〔正末唱〕他可便雖則隻身那裏也是那重胎

〔帶云〕張郎〔唱〕則被你壞了我也當家的這嬌客〔云〕我原來錯怨了人也都不干你事〔唱〕天那則被你便送了我也轉世的浮財

〔卜兒云〕他走也走了你要呵我別替你娶一個〔正末云〕噤聲怎生對着孩兒每說出這等話來〔唱〕

〔寄生草〕你不將我人也似覷倒着我謎也似猜〔帶云〕你聽我說與你〔唱〕道不的二十上有志呵人都愛三十上有命呵人還待到的這四十上無子呵可便人不拜我想着那未分男女的腹中胎〔卜兒云〕我只揀那年紀小生得好的替你再娶一個你也還養得出哩〔正末唱〕誰問你那不施脂粉天然態

〔云〕張郎你到家便將那好鈔揀下一二千錠者〔卜兒云〕敢是你那裏看上了一個你待取來做小老婆也〔正末云〕我是娶一個也由的我那〔卜兒云〕休道你娶一個便娶十個我是大他也則索扶侍我〔正末云〕爲什麼扶侍你〔卜兒云〕怎麼不扶侍我〔正末云〕你不曾與俺劉家立下嗣來〔卜兒云〕休道立下寺我連三門都與你蓋了〔正末云〕張郎你去四門頭出下帖子但是有等貧難的人明日絶早到開元寺内我散錢去也天那劉從善今日悔過了也〔唱〕

〔後庭花〕則爲我做家呵忒分外今日着我無兒呵絶後代可不這慳恪呵招災禍若是肯慈悲呵也不到的生患害〔云〕張郎你快去與我出帖子者〔張郎云〕您孩兒知道〔正末唱〕我如今只待要捨浮財遍着那村城裏外都教他每請鈔來缺食的買米柴少衣的截些絹帛把饑寒早撇

開免憂愁儘自在

〔卜兒云〕元來你要捨財布施你不捨呵也無人怪你捨了財可便有誰人知重你也〔正末云〕你那裏知道我散了這幾文錢呵那貧難無倚的人呵〔唱〕

〔青哥兒〕他敢把咱來燒香燒香禮拜恰便似祖先祖先看待〔卜兒云〕你便這般救苦憐貧捨財布施做下功德只是年紀高大也沒多幾時在世有那一個知道你的〔正末云〕婆婆你道他每不知道我麼〔唱〕你道我日暮桑榆事可哀將我死後屍骸向古道懸崖淺葬深埋松柏多栽則恐怕後人不解壘座甎臺鐫面碑牌寫的明白等過往人來覷了傷懷都道是開元寺散家財的這劉員外

〔卜兒云〕老的我便依着你且回家裏去來〔正末云〕婆婆咱家去罷〔唱〕

〔賺煞尾〕我在這城中住六十年做富漢三十載無倒斷則是營生的計策今日個眼睜睜都與了補代那裏也是我的運拙時乖〔帶云〕婆婆〔唱〕我這裏自裁劃也不索壘七波追齋則那兩件事敢消磨了我這半世的災我也再不去圖私利狠心的放解我也再不去惹官司瞞心兒舉債〔云〕這兩椿兒咱都不做了難道天是沒眼的〔唱〕可敢也一天好事奔人來〔同衆下〕

〔音釋〕輛音亮　白巴埋切　娩音免　捻音聶　掐音恰　謎迷去聲　帛巴埋切　鐫茲宣切　策鋪買切　劃胡乖切

第二折

〔張郎上云〕自家張郎便是父親的言語着我收拾下錢鈔在這開元寺內散錢大乞兒一貫小乞兒五百文那錢鈔都准備下了也請父親母親散錢去來〔正末同卜兒旦上云〕張郎將着那錢鈔只等貧難的人來與我都散到者錢也則被你送了老夫也呵〔唱〕

〔正宮端正好〕則被你引的我來半生忙十年鬧無明夜攘攘勞勞則我這快心兒如意隨身的寶哎錢也我爲你呵恨不的便蓋一座家這通行廟

〔滾繡毬〕我那其間正年小爲本少我便恨不的問別人強要掎着箇仗劍提刀〔卜兒云〕咱人父南子北拋家失業也則爲這幾文錢〔正末唱〕哎錢也我爲你呵也曾痛殺殺將俺父母來離也曾急煎煎將俺那妻子來拋〔卜兒云〕老的也你走蘇杭兩廣都爲這錢恨不的你死我活也非是容易掙下來的〔正末唱〕哎錢也我爲你呵那搭兒裏不到幾曾憚半點勤勞遮莫他虎嘯風崒律律的高山直走上三千遍那龍噴浪翻滾滾的長江也經過有二百遭我提起來魄散魂消

〔云〕張郎收拾下香卓兒者〔張郎云〕理會的〔正末云〕婆婆隨我一處拈香去來〔卜兒云〕今日老的爲沒兒女不昧神天回心懺罪我隨你去我隨你去〔正末云〕劉從善爲人一世做買賣上多有虧心差錯處我今日捨散家財毀燒文契改過遷善願神天可表〔唱〕

〔倘秀才〕那其間我正貧困裏可便奪的一個富豪今日個上戶也

可怎麼却無了下稍也是我幼年間的虧心今日老來報〔帶云〕哎錢也我爲你呵〔唱〕也曾昧著心說咒誓今日箇睜着眼犯天曹孜孜的窨約卜兒云〕可是你那做買賣使心用倖拆乏的你怎麼則埋怨我那〔正末唱〕

〔呆骨朵〕則俺這做經商的一箇箇非爲不道那些兒善與人交都是我好賄貪財今日箇折乏的我來除根也那翦草我今日箇散錢波把窮民來濟悔罪波將神靈來告則待要問天公贖買一箇兒〔卜兒云〕我明日再別替你娶一個罷有你也不愁無兒〔正末唱〕也等我養小來防備老

〔淨大都子領劉九兒小都子上云〕劉九兒開元寺裏散錢哩喒去那裏請鈔去來有這個小孩兒把他另做一戶得的這一分兒錢俺兩個分了買酒吃官人也叫化些兒〔張郎云〕這箇小的是一戶也是兩家兒的〔大都子云〕這小的另是一戶〔張郎云〕也與他五百文〔大都子分鈔科云〕劉九兒把這鈔分了喒兩個買酒吃去來〔劉九兒云〕這孩兒是我的你怎生分我的錢你學我有兒麼〔大都子云〕窮弟子孩兒我和你說定的你怎生都要了你便是有兒的〔做鬧科〕〔正末云〕張郎門前爲什麼鬧〔張郎云〕父親窮廝每爭錢哩〔正末云〕孩兒也這錢則不那窮的每爭便這富的每也爭待老夫親自問他您每且休鬧者〔唱〕

〔脫布衫〕今日個散錢呵您不合閙焦看我面也合道是躭饒他主着意和人硬挺便睜着眼大呼小叫

〔劉九兒云〕哎你個絶戶的窮民你怎敢放刁也〔張郎云〕這窮弟子孩兒噤聲〔正末唱〕

〔小梁州〕他罵一聲絶戶的窮民怎敢放刁則一句道的我便肉戰

也身搖〔做悲科云〕兀的不痛殺我也〔唱〕我傷心有似熱油澆他那裏忕陪笑敢這廝笑裏暗藏刀

〔大都子云〕老的也他父親請了一分鈔他孩兒又要哩〔正末唱〕

〔幺篇〕元來是父親行請過了孩兒又要您怎麼不尋思枉物難消

〔劉九兒云〕從小裏慣了孩兒也〔正末唱〕你從小裏也該把這孩兒教怎生由他恁撒拗道不的家富小兒驕

〔小都子云〕爹爹你肚裏饑麽〔劉九兒云〕我肚裏可知饑哩〔小都子云〕你吃了飯再來〔劉九兒云〕孩兒說的是喒們吃飯去來〔同下〕〔劉引孫上云〕自家劉引孫的便是自從我那伯娘把我趕將出來與了我一百兩鈔做盤纏都使的無了也如今在這破瓦窰中居住每日家燒地眠炙地臥吃了那早起的無那晚夕的聽知我那伯伯娘在這開元寺裏散錢大乞兒一貫小乞兒五百文各自世人尚然散與他錢我是他一個親姪兒我若到那裏怎麽不與我些錢鈔我去便去則怕撞着那姐夫他見了我呵必然要受他一場嘔氣如今也顧不得了可早來到寺門首也〔做見張郎科云〕天那你看我那命波肯分的我那姐夫正在門首可怎麽好我只得把這羞臉兒揣在懷裏沒奈何且叫他一聲姐夫姐夫〔張郎云〕那裏這麽一陣窮氣我道是誰原來是引孫這個窮弟子孩兒你來做什麽〔引孫云〕窮便窮甚麽窮氣姐夫我來這裏叫化些兒〔張郎云〕錢都散完了沒得與你你快去〔正末云〕是誰在門首〔張郎云〕是引孫〔卜兒云〕他來做什麽〔張郎云〕他來叫化些錢哩〔卜兒云〕他也要來叫化偏沒得與他〔正末云〕婆婆和那叫化的爭什麽〔卜兒云〕老的也如今放着這些錢鈔那窮弟子孩兒看見都要將起來怎麽得許多散與他〔下

兒做藏鈔科〕〔正末云〕婆婆你且着他過來引孫你到這裏來怎的〔引孫云〕聽知的伯伯伯娘在這裏散錢您孩兒特來借些使用〔正末云〕婆婆不問多少借些與他去〔卜兒云〕引孫你要借錢我問你要三箇人要一箇保人要一箇見人要一箇立文書人有這三個人便借與你錢無這三箇人便不借與你錢〔正末云〕哎自家孩兒可要甚麼文書〔卜兒云〕他猛地裏急病死了可着誰還我這錢〔張郎云〕母親正是這等說〔正末云〕呸醜賊生干你甚事〔卜兒云〕呸則怕死了你那長俊的姪兒〔正末指張郎科云〕婆婆我問你這個是誰的〔卜兒云〕是俺的〔正末云〕這個呢〔卜兒云〕這個是你的山核桃差着一槅兒哩〔正末云〕這是我的個親姪兒有不是呵我要打便打要罵便罵都不干你事〔卜兒云〕住住住你也休鬧請你個太公家教咱〔正末云〕引孫〔引孫云〕您孩兒有〔卜兒云〕哎喲要打便打什麼引孫引孫拏些土兒來怕驚了他顙子〔正末云〕你看我待打殺他者波〔卜兒云〕誰着你打死人來那〔正末云〕似這般炒鬧如之奈何將那十三把鑰匙來〔卜兒云〕老的也十三把鑰匙都在這裏則要分付的有下落者〔正末云〕引孫你見麽〔引孫云〕您孩兒見〔正末云〕女兒女壻近前您兩口兒收了這鑰匙掌把了這家私者〔卜兒云〕孩兒謝了你父親者〔正末云〕你看他可便歡喜也〔張郎云〕多謝了父親引孫你打睃着十三把鑰匙都在我手裏也與你這把鑰匙着你吃不了〔引孫云〕是那門上的〔張郎云〕是東廁門上的〔正末做悲科云〕兒也我前者把與了你些錢鈔都那裏去了〔引孫云〕您孩兒定害的朋友多了拏這錢鈔去都待了相識朋友也〔卜兒云〕你這個窮弟子孩兒也有相識朋友〔正末云〕孩兒也還未到你那待朋友處哩〔唱〕

〔倘秀才〕你有錢時待朋友每日家花花草草你今日無錢也〔帶云〕

索央親眷每呵爹爹妳妳有盤纏與些兒波〔唱〕便這般煩煩也那惱惱〔帶云〕哎兒也〔唱〕也是你貧不憂愁富不驕則待做經商尋些資本則不如依本分教些村學那的也便了

〔引孫云〕您孩兒一徑的來問伯伯㛑借些本錢做些買賣〔正末云〕引孫孩兒也則不如讀書好〔引孫云〕伯伯則不如做買賣〔正末云〕引孫孩兒也則不如讀書好〔引孫云〕伯伯則不如做買賣好〔正末唱〕

〔滾繡毬〕我道那讀書的志氣豪爲商的度量小則這是各人的所好你便苦志爭似那勤學爲商的小錢番做大錢讀書的把白衣換做紫袍則這的將來量較可不做官的比那做客的粧么有一日功名成就人爭羨〔云〕頭上打一輪皁蓋馬前列兩行朱衣〔唱〕抵多少買賣歸來汗未消便見的個低高

〔云〕張郎輙起車兒着婆婆和姐姐先回去我隨後便到也〔張郎云〕我將這車兒輙起者〔正末云〕婆婆你和引張先行引孫這廝不學好老夫還要處分他哩〔卜兒云〕老的你慢來我先回家去也〔卜兒做虛下科〕〔正末云〕兒也我則覷着你哩〔引孫云〕伯伯您孩兒知道〔正末做哭科云〕哎喲苦痛殺我也〔卜兒上云〕老的也你做甚麼哩兀的不啼哭那〔正末云〕我幾曾啼哭來〔卜兒云〕你眼裏不有淚來那〔正末云〕婆婆我偌大年紀怎沒些兒冷淚〔卜兒云〕你這證候好來的疾也〔正末云〕引孫靴勒裏有兩錠鈔你自家取了去引孫勤勤的到墳頭上看去多無一二年我着你做一個大大的財主〔引孫云〕您孩兒知道〔正末唱〕

〔煞尾〕在生呵奉養父母何須道死後呵祭奠那先靈你索去學缺少兒孫我無靠拜掃墳塋是你的孝他處求人沽酒澆鄉內尋錢買紙燒一日墳頭與我走一遭一句良言說與你聽着你若是執性愚頑不從我教引孫也我着你淡飯黃虀一直餓到你老〔下〕

〔卜兒云〕窮短命窮醜生窮弟子孩兒你在這裏做什麼早早的死了現報了我的眼裏再上我門來拷下你那下半截來兀的不被你氣殺我也老的你也等我一等麼〔同下〕〔引孫云〕伯娘去了你看我那伯伯推打我與了我兩錠鈔將到我那破瓦窰裏也好做幾日盤纏天也兀的不窮殺引孫也〔下〕

〔音釋〕崒昨律切　懺攙去聲　窨音陰　約音杳　賄音誨　拗音要　槅音革　顖音信
廁音次　學奚交切　勦音要　着池燒切　虀祭平聲

第三折

〔張郎同旦兒上詩云〕人生雖是命安排也要機謀會使乖假饒不做欺心事誰把錢財送我來自家張郎的便是自從父親將家私都與了我掌把兀的不歡喜殺我也時遇清明節令寒食一百五家家上墳祭祖我將着這春盛擔子紅乾臘肉同着社長上墳去來〔社長上云〕自家社長是也今日清明節令張郎請我去上墳張郎我和你上墳去〔張郎云〕渾家每年家先上你劉家的墳今年先上俺張家的墳罷〔旦兒云〕張郎先上俺家的墳〔社長云〕大嫂你差了也你便姓劉你丈夫不姓劉你先上張家的墳纔是個禮〔張郎云〕渾家你嫁了我百年之後葬在俺張家墳裏還先上俺張家墳去〔旦兒云〕依着你先上張家墳去來〔同下〕〔引孫上云〕自家劉引孫從那日伯伯與

了我兩錠鈔在這破瓦窰中都盤纏了也今日清明節令大家兒小家兒都去上墳拜掃我伯伯說道引孫勤勤的祖墳上去多無一二年着你做個大大的財主莫非我那伯伯有銀子埋在墳上那我想祖墳是我祖上連我父親母親也葬在那裏難道伯伯說我便上墳伯伯不說我便不上墳引孫我雖貧是一個讀書的人怎肯差了這個道理我往紙馬鋪門首唱了個肥喏討了這些紙錢酒店門首又討了這半瓶兒酒食店裏又討了一個饅頭我則不忘了伯伯的言語引孫如今在隣舍家借了這一把兒鐵鍬到祖墳上去澆奠一澆奠烈些紙兒添些土兒也當做拜掃盡我那人子之道說話中間可早來到這墳頭了劉員外你潑天也似家私那個來上墳也（做拜科云）公公婆婆生時了了死後為神我祭奠咱這個是我父親母親您孩兒窮殺也想您兩口兒在生時倚仗着公公婆婆的愛您要了伯伯娘便宜你便死了今日都折乏在我身上父親母親（詩云）我為甚麼說十分惺惺使九分留着一分與兒孫則為你十分惺惺都使盡今日個折乏的後代兒孫不如人哎多無一二年着你做個大大的財主劉引孫別無什麼孝順我向祖墳上添些兒新土我手裏拏定這把鐵鍬我和這鐵鍬上有個比喻則為俺伯娘性子剛強引孫我便是鐵石人放聲啼哭如今那好家財則教我那姐夫張郎把柄今日着劉引孫剗地受苦我添了土也可行祭祀的禮則一箇饅頭供養了公公婆婆我的父親母親沒有倘若爭這饅頭鬧將起來可怎麼了這也容易劈做兩半個一半兒供養公公婆婆這一半兒供養父親母親奠了酒烈了紙錢祭祀已畢我可破盤咱（一詞云）冬至來一百五日正是那寒食時務你看財主家何等風光單則我悽涼墳墓並沒甚紅乾臘肉並沒甚清香甘露拏定着這把鋤頭也算得春風一度（做拏瓶與酒科云）這酒冷怎麼吃我去庄院人家盪熱了這酒吃了呵可來取我這把鐵鍬我盪酒去也（下）（正末同卜兒上）（正

末云〕老夫劉從善今日是清明往墳頭祭掃去婆婆孩兒每去了麼〔卜兒云〕老的孩兒每去多時了這早晚搭下棚宰下羊漏下粉蒸下饅頭春盛擔子紅乾臘肉盪下酒六神親眷都在那裏則等俺老兩口兒燒罷紙要破盤哩〔正末云〕婆婆孩兒每則怕不曾來麼〔卜兒云〕老的說孩兒每先來了也〔正末云〕婆婆孩兒每這早晚到了麼〔卜兒云〕老的孩兒每這早晚到那裏多時也〔正末云〕走走走你看我波貪說話險些兒不走過去了婆婆兀的不是喒的祖墳喒墳頭去來〔卜兒云〕嗨老的險些兒錯走了過去〔正末云〕來到這墳上兀的不搭下棚宰下羊漏下粉蒸下饅頭盪下酒紅乾臘肉春盛擔子六神親眷都在那裏也〔卜兒云〕則怕孩兒每來得遲〔正末云〕老人家再來這等謊你休要說〔卜兒云〕我纔說的這個謊兒〔正末云〕看了這墳所好是傷感人也呵〔唱〕

〔越調鬬鵪鶉〕你看祭臺和這墳臺甎牆也那土牆長出些箇棘科和這荆科那裏有白楊也那綠楊〔帶云〕婆婆恰纔不有人上墳來那〔唱〕上墳的是女兒和這姪兒還是近房也那遠房婆婆哎你覷那光塌塌的墳墓前溼津津的田地上不聞的肉腥和這魚腥那裏取茶香也那酒香

〔紫花序〕他添不到那兩鍬兒新土燒不到那一陌兒銀錢灑不到有那半椀兒的涼漿〔云〕婆婆兀的不有人來上了墳去了也〔卜兒云〕老的也是有人上墳來好可憐人也〔正末唱〕兀那上墳的瀟灑和俺這祭祖的也淒涼參詳多管是雨下的多人來的稀和這草長的荒我可甚麼子孫興旺每

日放羣馬和這羣牛那裏有石虎也那石羊
(云)婆婆既是孩兒每不曾來哩我和你先拜了墳罷(卜兒云)老的你也說的是投到孩兒每來時喒老兩口兒先拜了墳者(正末云)婆婆這裏拜拜(卜兒云)老的也這個是誰(正末云)這個是太公太婆(卜兒云)太公太婆保祐俺家門興旺太公太婆早生天界(正末云)這裏拜拜(卜兒云)這個是誰(正末云)這的是喒父親母親(卜兒云)正是我的公公婆婆哩公公婆婆生時了了死後爲神(正末云)這裏也拜拜(卜兒云)這箇是誰(正末云)這的是劉二兩口兒引孫的爹娘(卜兒云)是引孫的父母老的你差了他是喒的小喒是他的大我怎麼拜他(正末云)他活時節是喒的小他今死了也道的個生時了了死後爲神婆婆看老夫面皮你拜幾拜兒(卜兒云)罷罷罷我依着你兀那劉二家兩口兒你在那墳墓裏聽者想你在生時倚仗着公公婆婆欺負俺兩口兒不想你也拔着短籌都死了又丟下箇業種引孫常時來纏門纏戶的早早的足奲車輾馬踏倒路死了現報在我的眼裏(正末云)婆婆拜着個墳你那口裏不曾住的(卜兒云)呀誰曾開口來(正末云)婆婆喒兩口兒百年之後在那裏埋葬(卜兒云)老的我揀下了也這一塊地正是高岡兒上你看那樹木長的恰似傘兒一般喒老兩口兒百年之後這裏埋葬(正末云)婆婆怕俺兩口兒不能勾這裏埋葬麽(卜兒云)我怎麽不能勾這裏埋葬着那裏埋葬去(正末云)婆婆俺道兩口兒不能勾在這裏埋葬兀的那裏埋葬去(卜兒云)老的也那裏是一塊下洼水渰的絕地俺不在這裏埋葬倒去那裏埋葬(正末唱)

(調笑令)則俺這一雙老枯椿我爲無那兒孫不氣長百年身死深埋葬墳穴道盡按着陰陽喒兩個死時節便葬在兀那絕地上(帶云)

婆婆到那冬年節下月一十五婆婆也〔唱〕誰與咱哭啼啼的烈紙燒香
〔云〕婆婆俺不能勾這裏埋葬只爲俺沒得兒子來〔卜兒云〕俺怎生沒兒子現有姐姐姐夫哩〔
正末云〕你看我可早忘了婆婆孩兒每也未來哩咱閑口論閑話我問你咱如今我姓什麼〔卜兒
云〕你看這老的越發老的糊突了自家的個姓也忘了你姓劉是劉員外〔正末云〕我姓劉是劉
員外你可姓什麼〔卜兒云〕我姓李〔正末云〕我姓劉你姓李你來俺這劉家門裏做什麼〔卜兒
云〕你還不曉得我當初這劉家三媒六證花紅羊酒行財納禮要到你這劉家門裏做媳婦兒來
〔正末云〕街上人喚你做劉婆婆也是李婆婆〔卜兒云〕這老的你怎麼葫蘆提我嫁的雞隨雞飛
嫁的狗隨狗走嫁的孤堆坐的守我和你生則同衾死則同穴一車骨頭半車肉都屬了你劉家怎
麼叫我做李婆婆〔正末云〕婆婆原來你這把骨頭也屬了俺劉家也咱女兒姓什麼〔卜兒云〕咱
女兒也姓劉是劉引張〔正末云〕咱女壻姓什麼〔卜兒云〕女壻姓張是張郎〔正末云〕我問你咱
俺女兒百年之後可往俺劉家墳裏埋也去他張家墳裏埋〔卜兒云〕俺女孩兒百年之後去他張
家墳裏埋〔做悲科云〕嗨這老的你怎生只想到那裏老的真個俺無兒的好不氣長也〔正末云〕
婆婆你纔省了也〔卜兒云〕怎生得個劉家門裏的親人來可也好哩〔引孫上云〕自家引孫是也
恰纔熱了鍾酒吃可來取我那把鐵鍬去咱〔見科〕〔卜兒云〕引孫兒也你來了也你那裏去來你
這幾日怎麼不到我家裏吃飯來你伯伯也在這裏〔引孫云〕您孩兒上墳來伯娘休打引孫〔卜兒
云〕孩兒也我不打你你則在這裏我和你伯伯說去老的小劉大也在這裏〔正末云〕 婆婆什麼
小劉大〔卜兒云〕是咱引孫孩兒〔正末云〕則叫他做引孫可便了也什麼小劉大〔卜兒云〕老的
孩兒每各自也有幾歲年紀〔正末云〕着他過來我問他引孫你來這裏做什麼 〔引孫做見科云〕

〕您孩兒上墳來〔正末云〕婆婆你聽引孫道他上墳來〔卜兒云〕老的也是孩兒上墳來〔正末云〕引孫誰烈紙來〔引孫云〕是您孩兒烈紙來〔正末云〕婆婆引孫道他烈紙來〔卜兒云〕是孩兒烈紙來〔正末云〕誰添土來〔引孫云〕是您孩兒添土來〔正末云〕婆婆引孫道他添土來〔卜兒云〕老的也我知道了也〔正末云〕引孫你上墳來你烈紙來你添土來則不你來你背後又有一箇我打這賊醜生〔卜兒做勸科云〕員外你為什麼打孩兒〔正末云〕婆婆放手〔唱〕

〔小桃紅〕則咱這弟兄兒女總排房向這一個墳塋裏葬輩輩流傳祭祖上〔帶云〕引孫〔唱〕俺兩口兒須大如您爹娘〔卜兒做勸科云〕老的也你休打他〔正末唱〕哎你箇蓮子花放了我這過頭杖〔帶云〕我不打這廝別的〔唱〕這廝祭祖先可怎生無些兒家大量則這個便是上墳的小樣〔卜兒云〕老的也你說了呵打〔正末云〕婆婆我打了呵說〔卜兒云〕你說了呵打〔正末云〕婆婆你放手〔唱〕因此上便先打了後商量

〔云〕引孫是你上墳來麼〔引孫云〕是您孩兒上墳來〔正末云〕你為甚麼不搭大棚殺下羊漏下粉蒸下饅頭盪下酒紅乾臘肉春盛擔子六神親眷都在那裏那〔卜兒云〕這箇老的好笑孩兒又沒錢他吃的穿的也無教他那裏討這許多那〔正末云〕你道他無錢引孫你見麼〔引孫云〕您孩兒見些甚麼〔正末云〕引孫兀那鴉飛不過的庄宅石羊石虎那墳頭不去到俺這裏做什麼來〔卜兒云〕老的你差了也那座墳知他姓張也姓李也他是俺劉家的子孫他怎麼不到俺劉家墳裏來〔正末云〕誰是俺劉家的子孫〔卜兒云〕引孫是俺劉家的子孫〔正末云〕我不知道引孫是俺劉家子孫我則知道姐姐姐夫是俺劉家的子孫〔卜兒云〕老的也你越饒着越逞為人誰無

個錯處我當初是我執迷來孩兒想我也曾打你也曾罵你從今日爲始則在我家裏住吃的穿的我盡照管你休記我的毒哩（引孫云）伯伯伯娘說從今爲始也不打我也不罵我則着我在家裏住吃的穿的盡照管孩兒哩（正末云）是誰說來（引孫云）是伯娘說來（正末云）是您伯娘說來天也這的是睡裏也是夢裏（唱）

〔鬼三台〕好事從天降呆漢回頭望（引孫云）我謝了伯伯（正末云）你休拜我（唱）則拜你那恰回心的伯娘（卜兒同引孫做悲科）（正末唱）則見他子母每哭嚎咷淚出他這痛腸昨日個誂的你慌上慌哎兒也從今後不索你忙上忙（云）婆婆這個是誰家的墳（卜兒云）老的也這是俺劉家的墳（正末唱）則俺這墳所屬劉我怎肯着家緣姓張

（張郎同旦兒社長上）（社長云）好快活也（正末云）是誰家這般熱鬧上墳（社長云）是劉張員外家上墳哩（正末云）怎生是劉張員外（社長云）老的你不知道張家的孩兒與劉家做女壻喚他做劉張員外（正末云）我對俺那婆婆說去婆婆咱女壻來了也我和你破盤去來（卜兒做打科云）你兩箇賤人都在那裏這早晚纔來（正末唱）

〔紫花兒序〕哎你個擇隣的孟母休打這刻木的丁蘭（云）婆婆放手這干那女壻甚麼事（唱）且問你那跨虎的楊香（卜兒云）孩兒我爲甚麼打你幾下您父親煩惱哩孩兒也你爲甚麼不穿些好衣服（旦兒云）則這般罷波（卜兒云）將鑰匙來着下次孩兒每取衣服去（張郎云）渾家中麼（旦兒云）不妨事妳妳向着俺哩兀的鑰匙（卜兒做拏鑰匙科云）你兩個賤人再也休上我門來老的你十三把鑰匙我都賺將出來了也（正末唱）哎女壻着

出舍闈女着回房相當得意梁鴻引着你這孟光炒鬧了一個太公庄上你也再休踹我劉門我今也靠不着你個張郎

〔卜兒云〕老的兀的十三把鑰匙你依舊當了這家罷我年紀老了〔正末云〕婆婆你道你年紀大了我也不小婆婆你掌把這家私〔卜兒云〕我纔十八歲兒哩是你當家者〔正末云〕還是你當家者〔卜兒云〕老的也則管裏𥌾眼面前放着個當家的老的也我待將這十三把鑰匙與引孫孩兒當家者你意下如何〔正末云〕婆婆莫不忒早了些〔卜兒云〕喒合了眼可遲了也〔正末云〕婆婆你說的是〔卜兒云〕引孫近前來兀的十三把鑰匙都與你你去當家〔引孫云〕謝了伯娘姐夫靠後我聞不的這一陣窮氣〔張郎云〕你就不忘了一句兒〔正末唱〕

〔禿厮兒〕着女壻別無指望做女的也合斟量則這家私裏外您盡掌孝父母奉蒸嘗也波周方

〔聖藥王〕這一場胡主張您須熱鬧俺荒涼您行短俺見長姓劉的家私着姓劉的當女兒也不索便怨爹娘

〔卜兒云〕俺這家私裏外都着引孫掌了俺家去來〔正末云〕婆婆俺和你家去來〔唱〕

〔收尾〕你可便休和他折證休和他強自古道女生外向他到門日且休題只着他上墳時自思想〔下〕

〔引孫云〕姐夫你好歹也不想我今日還做財主十三把鑰匙都在我手裏我也不和你一般見識我與你這把鑰匙你一世兒吃不了你拜〔做與鑰匙科〕兀的你歡喜麽〔張郎云〕可知歡喜哩一引孫云〕你個傻廝這是開茅廁門的〔同衆下〕

〔音釋〕盪湯去聲　鍬俏平聲　蹇音蹇　瘸巨靴切　輾女翦切　椿音莊　呆音諧　嚎音豪　咷音桃　傻商鮓切

第四折

〔正末同卜兒引孫上云〕老夫劉從善今日是老夫賤降的日子就順帶着慶賀小員外當家引孫孩兒誰想你有今日也呵〔唱〕

〔雙調新水令〕一杯壽酒慶生辰則我這滿懷愁片言難盡只因那幾貫財險纏殺我百年人我受了萬苦千辛我受了那一生罵半生恨

〔張郎同旦兒上云〕自家張郎的便是今日父親生日俺兩口兒拜父親去早來到門首也小舅〔引孫云〕那裏一陣窮氣姐夫你那裏去來〔張郎云〕我道你不是個受貧的人麼俺來拜父親哩〔引孫云〕姐姐姐夫我報復去〔報科云〕父親有姐姐姐夫在于門首〔正末云〕誰在門首〔引孫云〕是姐姐姐夫哩〔正末唱〕

〔清江引〕你道是女兒女壻都在門我可爲甚麼不容他進你只問他使的是那家錢上的是那家墳〔帶云〕他今日又上俺門來〔唱〕顯的俺兩口兒無氣分

〔引孫云〕伯伯伯娘休和他一般見識的〔正末唱〕

〔碧玉簫〕那廝每言而無信凡事惹人嗔怕不關親怎將俺不瞅問〔帶云〕引孫〔唱〕俺只索喚引孫近前來聽處分你若是放這兩人踏着

我正當門我敢哏我便拷你娘麽那三十棍

（卜兒云）老的這孩兒每也孝順將就他些罷（正末唱）

〔落梅風〕你道他本賢達能孝順只我個老無知偏生嗔忿誰着他信夫婦的情就忘了我養育的恩（云）引孫你對他說去都不干我事（唱）這都是他自做來有家難奔

（云）引孫你去說道有親如你的便着過來（引孫見科云）父親道有親似我引孫的便着過去（做喚科云）小梅姨姨你領着孩兒來見父親去（小梅同倈兒上云）妾身小梅是也今有姐姐呼喚我領着孩兒見爹去來（做見科云）爹我小梅和孩兒來了也（正末云）兀的不是小梅你在那裏來（小梅云）爹你可也三年忘却數年親哩（正末唱）

〔水仙子〕你道我三年忘却數年親（云）小梅你是近身扶侍我的怎麽跟別人走了你這小賤人（唱）你可是麽一夜夫妻百夜恩（小梅云）爹你今日有了孩兒也（正末云）誰是我孩兒（小梅云）這不是你孩兒（正末云）真個是我孩兒（唱）今日個誰非誰是都休論婆婆也早則有了拖麻拽布的人（云）我兒也你叫我一聲爹爹（倈兒云）爹爹（正末唱）他那裏便叫一聲可則引了我靈魂哎你使着這嫉妬的心一片圖謀的錢幾文險送了我也翦草除根

（云）引孫請過姐姐姐夫來姐姐這三年小梅在那裏來（旦兒云）父親不知聽您女孩兒從頭說咱當初小梅有半年的身孕張郎使嫉妬心腸要所算了小梅您女孩兒想來父親偌大年紀若所算了小梅便是絕嗣了父親您女孩兒將小梅寄在東庄裏姑姑家中分娩得了這個孩兒這三年

光景吃穿衣飯都是您女孩兒照管〔詩云〕則爲父親忒心慈掌把許來大家私今日白頭爹休怨

我這青春女你便有孝順姪怎强似的親兒〔正末云〕孩兒你不說我怎知道〔唱〕

〔鴈兒落〕原來這親的則是親我當初恨呵須當恨那女夫便是各白的人那女兒也該把俺劉家認

〔卜兒云〕老的誰想劉員外自家有了孩兒也〔正末唱〕

〔得勝令〕婆婆咱早則絕地上不安墳則咱這孝堂裏有兒孫你今日個得病如醫病〔旦兒云〕父親今日有了孩兒也休忘了您女孩兒〔正末唱〕姐姐我怎肯知恩不報恩〔引孫云〕今日有了兒也十三把鑰匙還了伯伯您孩兒則做的一日財主〔正末唱〕你一世兒爲人這的是大富十年運咱三口兒都親〔帶云〕俺女兒姪兒和這孩兒〔唱〕我把這潑家私做三分兒分

〔云〕您一家人聽老夫說者〔詞云〕六十年趲下家私爲無兒每每嗟咨親兄弟不幸早喪引孫姪遣出多時狠張郎妄圖家業孝順女暗撫親支遇寒食上墳祭掃傷感處化妬爲慈因此上指絕地苦勸糟糠婦不枉了散家財天賜老生兒

〔音釋〕瞅音揪　哏狠平聲

題目　指絕地苦勸糟糠婦

正名　散家財天賜老生兒

散家財天賜老生兒雜劇

鐵旛竿圖財致命賊

硃砂擔滴水浮漚記
倣僧巨然筆

硃砂擔滴水浮漚記雜劇

元　撰

明吳興臧晉叔校

楔子

〔冲末扮孛老同正末王文用旦兒上〕〔孛老詩云〕急急光陰似水流等閒白了少年頭月過十五光明少人到中年萬事休老漢是這河南府人氏姓王雙名從道嫡親的三口兒家屬孩兒是王文用這個是孩兒的媳婦兒俺三口兒守本分做着些營生度其日月孩兒也你早間去長街市上做甚麼來〔正末云〕父親您孩兒去長街市上算了一卦道您孩兒有一百日血光之災千里之外可躲孩兒待將些小本錢到江西南昌地面做些買賣一來是躲難逃災二來就將本求利不知父親意下如何〔孛老云〕孩兒豈不聞古人有言離家一里不如屋裏又道是打卦打卦只會說話你怎麼信那些油嘴的話頭只不如在家裏謹謹慎慎的消災延福倒好〔正末云〕父親陰陽不可不信孩兒主意已定裝都拴就了不如任孩兒去罷恐怕在家裏終日疑心惑志便沒災難也少不得生出病來〔孛老云〕既然孩兒決意要去我也不留你了只要你小心在意者〔正末云〕則今日好日辰您孩兒辭別了父親便索長行也〔旦兒云〕大哥你出路去只是以身爲本父親年紀高大了是必早些回家來若遇見便人稍封平安信兒與我〔正末云〕大嫂你好生看覷家中侍奉父親我做些買賣便回來也〔孛老云〕孩兒不必憂慮則願你早早得利而回〔正末唱〕

〔仙呂端正好〕趓非災離鄉故相別罷便踐程途〔旦兒云〕王文用今日分別好生淒涼也〔正末唱〕方信道人生唯有別離苦眼看着向那海角天涯

去〔下〕

〔孛老云〕孩兒去了也媳婦兒沒事則閉門靜坐等你丈夫回來者〔旦云〕父親放心您孩兒知道

〔同下〕

第一折

〔丑扮店小二上云〕小可是店小二在此處開着個客店但是南來北往做買做賣的都來我這店裏安下天色巳晚想是沒的人來了我且關上門者〔正末上云〕自家王文用的便是自從離了家中直到江西南昌販賣利增百倍本待要回家去爭奈未勾那一百日打聽的泗州好做買賣我待就上泗州去想俺這爲商賈的索是艱難也呵〔唱〕

〔仙呂點絳唇〕帶月披星忍寒受冷離鄉井過了些芳草長亭再不曾半霎兒得這脚頭定

〔混江龍〕你看那人間百姓在紅塵中都要幹營生兩下裏行船走馬各要奪利爭名船尾分開橫水綠馬蹄踏破亂山青則他這搖鞭舉棹可便也休相競多則爲兩匙兒羹粥乾忙了那一世落的這前程

〔云〕天色晚了也我在這店肆中覓個宿咱小二哥開門開門〔店小二云〕有人喚門哩我開開這門來〔見科云〕我道誰原來是老客隔的兩個月不見一發吃的好了老客如今來做甚麼〔正末云〕我來你這店裏覓一宵宿我與你二百文房錢〔店小二云〕勾了勾了老客請進裏面來用些什麼茶飯〔正末云〕茶飯都不用你只與我點一盞燈來〔店小二云〕理會的燈在此〔正末云〕

小二哥你把房錢收去我明日五更前後早起便行我也不辭你了〔店小二云〕哦你明日不辭我天明就去既然如此你歇息罷我自家睡去〔下〕〔正末云〕我關上這門走的我身子困倦了我歇息咱〔做睡打夢科〕〔云〕王文用也甚睡兒到的我這眼裏我開開這門我來這裏下了兩遭倒不會細看可怎生這裏有一個小角門兒我開開這門元來是一所花園是好花也〔唱〕

〔醉中天〕我則見牡丹花堪人賞宜人敬可人意動人情又則見青芍藥白薔薇紅錦櫻又則見紫紋桃間着那黄花杏〔云〕是好花也我待折一朵兒咱〔唱〕不由我心中自警百般的把拏不定〔云〕這所在也無人我便折一朵兒怕做什麽〔做驚科〕〔唱〕呀可怎生撲簌簌枝葉凋零

〔淨扮邦老閃上做意科〕〔正末唱〕

〔後庭花〕則聽的擦擦的鞋底鳴丕丕的大步行好教我便扢扢的牙根鬬〔邦老靠正末科〕〔正末唱〕覺一陣滲滲的身上冷〔邦老做揪住正末科〕〔正末唱〕猛見個黑妖精似和人尋爭覓競這塌兒裏無動靜昏慘慘月半明莫不要虧圖咱性命骨碌碌怪眼睜早諕的咱先直挺

〔青歌兒〕天也好着我又不敢問他問他名姓早則是打了個渾身癡掙〔做殺正末打推下〕〔正末做醒科云〕有殺人賊也啞〔唱〕我恰纔哄的覺來忽的醒〔云〕好個惡夢也我開了這門〔唱〕我纔出門桯向花苑閑行見風弄殘燈正月白三更親見個妖精待把我欺凌只一拳險送了這潑殘生天也兀的不憂成我病

〔云〕嗨我做了這樣一個不祥的夢兀的不是頭雞叫小二哥你起來收拾家火我去了也〔下〕〔淨扮店小二上詩云〕營生道路有千條若無算計也徒勞爲甚青年便頭白一夜起來七八遭自家是個賣酒的在這十字坡口兒上開張這一個小鋪面覓幾文錢度日今早起來燒的這鏇鍋熱掛起望子看有什麼人來買酒吃〔正末挑擔兒上云〕王文用你也行動些兒波〔唱〕

〔醉扶歸〕我則見那野水穿花徑村犬吠柴扃合剌剌轆轤響可正和着各琅琅的搗碓聲更那堪綠柳相遮映〔做見店小二科云〕這是一個小酒務兒小二哥有酒麼〔店小二云〕有酒有酒〔正末云〕小二哥打二百文長錢的酒來〔店小二云〕酒在此你有量儘着你吃只不要撒酒風〔正末唱〕則你這醇糯酒渾如靛青我且飲一盞消閑興

〔云〕這酒儘中用我慢慢的飲咱〔淨扮邦老上云〕行不更名坐不改姓自家鐵幡竿白正的便是昨日多吃了幾碗酒就在那柳陰下一覺直到天亮猛睜開眼只見一箇小後生五短身材兒黃白臉色兒挑着兩個沉點點的籠兒那廝見了我便走我就骨碌碌一個翻身跳起來跟着他後面急急的趕不知怎的再趕不上我則是多吃了那幾碗黃湯以此趕不上他罷罷罷前面有一個小酒務兒再買幾碗酘他一酘早來到這酒務裏店小二有酒麼〔店小二云〕有酒請裏面坐〔邦老云〕大碗裏釃的酒來將些乾鹽來我吃兩碗酘過我那昨日的酒來〔店小二做放酒科云〕沒的乾鹽有兩塊蒜瓣兒〔邦老云〕蒜瓣兒也好〔正末云〕王文用看你那麤心波不曾澆奠哩我澆奠咱〔唱〕

〔金盞兒〕忙澆奠謝神明憑買賣做經營大古來貧窮富貴皆前定

〔邦老云〕那壁角子裏有人說話我試聽他說什麼〔正末做澆奠酒科云〕一點酒入地願萬民安樂
兩點酒入地願五谷豐登三點酒入地願好人相逢惡人遠避〔邦老掐卓科云〕兀那村弟子孩兒那
惡人惱着你什麼來〔店小二云〕老叔不要打破了我的卓子〔正末唱〕我這裏扭回脖頸
他那裏閃雙睛〔邦老云〕這廝好無禮也〔正末唱〕我見他忽的眉剔豎禿的
眼圓睜諕的我騰的撒了擡盞哄的丟了魂靈
〔正末做跪科〕〔邦老做扯起科云〕你小後生家不會說話你便道好人相逢惡人吉利那惡人聽
見你這般說他也不怪你〔店小二云〕老叔是他小後生家不會說話〔邦老打科云〕干你甚事〔
正末云〕哥哥教道的小人是〔邦老云〕我且問你你做什麼買賣〔正末云〕小人做個小貨郎兒
〔邦老云〕你是個貨郎兒我也是個撚靶兒的我和你合個夥計一搭裏做買賣去〔邦老做踢籠
兒科〕〔正末云〕哥只是些胭脂粉兒〔邦老云〕你是那裏人〔正末云〕小人河南府人氏〔邦老
云〕我和你同鄉我也是河南府人氏〔店小二云〕我是陝西人氏〔邦老云〕河南府那裏住〔正
末云〕東關裏紅橋西大菜園便是〔邦老云〕我可在西關裏住〔店小二云〕我可在南關住〔邦
老打店小二科云〕誰問你哩我問你姓什麼〔正末云〕小生姓王叫做王文用〔邦老云〕我和
你也同姓我姓白〔正末云〕哥你姓白我姓王怎麼是同姓〔邦老云〕你却不知我那老爺老娘可
姓王〔店小二云〕我姓鄭是鄭共鄭〔邦老云〕你家幾口兒〔正末云〕小人三口兒〔店小二云〕
帶我四口兒〔邦老云〕那三口兒〔正末云〕我有父親有渾家帶小人可不是三口〔邦老云〕你
多大年紀了〔正末云〕小人二十五歲〔邦老云〕不是我占便宜我可三十歲〔店小二云〕和我兒
子同歲〔邦老云〕打這村弟子孩兒兄弟我與你做個哥哥你與我做個兄弟我買酒和你吃〔正

末云〕哥哥不棄嫌呵小人情願與哥哥做個兄弟〔邦老云〕店小二打酒來〔正末云〕不要哥哥買您兄弟買小二哥再打二百文長錢酒來我與哥哥遞一杯酒〔店小二釃酒科云〕酒在此〔正末把盞科云〕哥哥請酒〔邦老吃酒科云〕我與你做個護臂一搭裏做買賣去也不虧你〔正末云〕哥哥如今路途上甚是難行恐怕您兄弟廝跟不的〔邦老云〕哇怎麼廝跟不的〔正末唱〕

〔四季花〕哥哥你少曾出外可曾經〔邦老云〕我一年三百六十日則在外頭做買賣〔正末唱〕哥也我則怕沿路上歹人徯倖〔邦老云〕有歹人你敢近他麼〔正末唱〕若是強賊把咱來相攔定〔邦老云〕他攔定你你待怎的〔正末唱〕可惱的我惡向膽邊生〔邦老云〕你端的怎麼近他〔正末唱〕我也會拳到處倒了碑亭我也會匾擔打碎了天靈〔邦老拏刀子科云〕比我這透心涼可是如何〔正末唱〕哥也豈不聞道殺人來須償命〔邦老云〕你如今做什麼買賣〔正末云〕哥您兄弟本錢小〔唱〕是個窮貨郎下賤的營生〔邦老云〕你一日走的多少路〔正末唱〕擡動脚二百里還餘剩〔邦老云〕我可兩頭見日走三百里〔正末唱〕這些時閃了脚腕常只是怕誤了途程〔邦老云〕連我也被這脚趼兒礙事小二哥將個針來煩兄弟與我挑破這趼者〔正末唱〕哥則被你纏殺我也七代先靈

〔背云〕我怎麼做個計較則除非恁的〔回云〕哥你吃一碗〔邦老云〕將來我吃兄弟你也吃一碗〔正末云〕您兄弟量窄只好陪哥哥一小鍾〔邦老云〕兄弟你坐着〔起身科云〕我如今過去冷一碗熱一碗灌的他醉了挑的籠兒就走〔做入門科云〕兄弟咱都是撚靶兒的你唱一個我吃一碗酒〔正末云〕您兄弟不會唱〔店小二云〕你不會唱我替你唱〔做唱科〕為才郎曾把香燒〔一

邦老做打科云〕誰要你唱哩兄弟既然你不會唱來我唱一個你休笑〔叫唱科〕哎你個六兒嗏
〔云〕只吃那嗓子粗不中聽〔店小二云〕恰似個牛叫〔邦老打科云〕打這弟子孩兒兄弟你好歹
唱一個〔正末云〕您兄弟不會唱〔邦老云〕哎你就唱一個何妨〔正末云〕實是不會唱〔邦老怒
科云〕你不唱〔正末慌科云〕哥也我胡亂的唱一箇奉哥哥的酒〔邦老云〕你唱〔正末遞酒科
云〕哥吃一碗酒您兄弟今日與哥哥是初相會就唱個喜秋風〔邦老云〕你唱你唱我便吃〔正末
唱〕
〔喜秋風〕睡不着添煩惱灑芭蕉淅零零的雨兒又哨畫簷間鐵
馬兒玎玎璫璫鬧過的這南樓呀呀的鴈兒叫〔邦老假睡科〕〔正末云〕
不中我走了罷〔邦老云〕咄你那裏去〔正末唱〕則被他叫的來睡不着〔邦老背云〕
自正好莽也本要冷一碗熱一碗灌的那廝醉了挑的擔兒就走誰想他倒灌的我醉了也我如今
要歇息些兒則除是恁的〔做扯正末科〕〔正末云〕哥也再吃兩碗〔邦老云〕兄弟我醉了也我
如今要睡一覺〔正末云〕小二哥將個枕頭來〔邦老云〕我枕着你這腿睡等我醒了時和你一搭
裏做買賣去〔正末云〕哥要枕着您兄弟腿睡我依着哥便是〔邦老睡科〕〔邦老起身插刀子科
〕〔店小二云〕老子也這個人不好惹〔正末云〕這賊漢枕着我這腿睡可怎生是好則除是恁的
小二哥我和你兩個算算酒錢〔店小二云〕客官你是個好人只要公道算還罷共是兩番打的酒
〔正末云〕你也是做買賣的我也是個做買賣的少了你酒錢你不怪我〔店小二云〕客官你這一
遭來我另釃些好酒兒與你吃〔正末云〕酒錢不打緊你這酒薄〔店小二云〕我這酒雖然薄可有
椿好處剛吃到肚裏就便骨碌碌的響動〔正末云〕怪道我吃下去也是這般響〔店小二云〕則是

箇酒高〔正末云〕小二哥我與你商量〔店小二云〕你敢要去麼〔正末云〕我不去我有些破腹你替我一替你不替我就作踐在這裏〔店小二云〕好客官不要在這裏作踐我替你〔做替科〕〔正末云〕我還了你這酒錢〔做挑擔兒科云〕我出的這門來慚愧也〔唱〕

〔賺煞尾〕他覷我似鑪畔弄冬凌他覷我似碗裏拏蒸餅若不是灌的來十分酩酊怎按住他一場火氣性我如今在虎口逃生急騰騰再不消停抵多少遙指空中鴈做羹比及那賊徒酒醒我已自家膽正遮莫他趕將來我與你先走了兩三程〔下〕

〔邦老醒科云〕兄弟與你一搭兒買賣呀他倒做個金蟬脫殼討去了也打你這弟子孩兒你怎麼放了他去〔店小二云〕他破了腹要阿屎哩〔邦老云〕他如今那裏去了〔店小二云〕你在這裏我也在這裏他又不和我一搭兒做買賣我怎知他上南落北〔邦老打科云〕哇我兒也一拳兒好買賣在我手裏放的他走了更待干罷我如今趕着去若趕的上呵萬事罷論若趕不上呵回來一把火燒了你這草團瓢把你一家兒都殺了王文用也不遠哩我不問那裏趕將去來〔下〕〔店小二云〕可不是悔氣好沒生惹這一場驚怕我也不賣酒了背巷裏賣酸醋去也〔下〕

〔音釋〕霎音殺　丕音披　滲所禁切　堝音窩　桯音刑　鏇旋去聲　扃居名切　轆音鹿　轤音盧　碓音對　酘音豆　傒音奚　剩音盛　跰音駢　窄音側　嗓桑上聲　酩音茗　酊丁上聲

第二折

〔丑扮店小二上詩云〕別家水米和勻攪我家水多米兒少若到我家買酒來雖然不醉也會飽自

家是個開店的我這店喚做三家店又喚做黑石頭店這兩頭的兩個店都是小本錢客商的下在裏面那大本大利的都在我這店裏安下今日天色將晚也我且關上這門者 〔正末挑擔兒慌上云〕走走走〔唱〕

〔南呂一枝花〕那廝他入門來便緊瞅了咱這小本的裝則被我買下了些新槽的酒連珠兒灌到有五六碗他承與飲吃到有兩三甌盡醉方休那好飲的也是天生就一會兒直灌的那廝瓠子頭他和衣兒穩睡安眠怎知我悄聲兒逃席便走

〔梁州第七〕若不是我使見識一杯也那一跪天那可不將我這潑殘生早做了千死千休我從那早辰間直走到申時候過了些青山隱隱綠水悠悠荒祠古廟沙岸汀洲七林林低隴高丘急旋旋淺淵深溝剛抹過另巍巍這座層巒還隔着碧遙遙幾重遠岫又接上白茫茫一帶平疇巴的到綠楊渡口早則是雲迷霧鎖黃昏後我去那野店上覓一宿這的便是東海鰲魚脫釣鉤我可也再不回頭

〔云〕可早來到黑石頭店也這裏有三座店我兩頭不去則去那中間店裏下那廝便趕將來也尋不見我就尋見我呵我叫起來這兩頭店裏人也要來救我〔做見店小二科云〕小二哥有乾淨房子打掃一間我歇息咱〔店小二云〕這間角子裏乾淨你就在這裏歇息罷〔正末云〕你與我點個燈來〔店小二云〕燈在此〔正末云〕我和你往後面走一遭去我拽上這門來到後面這裏牆可怎生倒了那〔店小二云〕便是雨水大倒了不曾整理〔正末云〕哥也這條路可往那裏去 店小二

云〕這條路往河南府去〔正末云〕這條路往那裏去〔店小二云〕這條路往泗州去〔正末云〕這條路呢〔店小二云〕這個是一條總路都去的〔正末云〕我淨了手也我和你說背後有條大漢那廝趕的我至急怕他來時叫門呵我有一句話央你你只說道有上司的明文不下單客我明日還你兩個人的房錢酒錢〔店小二云〕我知道了等他來時我則說不下單客回了他去你自放心的睡〔正末云〕我關上這門我走了一日身子有些困倦我歇息咱〔邦老上云〕那廝這等快走他挑着兩個沉點點的籠兒我脚踏着腦杓子走只趕不上罷天色晚了也我往那裏宿去遠遠的一字擺着三座店這處喚做三家店中間那座店喚做黑石頭店那廝本錢小只在這兩邊店裏下若是本錢多在這黑石頭店裏下未知何如我則喚那店小二他便知道〔做喚門科云〕小二哥開門來〔店小二云〕甚麼人喚門〔邦老云〕我是個客人天色晚了覓一宵宿〔店小二云〕上司明文不下單客〔邦老做意科云〕兄弟每我說在兩頭店裏歇了罷你說道黑石頭店好却如何快把那驢子趕過來依舊到兩頭店裏歇去〔店小二云〕不要去了我開門來也我開開這門〔邦老做入門科〕〔店小二云〕家裏來有房子〔邦老揪店小二打科云〕你可道不下單客〔店小二云〕你差聽了我這裏則下單客〔邦老云〕賊弟子孩兒我問你日頭兒似落未落有一個五短身材黃白色臉兒小後生挑着兩個籠兒在這裏尋宿來麽〔店小二云〕從清晨到晚沒有一個人〔邦老云〕兄弟你輸了也〔店小二云〕客官怎麽是輸了〔邦老云〕你不知道我和那兄弟前面打夥處打了箇賭賽他說道他走路快我道我走路快到黑石頭店裏廝等先到的爲贏後到的輸一個羊頭一筯餅一鏇酒如今我先到了可不是他輸了也〔店小二云〕這等你輸了他先來好幾時了我叫他去〔邦老云〕你不要叫他只說他在那間閣子裏睡〔店小二云〕他在這間閣子裏睡哩〔邦老云〕小

二哥我央及你你明日早起來與我做個證見我問你誰先到來你便道這箇大漢先到來我把那一個羊頭一筋餅一鐔酒都與你吃〔店小二云〕老叔我愛吃的是羊舌頭兒〔邦老云〕我和你後面看一看這堵牆怎麼倒了來〔店小二云〕這堵牆是雨水大淋倒了〔邦老云〕怎麼不壘起來〔店小二云〕便是無錢不曾壘的起〔邦老云〕這條路往那裏去〔店小二云〕這條路往河南府去〔邦老云〕這條路呢〔店小二云〕這條路往泗州去的〔邦老云〕這條路是往那裏去的〔店小二云〕這中間的是一條總路〔邦老云〕你討一領蓆子來與我將你那鎖和鑰匙來〔店小二云〕蓆子鎖和鑰匙都在這裏〔邦老云〕你自睡去我拽上這門插上這鎖你但則聲我就殺了你〔店小二云〕老叔休要發怒我自睡去便了〔下〕〔邦老云〕且慢者我聽那廝說什麼〔正末云〕我被那廝趕我這一路多時不曾看我這東西我剔的這燈我是看咱〔邦老做意聽科〕〔正末做拏硃砂科云〕一顆兒兩顆兒三顆兒四顆五顆這一頭都有我是看這一頭咱〔正末做數五顆兒科云〕謝天地十顆硃砂都有了也我脫下衣服去歇息咱〔做睡科〕〔邦老云〕這裏不下手那裏下手我踏開這門且慢者白正你尋思咱兩邊店客人不曾睡哩那廝叫將起來到害了我的性命等睡到半夜前後我慢慢的下手〔邦老睡科〕〔正末云〕我只聽的鼾睡如雷將我驚覺來不知是那個人〔唱〕

〔賀新郎〕是誰人恁般酣睡喝嘍嘍莫不是夢見的賊徒撞着的禽獸則聽的聲麄氣喘如雷吼諕的我戰兢兢提心在口早難道高枕無憂也是我常懷懼怕心似聽的這聲音熟〔云〕窗櫺上扯下些紙來撚一個紙燈離了這油點個燈我是看咱〔唱〕我這裏開房門仔細的覷前後〔云〕我道是誰

原來是店小二睡〔唱〕那廝去房門前停死屍精甎上枕驢頭

〔云〕元來打鼾鼾的在那一邊再去看咱〔做驚科〕天阿可怎生正是那個賊漢兀的不諕殺我也我且吹滅這燈不要等他看見〔唱〕

〔牧羊關〕我將這燈吹滅身倒抽諕的我渾身上冷汗交流莫是取命的閻王殺人的領袖諕的我呆打頦空張着口驚急力怕撞頭恰待要睜開兩個眼可早則軟塌了一對手

〔云〕那廝睡着了也我收拾往後門裏走我又恐怕驚覺那廝嗨慌忙裏早把這燈都吹殺了那裏摸我那行李衣服去〔唱〕

〔隔尾〕一領布衫我與你剛剛的扣八答麻鞋款款的兜我又不敢高聲大咳嗽我將這廝左瞅右瞅哎天也怎的他一陣兒昏迷穩放我走

〔云〕行李衣服都摸着了也且喜那廝正睡着哩此時不走更待何時〔唱〕

〔牧羊關〕只道他猛翻身睡覺秋且喜得眼朦朧又打鼾鼾他土魯魯噪內涎潮我也急煎煎心下刀抽有如秋夜雨一點一聲愁正待要展開脚忙移步百忙裏腿轉筋甚腌證候

〔云〕我可尋那缺牆兒去我跳過這牆來我也不往那泗州路上去只往我的河南府去也〔下〕〔一邦老醒做看科云〕嗨這廝走了也想這一拳兒買賣不該是我的罷罷罷黑洞洞的那裏去尋他不如回家去也〔下〕〔正末扮太尉領鬼力上〕〔太尉詩云〕未曾燒下紙錢灰人心纔動我先知

只言正直爲神道那個陽間是正直吾神乃東嶽殿前太尉是也吾神在生之日秉性忠直不幸被
歹人所害身亡皇天不負吾德加爲東嶽殿前太尉今朝玉帝初回且在廟中閑坐者〔正末上云〕
好大雨也我待往前再走不意遇着這大雨待不前去又怕那賊漢趕來所傷了我的性命怎生是
好哦這裏是一座廟宇我且入的這廟來避一避雨咱〔做放下擔兒科云〕這碑子上寫着道太
尉爺爺廟上聖可憐見小人若是趓過那賊人與爺爺重修廟宇再立祠堂〔邦老上云〕好大雨也
那裏趓雨去一箇古廟我進裏面權趓雨去兀的不是那廝咥這廝可不該死也〔做撞正末科云〕
兄弟你好走也〔正末云〕你也尋的好哩〔邦老云〕你等我一等慌做甚麼〔背云〕我試這廝的
氣力咱兄弟也我這領布衫着雨淋溼了也你與我扭一扭乾了布衫我和你一搭兒做買賣去〔
正末云〕哥我不會扭〔邦老云〕一領布衫不會扭我便這般扭你便那般扭休一順了〔正末云〕
哥我理會的〔邦老云〕你休扭你則拿着我自扭〔邦老做扭科〕〔正末倒科〕敢是你不會吃飯那
則這些氣力來來來巧言不如直道將那紅的來〔正末云〕則有些胭脂你將的去〔邦老云〕我好
俊臉兒要搽胭脂〔正末云〕有有有敢是黃丹〔邦老云〕我又不脚臭〔正末云〕哥也再沒些甚麼
紅的〔邦老云〕是硃砂〔正末云〕哥也我是做小買賣兒那得硃砂〔邦老云〕你記的黑石頭店裏
面數一顆兒兩顆兒麽〔正末云〕有有有與哥哥一顆兒硃砂〔邦老云〕你休怪既做相識我也不
強要你的可是一件我趕了你兩三程地則與我一顆兒少我煩你再與我一顆兒〔正末云〕哥這
須是我的〔邦老云〕你不與我我就殺了你〔正末云〕我便再與哥哥一顆兒硃砂〔邦老做挑擔
兒科云〕兄弟我一擔兒都要〔正末云〕哥怎麽都要得我的〔邦老云〕你敢不與我我就殺你也
〔拔刀科〕〔正末云〕哥我一擔兒硃砂都與你你將的去〔邦老低頭做拏籠兒科〕〔正末做匾擔

打邦老科〕〔邦老做回頭科云〕你怎的〔正末云〕連這匾擔也送與你罷〔邦老云〕好個賊弟子孩兒我出的這廟門來我且躲着聽那廝說甚麼〔正末云〕那賊漢將的我這硃砂去了我若是走到前面告知本處官府拏住這賊漢纔雪得我這口氣〔邦老云〕你聽這廝的說話怕不做出來不如先下手爲强兄弟我還你硃砂罷〔正末云〕索是謝了哥〔邦老云〕我則要你一件東西〔正末云〕哥也要什麽東西〔邦老云〕我要你這顆頭〔正末云〕哥也兀的不有人來了也〔邦老回頭科〕〔正末做躲科〕〔邦老趕正末做揪住頭髮殺科〕〔正末云〕鐵旛竿白正你今日圖了我財致了我命在陰司告你自有證見〔邦老云〕誰是證見〔正末云〕太尉爺爺便是證見〔邦老云〕簷稍下殺你無證見〔正末云〕這浮漚兒便是證見〔邦老云〕這浮漚便怎生做的證見你不問那裏告將來我不怕你　〔正末唱〕

〔黄鍾尾〕罷罷罷我這性呵命似半輪殘月三更後一日無常萬事休苦奔波枉生受有誰人肯搭救單只被幾顆硃砂送了我頭挣的向閻羅告究着鐵旛竿等候遮莫你板門似手掌兒也掩不得俺這叫屈的口

〔邦老殺正末下科云〕一個小後生倒使了我一身汗我拖在這牆根底下着這逼綽刀子搜開這牆阿磕綽我靠倒這牆遮了這死屍也與你個好發送如今兩籠兒硃砂都是我的了一不做二不休他說道家中有個花朶兒好媳婦我挣的直到他家去所算了他父親怕那婦人不隨順我神道我鐵旛竿須不怕你隨你去做證見來〔下〕〔太尉云〕頗奈鐵旛竿白正無禮在吾神廟中圖了王文用之財又致了他命指吾神爲證見便好道善有善報惡有惡報天若不降嚴霜松柏不如蒿草

神靈若不報應積善不如積惡則今日領着鬼兵擒拏鐵旛竿白正走一遭去來〔詩云〕休將奸狡昧神祇禍福如同燭影隨善惡到頭終有報只爭來早與來遲〔下〕

〔音釋〕齁吼平聲　熟償由切　鼾漢平聲　頦音孩　瞅音揪　漚音鷗

第三折

〔孛老同旦兒上〕〔孛老云〕老漢王文用的父親自從孩兒做買賣去了至今不見回還天那我這河南人多少在外做客的怎麼再沒一個順便稍封信兒來家也〔旦兒云〕父親且自寬心這早晚回家也不見的〔邦老上云〕某乃鐵旛竿白正自殺了王文用連日連夜走到這河南府東關裏紅橋西問人來這是王文用家這箇門兒便是待我喚他一聲家裏有人麼〔孛老云〕媳婦兒門首有人叫哩你去看咱〔旦兒云〕我去看來〔見科云〕君子你尋問誰哩〔邦老云〕大嫂你這裏是王文用家麼〔旦兒云〕你問他怎的〔邦老云〕我是他的夥計替他寄一封書在此〔旦兒云〕好也我對俺父親說去〔旦兒見孛老科云〕父親有王文用同做買賣的夥計稍的信來也〔孛老云〕是真個我看去哥哥請家裏坐〔邦老云〕老人家敢是王文用的父親麼〔孛老云〕我是他父親哥哥是誰〔邦老拜科云〕我是他認義的兄弟與他一搭裏做買賣他利有百倍他偶然蹶破脚在後邊慢慢的行哩着我先寄個信來這個敢是哥哥的渾家就是我的親嫂嫂一般老伯我走的饑又饑渴又渴你井裏打些水我吃〔孛老云〕我到井上打水去〔邦老云〕我跟將老伯去〔孛老上井打水科云〕我打這水咱〔邦老做推孛老下井科云〕去〔孛老下〕〔旦兒哭科云〕我那父親阿兀的不痛殺我也〔邦老云〕兀那婦人不要啼哭你丈夫是我殺了你父親又被我推在井裏也死了我這一來單則為你你與我做了渾家罷〔旦兒云〕我至死也不隨順你〔邦老云〕你若不隨順我我一

刀就殺了你你自尋思咱〔旦兒云〕且住者他若殺了我呵俺父親與丈夫的冤讎誰人來報罷罷
罷你依的我一件事我便隨順你〔邦老云〕你但說出來好依的我便依着你〔旦兒云〕我丈夫新
亡了我若隨順了你你也不吉利如今待我丈夫百日之後那其間與你成其夫婦永遠團圓也不
是遲哩〔邦老云〕也罷我則要個吉利你一百日之後我和你成其夫婦我今日錢也有了媳婦也
有了你這房子產業都是我的憑着我一片好心天也與我半碗飯吃〔同下〕〔淨扮地曹引鬼力
上云〕小聖地曹的便是今日在森羅殿上對案還有天曹不曾來哩鬼力門首覷者尊神來呵報
復知道〔鬼力云〕理會的〔孛老上云〕老漢王文用的父親頗奈白正無禮將我孩兒王文用殺了
又將我推下井裏又謀了我家媳婦為妻老漢死于非命今日告地曹走一遭去〔見淨做跪科云〕
尊神老漢特來告狀〔淨做跪科云〕老官兒請起請起〔孛老云〕尊神是地曹判官老漢是亡魂
冤鬼尊神請起我是告狀的〔淨云〕你原來是告狀的我錯認了是我的姑夫你告誰〔孛老云〕老
漢河南府人氏姓王是王從道嫡親的三口兒家屬有個孩兒喚做王文用又有個媳婦兒我孩兒
因做買賣去利增百倍有鐵旛竿白正圖了他財又算他性命又將老漢推在井裏死了又要了我
家媳婦兒地曹與老漢做主咱〔淨云〕你纔說是誰推在井裏〔孛老云〕是鐵旛竿白正推我
在井裏〔淨云〕既是他推你在井裏可怎麼不打溼了衣裳〔孛老云〕溼是溼的熱身子焐乾了〔
淨云〕你端的死了不曾〔孛老云〕我死了〔淨云〕既是死了便罷告他怎的〔孛老云〕尊神你使
些神通拏將他來折對咱〔淨云〕憑着我也成不的你且這裏伺候者等天曹來呵你告他不爭你
着我去拏他我怕他連我也殺了〔孛老云〕我世不曾見你這等神道〔下〕〔正末扮太尉引判
官小鬼上〕〔正末云〕吾神乃東嶽太尉掌管善惡生死文簿到森羅殿上對案走一遭去來〔唱〕

〔正宮端正好〕我將這帶鞓來攙我把這唐巾按舞蹁躚兩袖風翻
我只見霜林颯颯秋天晚覺一陣冷氣侵霄漢
〔滾繡毬〕你道為甚麼森森的透骨寒却元來是茫茫的雲霧繁遮
斷著紅塵無限剛則見衰草斑斑兀的不是地府間黑水灣早來到
這奈河兩岸兀的不是劍樹刀山兩隻眼緊把冤魂來覷一隻手輕
將他鬼力攤何處也蹣跚
〔倘秀才〕摩弄的這玉帶上精光燦爛拂綽了羅襴上衣紋可便直
坦我與你登遊道七林林過曲欄我也曾坐觀十萬里日赴九千壇
我沉吟了幾番
〔呆骨朵〕我將這唾津兒潤破窗兒盼〔小鬼報科云〕報的尊神得知有東嶽太
尉來到也〔淨云〕我接待尊神去〔正末唱〕我探着手將小鬼揪翻三弔脚捉腰
兩個指可便掐眼只一拳直打的他天靈爛這一回倒做的我渾身
汗〔淨勸云〕上聖息怒〔正末云〕放手〔唱〕我正待劈頭毛廝扯撏不爭你攀肐
膊強拆散
〔淨云〕鬼力將酒過來〔鬼力云〕酒到〔淨做遞酒科〕〔云〕上聖滿飲一杯〔正末唱〕
〔倘秀才〕見地曹手捧着温良玉盞我這裏忙擎起花紋象簡〔淨云〕
上聖許久不會了也〔正末唱〕我和你間別來早已數載間絶音信少平安今
日得見面顏

〔淨云〕上聖請坐〔淨拏文卷遞科〕〔正末云〕這一宗是何文卷〔淨云〕這一宗是個開剪截鋪的將那好段子大尺兒量進來小尺兒賣出去如今勾將來左脇下打三千銅鎚右脇下打五千鐵棒還着他托生去〔鬼力云〕可着他變做個什麼〔淨云〕可着他變個螞蝗〔鬼力云〕因何變個螞蝗〔淨云〕要長也隨的他要短也隨的他〔正末云〕這一宗是何文卷〔淨云〕這一宗是個開洗糨鋪的把人的好衣服或是洗白或是高麗復生綫絲他着那鐵熨斗都熨破了我勾將他來左脇下打三百銅鎚右脇下打五百鐵棒着那廝也還托生去〔鬼力云〕他托生去可變個什麼〔淨云〕可變個鐵匠〔鬼力云〕因何變做鐵匠〔淨云〕要硬也隨的他要軟也隨的他〔正末云〕這一宗是何文卷〔淨云〕這一宗是個花園子在生之日按四季栽種樹木傷枝損葉勾至陰間左脇下打三十銅鎚右脇下打五十鐵棒還着他托生去〔鬼力云〕他可變個什麼〔淨云〕直着他鐘鼓司觔陡房裏托生去〔鬼力云〕可怎麼着他在觔陡房裏托生去〔淨云〕這邊栽也由他那邊栽也由他〔正末云〕這一宗是何文卷〔淨云〕這一宗是鐵旛竿白正圖財致命殺了王文用又將他父親推在井裏又謀了他妻子要了他家財〔正末云〕我是看這宗文卷咱〔唱〕

〔伴讀書〕檢生死輪迴案是誰人敢把這天條扞我奉着玉帝天符非輕慢將是非曲直分明看從頭兒報應真希罕這的是天數要循環

〔淨云〕上聖止有這宗文卷利害〔正末唱〕

〔笑和尚〕你你你將文卷細細繙我我我將卓面輕輕按是是是小字兒疊千萬要要要一行行親過眼便便便一字字莫摧殘來來來

我一件件從公幹

〔淨云〕上聖這鐵旛竿白正在世間無般不做無件不爲業貫將滿除天可害〔正末唱〕

〔醉太平〕你道他是天生就鷹鸇的羽翰狼虎的賊心肝這幾年家作業在陽間並沒些忌憚眼見得王文用在明晃晃刀頭上遭危難王從道在黑洞洞井底下何時日還將他花朶般媳婦兒只待要強姦有這許多的罪犯

〔云〕既是鐵旛竿白正有這般罪犯你可怎生不着鬼力勾將來勘問〔淨云〕上聖不知我也曾幾番家着鬼力去迷那廝爭奈他十分兇惡所以上不敢近他〔正末云〕我與你拏去〔唱〕

〔煞尾〕則我這硬邦邦指爪將那廝頭稍來挽粗滾滾麻繩將那廝脖項來拴丟天靈剪手腕着凌遲受磨難那怕他潑頑皮綽號做鐵旛竿只消我這一對兒攔關把那廝死狗也似拖將來我直着見了您眼〔下〕

〔淨云〕上聖去了也我也跟着趁打夥捉拏白正跑一遭〔唱〕

〔么篇〕我將這廝琅琅鐵索把那廝肩胛綁沉點點鐵棍將那廝臂膊搪打碎天靈共眼眶踢折蠻腰和腦漿〔做嘴臉科〕〔鬼力云〕怎麼做這個嘴臉〔淨唱〕把那廝直拏到酆都那邊着他慢慢的想〔同下〕

〔音釋〕

跚思關切　焐烏去聲　蜓音汀　蹁音駢　躚音仙　搬音班　蹣音饅　掐音恰

撏詞纖切　糨姜去聲　陡音斗　扞寒去聲　繙音番　鸇音氈　翰音寒　搪音唐

腕烏慣切

第四折

〔邦老同旦兒上〕〔邦老云〕自家白正的便是自從殺了王文用到這裏將他父親推在井裏要了他渾家這幾日我有些神思不快夢寐顛倒不知是如何大嫂你與我安排些粥湯我食用咱〔旦兒云〕你則在這裏我熬粥湯去也〔下〕〔正末扮魂子上云〕自家非別乃是王文用被鐵旛竿白正圖了財致了命爭奈我陽壽未盡今夜晚間問他索命去呵〔唱〕

〔雙調新水令〕正黃昏庭院景淒淒哎喲天那走的我軟兀剌一絲兩氣淅零零的山路冷昏慘慘的晚風吹脚步兒剛移一步步行到枉死地

〔做行科云〕來到這個所在是十字坡口兒上酒店正是我當初遇着那賊處他見着我甚些動靜便起這點狠心所算的我好苦也〔唱〕

〔沉醉東風〕若不是我失時落勢怎生的便攬禍招危我和他這搭兒纔相見平日裏又不相識剛道個一聲兒惡人迴避早激的他惡哏哏鬧是非那裏也見財起意

〔做行科云〕這個所在是黑石頭店你那賊我既是躲着你走了你苦死的趕我怎麼〔唱〕

〔喬牌兒〕我既是抽身兒悄脫離又何苦直趕上這田地我和他又沒甚殺爺娘搶道路深讎隙可怎便捨殘生做倒底

〔云〕我想這一晚既然要躲那賊只該悄悄的睡罷了還要點着燈數這硃砂顆兒做什麼自古道

出外做客不要露白可知被那賊瞧破了也〔唱〕

〔甜水令〕我只合緊閉房門吹殘燈火且圖安睡怎好去一顆顆數着這東西早被他識咱行藏聽咱聲響見咱踪跡可不是自落的便宜

〔做行科云〕這所在是東嶽太尉廟那賊漢好狠也我把一擔兒硃砂都送了你只要留俺的性命你怎麼還要將我殺了我記的臨死時曾指滴水浮漚爲證我如今寃魂不散少不的和你索命太尉爺爺你是個掌生死的活神道須與我屈死的王文用做主咱〔做拜科〕〔唱〕

〔折桂令〕我忙合手頂禮神祇現掌着死生文簿何曾錯善惡毫釐〔做再拜科云〕太尉爺爺〔唱〕你怎不憐見我屈死的寃魂放過了他行兇的潑賊待強奪了俺無主的嬌妻我親指着滴簷前浮漚爲記難道你坐殿上神聖無知〔做再拜科〕〔唱〕只願你檢驗輪迴速顯靈威將那廝直押送十八層地獄阿鼻纔見的你百千年天性忠直

〔做行科云〕我來到家中看我那父親去咱元來寃魂幽滯還在井底父親兀的不痛殺我也〔做悲科〕〔唱〕

〔落梅風〕我只道你靈性歸天上却元來幽魂沉井底總便是鐵石人也見了心碎我和他這寃讐結的來甚盡期只除非各一家天地

〔云〕我再看我那渾家如今在那裏元來他隨了那賊漢正與他熬粥湯兒哩〔唱〕

〔沽美酒〕並不曾見烈紙錢將咱祭倒去熬粥湯送他吃元來你個

水性婆娘易轉移乾着我生受了半世眼睜睜看你做歹人妻

〔太平令〕我癡心想望貞潔你做事忒殺非爲鐵旛竿滿懷得濟王文用手稍兒着地你這個潑賊就裹落可便下的白佔了俺家緣家計

〔正末做扯邦老科云〕鐵旛竿償我命來〔邦老云〕你是什麽人着我償你的命〔正末云〕則我是王文用你當日在太尉廟中將我圖財致命又將我父親渰死了渾家也强佔了你如何不償我命來〔邦老云〕你說是我害你命來可有何證見〔正末云〕有有有則滴水浮漚兒便是證見〔邦老云〕我平日是個吃齋把素伸指頭不咬人的人這樣勾當我幾曾幹來你說太尉廟中滴水浮漚兒是證見你只叫那太尉來我和他對證〔太尉同鬼力上云〕人間私語天聞若雷暗室虧心神目如電兀那鐵旛竿白正你還不認的我哩你當日在我神廟中滴水浮漚之下將王文用圖財致命又渰死了他父親强奪了他妻室你今日惡貫滿盈有何理說〔邦老做跪科云〕是是是我殺了王文用來望上聖可憐見我與他看經禮懺請高僧大德超度他生天你則饒了我罷〔正末云〕你那賊也有今日哩從來一冤報我怎麽還饒得你〔唱〕

〔收尾〕死生難遏我心頭氣冤讎有似簷間水哎你個圖財致命的狠心賊也少不得做個落塹拖坑的沒頭鬼

〔太尉云〕鐵旛竿白正你今對吾神招證明白兀那鬼力將這廝押赴酆都受諸苦惱永爲餓鬼以報王文用之讎你聽者〔詞云〕則爲這鐵旛竿撒潑行兇將王文用趕入廟中既謀財又傷他命結冤讎似海無窮曾指定浮漚爲證到今朝運數當終遣鬼力將他拏下直押赴地獄重重其屈死一

雙怨鬼償還他來世事通見得寃寃相報方信道天理難容

〔音釋〕識傷以切　祇音其　阿音窩　鼻音毗　隙音豈　跡將洗切　懺又鑑切　直征移切　喫音恥　潔饑上聲　賊則平聲　的音底　塹僉去聲

題目　鐵旛竿圖財致命賊
正名　硃砂擔滴水浮漚記

硃砂擔滴水浮漚記雜劇

珍倣宋版印

西元二〇二二年一月一日重製一版

元曲選 冊一（明臧懋循輯）

平裝四冊基本定價叁仟捌佰元正
（郵運匯費另加）

發行人 張敏君
發行處 中華書局
臺北市內湖區舊宗路二段一八一巷八號五樓（5FL., No. 8, Lane 181, JIOU-TZUNG Rd., Sec 2, NEI HU, TAIPEI, 11494, TAIWAN)
客服電話：886-8797-8396
公司傳真：886-8797-8909
匯款帳戶：華南商業銀行西湖分行
179100026931
印　刷：維中科技有限公司
海瑞印刷品有限公司

No. N3038-1

國家圖書館出版品預行編目(CIP)資料

元曲選/(明)臧懋循輯. -- 重製一版. -- 臺北市 : 中華書局, 2022.01

冊 ; 公分

ISBN 978-986-5512-77-4(全套 : 平裝)

834.57 110021471